W0344347

btb

Aus Freude am Lesen

btb

Geboren 1975 in Linz (Österreich), hat Geschichte, Philosophie, Theologie und Religionspädagogik studiert. Zur Zeit arbeitet sie als Fernsehjournalistin in Frankfurt am Main. „Die Regentin“, für die Julia Kröhn an Originalschauplätzen recherchierte, ist bereits ihr dritter historischer Roman. Der nächste, die Heldin wird wieder eine starke Frau aus dem Mittelalter sein, ist in Arbeit.
Homepage: www.kroehn.net

Von der Sklavin zur stolzen Herrscherin.

Von Wikingern verschleppt und verkauft, muss die angelsächsische Fürstentochter Bathildis am fränkischen Königshof harte Sklavendienste verrichten. Doch der Merowinger-König Chlodwig II. macht sie zu seiner Ehefrau und Königin; die leidenschaftliche junge Frau wird zu einer einflussreichen Politikerin. Doch sie hat einen mächtigen Feind: den Major Domus Ebroin. Einst hat sie ihn zurückgewiesen, jetzt soll sie dafür büßen ...

Julia Kröhn bei btb:
Engelsblut. Roman (73339) / Die Chronistin. Roman (73591)

Julia Kröhn

Die Regentin

Roman

btb

FSC
Mix
Produktgruppe aus vorbildlich
bewirtschafteten Wäldern und
anderen kontrollierten Herkünften

Zert.-Nr. SGS-COC-1940
www.fsc.org
© 1996 Forest Stewardship Council

Verlagsgruppe Random House FSC-DEU-0100
Das für dieses Buch verwendete FSC-zertifizierte Papier
München Super liefert Mochenwangen.

1. Auflage
Originalausgabe Mai 2007, btb Verlag
in der Verlagsgruppe Random House GmbH, München
Copyright © btb Verlag
in der Verlagsgruppe Random House GmbH
Umschlaggestaltung: Design Team München
Umschlagmotiv: Artothek
Satz: Uhl + Massopust, Aalen
Druck und Bindung: GGP Media GmbH, Pößneck
SR · Herstellung: BB
Printed in Germany
ISBN 978-3-442-73658-4

www.btb-verlag.de

»Der Gütige ist frei, auch wenn er ein Sklave ist.
Der Böse ist ein Sklave, auch wenn er ein König ist.«

AURELIUS AUGUSTINUS

Prolog

Chelles-sur-Marne, A. D. 664

Das Tor des Klosters war nur zur Hälfte geöffnet, einem Augenlid gleichend, welches sich zögernd über die Pupille hebt. Vorsichtig fielen auch die Bewegungen der grau verschleierten Nonnen aus, die sich hinter dem Eingang drängten. Wiewohl sie dem hohen Besuch mit unverhohlen neugierigen Blicken und aufgeregtem Flüstern entgegenstrebten, wagte keine von ihnen, zu den Gästen zu treten, die eben dem Wagen entstiegen waren.

Es waren zwei Frauen – die eine hochgewachsen, mit langen, rotbraunen Zöpfen, das Gesicht unter dem feinen, seidigen Schleier bereits verblüht, aber noch nicht von einem Runzelnetz gefangen; die andere kaum größer als ein kleines Mädchen, obgleich auch sie der Jugend entwachsen. Ihr Blick aus dunklen, großen Augen war der einer Greisin. Er schien zu viel gesehen zu haben, um je wieder berührt zu werden, weder von den abgründigen Tiefen noch den wilden Höhenflügen des Lebens.

Einige Schritte vom Tor entfernt verharrten die beiden Frauen, als wären sie sich – gleich den unruhigen Nonnen – nicht gewiss, welcher Abfolge sich ihr Tun zu unterwerfen hatte.

Ob dieses Zögerns fasste die Äbtissin Mut, löste sich aus dem Kreis ihrer Schwestern und ging auf die beiden Frauen zu. Den Blick hielt sie gesenkt – als Zeichen ihrer Ehrfurcht, und jene zeigte sie noch deutlicher, als sie vor der groß gewachsenen Frau eine tiefe Verbeugung vollführte.

»Es ist für uns alle eine Ehre, meine Königin, eine überaus große Ehre, dich hier zu empfangen, und…«

Die groß gewachsene Frau schnitt ihre Worte mit einer Handbewegung ab, die heftig ausfiel, jedoch kontrolliert, und so fielen auch sämtliche andere Gesten aus, als sie nun die Äbtissin aufrichtete, noch näher an das Tor heranschritt, schließlich den Kopf hob, wie um die Luft zu erschnuppern.

Von den Wirtschaftsräumen neben dem Refektorium wehte der Geruch von frischem Wildfleisch, denn es war Sonntag heute, und selbst die Tafel eines strengen Klosters war reich gedeckt. Er vermischte sich mit den duftenden Kräutern des Gartens, aber auch mit dem süßlich-beißenden Gestank der Latrinen, der sich, gerade im drückenden Sommer, nie gänzlich verflüchtigte.

Die Lippen der Königin zitterten kaum merklich, wiewohl sie den Anflug des Ekels rasch schluckte. Gar manche Nonne hatte sie in ihrem Leben kennen gelernt, auch Äbtissinnen darunter, die ihre Demut bewiesen, indem sie selbst die Latrinen regelmäßig reinigten und leerten, wie sie sich auch für die Küchenarbeit nicht zu schade waren.

Die jüngere, kleinere Frau war ihr gefolgt, berührte sie sachte am Arm. »Bathildis«, sprach sie ihren Namen anstelle des Titels aus, den all die anderen gebrauchten. »Bathildis… ist dein Entschluss tatsächlich unumstößlich?«

Bathildis' Lippen verzogen sich zu einem Lächeln, das zugleich wehmütig und trotzig war, versonnen und stolz.

Mit gleichem Lächeln hatte sie den Entschluss gefällt, von dem Rigunth, ihre treueste Begleiterin, eben sprach, hatte sie in den letzten Tagen ihr Leben überdacht, das sie nun an diesen Ort hier geführt: ein Leben, das in einem fernen Land als Tochter eines Fürsten begonnen, das sie in den Abgrund der Sklaverei gestoßen und sie schließlich zur höchsten weltlichen Würde erhoben hatte.

»Ja«, sagte sie leise, fast flüsternd. »Ja, ich weiß, was ich tue… Ebroin lässt mir keine andere Wahl.«

Die Äbtissin hielt ausreichend Abstand ein, ungehörig wäre es, den beiden Frauen zu offensichtlich zu lauschen. Freilich war ihr Gesicht angestrengt verzogen, auf dass ihr kein Wort entginge, und auch die Nonnen, immer noch um das Tor geschart, unterließen das Flüstern und hörten aufmerksam zu.

»Noch hast du die Macht umzukehren«, sprach die schwarzäugige Rigunth, »noch bist du die Regentin dieses Landes.«

Bathildis schüttelte den Kopf. Ihr wehmütiges Lächeln wich einem entschlossenen Ausdruck, als sie das Tor durchschritt.

»Nein«, erwiderte sie, »nein, jetzt nicht mehr.«

Erstes Buch

Die Fürstentochter

A. D. 632–647

I. Kapitel

Die Geburt des Kindes war für die Wöchnerin schmerzhaft, für die Mägde ermüdend und für seine Großmutter Acha unendlich langweilig. Beinahe in gleichem Takt, in dem die Gebärende ächzte, verzog sich Achas Mund zu einem Gähnen. Sie war nicht müde, aber sie haderte mit dem Umstand, dass die Geburt Frauensache war und zudem eine äußerst langwierige Angelegenheit, die zu Warten und Stillstand nötigte.

Letzteres lag Acha nicht. Obwohl ihre Knochen manchmal knackten wie morsches Holz und ihr einstmals kräftiges, aber nun lichtes Haar eine Farbe angenommen hatte, als habe sie es in Staub gebadet, hatte das Alter ihr doch nicht die Lust genommen, wendig durch die Welt zu jagen, sich vom beschwingten Tagesgeschäft auf Trab halten zu lassen und nur dann widerwillig innezuhalten, wenn die Müdigkeit ihre Lider niederpresste.

Heute freilich hätte sie einiges darum gegeben, einschlafen zu können und erst dann wieder aufzuwachen, wenn das Kind geboren war. Sie hasste es schon jetzt nicht minder als das Warten darauf. Gerne könnte es auf ewig im aufgedunsenen, blau geäderten Leib stecken bleiben.

Nachkommenschaft war zwar das Wertvollste auf Erden und dafür zu sorgen die Pflicht eines jeden ihrer Bewohner, aber gerade deshalb wollte Acha der Schwiegertochter nicht gönnen, solcherart ihren Wert für den Haushalt zu steigern. War es nicht schlimm genug, dass ihr maulfauler Sohn diesem Weibe mehr

Respekt entgegenbrachte als seiner Mutter? Hatte Estrith nicht jene widerwärtigen Sitten eingebürgert, die die alten Götter vergraulen sollten?

Oh, gerne hätte sie gesehen, wie diese Götter die junge Aufmüpfige bestraften, indem sie ihr Kinder verweigerten! Doch nun lag Estrith allem heimtückischen Hoffen zum Trotz von Wehen geschüttelt da und mühte sich ab, das Köpfchen durch die rote, schmierige Scham zu pressen.

»Es scheint mir gar sehr lange zu dauern«, murmelte eben eine der kuhäugigen Mägde. »'s geht nun schon seit Stunden nicht weiter.«

»Vielleicht liegt das Kleine falsch herum«, stimmte eine andere zu, nicht minder gleichgültig glotzend. Sie hielt den Gürtel in der Hand, den Estrith für gewöhnlich als Hausherrin trug, jedoch für die Geburt abgenommen hatte. An Spangen befestigt waren Nadeln und ein Messer, desgleichen eine Kordel mit allen wichtigen Schlüsseln.

Missmutig starrte Acha auf dieses Insignium der Macht, das zugleich Zankapfel zwischen den Frauen war, denn diesen Gürtel, so befand Acha, sollte sie als Älteste tragen, wohingegen Estrith befand, dass er allein ihr zustünde – war sie es doch gewesen, die den christlichen Glauben in dieses Haus gebracht und solcherart für jene Zeitenwende gesorgt hatte, der sich alleine Acha hartnäckig verweigerte.

Estrith stöhnte und griff nach der Hand einer der Mägde. Jene entriss sie ihr, auf dass sie nicht schmerzhaft zudrücken konnte.

»Ha!«, lachte Acha, genauso wenig gewillt, der Schwiegertochter nahe zu treten, um ihr den Schweiß abzuwischen. »Bist also nichts weiter als ein Schwächling, so wie dein Christengott! Als ich geboren habe, entfuhr kein Laut meinen Lippen. Was soll dein Mann denken, der da draußen wartet? Nicht allein, so wie mir zugetragen wurde. Eben habe ich erfahren, dass Ricbert eingetroffen ist.«

Freilich, dachte Acha, wenngleich sie sich hütete, das laut auszusprechen, freilich waren beide Männer gewiss längst mit Met gefüllt, sodass sie nicht mehr hörten, was sich hier im Langhaus zutrug.

Die Gebärende ächzte wieder, vielleicht aber war es auch Hohngelächter, das da über die aufgesprungenen Lippen kam.

»Nun«, murrte sie mit gepresster Stimme, »dies kann dich kaum freuen, du alte, bösartige Vettel! Hasst du doch Ricbert nicht weniger als mich und ...«

Sie schrie auf, als eine neue Wehe sie erfasste. Die beiden Mägde glotzten träge auf den Blutschwall, der sich zwischen den Beinen ergoss. »'s kann sein, dass das Köpfchen jetzt doch kommt«, murmelte eine gleichgültig, anstatt daran zu denken, Estriths Scham mit Schmalz einzureiben, auf dass sie geschmeidiger wurde.

Oh, soll das Balg doch in diesem roten Leib ersticken!, schimpfte Acha innerlich. Soll Estrith mitsamt dem Kind verrecken!

Ja, wegen Ricberts Einfluss auf ihren Sohn Thorgil haderte sie so sehr wie wegen jenem Estriths. Auch er – ein Christ. Nach Northumbrien (von Acha stets Saxonia genannt) war er gekommen, als König Edwin die Schwester Eadbalds von Kent heiratete. Das war sieben Jahre her, und in dieser Zeit hatte ein gewisser Paulinus, der das Brautpaar begleitet hatte, den man »Bischof« hieß und der sich – wie Acha trocken befand – gerne reden hörte, vor allem in Gegenwart möglichst vieler Menschen, die Lande vergiftet. Den König hatte er zuerst getauft, dann dessen Getreue, schließlich alle Fürsten, zu denen auch Achas Sohn Thorgil zählte. Damit begann der Niedergang des alten Glaubens. Nicht nur, dass die Häupter der Bekehrten mit gar sonderlichem Wasser beträufelt wurden, welches die Männer der Kirche »geweiht« nannten – obendrein wurden auch alle Heiligtümer der alten Götter entwürdigt, nämlich durch den Bau von Kirchen.

Ein blutiger Klumpen trat zwischen Estriths Schenkeln hervor, indessen Fliegen im roten Dunst summten. Es roch nicht nach neuem Leben, sondern süßlich wie Verwesung.

»'s ist tatsächlich das Köpfchen«, meinte eine der Mägde, zwar endlich mit wachsendem Interesse, aber weiterhin tatenlos.

»Dann zieht es doch heraus!«, brüllte Estrith sich windend.

»Ha!«, lachte Acha. »Ich helfe dir gewiss nicht! Soll dir halt dein Priester dein Kind holen!«

»Es ist auch von deinem Blute, Acha!«

»Eben darum«, sagte die Alte, nun nicht nur höhnisch, sondern ehrfurchtsvoll, »eben darum ist es meine Pflicht, die Götter nach seiner Zukunft zu befragen.«

Sprach's, drehte sich um und marschierte – an der hölzernen Trennwand vorbei, die den Schlafbereich vom Hauptraum abtrennte – zur Feuerstelle.

»Nein!«, gellte Estrith ihr hinterher. »Nein, das wirst du nicht tun!«

Ihr Atem kam stoßartig. Acha hingegen grinste vor sich hin, nahm einen Haken von der Wand, durch deren Gerüst von Weidengeflecht frische Luft von draußen strömte – und kniete sich nieder, um damit in der rotäugigen Glut zu stochern. Das Feuer war am Verlöschen, längst viel zu schwach, um mit seinen flackernden Schatten die Wände zu bemalen.

»Ich tu, was ich für richtig halte«, erklärte sie entschlossen.

»Wage nicht, deine heidnischen Götter nach der Zukunft des Kindes zu befragen!«, schrie Estrith, wiewohl die Worte in einem Würgen und Ächzen untergingen. »Das ist Gotteslästerung! Sobald es geboren ist, wird's getauft!«

»Nun«, lachte Acha, »dann musst du ja keine Furcht haben, dass der Götter Fluch es treffen könnte. Dann ist es vom Gekreuzigten ja bestens geschützt. Oder denkst du vielleicht dasselbe wie ich, dass nämlich dein Christengott im Zweifelsfalle doch zu nichts taugt?«

Estrith konnte nicht mehr reden. Auch ihr Schreien verstummte, als sie nun hechelnd ihr Kind aus dem Leib presste. Acha indessen schrieb magische Zeichen in die Asche, zu der die Feuerglut verfiel.

»Nicht gut«, murmelte sie, um Estrith zu ärgern. »Gar nicht gut ist, was ich sehe.«

Thorgil beglotzte seine neugeborene Tochter schweigend, was nicht verwunderlich war, schließlich sollte ein Mann andere Begabungen haben als die des Redens. Zumindest war er nicht betrunken, wie Acha angenommen hatte, sondern sah sich die kleinen, rot verschmierten Gliedmaßen erstaunlich wach an.

»Es ist nur ein Mädchen!«, lästerte Acha, erleichtert, dass sie der Schwiegertochter zumindest nicht die Geburt eines Sohnes gönnen musste.

Estrith war so bleich, als hätte ihr Leib während der Geburt alles Blut aus den Adern gespien. Vielleicht stirbt sie noch, dachte Acha schadenfroh.

»Sie hat einen Zauber gesprochen«, murmelte Estrith tonlos. »Deine Mutter hat einen bösen Zauber über das Kind gesprochen…«

Thorgil blickte stirnrunzelnd auf. Im Hauptraum erschienen grobschlächtige Mägde und Knechte, um das Neugeborene zu beschauen. Sie kamen aus den Ställen für das Vieh, die rund um das Langhaus gebaut waren, den Speicherhäusern, in denen Getreide gelagert wurde, und aus den Werkstätten, wo Holz und kostbares Eisen verarbeitet wurde – zu Booten und Pflügen, Karren und Fischereigerät.

»Das habe ich nicht!«, verteidigte sich Acha. »Doch wer das zweite Gesicht hat, der vermag in der Feuerglut die Zukunft des Menschen zu sehen!«

Das Kindlein quietschte wie ein Kätzchen.

»Und«, fragte Thorgil, vom Streit der Frauen mürrisch gestimmt, »was hast du gesehen?«

Acha zögerte.

Die Wahrheit war, dass sie weder das zweite Gesicht hatte noch mit den Göttern sonderlich gut stand. Nie hatte sie große Stücke auf sie gehalten, ihre Namen vielmehr erst dann heraufbeschworen, als Estrith den schwachen Christengott ins Haus holte. Das allein hätte Acha ihr noch verzeihen können – nicht jedoch, dass sie aus dem maulfaulen, schlichten Sohn einen lebhaften Mann machte, der ständig dem hübschen Leib der Gattin hinterherrannte und dessen Stöhnen bis in den Hauptraum drang, wenn er auf ihr lag und sie begattete. Acha hatte den eigenen Mann nie zu irgendeiner Regung veranlassen können. Was immer er auf ihr liegend tat – es hatte niemals ein Geräusch erzeugt, weder aus seinem noch aus ihrem Mund. Genauso wenig an der Lust interessiert schien lange Zeit auch ihr Sohn. Doch Estrith hatte sie eines Besseren belehrt.

»Also, was hast du gesehen?«, drängte Thorgil.

Wie war es möglich, so hatte Acha oft gedacht, dass Estrith solche Macht über Thorgil hatte, wo der Christengott doch keine Frauen mochte und seine Mönche noch viel weniger? Wie konnte es sein, dass sich sein Geschlecht oft lange vor der Schlafenszeit unsittlich wölbte, wo doch die neue Religion laut verkündete, dass Lust stets Sünde sei? Ja, wie konnte es sein, dass sie selbst, Acha, den eigenen Mann nie zu jenem feuchten Schafsblick bewegen konnte, wiewohl doch manche ihrer Götter weibliche Namen trugen und auch Frauen Priesterinnen waren?

»Ich habe nichts Gutes gesehen«, sagte sie keuchend. »Dem Mädchen steht ein hartes Leben bevor …«

»Lügnerin!«, stöhnte Estrith. »Du bist eine widerwärtige Lügnerin!«

Thorgil übergab das Kind einer Magd. »Ist das wahr, Mutter?«, fragte er misstrauisch.

Acha zuckte mit den Schultern. Es war leichter, Estrith etwas vorzumachen als ihm.

»Asche«, murmelte sie schließlich, um zumindest teilweise

bei der Wahrheit zu bleiben. »Ich habe nichts als graue Asche gesehen. Das kann doch kein schönes Leben verheißen, oder?«

Weitere Menschen strömten ins Langhaus. Ricbert zählte dazu, Thorgils engster Freund, und Sigwulf, der Sachse war – und Mönch.

Es war nicht gewiss, wie lange er dem Streit zugehört hatte, doch nun trat er vor, um ihn zu beschwichtigen. Er versuchte, es auf eine kluge Art zu tun, indem er keine der beiden Frauen vor den Kopf stieß.

»Das Leben hier auf Erden ist für uns alle beschwerlich«, sprach er in die dumpfe Schwüle hinein, die nach Schweiß und Blut roch. »Dem neuen Menschenkind wird's nicht anders ergehen. Darum ist es wichtig, dass es einen Namen erhält, der es stark macht für diese Welt.«

Thorgil schien erleichtert, dass nicht er derjenige war, der schlichtend eingreifen musste, sich entweder mit dem Weibe oder der Mutter anzulegen hatte.

»Dann bestimme du einen solchen Namen, Mönch!«, befahl er.

Acha knurrte leise, indes Sigwulf auf das quietschende Neugeborene zutrat. »Sie soll Bathildis heißen«, beschloss er. »In diesem Namen sind die sächsischen Wörter für Mut und Kampf enthalten – und es kann gewiss nicht schaden, wenn sie eine mutige Kämpferin wird!«

Acha verbiss sich die Worte, aber wieder stürmte alt vertraute Verbitterung durch ihre Gedanken. Ha! Als ob der feige, geschundene Christengott nach mutigen Kämpferinnen verlangte! Als ob er den Weibern jene Macht überließe, die Acha gerne dem eigenen Geschlecht zugedacht hätte – nur eben nicht der aufmüpfigen Schwiegertochter, die diese Macht als Einzige zu besitzen schien!

»Wird das reichen, sie zu beschützen?« Estrith blickte hilfesuchend in die Runde.

»Ach, werte Estrith«, tröstete Ricbert, der an der Seite des werdenden Vaters die Geburt erwartet hatte. »Bang nicht um das kleine Mädchen hier. Sehr kräftig scheint's mir, und auch die Laute, die es von sich gibt, verheißen Gesundheit. Als mein Sohn Aidan geboren wurde – er kam vor drei Monaten auf die Welt, und wir haben ihm den Namen jenes irischen Mönchs gegeben, der ihn auch zur Taufe hob –, so war er ganz blau im Gesicht, nicht lebhaft rot wie deine Tochter.«

»Und wenn doch ein Fluch auf ihr lastet?«, murmelte Estrith zweifelnd.

Trotz ihrer Verbitterung grinste Acha hämisch. So viel Macht hatte sie an die Schwiegertochter abgeben müssen, dass sie dies Fünkchen Furcht als Wiedergutmachung nicht missen wollte! Wiewohl vom stummen Blick des Sohns dazu gedrängt, versuchte sie nicht, Estrith zu beschwichtigen. Auch dem sächsischen Mönch fiel nichts mehr ein, um die Ängste der Mutter zu entkräften.

Da sprach Estrith selbst, nach einer Lösung trachtend, um das Bedrohliche, das von Achas Botschaft verheißen ward, vom neugeborenen Töchterlein zu wenden.

»Ach, guter Ricbert«, seufzte sie, »da du von deinem Sohne sprichst... ist's nicht ein Zeichen Gottes, dass meine Tochter so bald nach ihm geboren wurde? Ich will dem Ratschluss von euch Männern nicht vorgreifen. Und doch erlaubt mir diesen Vorschlag zu bekunden: Wär's nicht der beste Beweis für eure Freundschaft, wenn meine Bathildis dereinst deinen Aidan zum Gatten bekommt? Ich weiß, wie nahe du dem Königshofe stehst... dein Sohn könnte meinem Mädchen gewiss ein vorzügliches Leben bieten. Nicht länger hätte ich um ihr Geschick zu bangen!«

Ihre Stimme wurde schwächer ob der Anstrengungen der Geburt. Matt sank ihr Kopf zurück auf das Kissen. Thorgil blickte ratlos, bislang bereit, sich jedem Wunsch von der so begehrten Gattin zu fügen, doch jetzo dem Verdacht erliegend, dass ein Entschluss von solcher Weite von ihm getroffen werden müsste – nicht von ihr.

Ricbert freilich nahm die Worte freundlich auf. »Das nenn ich einen guten Plan!«, rief er aus, ehe Thorgil widersprechen konnte. »Schon vorhin hatte ich eben diesen Gedanken – für den Fall, dass dir ein Mädchen geschenkt sein sollte. Nun hat Gott es so gefügt, und wenn sie gesund und kräftig bleibt, dann sehe ich sie dereinst gern als Aidans Braut!«

Er lächelte ehrlich erfreut, Estrith seufzte erleichtert, weil sie das böse Omen nicht länger ohnmächtig ertragen musste, und auch Thorgil nickte schließlich zögernd. Sein Weib hätte nicht ohne sein Einverständnis sprechen dürfen – doch was sie gesagt hatte, ergab Sinn.

»Auf Aidan und Bathildis!«

Alle stimmten in diesen Ruf ein.

Nur Acha wandte sich missmutig ab, von den verheißungsvollen Plänen der Möglichkeit beraubt, Estrith weiter zuzusetzen. Ob ihrer heftigen Bewegungen wirbelte die Asche in der Feuerstelle hoch und verwischte langsam zu Boden tänzelnd die Zeichen, die sie gemalt hatte.

»Bring Holz!«, knurrte Acha eine der Mägde an, die eben die säuerlich riechende Nachgeburt nach draußen tragen und dort verscharren wollte, so tief, dass kein wildes Tier sie ausgraben und fressen konnte. »Siehst du nicht, dass das Feuer erloschen ist?«

II. Kapitel

15 Jahre später

Die Schiffe kamen in der Nacht; mit eingezogenen Segeln glichen sie dunklen Augen und ihre Ruder, die fast lautlos durch das Wasser glitten, deren Wimpernschlägen. Das Plätschern, das sie zeugten, ein wenig ächzend wie der feuchte Atem eines Sterbenden, war leiser als die Brandung, die am zerklüfteten Ufer aufschlug.

Bathildis sah die Schiffe zuerst. Schon Stunden zuvor hatte sie in die Nacht gestarrt, nicht als willentliche Späherin, sondern weil der Schlaf sie vor sich hertrieb, anstatt sie mit seinen schweren Flügeln einzulullen. Seit Wochen ging es so, dass Finsternis und Ruhe sie nicht beschwichtigten, sondern aufwühlten, ihr Gedanken in den Kopf träufelten, die bei Tag keine Macht über sie hatten und die aus dem Kloster an der Küste von Kent, bislang sichere Heimstatt, ein Gefängnis machten. Der einzig erträgliche Ort war die Kammer über dem Schlafsaal, wo Fensterluken einen eingeengten Blick nach draußen erlaubten.

Die Schiffe sah sie nur zufällig; eigentlich starrte sie zum Mond hinauf, der – hinter Wolken liegend – ein unregelmäßiges Licht warf und aus dem dunklen Tuch der See ein Flickwerk aus tiefschwarzen Löchern, weißen, sich kräuselnden Spitzen und grün-blauen Falten machte. Ehe die schreckliche Gefahr zu erahnen war, hatte sie geseufzt, hatte sich gefragt, wie viele Stunden sie noch vom fremden künftigen Leben trennten. Nicht mehr im Kloster sollte sie dieses zubringen, wo sie zu lesen und zu schreiben gelernt hatte, zu singen und zu beten, zu spinnen und zu weben, vor allem aber: demütig zu sein und fromm (wiewohl dies nicht immer gelang; das Verbotene reizte sie, und dazu zählte auch, nachts nicht im Schlafsaal zu liegen, sondern ins Freie zu schauen). Stattdessen sollte sie den Bund der Ehe eingehen – mit einem Mann, der getauft war (was, wie die Äbtissin erklärt hatte, gewiss das Wichtigste war und was jedwede andere Schwäche – sei es eine, die Statur, Gesichtszüge oder Charakter betraf – ausgleiche) und mit dem sie das letzte Mal zusammengetroffen war, als ihre stämmigen Beinchen sie kaum tragen konnten, die Augen noch kindlich blau und die Haare noch blond gewesen waren. Im Laufe der letzten fünfzehn Jahre waren sie gedunkelt (ein wenig rötlich wie das Haar der Mutter und ein wenig bräunlich wie das Haar des Vaters), und um die Pupille war aus einem kleinen dunklen Pünktchen ein haselnussbrauner Reif entstanden. Doch die Zeit hatte aus dem hellen, farblosen Kind nicht nur ein ansehnliches junges Mädchen gemacht, sondern hatte auch die Erinnerung an Aidan verblassen lassen. Sie wusste nichts weiter von ihm, als dass ihre beiden Väter Thorgil und Ricbert die Verlobung schon kurz nach ihrer Geburt beschlossen, hernach mehrfach bekräftigt hatten und dass sie ihm vor Ablauf des Jahres zugeführt werden sollte. Genau genommen wusste sie auch von ihrem Vater nicht viel mehr als von ihrem Verlobten – nur, dass er sie schon früh von Northumbrien nach Kent geschickt hatte, um dort zum einen den Kriegen in der Heimat zu entgehen und zum anderen eine angemessene Erziehung zu erhalten. Sein Antlitz jedoch war genauso vage wie das von Aidan oder auch das ihrer Mutter Estrith, wenngleich jene schon seit langem tot war und es ihr stets verzeihlich erschienen war, eine Tote vergessen zu haben.

So stand sie oft frierend an der Fensterluke, erhaschte durch die schmalen Ritzen der Holzbalken einen Ausschnitt der fremden Welt und suchte daraus etwas abzulesen, was das künftige

Geschick entschlüsseln, in ihr eine Neugierde entfachen würde, ein Sehnen und ein Hoffen.

Meist blieb es merkwürdig still in ihr, denn sie konnte sich ein Leben außerhalb der Klostermauern nicht ausdenken. Und auch der lebendige Schrecken, der sie in jener Nacht ganz ohne Vorwarnung durchzuckte, war gesichtslos. Die Bedrohung, die in Form der augenförmigen Schiffe auf sie zusteuerte, zeugte in ihrem Kopf keine Bilder – nur den Zwang, sogleich aus der Kammer zu stürzen und sich im nachtschwarzen Kloster zu jener Tür vorzutasten, hinter der die Äbtissin Eadhild schlief.

Bathildis hämmerte an die Tür. Zugleich schrie sie ein ums andere Mal – viel lauter, als sie in den letzten Jahren jemals hatte ihre Stimme benutzen dürfen – »Schiffe! Schiffe! Es kommen fremde Schiffe!«

Bathildis hatte erwartet, dass eine Bedrohung wie diese sämtliche Nonnen in unglaubliche Hast versetzen würde, dass sie alsbald in ein Tempo verfallen würden, das die Beschaulichkeit eines gottgeweihten Lebens ansonsten strikt verbat. Stattdessen konnte sie sich des Eindrucks nicht erwehren, dass in dem Augenblick, da sie der Äbtissin von der Gefahr berichtete, jene ihren so regsamen Geist aushauchte und nur mehr Hülle war, die auf fremde Hilfe wartete.

Nie zuvor hatte Bathildis deren Zelle betreten. Die Äbtissin Eadhild war die Einzige, die einen Raum ganz für sich allein hatte, und wenngleich sie darum von manchen der älteren Nonnen beneidet wurde, deuchte es Bathildis und die gleichaltrigen Mädchen stets unheimlich, alleine zu schlafen – ganz ohne das Seufzen und Räuspern und Schnarchen der Gemeinschaft.

Selbst jetzt konnte sie nicht umhin, einen neugierigen Blick in diese Zelle zu werfen, um hier freilich nichts weiter zu erschauen als einen Strohsack, von dem die Äbtissin hochgefahren war, und einen Holzschemel. Eadhild trug die gleiche Leinenkutte wie des Tags, nur ihre Haare waren von keiner Haube bedeckt, sondern hingen schwer über den Rücken – strähnig und talgig und einen unangenehmen Geruch verbreitend, jenem gleichend, der drückend im Schafstall hing.

»Was sagst du da? Was sagst du da?«, stotterte sie ein ums andere Mal, schritt ziellos auf und ab.

Zuerst war Bathildis erleichtert, dass ihr die Frage erspart blieb, warum sie sich aus dem Schlafsaal geschlichen hatte. Doch zunehmend verstörte es sie, dass die Frau, die das Kloster leitete – stets ein wenig nörgelnd, das schon, aber mit jener Würde, die nur vom Leben erprobte Menschen ausstrahlen können –, nicht klärte, was zu tun war, die Zeit nicht nutzte, die verblieb, bis die Schiffe am Ufer anlegten und deren Insassen das Kloster erreichten. Es lag nicht direkt am Strand, aber auch nicht weit genug im Landesinneren, um vor den Blicken Fremder geschützt zu sein – zumindest nicht mehr, seitdem die Mönche den Wald gerodet hatten.

Diese Mönche lebten im gleichen Kloster wie sie, jedoch durch eine Tür getrennt, die zu öffnen streng verboten war und die nur von der Äbtissin durchschritten wurde, wenn sie mit dem Abt etwas zu klären hatte. Einzig beim Messbesuch trafen Männer und Frauen zusammen, doch jener war in den letzten Tagen ausgefallen, weil die Mönche zum Grab des Paulinus gepilgert waren, um das Andenken dieses großen Mannes zu ehren. Jener hatte das Christentum nach Northumbrien gebracht, war von dort jedoch schmählich vertrieben worden, als der heidnische Penda die Macht erlangt hatte, und schließlich vor drei Jahren in Kent gestorben.

Die Abwesenheit der Brüder bedeutete, dass die Nonnen auf sich gestellt waren und die Äbtissin allein eine Entscheidung zu treffen hatte.

Kopflos auf und ab irrend erweckte sie freilich nicht den Eindruck, dass sie dazu bereit wäre.

»Mutter Äbtissin!«, rief Bathildis. »Die Schiffe kommen aus

dem Norden! Sie haben keine Segel gespannt, was heißt, dass sie nicht erkannt werden wollen!«

Erstmals blieb die Frau stehen.

»Du meinst doch nicht, dass …«, setzte sie entsetzt an.

Bathildis wusste gar nicht, was sie meinen sollte. Lieber wäre ihr gewesen, die andere würde etwas sagen, ihr erklären, was vorging. Stattdessen musste sie selbst mühselig nach dem wenigen schürfen, was sie in den letzten Wochen und Jahren über ihre Heimat gehört hatte, niemals offen ausgesprochen, weil unnütze Worte im Kloster streng verboten waren. Gewissheiten gab es wenige – aber manches Gerücht, manche Ahnung, meist zu schrecklich, um ernsthaft daran zu glauben.

Von Kriegen im Norden Britanniens war die Rede, desgleichen von darob entvölkerten Landstrichen und Vertriebenen, die den Verlust ihrer Heimat rächten, indem sie raubten und mordeten … und schändeten. Von all den möglichen Verbrechen war dies gewiss das Schlimmste, denn es war nicht sicher, ob eine solcherart entehrte Frau jemals den Himmel erschauen dürfte.

Die Gesetzlosen im eigenen Land waren jedoch nicht die einzige Bedrohung. Erst kürzlich hatte ein Reisender, den man entsprechend dem Gebot der Gastfreundschaft aufgenommen hatte, berichtet, mehrere Schiffe wären an den Küsten Kents aufgetaucht. Von einem Land stammten sie, das auf der anderen Seite des Meeres lag und aus dem keine gesitteten Christenmenschen kamen, sondern Barbaren, schrecklich gottlos und grausam und stets auf der Suche nach Reichtümern, um ihre unermessliche Gier zu stillen.

Wiewohl Bathildis solcherlei Gedanken, die sich schon beim ersten Anblick der Schiffe aufgedrängt hatten, nicht laut aussprach, schien der Äbtissin nun Ähnliches zu dämmern. Endlich blieb sie stehen, stieß einen Schrei aus, so laut, dass er bis in den Schlafsaal drang und dort Unruhe stiftete. Alsbald erschien die Nonne Godiva auf der Schwelle, deren farblose Lippen sich nie gänzlich über die spitz vorstehenden Zähne schlossen und deren Gesicht dem einer Ziege glich.

Mit ihr, der engsten Vertrauten der Äbtissin, die auch diejenige war, die am schönsten zu schreiben vermochte, strömten andere herbei – die einen mit offenem Haar, die anderen mit in der Eile verkehrt gebundener Haube. Ihre Stimmen gingen durcheinander.

Sie sollen still sein, dachte Bathildis; die Männer aus dem Norden dürfen uns nicht hören! Und Licht … kein Licht, so wie es jetzt die Kerzen aus Talg verbreiteten!

Sie hoffte, die Äbtissin würde das ebenso bedenken und zur Ruhe mahnen.

Stattdessen schrie jene ein ums andere Mal – und das war es, was aus Bathildis' Sorge und Aufgewühltheit eine klamme, kalte Furcht machte, die sich wie ein Wurm in ihrem Bauch zu winden begann – »Gott straft uns! Gott geißelt uns!«

Wieder fiel Bathildis auf, dass Langsamkeit und Erstarrung das Geschehen bestimmten, nicht Hast und Eile.

Die Nonnen verstummten, lauschten auf das, was die Äbtissin und Bathildis zu berichten hatten – wobei genau betrachtet nur Bathildis in ganzen Sätzen sprach, die andere in panischen, unnützen Silben; dann rangen sie merkwürdig lahm die Hände. Godiva, die Ziegengesichtige, ansonsten streng mit sich und anderen, wenn es um laute, nutzlose Geräusche ging, schlug die Hände über dem Kopf zusammen. Das Klatschen ließ alle zusammenfahren.

»Wir sind verloren! Ohne unsere Brüder sind wir gewiss verloren! Allein Gott kann uns jetzt noch retten! Schnell, schnell, lasst uns in der Kapelle Zuflucht suchen! Holt alle zusammen – vielleicht hat der Allmächtige doch noch Erbarmen mit uns!«

Bathildis konnte sich nicht erinnern, Godiva jemals offen ins Antlitz geschaut zu haben, desgleichen wie sie in ihrer Gegenwart niemals ungefragt das Wort erhoben hatte. Die fromme, pflichtversessene Godiva neigte dazu, jede Frechheit zu bestrafen – nicht mit den üblichen Schlägen, sondern mit schmerzhaften Kniffen in die Brüste, selbst in die flachen der Kinder. Nicht nur, dass es schmerzhaft war – eine jede, der solches geschah, ahnte, dass es auch verboten, weil unkeusch war. Freilich war es schwer, von der Ziegengesichtigen zu denken, dass sie willentlich sündigte. Und ebenso wenig konnte man mit der Äbtissin darüber sprechen, die sich auf Godiva verließ wie auf keine andere. Selbst jetzt nickte sie. An ihrer Stelle erhob Bathildis Einwand.

»Nein, nicht die Kapelle!«, stieß sie aus. Sie wusste in diesem Augenblick nicht, vor wem sie sich mehr ängstigte – vor den nahenden Schiffen oder dem Ziegengesicht, das sich missmutig verzog.

»Seit wann führen in unserem Haus Kinder das Wort?«, zischte sie in Bathildis' Richtung und fuchtelte obendrein mit der Kerze.

Vor den anderen kann sie mich nicht in die Brüste kneifen, dachte Bathildis' trotzig.

»Ich habe die Schiffe entdeckt!«, entgegnete sie mit sich überschlagender Stimme. »So nah sind sie schon an der Küste. Und deswegen müssen wir uns eilen und uns verstecken, aber nicht in der Kapelle, denn …«

Dass sie an Macht verlieren könnte, deuchte Godiva wohl die größere Gefahr zu sein als die fremden Schiffe. Sie schritt auf Bathildis zu, musterte sie streng und wortlos, als hätten sie alle Zeit der Welt für diesen Streit, und meinte dann verächtlich – über Bathildis' Kopf hinwegsprechend:

»Sie ist nicht einmal Novizin. Irgendwann wird sie das Kloster verlassen, um zu heiraten … Und so eine will uns sagen, was wir zu tun haben?«

Bathildis wusste nicht genau, was sich am lautesten aus der Stimme der anderen herausschälte: Neid, dass sie selbst ihr Leben im Kloster beschließen würde, oder Geringschätzung, weil der Stand der Nonnen weit mehr Heil versprach als jener der Ehefrauen, die die Scham der Zeugung und den Schmerz der Kindesgeburt zu ertragen hatten…

Nun, beides würde Bathildis nicht erleben, wenn sie sich nicht baldigst retteten.

»In… in der Kapelle werden sie zuerst nachsehen, wenn es tatsächlich Räuber sind, die nach Reichtümern suchen«, stotterte sie – mühsam die Zunge befehligend, die die Furcht anständig aus dem Takt tanzen ließ. »Wenn wir hingegen an einem Ort Zuflucht suchen, der unauffällig ist, dann…«

»Bis zum Wald schaffen wir es niemals!«, schaltete sich eine der anderen ein. »Die ersten Bäume stehen viel zu weit entfernt von uns!«

»Auch der Getreidespeicher ist zu klein – und wer sagt, dass sie nicht auch der Hunger treibt und sie an diesem Ort früher suchen als in der Kapelle?«

Bathildis atmete schwer. Ob ihrer Furcht dachte sie, keinen klaren Gedanken fassen zu können. Doch gerade aus der Leere in ihrem Kopf vermochte sich ein Befehl klar und deutlich zu erheben: »Der Taubenturm!«

Die Äbtissin starrte sie verständnislos an. Jetzt erst entdeckte Bathildis, dass Falten ihr Gesicht überwucherten wie kleine Sprünge den Boden einer Schüssel. So zerknittert sah sie aus, dass Bathildis sich kurz fragte, wie sie jemals Furcht vor der gestrengen Klostervorsteherin hatte haben können, die die Mädchen sämtliche lateinischen Psalmen und die Worte der großen Kirchenlehrer hatte lernen lassen. Auch sie war kaum milder als Godiva und strafte gern auf ihre Weise. Wer nicht rechtzeitig begriff – Bathildis gehörte meist nicht dazu, umso mehr aber ihre Freundin Hereswith –, der musste seine Hände ausstrecken; dann ließ sie den Hanfstrick, der das raue Leinengewand zusammenhielt, in der Luft kreisen wie eine Peitsche und schlug rote Striemen in die Hände.

Von jener Strenge war heute nichts zu spüren.

»Ja«, sagte sie langsam. »Der Taubenturm.«

Godiva schnaufte, wieder klang es verächtlich. »Und das Haus Gottes sollen wir im Stich lassen? Erlauben, dass man den Leib Christi schändet? Wer immer da kommt und uns bedroht: Wir sollten ihnen das Brot entgegenhalten, auf dass ihnen Gott selbst befiehlt, von dannen zu ziehen!«

»Sollen sie lieber uns schänden anstelle des Allerheiligsten?«, rief Bathildis laut.

»Bathildis!«, rief die Äbtissin entsetzt, um alsbald kleinlaut hinzuzufügen: »Godiva hat recht. Wenn es tatsächlich Barbaren aus dem fremden Land sind, die da kommen, dürfen wir ihnen nicht erlauben, dass sie das Allerheiligste verunreinigen ...« Sie hielt kurz inne, dachte nach, suchte im Kreise der anderen unruhigen Nonnen nach einem bestimmten Gesicht. »Freilich ist es auch ratsam, Schutz vor ihnen zu suchen. Wir dürfen ihnen nicht in die Hände fallen, und das würde in der Kapelle wohl geschehen. Also gut, Schwester Messnerin, ich befehle dir: Geh in das Haus Gottes und folge uns nach mit sämtlichem Gefäß, das jemals den Leib oder Blut Christi hielt! Wickle es in die Altartücher ein, auf dass es nicht verunreinigt werde!«

Die Schwester Messnerin war bislang still gewesen. Nun schrie sie spitz und hoch: »Das wag ich nie und nimmer!«

»Nun, mach schon!«, rief die Äbtissin, mehr ratlos als streng, aber immerhin endlich bereit, das Ruder wieder zu übernehmen. »Wir haben keine Zeit für Mutlosigkeit!«

Die Nonne erbleichte, japste nach Luft – und fand eine Ausrede. »Aber es verhält sich so, dass ich ... in diesen Tagen blute ... so wie's jeden Monat bei Vollmond geschieht. Ich bin unrein! Ich darf die Kapelle nicht betreten, und den Altarraum noch weniger. O gebe der Herr, unsere Brüder in Christus kämen zurück, um uns zu beschützen!«

Was ihnen gewiss nicht gelänge, ging Bathildis durch den Kopf, wiewohl sie wusste, dass sie nicht schlecht von den Mönchen denken durfte, wo doch jeder Mann mehr wert war als die Frau. Dennoch: Die Mönche waren keine kräftigen Helden, sondern bis auf Bruder Alchfrid steinalt und gebrechlich, und jener wiederum war von Geburt an blind. Erstaunlich, dass man ihm die Ewigen Gelübde gestattet hatte, wo doch jeder wusste, dass solche Behinderung die Strafe Gottes für die Sünden seiner Eltern war.

»Bathildis«, sprach die Äbtissin indessen, »du bist flink auf den Beinen. Geh du in die Kapelle und tue, was ich die Schwester Messnerin geheißen habe.«

»Aber, Mutter Äbtissin, es ...«, widersprach Godiva heftig.

»Ich weiß, sie ist nicht einmal Novizin, doch was zählt das in Zeiten der Bedrängnis? Ich brauche dich hier, Schwester Godiva, damit du mir hilfst, die anderen aufzuwecken, ohne dass sie in Geschrei ausbrechen. Der Taubenturm ist ein gutes Versteck. Wir müssen alle dorthin führen ... und du, Bathildis, kommst nach.«

Bathildis nickte tonlos; kurz nur währte der Triumph über ihre Auszeichnung, die ihr entgegen Godivas Willen zugesprochen ward. Dann wurde ihre Kehle wieder rau, und in ihrem Leib wand sich der dunkle Wurm aus Angst und Schrecken. Durch die Schlitze des Fensterbalkens erspähte sie, dass die Schiffe, anfangs nur Punkte in der Weite des Horizonts, zur Größe einer Faust gewachsen waren. Wenn es ihr nicht rechtzeitig gelänge, ihre Aufgabe zu erledigen und wieder aus der Kapelle zu huschen, so würde sie den nächtlichen Angreifern ganz alleine gegenüberstehen – wer immer sie auch waren.

Bathildis schlich auf ihren Zehenspitzen. Sie hatte erwartet, dass ihre Furcht in der leeren Kapelle weiter wachsen und ihr Leib noch unkontrollierter zittern würde als vorhin, nicht zuletzt, weil in den Gemäuern die modrig-frostige Luft vom Winter hing, wiewohl selbst der launige Frühling bereits zur Neige schritt. Aber dennoch verbreitete das niedrige Gewölbe ein heimeliges Gefühl, zumindest in solcher Weise, dass es der gebotenen Ehrfurcht nicht widersprach.

Es war, als hätte Weltliches in den geweihten Hallen nichts zu suchen – was gleichsam hieß, dass die bedrohlichen Schiffe und die Angst, die sie zeugten, hier keinen Zutritt hatten.

Vielleicht sollte ich mich hier verstecken, ging es Bathildis durch den Kopf, obwohl sie vor wenigen Augenblicken noch den anderen Schwestern davon abgeraten hatte.

Nun glaubte sie plötzlich Godivas Hoffen, dass kein Angreifer diese Schwelle überschreiten könnte, sondern von unsichtbarer Macht zurückgehalten werde, gleich so, als würde ein kräftiger Krieger ihm entgegentreten und ihn schlagen. Ein Krieger, wie ihr Vater einer war, der gewiss alles zu ihrer Rettung tun würde, wüsste er seine Tochter in Gefahr.

Es war nicht das erste Mal, dass sie an Thorgil dachte. Wohingegen ihn ansonsten ihre Fantasie nur blass und unscharf zeichnete, ward er nun ob der Furcht zum mächtigen Riesen gewachsen.

»Oh, Vater«, seufzte sie unwillkürlich – und sie wusste nicht, ob sie den irdischen meinte oder den himmlischen, dem man an keinem Ort so nah kommen konnte wie hier.

Gleichwohl es übermächtig schien, widersetzte sie sich dem Begehren, sich irgendwo zu verkriechen, sondern erfüllte ihre Pflicht, indem sie zum Altar vortrat, dort sämtliche Gerätschaften zusammentrug und sie hernach in der bestickten Decke einwickelte: Kelche aus Bronze (die Klostergemeinschaft war zu arm, um solche aus Gold zu besitzen), zwei Kandelaber, Wein- und Siebgefäß mit farbig blitzenden Steinen und die Hostienschalen für die heiligen Eulogienbrote.

Einer wie ihr wäre solch Handeln niemals gestattet gewesen, wäre ein Mann zugegen gewesen und hätte sich die Gemeinschaft nicht in einem Zustand höchster Not befunden. Wissend, dass sie eine Unwürdige war, hielt sie darum den Kopf gesenkt – gleich so, als stünde sie einer Person gegenüber, der man nicht offen ins Angesicht schauen durfte. Sie versuchte, sämtliche Gefäße nur mit den Fingerspitzen anzufassen, sodass sie mit möglichst wenig beschmutzender Haut in Berührung gerieten.

Ob die Nonnen schon den Taubenturm erreicht hatten? Ob die Schiffe schon angelegt hatten und ihnen die fremden Männer entstiegen? Waren jene vielleicht gar nicht auf einen Raubzug aus, sondern wollten nur sicher in Ufernähe ankern, um hier die Nacht zu verbringen?

Obzwar sie ihre Aufgabe besonnen hatte erfüllen wollen, machten die Gedanken sie fahrig. So geschah es, dass sie über einen kleinen Vorsprung im unebenen Boden stolperte. Japsend hielt sie sich gerade noch aufrecht, doch sie konnte nicht verhindern, dass eine jener Schalen, die ansonsten das zum Leib Christi gewandelte Brot hielt, aus ihren Händen rutschte und scheppernd auf den Boden kullerte. Er war nicht schmutzig, auch nicht aus bloßem Holz, sondern aus Lehm gestampft, doch – verglichen mit jenen kunstvollen Mosaiken, von denen jene Brüder erzählt, die schon Kirchen in Rom erblickt hatten – sehr ärmlich und keinesfalls heilig.

Bathildis wusste nicht, was sie mehr erschreckte – das laute Geräusch (wusste Gott, wer es gehört haben könnte) oder die sträfliche Verunreinigung eines heiligen Gefäßes. Dies, so ahnte sie, war noch schlimmer, als ein böses Wort zu sprechen und sich solcherart die Lippen schmutzig zu machen oder den eigenen Leib an verbotener Stelle zu berühren.

Entsetzt schrie sie auf, stand dann wie starr und blickte auf die Schale, die sich mehrmals um die eigene Achse drehte, ehe sie endlich stillstand. Einen Augenblick war sie sicher, dass die Strafe Gottes augenblicklich über sie hereinbrechen müsste. Manche Menschen waren wegen eines geringeren Vergehens vom Blitz getroffen worden.

Unwillkürlich duckte sie sich, lauschte in die Stille. Doch entgegen ihrer Erwartung tat sich der Himmel nicht auf, um das

Zeichen seiner Rache auf die Erde zu senden, sodass sie sich schließlich wieder aufrichtete und sich zögernd umblickte.

Die Zeit drängte. Niemand hatte gesehen, was geschehen war – nur Gott allein, aber wäre es für Gott nicht noch viel schlimmer, wenn böse, habgierige Räuber, womöglich sogar Heiden darunter, die geheiligten Gegenstände in die Hand bekommen hätten?

Die Heiden!

Die Angst vor den Schiffen, eben noch vom Entsetzen über die eigene Untat verdrängt, durchzuckte sie wieder, löste den Körper aus seiner Starre. Sie dachte nicht länger daran, dass sie noch Schlimmeres getan hatte als die Schwester Messnerin, wäre jene zum Zeitpunkt ihrer monatlichen Blutung dem Altarraum zu nahe gekommen, sondern bückte sich rasch, um die Schale aufzuheben, zum restlichen Geschirr zu legen und dieses hastig einzuhüllen.

Wenn Gott uns seine Geißel schickt, dachte sie – zu sehr in fiebrige Aufregung versetzt, um zu erkennen, welch frevlerischer Gedanke sich da in ihr festbiss –, so darf Er sich nicht wundern, wenn unser Tun nicht den rechten Gang nimmt …

Sie schlich wieder lautlos, nur die heiligen Schalen schepperten in dem Bündel, zu dem sie das Altartuch gerollt hatte. Draußen im Freien war es freilich kaum hörbar, wurde von den teils kreischenden, teils sehnsuchtsvollen Stimmen des Waldes übertönt, der dunkel dort hinten lag, ein sicheres Versteck, nur viel zu weit entfernt.

Ihr Herz hämmerte, als sie sich zum Meer umdrehte. Es schien völlig glatt zu sein, wie die nackte Haut eines sehr jungen Menschen, nicht aufgewühlt von Schiffen und deren Ruderschlägen. Doch dass von ihnen nichts zu sehen war, beunruhigte Bathildis noch viel mehr. Nichts anderes konnte es bedeuten, als dass sie längst am Ufer – von ihrem Standpunkt nicht auszuspähen – angelegt hatten.

Und dort vorne – waren da nicht Schatten? Bewegten sich nicht Büsche?

Lauf!, dachte sie hektisch. Lauf!

Und zugleich: Wenn ich laufe, so werde ich auffallen.

Unentschieden verharrend, erwachten wieder Gedanken an den bislang fremden, gesichtslosen Vater; erneut begann sie, das Bild von ihm zu malen: groß und stark und dunkelhäutig; ein Rächer und Beschützer, ein Helfer in der Not. Solcherart wähnte sie sich genug gestärkt, um eine Entscheidung darüber zu treffen, wie sie sich am besten fortbewegen sollte.

Als sie erneut vermeinte, in der Ferne schattenhafte Bewegung zu erspähen, folgte sie nicht der ersten Regung aufrecht laufen, sondern bückte sich, um – vom Gestrüpp geschützt – zu kriechen. Sie kam zwar langsamer voran als gehend, doch näherte sich stetig dem Taubenturm, die eine Hand als Stütze nutzend, während sie mit der andern noch immer fest das Bündel umgriffen hatte. Sie vermied es, Zeit zu verschwenden, sich umzudrehen, wiewohl das Gefühl von Bedrohung ihr im Nacken saß und sie mehr als einmal sicher glaubte, dass das gelbe Mondlicht den Schatten eines Riesen auf sie werfen würde.

Wenn ich jetzt sterbe, ging ihr durch den Kopf, wenn ich jetzt sterbe, dann habe ich keine Erinnerung an mein Leben, dann werde ich meinen Vater niemals wiedersehen …

Der Gedanke an solch Versäumnis spornte sie an. Mit wunden Knien und aufgescheuerten Händen – dort, wo das Bündel in ihre Haut schnitt – erreichte sie endlich den Taubenturm, der auf dünnen Holzpfosten stehend in die Höhe ragte.

Bruder Desiderius hatte ihn errichten lassen – jener Bruder, der einst mit dem großen Paulinus in Rom gelebt, das dortige Sankt-Andreas-Kloster aber verlassen und auf Wunsch des Papstes Gregor Paulinus nach Britannien begleitet hatte, um hier den christlichen Glauben zu verkünden. Desiderius hatte sich gefügt, obwohl ihm der Eifer von Paulinus fehlte und er nach zwei aufreibenden Jahrzehnten, da er gepredigt und getauft hatte, seinen morschen Gliedern und den Schmerzen, die diese bedingten, überaus dankbar war. So war ihm nämlich weiteres

Reisen unmöglich, und er fand hier im Kloster eine sichere Zuflucht. Seinen Lebensabend verbrachte er nicht in Gedanken an die vielen von ihm bekehrten Heiden von Northumbrien, sondern mit der Erinnerung an Rom und an die naturwissenschaftlichen Studien, die er dort betrieben hatte. Dazu gehörte auch das Wissen, dass man jene grauen Vögel, welche Tauben hießen, eindrucksvoll dazu erziehen konnte, als Boten Briefe zu überbringen. Was im alten Imperium noch üblich war und geholfen hatte, manchen Krieg zu gewinnen, stieß hierzulande auf Misstrauen. Doch man gönnte dem alten Mann die Marotte, einen Taubenturm zu bauen und die Vögel zu züchten, und wiewohl es ihm nie gelungen war, eines der grauen Tiere, die dort droben in den Verschlägen nisteten, zum eigentlichen Zwecke zu erziehen, lohnte sich das seltsame Konstrukt zumindest in dieser Nacht.

Als Bathildis es erreichte, richtete sie sich vorsichtig auf und griff nach einem der Holzpfosten. Wenigstens waren die Nonnen so klug gewesen, sämtliche Kerzen und Kienspäne zu löschen – auch wenn dies bedeutete, dass sie sich mehrmals den Kopf anschlug und nicht erkennen konnte, wie sie hochsteigen sollte. Etwas Klebriges rann ihr von der Stirne. Sie konnte es nicht sehen, aber es musste wohl der weiße Kot des Vogelviehs sein.

»Bathildis!«, raunte eine Stimme. Sie wusste nicht, wer es war. »Bathildis! Komm herauf zu uns!«

Endlich ertastete sie im Finstern eine Holzleiter.

Sie kletterte vorsichtig, Stufe für Stufe; es gelang ihr sogar, für einen Augenblick die Bedrohung in ihrem Rücken zu vergessen, weil sie sich ausschließlich darauf konzentrierte, das Bündel mit den Altargegenständen festzuhalten. Kaum auszudenken, es hätte sich geöffnet und sämtlicher Inhalt wäre in den Taubenkot gefallen – und das vor den Augen der Nonnen.

In der Mitte angekommen, wurde es ihr gottlob abgenommen. Suchende Hände griffen auch nach ihrem Leib, zogen sie hoch, und schnaufend konnte sie sich nach weiterem Klettern endlich auf die knirschenden Holzbalken fallen lassen. Eng war die Fläche, auf der sich die Nonnen zusammengerottet hatten; man konnte kaum hocken, eigentlich nur liegen. Keine wagte, sich zu regen, aus Angst, der klapprige Verschlag könnte in sich zusammenbrechen.

Waren die Angreifer schon auf dem Weg zu ihnen? Klangen Geräusche herauf? War es nur die Brandung, die in der Ferne raunte, oder Boote, die gegen den Grund schlugen, Schritte, die über das Geröll des Strandes stiegen?

Bathildis fühlte, wie eine Hand nach ihr fasste, die ihre umklammerte und nicht mehr losließ. Hereswith. Ihre gleichaltrige Gefährtin, die wie sie aus Northumbrien stammte. Bis auf die gemeinsame Herkunft gab es wenig, worin sich die Mädchen ähnlich waren, doch weil sie im Dormitorium nebeneinander schliefen, wie sie auch nebeneinander aßen, beteten und ihre Aufgaben erfüllten, hatten sie sich so aneinander gewöhnt, dass sie zu Freundinnen geworden waren.

Hereswith war auch an gewöhnlichen Tagen viel sanfter, mutloser, schweigsamer als Bathildis, in dieser Nacht wurde sie jedoch fast wahnsinnig vor Furcht.

Bathildis spürte Hereswiths Fingernägel, wie sie ihr ins Fleisch stachen, hörte in der Stille nichts als ihren keuchenden Atem, dann wurde jene plötzlich unterbrochen – von einem deutlich artikulierten Gebet.

»Exaudi Deus orationem meam et ne despexeris deprecationem meam. Conturbatus sum a voce inimici et a tribulatione peccatoris …«

Gott, erhöre mein Gebet, verbirg dich nicht vor meinem Flehen. Das Geschrei der Feinde verstört mich; mir ist angst, weil mich die Frevler bedrängen.

Bathildis' Augen hatten sich an die Dunkelheit gewöhnt, und sie rappelte sich auf, um zu sehen, wer diese Worte sagte. Manche der Nonnen starrten mit aufgerissenen Augen wie Tote; andere hatten diese zusammengepresst, als könnten sie sich solcherart von der Welt fortstehlen, in der Raub und Schändung und Ermordung drohten. Ein paar wenige nickten im Takt der Silben – ausgesprochen von der ziegengesichtigen Godiva, die als Einzige kniete und die Hände zum Gebet verschränkt hielt. Bathildis ahnte, dass es ein Psalm war, mit dem jene den himmlischen Beistand herbeirufen wollte, doch in jenem Augenblick deuchten die Worte sie das Dümmlichste, was sie je vernommen hatte. Jedes einzelne war zu viel gesprochen. Jedes einzelne konnte dazu führen, dass sie aufgestöbert wurden.

»Hör zu beten auf!«, zischte sie, erstaunt über die schneidende Stimme und auch darüber, dass sich zu der bodenlosen Angst auch ein Gefühl von Wut mengte.

Überrascht hob Godiva ihr längliches Gesicht.

»Wer kann uns jetzt noch helfen, wenn nicht der Allmächtige?«, fragte sie, ohne daran zu denken, dass sie sich vor einer wie Bathildis nicht zu rechtfertigen hatte.

»Der Allmächtige hat mir die Eingebung geschenkt, dass wir hier Zuflucht finden können! Also verrate uns nicht mit lauten Worten!«

Einen Augenblick schwieg Godiva, schien sich der Forderung zu beugen, um freilich schon im nächsten fortzufahren; diesmal war ihre Stimme nicht zitternd und bangend, sondern klar und laut.

»Exaudi Deus orationem meam et ne despexeris …«

»Still!«, fiel Bathildis ihr ins Wort.

Es war nicht das Einzige, was sie tat, um die andere zum Schweigen zu bringen. Sie wusste kaum, was geschah, da ertönte schon ein leises Aufklatschen, mit dem sie Godiva einfach die Hand auf den Mund geschlagen hatte und ihn zuhielt.

Die andere wand sich ärgerlich, jedoch nicht lange. Denn just in diesem Augenblick ertönte ein lautes Hämmern und Krachen und Getrampel, gleich so, als würde ein ganzes Heer aus dem Nichts einfallen. Der Boden erzitterte unter Schritten und gab das Beben auch an die Holzwände weiter, die ihnen Schutz gewährten.

Die Kapelle, das Männerkloster, das Frauenkloster.

Verschlossen einzig von Holztoren.

Schon war ihr Knirschen zu hören, als sie gewaltsam aufgebrochen wurden und die fremden Angreifer mit lautem Gejohle in die Gebäude stürmten.

Während die Nonnen entsetzt aufstöhnten, störte sich Bathildis nicht an diesem Laut. Jeder war ihr recht, wenn er nur weit genug von ihnen entfernt war!

Nur – lösten sich da nicht einzelne Schritte aus dem allgemeinen Getrampel? Näherten sie sich dem Taubenturm, langsam, vorsichtig spähend – aber unausweichlich?

III. Kapitel

Die Nacht währte endlos. Sie färbte jedes Geräusch dunkler, das bei Tageslicht erlauscht zwar nicht weniger erschreckend, aber doch weniger unheimlich in ihrer aller Ohren geklungen hätte.

Aus welchem Höllenkrater die Horde dort unten auch immer erstanden war – ihr Handeln war nicht ohne Ordnung. Wahrscheinlich waren sie nicht zufällig an jenem Punkt der Küste gestrandet, sondern angelockt von dem Gerücht, dass jenes Doppelkloster über all die Jahre seines Bestehens manche Schätze zusammengetragen hatte. So planmäßig, wie sie lautlos näher gekommen und die Heilige Stätte umkreist hatten, um dann zu einem jähen, überraschenden Angriff überzugehen, war denn auch ihr weiteres Tun. Erkennend, dass sie auf leere Mauern trafen, nutzten sie nicht nur die dunkle Nacht, sondern auch das verräterische Morgengrauen, um Stein um Stein zu wenden und nach allem zu suchen, was für sie Wert besaß.

Es waren nicht die heftigen Laute, die den lauschenden Nonnen am meisten zusetzten, sondern die leisen. Mehr als einmal kam einer der Angreifer dem Taubenturm gefährlich nahe. Noch Tage später brannte das Geräusch der forschen Schritte in Bathildis' Ohren wie ein steter Schmerz. Allesamt wagten sie es nicht, durch die Luken zu spähen oder sich gar hinunterzubeugen, sondern duckten sich im engen Raum. Und doch war Bathildis später, sie hätte ihn selbst gesehen – jenen Mann, aus einem Land im Norden jenseits des Meeres stammend, der den

Taubenturm als Einziger betrat und der prüfend die Holzleiter ertastete, auf der sie kurze Zeit zuvor nach oben geflohen war. Selbst Godiva, die sich ob Bathildis' unbotmäßigem Betragen noch nicht wieder beruhigt hatte, hockte in diesem Augenblicke bebend. Angstschweiß perlte von ihrem länglichen Gesicht. Bathildis konnte ihn riechen – desgleichen die Ausdünstungen des Mannes, salzig wie das Meer und verdorben wie dessen Schlamm.

Ich will nicht sterben, ich will nicht sterben, ging ihr ein ums andere Mal durch den Kopf. Ich will mein künftiges Leben noch kennen lernen... meinen Vater... o, wärst du hier und würdest mich beschützen!

Hereswith, die ängstliche Gleichaltrige, hielt wieder ihre Hand und drückte sie so fest, dass Bathildis vermeinte, alle Knochen müssten ihr brechen. Sie ertrug den Schmerz gerne; er lenkte sie ein wenig von der Furcht ab, und Hereswiths Körper, der sich an sie presste, schenkte die Gewissheit, dass sie nicht alleine war in ihrer Not.

Dann – wieder ein Geräusch. Das Gebälk erzitterte.

Wer immer sich dort unten genähert hatte, schien bereits auf der untersten Stufe der Leiter zu stehen, vorsichtig sein Gewicht zu verlagern, um zu prüfen, ob sie denn stabil genug sei, ihn zu halten.

Und jetzt – setzte der Fremde nicht schon seinen Fuß auf die zweite Stufe?

Der Augenblick schien ewig zu dauern, und das quietschende Geräusch, das nun ertönte, war laut wie ein Knall.

Schon vermeinten die Nonnen, dass sich der Kopf eines Angreifers sogleich nach oben schieben und sie entdecken müsste, doch was nun folgte, war kein neuerliches Knacken der Leiter, sondern... Schritte. Diesmal leiser werdend. Ein Knirschen auf einem Boden, dessen Gras oft von dicken Schichten weißen Sandes bedeckt war. Der Mann hatte der Leiter nicht getraut.

Er geht weg, durchfuhr es Bathildis, und sie lauschte so angestrengt, bis ihr der Schädel zu platzen drohte, gleich so, als wäre der Wurm vom Magen in den Kopf gekrochen, um dort zu wüten.

Irgendwann gab es nichts mehr zu erlauschen, weder Schritte noch Gegröle, noch Bersten noch Brechen – nur die Vögel schrien pfeifend und hoch, im fernen Wald und vom Meer.

Bathildis hielt die Augen geschlossen, um die Stille – bar sämtlicher anderer Eindrücke – genauer zu erforschen. Konnte es sein, dass die wilden Räuber fort waren? Dass sie das wenige, was das Kloster besaß, genommen hatten und nun enttäuscht und immer noch hungrig nach Reichtümern weitersegelten?

Sie wagte nicht, diese Frage laut zu stellen. Keiner wagte das – auch als die Sonne hoch am Himmel stand, später die Himmelsleiter wieder herabkletterte und es dunkelte. Auch als das Morgengrauen die zweite Nacht beendete, die sie im Taubenturm zubrachten, wagten sie keine Geräusche zu machen. Niemand beklagte seinen Hunger und den Durst, wiewohl beides Stunde um Stunde unerträglicher wurde. Mit der Zeit roch es scharf nach Urin.

Godiva war die Erste, die in der Mittagszeit des zweiten Tages schließlich das Wort erhob. Fast trotzig begann sie wieder, in die ächzende Stille zu beten: »Redimet in pace animam meam ab his qui adpropinquant mihi quoniam inter multos erant mecum.«

Er befreit mich, bringt mein Leben in Sicherheit vor denen, die gegen mich kämpfen, und wenn es auch viele sind.

Niemanden gab es diesmal, der sie zum Schweigen bringen wollte. Die Anspannung löste sich; manche Träne kullerte, und schließlich stimmten zwei oder drei der anderen in das Gebet ein.

Als verhießen die gemurmelten Worte genaue Befehle, was nun zu tun sein, begann die Äbtissin, den gekrümmten Rücken zu strecken und schließlich als Erste die Holzleiter hinabzusteigen. Vielleicht wäre es klüger gewesen, hernach zu warten, ob sie denn ein Zeichen gäbe, dass alles friedlich wäre. Aber nach dem langen Ausharren war kein Halten mehr.

Kaum hatte Eadhild wieder sicheren Boden unter den Füßen, stürmten auch die Nonnen hinab, eine nach der anderen, und was Bathildis, die als eine der Letzten ins Freie trat, dann erschaute, war ein gar merkwürdiger Tanz, wie von armen Geistern, die keine Ruhe finden.

Keiner konnte hernach sagen, wer angefangen hatte. Aber eine der Nonnen, ansonsten gewiss still und demütig, begann zu kreischen, die Hände wie irr über den Kopf zu recken und – sich im Kreise drehend – auf den Boden zu stampfen. Die anderen folgten mit nicht minder seltsamen Verrenkungen, mit Geheule oder mit Gelächter, indem sie liefen oder sich auf die Erde warfen. Manche hob gar ihre graue Kutte, sodass man die dunklen Haare ihrer Scham sehen konnte – und niemand verbot es, als sei in diesem einen köstlichen Augenblick sämtliche Ordnung der Welt aufgehoben, jedes göttliche Gebot und alle überlieferten Sitten.

Die meisten hatten nie zuvor in ihrem Leben so laute Geräusche gemacht, so wilde Bewegungen vollzogen – und auch später würden sie es nie wieder tun. Später galt es, den schrecklichen Überfall zu betrauern, die entweihte Kirche entsetzt zu mustern und schließlich das Zerstörte wiederaufzubauen. Aber in diesem einen Augenblick gab nichts anderes den Takt vor als eine wilde, ungezähmte Lebensfreude.

Nur Bathildis stand steif. Der dunkle Wurm der Angst war weg – doch mit ihm schienen alle Glieder eingeschlafen zu sein und alle Gedanken abzusterben. Der Vater, den sie so eindringlich beschworen hatte, wurde wieder eine nebelige Gestalt, und die Taten der vergangenen Nacht schienen so befremdlich, dass eine Doppelgängerin sie ausgeführt haben musste.

Sie kam erst wieder zu sich, als Hereswith wieder ihre Hand packte und sie drückte, diesmal nicht ängstlich, sondern freudig.

»Du hast uns gerettet«, stammelte sie. »Wenn du nicht gewesen wärst… wenn du die Schiffe nicht gesehen hättest, Gott allein weiß, was dann mit uns geschehen wäre. Ja, du hast uns gerettet!«

Der Stolz, der Bathildis befiel, war gemächlicher als die Lebensgier der anderen. Er reichte jedoch, dass sie den Hals reckte.

»Ja«, sagte sie, ohne Scheu vor der Sünde des Hochmuts, »ja, das habe ich wohl.«

Einen kurzen, trügerischen Moment lang dachte sie, dass sie in den letzten zwei Tagen das Schrecklichste in ihrem ganzen Leben erlebt hatte und dass sie – es solcherart hinter sich gebracht – keine Angst mehr haben müsste vor der vagen Zukunft. Das stimmte sie unendlich erleichtert. Und irgendwie enttäuscht.

In den Tagen nach dem Überfall war Bathildis seltsam träge. Zuerst schien es ihr, als hätten sich sämtliche Kräfte in ihrem mutigen Handeln erschöpft und müssten erst wieder neu gesammelt werden, ehe sie in den alten Takt zurückfände. Doch irgendwie, so deuchte es sie nach einer gewisser Zeit, gab es diesen Takt nicht mehr.

Was früher Ruhe und Sicherheit verheißen hatte – das gemeinsame Gebet oder das Feiern der Messe, die Lektüre der Kirchenväter und der Bibel, das Mahl im Refektorium oder das Ruhen im Dormitorium –, schien ins Leere zu lenken, was da plötzlich in ihr steckte oder auf den Schultern hockte: etwas Ungebärdiges, Machtvolles, Starkes. Etwas, das ihr den Mut gegeben hatte, die leere Kapelle zu räumen, allein zum Taubenturm zu schleichen und Godiva den Mund zuzuhalten. Etwas, das sich immer noch zu entladen suchte, in ähnlich grotesker Weise, wie die Nonnen nach den schrecklichen beiden Nächten getanzt hatten – und das sich im neuerlichen Alltag doch keinen Weg zu bahnen vermochte.

Der Überfall wurde ausgiebig den Mönchen berichtet, als jene am nächsten Tag von ihrer Wallfahrt heimkehrten, und jene vergingen eine Weile in dem Zwiespalt, Gott für die Rettung der Schwestern zu danken und zugleich die Spuren der Verwüstung zu beklagen, die alsbald beseitigt werden sollten: Sämtliche Tore waren eingeschlagen, die Vorratskammern geplündert, die Kirche verwüstet, die Ställe leergeraubt. Einzig die Schlafsäle waren heil geblieben, weil es dort nichts zu holen gab … und auch das Skriptorium mit den Büchern hatte das Interesse der Angreifer nicht auf sich gezogen.

Ja, es wurde eifrig geklagt. Sobald der erste Schrecken aber ausgestanden war, so befand die Äbtissin Eadhild und teilte es ihren Nonnen mit, sollte nie wieder von dem Ereignis gesprochen werden.

Bathildis nickte und befand es wie die anderen für richtig, das Grauen hinter sich zu lassen. Nur ganz tief in ihr regte sich Enttäuschung, dass auf diese Weise auch ihre Heldentat unbesprochen bleiben würde, dass niemand mehr sie loben würde, so wie Hereswith es getan hatte. Grausig und nervenzerfetzend war das, was sie hatte erleben müssen, doch rückblickend wurde aus ihrer blanken Furcht ein ehrfürchtiges Beben vor etwas unsagbar Großem, unerträglich, das schon, aber gerade deswegen berauschend. Jene Furcht hatte sie dazu bewegt, über sich hinauszuwachsen. Jetzt freilich schien sie wieder zu schrumpfen, zurechtgestutzt von einem Alltag, der grau und langweilig war und nichtssagend schmecken ließ, was sie früher erfreut hatte.

Ein einziges Mal nur erwachte etwas von dieser seltsamen Wildheit und Ungebärdigkeit: Dies war, als sie mit Godiva in einen bösen Streit geriet.

Die ziegengesichtige Nonne hatte seit jener schrecklichen Nacht noch eine Rechnung mit ihr offen, und während alle anderen sich ungern daran erinnerten, hätte sie gerne über Bathildis' Respektlosigkeit gesprochen. Allein der klaren Anweisung der Äbtissin, fortan über das Ereignis zu schweigen, konnte sie sich nicht verweigern. So musste sie sich einen anderen Anlass suchen, es dem Mädchen heimzuzahlen.

Sie tat es beim Unterricht im Skriptorium, wo sich die Jüngsten von ihnen versammelten, die nicht kräftig genug waren, die Spuren der Zerstörung wieder zu beseitigen. Am Vormittag, zwischen der zehnten und zwölften Stunde, waren Bücher an die Mädchen ausgeteilt worden, auf dass sie sie still für sich lasen. Nach dem Mittagsmahl wurde nun abgefragt, wie viel sie davon behalten hatten.

Bathildis bot bei dieser Aufgabe ansonsten wenig Anlass zum Tadel. Sie empfand das Lesen nicht als lästige Pflicht, sondern als angenehmen, vielleicht ein wenig zu stillen Zeitvertreib und hatte keine Mühe, den Inhalt von Büchern und Abschriften zu behalten.

Hereswith war heute die Erste, die geprüft wurde – mit lächerlich einfachen Fragen, wie die anderen Mädchen mit unterdrücktem Stöhnen bekundeten, neidisch, dass dem Mädchen derart entgegengekommen wurde.

Godiva fragte schlichtweg biblische Geschichten ab.

»Wer ist zwei Mal gestorben?«, begann sie.

»Lazarus«, seufzte Hereswith erleichtert.

»Wer hat den Herrn verleugnet?«

»Simon Petrus«, sagte Hereswith schnell.

»Welcher war der Lieblingsjünger des Herrn?«

»Johannes.«

Hereswiths Gesicht war trotz der richtigen Antworten glutrot angelaufen, doch anstatt sich an der Unsicherheit des Mädchens zu weiden – wie sie es ansonsten manchmal tat –, ließ Godiva von ihr ab und befahl ihr, sich wieder zu setzen.

Scheinbar suchend blickte sie sich um, als wüsste sie noch nicht, welches der Mädchen als nächstes an der Reihe wäre. Doch dann schon neigte sie sich über Bathildis' Schultern und verlangte, dass sie sich erhob.

Bathildis war groß gewachsen für ihre fünfzehn Jahre – sie starrte der anderen direkt ins Gesicht.

»Es heißt, du wirst nicht mehr lange bei uns bleiben«, sprach Godiva mit verächtlicher Stimme. »Es heißt, der Sohn eines Fürsten wird dich zur Gemahlin nehmen …«

Sie spuckte die Worte aus, als wäre dies das erbärmlichste Geschick, das man sich denken konnte.

»So wollen wir denn auch sehen, ob du hier genug gelernt hast!«

Alle Gesichter ruhten auf Bathildis. Eine sachte Röte überzog ihr Gesicht, weil sie derart im Mittelpunkt stand. Doch zugleich straffte sie ihre Schultern – immerhin war sie kein kleines Mädchen mehr, sondern jene, die diese Gemeinschaft gerettet hatte.

»Also«, sprach Godiva missgünstig, »ich möchte, dass du mir die sieben Tugenden einer christlichen Ehefrau nennst. Du solltest sie gut kennen.«

Bathildis schluckte. Es wäre ihr leichter gefallen, einen Psalm zu zitieren – oder aber aus dem Buch, das sie an den letzten Vormittagen zu lesen beauftragt gewesen war. Doch Godiva schien ihr den leichten Erfolg zu missgönnen – und sie wiederum wollte der andere keine Schwäche zeigen.

»Benignitas«, setzte sie zögernd an, »das ist die Gutmütigkeit … Sobrietas, die nüchterne Besonnenheit … und Sanftmut – Mansuetudo.«

Sie stockte und überlegte.

»Das sind erst drei!«, lachte Godiva triumphierend.

»Patientia«, fuhr Bathildis fort, »die Geduld … und Lenitas, die Milde.«

»Erst fünf!«, kreischte Godiva.

Bathildis' Gedanken durchstreiften hektisch ihr Gedächtnis, doch irgendwann war es ihr, als würden sie sich nur mehr im Kreise drehen. Gutmütigkeit, Besonnenheit, Sanftmut, Geduld, Milde … Gutmütigkeit, Besonnenheit, Sanftmut, Geduld …

»Prudentia!«, rief sie schließlich aus. »Die Umsicht!«

Godiva nickte grimmig. »Das sind erst sechs.«

Wieder nahmen ihre Gedanken die Suche auf, doch diesmal stießen sie auf keine Fährte. Augenblick um Augenblick verging im gespannten Schweigen. Bathildis fühlte, wie Hereswith neben ihr mit den Füßen scharrte, als träfe sie selbst diese peinvolle Prüfung.

Geduld, Milde, Umsicht… Geduld, Milde, Umsicht…

»Du weißt es also nicht!«, sagte Godiva zufrieden. »Hab ich's mir doch gedacht! Dass du gerade diese Tugend nicht kennst…« Sie legte eine bedeutungsschwere Pause ein, ehe sie hämisch ausrief: »Modestia! Die Bescheidenheit!«

Bathildis nickte und gab sich zerknirscht. Soll sie mich doch in Ruhe lassen, diese Ziege!, dachte sie im Stillen.

Godiva hatte anderes vor. »Du warst nicht fähig, sämtliche Tugenden zu benennen. So heb deine Hände… dann wirst du sie niemals wieder vergessen.«

Offenbar wollte Godiva ihr mit dem Hanfseil ein paar Striemen schlagen, eine Strafe, die Bathildis früher manchmal hatte über sich ergehen lassen und die doch niemals so ungerecht gewesen war wie heute. Lässt mich die Tugenden aufzählen und glühst selbst vor Rachsucht!, ging es ihr bitter durch den Kopf.

»Nun mach schon!«, befahl Godiva.

Bathildis hielt den Blick demütig gesenkt, doch ihre Lippen öffneten sich kaum merklich und pressten hervor: »Du schlägst mich nicht.«

Wiewohl leise gesprochen, hatten es alle gehört. Hereswith hielt den Atem an.

»Was redest du da?«, rief Godiva erbost.

Bathildis hob vorsichtig den Blick. »Du schlägst mich nicht!«, wiederholte sie.

Godiva japste nach Luft. »Wie kannst du es wagen, mich…«

»Wenn es mich nicht gäbe«, unterbrach Bathildis sie trotzig, »dann hätten uns die Männer, die aus dem Norden kamen, schlafend im Dormitorium vorgefunden. Wir hätten weder fliehen können noch uns vor ihnen verstecken!«

Godivas längliches Ziegengesicht färbte sich rot. »Wie konntest du überhaupt wagen, den Schlafsaal zu verlassen – mitten in der Nacht?«

»Ich habe sie nicht nur entdeckt; ich habe auch vorgeschlagen, dass wir uns im Taubenturm verstecken. Gott allein weiß, was sie mit uns getan hätten, hätten sie uns gefunden! Vielleicht hätten sie uns auf ihre Schiffe verschleppt und geschändet und ermordet ...«

Bathildis hörte, dass Hereswith, die nicht weit von ihr hockte, vor lauter Schreck über diese Frechheit zu heulen begann, doch sie dachte nicht daran, darauf Rücksicht zu nehmen. Sie straffte ihren Rücken noch mehr. In jenen schrecklichen Stunden war ihre Macht, das Richtige zu tun, stets von Furcht geknebelt gewesen; jetzt war sie davon gänzlich frei.

»Ich habe uns alle gerettet«, fuhr sie fort, »auch dich, Godiva.«

Die andere hob die Hand, schlug wahllos nieder, traf sie dumpf auf der Brust. Dann hob sie auch die zweite Hand, ließ sie diesmal auf Bathildis' Kopf niedersausen und riss ihr schmerzhaft an den Haaren.

»Was glaubst du, wer du bist, du dummes Mädchen?«

»Ich bin die Tochter von Fürst Thorgil!«, wehrte sich Bathildis, wiewohl der spitze Schmerz ihr manch Tränen aus den Augen presste.

Wieder der Vater. Mühelos erstand er aus den Nebeln, die ihn sonst umgaben. Er sprach ihr zu, er ermutigte sie, sich das Gebaren der anderen nicht gefallen zu lassen.

»O, dein Vater!«, lästerte Godiva. »Man sagt, dass die Frau, die ihn geboren hatte, ein Leben lang eine Heidin geblieben wäre. Acha war ihr Name. Hast du von ihr die Boshaftigkeit und den Ungehorsam gelernt?«

Sie riss nicht länger an Bathildis' Haaren, sondern drückte mit aller Macht den Kopf zu Boden, sodass jene vor ihr zu knien kam. Bathildis hatte sich zu wehren gewusst – doch als der Name ihrer Großmutter fiel, hielt sie kurz still.

Sie kannte ihn nicht – keiner hatte jemals mit ihr darüber gesprochen. Sie kannte nur den Namen ihrer Mutter Estrith, die lange tot war, den ihres Vaters und den ihres Verlobten. Mehr wusste sie nicht von der Sippe, aus der sie hervorging.

»Wage nicht, mich zu züchtigen!«, rief sie dennoch. »Mein Vater wird …«

Godiva hob das Bein und stieß ihr damit in den Leib. »Dein Vater will, dass wir dich hier zu einer rechtschaffenen Frau erziehen! Also füge dich endlich deiner Strafe und denk nicht einmal daran, je wieder deine Stimme gegen mich zu erheben!«

Ein zweites Mal trat sie zu, diesmal mitten in ihren Leib, sodass Bathildis sich krümmte. Sie konnte nicht widersprechen, weil sie würgen musste, und es blieb auch keine Gelegenheit mehr, denn just als sie wieder schnaufend zu Kräften kam und gegen Godiva ankämpfen wollte, erschien die Äbtissin Eadhild im Raum.

Ihre fettigen Haare waren unter dem Schleier verborgen; das Gesicht deuchte – ganz anders als in der schrecklichen Nacht – würdevoll und alterslos.

»Was geht hier vor?«, fragte sie streng.

Als Strafe für Bathildis' unbotmäßiges Verhalten wurde festgelegt, dass sie drei Tage lang nur Wasser zu trinken bekäme und ein einziges Stück Brot, dass sie mehr Zeit als die anderen im Gebet zubringen müsste und dass sie mit niemandem reden dürfte. Obendrein musste sie mehrere Stunde knien – und das auf kleinen Steinen, die alsbald so unerträglich in ihr Fleisch stachen, dass sie an nichts anderes denken konnte als daran, wie sie am besten ihr Gewicht verlagern sollte.

Als sie endlich davon erlöst wurde, ging es ihr kaum besser.

Das Fasten fiel ihr leicht; das Schweigen nicht. Es senkte sich wie eine schwere graue Wolke auf sie, und darin feststeckend fragte sie sich erstaunt, wie sie in den letzten Tagen nur dem merkwürdigen Trugbild hatte verfallen sein können, dass da mehr Kraft in ihr war, als sie jemals sinnvoll in Leben und Arbeit stecken könnte.

Noch während sie von der Äbtissin gemaßregelt wurde – im Übrigen ging durchaus auch Schelte an Godiva, wenngleich deren Stellung im Kloster nicht gleiche Strafe verlangte –, schwand alle Kraft dahin, und schon als Bathildis hernach in der Kapelle hockte, gedachte sie bereits schaudernd und bebend ihres Tuns: Wie hatte sie sich Godiva gegenüber so trotzig gebärden können? Wie solche Strafe heraufbeschwören?

Zögernd blickte sie sich in der Kapelle um. Sie war aus festem Stein gebaut, die Männer aus dem Norden hatten ihr nichts anhaben können. Der umgerissene Altar war längst wieder aufgestellt und von den Priestern des Klosters neu geweiht worden. Die Gefäße, die Bathildis gerettet hatte, standen sämtlich wieder an ihrem Platz.

Unbehaglich gedachte sie der Messschale und wie jene auf den dreckigen Boden gekullert war, und im Lichte des neuen Vergehens wog das alte, eigentlich schon vergessene, wieder drückend schwer.

Gewiss bin ich eine Sünderin, ging es ihr durch den Kopf, hochmütig gegenüber meiner Lehrerin, respektlos gegenüber dem Allerheiligsten, anmaßend, weil ich die Rettung vor den Männern aus dem fremden Land mir zuschreibe, obwohl doch gewiss der Himmlische Vater durch mich gewirkt hat.

Mit jeder Stunde, die sie in der Stille zu hocken hatte, wurden ihre Gedanken trüber und leerer. Um ihnen zu entgehen, retteten sie sich schließlich erneut zu jener Gestalt, die auch sonst in Stunden von Furcht und Unheil Trost und Rettung verheißen hatte.

Geliebter Vater, dachte sie und stellte sich vor, dass sie am

Schreibpult säße und ihm – auf Papyrus schreibend – von ihrem Leben berichtete. *Geliebter Vater! Ich möchte gern das ehrbare Weib sein, zu dem du mich nach meiner Mutter Tod hier erziehen hast lassen, auf dass ich weder dich enttäusche noch Ricberts Sohn Aidan, dem ich versprochen bin …*

Sie zögerte, versuchte, an einen Mann ihres Alters zu denken, sich seine Statur vorzustellen, gewiss weniger mächtig als die des Vaters, aber ähnlich groß gewachsen. Ob Aidan bereits einen Bart im Gesicht trug?

Die Vorstellung blieb schattenhaft, und so gab sie sie auf – es war schon schwer genug, den Vater festzuhalten.

Im Augenblicke gibt es freilich wenig, was in dir Stolz zu nähren vermöchte, fuhr sie im Stillen fort, sich dem Vater mitzuteilen, *denn ich habe mich nicht recht verhalten. Ich habe einer Nonne, die einzig vom guten Willen geleitet ist, aus mir ein rechtschaffenes Weib zu machen, nur Widerwort geboten …*

Sie stutzte erneut. Wollte Godiva ihr Gutes? Gewiss nicht! Nichts anderes hatte jene begehrt, als ihr das Verhalten heimzuzahlen, das sie während des Überfalls an den Tag gelegt hatte. Der Überfall …

Doch was dies schändliche Verhalten aufwiegt, schrieb sie in Gedanken fort, *ist vielleicht der Mut, den ich gezeigt hatte. Gott gebe, ich muss solche Bedrohung nicht erneut erleben, doch wenn es Ihm gefällt, mich zu prüfen, so bin ich gewiss, dass ich auch ein zweites Mal die Schwäche und Feigheit, die dem weiblichen Geschlechte innewohnen, bezwingen kann.*

Sie zuckte unsicher mit den Schultern. Sie war sich nicht einmal sicher, ob ihr Vater den Brief lesen könnte, selbst wenn er auf Papyrus festgehalten wäre. Männer Gottes mussten die Schrift beherrschen – Männer des Königs nicht.

Dennoch hatte das Schreiben in Gedanken, so wirr und unausgegoren es sie selbst deuchte, seinen Nutzen vollbracht: Sie fühlte sich nicht mehr alleine, und das Warten darauf, dass ihre

Zeit der Buße vorüber wäre, war durch solche Ablenkung leichter durchzustehen.

Auch am nächsten Tag geschah es oft, dass sie an Thorgil dachte und ihm im Geiste schrieb. Mit jedem Wort klärte sich der Nebel, der um das fremde Antlitz lag, und verstärkte sich das Sehnen nach einem Menschen, der sie nicht scheu oder missbilligend musterte wie all die Nonnen hier, sondern der sie von der Zerrissenheit befreite, entweder zu viel Tatkraft in sich zu spüren oder aber nur Leere, nie aber ein rechtes Mittelmaß.

Am dritten Tage schließlich, den ihre Strafe währte, ward sie kurz von dem quälenden Schweigen befreit. Die scheue Freundin Hereswith nützte die Zeit, die sie beim Spinnen zubrachten, um Bathildis heimlich ein Stück Brot zuzustecken. Nie hatte Bathildis solchen Mut an ihr erlebt – und mehr noch als von der Aussicht auf ein paar sättigende Bissen war sie ob dieses Treuebeweises ergriffen.

»Du traust dich …«

Rasch hob Hereswith den Finger an ihre Lippen, um sie zum Schweigen zu bringen. Doch nachdem sie über ihre Schultern geblickt und gewahrt hatte, dass niemand sie beobachtete, so wagte sie schließlich zu fragen: »Du bist so versunken, Bathildis. An wen denkst du?«

Sie sprach so leise, dass Bathildis sie kaum verstand. Hereswith musste ihre Frage wiederholen, indessen Bathildis, die in der linken Hand die Spindel hielt, langsam ein kleines Stück aus der Schafschur zog, daraus einen Faden formte, indem sie ihn mit Daumen und Zeigefinger zwirbelte, und ihn schließlich glättete, indem sie ihn mit den Lippen befeuchtete.

Kurz zögerte sie zu antworten, als hätte sie ein Geheimnis zu bewahren. Doch das Gesicht von Hereswith war so neugierig auf sie gerichtet, dass sie nicht an sich halten konnte.

»An meinen Vater«, erwiderte sie und vergaß beinahe zu flüstern. »Ich habe ihn seit dreizehn Jahren nicht gesehen. Doch kurz vor dem Überfall... schickte er einen Boten, um sein Kommen anzukündigen. Er wird mich heimholen... Und dann werde ich Ricberts Sohn Aidan zum Gatten nehmen.«

Hereswith erschauerte. Allein von Männern zu sprechen, die keine Mönche waren, brachte sie zum Beben – nach dem schrecklichen Überfall noch mehr als je zuvor.

»Wie kommt es, dass du dich derart freust?«

Bathildis zuckte mit den Schultern. »Als kleines Mädchen...«, setzte sie an, wiewohl sie sich nicht sicher war, ob jenes unscharfe Bild tatsächlich von ihrem Gedächtnis ausgespuckt ward und nicht nur vom Wunsch, es möge so gewesen sein. »Als kleines Mädchen bin ich manchmal auf den Knien meines Vaters gehockt; er hat mich ganz fest gehalten...«

Hereswith erschauerte noch mehr. Noch unerträglicher, als an Männer zu denken, war, sich deren Berührung vorzustellen.

»Willst du«, fragte sie, »willst du denn nicht viel lieber im Kloster bleiben, so wie es mir bestimmt ist?«

Sie riss die Augen weit auf und ließ sehr viel von dem Weißen um den braun gefärbten Pupillenrand sehen. Eigentlich war der Augapfel nicht weiß, sondern gelb verfärbt. Wann immer Bathildis Hereswith in die Augen starrte, konnte sie sich des Eindrucks nicht erwehren, deren Augen seien schmutzig, wenngleich doch die Farbe des restlichen Gesichts frisch gewaschenem Linnen glich. Auch jetzt wurde Hereswith weiß und weißer, und die Lippen wurden seltsam blau.

»O nein!«, rief Bathildis entschlossen aus, von der raunzenden Stimme noch mehr zum Widerwort angestachelt als von den eigentlichen Worten. »Ich freue mich auf den Vater... ich freue mich so sehr auf ihn. Und auf meine Heimat, die ich als Kind verlassen musste!«

Diesmal verzichtete Hereswith auf ein ängstliches Zusammenzucken; stattdessen musste Bathildis frösteln. Es galt nicht dem Vater, sie erschauerte, weil sie nicht wusste, wohin er sie bringen würde, wo sie mit dem Bräutigam leben sollte. So sehr sie sich nach einer Zukunft außerhalb des Klosters sehnte – sie kannte doch keine anderen Räume als jene steinernen hier. Wann immer sie sich vorstellte, sie treffe mit Thorgil zusammen, so geschah es in einem Land, das weit war – und leer. Es gab nichts Vertrautes darin. Sie hatte von den Langhäusern gehört, von der Art, wie sie gebaut waren, von Dörfern, zu denen sie sich zusammenschlossen, und von den kunstvollen Holzschnitzereien, die das Heim des jeweiligen Fürsten verrieten. Aber es gab kein Bild dazu. Noch schrecklicher war die Vorstellung von Städten, wo nicht nur große Sippen zusammenlebten, sondern derer viele – was hieß, dass sie die einzelnen Gesichter niemals so gut kennen würde wie all jene der Nonnen, dass sie fortwährend mit Fremden zusammenstoßen würde. Und Fremde – waren sie nicht gefährlich, so unheilverkündend und bedrohlich wie die nächtlichen Angreifer vor einigen Tagen? Und wie sollte ihr Vater sie vor den fremden Anblicken bewahren, wenn er doch selbst solchen bot?

Hereswith seufzte, und irgendwie klang es nicht ängstlich wie stets, sondern freudig, als wäre sie erleichtert, dass die angespannte Miene der anderen nicht geringere Furcht vor dem Leben verriet, als sie selbst empfand.

»Nun«, sagte sie, »aus Northumbrien komme ich wie du … und danke den Himmlischen Mächten doch jeden Tag, dass ich keinen Schritt mehr dorthin setzen muss. Es heißt, es ist kalt und windig dort. Gottlob, dass ich dem Herrn Jesus Christus versprochen worden bin und sonst niemandem!«

Dies nun wollte Bathildis nicht gelten lassen – dass Hereswith ihr etwas voraus habe, ihr womöglich das bessere Schicksal bestimmt sei. »Ach was!«, rief sie heftig und schluckte ihr Unbehagen. »Warum sollte ich mich fürchten – wenn es mir doch gelungen ist, die nächtlichen Angreifer zu überlisten!«

Sie lachte übertrieben laut, was auch in Zeiten, da ihr keine Buße aufgezwungen war, streng verboten gewesen wäre. Heute freilich war es ein umso härteres Vergehen, und erschrocken hob

Hereswith wieder die Finger zu den Lippen, um sie zum Schweigen zu bringen.

Doch zu spät. Der verbotene Laut hallte noch von den Wänden, als die Mutter Äbtissin den Raum betrat.

Schuldbewusst senkte Bathildis den Kopf und stellte sich auf eine Verlängerung der Strafe ein, indessen Hereswith zu weinen begann.

Die Äbtissin freilich gebärdete sich, als habe sie den unerlaubten Laut nicht gehört. Fahrig war ihr Blick wie in der Nacht des Überfalls.

»Hereswith trifft keine Schuld«, versuchte Bathildis die treue Freundin vor Strafe zu bewahren, »ich war's, die mit ihr zu reden versucht hat. Sie hingegen hat kein Wort gesagt …«

Die Äbtissin Eadhild hob die Hand, um sie zum Schweigen zu bringen. Hereswith schluchzte so erbärmlich, dass ihr diese Geste entging; Bathildis hingegen streifte der Hauch einer Ahnung.

»Das spielt jetzt keine Rolle«, erklärte die Äbtissin. »Deine Buße ist hiermit vorbei. Steh auf und komm mit mir, Bathildis … in den Hof … wir haben Gäste.«

Oft hatte sich Bathildis ausgedacht, wie sie dem Vater gemessenen Schrittes entgegentreten würde, sanft und scheu, so wie es die Männer von Weibern wollten. Aber noch während sie an der Seite der Äbtissin den Gang entlangschritt und jene dem Mädchen von der Ankunft der Männer erzählte, so ahnte sie, dass sie den Blick nicht würde gesenkt halten können.

Nicht nur ihr Vater sei gekommen, sondern auch sein Freund Ricbert, und mit jenem wiederum dessen Sohn Aidan. Mit ihnen ritten noch weitere Männer, wohl ein halbes Dutzend, Äbtissin Eadhild habe sie nicht zählen können.

Die Stimme der Äbtissin bebte. Die Mönche hätten den Männern in ihrem Gästesaal Schlafstatt angeboten, doch jene wollten nicht bleiben, sondern noch vor Einbruch der Nacht weiterreiten.

Bathildis schluckte schwer. Das Pochen ihres Herzens übertönte beinahe das Klappern ihrer Schritte auf dem kalten, aus Lehm gestampften Boden.

Noch heute.

Das Kloster verlassen.

Für immer.

Als sie in Hereswiths Beisein die Nachricht erhalten hatte, war ihr Gesicht ganz rot geworden ob der Aufregung. Nun erbleichte sie, so groß war der Wunsch, zu der Gefährtin zurückzurennen, sich zitternd an die gleichfalls Zitternde zu klammern und sich mit ihr für immer zu verkriechen. Leichter war es, sich solch feiges Gebaren auszudenken, als inne zu werden, dass sie Hereswith gerade auf ewig Lebewohl gesagt hatte – ohne dass sie beide es gewusst hatten.

»So schnell«, stammelte sie, »warum so schnell?«

»Die Nachricht vom Überfall hat sich verbreitet«, erklärte die Äbtissin schnaufend. »Es heißt, dass nicht nur die Küsten von Kent betroffen sind, sondern auch die deiner Heimat. Der dortige König hat deinen Vater geschickt, um mit dem hiesigen ein Vorgehen auszusinnen. Vor seiner Rückkehr hat dein Vater beschlossen, den Aufenthalt zu nutzen, um dich mitzunehmen.«

Sie hatten den Hof erreicht, noch zerklüftet von den vielen schweren Schritten, die ihn erst vor kurzem heimgesucht hatten. Bathildis gelang es nun doch, den Blick zu senken – nicht, weil sie ihre Neugierde besser beherrschte, sondern weil sie die Worte der Äbtissin überdenken musste – und das, was sie unausgesprochen verhießen. Bislang hatte sie sich die Heimkehr immer so vorgestellt, dass sie in einem Ochsenwagen sitzen würde, in dem auch die Mönche zu reisen pflegten, vielleicht begleitet von ein paar Mägden, die dem Vater dienten und von denen die eine oder andere sie womöglich kannte. Gewiss musste sie nach dem Tod der Mutter eine Amme gehabt haben, und vielleicht lebte diese noch.

Doch nun sollte sie alleine unter den Männern sein? Für mehrere Tage? Womöglich auf einem Pferd reiten? Ohne Zeit zu haben, sich dafür zu rüsten – ohne Zeit auch, Abschied zu nehmen?

Sie atmete heftig ein und aus und suchte die Furcht mit beruhigenden Gedanken zu zerstreuen. Genau genommen würde sie nicht allein unter Männern sein – sondern geborgen bei ihrem Vater, welcher aus Furcht um die Tochter herbeigeeilt war.

Vorsichtig blickte sie auf – und schrie laut.

Schlimm genug war's, einen groß gewachsenen Mann zu sehen – doch kaum erträglich der Anblick, wenn ein solcher auch noch auf dem Pferde saß. In den Himmel gewachsene Kreaturen schienen das zu sein, halb Tier, halb Mensch.

Bathildis lenkte ihren Blick wieder auf den Boden und schämte sich für den entsetzten Schrei, wiewohl sie dem Vater doch würdevoll hatte entgegentreten wollen. Auf dass nichts weiteres Ungebärdiges aus dem Mund käme, begann sie zu sprechen, immerhin ihrer Stimme mächtig und auch fähig, das Tempo der Worte zu drosseln.

»Ich habe deine Ankunft sehnlichst erwartet, Vater. Mein Herz war froh ob der Nachricht, dass ich nun alt genug sei, das Kloster zu verlassen …«

Sie wusste nicht, ob irgendjemand sie hörte, desgleichen wie sie nicht erkannte, wer ihr am nächsten stand und ob das überhaupt Thorgil war. Nur zwei der Männer waren von den Pferden gestiegen, die anderen darauf hocken geblieben.

»Vielleicht hast du schon davon gehört – von jenem nächtlichen Überfall der Männer, die aus dem Norden kamen. O, schreckliche Furcht habe ich in dieser Nacht ausstehen müssen …«

Ihre Stimme wurde immer dünner und riss dann wie ein Faden ab. Vorsichtig blinzelte sie nach oben. Die Männer hatten Bärte und verfilzte Haare – bis auf einen. Jener schien kein Mann zu sein, sondern noch ein Junge.

Aidan.

Rasch blickte sie wieder weg. Es war schwer genug gewesen, sich dem fremden Vater zu stellen – mit dem Bräutigam wollte sie sich später befassen.

»Gottlob habe ich sie rechtzeitig gesehen, und wir sind in den Taubenturm geflohen, welchen Bruder Desiderius einst hat errichten lassen, und …«

Schwere Schritte erschütterten den Boden. Unwillkürlich sprang sie zurück und verkreuzte die Hände über der Brust.

»Ich bin so erleichtert«, stammelte sie, »dass du, mein Vater, gekommen bist, mich zu beschützen.«

Ihre Stimme klang wie ein Schluchzen. Erneut blickte sie zaghaft hoch und sah in ein Gesicht, das vermutlich nicht minder furchterregend war als das der Angreifer aus dem Norden. Falten gruben sich wie Täler in eine gegerbte Haut, die nicht weiß und rosig war, sondern mit braunen Flecken übersät. Der graubraune Bart war zurechtgestutzt, aber es hingen manche Spuren der Reise darin: getrocknete Schlammspritzer, kleines Geäst, Reste von Essen. Am bedrohlichsten waren die Augen, zwei farblose Löcher, die sie ausdruckslos anstarrten. Das Lid des einen hing schwer über den Augapfel, als sei es von Müdigkeit und Schwäche übermannt – der Leib deuchte sie nur unsäglich schwer und wuchtig, nicht kraftstrotzend und gelenkig.

Thorgil öffnete den Mund. Eine Welle fauligen Geruchs schwappte über sie.

Er atmete rasselnd, als bekäme er zu wenig Luft.

»Ich bin deine Tochter Bathildis, mein Vater …«, setzte sie an.

»Halt dein Maul!«, entgegnete er schnaufend, wiewohl der Blick stumpf blieb. »Ich habe lange genug das Gezänk zwischen meiner Mutter und meiner Gattin ertragen müssen. Nicht viel weiß ich von den Weibern, jedoch eines ganz genau: Sie sollen nicht geschwätzig sein.«

IV. Kapitel

Sie waren zwei Tage unterwegs, als Bathildis erstmals einen vorsichtigen Seitenblick auf Aidan warf. Keinen der Männer hatte sie sich bislang richtig anzusehen gewagt, vor allem nicht ihren Vater. Seit der rüden Begrüßung schwieg er und war offenbar zufrieden, dass sie, zutiefst verstört, ihm darin folgte.

Sie wusste nicht, was schwerer wog – die Enttäuschung, dass er in der Tochter nicht viel anderes sah als einen Sack Getreide, den man vom einen Ort zum anderen bringen musste, oder die Furcht, dass alle Männer so waren, nicht nur schweigsam und dem Lächeln eines Mädchens abgeneigt, sondern obendrein so riesig, so kräftig und an vielen Körperteilen behaart. In den letzten Jahren hatte Bathildis nur die Mönche aus dem Nachbarkloster gesehen, doch jene nährten sich wie sie vom kargen Mahl aus Wasser und Brot. Wenn sie schwitzten, rochen sie wie Frauen – und in Wahrheit schwitzten sie nur selten, weil sie nicht kämpften noch ritten, sondern meist lasen und beteten.

Die Männer aber, die den Vater und künftigen Bräutigam begleiteten, rochen wie Tiere, gaben in der ersten Nacht, da sie im feucht dampfenden, moosbedeckten Waldboden Zelte aufgeschlagen hatten (nur für Bathildis und Aidan, die anderen schliefen unter freiem, regenspeienden Sternenhimmel), grunzende Geräusche von sich und legten in alles, was sie taten, viel mehr Gewicht als wendige, zarte Frauen. Allein die Fußtritte hinterließen im weichen Boden Krater, als wäre ein Bär dort geschritten, und wenn sie einander Befehle zuriefen, so klang es tief und kehlig.

Je länger Bathildis sie beobachtete, desto mehr verging ihr das Hadern, weil der Vater sich nicht über das Wiedersehen mit ihr freute. Wenn alle Männer derart laut und roh und wuchtig waren – war es dann nicht besser, nichts mit ihnen zu tun zu haben und ihrer Aufmerksamkeit zu entgehen?

Aidan freilich war nicht laut.

Aus den Augenwinkeln nahm sie wahr, dass er nicht viel größer gewachsen war als sie selbst, dass er die rosige Haut eines Mädchens hatte und blonde Löckchen, die sich in der feuchten Regenluft noch mehr kräuselten. Schweigend ritten sie nebeneinander her, und da er ihren forschenden, obwohl vorsichtigen Blick nicht spürte, wagte sie, den Kopf zu heben, um ihn noch genauer zu mustern.

Die Arme deuchten sie merkwürdig kurz. Nicht anders verhielt es sich mit den Fingern: Feingliedrig waren sie und schmal.

Seine Hände gleichen denen eines Weibes, dachte Bathildis und wusste nicht, was sie davon halten sollte. Gewiss, es war angenehm zu erfahren, dass nicht alles um sie fremd war. Doch gleichsam fragte sie sich, ob einer, dessen Statur und Antlitz an eine der Nonnen erinnerten, nicht als Mönch besser aufgehoben war denn als ihr Ehemann, ob Gott, der die Männer offenbar viel roher und grobschlächtiger geformt hatte als die Weiber, es denn gestattete, dass einer weder dem einen noch dem anderen Geschlecht eindeutig zuzuordnen war. Mochte die Natur nicht klare Formen?

Ihre Mundwinkel zuckten verächtlich – just in dem Augenblick, da er ihres Blickes innewurde und hochsah.

Und jetzt errötet er auch noch wie ein Mädchen!, durchfuhr es sie, indessen sie ihn forsch weiter anstarrte, anstatt sittsam den Blick zu senken. Er tat es an ihrer statt, doch gerade weil ihm der Mut fehlte, ihren neugierigen Augen standzuhalten, so fühlte sie sich verführt, ihn weiter herauszufordern.

»Sag, Aidan!«, begann sie beherzt, als wäre es selbstverständlich, mit ihm zu reden. »Erzählst du mir, was in den letzten Jahren in meinem Heimatland Northumbrien geschehen ist?«

Unruhig rutschte er im Sattel hin und her. Eine Weile sagte er gar nichts. Dann freilich wagte er doch zu antworten.

»Was willst du wissen?«

Bathildis zuckte mit den Schultern. Bis zu dem Zusammentreffen mit dem Vater hatte sie sich gewünscht, noch mehr vom Geschick ihrer Familie zu erfahren: wie ihre Mutter Estrith gewesen war, woran sie starb, warum der Vater das Kind ins Kloster geschickt hatte, anstatt es von seiner Mutter Acha großziehen zu lassen. Doch seit Thorgils ernüchternden Worten war sie nicht sicher, ob sie dies alles tatsächlich wissen wollte, ob es nicht besser war, die Tiefen der Herkunft zu meiden, wo offenbar nicht Erinnerung an liebevolle Umsorgung wartete, sondern solche an Zank zwischen den beiden Frauen.

»Nun«, setzte sie an, »im Kloster haben wir die Schriften des Paulus Orosius gelesen, welcher beschrieben hat, auf welche Weise Gott die Geschichte Britanniens gelenkt hat. Jedoch endet sein Bericht vor vielen hundert Jahren. Ich möchte wissen, was seitdem geschehen ist!«

Aidan runzelte misstrauisch die Stirne, unschlüssig, ob eine Frau solche Frage stellen durfte und ob er sie beantworten konnte.

Bathildis war sich dessen auch nicht sicher. Wagemutig deuchte es sie, sich eine Heimat zuzusprechen, wiewohl sie keine Erinnerung daran hatte und sie nichts weiter von der Welt kannte als das Stückchen Land, welches das Kloster umgrenzte. Von dem, was dahinter lag, hatten die Nonnen zwar manchmal erzählt, jedoch meist angstvoll. Alles Unvertraute nannten sie gefährlich, zerrissen von verschiedensten Völkern, die die Insel bewohnten und meist gegeneinander kämpften: Da gab es schreckliche Heiden, sowohl im Norden als auch im Süden, die behaupteten, Britannien sei ihres, weil sie schon viele Jahrhunderte länger hier lebten als die Römer. Letztere waren später auf die Insel gekommen, desgleichen wie die Angeln und Sachsen, die nicht minder mordend und brandschatzend hier eingefallen waren, jedoch auch den christlichen Glauben gebracht hatten. Freilich nicht für alle. Es hieß, dass sich die Allerschlimmsten dieser Heiden bis heute das Gesicht mit blauer Farbe anmalten.

Ob Aidan davon wusste?

»Es ist so«, begann er zu erzählen, und seine Stimme klang ein wenig, als gäbe er ein Gerücht wieder und habe nicht selbst erlebt, wovon er erzählte, »dass es in Northumbrien schreckliche Kriege gab. Sei froh, dass du im Kloster lebtest! Ich wurde anfangs auch im Kloster erzogen, so wie alle Knaben, deren Väter reich und mächtig sind. Doch als ich zehn Jahre alt war, meinte mein Vater, es sei genug damit ... in einem Land wie diesem ist es besser, das Kämpfen zu beherrschen als das Lesen.«

Bathildis erschauderte. Sie konnte sich vorstellen, was Kriege verhießen, seitdem die fremden Männer das Kloster heimgesucht hatten und sie den Vater kennen gelernt. Trotzdem fasste sie den Mut nachzufragen: »Kriege zwischen wem?«

Aidan rutschte wieder im Sattel auf und nieder. »König Edwin von Northumbrien, der im Jahr regierte, als du und ich geboren wurden, ist nur wenige Monate später gegen Penda gefallen«, setzte er raunend an, weil es vielleicht besser war, über solche Dinge nicht laut zu sprechen, »Penda ist fürchterlich! Er kommt aus dem Norden, betet zu den heidnischen Göttern, und man sagt, dass er nach der Schlacht die Gefallenen verstümmeln lässt und dass er deren Blut säuft, dass seine Lippen folglich stets rot verschmiert wären, und dass ...«

»Das ist nicht wahr!«, rief Bathildis mit weit aufgerissenen Augen.

Aidan lächelte – ein wenig stolz, dass er in ihr diese Furcht nähren konnte.

»Wohl ist es wahr!«, fuhr er hörbar selbstbewusster fort.

»Northumbrien ist hernach zerfallen, in viele kleine Länder, und erst König Oswald konnte es vereinigen! Doch dann kam Penda erneut und hat wieder ...«

Er kam nicht weiter. Schon zuckte er zusammen, als hätte man ihm im Nacken einen Schlag versetzt, denn eben kam sein Vater Ricbert an seine Seite geritten und schnalzte wütend mit der Zunge.

»Maul halten!«, zischte er. »Oh, wärst du nur mit deinem Schwert so flink wie mit deiner Zunge.«

Sprach's, hieb dem Pferd in die Flanken und schloss nach vorne auf. Aidan saß erstarrt im Sattel.

Wenn er sich noch mehr krümmt, dachte Bathildis, so wird er unweigerlich vom Pferd fallen.

Freilich erzeugte sein Anblick in ihr auch Mitleid. Sie wollte ihm danken, dass er bereit war, mit ihr zu reden, wiewohl es ihm die scharfe Mahnung eingebracht hatte.

»Unsere Väter«, setzte sie an, lächelte vorsichtig und fühlte sich wärmer und sicherer als während der letzten Tage, »unsere Väter scheinen sich zu gleichen.«

Später setzten sie das Gespräch fort.

Es war Abend geworden, Thorgil und Ricbert hatten an einer Lichtung die Rast beschlossen. Während mit dem Zunder des Feuersteins ein paar Bündel Reisig entfacht wurden, gab Thorgil seiner Tochter wortlos und ohne ihr ins Gesicht zu sehen einen Lederbeutel mit getrocknetem Fleisch und gedörrtem Fisch. Beides schmeckte wie feuchtes Leder und ließ sich ebenso wenig beißen.

Bathildis kaute mühsam, als Aidan zu ihr geschlichen kam, sich etwas verlegen an ihre Seite hockte und dann unauffällig ihre Hand ergriff. Fragend blickte sie ihn an, bis sie gewahrte, dass seine weibischen Finger ihr Beeren überreichten.

»Hab ich für dich gepflückt«, murmelte er verlegen, und sein rosiges Gesicht verdunkelte sich ob seiner Scham.

»Hab Dank«, gab Bathildis aufrichtig zurück. Die Beeren waren sauer, weil noch nicht ausreichend gereift, und entzogen dem Mund alsbald sämtlichen Speichel, doch der Geschmack – so viel kräftiger als das öde Fleisch – belebte ihren vom Reiten dumpfen Kopf, und die Fürsorglichkeit, die seine Geste verriet, rührte sie. Als sie seine Hand drückte, dachte sie gar nicht daran, wie weibisch seine Finger waren.

»Sag«, drängte sie, während er furchtsam Ausschau hielt, ob ihn denn sein Vater unnütz plauschend entdecken könnte. »Sag … warum mögen die Männer das Reden nicht?«

»Ich mag's … und bin doch auch ein Mann.«

Sie lächelte mild; der Spott lag ihr auf den Lippen. Doch jene Verachtung, die sie für sein Erröten hegte, deuchte sie schäbig, wo er ihr doch die Beeren gebracht hatte.

»Aber mein Vater – warum spricht er nicht mit mir?«

»Man sagt, dass er seit Estriths Tod kaum mehr den Mund aufmachte – so wenig wie er's tat, bevor er sie geheiratet hat. Und am wenigsten, so hört man auch, kann er ertragen, wenn Frauen sich streiten. Zu oft hat er das erlebt, wenn deine Mutter mit der seinen zusammenstieß.«

»Ich kann mich kaum entsinnen … weder an das Gesicht der einen noch an das der andern«, murmelte Bathildis nachdenklich. »Erzählst du mir nun mehr vom grausamen König Penda?«

Aidan duckte sich wieder unbehaglich. »Später«, vertröstete er sie dann. »Wenn die anderen schlafen, komme ich in dein Zelt geschlichen.«

Die Nacht war ein schwarzer Schlund, der Wald mit seinen Sümpfen, Farnen und Steinen so verstummt, als hätte er sich nicht nur zur Ruhe gelegt, sondern wäre lautlos verendet.

Aidan war nach seiner Erzählung an Bathildis' Seite eingeschlafen. Sie spürte seinen Atem, weich und warm. Würde es immer so bleiben – dass sie sich in seiner Gegenwart wie eine große Schwester fühlte, die den kleinen Bruder beschützt und zugleich seiner spottet? Welches Leben würde sie an seiner Seite führen?

Er hatte vom Hof des Königs erzählt, wo er nach seiner Jugend im Kloster gelebt hatte und erzogen worden war. Dies war gewesen, nachdem Penda Northumbrien erneut heimgesucht hatte, sich dann jedoch gegen andere Teile Britanniens gerichtet hatte und man das Reich in zwei Teile stückelte, Bernicia und Deira. In dem einen herrschte des toten Oswald Bruder Oswiu, im anderen Oswine.

»Oswine«, hatte Aidan erzählt, und erstmals hatte das Glänzen in seinen Augen seine Scheu überwogen, »Oswine taugt so wenig zum Krieger wie ich. Er mag die Schrift ... ich auch. Er ist bekannt dafür, dass er sämtliche christlichen Tugenden lebt, und ein enger Vertrauter von ihm ist ein Bischof, der so heißt wie ich – Aidan von Lindisfarne. Dank ihm kennt König Oswine die Bücher vieler Kirchenväter, und er liebt das Reiten nur dann, wenn es sonnig ist und klar – nicht kalt und regnerisch.«

Leider, so hatte er seufzend geendet, regnete es oft in ihrer beider Heimat.

Eine Weile hatte er noch erzählt, von den vielen Mooren in den dichten Wäldern, dass manch einer dort versank und niemals wiedergefunden wurde und dass er deswegen viel lieber bei Hofe bliebe, als zu reisen, dann war er an ihrer Seite eingenickt.

Bathildis sah von Aidans schlafender, gekrümmter Gestalt nichts weiter als den Umriss. Vorsichtig streckte sie die Hand aus, um den ruhig Atmenden zu berühren. Die Haut seines Gesichts war glatt und erinnerte sie an die von Hereswith, die sie erfühlt hatte, als sie in der Nacht im Taubenturm so eng beieinander gehockt waren. Ob dieser Mann, in Wahrheit noch ein Knabe, jene Sünden begehen würde, von denen die Nonnen erzählt hatten, dass sich alle Eheleute ihrer schuldig machten?

Wenn Mann und Weib des Nachts beieinanderlagen, so hatte es geheißen, würde der Teufel am Rande des Bettes hocken, und nur das Sakrament der Ehe – um sie gesponnen wie ein unsichtbares Spinnennetz – würde ihn abhalten, die beiden Seelen zu rauben. Die Lust, die das Zusammenliegen zeugen konnte, lockte den Teufel an, und fernhalten ließ er sich nur vom Willen, die Geschlechtlichkeit ausschließlich für das Zeugen eines neuen Erdenbürgers zu nutzen – nicht für die Sünde. Jene Sünde hatte das Weib auf die Welt gebracht, so hatte Bathildis nicht nur gehört, sondern auch in den Schriften des Papstes Gregor gelesen. Schon die erste Frau, die Gott geschaffen hatte – aus der Rippe des Mannes –, war zu schwach, das Richtige zu tun, war stattdessen den Verlockungen der Schlange erlegen und hatte obendrein auch Adam verführt, es ihr gleichzutun. Das Kreuz Christi hatte zwar alle Frauen von den Verbrechen ihres Geschlechts reingewaschen ... doch wie schnell, so hatte die Äbtissin Eadhild sie gelehrt, vermochte man ein sauberes Stück Leinen beschmutzen? Um wie viel schneller dann die Tugend des Weibes? Seid auf der Hut, seid stets auf der Hut, denn der Teufel schläft nicht!

Aidans Körper freilich verhieß nichts von der gefürchteten Sünde. Er fühlte sich warm, weich ... und unschuldig an.

Vielleicht ist es trotzdem verboten, ging Bathildis durch den Kopf, dass ich hier neben ihm schlafe ...

Etwas unbehaglich rückte sie von ihm ab, legte endlich den Kopf auf die dünne, harte Strohmatte und schloss die Augen, nicht gewiss, wovon ihre innerliche Unruhe rührte – von Angst vor Befleckung oder der Frage, ob Aidan sie enttäuschen würde wie ihr Vater.

Der Schlaf kam nicht. Auch als die Gedanken lahmer flossen, sich von Aidan und von Thorgil lösten und was sie von ihnen zu erwarten hatte, wühlte etwas in ihrer Magengegend, eine Unruhe, ähnlich der, die sie empfunden hatte, da sie auf der See die Schiffe hatte kommen sehen.

Sie fuhr auf. Hatte sie nicht eben ein Geräusch gehört? Doch woher kam es? Vom Holz, das knackend in der Glut zerfiel?

Vom Wind, der durch die Baumkronen rauschte? Von Schritten im Wald, die näher kamen?

Aidan hatte ihr erzählt, dass sie noch immer in der Nähe der Küste waren. Sie waren in den letzten Tagen nach Norden geritten, jedoch nicht ins Landesinnere.

»Aidan …«

Sie versuchte, so leise wie möglich zu reden, aber erschrak über den Klang der eigenen Stimme. Sie zitterte, quietschte.

»Aidan … ich habe etwas gehört …«

Zuerst dachte sie, sie hätte ihn nicht aufgeweckt und er würde weiterschlafen. Doch dann sprach er schlaftrunken: »Gewiss war es nur ein schlechter Traum.«

Sie legte sich wieder um, aber rollte dichter an ihn heran.

»Nein, es war kein Traum. Ich habe …«

Sein warmer Atem beruhigte sie.

»Hast du Angst?«, fragte er.

»Nein … nein, ich denke nicht«, gab sie hastig zurück. »Warum sollte ich? Ich habe doch die bösen Männer überlistet, die unser Kloster heimgesucht haben.«

»Du hast was?«

Er schmiegte sich an sie. Zumindest glaubte sie das. Vielleicht war sie selbst es, die den eigenen Leib immer stärker an den seinen presste. In jedem Fall half es. Schon kam ihr die Angst vor den Geräuschen der Nacht lächerlich vor, und ein Kichern entstieg ihrer Kehle, von dem sie nicht wusste, wem es galt: der Blöße, die sie sich gegeben hatte, indem sie ihn geweckt hatte, oder dem Umstand, dass sie so eng beieinanderlagen.

Es klang nicht mehr gepresst, sondern hell, doch es blieb ihr alsbald in der Kehle stecken.

Denn im nächsten Augenblick brach die Hölle los.

Der Überfall der Männer aus dem Norden kam diesmal überraschend. Sie hatten sich dem Lager von hinten genähert – im Rücken jenes Mannes, der die Feuerstelle bewachte und nun als

Erster starb. Er war der Einzige, der sich gar nicht erst zu wehren versuchte. Sobald er die knackenden Geräusche nicht mehr den Tieren des Waldes zuordnete, sondern schleichende Schritte heraushörte, war ihm schon die Kehle aufgeschlitzt und ein vergebliches Luftschnappen sein letzter Laut. Hernach hockte er gekrümmt wie vorhin – nicht zur Seite gewälzt von der wirren Schlacht, die um ihn tobte und die seine blinden Augen nicht mehr schauen konnten.

Die anderen sieben Männer reagierten rascher als dieses erste Opfer – aber doch zu langsam. Wer immer sich regte, sich aus dem Schlaf aufrappelte, nach den Waffen griff, sah sich einer Übermacht aus Bogen, Speeren und Wurfschlingen gegenüber. Und wer sich gegen die ersten Angreifer noch zu wehren vermochte – brüllend und zornig –, ward von jener zweiten Front zu Fall gebracht, die im Dunkel des Geästs lauerte und einen Hagel an Pfeilen niederließ, der Helme knirschend zum Bersten brachte und manch Schild zerlöcherte.

Bathildis und Aidan vernahmen anfangs nur die Laute des schrecklichen Wütens; stockdunkel blieb es ansonsten hinter den ledernen Wänden des Zeltes, und kurz war es noch möglich, sich vorzugaukeln, dass wilde Tiere über das Lager hergefallen wären, keine wilden Menschen, dass die ächzenden Laute verhießen, man würde sich erfolgreich gegen sie wehren, anstatt unter ihren Waffen zu sterben.

Doch dann fiel unter einem heftigen Schlag – war es ein gefällter Toter, der es mitriss? – das Zelt in sich zusammen, und als Bathildis sich von den Lederschichten befreien konnte, die sie begraben hatten, verstellte kein tröstender Gedanke mehr das grauenhafte Töten.

Nie hatte sie Menschen sterben sehen, und die Leichname, die sie zu Gesicht bekommen hatte, waren die von alten Menschen gewesen – Mönche und Nonnen, die gelblich bleich den Odem ausgehaucht hatten, um ins Reich Gottes heimzugehen, die aufgebahrt wie Schlafende aussahen, manch einer lächelnd, manch einer mit verzerrtem Gesicht – in jedem Falle aber mit heilen Gliedern. Wo nun Streit- und Wurfäxte niedergingen, deren s-förmige Oberkante im schwachen Schein des Feuers und des Mondes silbern glitzerte, spritzte Blut auf, das von der Nacht schwarz gefärbt war; es fielen Häupter oder Hände, oder Leiber barsten einfach entzwei.

Nicht jeder starb sofort. Ein Mann ihres Vaters versuchte eigenhändig, den Speer, der ihn getroffen hatte, wieder aus der Brust zu ziehen, und scheiterte an dessen Widerhaken, der die Waffe nur noch schmerzender ins Fleisch trieb. Es waren keine gewöhnlich schrillen, helle Schreie, die er dabei ausstieß, sondern ein dumpfes, seelenloses Röhren, von dem Bathildis dachte, es brächte die ganze Erde zum Erzittern – bis sie erkannte, dass es die schweren Schritte der Angreifer waren, die den sumpfigen Waldboden beben ließen. Ja, schwer waren sie – denn die Männer, die da kamen, waren noch um ein Vieles größer gewachsen als ihr Vater Thorgil oder als Ricbert.

Ihre Gedanken kamen stoßweise wie ihr Atem.

Die Männer aus dem Norden.

Mit dem Schiff gekommen, um das Kloster zu überfallen.

Mit noch nicht gestillter Raubgier die Küste weitergezogen, um nun auf dieses Lager zu stoßen.

Wahrscheinlich hatten sie sie schon länger beobachtet und an der edlen Kleidung abgelesen, dass sich ein Angriff lohnte. Selbst für den Fall, dass keine Reichtümer mitgeschleppt wurden – kostbar waren schon allein die Waffen.

Bathildis murmelte etwas in Aidans Richtung; sie wusste später nicht mehr, was sie ihm sagte, denn die Worte verloren sich im Lärm, kaum traten sie über ihre Lippen. Ein wenig nährte das den Trug, sie wäre gar nicht hier, wäre so unsichtbar wie unverständlich, und als sie sich nach ihm umdrehte, weil keine Antwort kam, so hoffte sie ganz widersinnig, er möge sich aufgelöst haben und nicht hinter ihr hocken, zitternd vor Angst und trotz der kalten Nachtluft schweißbedeckt. Wenn auch nicht die eigene Stimme, so konnte sie doch das Klappern seiner Zähne hören – oder waren es die eigenen, die da aufeinanderschlugen?

Aidans Augen blickten starr, als wäre auch er schon tot. Sie folgte seinem Blick und sah da ihren Vater liegend. Zumindest vermeinte sie, es müsse Thorgil sein. Nur an Bart und Haaren konnte sie ihn erkennen, gewiss nicht an den Zügen, denn dort klaffte ein einziges schwarzes Loch.

Er hat sich in der Erde gewälzt, versuchte sie sich einzureden, er hat sich nur schmutzig gemacht – denn unmöglich war's, sich vorzustellen, dass man sein Gesicht zu einem blutigen Brei geschlagen hatte.

Ja, er ist zu Boden gefallen, um sich tot zu stellen, aber in Wahrheit lebt er! Alle leben noch! Die schwarze, zähe Masse, die da auf ihnen klebt, ist Dreck, nicht Blut!

Sie zuckte zurück, ahnend, dass sie nie wieder etwas Freudvolles sehen und hören könnte, alles künftige Leben nur mehr ein farbloses Echo des nächtlichen Überfalls sein würde.

Sie wandte sich wieder Aidan zu, der zwar so bleich war wie ein Toter, aber noch heil an Leib und Seele.

»Weg…!«, stieß sie hervor. »Weg!«

Nun löste auch er seinen Blick von den Toten – war auch sein Vater Ricbert darunter? –, starrte sie an und versuchte schließlich, unter den gefallenen Zeltplanen nach irgendetwas zu graben. Seine Hände zitterten freilich zu stark, um energisch zuzupacken.

»Mein Schwert! Ich muss kämpfen!«, stöhnte er, gewiss, dass er damit dem Wunsch seines strengen Vaters folgte, aber zugleich so verzweifelt, als wäre alleine der Gedanke, sich gegen die mordenden Riesen zu erheben, tödlich.

Bathildis griff nach seiner Hand. Die ihre war so erstarrt, dass sie ihn kurz ruhig halten konnte, anstatt sein Beben zu verstärken.

»Komm mit mir, wir müssen uns verstecken.«

Trotz des grausigen Gebells des Todes, das sie von allen Seiten ankläffte, lichtete sich kurz seine Miene, grenzenlos erleichtert, dass ihm die Möglichkeit geschenkt war fortzulaufen, ohne zugleich ein Feigling zu sein.

»Ja, ich muss mit dir fliehen … ich muss dich beschützen«, stöhnte er.

Er rollte zur Seite, zog sie mit sich. Mühselig robbend näherten sie sich dem Ende der Lichtung, den Mund alsbald voll mit feuchter Erde und fauligem Laub. Bathildis hustete würgend.

»Still! Kein Laut!«, flüsterte sie Aidan zu, wiewohl er gewiss nicht danach trachtete, ein Geräusch zu zeugen.

Unwillkürlich schloss sie die Augen, robbte blind weiter, hoffte, dass niemand sie erspähen würde, wenn auch sie nichts sah. Immer noch hielt sie Aidans Hand, klammerte sich daran und ließ sich schließlich von ihm hochziehen, als sie den ersten Baumstamm erreichten. Als sie die Rinde verspürte, klammerte sie sich daran fest. Der wuchtige Stamm glich einem Menschen – stärker und vor allem größer gewachsen als die furchtbaren Nordmänner.

Aidan indes blieb ratlos stehen; seine Kraft schien sich im Kriechen erschöpft zu haben. Sollten sie weiter in den Wald? Aber lauerten dort nicht jene, die die Pfeile abgeschossen hatten?

Er war so klein, wie er da neben ihr stand, so klein und zart, gleichzeitig rührend und enttäuschend. Bathildis schürfte sich ihr Gesicht am Baumstamm an.

Wenn Aidan nichts mehr zu tun einfiel, ging ihr durch den Kopf, dann sollte sie das Kommando übernehmen, wie im Kloster, als sie die aufgescheuchten Nonnen beruhigte und einen Plan entwickelte. Freilich hatte es im Kloster ein Versteck gegeben – hier nicht. Oder sollten sie sich im Gebüsch vergraben? Auf die Bäume klettern?

Dort hinten standen sie noch dichter gewachsen …

Unmöglich aber war's, vom Baumstamm abzulassen, den sie

eben umklammerte, einer Ertrinkenden gleich, der nur ein kleines Fleckchen sicherer Meeresgrund bleibt und die erleben muss, wie er unter ihren suchenden Zehenspitzen langsam schwindet.

Sie musste jenes Fleckchen nicht willentlich aufgeben. Noch während Aidan zögernd neben ihr stand und seine zitternde Hand die ihre umschloss, packte sie eine fremde Pranke, zog sie zurück und schlug ihr in den Magen. Die Wucht, mit der die Faust sie traf, raubte ihr den letzten verbliebenen Atem, jagte einen so grässlichen Schmerz durch sie hindurch, dass sämtliche Gedanken versiegten, und als ihr Leib sich krümmte, sie niederging und in ihrem trockenen Mund der bittere Geschmack nach Galle aufstieg, wehrte sie sich nicht gegen die Ohnmacht, sondern ließ sich dankbar in die Dunkelheit fallen.

Als Bathildis wieder zu sich kam, erwartete sie gleiche Schwärze, in die sie sich geflüchtet hatte. Sie wusste anfangs nicht, ob sie tatsächlich die Augen aufgerissen hatte oder noch in den Fängen eines bedrohlichen Traums gehalten wurde. Vage war er, gesichtslos; er kündete vom Geschehenen nicht in klaren Bildern, sondern nur als Ahnung von Grauen und Tod, der sie sich nicht stellen wollte.

Weil sie nichts sah und ihre Augen sich nur schleppend ans Dunkle gewöhnten, tat sie anfangs nichts anderes, als zu lauschen – auf den eigenen Atem, der rasselnd kam … und weh tat. Es fehlte nicht an Luft, doch jedes Mal, wenn sie einen Zug tat, so fuhr ein grässlicher Schmerz von der Leibesmitte in sämtliche Glieder.

Geschlagen.

Ich wurde in den Bauch geschlagen, ging ihr durch den Kopf.

Erschaudernd schlug sie die Hände vors Gesicht, als erwarte sie dort Entstellung, und war erleichtert, dass sie vertraute Züge erfühlte – Nase, Mund, Augen waren heil. Erst jetzt versuchte sie sich aufzurichten, um alsbald freilich zu stocken. Da oben – war da nicht eine Decke zu erspähen? Senkte sie sich nicht bedrohlich und viel zu niedrig auf sie hinab? Und roch es vielleicht nur darum nach nassem Holz, weil sie in eine Kiste aus eben solchem gesperrt war?

Aufseufzend ließ sie sich wieder fallen. Lauter als der Schmerz in ihrem Bauch rumorte der Schrecken, dass sie auf engstem Raume festgehalten war. Nicht das Gefühl von Enge bestürzte am meisten, sondern die Ahnung: Ich bin allein. Ich bin ganz allein auf dieser Welt. Es gibt niemanden mehr ... nur mich.

Sie versuchte, ruhig zu atmen, um das Pochen ihres Herzens zu beschwichtigen, und war ihm dennoch ausgeliefert, wie es unerträglich schnell ihren Leib durchzuckte, viel mehr Tempo und Kraft hineinpumpte, als sie in jenem finsteren, engen Raum ausleben konnte.

Schnell schloss sie wieder die Augen, flüchtete sich zurück in die Schwärze. Wohltuende Schwärze. Als triebe sie in kleinem Boot auf hoher See, von plätschernden Wellen geleitet, die auf- und niederwogten. Sie gab sich ganz dem sanften Rhythmus hin, regelmäßig und beschwichtigend – nur plötzlich tönte mitten drinnen ein dumpfes Knirschen, so laut, als würde jenes Boot in der Mitte brechen.

Sie schrie auf, schrill und hoch. Wiewohl vom heftigen Laut erschrocken, war ihr die eigene Stimme doch vertraut – vor allem aber stieß sie auf Antwort.

»Bathildis? Bist du wach?«, tönte es aus dem Dunkeln.

Sie seufzte erleichtert, und der Schmerz unterhalb der Rippen ebbte ab.

Nicht alleine. Nicht alleine. Nicht alleine.

»O Aidan«, murmelte sie. »O Aidan ...«

Er saß nicht weit von ihr, gekrümmt wie sie. Obgleich sie von seinem Gesicht nicht mehr erspähte als Konturen, nahm sie wahr, dass es von schwarzen Flecken übersät war. Sie hoffte, dass es Dreck wäre – kein Blut.

»Was ist geschehen?«, fragte sie.

Noch ehe er antworten konnte, gerieten die losen Fetzen ihrer Erinnerung zu einem strammen Tuch, das schmerzlich auf das erschöpfte Gemüt klatschte und es gänzlich weckte.

Der Überfall. Das Töten. Ihr Vater Thorgil – er weilte nicht mehr unter ihnen …

»Sie … sie haben uns auf ein Schiff gebracht«, sprach Aidan jämmerlich. Seine Stimme klang so rau, als hätte er geweint, obwohl sein Vater Ricbert solch Verhalten gewiss niemals geduldet hätte.

Bathildis war es gleich. Das Mädchenhafte, Weiche an ihm störte nicht – solange er nur da war und sie nicht alleine.

»Wer?«, murmelte sie. »Wer …?«

Aidan antwortete nicht, entweder weil er zu zermürbt war oder weil er ahnte, dass sie sich die Antwort denken konnte.

Ein dumpfes Knirschen ging wieder durch den Rumpf des Schiffes, dessen tiefer Bauch sie verschluckt hatte – wohl eines jener Schiffe, die sie vom Kloster aus erspäht hatte, wie sie bedrohlich näher kamen. Damals hatte sie die Nonnen warnen und das Schlimmste verhindern können. Heute nicht.

»Es … es können doch nicht alle tot sein«, sagte sie rasch. »Mein Vater lag auf der Erde … aber deinen, Ricbert, habe ich nirgendwo erschaut. Vielleicht lebt er noch. Vielleicht kommt er, uns zu retten … rechtzeitig, bevor sie uns wegbringen. Wohin … wohin geht es überhaupt?«

Erneut war Aidans Schweigen Antwort genug, um sämtliche Hoffnung zu vernichten.

Kaum zu glauben war, dass einer von den anderen Männern überlebt hatte. Und was mit ihnen geschehen würde, das konnte keiner sagen …

Sie dachte an die Ängste, die sie gemeinsam mit den anderen Nonnen ausgestanden hatte und die nun schreckliche Wirklichkeit geworden waren. Kriegern hatten sie gegolten, die entführten und raubten und schändeten, die aus gottverlassenen, heidnischen Ländern kamen – und von denen sie tatsächlich gedacht hatte, man könne sie überlisten, sich vor ihnen schützen.

»Aidan ... bitte Aidan! Sag etwas!«

Trotz der Dunkelheit fühlte sie seinen Blick, traurig und schwer. Sie hob die Hand, um sein Gesicht zu ertasten und darin das zu finden, was der leere Blick nicht verhieß: Zuversicht und Mut.

Kurz zuckte er zusammen, als litte auch er an Schmerzen; dann erzitterte er unter ihrem Streicheln. Wiewohl er immer noch keinen Laut von sich gab, fühlte sie an der Nässe, auf die ihre Finger trafen, dass er tatsächlich geweint hatte, es vielleicht immer noch tat.

Sie wollte sich vorbeugen, um sich fester an ihn zu pressen, um ihn zu trösten und sich an ihm zu wärmen. Doch bevor sie sich ächzend über die Grenzen hieven konnte, die ihr der schmerzende Körper auferlegte, durchschnitt grelles Licht, einem scharfen Messer gleich, die enge Kammer – und die Schatten, die alsbald auf ihnen lagen, gehörten zu den Leibern zweier der überaus riesigen, grimmigen Krieger.

V. Kapitel

Bathildis fühlte, wie Aidan zusammenzuckte, rasch den Kopf zwischen den Knien versenkte, vielleicht in der Hoffnung, dass er nicht gesehen würde, solange er sich nur blind stellte. Sie hingegen konnte nicht anders, als die beiden Männer anzustarren, obwohl das plötzliche Licht in den Augen schmerzte und sie zunächst nicht mehr sah als Schwarz und Weiß, jedoch keine Farben dazwischen.

Zumindest hörte sie gut. So angestrengt verlegte sie sich aufs Lauschen, dass sie sogar die Schmerzen in ihrem Leib vergaß.

Fremde Laute.

Kein einziges Wort, das die beiden Krieger zueinander sprachen, klang vertraut. Es schienen auch keine ganzen Sätze zu sein, nur abgehackte Wortfetzen, die sie mehr bellten denn sagten; fast schien's, als hätten sie den Mund voller Speisen und ihre Zunge zu wenig Bewegungsfreiheit, um anständig zu artikulieren.

Zuerst sprachen sie im Eingang miteinander, dann duckten sie sich, um den Raum zu betreten, der so niedrig war, dass der eine nicht aufrecht stehen konnte und der andere mit seinem Helm an der Decke kratzte.

Von jenem Helm sah sie nun mehr – er schien aus Holz zu sein, in das manche Figur geritzt war.

Ansonsten war die Kleidung farblos. Die Umhänge, wohl aus Ziegenleder, stanken ranzig, als hätten sich die Männer in altem

Fett gewälzt – ähnlich wie manche Begleiter ihres Vaters es getan hatten, die sich keine Pelze leisten konnten und die darum ihre Kleidung ölten, um sie gegen Kälte und Nässe zu schützen.

Als der kleinere von ihnen sich über Bathildis neigte und ihr ins Gesicht starrte, erkannte sie, dass der beißende Wind manche Furche im Gesicht des Mannes hinterlassen und seine Haut eine Farbe hatte, als wäre sie gebeizt worden.

Der Blick des Riesen war erstaunlich nachdenklich. Sie hatte vermeint, Männer, die Tod und Unheil brachten, müssten anstelle ihrer Augen nur dunkle Löcher besitzen. Das Grau seiner Augen deuchte sie aber fast gewöhnlich; auch das Haar war nicht das Fell eines Ungeheuers, sondern glatt und dünn, wenngleich auch heller als das der Menschen hierzulande, fast ins Weiße gehend.

Freilich machte ihr der Blick darob nicht weniger Angst; sie versuchte, es Aidan gleichzutun und ihr Gesicht zu senken. Doch ehe sie es zwischen den Knien verstecken konnte, fuhr die Pranke des Mannes schon vor, er packte sie an den Schultern und zerrte sie hoch, bis nur mehr ihre Zehenspitzen den Boden berührten.

Ohne sonderliche Regung ließ er sie baumeln; weder hellte sich sein dumpfer Blick auf, noch verfinsterte er sich. Selbst als sie aufschrie – sie wusste nicht, ob vor Schmerz oder Schrecken –, zeichnete sich keine Reaktion in seinem Gesicht ab.

»Aidan … Aidan … hilf mir!«, stöhnte sie schwach.

Es gelang ihr, den Kopf ein wenig nach hinten zu drehen, doch der Verlobte erwiderte ihr banges Stöhnen ebenso wenig wie der Krieger, der sie umklammert hielt und jetzt vorsichtig zu schütteln begann – als wolle er erproben, wie viel Leben noch in ihr steckte.

Nur der andere begann zu murren, abgehackte Wörter wie vorhin, diesmal jedoch schneller und zunehmend lauter und ärgerlicher.

Der Mann, der Bathildis hielt, verzog sein Gesicht zunächst

kein bisschen; erst nach einer Weile schien ihm die wütende Stimme lästig zu werden. Er ließ Bathildis fallen wie einen Mehlsack und wandte sich dem anderen zu, die Brust gebläht und die Hände zu Fäusten geballt. Zwar gingen sie nicht gleich aufeinander los, aber umschritten sich ein paar Mal mit kampfbereiten Leibern, harten Blicken und weiteren unverständlichen, kehligen Lauten.

Bathildis wähnte sämtliche Glieder gebrochen und kam kaum nach, die wunden Stellen zu reiben.

»O … Aidan«, seufzte sie erneut.

Jener hockte wie ein Toter, als würde er die streitenden Krieger so wenig hören wie das rumpelnde Geräusch, als sie zu Boden gefallen war. Dort verblieb sie im Übrigen nicht lange, denn noch während die beiden einander mit drohenden Gesten einzuschüchtern trachteten, trat einer der Krieger wieder zu ihr – diesmal war's der andere, um sie zwar nicht an der Schulter, jedoch am Haar zu packen und hochzuziehen. So grob war die Berührung, dass sie meinte, ihr würde die ganze Kopfhaut abgerissen. Als sie obendrein erneut hin und her gebeutelt wurde, wurde aus ihrem kläglichen Stöhnen ein lang gezogener Schrei, übertönt einzig von dem Brüllen des zweiten Kriegers, der sie wiederum am Fuß zu packen bekam und in seine Richtung zerrte.

Bathildis verlor sämtlichen Boden unter den Füßen. Wie sie sich so wand und schrie, ging ihr durch den Kopf, dass die beiden Männer – offenbar in Streit um dieses Diebesgut geraten – sie in der Mitte des Leibes entzweireißen würden.

Ebenso unvermutet wie vorhin wurde sie jedoch losgelassen und fiel ein zweites Mal polternd zu Boden, diesmal so schmerzhaft auf den Rücken, dass sie für eine Weile keine Luft bekam. Als sie sich endlich wieder rühren konnte, hoffte sie, die beiden hätten sich beruhigt. Doch indessen Aidan sich nur tiefer und tiefer in sich verkroch, musste sie erkennen, dass sich die beiden nicht länger mit drohenden Gesten begnügten, sondern mit Fäusten aufeinander losgingen, und dann mit Streitäxten.

Sie fühlte, wie sie ohrenbetäubend laut schrie, so lange, bis ein grässlicher Laut – dem Knacken von morschem Geäst gleichend – sie zum Verstummen brachte. Blut spritzte von der Hand eines der Männer; er ließ die eigene Waffe fallen, keuchte und blickte mit stierendem, bösartigem Blick drein. Auch der andere atmete angestrengt aus und näherte sich mit schweren Schritten Bathildis.

Er hat gewonnen, nun will er mich haben, dachte sie, weil das zu denken von der Verwundung ablenkte, die der andere davongetragen hatte. Der kleine Finger war ihm abgeschlagen worden. An dessen Stelle saß nur ein blutspeiender Stumpf.

Bathildis fühlte sich schon wieder in der Luft zappeln, doch ehe der Siegreiche sie zu packen bekam, erschien ein neuer Schatten im Türspalt. Er gehörte einem Mann, der noch riesiger war als die beiden anderen und noch breitere Schultern hatte.

Auch er trug einen Helm, doch anstelle eines stinkenden Lederumhangs einen rötlich glänzenden Pelz. Sein Schwert hatte einen Griff aus Silber, die Ringe um das Handgelenk leuchteten golden und waren mit prächtigen Steinen versehen. Offenbar war er ihr Anführer.

Noch ehe sich Bathildis entscheiden konnte, ob dies Gutes oder Schlechtes verhieß, begann er zu brüllen, in fremdländischen Worten, aber immerhin in besser artikulierten. Beide Krieger zuckten zusammen – der eine vergaß seine Wunde, der andere Bathildis.

Wiewohl sie ob ihrer Größe schon ohnehin gekrümmt gestanden hatten, duckten sie sich noch tiefer, senkten den Blick und trollten sich alsbald nach draußen – offenbar einem Befehl folgend.

Bathildis wagte kaum zu atmen, als nun der Anführer sie musterte. Allerdings kam er ihr nicht zu nahe, sondern drehte sich schließlich wortlos um und verschloss die enge Kammer.

Wenig später wurde sie ein letztes Mal geöffnet. Erneut war es der Krieger, der Bathildis als Erster gepackt hatte und nun eine Blutspur hinter sich herzog. Diesmal beachtete er das Mädchen nicht, sondern tastete nur den Boden ab. Rasch fand er, was er suchte – seinen abgeschlagenen Finger –, und wandte sich hernach zum Gehen.

Bathildis beugte sich vornüber. Sie dachte, sie müsste sich übergeben und öffnete schon den Mund zu diesem Zwecke. Doch anstatt den ganzen Ekel heraufzuspeien, hörte sie sich plötzlich schreien.

»Du Feigling!«, brüllte sie. »Du elender Feigling!«

Bathildis konnte sich später nicht mehr daran erinnern, wie lange ihr Wutanfall währte. So rau wie sich ihr Hals später anfühlte und so krächzend, wie ihre Stimme war, mussten es Stunden gewesen sein.

Ihr war nicht bewusst gewesen, dass ihr Gemüt, von Ängsten verwüstet, noch fähig war, ein bestimmtes Ziel ins Auge zu fassen. Nun richtete es sich erstaunlich klar an Aidan und brachte viel mehr zustande als nur das panische Geschrei, wonach ihr eigentlich zumute war. »Du Feigling! Du Feigling! Warum hast du mir nicht geholfen? Warum hast du dagesessen wie ein Toter, anstatt für mich einzutreten?«

Sie schaffte, was den Riesen aus dem Norden nicht gelungen war – dass er nämlich den Kopf hob, aufblickte, verständnislos und zugleich peinvoll berührt.

»Bathildis …«, warf er vorsichtig ein.

Sie begann, auf ihn einzuhauen, mit Händen und Füßen. Nicht, dass diese Regungen ihr keine Schmerzen bereiteten; nicht, dass sie sich nicht ausgezehrt und kraftlos fühlte. Aber sie dachte, sie müsste an dem nicht endenwollenden Grauen, das sich in der letzten Stunde immer weiter aufgebläht hatte, ersticken, wenn sie nicht dareinsteche, als gelte es, üble Luft entweichen zu lassen.

»Weiß der Himmel, was die beiden mit mir geplant haben!«, plärrte sie weiter. »Und du hast nichts getan!«

Es reichte nicht, auf ihn einzuschlagen. Am liebsten hätte sie ein Loch in den Boden gestampft, selbst wenn das bedeutet hätte, dass das Schiff mit solchem Leck versunken wäre und sie elendiglich ersoffen.

»Bathildis ... du hast ihre Leiber doch gesehen ... und jetzt schau mich an!«, warf er kläglich ein. »Was hätte ich denn ausrichten können gegen sie? Sie haben dich gehoben, als wärst du leicht wie eine Feder! Gleiches hätten sie mit mir gemacht!«

Sie wollte es nicht gelten lassen.

»Du bist ein Feigling!«, brüllte sie erneut. »Ich weiß jetzt, warum dein Vater sagte, du wärest mit der Zunge flinker als mit dem Schwert! Du warst immer schon ein Feigling, nicht wahr? Du warst heilfroh, dass du in der Nacht dein Schwert nicht ziehen musstest, sondern mit mir fliehen konntest ... oder es zumindest versuchen. Hauptsache, du musstest dich ihnen nicht stellen! Du bist kein rechter Mann, Aidan!«

Er zuckte mit den schmalen Schultern.

»Wenn ich versucht hätte, dir zu helfen, wäre ich jetzt tot«, sagte er dann, nicht nur kleinlaut, sondern auch ein wenig trotzig. »Hättest du das gewollt?«

Ihre Wut verlosch augenblicklich. Sie fiel in sich zusammen, zu einem jämmerlichen Haufen aus Verzweiflung und Angst und Verbitterung.

Aidan hatte recht. Er war viel zu klein und kümmerlich und blass, um ihr eine Hilfe zu sein. Und dennoch hatte sie nie zuvor in ihrem Leben eines Menschen so bedurft wie seiner, schlichtweg, weil er der einzige Vertraute in einer Welt geblieben war, die von mordenden Riesen beherrscht zu sein schien.

»O Aidan!«, stöhnte sie auf.

Sie kniete neben ihm nieder, klammerte sich an ihn, legte das Gesicht in seine Halsbeuge. Er roch verschwitzt, jedoch nicht ranzig wie die beiden Krieger, sondern süßlich wie ein Kind.

»O Aidan! Was haben die Männer vor? Wohin wird man uns bringen? Warum haben sie uns nicht getötet … wie alle anderen?«

Nun erst erlaubte sie sich den Verdacht, dass auch sein Vater Ricbert tot wäre.

Er widersprach ihr nicht. Überhaupt redete er erst, als es ihr zu wenig wurde, sich nur an ihn zu lehnen, und sie stattdessen seinen bleichen Hals mit vorsichtigen Küssen zu übersäen begann.

Er zuckte zusammen und versteifte sich, unangenehm berührt, diese unerwartete Liebesbezeugung hinnehmen zu müssen.

»Wir … wir sind nicht gefährlich für sie«, sprach er schließlich. »Wir sind nicht stark genug. Sie haben uns leben lassen, weil sie mit uns machen können, was sie wollen.«

»Und was ist es, was sie mit uns machen wollen?«, fragte sie.

Er zuckte mit den Schultern.

»Ich habe dir doch erzählt … von den Kriegen in den letzten Jahren. Von König Penda, und wie er über sämtliche Länder herfiel. Man sagt … man sagt, dass man die wehrhaften Männer getötet habe, die Knaben und Frauen jedoch verschleppt … an unbekannte Orte, wo sie dann als Sklaven verkauft worden wären.«

»Und Gleiches plant man mit uns?«

Bislang hatte Bathildis nur zweierlei Gefahr gewittert – dass man sie erschlagen würde oder schänden. Nun richtete sich eine dritte vor ihr auf, noch vage, noch undurchsichtig. Sie machte das Verhalten des Anführers verständlich, der mit seinem Eingreifen nicht nur Zwietracht unter seinen Männern vermieden hatte, sondern auch, dass seine Gefolgsleute die errungene Ware beschädigten.

»Es kann freilich sein«, fuhr Aidan fort, »dass sie uns nicht verkaufen, sondern selbst als Sklaven nutzen. So oder so … Gott steh uns bei!«

Er klang düster.

»Gott steh uns bei!«, wiederholte sie und drückte fest seine Hand. Sie fragte sich, ob es noch eine Möglichkeit zur Rettung gäbe, doch als könnte Aidan ihre Gedanken lesen, sagte er nun: »Das Schiff hat noch nicht abgelegt. Aber hier findet uns niemand… und sie werden die kommende Nacht nutzen, um die Küste zu verlassen. Allein der Allmächtige weiß, wohin sie mit uns fahren werden…«

Bathildis konnte sich nicht an den Moment erinnern, da der Anker gelichtet wurde. Sie musste in Aidans Armen eingeschlafen sein, und als sie erwachte, kündeten das Schaukeln und das dumpfe Knarren davon, dass sie auf hoher See waren. Im gleichen Augenblick, da ihr Blick sich an das stickige Dunkel gewöhnte, befiel sie schreckliche Übelkeit, die all die nächsten Tage anhielt.

Aidan meinte bekümmert, dass es auf hoher See manchen so erginge; es sei dies eine Krankheit, die man einzig durch den Landgang oder ruhige Gewässer ablegen konnte. Ob auch er daran litt, sagte er nicht. Doch selbst wenn es so gewesen wäre – sein bleiches Gesicht deutete darauf hin –, hätte Bathildis kaum ein Wort des Trostes für ihn gehabt, so sehr war sie im eigenen Leid gefangen. Bald war sie nicht nur von der schrecklichen Übelkeit befallen, sondern von schlimmen Krämpfen, die ihre monatliche Blutung bewirkte. Nie hatte sie derart darunter gelitten. Im Kloster war jenes Übel zwar verschwiegen worden – giftig und unrein war das scheußliche Blut, das die Frau da ausschied und ihr verbat, an jenen Tagen die Heilige Messe zu besuchen, ja überhaupt die Kapelle zu betreten –, aber dennoch verteilte die Krankenschwester regelmäßig Kräuter, um die Schmerzen zu lindern.

Nun fühlte sich Bathildis, als würde ihr Leib zerreißen; feucht strömte es über ihre Schenkel, als wäre sie von den schrecklichen Männern tatsächlich geschändet worden, und schließlich musste sie sich würgend übergeben, mehrmals, bis sie nur mehr bittere Galle schmeckte. Hernach fühlte sie sich ein klein wenig besser – zugleich aber unendlich beschämt.

Es durfte doch nicht sein, dass Aidan sie in diesem schändlichen Zustand sah! Dass er die Ausdünstungen roch – ihres Blutes, ihres Schweißes, ihres Erbrochenen!

Und zugleich fiel ihr nichts ein, wie sie es verhindern könnte. Immerhin tat er ihr den Gefallen, von sich aus abzurücken – was freilich auch hieß, dass sich keine tröstend warmen Arme um sie legten, um sie durch das größte Elend, das jemals in ihrem Leib getobt hatte, zu begleiten.

Auch gegen Morgen ebbte es kaum ab. Zusammengerollt, die Knie fest an die Brust gezogen, damit Aidan ihr rotfleckiges Gewand nicht sehen konnte, lag sie da, als wieder der hölzerne Verschlag aufgemacht wurde, diesmal gottlob nicht von finsteren Kriegern, die sich um sie zankten, sondern von einem geschorenen Sklaven, den die Fremden offenbar mit auf ihre Fahrt genommen hatten. Er sprach kein Wort (vielleicht war ihm die Zunge herausgerissen worden), stellte freilich ein kleines Fass frisches Wasser ab und führte obendrein weitere Gefangene hinein, die die Krieger geraubt hatten. Man hatte sie zunächst in der Vorratskammer eingesperrt, wie Bathildis und Aidan später erfuhren, doch dann befürchtet, sie könnten sich heimlich über die dortigen Reserven hermachen.

Es mussten Bauern sein, denn sie stanken entsetzlich nach Schafen, und ihre Gesichter waren von der Sonne so braun verbrannt und gerunzelt, dass sie der gefurchten Rinde von alten Bäumen glichen. Als einer von ihnen den Mund aufmachte, um gierig das Wasser zu saufen, standen fast keine Zähne darin.

»Bitte«, stöhnte Bathildis voller Schmerzen. »Bitte, ich will auch Wasser.«

Sie hielt ihre Augen geschlossen und konnte nichts sehen, aber sie fühlte, wie irgendjemand – es war nicht Aidan, Aidan ging geschmeidigeren Schrittes – zu ihr trat, um ihr einige wenige

Schlucke in die Kehle zu schütten. Der Durst verging ihr kaum, aber zumindest der säuerliche Geschmack in ihrem Mund.

Stöhnend öffnete sie die Augen und blickte in das verkniffene Gesicht einer Frau, deren Alter sie nicht erraten konnte. Ihre Haut glich der eines uralten Weibleins, aber die Haltung war aufrecht, der Blick erstaunlich wach.

»Wer … wer bist du?«, fragte Bathildis zwischen neuerlichen Krämpfen. »Wie viele Menschen sind geraubt worden?«

Die Frau zuckte mit den Schultern, warf einen Blick auf Aidan, der seinen Kopf zwischen den Knien verbarg, und sah wieder zurück auf Bathildis.

»Sprichst 'ne vornehme Sprache, Mädchen. Und hast saubere Nägel. Bist keine Bäuerin«, stellte sie fest. Ihre Stimme war unangenehm schrill; ein wenig klang sie wie Hohngelächter.

»Ich bin die Tochter von Fürst Thorgil, dem Sohn des Cedric. Und das ist Aidan, geboren von …«

»'s interessiert mich nicht«, unterbrach die Frau sie krächzend. »'s interessiert hier keinen. Die verkaufen uns … oder lassen uns für sich arbeiten.«

»Wo bringen sie uns hin?«, fragte Bathildis bang und vergaß ihre schrecklichen Schmerzen kurz.

Die krächzende Frau antwortete nicht, stattdessen einer der zahnlosen Männer. Er sprach so unartikuliert, dass Bathildis nur wenige Wörter verstand. »Gestern ging's noch Richtung Norden, dann haben sie den Kurs gewechselt.«

»Vielleicht steuern sie einen der Häfen an, wo's Sklavenmärkte gibt!«, fiel ein anderer ein.

»Oder sie nehmen uns mit und fressen uns auf!«

»Sie tun was?«, fragte Bathildis entsetzt.

»Sie fressen uns auf. Die Nordmänner glauben nicht an Jesus Christus, und im Land, aus dem sie kommen, werden Menschen wie Vieh geschlachtet, ausgeblutet und gebraten.«

»Das glaub ich nicht!«, rief Bathildis. »Woher weißt du überhaupt, wer sie sind?«

»Glaub, was du willst! Fest steht, dass wir verloren sind. Und dass du die Tochter eines Fürsten bist – ha, dafür solltest du dich schämen. Die hohen Fürsten waren doch die Ersten, die sich bekriegten und hernach all jene, die sie besiegt hatten, in die Sklaverei verkauften!«

Erstaunlich lang war die Rede. Kaum beendet spuckte die Frau auf den Boden. Bathildis überkam neuerliches Würgen, und ein neuer Schwall klumpiges Blut floss zwischen ihren Beinen.

Sie hätte vor Scham vergehen mögen – bis sie bemerkte, dass ohnehin niemand ihr Elend beachtete.

Die Bauern rotteten sich in der anderen Ecke des niedrigen, nunmehr erstickend heißen Gewölbes zusammen, und Aidan – von all den Worten gewiss nicht minder gequält – wagte noch immer nicht hochzusehen und verweigerte dies auch die nächsten drei Tage, die ihre Fahrt währte.

Als Bathildis' Blutungen schwächer wurden und die Übelkeit sie nicht länger zum Erbrechen brachte, schlich sie sich zu Aidan, um fortan an ihn gekauert zu liegen. Schlafen konnte sie kaum; zu groß war die Furcht vor dem Kommenden. Aber manchmal döste sie ein wenig, und sie gewöhnte sich an den Geruch seines Schweißes so sehr, dass er ihr vertraut war und sie beruhigte, wenn sie aufschreckte.

Es ist doch gut, dass ich es mit ihm erlebe, dachte sie. Nicht auszudenken, wenn die fremden Krieger sie mit den anderen Nonnen verschleppt hätten! Gewiss würden jene andauernd beten und klagen und fragen, was denn als Nächstes geschehe!

Nein, es war eine Wohltat, dass Aidan sie weder ansah noch mit ihr sprach. Was hätte er auch dazu sagen sollen, dass die braungesichtigen Bauern ihnen fast das ganze Wasser wegsoffen und sich darin im Recht fühlten, wo sie doch bis jetzt stets ärmlicher hatten leben müssen als die Fürstenkinder? Hätte er vielleicht zu den immer übleren Geschichten, die sich jene über die

Männer aus dem fremden Land ausdachten, eine hinzufügen sollen?

Es war gut, dass Aidan schwieg. Es war sehr gut. Es war viel, viel besser als jedes furchtsame Gerede. ... Nur ... warum konnte er es nicht wenigstens mit seinem Blick andeuten: dass er wie sie erleichtert war, dem schrecklichen Los nicht alleine ausgeliefert zu sein, sondern es an ihrer Seite erdulden zu können?

Von Zeit zu Zeit berührte sie ihn sacht, und immerhin hob er dann sein Gesicht, und sie konnte die Traurigkeit erkennen, die darin stand, die völlige Verlorenheit. Dann tröstete sie sich kurzwährend, ihr Leid mit ihm teilen zu können, und erst später begann sein Ausdruck, sie zu ängstigen, sie in Aufruhr zu versetzen, wähnte sie doch, in ihr eigenes Spiegelbild zu schauen und darin zu erkennen, dass sie sämtliche Hoffnung und sämtlichen Lebensmut aufgegeben hatte.

Aber das durfte nicht sein!

Wiewohl sie seine Verschwiegenheit rühmte, begann sie selbst zu reden, um die erstickende, dunkle Schwere seiner Stille mit dem Klang ihrer Stimme zu zerzausen. So fest konnte das Gewebe von Niedergeschlagenheit und Elend nicht sein! Es mussten doch noch Löcher bleiben, um dahinter in ein lichteres Morgen zu schauen!

Unwillkürlich begann sie, von dem Leben zu erzählen, das sie beide hätten führen können, wenn sie sicher und wohlbehalten heimgekehrt wären – von der Eheschließung im Kreise seiner Familie, von der Ehrerbietung, die sie König Oswine erwiesen hätten, vom Dasein in einem schönen Langhaus – stets geschmückt von Immergrün, an den Wänden dunkle, schwere Balken und aus echtem Stein erbaut.

Aidan zeigte kaum eine Regung, und so sprach sie schneller, all die Jahre in Besitz nehmend, die ihnen bevorgestanden hätten.

Als der Vater ins Kloster gekommen war, um sie zu holen, und sie das erste Mal den rotgesichtigen Knaben gesehen hatte, war ihre Zukunft mit ihm so flach und glatt wie unbeackertes Land gewesen und sie selbst ratlos, welche Samen sie dort streuen dürfte und ob daraus jemals kräftige, widerstandsfähige Pflänzchen wachsen würden. Nun hingegen entstanden leuchtende Bilder vor ihrem sehnsüchtigen Blick, einen Alltag zeichnend, der viel bunter und farbenfroher war als alles, was sie sich jemals in den grauen Klostermauern hatte ausdenken können. Ihre Träume waren scharf und klar … und kostbar. Sie stärkten den Trug, dass ihr Lebensglück noch nicht verloren sei, sondern ihr tatsächlich blühte – wenn sie es denn nur eifrig genug heraufbeschwor.

»Kinder werden wir haben!«, sprach sie mitreißend. »Söhne und Töchter mit deinem blonden Haar und meinen braunen Augen!«

Es war dies der einzige Moment, da Aidan aufblickte und sein Schweigen brach.

»Pah!«, murrte er düster. »Sind meine Söhne so feige wie ich, ist's besser, dass sie niemals geboren werden!«

Das Entsetzen, das sie überkam, brachte den ausgetrockneten Leib zum Würgen. Wenn sie noch etwas im Magen gehabt hätte, so hätte sie sich wieder übergeben, um zugleich auch seine hoffnungslosen Worte auszuspeien.

»Nein!«, schrie sie schrill. »Sag so etwas nicht! Du darfst die Hoffnung nicht verlieren! Du darfst uns nicht aufgeben!«

So befahl sie ihm – und gleichsam sich selbst, wissend, dass sie an ihrer Mutlosigkeit zugrunde ginge, würde sie sich ihr überlassen.

Verwundert blickten die sonnengegerbten Bauern auf das junge Mädchen. Offenbar hatte es den Verstand verloren, derart auf den jungen, schwächlichen Mann einzubrüllen. Freilich beschäftigten sie sich nicht lange mit ihr.

Schon in den letzten Stunden war das stürmische Schaukeln des Schiffs zu einem matten Beben abgeebbt; nun schien es gänzlich stillzustehen. Von draußen hörte man Stimmengemurmel, und es dauerte nicht lange, da näherten sich Menschen, öffneten den Verschlag und schrien unverständliche Befehle hinein.

Die Sonne traf Bathildis unvorbereitet. Das grelle Licht kam der Wucht eines Schlags gleich – und geschlagen wurden sie auch, als man sie paarweise zusammenband und nach draußen zerrte.

»Wo … wo sind wir?«, entfuhr es ihr.

Niemand antwortete. Es war nicht vonnöten. Mit noch immer blinzelnden, ja ob der heftigen Sonne tränenden Augen erblickte sie ein grauenhaftes Bild.

VI. Kapitel

Die Leiber waren so fest aneinandergepresst, dass sie nichts weiter ergaben als einen riesigen Batzen Menschenfleisch – verschwitzt und verwundet, geschwächt und verloren, gepeinigt und aufgedunsen. Handgelenke eiterten unter den Fesseln, auf zerschlagenen Rücken verkrusteten die roten Wunden der Peitsche, Frauen bluteten zwischen den Beinen. Manche, weil sie dem künftigen Besitzer ein neugeborenes Kind vom einstigen Herrn mitbrachten, andere, weil sie von den Entführern und Eroberern geschändet worden waren.

Sauer stanken die Wunden der Männer, die als Kriegsgefangene hierher gebracht worden waren. Die einen hatten die Glieder noch im Kampf verloren – die anderen waren von so hohem Rang, dass man ihnen nach der Schlacht die Zunge abgeschnitten oder sie geblendet hatte.

Nicht schlimmer könnte ein Rudel hungriger Wölfe wüten, ging Bathildis durch den Kopf, als man sie und Aidan vom Schiff zerrte und ans Land brachte, sodann durch die stinkende, gequälte Menschenmasse hindurchührte und schließlich an einem Stück Holz festband, das wie ein Baumstumpf aussah.

Aidan musste Ähnliches durch den Kopf gegangen sein, denn sein Gesicht färbte sich grünlich. Am Schiff hatte er sich niemals übergeben, doch hier sah er aus, als stünde er kurz davor.

»Wo … wo sind wir nur hingeraten?«, fragte sie.

Aidan ächzte, als einer der Nordmänner seine Fesseln festzurrte. Hernach ließ er den Kopf sinken und verweigerte ihr die Antwort.

»Aidan… wo?«

Er hob den Blick nicht. »Es ist kein menschlicher Ort«, war das Letzte, was er sagte, ehe er die folgenden Stunden schweigend über sich ergehen ließ. Die einzigen verbleibenden Laute klangen nach Schmerz, denn manchmal knickten seine Knie vor Schwäche ein, und er ließ den Körper in die Fesseln fallen, worauf ihm diese so schmerzhaft in die Haut schnitten, dass er leise aufheulte.

Bathildis reckte den Kopf, so weit es ihr möglich war, und entdeckte alsbald, dass in dieser kleinen Stadt – an der sandumgrenzten Mündung eines Flusses gelegen und von einem Wall umgeben – auch mit anderem gehandelt wurde als nur mit Menschen. Schiffe, noch größere als jenes, mit dem sie gekommen war, erreichten den Hafen und brachten kostbare Fracht: Schwertgriffe und Geschmeide, Töpferware und Glasperlen, Pelze und Walross-Elfenbein.

Von weiter hinten, von dort, wo die erste Reihe der Langhäuser stand, erklang ein lebhaftes Summen. Eine Frau freute sich, dass ihr der Mann einen besonders kunstvollen Hornkamm erstand. Eine andere begutachtete eine Amphore. Gleich daneben saßen Handwerker, die vor den Augen der Flanierenden die Rohstoffe verarbeiteten.

Beim Anblick der Amphore begann Bathildis der Mund trocken zu werden.

»Aidan… ich bin durstig…«

Kein Laut. Wiewohl er die schmerzenden Fesseln fürchtete, ließ er sich weiterhin dareinfallen und ließ Kopf und Schultern hängen.

Alle anderen freilich, die sie hätten hören können, scherten sich nicht um ihre trockene Kehle noch um den knurrenden Magen, und schon gar nicht um ein anderes Bedürfnis, das um die Mittagszeit noch dringlicher wurde: Sie musste ihre Blase entleeren. Mit wachsender Verzweiflung hielt sie Ausschau nach jenem der fremden Krieger, der sie hier festgebunden hatte, doch jener war in der Menge verschwunden, um sich an einem großen Krug Met gütlich zu tun, und die fremden Gesichter, die an seiner statt auftauchten, riefen immerzu ihr unverständliche Worte. Erst mit der Zeit verstand sie, dass dies Angebote für die Mitgefangenen waren. Einer nach dem anderen wurde begutachtet, losgebunden, schließlich am Strick weggeführt. Bezahlt wurde nicht mit Münzen, sondern einmal – für den kräftigsten der Bauern – mit zwei Schiffstauen, von denen jedes sechzig Ellen lang war, ein andermal mit fünfzehn Marderfellen oder ein paar Scheffeln Federn und manchmal auch – vor allem, wenn Frauen das Handelsgut waren – mit einem Kittel aus Otterfell oder Tran für die Öllampen.

Für Aidan und Bathildis zahlte niemand. Als der Drang zwischen ihren Beinen noch übermächtiger wurde als der Durst, gab sie ihm nach, fühlte die heiße, brennende Flüssigkeit ihre Beine entlanglaufen und wand sich vor Scham – um freilich alsbald zu merken, dass sich niemand um diese äußerste Erniedrigung scherte. Längst waren ihre Schenkel wieder trocken und die Nachmittagssonne neigte sich, da hatte immer noch kein Käufer um Aidan und sie gefeilscht, und jener stand in sich versunken und weigerte sich, etwas von dem abscheulichen Ort zu sehen.

Gedankenverloren zog Bathildis an ihren Fesseln, und wiewohl sie sich nicht davon befreien konnte, gelang es ihr doch, sie so weit zu lösen, dass sie sich umdrehen konnte. Nicht weit von sich und Aidan erspähte sie ein Mädchen in ihrem Alter, mit breiten Schultern, kräftigen, schwieligen Händen und ebenso an eine Holzstange gebunden. Sie war eine von vielen anderen, fiel ihr jedoch auf, weil sie nicht ächzte, sondern grinste.

Wie kann sie in solcher Lage lachen?, ging Bathildis verwundert durch den Kopf.

Als hätte sie die Worte laut ausgesprochen, wandte sich das Mädchen ihr zu, schaute ihr herausfordernd in die Augen und studierte hernach nachlässig und auch ein wenig verächtlich ihre Gestalt.

»Oh, ein feines Fräulein unter uns dreckigem Gesinde!«, stieß sie kichernd aus.

Bathildis weitete überrascht ihren Blick. Zu ihrem Erstaunen verstand sie die Worte der anderen, zwar nicht jedes einzelne, jedoch ihren Sinn.

»He, du da!«, rief sie und erschrak selbst, weil ihre Stimme so gar nicht matt und leidend klang, sondern herrisch und befehlend. »Bist du vom Volk der Angeln und der Sachsen? Kommst du auch aus Britannien?«

Dass sie so forsch fragte, schien das Mädchen zu überraschen, denn es runzelte die Stirne, wenngleich nicht lange.

»Das nicht, aber mein Vater war Sachse, und Sprachen spreche ich viele«, gab sie zur Antwort. »Habe schon so oft meinen Herrn gewechselt, dass es auf dieser Welt kein Fleckchen Land gibt, über das ich nicht schon gezerrt wurde … Siehst mir übrigens nicht aus, Prinzessin, wie eine, die man gerne kaufen will. Keiner bietet für dich und deinen Bruder. Was mich nicht wundert. Hast du schon mal Feuer gemacht oder Schweine geschlachtet? Kann dein Bruder Bäume fällen oder Stein hauen? Wenn sie euch nicht loswerden, dann verfüttern sie euch an die Fische.«

Bathildis zuckte entsetzt zusammen. »Das ist nicht wahr!«

Das Mädchen lachte laut auf. »Natürlich ist das nicht wahr! Wenngleich ich meinte, es wäre ein gnädigeres Geschick für eine wie dich. Scheinst zum Schuften nicht zu taugen.«

»Dazu bin ich auch nicht geboren worden!«, gab Bathildis scharf zurück, um sich solcherart für den Schrecken zu rächen. »Aber sag, wo sind wir hier? Wie heißt dieser schreckliche Ort?«

»Nicht schrecklicher ist's hier als anderswo. Du bist mit dem Schiff der Friesen gekommen, nicht wahr? So sei froh, dass sie dich nicht in ihre Heimat mitgenommen haben. Hier sind wir im Frankenland, und diese Stadt heißt Quentovic, manch einer nennt sie Wik. Siehst du den Fluss dort drüben ins Meer münden? Das ist die Canche.«

Bathildis seufzte erleichtert. »So leben also Christen hier, nicht Heiden?«

Das Mädchen zuckte mit den Schultern. »Die einen sind nicht besser als die anderen. In jedem Fall wollen sie dich verkaufen und gutes Geld machen. Sie schlagen dich, wenn du nicht gehorchst. Sag, wie bist du und dein Bruder in die Hände der Friesen geraten?«

»'s ist nicht mein Bruder, sondern mein Bräutigam. Aidan ist sein Name, und meiner Bathildis.«

»Der ist zu lang, man wird dich anders heißen. Ich selbst weiß gar nicht mehr, mit welchem Namen ich geboren wurde, mein letzter Herr hieß mich stets Bruntje. Heute gab er mich ab, weil er lieber mit einem Fass Met heimkehrt als mit mir. Hab ihm das Handelsgut schleppen müssen, doch kaum hat er's hier verkauft, brauchte er mich nicht länger. … Schade ist das, zwei meiner Brüder leben noch auf seinem Hof, und ich hätt' sie gern wiedergesehen.«

Sie sagte es gleichgültig, lachte hernach gackernd wie ein Huhn. Der Ton schmerzte Bathildis mehr als alle Klagen, mehr als alles Schluchzen und Stöhnen, das von den anderen Gebundenen ertönte.

»Nun«, fuhr Bruntje fort. »Mich sind sie bald los … wenn sie dich nicht vorher im Meer ertränken, werden dich die Friesen wohl in ihre Heimat mitschleppen müssen, und deinen Bruder auch, so schwächlich wie der dreinschaut.«

»Es ist nicht mein Bruder!«

»Sei's drum! Weißt du, dass die Männer aus dem Norden Sklaven töten, wenn einer der ihren stirbt? Sie legen sie ihm ins Grab, mit Wagen und Schlitten, Stoffen und Schüsseln, Pferden und Hunden.«

»Schweig still, ich bitte dich!«

Bruntje lachte wieder kreischend. »Besser, du weißt etwas von dem Leben, welches dich erwartet! Wenn sie sterben, so kommen sie nicht in Himmel oder Hölle, sondern nach Walhall, wo sie gemeinsam mit ihrem Gott Odin saufen und huren. Freilich nur den Kriegern ist das gestattet. Die anderen, auch ihre Sklaven, verschlägt's nach Niflheim, das ist ein eisiges Totenreich.«

»Hör auf!«

»Ach was! Übrigens gefällt mir dein Bruder nicht! Der scheint mir gleich umzukippen!«

Bathildis drehte sich um und schrie leise auf. Aidan rührte sich nicht; über sein leichenblasses Kinn tropfte weißer Schaum.

Bathildis hatte das Gefühl, stundenlang auf ihn eingeredet und ihn mit lauem Wasser beträufelt zu haben, bis er endlich das Bewusstsein wiederfand. Noch angebunden hatte sie nichts für ihn tun können. Doch als der Wind frischer geworden, als Dämmerwolken aufgezogen waren und sich der Markt von Wik geleert hatte, hatte einer der mürrischen Nordmänner sie losgebunden und zurück zum Schiff geführt – wobei freilich nur Bathildis selbst gehen konnte, er Aidan hingegen wie einen Sack geschultert trug. Die Last schien ihm nichts auszumachen, so leicht war der ausgemergelte Mann – aber er fluchte dennoch ohne Unterlass in seiner unverständlichen Sprache, vielleicht, weil es ihnen nicht gelungen war, die beiden zu verkaufen.

Im stickigen Raum überkam Bathildis Furcht, denn der Mann, der Aidan unsanft zu Boden hatte plumpsen lassen, blieb zögernd stehen, anstatt zu gehen. Würde er sie tatsächlich ins Meer werfen, weil sie keinen Ertrag brachten? Waren sie so schwächlich, dass sie nicht einmal taugten, ihnen selbst als Sklaven zu dienen? Vielleicht wollte das der Anführer auch gar nicht, weil ein liebreizendes Mädchen zu viel Unfrieden stiftete. Freilich dachte sich Bathildis, dass sie nach der schrecklichen Fahrt und dem heutigen Tag gewiss nicht liebreizend aussah.

Am Ende seines Zögerns warf der Mann ihnen lediglich einen Lederbeutel zu, in dem sich übel riechende Reste von geräuchertem Aal befanden. Bathildis war der Hunger vergangen. Sie stürzte auf Aidan zu, schüttelte ihn und suchte dann, nachdem er sich immer noch nicht rührte, sondern nur noch mehr weißer Schaum über seine Lippen getreten war, im fast finsteren Raum nach dem Wasserkrug. Gottlob flossen noch einige Lichtstrahlen durch die Ritzen, sodass sie sein bleiches Gesicht im Auge behalten konnte.

Atmete er noch?

Sie tränkte eine Falte ihres zerfledderten Kleides mit dem schalen Wasser und wischte ihm das Gesicht ab. Er stöhnte nicht, aber immerhin begannen die Lider leicht zu flattern.

Er darf nicht sterben, dachte sie, wenn er stirbt, dann bin ich verloren… was soll ich denn machen ohne ihn?

Sie ließ die Hand sinken. Sie hatte die Frage gestellt, weil sie sich der Antwort gewiss war. Doch nun tönte eine aufrührerische Stimme in ihr, bekundend, dass sie ohne ihn, der wie ein Mühlstein an ihr hing, vielleicht besser dran wäre. All ihre Gedanken könnte sie darauf verwenden, über eine Flucht von diesem Schiff nachzusinnen oder darüber, wie es ihr gelingen könnte, von einem Christen gekauft zu werden, nicht von einem Heiden. Vielleicht ließe sich bei einem solchen um Gnade bitten?

»O Aidan!«, stieß sie unwirsch hervor, streichelte ihn nicht mehr zart, sondern stieß ihn heftig an, sodass sein Kopf beinahe von ihrem Schoß rollte. »Nun nimm deine Kraft zusammen! Wir müssen darüber nachsinnen, was wir tun sollen!«

Offenbar erreichte ihn die ungeduldige Stimme. Er schlug zwar die Augen nicht auf, aber begann zu murmeln.

»Lass mich… lass mich einfach… schlafen!«

»Nein!«, schrie sie, erstaunt, dass der ausgetrocknete Hals

noch solch lautes Wort speien konnte. »Du kannst dich später ausruhen, nicht jetzt! Wir müssen uns überlegen, wie wir …«

»Es … es ist aus, Bathildis«, stöhnte er matt und öffnete die Augen zumindest einen Spalt weit. »Wir werden niemals in unsere Heimat zurückkehren.«

Sie wollte nicht auf ihn hören. »Wir müssen irgendwie von diesem Schiff kommen. Vielleicht bewachen sie uns nicht. Hast du nicht gesehen, wie viel Met sie getrunken haben?«

Er schüttelte zaghaft den Kopf, was sie derart erboste, dass sie ihm in den weichen Bauch kniff. »Nein, natürlich hast du es nicht gesehen!«, schimpfte sie. »Hast wie ein Klotz in den Fesseln gehangen! Aber das hilft uns nicht! Wir müssen so viel wie möglich erfahren – wo wir sind, was sie mit uns machen wollen. Ich habe heute ein Mädchen gesprochen, sie hieß Bruntje, und …«

Aidan schien ihr gar nicht mehr zuzuhören, sondern neigte seinen Kopf zur Seite. Bathildis freilich vermochte nicht aufzuhören, auf ihn einzureden. Wort für Wort wiederholte sie all das, was sie in Erfahrung gebracht hatte.

»Aidan!«, schloss sie – ob seiner Unbewegtheit in Unruhe. »Aidan, bitte! Gib nicht auf!«

»Der Herr selbst hat uns aufgegeben … er hat uns verlassen …«

»Nein, nein, nein! Wir weilen nicht nur unter Heiden … noch nicht! Wir müssen hoffen, dass uns jemand den Männern aus dem Norden abkauft, und dann …«

»Dann wird man uns zu Tode schinden, mich eher als dich!«

»Das ist nicht wahr! Du bist jung und kräftig und …«

»Mein Vater hat gesagt, ich bin ein Feigling, der sein Schwert niemals wird gerade führen können, und er hatte recht.«

Nicht nur, dass er sich von ihr keine Hoffnung geben ließ. Zu allem Unbill quollen durch seine geschlossenen Augen Tränen und flossen über seine Wangen, bis sie ihre Hände erreichten. Sie zuckte zurück, als wäre sie in einen giftigen Sud getaucht.

»Du heulst wie ein Mädchen!«, schimpfte sie und begann doch selbst zu zittern, plötzlich nicht minder verzagt als er. Fast trotzig fügte sie hinzu: »Ich habe die Angreifer schon einmal überlistet! Wer sagt, dass es mir kein zweites Mal gelänge? Wir müssen nur auf alles achten … was sie tun … und wie sie es tun.«

Immerhin richtete er sich endlich auf. Der Schaum, den er vorhin gespien hatte, klebte wie Eierschale an seinen Mundwinkeln.

»Wenn du es sagst, Bathildis …«, ächzte er.

Dass er ihr nicht länger widersprach, setzte ihr mehr zu als seine Schwäche und sein Weinen. Dagegen lohnte es sich anzukämpfen. Doch in der schicksalsergebenen Stimme lag nichts mehr, was sie reizte, was lebendige Empörung hervorkitzelte.

Plötzlich fühlte sie sich nicht minder erbärmlich als er, sehnte sich danach, ohnmächtig zu werden und nicht mehr zu erwachen. Vielleicht hatte er recht, und es blieb ihnen nichts anderes mehr zu erhoffen als der Tod.

»Ach Aidan!«, seufzte sie, sank in sich zusammen und fühlte nun Tränen über ihre Wangen laufen.

In dem Augenblick, da sie die ihren verlor, schien er an Kräften zu gewinnen. Er hob den Krug, um ihr Wasser einzuflößen, streichelte behutsam und etwas ungelenk über ihre nassen Wangen.

»Still, still …«, murmelte er.

Er war nicht mehr leblos, schien sie von allen Seiten einzuhüllen, wärmend und besänftigend – und erstickend.

Nicht weinen, dachte sie, wenn ich weine, sind wir beide verloren …

»Weine nur!«, sagte er. »Was bleibt uns anderes, als unser Geschick zu beklagen!«

Wir müssen uns einen Plan ausdenken, und dann …

»Du musst dich ausruhen und schlafen, Bathildis! Sonst können wir den morgigen Tag nicht überstehen!«

Wir müssen kämpfen, schien von Ferne und darob gedämpft eine letzte aufrührerische Stimme zu rufen, wir müssen gegen dieses Los ankämpfen …

»Wir müssen es erdulden!«, sprach er. »Wir müssen diese Prüfung erdulden!«

Ihre Glieder waren wie gelähmt. Kaum konnte sie die Hand heben, um ihr tränennasses Gesicht abzuwischen. Er tat es an ihrer Stelle.

Solange wir zusammen bleiben, dachte sie, solange wir zusammen bleiben, kann kein Unheil geschehen …

Am nächsten Tag versteckte sich die Sonne hinter farblosen Wolken, die Menschenmenge war lichter und das lange Stehen, am Holzstamm angebunden, etwas erträglicher.

Zu ihrem Erstaunen erkannte Bathildis ein vertrautes Gesicht in ihrer Nähe – das Mädchen mit dem Namen Bruntje.

»Immer noch hier?«, fragte sie. »Ich dachte, eine wie dich würde man schnell verkaufen können!«

Bruntje musterte sie mit einem freundlichen Blick, den schweigenden Aidan mit einem verächtlichen.

»Dein Bruder scheint sich wieder erholt zu haben!«, spottete sie. »Freilich glaube ich nicht, dass er heute länger durchhält als gestern. So einen bringt man hier nicht an … dich schon eher …«

Sie beließ es nicht bei den spöttischen Worten, sondern lachte obendrein schrill. »Ich stehe hier einzig noch«, setzte sie stolz hinzu, »weil mein Besitzer den allerbesten Preis erzielen will … nicht so wie bei euch, für die man den allerschlechtesten zu vermeiden versucht!«

Bathildis presste die Lippen zusammen, hoffend, dass Aidan dem vorlauten Mädchen etwas entgegnen würde.

Er tat es nicht. Nun, vielleicht war es auch besser, Bruntje nicht zu beachten. Was war sie denn anderes als eine stinkende, ungebildete Sklavin?

Hoheitsvoll wendete sie sich ab, indessen die andere wie eine Ziege meckerte. Den stillen, gequälten Aidan ertrug Bathildis freilich nicht besser.

»Nun gut«, sprach sie nach einer Weile in Bruntjes Richtung. »Erzähl mir noch mehr von den Männern aus dem Norden. Sind sie wirklich alle Heiden? Und wenn uns ein Franke kaufen würde – was weißt du von ihrem Volk zu erzählen? Was wären die Arbeiten, die wir bei ihnen verrichten müssten – außer jenen, die du schon nanntest?«

Bruntje antwortete bereitwillig, von nun an plapperte sie den ganzen Vormittag über. Unterbrochen ward sie nur, wenn jemand kam, sie musterte, für sie bot. Sie hatte nicht gelogen, als sie den guten Preis erwähnte, den ihr Besitzer erzielen wollte. Einer bot sogar ein Bärenfell für sie, und es war jenem noch zu wenig.

Bruntje ließ sich davon nicht aus dem Takt bringen, sondern erzählte gleich danach weiter – und Bathildis versuchte, sich so viel wie möglich zu merken, ungeachtet, ob sie es jemals würde brauchen können oder nicht.

Die Heiden, so erfuhr sie, glaubten nicht, dass der allmächtige Gott das Leben schenkte, sondern eine Göttin, welche Freya hieß und nach Lust und Laune auch den Tod bringen konnte. Es gab kein Paradies, wo der Baum der Erkenntnis stand, von dem Adam und Eva gegessen hatten, jedoch den Weltenbaum Yggdrasil, an dessen Wurzel ein Riese hockte, um ihn zu bewachen. Odin war furchtlos eingedrungen, hatte den Riesen besiegt (und dabei ein Aug eingebüßt) und schließlich aus den Blättern des Yggdrasil einen Trunk gebraut, welcher ihm auf ewig Weisheit schenkte.

Erstmals regte sich Aidan.

»Sie soll das Maul halten!«, zischte er kaum hörbar. »Dieses gotteslästerliche Geschwätz ist nicht zu ertragen!«

Bathildis sah ihn an, überrascht, dass er sich überhaupt regte. »Warum soll es Gotteslästerei sein, sie erzählt doch nur, was...«

»Hach! Was bringt's!«, presste er zwischen den Lippen hervor.

Bruntje lachte schrill und musterte ihn wieder verächtlich. »Nun, da du mich nach den Arbeiten der Sklaven gefragt hast … da heißt's Feuerholz auf dem Rücken zu schleppen, Torf stechen, Dung auf den Feldern verteilen. Nichts, was leicht und mühelos geht. Nur wenige Auserwählte dürfen Holz für den Webstuhl schnitzen.«

Bathildis blickte vorsichtig zu Aidan: »Hast du das gehört?«

»Ich will es nicht hören.«

»Aber …«

»Ich würde lieber sterben.«

Bruntje lachte. »Das ist ein wahrhaft guter Einfall von deinem Bruder!«

»Er ist nicht mein Bruder!«, gab Bathildis zurück, nicht sicher, über wen sie mehr verärgert war, über die spottende Bruntje oder den schwächelnden Aidan. »Er ist …«

Weiter kam sie nicht.

Während sie Bruntje gelauscht hatte, hatte sie nie aufgehört, mit wachen Augen herumzublicken und alles zu erfassen, was auf dem Markte vor sich ging. Nicht weit von ihnen dreien erblickte sie plötzlich jemanden, mit dem sie nicht gerechnet hatte.

Gott sei's gedankt!, durchfuhr es sie, und ihr Herz begann aufgeregt zu pochen. Gott sei's gedankt! Er wird uns retten können!

»Exaudi, Domine, orationem meam et ne despexeris deprecationem meam. Conturbatus sum a voce inimici et a tribulatione peccatoris …«

Herr, erhöre mein Gebet, verbirg dich nicht vor meinem Flehen! Das Geschrei der Feinde verstört mich; mir ist angst, weil mich die Frevler bedrängen.

Sie rief den Psalm. Sie rief jenen Psalm, den zu beten sie Godiva untersagt hatte, als die Nordmänner das Kloster überfallen hatten. Nun wollte sie die Aufmerksamkeit jenes Mannes auf sich ziehen, der dort, nicht weit von ihr, die Reihen auf und ab schritt.

Sie sah ihn nur von hinten, doch das reichte, um zu erkennen, dass seine Haare zur Tonsur geschoren waren und er eine graue Kutte trug, in der Leibesmitte mit einem einfachen Strick aus Hanf gegürtet.

Aidan blickte verwundert hoch, Bruntje auch. »Was schreist du denn so, Mädchen?«, fragte sie verwirrt.

»Exaudi, Domine, et ne despexeris deprecationem meam!«, wiederholte Bathildis, ohne auf die beiden zu achten.

Da hinten ging ein Mönch, ein Mann Gottes. Ganz gleich, was ihn in diese Menschenhölle verschlagen hatte, welchem Land er entstammte und was er hier suchte – er war ein Christ, so wie sie und Aidan Christen waren, jenen Geboten verpflichtet, die die schrecklichen Heiden nicht kannten, und dazu gehörten Mildtätigkeit und Fürsorge für die Geschundenen, Mühseligen und Beladenen.

Oh, bitte dreh dich um, du Bruder in Christus!, dachte Bathildis flehentlich und schrie noch lauter den Psalm.

»Conturbatus sum a voce inimici et a tribulatione peccatoris …«

Endlich blieb der Mönch stehen. Es war freilich nicht gewiss, ob es wegen ihres Schreiens geschah, denn er drehte sich nicht sogleich um, sondern sprach mit einem der Nebenstehenden. Bathildis zögerte, ihn zu unterbrechen, wiewohl es schwer war, Geduld aufzubringen. Unwillkürlich zog sie an ihren Fesseln, die so fest waren, dass sämtlicher Blutfluss gehemmt wurde und sich ihre Finger schon lange taub anfühlten.

Bruntje indessen war ihrem Blick gefolgt und hatte erkannt, wem das klägliche Rufen galt.

»Rufst du nach dem Mönch?«, fragte sie. »Den kenne ich! Der lässt sich seit einigen Tagen hier vollaufen!«

Sie rümpfte verächtlich die Nase.

»Weißt du, wie er heißt?«, fragte Bathildis hastig.

»Wenn ich mich nicht täusche, ist er ein Sachse, und sein Name ist Answin. Freilich meine ich, dass es nicht viel Sinn…«

»Bruder Answin! Bruder Answin! Helft uns!«, gellte Bathildis quer über den Platz. Manch misstrauische Blicke fielen auf sie. Es war nicht üblich, dass Gefangene so viel Kräfte hatten, um zu schreien. Einer der blonden Riesen erhob sich bedrohlich, als wollte er zeigen, wie schnell er ihr diese auszutreiben gedachte.

Doch endlich hatte sie ihr Ziel erreicht; der Mönch drehte sich um und schirmte mit einer Hand seine Augen ab, um zu erspähen, wer da nach ihm gerufen hatte.

Er sah nicht aus wie jene gottgeweihten Männer, die Bathildis vom Kloster ihrer Kindheit kannte. Jene waren alt und ausgezehrt gewesen, sehr blass und sehr mager. Jener Bruder Answin jedoch war klein und grobschlächtig, und der Wanst, der sich unter der grauen Kutte blähte, glich dem einer bald Gebärenden. Die Haut seines Gesichts war wächsern gelb, nur auf den Wangen tanzten rote Flecken, und die Nase war fast blau ob der vielen kleinen Äderchen, die sich wie Würmer unter der Oberfläche krümmten.

Doch wenn er auch nicht aussah wie ein Priester – so schien er sich endlich wie ein solcher zu verhalten: Er stellte sich Bathildis' flehentlichem Blick nicht länger blind, desgleichen nicht taub für ihre Stimme, sondern kam mit platten Füßen zu ihr hergewatschelt.

»Versteht Ihr mich, Bruder Answin? Versteht Ihr meine Sprache?«, fragte sie noch über die Entfernung einiger Schritte hinweg.

Er antwortete nicht, aber in seinem Gesicht breitete sich zumindest kein Unverständnis aus. Anders als sein schwerfälliger Leib waren seine Augen flink, huschten über sie und Aidan und schienen alsbald zu gewahren, dass jene beiden sich von grobschlächtigen, hart arbeitenden Bauern unterschieden.

»Dein Name?«, fragte er schließlich.

Bathildis seufzte erleichtert und nannte mehr als diesen. Sie erzählte von ihrem Vater Thorgil und dessen schändlichem Tod, von ihrer Erziehung im Kloster und dem Überfall der Männer aus dem Norden. Schließlich stieß sie Aidan an, damit auch jener etwas hinzufügen konnte – von dem entsetzlichen Unrecht, das ihnen, den Fürstenkindern, da widerfuhr, dass sie wie Vieh behandelt wurden.

Aidan regte sich nicht – jedoch nicht von der schlaffen Gleichgültigkeit und Erschöpfung der letzten Tage gehemmt. Als sie ihm einen kurzen Seitenblick zuwarf, las Bathildis Verachtung in seinem Gesicht.

Welch schäbiger Mönch!, dachte er sich wohl. Aufgedunsen, fett, versoffen!

Sie ärgerte sich darüber. Solch strengen Maßstab anzulegen war unangemessen, wenn doch er, Bruder Answin, der Erste war, der sich für ihr Geschick interessierte. Zumindest schien es so, denn er unterbrach sie nicht, sondern hörte aufmerksam zu und ließ den wachen Blick wandern, ohne dass der Dunst von Met, der seiner Kutte nachhing, seine Stirn umwölkte.

»Bitte!«, rief Bathildis schließlich. »Bitte! Wir kommen aus bester Familie… der König von Northumbrien selbst wird sich erkenntlich zeigen, wenn Ihr…«

Sie kam nicht weiter. Bruder Answin schien genug gehört zu haben, hob die Hand und winkte ab. Mit gleicher Langsamkeit, mit der er vorhin zu ihr geschwankt war, wandte er sich an einen der blonden Krieger.

Das sind doch Heiden!, wollte Bathildis ihm zurufen. Sie verstehen unsere Sprache nicht!

Doch schon befand sich Bruder Answin in einem eifrigen Gespräch, antwortete auf die kehligen Laute des Nordmannes mit munterem Singsang, fast ein wenig zu hoch für einen Mann. Trotzdem schien der andere zu verstehen, ließ ihn reden und antwortete erst, als der Mönch zu Ende gesprochen hatte.

Bathildis war erstaunt. Wiewohl der Mönch von diesem wuchtigen Mann überragt wurde, schien er keine Furcht zu haben, behandelte den anderen wie einen gewöhnlichen Menschen, anstatt ihn wie ein wildes Tier zu messen.

»Schau, Aidan, schau, er redet mit ihnen!«

Doch Aidan hatte sich schon wieder abgewendet.

Nachdem es ein paar Mal hin und her gegangen war, schleppte Answin seinen schweren Leib wieder her zu ihr. Der Blick der dunklen Augen schien sich verlangsamt zu haben – als habe er genug herausgefunden, als lohne sich das wachsame Beobachten nicht länger.

»Bitte!«, begann Bathildis wieder zu flehen. »Bitte, wer sind diese Männer ... was haben sie vor? Was ...«

Erneut unterbrach er sie, indem er den Arm hob. »Wie es scheint, sind es Friesen«, murmelte er – bestätigend, was Bruntje gestern schon gesagt hatte. Seine Stimme klang nicht länger hoch und schmeichelnd wie die eines Weibes, sondern gleichgültig. »Eigentlich sind das ehrliche Kaufleute. Sind nach Britannien gesegelt, um mit den Königen deines Volkes ins Geschäft zu kommen. Brachten kostbare Glasarbeiten aus dem Rheinland mit. Auch gemünztes Silber und schwere Mörser aus edlem Stein. Nun, dies alles nahm man ihnen gern ab. Doch den vereinbarten Kaufpreis blieb man ihnen schuldig. Ein paar tüchtige Sklaven wären das gewesen.«

Bathildis wusste nicht, warum er in derart kurzen Sätzen sprach – weil er es nicht besser konnte oder weil er maulfaul war. Überhaupt schien ihn das Stehen anzustrengen.

»Und sie haben sich für den Betrug gerächt, indem sie freie Bauern verschleppten ... und uns?«, fragte Bathildis empört.

Auch jetzt zeigte der Mönch weder Mitleid noch Entrüstung über solches Unrecht, sondern sah sich nur nachlässig um. »Gibt's noch andere – außer dir und diesem Kerl hier?«

»Sie haben alle anderen Gefangenen verkauft, nur uns nicht!«, berichtete sie hastig.

Seine Mundwinkel verzogen sich flüchtig nach oben.

»Wundert mich nicht«, entgegnete er und schirmte erneut seine Augen mit einer Hand gegen das Licht ab.

»Bitte!«, rief Bathildis, und sie zog erneut an den Fesseln in höchster Sorge, er könnte gehen, ohne etwas für sie getan zu haben. »Bitte helft uns!«

Ein letztes Mal maß er sie – Bathildis etwas länger als Aidan.

»Ich werde sehen, was sich machen lässt«, sprach er und ging.

Die nächsten Stunden gab Bathildis das Schauen und Suchen und Beobachten erstmals auf. Wissend, dass sie nicht mehr für ihre Rettung tun konnte, lehnte sie den Kopf zurück, stützte ihn so bequem wie möglich auf und schloss die Augen. Erstmals seit langem war es ein angenehmes Dunkel – weder ein namenloses Loch, in das sie fiel, noch verstörende Schatten, die furchterregend tanzten.

Es stand ihr frei, die Träume selbst zu wählen, und sie tat's, indem sie all die lauten Stimmen wegdachte und einzig auf das Meeresplätschern lauschte, das unaufgeregt klang, beinahe friedvoll.

Ob dieses vertrauten Klanges war sie nicht länger nach Quentovic verbannt, sondern heimgekehrt ins Kloster … zu jener Küste, die an lichten Tagen und in sternenklaren Nächten zu sehen war und die ein Gefühl von Weite schenkte.

Stets war das Kloster für sie nur ein vorläufiger Bestimmungsort gewesen; jetzt ward er Heimat, die einzige, die sie je gekannt hatte. Die scheue Hereswith war in Gedanken nicht nur beste Freundin, sondern geliebte Schwester, die bösartige Godiva eine, die man gern erträgt, die Äbtissin mit den talgigen, ungewaschenen Haaren …

Sie schreckte hoch; Aidan hatte sie angestoßen. Sie hatte nicht nur vor sich hingeträumt, sondern war auch eingenickt, erstmals ein Schlaf, der wahrhaft Kräfte schenkte. Sie fühlte sich erfrischt – zumindest solange, bis sie Aidans Gesichtsausdruck bemerkte.

»Was …?«, stieß sie aus, ihr Herz tat einen schmerzhaften Sprung.

Ängstlich und bleich hatte er in den letzten Tagen immer dreingeschaut, das erschreckte sie nicht. Umso mehr jedoch stimmte sie bange, dass der Kummer in seinen Zügen so wach war, so lebendig: Seine Augen waren weit aufgerissen, seine Lippen bebten.

»Was?«, stammelte sie erneut.

Sie folgte seinem Blick und begriff anfangs nicht, was ihn derart bestürzte. Bruder Answin war wieder zurückgekehrt, sprach fuchtelnd und mit Fistelstimme mit einem der Nordmänner. Mehrmals deutete er auf Bathildis, nicht auf Aidan. Noch ehe ihr aufging, dass er manch lateinischen Brocken in seine Rede mischte und sie seine Worte darum verstehen konnte, wusste sie, was er tat, und noch ehe ihr Schicksal besiegelt war, begann sie, sich dagegen zu erheben – indem sie sich mit aller Macht gegen die Fesseln warf und ohrenbetäubend laut schrie.

VII. Kapitel

Sie schrie noch, als man beschloss, sie zurück aufs Schiff zu schaffen – ein letztes Mal, für eine letzte Nacht. Es waren keine Worte, die sie ausstieß, sondern ein klagendes Gewirr aus Ohnmacht und tiefem Entsetzen.

Ihre Leibschmerzen hatten in den letzten Tagen nachgelassen, nun kamen sie zurück, gleich so, als habe sie eine Kröte geschluckt, die in ihrem Magen weiterlebte, ihn zerfraß, mit jedem Bissen größer wurde. Sie höhlte sie aus, ließ nur eine Hülle zurück – und den Gedanken, dass es nicht geschehen durfte: nein, nein, nein!

Der Mönch Answin scherte sich nicht darum; die Friesen auch nicht.

Nur Aidans Stimme drang zu ihr, zittrig, als wäre auch in ihm der letzte Funke an Hoffnung und Lebenslust erloschen.

»Bitte nicht!«, warf er hilflos ein, flehend, sie solle sich nicht derart gehen lassen, auch wenn er selbst nichts Geringeres als ein Todesurteil vernommen hatte.

Getrennt.

Auseinandergerissen.

Niemals ein Wiedersehen.

Bathildis schrie sich sämtliche Luft aus der Brust, überzeugt, dass sie sich befehlen könnte zu ersticken. Doch dann japste sie verräterisch nach Atem und brachte auch wieder klare Worte hervor.

»Warum habt Ihr das getan?«, schrie sie Bruder Answin zu.

Das Gesicht des Mönches war nicht mehr rotgefleckt wie am Morgen, sondern eingefallen.

»Ich kann nicht euch beide … nehmen. Sieh's ein, Mädchen.«

Das konnte sie nicht. Kaum konnte sie begreifen, dass er sie erst am nächsten Morgen mit sich nehmen würde, dass ihr noch eine letzte gemeinsame Nacht mit Aidan blieb. Was nutzte solch Aufschub des Grauens?

Getrennt.

Auseinandergerissen.

Niemals ein Wiedersehen.

Die Worte umkreisten sie wie Aasgeier, einen Kadaver witternd, wiewohl jener doch schon bis auf seine Knochen abgenagt war.

Als man sie zurück zum Schiff schleifte, trat sie mit Händen und Füßen um sich, indessen Aidan mit gesenktem Kopf vor sich hin trottete, schicksalsergeben, kraftlos.

O, wenn er doch schreien würde wie sie! Weinen wie sie! Sich ausdenken, wie ihnen doch noch gemeinsam die Flucht gelänge!

Er tat nichts dergleichen, und je länger sie ihm dabei zuschaute, wie er sich mühsam, aber willig unter einer Last beugte, die er niemals würde schleppen können, da brach auch ihr Widerstand. Sie gab alles Kämpfen auf und wähnte, schon jetzt zu jenem Staub zu werden, zu dem der Mensch am Ende seines Lebens wird.

Die pechschwarze Nacht waberte wie Nebel durch die Ritzen und verschluckte sämtliches Licht. Vielleicht war da irgendwo noch ein matter Schein zu erspähen, zitternd und gelb, wenn sie nur lange genug danach suchte. Bathildis aber tat es nicht. Sie hielt die Augen fest geschlossen, wider alle Gewissheit hoffend, dass solcherlei Vortäuschung des tiefen Schlafes die Nacht niemals würde enden lassen. Vielleicht würde sie sich ausdehnen, Stunde um Stunde, die ganze Menschheit knebeln und den Sonnenaufgang auf ewig verschieben. Nie wieder würde es Licht geben in ihrem Leben – aber immerzu Aidan.

Sie wusste nicht, was er machte, ob er sich die Seele aus dem Leib geweint hatte wie sie, ob er eingenickt war, ob er sinnend brütete.

Sie tastete sich zu ihm vor, und als sie mehrmals nur ins Leere griff, gebrauchte sie entgegen ihrem Vorsatz ihre Stimme.

»Aidan…«, murmelte sie. »Aidan…«

Er schien sie nicht zu hören, wie er sich auch nicht regte, als sie schließlich eines seiner Glieder ertastete – eine leblose Hand, so kalt, als hätte man sie vom Körper abgeschlagen. Es schien, als wäre der Leib, der da hockte, gefällt wie ein Baum, kein ganzer Mensch.

»Aidan…«

Sie duldete seine Leblosigkeit nicht, und auch nicht seine Kälte. Zuerst streichelte sie sanft über seine Hand, dann begann sie, sie warm zu reiben, fuhr mit den Fingern unter den zerfledderten Stoff seines Hemdes.

Er zuckte zusammen. »Was tust du denn, Bathildis?«, entfuhr es ihm.

Sie schloss die Hände um seinen Kopf, ließ sie – solcherart ineinander verknotet – über seinen Nacken gleiten, über seinen Rücken, als müsste sie jedes Fleckchen seines Leibes abtasten, um sich zu vergewissern, dass er noch hier wäre. Freilich schien sie den Händen zu misstrauen. Schon schnellte ihr Kopf vor, auf dass auch ihre Lippen von seiner Gegenwart künden konnten. Zuerst waren sie vorsichtig geschürzt, als würde sie ein Stück Brühe danach überprüfen, ob es noch zu heiß war zum Schlucken. Dann begann sie, an ihm zu lecken, zu saugen, die Haut zwischen dem Mund einzuklemmen, sodass – würde man ihn denn bei Tageslicht sehen können – rote Flecken verblieben.

»Bathildis«, fragte er erneut, »was tust du denn?«

Er versteifte sich – was immerhin schon mehr war als das schlaffe Sitzen. Doch wiewohl er sämtliche Muskeln anspannte, blieb sein Körper weich und zart, gleich dem eines Kindes, das nicht recht weiß, ob es sich von den Liebkosungen seiner Mutter gestärkt fühlen sollte – oder gekränkt. Dessen ungeachtet öffnete sie die verschränkten Hände, ließ sie einzeln über seinen Leib gleiten, die eine da, die andere dort.

»Erzähl mir …«, forderte sie indessen, »erzähl mir von unserem Leben, wie wir es führen werden, Aidan. Erzähl mir von unserer Heimat und wie es dort aussehen wird, wenn wir wiederkehren.«

»Bathildis«, wandte er vorsichtig ein, »es gibt kein Hoffen mehr für uns … für mich … Dich hat der Mönch freigekauft, aber ich …«

»Doch!«, unterbrach sie ihn heftig. »Erzähle!«

Sie schien den Körper nicht mehr zu streicheln, sondern zu kneten, prüfend jetzt, wie ein Vater, der wissen wollte, ob die harte Erziehung fruchtete und an den weichen Rundungen des Kindes Zeichen der Manneskraft erkennbar waren.

»Bitte«, flüsterte er, »du darfst mich nicht umarmen … es schickt sich nicht.«

Sie lachte schrill und verzweifelt. »Warum nicht? Wären wir nicht hier … hätte man die Ehe zwischen uns nicht längst geschlossen?«

Er rutschte von ihr weg, sie ließ ihn nicht los. »Können wir uns nicht glauben machen, wir wären Mann und Weib?«, fuhr sie fort. »Sollen wir nicht hier und jetzt den Bund schließen, uns gegenseitig versprechen, dass wir zusammengehören? Braucht es dafür tatsächlich einen Priester?«

Trotz der Dunkelheit wähnte sie ihn erröten. Schweiß brach ihm hervor, sie konnte ihn spüren, es war eine klebrige Schicht.

Offenbar hatte er schon darüber nachgedacht, was es heißen würde, bei einem Weib zu liegen und solcherart unweigerlich zu sündigen. Vielleicht hatte er es sich ausgemalt, wie es mit ihr wäre, schon bei ihrem ersten Zusammentreffen, als er es kaum vermocht hatte, sie anzusehen.

»Ich weiß nicht«, stammelte er. »Ich weiß nicht, ob wir uns derart aneinander binden dürfen. Was soll geschehen, wenn wir später einen anderen Menschen treffen und nicht wissen, ob der Gatte noch lebt? Dir … dir gelingt es vielleicht heimzukehren. Ja, ganz sicher gelingt es dir. Der Mönch wird schon dafür sorgen. Und dann kannst du einen anderen Mann nehmen und mich vergessen.«

Sie wusste, dass er sie trösten wollte, und vielleicht war es berechtigt, in ihr die Erwartung zu schüren, dass sie bald frei- und heimkäme. Und doch spürte sie keine Hoffnung, nur Angst vor dem Schrecklichen, Schrecklichen, das im Morgengrauen wartete – das Alleinsein, das Losgelöstsein von allem, was ihr vertraut war, was sie kannte. Jene Angst reizte sie zu dem freudlosen Bekenntnis: »Ich will keinen anderen Mann. Ich will dich.«

Ich will nach Hause, dachte sie und schluchzte trocken auf. Ich will zu der Familie meines Vaters oder der von Aidan, ganz gleich, zu wem. Und dann will ich mit Aidan glücklich sein – weit fort von diesem grauenhaften Ort.

Ihre Hände waren nicht länger zielstrebig. Sie packten ihn nicht mehr, sondern fielen kraftlos in seinen Schoß.

»Bathildis …«, murmelte er. »Bathildis, ich bin ein Todgeweihter.«

»Nein! Du darfst nicht sterben. So wenig wie ich. Nicht bevor wir heimgekehrt sind, nicht bevor wir uns wiedergesehen haben. Das musst du versprechen!«

»Wie soll ich versprechen, nicht zu sterben, Bathildis?«

Sie nickte schwach. »Dann lass uns etwas anderes versprechen. Wenn wir denn überleben, so werden wir stets danach trachten heimzukehren. Wir werden nicht aufgeben, uns wiederzufinden. Wer immer es zuerst schafft, wer immer das bessere Los findet – er darf nicht ruhen, ehe er nicht den anderen gefunden hat. Schwörst du das?«

»Bathildis …«

»Schwörst du es? Dass du nicht aufhören wirst, darum zu kämpfen, dass wir wieder vereint sind? Dass wir uns finden werden? Auch wenn der Mönch mir hilft – ich würde den morgigen Tag nicht überleben, wüsste ich nicht, dass es noch Hoffnung gibt. Irgendwann, irgendwo.«

Ihre Stimme war eifriger als der restliche Körper. Sie kämpfte allein gegen die Verzagtheit, die Hände blieben schlaff und mochten sie nicht länger unterstützen. Vorsichtig hob Aidan die seinen, umgriff ihre Finger und schob sie von seinem Schoß.

»Ich verspreche es dir, Bathildis«, bekundete er nicht sonderlich zuversichtlich. »Ich werde darauf hoffen, dass es dir gelingt heimzukehren und dass du mich nicht im Stich lässt. Und wenn ich mich befreien kann und der Erste bin, der den Boden der Heimat wieder betritt, werde ich nach dir suchen.«

»Dein ganzes Leben?«

»Mein ganzes Leben.«

»Ich auch.« Und weil ihr dieser Schwur zu schwach schien, so fügte sie hinzu: »Ich … ich liebe dich. Ich liebe dich wie einen Gatten.«

Er antwortete nicht. Eine Weile hockten sie beide schweigend. Sie kämpfte mit sich, sollte sie ihre Augen geschlossen halten und sich ins Dunkel flüchten oder sie öffnen und in seiner Miene lesen, ob er seinen Schwur aufrichtig meinte, ob er an dessen Erfüllung glaubte?

Ich glaube daran, bekräftigte sie sich. Ich glaube daran. Ich werde nie aufhören, daran zu glauben …

»Du musst mir auch etwas versprechen«, setzte er unwillkürlich an. »Wenn man dich morgen holt, so will ich nicht sehen, wie du gehst. Und du darfst dich nicht nach mir umdrehen. Ich will nicht, dass du mich so elend in deiner Erinnerung bewahrst … zerschlagen, gefangen und wie ein Diener hockend. Das … das würde mein Vater nicht wollen, dass du mich derart siehst.«

Kurz wollte sie einwenden, dass es dem toten Ricbert gleich sein konnte, welch erbärmlichen Anblick der Sohn bot, und dass es ihr selbst nichts ausmachte, weil sie ihn all die letzten Tage so gesehen hatte – so erbärmlich, so kraftlos, so mitleiderregend … so verachtenswert.

Sie erschrak über den Gedanken.

»Natürlich!«, rief sie heftig, schlug die Augen auf und sah graues Licht hinter den Ritzen hockend, bereit, den finsteren Raum zu erobern. »Wir wollen einander so gedenken, wie wir uns das erste Mal gegenübertraten!«

Das Morgenlicht kam leise und langsam. Die Schritte hingegen, die alsbald auf dem Holz ertönten, waren forsch und laut.

Sie dachte, sie könnte es würdevoll ertragen und seinem Willen folgen. Doch als zwei der grimmigen, blonden Riesen die Kammer betraten und mit ihnen der Mönch, so überkam sie neben all der Verzweiflung und der Furcht auch kindlicher Trotz – als würde es genügen, einfach sitzen zu bleiben, auf dass der Mann Gottes nicht nur sie errettete, sondern auch Aidan.

Sie sah nicht hoch, presste sich auf den Boden, als könne sie solch tiefe Wurzeln dareinschlagen, dass man sie erst mühsam ernten müsste, und als einer der Männer sie an den Achseln packte und mit Leichtigkeit hochzog, schlug sie um sich.

Das alles geschah lautlos, wiewohl es so nicht minder ungehörig war. Das zumindest schien Aidan zu befinden.

»Bathildis!«, rief er erschrocken aus. »Hör auf damit! Das lohnt sich nicht, das schickt sich nicht!«

Sie hielt inne, sie würde nicht ertragen können, wären dies die letzten Worte, die er jemals zu ihr sprach.

»Bitte …«, seufzte sie und gab auf, »bitte … vergiss nicht, was wir uns versprochen haben.«

Der Nordmann schleifte sie nunmehr über den Boden, ohne dass sie Widerstand leistete. Ein Holzsplitter drang zuerst durch ihr Kleid, dann in die bloße Haut. Sie schrie auf, Aidan jedoch blieb wortlos.

Oh, wenn er doch noch ein Wort sagte, keins der Mahnung, ein Wort der Hoffnung!

Als sie in die Nähe der Luke kamen, die aufs Deck führte, brach sie ihr Versprechen. Sie wendete den Kopf, warf ihm den Blick zu, den er ihr verboten hatte, und nahm alles gierig auf, was sie noch von ihm sehen konnte, gleich so, als würde sie den Boden der Schüssel auslecken, auf dass ihr kein Bissen, kein Tropfen entginge.

Er tat es ihr nicht gleich. Er verhielt sich so, wie er es beschlossen hatte, blickte auf seine Knie, nicht zu ihr her.

War er der Stärkere, weil er sich daran hielt? Oder sie, weil sie ihn nicht aufgeben wollte?

Die kräftige Gestalt des rohen Mannes verstellte ihr bald den Blick.

Ihr Kopf schmerzte, als würde er platzen, so fest presste sie die Zähne aufeinander, um nicht wieder laut zu schreien.

Ich werde dich wiedersehen!, hämmerte es darin. Ich werde dich wiedersehen! Ich werde dich wiedersehen!

Der Himmel war bleich; das Gesicht des Mönchs Answin auch. Er hielt die Lippen so fest zusammengekniffen, dass sich über die eingefallenen, großporigen Wangen längliche Furchen zogen.

Zuerst war es Bathildis angenehm, dass er schwieg. Kein Wort, so war sie sicher, könnte sie selbst als Antwort geben, ohne in Tränen auszubrechen. Selbst das Gehen tat ihr weh, als trete sie mit jedem Schritt auf glühende Kohlen, führte jeder einzelne sie doch weiter fort von Aidan.

Nicht hochsehen. Nicht zurücksehen. Nicht begreifen. Noch nicht.

Kaum bemerkte sie, dass der Mönch sie aus der kleinen Stadt Quentovic am Meer fortführte, dorthin, wo der salzige Algengeruch vom hölzern-strohigen der flachen, gelben Felder verschluckt wurde. Lustlos wogten sie im kühlen Wind.

Am Rand von einem der Felder blieb Bruder Answin stehen, nestelte an seiner Kutte und zog etwas hervor, was Bathildis nicht gleich erkannte. Vielleicht war es etwas zu essen, überlegte sie, zerrissen von der Gier, sich so viel wie möglich in den hungrigen Leib zu stopfen, und dem Widerwillen, den allein die Vorstellung zeugte, dass sie nach solch schwerer Stunde mit gutem Appetit essen könnte. Schon wollte sie stolz ablehnen, als sie begriff, dass er ihr nichts Gutes tun wollte, sondern es ein Strick aus Hanf war, den er da plötzlich in den Händen hielt und den er ihr mit geübten Griffen um den Nacken und dann um die Hände schlug. Jene musste sie wie betend aneinanderpressen.

Ehe sie erfasste, was er da tat, war sie schon gefesselt, und er zerrte grob am Strick und riss sie, die sie noch fassungslos stand, beinahe auf die Knie.

»He!«, schrie sie auf. »Was soll das? Ihr wisst doch, wer ich bin!«

Sie suchte seinen flinken Blick, doch seine Augen blieben niedergeschlagen.

»Ich weiß vor allem, dass du jetzt mir gehörst«, entgegnete er mürrisch. »Habe dich schließlich gekauft …«

Er brachte den Satz nicht zu Ende, sondern wandte sich ab, ging ein paar Schritte und zwang sie, es ihm gleichzutun. Mit sämtlicher Kraft suchte sie sich dagegenzustemmen.

»Aber Ihr wolltet mir doch helfen! Ihr habt mich freigekauft, damit ich heimkehren kann! Ihr könnt doch nicht …«

Jetzt betrachtete er sie endlich, jedoch nicht wie ein Menschenkind, sondern wie ein störrisches Vieh. Vielleicht reute es ihn schon, dass er sie gekauft hatte und nicht ein Fass Wein oder Met.

»Ist dir an Gutem nicht genug getan, wo du nun in meiner Hand bist und nicht mehr in jener der blonden Riesen? Begnüg dich damit und halt dein Maul!«

Er zog an dem Strick, sodass sie meinte, er würde sie erdrosseln.

»Das könnt Ihr nicht tun«, rief sie erstickt. »Ihr seid doch ein Mann Gottes, und …«

»Und dieser Gott hat mich dazu berufen, die Heiden zu bekehren. Dies ist meine Pflicht. Dir aber bin ich nichts schuldig. Du bist bereits getauft.«

Um ihres Widerstands Herr zu werden, wickelte er das Hanfseil mehrmals um seine feiste Hand.

»Eben darum müsst ihr mir helfen!«, presste sie hervor.

Er lachte bitter. »Gott hat die Sklaverei nicht verboten, und du wirst mir gutes Geld einbringen. Die Friesen haben deinen Wert unterschätzt, weil du keine kräftigen Hände hast. Fünf Solidi haben sie nur verlangt. Aber ich wette, ich kriege fünfzehn, wenn ich dich weiterverkaufe. Das Geld soll mir die Reise erleichtern, zu der ich beauftragt worden bin.«

Wieder wollte er es dabei bewenden lassen, ging weiter, zog sie mit sich. Wieder stemmte sie sich bockig dagegen, auch wenn sie noch weniger Luft bekam.

»Bringt mich sofort zu Eurem Bischof!«, japste sie.

»Ha! Der Bischof, der Bischof!«, lachte Bruder Answin.

Ihretwegen wäre er gewiss nicht fortgefahren, doch ihre Worte rührten offenbar an eine alte Wunde.

»Glaubst du, der Bischof hört den Menschen zu? Mir gegenüber stellt er sich stets taub. Seit vielen Jahren schickt er mich immer wieder in den Norden, in dieses gottlose Land, wo mehr Heiden hausen als Christen. Hat er sich ein einziges Mal darum geschert, worum ich bat? Oh, wie ich ihn angefleht habe! Dass er mir ein Jahr der Ruhe gönnen möge, in dem ich mich einzig dem Gebet und dem Fasten widmen darf! In dem ich nicht täglich Angst haben muss, dass man mich erschlägt oder häutet oder lebendig verbrennt! Und was sagt er, welcher da mit fettem Arsch hockt und sich schon morgens Hirschbraten reichen lässt, im Übrigen auch in der Fastenzeit: Dass ich der Sprache der Wilden mächtig wäre, weil meine Mutter auch von jenen stammte, und dass deshalb keiner besser geeignet wäre als ich, ihnen das Wort Gottes zu überbringen und sie vom Höllenfeuer zu befreien. Extra Ecclesiam nulla salus est. Außerhalb der Kirche gibt es kein Heil. So gelte es, und darum müssten wir die Ungläubigen retten. Freilich habe ich mir das nicht ausgedacht. Ich sag mir, dass die Heiden gerne in der Hölle schmoren können. Und hab ich nicht schon mehr getauft als sämtliche meiner Mitbrüder? Sollen doch zur Abwechslung einmal jene als Schafe unter eine Meute Wölfe gehen!«

Er war zu Bathildis zurückgetreten, umrundete sie mit seinem kleinen, stämmigen Leib.

»Aber nein«, geiferte er, »meine Mitbrüder sind Jahr um Jahr froh, dass es mich erwischt. Wünschen mir Gottes Segen und schließen hinter mir das Tor. Darum kannst du gewiss sein: Wenn einer wie ich schon kein Gehör beim Bischof findet, dann gewiss nicht ein Weib wie du! Außerdem bist du unrein. Die Friesen schänden Frauen wie dich.«

»Nein!«, rief sie empört. »Nein, das haben sie nicht getan!«

»So bist du also auch eine Lügnerin!«

»Ich bin keine Lügnerin. Ich bin ein Kind Gottes … Ne despexeris deprecationem meam. Conturbatus sum …«

»Halt's Maul! Und komm mir nicht mit lateinischem Gebet! So oft war ich in der Einöde, dass ich Gottes Sprache längst verlernt habe.«

Er knurrte – viel tiefer, als er sprach. Erst bei diesem Klang ging ihr vollends auf, dass sie verloren hatte, dass es ihr nicht gelingen würde, ihn umzustimmen. Er hatte sie zu eigenem Nutzen gekauft, nicht, um sie zu retten. Sie würde nicht heimkehren können, um nach Aidan zu suchen, sondern wurde tiefer und tiefer in ein fremdes Land verschleppt.

»Wohin bringt Ihr mich?«, ächzte sie. »Wer ist es, an den ihr mich weiterverkaufen werdet?«

Sie war erstaunt, dass sie die Fragen noch zustande brachte.

So eng und schmerzhaft wie der Strick um ihren Hals wanden Bitterkeit und Verzweiflung Fesseln um sie.

Answin knurrte ein letztes Mal.

»Wirst es bald genug erfahren, Mädchen«, murmelte er und zog am Strick.

Nicht einmal bei ihrem Namen nannte er sie, obwohl sie ihm jenen gesagt hatte auf dem Markt. Für ihn zählte ihr Name so wenig wie ihre Herkunft. Nicht länger war sie eine Fürstentochter. Nun war sie nur noch eine Sklavin.

Zweites Buch

Die Sklavin

A. D. 647–649

VIII. Kapitel

Leise klatschend verdünnten farblose Regentropfen den Schlamm, der den Weg überflutet hatte. Der Waldboden war eine übel riechende Suppe, in der aufgedunsene Moosflecken schwammen.

Durch diesen Dreck zog Bathildis an der Seite des Händlers Sicho, nach der wochenlangen Reise durch das herbstliche Frankenreich an Tage wie diese gewöhnt, da heftige Regengüsse die Wege in Schmutz auflösten und etliche Flüsse über die Ufer traten.

Manchmal schlug Sicho den Ochsen, der vor das ruckelnde Gefährt gespannt war, manchmal sie, die sie neben dem Vieh ging und es durch schrille Befehle oder einen schmerzhaften Zug am Strick zum Weitergehen zu bringen versuchte. Oft nutzte weder das eine noch das andere. Das Vieh schien die Nässe zu scheuen und desgleichen die Kälte, die diese bedingte, denn es war mager, und die Haut hing ihm vom Leib wie eine zu große Schürze. Jeder Schritt, den es störrisch tat, war ertrotzt.

Sichos Laune war nicht besser als die des Viehs. Das Regenwasser floss ihm über die Glatze, die vom gleichen roten Ausschlag zerfressen war wie sein Gesicht. An feuchten Tagen, da ihm diese Strafe Gottes mehr zusetzte als an den trockenen, kratzte er sich oft blutig, wiewohl das grässliche Jucken eine leicht zu tragende Unbill war – verglichen mit den nicht minder häufigen Zahnschmerzen. Jeder Bissen Brot war ihm verdorben, und solcherart des guten Appetits verlustig fastete er tagelang.

Dass ihm diese Zahnschmerzen auch den heutigen, ohnehin vernieselten Tag noch mehr verleideten, konnte Bathildis nicht nur an den Schlägen ablesen, die sie trafen, sondern auch an den Flüchen, die er ausspuckte, obwohl er für gewöhnlich Angst hatte, sich solcherart noch größeren Gotteszorn zuziehen, denn der Weltenrichter übersah nichts, und Sicho sagte Ihm eine große Freude nach, jede einzelne Sünde aufs Schärfste zu ahnden.

Bathildis' Schritte wurden schwerer und schwerer. Bei jedem einzelnen versank sie so tief im Schlamm, dass sie immer größere Mühe hatte, den Fuß wieder hochzuziehen. Sie wusste, es wäre besser, eine Pause einzulegen, um nicht zu riskieren, dass das Gefährt auf dem rutschigen Wege Schaden nahm. Freilich kannte sie Sicho gut genug, um richtig einzuschätzen, dass er von ihr keine Ratschläge erwartete, sondern ein schweigendes Befolgen all seiner mürrischen Befehle, am besten mit geduckten Augen – denn er hasste es, wenn ihr forscher, junger Blick sein rotes, krätziges Gesicht traf.

Die meiste Zeit verstand sie es, seinen Zorn nicht zu schüren und seine Launen ergeben hinzunehmen. Was lohnte es auch zu kämpfen? Selbst an solchen Tagen, die weniger trist waren als der heutige und sie am Morgen mit Sonnenstrahlen weckten, lichteten sich die Schatten kaum, die sich auf ihr Gemüt gelegt hatten.

Es war nicht von Anfang an so gewesen. Nachdem der Mönch sie an Sicho verkauft hatte, hatte sie jeden Tag gezählt, den sie von Aidan getrennt war, und sich – wie auf dem Sklavenmarkt – bemüht, möglichst viel von dem zu erfassen, was ihr neues Leben bestimmte.

So hatte sie über Sicho gelernt, dass jener einst der Agent großer Ländereien gewesen war, dem die Aufgabe oblegen hatte, sämtliche Überschüsse zu gutem Preis zu verkaufen und den

Einkauf jener Gebrauchsgegenstände und Lebensmittel zu leiten, die auf dem Gut nicht hergestellt werden konnten. Er sei gut darin gewesen, behauptete er, und wenn er sich an jene Zeit erinnerte, so lichtete sich seine Miene ein wenig. Doch dann hatte der Besitzer der Ländereien behauptet, Sicho habe ihn betrogen, und hatte stattdessen einen geschäftstüchtigen Juden eingestellt.

»Die Strafe Gottes wird ihn treffen!«, schloss Sicho jedes Mal seine Erzählung, seinen Glauben an die Gerechtigkeit des Allmächtigen bekundend, obwohl ihm manchmal Zweifel daran kamen, denn schließlich war alsbald er von Krätze und Zahnschmerz getroffen worden und nicht, soweit er wusste, der gottlose Jude oder der einstige Dienstherr …

Bathildis drehte sich um. Sicho war die Hand zu schwer geworden, um sie oder den Ochsen erneut zu schlagen. Mit geschlossenen Augen und schmerzverzerrtem Gesicht hockte er auf dem Wagen, und es entging ihm so, dass eines der Scheibenräder merkwürdig knackte. Es wird noch brechen, dachte Bathildis, und wie sollen wir die Fracht dann transportieren?

Nach dem elenden Rauswurf war Sicho als fahrender Händler durch ganz Europa gezogen. Für gewöhnlich handelte er mit Wein, Öl, Fisch und Getreide, doch wenn es ihn an weit entlegene Orte verschlug, so nahm er von dort etwas mit, um es in der Heimat als besonders seltene und darum teure Ware zu verkaufen. Einmal war er ins weit entfernte Köln gekommen, wo zartes, durchsichtiges Glas hergestellt wurde; dann nach Utrecht, woher er die feinsten und wärmsten Pelze mitgebracht hatte. Auch in den Süden war er mehrmals aufgebrochen, weil er anfangs vermeint hatte, dass die dort milder scheinende Sonne seinen Zahnschmerz linderte (was zwar stimmte, ihm jedoch wenig half, weil stattdessen die rote Krätze schlimmer wurde), und einmal hatte er sogar Marseille erreicht. Der Handel dort lag in den Händen der ihm so verhassten Juden, denen er prompt jedes Wort verweigerte, aber auch in jenen der Syrer und Griechen, die immerhin Christen waren. Sie lieferten Juwelen, kostbare Gewänder, Papyrus und Gewürze, und er kaufte in großem Maße ein, auf das beste Geschäft seines Lebens hoffend, um freilich bei seiner Rückreise von einer Räuberbande ausgeraubt zu werden.

Vielleicht war Gott doch nicht gerecht, sondern nur grausam, dachte er sich seither. Womit wollte der Allmächtige ihn denn noch schlagen? Machte es Ihm wirklich Freude, auf einen Wurm wie ihn zu treten?

Fortan reiste er nur in jenem Dreieck, das sich zwischen Quentovic, Rouen und Paris spannte – und war überaus misstrauisch. Dem Mönch Answin hatte er erzählt, dass er bis vor kurzem noch einen Sklaven besessen, dann jedoch die schaurige Mär von einem anderen fahrenden Kaufmann vernommen hatte – es war dies ein Weinhändler aus der Gegend von Tours –, der von seinen sächsischen Leibeigenen erschlagen worden war. Seitdem fürchtete er sich vor seinem Sklaven und hatte ihn am nächsten Markt, zu dem er kam, verkauft. Allerdings fehlte ihm jetzt jemand, der den Ochsen antreiben und das Handelsgut auf- und abladen konnte.

Misstrauisch hatte er auf Bathildis gesehen. Ob sie dafür tauge? Er glaube nicht!

»Sie ist ein folgsames Mädchen«, hatte der Mönch Answin, der endlich an ihr verdienen wollte, auf ihn eingeschwatzt. »Sie sagt auch kaum ein Wort …«

Das war nicht gelogen. Das Entsetzen darüber, dass ihr der Mann Gottes nicht hatte helfen wollen, sondern sich ihrem Elend gegenüber blind stellte, hatte Bathildis gelähmt und stumm gemacht.

»Und außerdem … sie kann schreiben!«, pries Answin sie weiterhin an. »Ist es denn nicht so in diesem Lande, dass die Vermögenden gerne sämtliche ihrer Geschäfte aufgeschrieben haben wollen? Nun, kaufst du sie, dann musst du dir diese Arbeit nicht selbst machen und auch keinen Kopisten bezahlen.«

Bathildis wusste nicht, was Sicho am Ende überzeugte. Letztlich hatte er in den Kauf eingewilligt, und Answin hatte ihm Bathildis übergeben, immer noch mit dem Strick um den Hals, der sich schmerzhaft in ihre Haut einschnitt, als Sicho daran zog. Schon damals hatte sie begriffen, dass er ein grober Mann war, von dem nicht mehr Mitleid zu erwarten war als von Bruder Answin. Freilich hatte sie ihn anfangs nur gefürchtet, war stets bemüht gewesen, seinen Schlägen zu entgehen und seinen Zorn zu meiden. Erst später …

Das Rad knirschte bedrohlich. Sicho schlug die Augen auf und schnaubte unwillig.

Gleich wird die Achse brechen!, dachte Bathildis mit zusammengekniffenen Lippen, erstaunt, dass da überhaupt noch Wut in ihr verblieben war, die sich nun unter der Schwermut regte. Dann rollst du gemeinsam mit den Weinfässern im Dreck! Du hättest es verdient, darin zu ersaufen!

Ja, anfangs hatte sie nur Angst vor ihm gehabt; ihr Geist war noch rege gewesen und hatte die Tage gezählt. Doch dann war das Schreckliche geschehen, ihr Hoffen im mühseligen Alltag zerronnen …

Seitdem hasste sie Sicho, wenn sie denn nicht zu kraftlos war für solch heftiges Gefühl. Und selbst jetzt, da sie im Schlamm feststeckten und ihr einziges Trachten sein sollte, seine Schläge zu vermeiden, vermochte sie den Grund dieses Hasses nicht zu vergessen …

Es hatte im Oktober begonnen, am neunten Tag des Monats, da in Saint-Denis – nicht weit von Paris – wie jedes Jahr ein großer Markt stattfand.

Auch Sicho zog dorthin, anfangs gutlaunig, weil sich von jenem Ereignis außergewöhnlicher Verkauf erhoffen ließ, später gequält, weil der juckende Ausschlag schlimmer war als sonst und die Zahnschmerzen noch dumpfer. Stets war er wortkarg gewesen, doch heute brachte er ob des Wehs nicht einmal einzelne Silben heraus; selbst ein vorsichtiger Bissen Brot ward ihm bitter bestraft. Mit einem lauten Schrei warf er es von sich, und als Bathildis sich danach bückte, es an seiner statt aufzuessen, ließ sie es lieber sein, als sie Spuren von Blut und Eiter darauf entdeckte.

Nun, es störte sie nicht, dass er nicht sprach – an jenem Tag, da sie nicht länger auf einsamen Straßen unterwegs waren, sondern mit jedem Schritt ihre Umgebung belebter und lauter und farbenfroher wurde, war sie ganz mit sich selbst beschäftigt. Es deuchte sie, als würde sie aus einem langen Alp erwachen und erstmals wieder erkennen, dass sie auf schöner Erde wanderte und nicht im endlosen Jammertal.

Bis dahin hatte sie ihr Leben wie eine fremde, unergründliche Last getragen, so wie der Ochse sein Joch. Sie hatte zwar alles mit regem Blick wahrgenommen, aber nur wenig gespürt – vor allem nicht den Schmerz, der in ihr wucherte, seitdem man sie von Aidan fortgerissen hatte. Sie wusste, dass dieser Schmerz da war, aber sie sah sich die Wunde nicht an.

Erst in Saint-Denis kam sie zu sich, und je verdrossener Sicho wurde, desto lebendiger wurde ihr Blick – nicht aus purer Notwendigkeit wie bisher, sondern aus echter Neugierde. Zum ersten Mal nach langer Zeit sah sie in andere Gesichter als schmerzverzerrte, sah Männer, Frauen und Kinder, deren Mienen so leuchtend und vertrauensselig waren, als wäre es spaßig und freudvoll zu leben. Während das Treiben schon in der Nähe des Marktes bunter und schneller und quirliger wurde, kam Bathildis im eigentlichen Zentrum, wo es wie in einem Bienenschwarm summte und brummte, kaum mit dem Schauen nach.

Da waren Waffenschmiede, die silber verzierte Lanzen und Wehrgehänge verkauften, Schwerter aus Eisen und mit prächtigen Einlagen aus Almandin. Da waren Töpfer, die rostrote Schalen feilboten, Kammmacher, die neben den Kämmen auch Haargebinde fertigten, und Goldschmiede, die Armbänder und Broschen anpriesen, Ohrringe und Ketten mit funkelnden Anhängern. Mancher von ihnen hatte ein Weib, das obendrein Perlen aus Glasbruch verkaufte oder edle Becher aus Glas oder Bronze, Handgelenkringe und Schnallen.

Dort wieherte ein Pferd, dem der Sattelmacher neues Zaumzeug anlegte, hier konnte man beim Münzmeister Naturalien gegen Geld eintauschen. Dort sprangen ein paar Kinder munter um Marmorsarkophage, in deren Fertigung der Steinmetz all sein Können gelegt hatte, anderswo begafften sie mit geöffneten Mündern die Kamele der syrischen und griechischen Händler.

Sicho hatte immer noch Schwierigkeiten zu sprechen mit seinem geschwollenen Maul. Bathildis musste an seiner Stelle laut ihre Ware ausrufen – ein Halbmaß Wein zum Preis eines Drittelsolidus oder für einen Scheffel Getreide.

Selten hatte sie ihre Stimme in den letzten Wochen gebraucht. Nie war auch nur ein Wort der Klage über ihre Lippen gekommen. Doch nun, da sie die paar Brocken fränkischer Sprache gebrauchte, die sie beim Zusammensein mit Sicho gelernt hatte, war ihr, als würde sie alles herausschreien: Dass sie mehr verdiente, als mit dem mürrischen Sicho durch fremde Landen zu ziehen. Dass sie, einer Sklavin gleichend, viel mehr war als eine Sklavin. Dass sie mit aller Macht kämpfen musste – darum, sich zu befreien, heimzukehren, Aidan wiederzufinden.

Der Name rührte an den verborgenen Schmerz. Diesmal verneinte sie ihn nicht, sondern ließ sich davon bestärken, einen Entschluss zu fassen – den Entschluss, von Sicho zu fliehen. Und damit begann das Unheil …

»Wir müssen Rast machen!«, knurrte Sicho, der jetzt endlich erkannte, dass das Scheibenrad auf jener unebenen, rutschigen Straße jeden Augenblick zu brechen drohte. »Dort vorne steigt Rauch auf. ’s ist gewiss ein Dorf.«

Bathildis schreckte aus ihren Gedanken hoch. Sie hob das Gesicht, das unter dem zotteligen, nassen Haar verborgen war, und erspähte tatsächlich eine Rauchsäule, die in den grauen

Himmel stieg. Die Regentropfen, gerade noch spitze Nadeln, die der Wind in ihren Körper trieb, klatschten nunmehr weich von oben herab auf ihren durchnässten Kopf. Nun erst, da kein Fortkommen mehr war, bemerkte sie, wie sehr sie fror. Die Zehen des einen Fußes hatten ein Loch durch den Lederfetzen, der darum gebunden war, gebohrt, und wann immer sie auftrat, so quoll der Matsch durch die schmalen Spalten und häufte sich am Rist.

»Wird man uns willkommen heißen?«

Seit dem Schrecklichen vermied sie, mit ihm zu reden – doch diese Frage deuchte sie dringlich. Sicho war knauserig und zahlte ungern für einen bequemen Aufenthalt. Oft hatten sie in Felsenhöhlen geschlafen, hatten aus Steinen eine Bank geformt und sich dort ohne Federbetten und Matten niedergelassen, einzig von der Kleidung gewärmt, die sie auch des Tags am Leib trugen.

Sicho antwortete nicht, sondern brummte nur. Schon gestern hatte er sich der Frage verweigert, wo genau sie sich aufhielten, welche Stadt am nächsten war. Sie wusste nichts weiter, als dass sie von Saint-Denis aus Richtung Westen gezogen waren.

»Mach schon!«, schimpfte er lediglich und ließ offen, ob er damit den Ochsen meinte, der sich wieder einmal bockig stellte, oder Bathildis.

Wenig später erreichten sie das Dorf, das sich als eine Gruppe von Einzelgehöften erwies, welche nicht aus Stein oder Holz, sondern nur aus Flechtwerk gebaut und mit Lehm verschmiert worden waren, nicht mit Holzschindeln gedeckt, sondern mit Stroh, das, regennass, die Farbe von verfaulten Birnen hatte. Der Regen tropfte ins Innere, wo es vom gestampften Lehmboden aus feucht dampfte. So zumindest in jenem Haus, in dem sie nach zwei vergeblichen Versuchen eingelassen worden waren. Es war das ärmlichste von allen. Weder stand darum ein Zaun wie bei den anderen, mit Flechtwerk stabilisiert, mit Weidenruten zusammengehalten und einem erwachsenen Mann bis zur Brust reichend, noch gab es außer der ebenerdigen Kammer einen Dachboden. Die Schlafplätze befanden sich stattdessen im Hauptraum. Jener war zwar mit Teppichen ausgelegt, diese jedoch waren feucht und schimmlig. Die Feuerstelle, auf einer Unterlage aus flachem Stein errichtet, verhieß nicht Wärme, sondern nur beißenden Rauch.

»Könnt gerne hier schlafen, wenn du mir Getreide gibst«, sagte die Bäuerin, die ihnen geöffnet hatte und säuerlich nach Schweiß stank; um sie herum bildeten verrotzte Kinder, hohlwangig und ausdruckslos, einen Kreis, an ihrem Rock hängend und aneinander. »'s kommt der Winter, ich kann ihn schon riechen. Und dann gibt's kaum mehr Brot.«

Sicho nickte mürrisch.

»Und wir brauchen was zu essen«, brummte er.

Bathildis knurrte der Magen, doch der Blick auf die Vorräte, die wie Geschirr, Sicheln und Pflugmesser (fast alles aus Holz, nur wenig aus Eisen) an Haken an den Wänden hingen, war wenig verheißungsvoll. Das Stück Schinken glich einer verwesten Hand, das Brot war grau vom Schimmel, das gedörrte Obst schon schwarz.

»Gut«, sagte die Bauersfrau. »Aber wenn mein Mann kommt, so verrate ihm bloß nicht, dass du Wein mit dir führst. Kann nicht gebrauchen, dass er sich vollllaufen lässt. Ein falsches Wort, und du kannst im Regen ersaufen!«

Wieder nickte Sicho mürrisch.

Zu Bathildis' Erleichterung bot die Bäuerin ihnen nichts von den verdorbenen Speisen an, sondern schüttelte die Kinder ab, um nach draußen zu treten – zuerst zu einem kleinen Pfahlbau, der als Speicher für Getreide und Heu diente, dann zum Grubenhaus, wo mit Pech abgedichtete Vorratsfässer lagerten.

Sie ging schwerfällig, das Wohnen im ständig feuchten Haus schien ihrem Rücken nicht gutzutun. Eines der Kinder plärrte, kaum dass es nicht mehr an ihrem Rock hing, die anderen blickten hohlwangig nach, wie sie da eingelegten Mangold und Kohl holte, getrocknete Kirschen und einen Leib Roggenbrot, der halbwegs frisch zu sein schien.

Es war nicht gewiss, woher sie all das hatte, denn der Garten rund um das Haus war verwahrlost. Bathildis war es gleich. Sie ließ sich in der Nähe der Feuerstelle nieder und streckte die müden Glieder.

Kaum hörte sie noch, dass das eine Kind weiterplärrte und die Alte mit Sicho schwatzte. Wiewohl sie der fränkischen Sprache ein wenig mächtig geworden war, vernahm sie nur Bruchstücke der Rede. Um die Kirche ging es, die jenes Dorf bis vor kurzem noch besessen hätte, doch dann wäre der Pfarrer gestorben, und seitdem würde kein Gottesdienst mehr abgehalten, was bedeutete, dass die Ansammlung der Gehöfte nicht länger den Status eines »Vicus« hätte und dass darum die Steuern willkürlich festgesetzt würden. O gute alte Zeiten, da die Menschen sich hier ihres Lebens erfreut hätten, weil sie genügend Ernte einbrachten, um nicht nur davon zu leben, sondern sich zudem ein kleines Vermögen anzusparen. Doch der Niedergang hätte vor fünfzehn Jahren begonnen, noch zu Lebzeiten von König Dagobert, als jener nicht weit von hier eine Brücke errichten und sämtliche Bauern der Umgebung für die Arbeit hatte kommen lassen. Ohne Lohn mussten sie für den König schuften, die eigenen Felder vernachlässigen, und wer immer sich zu weigern wagte, dem ward alsbald die Zunge rausgerissen, auf dass er keinen Widerstand anstacheln konnte, manchem wurde gar der Schädel eingeschlagen.

Nun, mittlerweile hätte man Ruhe vor dem König; Dagobert lebte längst nicht mehr, sein Sohn Chlodwig war ihm auf den Thron gefolgt … und doch: Von jener Zeit hätten sich die Menschen nicht wieder erholt.

Die Alte klagte in einem fort, jedoch mit gleichgültiger Stimme, als hätte sie längst herausgefunden, dass sich Verzweiflung nicht lohnte.

Dieses Jahr wäre die Ernte sehr schlecht gewesen, das Feld

war ausgelaugt, im nächsten Jahre müsse man daraus eine Wiese machen und woanders anbauen, und wie sollte man dann den Winter überstehen? Nur mit den wilden Früchten, die man im Sommer pflückte?

Sicho gab keine Antwort, sah kaum zu, wie die Alte einen Kessel aus Metall über der Feuerstelle aufhängte, darin aus dem Gemüse eine Brühe kochte und diese mit Bohnenkraut und Petersilie würzte.

»Hast du etwas gegen Zahnschmerzen?«, maulte er schließlich. »Mir ist, als ob ein Haufen Würmer in meinem Maul hockt und dort sämtliches Fleisch zerfrisst.«

Die Alte lachte. In ihrem eigenen Mund gab es keinen einzigen Zahn mehr.

»Hast wohl zu viel Honig gegessen!«

»Kannst du mir was geben oder nicht?«

Die Bäuerin nahm ein bläulich verfärbtes Kraut von der Wand, es sah aus wie ein in Asche getauchter Zweig.

»Musst daran nagen!«, befahl sie ihm.

Erst jetzt schien ihr Bathildis aufzufallen.

»Wer bist du eigentlich, Mädchen? Hast mir noch keinen Namen gesagt!«

»Bathildis«, murmelte sie schwach.

»Dein Weib, Kaufmann?«, fragte sie an Sicho gewandt.

»Gewiss nicht!«, murrte jener kauend, als wäre es eine Beleidigung, wenn er als schmerzverzerrter, krätziger Alter ein junges Mädchen zur Frau hätte.

»Kannst neben dem Herd schlafen. Und du, Kaufmann, liegst neben mir, meinem Mann und den Kindern auf der Schlafstätte. Nicht dass ihr mir Unzucht treibt!«

Sie lachte laut und schrill. Sicho verzerrte schmerzlich sein Maul. Bathildis aber senkte den Kopf und spürte, wie sie rot wurde.

Sie sieht es mir an, durchfuhr es sie. Sie sieht es mir tatsächlich an.

Die Flucht war ihr so leichtgefallen – und hatte so schmählich geendet.

Sie nutzte die Gelegenheit, als Sicho sie am Stand alleine ließ, um auf dem Markt nach einem Heilmittel Ausschau zu halten. Sie ließ den Stand einfach zurück und mischte sich unter die Menschenmenge. Keiner zollte ihr Interesse. Sie ging mit geducktem Kopf, achtete darauf, dass sie mit niemandem zusammenstieß, und hatte alsbald das Gewühle verlassen.

Im ersten Augenblick fiel es ihr schwer zu glauben, dass es so einfach war fortzulaufen. Warum hatte sie es nicht früher getan, warum sich nicht eher die Macht über die eigenen Entscheidungen zurückerobert?

Sie erkannte den Grund dafür nur allzu rasch. Denn Freiheit war ein erbärmlich billiges Gut, war sie nicht verbunden mit anderen, die sie erst lebenswert machten: Geld, Essen, Kleidung.

Sie hatte nicht mehr als das, was sie auf dem Leib trug, mutterseelenallein in einem Lande, dessen Sprache sie nur in einzelnen Brocken beherrschte, ohne helfende Hand, die ihr den Weg in die Heimat hätte weisen können. Keine Fessel, die Sicho ihr hätte anlegen können, hätte sie mehr bei ihm gehalten als die Stunden, die folgten: Sie strich ratlos durch die Gassen, da ward sie schon von Bettlern verscheucht, die Angst hatten, das junge Mädchen können ihnen den Verdienst streitig machen. Sie keiften fremde Worte, schlugen mit Krücken nach ihr und spuckten ihr Eiter nach. Sie eilte hinfort, mehr und mehr verängstigt, weil es immer menschenleerer wurde ... War hier, in den engen Gassen nicht gerade mit jenem Diebespack zu rechnen, vor dem Sicho sich stets gefürchtet hatte? Wer würde für sie einstehen, griffe man mit dreckigen Händen nach ihr? Und müsste sie nicht selbst zur Räuberin verkommen, um jemals heimzukehren?

Sie drückte sich vor dem Gedanken, indem sie sich in einer stillen Ecke – es war dies in der Nähe einer Kirche – niederließ und dort einschlief. Als sie wieder erwachte, war sie beinahe erfroren. Der Boden war mit Raureif überzogen, der im Licht des heraufdämmernden Morgens verlogen glitzerte, als wären Hunderte von kostbaren Glasschalen zerbrochen, um ihr nun die Füße aufzuschlitzen. Zum ersten Mal gewahrte sie, dass der Sommer vorüber war, das gelbe Laub erbleicht, der blaue Himmel ergraut, und auch der pralle Lebensmut von gestern schien fahl und kraftlos geworden.

Schon jetzt überdachte sie, zu Sicho zurückzukehren. Erst gegen Mittag rang sie sich tatsächlich dazu durch, noch mehr entmutigt von einem Gespräch mit einem Handwerker, welcher Holzgriffe schnitzte. Sie war fröstelnd an die Ränder des Marktes zurückgekehrt, wo die Menschen gerade in einem kleinen Kreis standen und ein lustiges Schauspiel bestaunten, das sich in ihrer Mitte zutrug: Zwei Ringer kämpften gegeneinander, und auf den Sieger wurden Wetten abgegeben. Dass hier nicht nur mit Handelsgut Geld zu verdienen war, sondern mit Unterhaltung, zog auch andere an: Seiltänzer und Gaukler, Pantomimen und Flötisten.

Bathildis war für diese kunstvollen Darbietungen blind, doch in dem Getümmel hörte sie plötzlich einen Mann in jener Sprache reden, die sie von klein auf gelernt hatte. Sie näherte sich ihm vorsichtig, erfragte, warum er des Angelsächsischen kundig sei. Er lachte und gab sich stolz als einer zu erkennen, der durch sämtliche Lande Europas gezogen war. Er war kein fahrender Händler wie Sicho, sondern ein fahrender Zimmermann, der stets dort blieb, wo es Arbeit gab.

»Kann ich Euch begleiten?«, fragte Bathildis.

Erst lachte er, dann musterte er lange ihre dürr gewordene Gestalt. »Mein Weib ist letztes Jahr gestorben, ich bräuchte schon ein neues …«, meinte er dann nachdenklich. »Aber deine Hände sind nicht kräftig genug!«

»Hast du einen Bissen Brot für mich?«

»Was brächte es mir, würde ich dir einen geben?«, fragte er zurück, reckte seinen Kopf, um sie noch genauer zu mustern, und hob unwillkürlich seine schwielige Hand, um ihre Wangen zu betasten.

Sie zuckte zurück. »Fass mich nicht an!«

Er lachte zischend. »Und mit so einer soll ich mein Brot teilen?«

Niedergeschlagen schlich sie fort und blickte der traurigen Wahrheit erstmals unverhohlen ins Auge. Wer immer ihr auch helfen würde, täte es gewiss nur zu dem Preis, dass sie an seiner Seite nicht weniger Sklavin wäre als in Sichos Gegenwart.

Sie strich weiter auf dem Markt umher; beim Geruch von Gerstenbrot zog sich ihr Magen schmerzhaft zusammen, beim Geruch von dem viel selteneren und teuren Weizenbrot noch viel mehr.

Am Ende schien der Zufall ihre Schritte zu Sicho zurückzuleiten, so zumindest sagte sie es sich. In Wahrheit war es die schlichte Not.

Er hatte am gestrigen Tag tatsächlich eine Arznei gefunden, die ihm die Schmerzen für wenige Stunden vertrieb. Nicht mürrisch wie sonst musterte er sie, sondern mit verschlagenem, boshaftem Grinsen.

»Wie soll ich dich wohl bestrafen?«, sprach er, und ihr Magen krampfte sich diesmal nicht vor Hunger zusammen.

Bathildis schlief schlecht im feuchten Bauernhaus. Der Mann der Bäuerin war am Abend vom Tagewerk zurückgekehrt, nass vom Regen, doch ohne Lust, sich trockene Kleidung anzuziehen. Vielleicht gab es solche nicht. Vielleicht war alles, was in jener schmucklosen Truhe bei der Schlafstätte verstaut war, klamm. Er schlug jenes rotzige Kind, das am lautesten greinte, legte sich hernach nieder, um zu schlafen, und tat dies mit lautem Schnarchen.

Sicho hingegen stöhnte. Das graue Kraut, das ihm die Bäuerin zum Kauen gegeben hatte, milderte sein Leiden offenbar nicht – mit nörgelnder Stimme sagte er das auch am nächsten

Morgen, als sie aufbrachen, obendrein mit leerem Magen, denn die Alte war von ihrem Mann geheißen worden, den durchfahrenden Gästen nichts mehr anzubieten. Der armselige Scheffel Getreide sei nicht mehr wert als ein Abendessen und eine Schlafstatt.

Die Kinder starrten ihnen ausdruckslos und mit offenen Mündern nach. Wiewohl der Himmel fahl war, hatte es aufgehört zu regnen. Anfangs war es leicht, mit dem Karren voranzukommen, denn der Schlamm war über Nacht getrocknet. Nicht weit vom Dorf entfernt jedoch war der Weg wieder beinahe unbefahrbar. Der Ochse quälte sich, schaffte aber kaum noch einen Schritt ohne Schläge, die Scheibenräder knackten wieder bedrohlich.

»Geh du allein voran und bring hernach Kunde, wie es ausschaut!«, brummte Sicho schlecht gelaunt. »Wird der Weg vorne besser, so wollen wir das Stück überwinden! Wird's aber schlimmer, so müssen wir zurückkehren und eine andere Route nehmen!«

Selten hatte er so viel zu Bathildis gesprochen … nicht mehr zumindest seit jener schrecklichen Nacht. Sie musste längst nicht mehr aufmerksam lauschen, um ihn zu verstehen; die fränkische Sprache war ihr mittlerweile verständlich.

»Ja«, sagte sie schlicht und ging.

Sie ahnte nicht, dass das die letzten Worte waren, die Sicho jemals zu ihr sprechen würde.

Am Abend nach der missglückten Flucht hatte Sicho sich in einer Gaststube einquartiert, was er sich bislang erst einmal geleistet hatte. Damals musste Bathildis im Stall beim Ochsen schlafen. Diesmal war es anders. Seine Strafe für ihren Fluchtversuch hatte er immer noch nicht verkündet, sie jedoch geheißen, bei ihm zu bleiben. Er wollte den Augenblick nutzen, da er keine Schmerzen hatte, um sich zu reinigen. Mit einem Badehaus konnte die Wirtin nicht dienen, jedoch mit einem Holzzuber, den sie mit warmem Wasser gefüllt hatte.

Mit langsamen Bewegungen – seine Glieder waren längst nicht mehr wendig – entkleidete sich Sicho.

»Welchen Nutzen hast du für mich eigentlich, Mädchen?«, fragte er. »Hast kaum Kraft in den Armen und läufst mir obendrein fort! Nenn mir einen Grund, warum ich dich nicht totschlagen soll?«

Noch machte er ihr keine Angst. Seine Worte waren leichter zu ertragen als ihr knurrend leerer Magen und die Einsicht, dass es ihr, ganz auf sich allein gestellt, unmöglich gelingen würde, jemals heimzukehren. Sie stand gebeugt, den Blick gesenkt; sie merkte nicht, dass Sicho nackt war.

»Du hast teuer für mich bezahlt«, sagte sie kleinlaut.

»Und deswegen«, gab Sicho zurück und ließ sich ächzend im warmen Wasser nieder, »solltest du mir mehr bieten als bisher! Komm her! Schrubb mir den Rücken!«

Stärker als das Gefühl von Bedrohung war nun jenes des Ekels. Niemals hatte sie einen Mann nackt gesehen, vor allem nicht einen, dessen Rücken so rot und nässend und wund war. Seine Hände waren braun, die übrige Haut bis zu den Schultern jedoch weiß und mit roten Punkten überdeckt. Sie presste die Lippen zusammen und neigte sich nieder, um ihm widerwillig zu gehorchen, hoffend, sie möge ihn mit dieser Willfährigkeit ihren Ungehorsam vergessen machen.

Doch just, da sie sich hinabbeugte, schnellte er vor, packte ihre Hand und zog sie zu sich ins Wasser. Erschrocken schrie sie auf, nicht sicher, was er bezweckte, als sie plötzlich zwischen den Fingern einen Aal hatte. Zumindest war ihr so, als griffe sie nach solch glitschigem, wendigem Fisch. Sie schrie erneut auf, diesmal angewidert, doch Sicho hielt sie fest und zwang sie, mit den Fingern jenen Aal zu umgreifen.

Sie würgte, als eine rote Spitze aus dem trüben Wasser wuchs, zuckend auf- und niederschnellend, in jenem Rhythmus, in dem er ihre Finger dirigierte.

»Nun fass schon zu, Mädchen!«, keuchte er.

»Nein!«, schrie sie, gewahrend, dass dieser glitschige rote Wurm nichts anderes sein konnte als jenes Körperglied, womit der Mann sündigt. »Wenn du mich anrührst, wird Gott dich strafen! Gleiche Schmerzen, die in deinem Maul toben, werden dein widerwärtiges Geschlecht befallen!«

Er ächzte, als befielen ihn schlimmere Schmerzen als je. Doch zugleich lachte er. »Ich geb schon Obacht, dass ich mit dir keinen Bastard zeuge. Alles andere muss der Allmächtige ertragen.«

Seine Faust ballte sich noch fester um die ihre zusammen, fuhr auf und nieder, und alsbald spuckte der rote Wurm weiße Tropfen, die auf dem trüben Wasser trieben. Der Wurm fiel in sich zusammen, Sicho jedoch ließ sie nicht los.

»Wage nie wieder davonzulaufen!«, herrschte er sie an.

Anstatt ihre Hand loszulassen, zog er sie tiefer, packte sie am Hals und drückte sie ins Wasser, so lange, bis sie fast darin ersoff. Als er sie sich endlich wieder aufrichten ließ, wusste sie nicht, was schlimmer war: Dass er sie fast ertränkt hatte oder dass auf ihrem Gesicht und in ihren Haaren die Spuren der farblosen Tropfen seines Samens klebten.

Bathildis ging langsam. Sie wollte vermeiden, zu schnell an Sichos Seite zurückzukehren. Freilich merkte sie bald, dass die Einsamkeit nicht Trost und Erleichterung versprach. In seiner Nähe gab es nur eines zu beachten: sämtliche Gefühle totzustellen, um das Grausen zu bezwingen.

Ohne ihn, auf sich allein gestellt, fragte sie sich unweigerlich: Wie weit würde er noch gehen? Was würde er ihr noch alles antun?

Es war nicht bei diesem einen Mal geblieben – fast jede Nacht hatte er sich seitdem an ihr vergangen, hatte entweder sein Geschlecht an ihren Händen gerieben, an ihrem Bauch, zwischen den Oberschenkeln, einmal sogar an ihrem Gesicht. Er blieb bei der Überzeugung, dass es die geringere Sünde sei, den Samen auf ihrer Haut zu vergießen – geringer in jedem Falle, als in Unzucht ein Kind zu zeugen.

Bathildis ließ ihn in dem Glauben, denn was würde erst geschehen, entdeckte er, was Bathildis einst in einem Buch im Kloster gelesen hatte: dass es viel schlimmer war und eine größere Strafe nach sich zog, wenn man den Samen vergeudete, anstatt eine Frau zu schänden? Denn solches Vergehen bedeutete – so die Stimme der weisen Kirchenmänner –, dass man einem möglichen Kindlein nicht zu leben gestattete, und das wiederum hieß, man beging ein ähnlich schweres Unrecht wie einen Mord.

Bathildis blickte stumpfsinnig auf den Weg. Der Schlamm war zu Krusten getrocknet, in dessen Narben sich manches Geröll und Geäst, das die Regenfluten mitgespült hatten, verfing. Der Wegesrand war nicht schroff und gerade, sondern quoll desgleichen vom Dreck über. Über ihr kreisten Krähen, ihr dunkles Gefieder war vom Wind gebläht.

War es sinnvoll, Sicho einzureden, dass sie ins Dorf zurückgehen müssten? War sie dort womöglich besser vor seinen Übergriffen geschützt? Doch war es in jener feuchten Hütte mit den quengelnden Kindern eher auszuhalten als auf der Landstraße?

Sie quälte sich mit einer Entscheidung, wissend, dass alles, was sie tun konnte, unerträglich wäre, mühselig … und schändlich.

Sie blickte an sich hinab, davon überzeugt, dass sich ihre gebrochene Seele in der elenden Gestalt, die sie bot, widerspiegeln musste. Tatsächlich war der Anblick der dreckigen Füße und des zerfledderten Kleides so entmutigend, dass sie schließlich stehen blieb, sich umdrehte, zurücktrabte, so widerwillig und langsam, wie sonst nur der Ochse ging.

Gottlob, dass du mich nicht sehen kannst, Aidan! Gottlob, dass du nicht weißt, was Sicho mir antut!

Gefährlich nahe grub sie an dem Schmerz. Allzu leicht konnte er aufbrechen, so wie der weiche Schlamm alsbald über die Krusten treten würde.

Noch ehe das geschehen konnte, hörte sie einen Laut, schrecklich und unheimlich und durch Mark und Bein gehend.

Sie hatte oft erlebt, dass Sicho unter Schmerzen stöhnte, nun aber schrie er, als würde er bei lebendigem Leib geröstet!

Ihre Schritte beschleunigten sich, sie rannte.

Je näher sie kam, desto lauter wurde sein klägliches Rufen, und als sie um die letzte Kurve bog, die sie von ihm trennte, erblickte sie ein grauenhaftes Bild.

IX. Kapitel

Zuerst stand sie starr und unbeweglich wie ein Baum, gleich so, wie man sich einem wilden Tier entgegenstellt, dessen Aufmerksamkeit man nicht erregen will. Sie senkte auch den Blick, auf dass niemand ihr banges Beobachten erfühlen konnte. Dann freilich kam ihr der Gedanke, dass man sie in Sichos Nähe vermuten und darum nach ihr suchen könnte, und sie ließ sich möglichst geräuschlos über den Wegrand fallen und in den Schatten einer der hohen Eichen rollen.

Das Herz pochte ihr bis zum Hals. Sie war unschlüssig, ob sie aus den grässlichen Lauten abzulesen versuchen sollte, ob der Überfall seinem Ende zuging, oder ob es besser war, sich die Ohren zuzuhalten und sich Sichos Schreien zu verweigern.

Anfangs hatte er sich noch zu wehren versucht. Um Hilfe hatte er geschrien, und gewettert hatte er gegen das gemeine Diebespack, das ihn da anfiel, zwar nicht mit Schwert oder Knüppel bewaffnet, sondern nur mit der Kraft der eigenen Fäuste, doch stark genug, um einen kränklichen Mann wie ihn vom Wagen zu zerren, in den Dreck zu schleudern und auf ihn einzuprügeln und einzutreten.

Irgendwann musste ihm Gleiches aufgegangen sein wie Bathildis: dass er keine Hilfe erhoffen durfte. Dass die Männer, die über ihn herfielen, keine Räuber waren, sondern Bewohner des Dorfes, das sie eben hinter sich gelassen hatten, angestachelt wohl vom Mann der alten Bäuerin, die ihnen Unterkunft gewährt hatte. Jener hatte sich wohl ausgedacht, Sichos Vorräte an sich zu reißen.

Anstelle von Hilferufen stieß der Kaufmann nun Gebete aus, versuchte, den gemeinen Angreifern die Strafe Gottes vor Augen zu halten, die sie mit solchem Frevel auf sich zogen – und schaffte es nicht mehr. Eine Faust (oder war es eine Ferse?) traf ihn mitten ins Gesicht und ließ seine Stimme im Blutfluss ertrinken. Leiser wurde sein Kampf, als man hernach von allen Seiten auf ihn einhieb, weitere Male das Gesicht traf, dann Brust und Bauch. Irgendwann – nach einer Ewigkeit, wie Bathildis es deuchte – verstummte er gänzlich. Knackende Knochen, vielleicht der zerberstende Kiefer oder der geplatzte Schädel, waren das Letzte, was von ihm zu hören war, entweder weil er tot war oder weil das eitrige Maul solchen Schmerzen nicht standhielt und diese ihn in Ohnmacht hüllten.

Bathildis kroch langsam aus dem Schatten und wagte einen vorsichtigen Blick zur Stätte des Unheils. Wiewohl auf der einsamen Landstraße unbeobachtet, wollten die Männer ihr Werk schnell zu Ende bringen. Ein jeder nahm sich so viel, wie er an Weinamphoren und an Getreidesäcken tragen konnte. Selbst der Ochse ward vom Wagen losgebunden und mitgeführt.

Noch immer trommelte ihr Herz schmerzhaft laut. Es war nicht der Überfall auf Sicho, der sie entsetzte, sondern die Erinnerung, die er heraufbeschwor – die Erinnerung an das aufspritzende Blut ihres Vaters und die Rohheit der Friesen, die all seine Begleiter gemeuchelt hatten … bis auf sie und Aidan. Nur, diesmal war sie ganz allein.

Sie wissen, dass ich ihn begleite, hämmerte es in ihrem Kopf; vielleicht werden sie zurückkommen, um auch mich zu holen.

Sie erhob sich ächzend, die Glieder so steif, als wäre sie alt und weit gereist wie Sicho. Zuerst zog es sie tiefer in den Schatten des Waldes, dann sah sie, dass sie Spuren im noch regenfeuchten Moos zurückließ. Sie entschied, in andere Richtung zu flüchten – nach oben –, zog sich an einem Ast hoch und kletterte auf einen Baum. Raue Rinde schabte ihr die Haut auf, Geäst verfing sich im Haar, und kleine, schwarze Bröckelchen, die sich von den Zweigen schälten, rieselten ihr in die Augen, bis sie fast tränenblind war.

Irgendwann, als die Äste lichter wurden, hielt sie inne, klammerte sich an den Stamm, und erst, als sie sich an die Höhe gewöhnt hatte, drehte sie sich um, um das Bild von oben zu erschauen, das sich da auf der Straße bot. Sicho lag neben dem leeren Fuhrwerk, das Gesicht im Boden vergraben, die Arme verrenkt.

Um das Beben zu unterdrücken, klammerte sie sich noch fester an den Baum, versuchte sich einzureden, dass sie erleichtert sein müsste – war Sicho nicht der schlimmste Peiniger ihres Lebens gewesen? War es nicht gut, von ihm befreit zu sein?

Stattdessen ging ihr dasselbe durch den Kopf wie damals, als sie vom Markt bei Saint Denis geflohen – dass sie auf sich allein gestellt kaum überleben und schon gar nicht in ihre Heimat zurückkehren konnte.

So hockte sie stundenlang. Ihr zerrissenes Kleid blähte sich im Wind; die rissige Rinde bohrte sich immer tiefer und schmerzhafter in Zehenballen und Hände. Anfangs lauschte sie auf jedes Geräusch, das vom Weg kam, doch bis auf das Gezeter der Vögel und das Rascheln der Waldestiere war nichts zu hören.

Mit der Zeit begriff sie, dass die Männer des Dorfes sich lieber über die Weinamphoren hermachten, als nach ihr zu suchen. Sie hatten ihre eigenen Weiber – sie brauchten sie nicht.

Dennoch wartete sie bis zur Abenddämmerung, um ihr sicheres Versteck zu verlassen, auch dann nur widerstrebend und weil ihr frierender Leib in Erdennähe mehr Wärme erhoffte. Nun freilich, da keine Sonnenstrahlen ihn mehr kitzelten, war der Boden klamm. Halb auf dem Weg, halb im schützenden Wald gehend, schlich sie sich an das verwaiste Fuhrwerk – ein dunkler Schatten, der den Weg verstellte.

Zuerst scheute sie sich, Sicho umzudrehen und nach Lebensspuren zu suchen. Schließlich packte sie ihn, ohne hinzusehen, an der Schulter und wälzte ihn um, sodass er auf dem Rücken lag. Ob des fehlenden Lichts war alles farblos und das Blut, das in seinen Zügen verkrustete, schwarz. Sein Gesicht war eine einzige klaffende Wunde – nur ein Auge war heil geblieben und starrte sie blicklos an.

Ihr graute vor dem Anblick, und zugleich befiel sie – über ihm kniend und mit sämtlicher Gewalt über seinen toten Leib – die Genugtuung, ihn loszusein. Diesmal war sie nicht gebremst von der Furcht vor Einsamkeit. Sie ließ ihn los, als könne die Berührung mit ihm den eigenen Leib mit Krätze überziehen, packte ihn dann erneut, um ihn wütend zu schütteln. Anfangs konnte sie seinen schweren Kopf kaum bewegen, dann freilich, als sie in die bleierne Stille hineinzuschreien begann, war es ein Leichtes, ihn wieder und wieder zu heben und grob auf die Erde fallen zu lassen.

»Du Verdammter! Du Verdammter!«, verfluchte sie ihn. »Wie konntest du es wagen, mich derart zu beschmutzen? Was hast du dir gedacht, dich an mir zu vergreifen? Wusstest du nicht, wer ich bin? Im Höllenfeuer sollst du schmoren für all das Schändliche, was du mir angetan hast!«

Einmal meinte sie, ein Zucken zu erfühlen. Doch selbst, wenn das der Beweis gewesen wäre, dass er noch lebte, kam jener zu spät. Angst und Ohnmacht und Kälte schürten ihre Wut, ließen sie aufspringen, auf ihn eintreten, nicht minder grob als das Diebespack. Was jenes heil gelassen hatte, zerstörte sie, stampfte sein Gesicht zu Brei, ließ alle Knochen durch Tritte zerbersten.

Als die Nacht sämtliches Grau geschluckt hatte, versiegten ihr die Kräfte und mit ihnen ihr gerechter Zorn; hilflos sank sie zusammen und störte sich nicht daran, dass sie direkt neben Sicho zu liegen kam. In Wahrheit suchte sie sogar die restliche Wärme, die der langsam verwesende Leib ausstrahlte. »Was soll ich nur machen ohne dich?«, war das Letzte, was sie heulte. »Was soll ich nur machen?«

Hernach schien der Geruch nach salzigem Blut und Fäulnis sämtliche Gedanken zu ersticken. Erst am nächsten Morgen, als sie aus einem unruhigen Schlaf erwachte, fiel ihr ein, was sie tun konnte und wo ihr vielleicht Hilfe blühte.

Schwer fiel es, bei Tageslicht Sichos geschundenen Körper zu inspizieren. Sie tat es dennoch, wenngleich mit abgewandtem Gesicht, riss ihm die Kleider vom Leib, um seine kleinen Lederbeutel zu suchen, die er an den Gürtel gebunden trug: den einen fürs Geld, den anderen für Nahrung. Geld fand sie keines, getrocknetes Fleisch und getrocknetes Obst aber schon, wenngleich es aus dem Beutel so stank wie von seinem Leib: etwas süßlich und zugleich modrig.

Fast nackt lag er da, als sie ihn zurückließ, denn obgleich er blutbefleckt war, stahl sie dem Toten auch den Mantel. Als sie ihn ihm auszog, erahnte sie zwischen den zerrissenen Hosen, klein und runzelig, den roten Wurm.

Schaudern überkam sie, und den ersten Teil der Wegstrecke brachte sie laufend hinter sich. Sie wurde erst langsamer, als der Wind ihr so kalt in die Kehle schnitt, dass die ganze Brust schmerzte. Über Nacht hatte es sich fühlbar abgekühlt, und wenn sie überleben wollte, so musste sie rasch das finden, was ihr heute Morgen als letzte Zufluchtsstätte eingefallen war: ein Kloster.

Gewiss, auf einen Mann Gottes wie der Mönch Answin einer war, war nicht zu setzen, doch wo immer Brüder oder Schwestern in einer Gemeinschaft zusammenlebten, galt das Gebot der Gastfreundschaft. Sie sah zwar aus wie eine Bettlerin, aber vielleicht würde sie mit ihrer Kenntnis der lateinischen Sprache jemanden davon überzeugen können, wer sie in Wahrheit war.

Der Wind blies ihr immer heftiger ins Gesicht und riss büschelweise das Laub von den Bäumen, um es alsbald auf dem Weg zu verstreuen. Er lag nun nicht mehr grau und verkrustet vor ihr, sondern in blasses Rot und Gelb gekleidet.

So beherzt sie anfangs gegangen war, so zögernd gerieten ihre Schritte, als der Weg sich gabelte und sie, die eine Richtung wählend, auf einer Straße landete, die Schritt für Schritt schmaler wurde. All ihre Sinne waren auf ein menschliches Geräusch ausgerichtet, doch laut wurde einzig die Stimme, die in ihr selbst sprach und sie daran gemahnte, dass es ratsam wäre, bald den Wald zu verlassen: Ein Hort der Dämonen und der dunklen Mächte war er, die keinen mehr aus ihren Fängen entließen, der sich dorthin verirrt hatte.

Nun, verirren konnte sie sich nicht – dazu fehlte ihr das Ziel. Vielleicht lag schon hinter der nächsten Ecke ein Dorf, vielleicht aber war sie in einer Einöde gefangen, die mehrere Tagesmärsche verlangte, ehe sich wieder eine Siedlung finden ließ.

Als ihre Füße wund gelaufen waren und der Wind immer schneidender wurde, ließ sie sich im Schatten eines dürren Baumes nieder, an dem nur noch vereinzelt Laub zitterte.

Einmal hatte sie Sicho dabei zugesehen, wie er Feuer machte, doch der Stein, den er dazu nutzte, befand sich nicht im Lederbeutel mit der Nahrung, und das Geäst, das sie sammelte, ließ sich in einer Mulde nicht so lange reiben, bis es Funken warf, sondern zerbröselte faulig und durchnässt in ihren Händen.

Mutlos krümmte sich Bathildis zusammen, um auf ihrem zitternden Schoß den Inhalt des Lederbeutels auszubreiten. Am Morgen hatte sie beschlossen, sparsam mit der Nahrung umzugehen, nun jedoch, da sie die mickrigen Bissen besah, wusste sie, dass sie nichts übrig lassen konnte. Hungrig und zugleich würgend stopfte sie alles in sich hinein, was Sicho hinterlassen hatte, doch anstatt sich mit jedem Bissen gesättigter zu fühlen, schienen sich in ihrem Magen nur noch mehr Furcht und Qual und Einsamkeit anzustauen.

Sie weinte frierend und kauend – und hemmungslos. Irgendwann versiegten die Tränen, doch mit ihnen auch alle Kräfte. Sie fiel in Schlaf wie in einen dunklen, tiefen Brunnenschacht, aus dem es kein Entrinnen mehr gab. Mächtiger noch war er als die Kälte.

Morgenlicht fiel durch die kahlen Baumkronen, als sie endlich erwachte. Ihre Glieder waren so steif, dass sie vermeinte, nie wieder gehen zu können, und als sie sich ächzend aufrichtete, stachen grässliche Schmerzen in ihre Zehen, wanderten hoch bis zur Leibesmitte und strahlten bis in die Hände.

Doch das war nicht das Schlimmste. Das Schlimmste war, was sie erblickte. Es hatte zu schneien begonnen.

Der Schnee fiel und fiel, zuerst in fetten weißen Flocken, lautlos und weich, dann durchsichtig und spitz, als wäre er beinahe schon zum Regen getaut. Unauffindbar war die Spur von gestern – und der mögliche Weg von morgen. Die erste Schicht machte aus der Welt den Spiegel eines weißen Himmels. Die zweite jedoch taute rasch zu nassen Pfützen, die das Stapfen noch schwerer machten. In jede kleinste Ritze – zwischen dem Leinenkleid und ihren Händen, zwischen Sichos Ledermantel und ihrem Nacken und zwischen den um die Füße gebundenen Fetzen und den Schenkeln troff ein dünner, kalter Fluss. Bathildis fror so sehr, dass sie es kaum spürte – umso mehr aber war ihr bewusst, dass jeder Schritt mehr an ihren Kräften zehrte und von ihr alsbald nur ein mageres, zittriges Häuflein bleiben würde, schon längst nicht von Hoffnung und Hunger genährt, sondern einzig vom Trotz, nicht aufzugeben.

Sie war es Aidan schuldig. Sie hatte ihm versprochen zu überleben. Sie wusste nur nicht, wie sie das dem Tod erklären sollte, der zwischen den dürren Bäumen hockte, sie zwar nicht wie ein zähnefletschendes Untier anfiel, jedoch darauf zu warten schien, bis sie zusammenbrach – gleich jenen Aasvögeln, die an Kadavern picken.

Um die Beine immer wieder aus der feuchten weißen, weichen Masse hervorzuziehen, bedurfte es am Ende der Kraft der Arme. Sie packte ihr Knie, zerrte es hoch und ächzte dabei laut – zum Preis, dass die kalte Luft ihr in den Mund schnitt und das Atmen noch schwerer machte. Anfangs war sie bei jedem Schritt, den sie tun konnte, stolz. Dann begann sie zu zählen, wie viele sie noch schaffen würde. Fünf? Zehn?

Sie lehnte sich an einen Baum, die Rinde nass und durchweicht wie ihre Kleidung. Ob sie an Sichos Seite überlebt hätte? Ob nicht auch er sich in dieser weißen Wüste verirrt hätte?

Sie war geneigt, das zu glauben, denn es fiel ihr schwer, sich einzugestehen, dass sie gerne seine schändlichen Berührungen ertragen hätte – zum Lohn dafür, dass sie jemanden an der Seite hatte, der den Weg kannte und wusste, wo sie waren.

Dass sie seinen Tod bedauerte, schwächte sie zuletzt am meisten. Sie sackte zusammen, und kaum dass sie kniete, drang noch mehr Feuchtigkeit als bisher durch ihre Kleidung. Dennoch war die Wohltat des Ausruhens größer als das Leiden durch die Kälte. So wie ihr Finger und Zehen abgestorben waren, so gab alsbald auch jedes andere Körperglied auf, mit Schmerzen und Pochen gegen das Unvermeidliche zu kämpfen.

Ich gebe auf, Aidan, dachte sie, es tut mir leid, aber ich gebe auf…

Sie schloss die Augen. Wenn sie schon ihren Schwur zu überleben nicht halten konnte, um dereinst nach ihm zu suchen, so wollte sie mit verbleibender Geisteskraft ein letztes Mal das Bild von seiner Gestalt heraufbeschwören. Ihre Lider flackerten, als sie es suchte – aber wenig fand. Da waren seine weibischen Hände, da war sein rötlich-blondes Haar. Nur dort, wo sein Gesicht sein sollte, ragte ein schwarzer Schlund. Er machte ihr Angst, doch anstatt den Schlund durch ein anderes Bild ersetzen zu können, musste sie zulassen, dass er größer und größer wurde. Er verschluckte Aidans blondes Haar – und zuletzt zog er sie selbst in seine unergründliche, lautlose Tiefe.

Sie wusste später nicht, wie lange sie in der Schwärze gelegen hatte. Plötzlich erschienen darin zwei gelbe Punkte. Sie wurden größer und größer, wie Löcher, die immer weiter aufrissen und aus dem ruhigen, angenehmen Schwarz ein Flickwerk machten.

Sie stöhnte auf, vermeinte, dass die Löcher Lichter wären, die blendeten. Doch als die Finsternis im Nebelgrau versickerte, wurde aus dem schrillen Gelb ein warmes, wie Honig glänzendes Braun.

Sie erwachte aus dem Dämmerschlaf – und sah in gelbe Augen. Nie hatte sie solche bei Menschen erschaut, vor allem nicht das dichte Fell, das darum gewachsen stand. War's eine Kreatur der Hölle, die ihre Seele holen wollte, sie in die Ewige Verdammnis zerren, weil sie mit Sicho Unzucht getrieben hatte?

Sie wollte aufschreien, aber es trat kein Laut über ihre Lippen. Zu den Augen kam ein spitzes Maul. Eine raue Zunge fuhr heraus und leckte ihr Gesicht…

Erschöpft schloss sie die Augen wieder. Ein Hund… es war nur ein Hund.

Der Hund blieb bei ihr, er ging nicht fort. Mit der Zeit lernte er auch zu reden. Zumindest war da eine Stimme, die auf sie einsprach, in jenen Lauten, die sie zwar in den letzten Monaten gelernt hatte, die sie aber nicht länger verstand. Sie wollte sich dem Hund erklären – oder waren es gar viele Hunde, ein ganzes Rudel, das sich um sie zusammenrottete, das sich plötzlich zweibeinig aufrichtete, das sie hochhob?

Wiewohl sie nicht länger im Schnee lag, waren ihre Glieder taub. Nur in ihrem Kopf raste es so heiß, als hielte man eine lodernde Fackel daran.

Ich muss den Hunden etwas sagen, dachte sie, ich muss ihnen danken… und ich muss ihnen begreiflich machen, wer ich bin…

Das fiepsende Geräusch wurde schwächer; stattdessen tönte nun das Wiehern von Pferden wie Hohngelächter in ihren Ohren. Die Stimmen hingegen mehrten sich, zwei oder drei redeten durcheinander. Kein einziges Wort konnte sie in vertraute

Sprache überführen, ihr selbst fiel kein klarer Satz ein… nur der eine… von dem sie schon einmal gedacht hatte, er könnte ihr helfen.

»Exaudi, Dominem, orationem meam…«

Nun machte der Hund, der sie trug – oder war es ein groß gewachsener Mann? – ein Geräusch, dessen Sinn sie erfasste.

»Schscht«, klang es. »Schscht…«

Ihr Kopf kippte über fremde Schultern, als sie fortgetragen wurde. Der fiepsende Hund kläffte nun laut und ungestüm. Obgleich sich ihr Kopf anfühlte, als wäre er zwischen glühende Zangen gepresst, begriff sie, dass sie in Sicherheit war. Erneut versank sie in Ohnmacht.

Diesmal war die Bewusstlosigkeit kein tiefer Schacht, sondern ein Tuch, das sie bedeckte. Es schirmte sie ab und wärmte sie, doch es erstickte nicht sämtliche Laute, und manchmal schimmerte die Welt hindurch, in die sie geraten war. Sie konnte sich später an einen kurzen Ritt auf einem Pferderücken erinnern, holprig und hart, dann an die Ankunft bei einem Gebäude, nicht unähnlich dem Bauernhaus, wo sie zuletzt geschlafen hatte, nur reinlicher und größer. Es roch nach Rauchschwaden wie dort, jedoch nicht hölzern und feucht. Sie döste fort – und erwachte von einem Plätschern. Dunkelheit umschloss sie – und zugleich fast unerträgliche Wärme.

Ich kann unmöglich im Wasser liegen, dachte sie und wähnte sich zurück im Schiffsbauch der Friesen, wo es gleichfalls so heiß gewesen war.

»Aidan!«, schrie sie. »Aidan!«

Er trat zu ihr, zumindest hielt sie den Mann im Fieberwahn für den Verlobten, doch sein Gesicht war immer noch ein schwarzes Loch.

Erneut sprach eine Stimme in fremder Sprache zu ihr, und diesmal konnte sie die Wörter übersetzen.

»Ich helfe dir, Mädchen«, sprach die Stimme.

Sie klang angenehm. Weit schwieriger war's, die Hände zu ertragen, die zu der Stimme gehörten. Sie spürte sie überall, als gehörten sie einer Spinne, welche sechs statt zwei besitzt. Obendrein waren die Hände schwielig und rau – waren sie auch krätzig und rot wie die von Sicho?

Bathildis wand sich, und wieder war ihr, als würde sie ein Plätschern hören. Konnte es sein, dass sie nicht in einem Raum lag, sondern in einem See, viel wärmer, ja heißer als alle Seen, die Gott auf seiner Erde geschaffen hatte?

Die Hände streichelten und kneteten; die Haut tat weh, als würde sie unter ihnen zerreißen. Nicht!, wollte sie schreien, doch das Gewicht der feuchten Haare zog ihren Kopf nach hinten, und alsbald versank sie wieder hinter dem dicken, schweren Tuch der Ohnmacht.

Als sie erwachte, war es nicht mehr feucht, und kein Wasser plätscherte. Ihr Geist, bislang flackernd wie jetzo ihre Lider, klärte sich. Viel deutlicher als in den letzen Stunden – oder waren es Tage? – erkannte sie, wo sie war: In einem großen Raum, dessen Boden aus gestampftem Lehm mit Teppichen bedeckt war; die hölzernen Säulen, die das Bett umgaben, in dem sie lag, waren mit kunstvollen Schnitzereien versehen. Die Fensterluken waren mit dickem Gebälk verstellt, das keine Ritzen hatte. Licht kam einzig von der Feuerstelle, in der es rötlich prasselte.

Ein Mann stand davor, das Gesicht so mangelhaft beleuchtet, dass Bathildis nur Schatten erkannte. Er schien an ihrem schnellen Atem zu bemerken, dass sie wieder zu sich gekommen war, und drehte sich um.

»Wer bist du?«, stellte er jene Frage, die auch ihr als erste auf den Lippen lag.

Bathildis sammelte ihre Gedanken. Wiewohl ihr Kopf so schwer war, dass sie ihn kaum heben konnte und das Bild manchmal vor ihren geschwächten Augen verschwamm, wusste sie, wie dringend ratsam es war, möglichst schnell möglichst viel zu erfassen. Noch während sie die Antwort hinauszögerte, musterte sie den Fremden. Seine Miene war merkwürdig zerrissen – ein steifes Lächeln lag um seinen Mund, als wäre er ehrlich erfreut, dass er mit ihr sprechen könnte. Seine Augen hingegen waren umwölkt, von Kopfschmerz oder Müdigkeit und ein wenig von Überdruss.

Am deutlichsten fiel ihr seine edle Kleidung auf, die sauber war und ohne Risse. Die braunen Hosen reichten bis zu den Knöcheln. Die Schuhe hatten glänzende Riemen, die mit den Wadenbinden verknüpft waren, welche wiederum bis zu den Knien geschnürt wurden. Über den Hosen trug er eine knielange Tunika, die mit glänzender Borte verziert und von einem ledernen Gürtel geschnürt wurde. An diesem wiederum hing eine kleine Tasche, gleichfalls aus Leder. Der ärmellose Überwurf, der an der rechten Schulter mit einer silbernen Fibel zusammengehalten wurde, war von einem leuchtenden Blau.

Bathildis' Herz, eben noch verlangsamt vom langen Liegen, begann, unrhythmisch zu pochen. Der Fremde musste von hoher Stellung sein und reich, wenn er solch edle Kleidung trug, obendrein gekämmte Haare und einen sorgfältig beschnittenen Bart hatte, in dessen rötliches Braun sich manch graues Haar mischte. Umso erstaunlicher war, dass er bei einem kranken, namenlosen Mädchen hockte und wartete, dass es wieder zu sich käme.

»Also, wer bist du!«, drängte er, weil sie sich nicht zum Reden überwinden konnte. »Du bist zu groß gewachsen für ein Bauernmädchen. Und deine Hände zeigen keine Spuren der Feldarbeit.«

Seine Stimme war freundlich, doch die Worte kamen so abgehackt, als würde er Befehle aussprechen – was er offenbar gewohnt war.

Unwillkürlich versteckte Bathildis die Hände unter der Decke, beschämt, dass er sie ohne ihren Willen inspiziert hatte, ja, dass er ihre Gestalt gemustert hatte.

»Verstehst du mich?«, fragte er, weil sie immer noch nichts sagte. »Als wir dich fanden, war mir, als sprächest du ein paar Brocken Latein…«

Nicht nur seine Stimme wurde forscher. Er trat näher zu ihr, starrte von oben herab auf sie, machte Anstalten, sich auf der Bettkante niederzulassen. Bathildis vergrub sich noch tiefer im Bett, das sie plötzlich mehr eine Falle deuchte denn ein Zufluchtsort.

»Bathildis…«, brachte sie schließlich hervor. Sie konnte nur flüstern, die Stimme war noch rau vom Fieber. »Mein Name ist Bathildis…«

Er beugte sich noch näher zu ihr, so dicht, dass sie ihn riechen konnte. Er war der erste Mensch seit langem, der nicht nach Schweiß und Schmutz stank, sondern einen süßlichen Geruch verströmte, wie nur einer es tat, der sich regelmäßig wusch und parfümierte. Trotzdem scheute sie seine Nähe, die so selbstverständlich, so besitzergreifend war. Sie grub ihren Kopf tiefer ins Kissen, presste die Hände schützend um den Leib – und schrie auf, als sie gewahrte, was sie trug: Es war dies nicht ihr zerfledderter Kittel aus Schafwolle, sondern ein Stoff, der sich weich und gleichsam glitschig anfühlte. Über jenes federleichte Kleid war ein Umhang gebunden, dessen Kragen mit Pelz gesäumt war, so flaumig, als griffe man in die Daunen von frisch geschlüpften Küken.

Ihr Schrei verstärkte sein Lächeln – und furchte zugleich noch mehr die Falten um seine Augen, gleichso, als bereite es ihm zwar Vergnügen, mit ihr zu sprechen, als könnte er jenes aber jederzeit verlieren.

»Nun, ich konnte dich doch nicht in deinem dreckigen, feuchten Sack belassen!«, sprach er, ein wenig neckisch, ein wenig höhnend. »Hast du jemals so ein edles Gewand besessen?«

Das hatte sie nicht. Selbst als sie noch keine Sklavin war, hatte sie nur Kittel aus Leinen oder Schafwolle getragen. Freilich wollte sie seine Frage, mit der er offenbar prüfte, ob sie hoher Herkunft war, nicht verneinen.

Zögernd ging sie zur Gegenfrage über: »Wo… wo bin ich? Wer seid Ihr? Wart Ihr es, der mich gerettet hat?«

»So sollte man meinen«, entgegnete er, und sein Lächeln wurde nachsichtig, als wollte er zeigen, dass er keiner war, der auf Fragen antworten musste, aber es in diesem Fall aus Gutmütigkeit tat. »Ich war mit meinen Männern auf der Jagd, als der Schneefall einsetzte. Wir ritten zurück… und an dir vorbei. Um dich herum waren keine Fußstapfen, du hast gelegen, als wärst du direkt vom Himmel gefallen wie der Schnee, und du warst so kalt gefroren, dass alle meinten, du wärst schon hinüber. Doch deine Glieder wurden alsbald wieder biegsam und weich, kaum dass ich dich in einem Zuber mit heißem Wasser badete.«

Bathildis blinzelte. Das Schauen strengte sie an. Doch am meisten setzte ihr zu, wie sich der Magen zusammenkrampfte, ihr speiübel wurde.

In einem Zuber… mit heißem Wasser…

Es war nicht nur ein Traum oder eine Fieberfantasie gewesen. Er hatte sie tatsächlich entkleidet, gebadet… berührt… und er schien es nicht unziemlich zu finden, eher belustigend. Immer noch wusste sie, dass es klüger wäre, nüchtern zu bedenken, was sie tun sollte, wie sie mit ihm umzugehen hatte. Doch als sie ihn entsetzt anstarrte, so deuchte sie sein Gesicht nicht länger freundlich und neugierig, sondern ekelhaft lüstern, und bei der Vorstellung, was er mit ihr gemacht hatte, so sah sie das trübe Wasser vor sich, in dem Sicho gehockt hatte, als er sich das erste Mal an ihr vergriffen hatte.

Sie grub den Kopf nicht länger ins Kissen, sondern fuhr unwillkürlich hoch – so heftig, dass sie fast mit seinem Gesicht zusammengestoßen wäre.

»Wie konntet Ihr das tun?«, entfuhr es ihr. »Wie konntet Ihr Euch an mir vergreifen! Wisst Ihr nicht, wer ich bin?«

Ihre Stimme war noch immer rau, doch laut genug, um zänkisch zu klingen. Mit jedem Wort verkniff er mehr die Augen.

»Ei freilich weiß ich, wer du bist«, gab er schroff zurück. »Ein hübsch anzusehendes Mädchen. Glaubst du, ich hätte dich auf mein Pferd gehievt, wärst du eine alte Vettel?«

»Ich bin die Tochter eines Fürsten!«, brach es aus ihr hervor.

Er erhob sich, ein wenig ächzend, was sein Alter verriet, und blickte wieder von oben auf sie herab. »Siehst mir aber nicht aus wie eine Fürstentochter!«

Obwohl sie ihn nicht mehr roch, schien er ihr noch näher als zuvor, sie ihm noch mehr ausgeliefert.

Ein edler Mann. Auf der Jagd. Ein heimatloses Mädchen, das nichts besaß – außer einer anmutigen Gestalt und einem hübschen Gesicht. Sie war ihm zugefallen wie ein Gottesgeschenk, und er ergriff es bereitwillig, ihren Leib in Besitz nehmend, noch ehe sie überhaupt wach war. Sie wusste nicht, ob er das Recht dazu hatte – in jedem Falle aber alle Macht. Jene zu entkommen hatte sie nicht, nur die, sich weitgehend zu wehren: Sich selbst war sie das schuldig, der ohnehin schon beschmutzten Ehre und … Aidan.

»Doch!«, rief sie. »Doch, ich bin aber eine!«

Ihre Stimme gewann noch mehr an Kraft, als sie ihm ihre Geschichte entgegenhielt: von ihrer Herkunft, ihrem Raub, ihrem Dasein in Sichos Gefolgschaft, wenngleich sie dessen schlimmste Details für sich behielt. Sie sprach nicht nur auf den Fremden ein, erhob jäh die Hände, die sich eben noch taub angefühlt hatten, und schlug damit um sich, zuerst wahllos, ihn dann aus Zufall treffend. Gewiss waren diese Schläge nicht fest und schmerzhaft, eher ein Trommeln, mit dem sie ihren Worten einen Rhythmus gab.

Eben noch hatte sich sein Blick gelichtet, vielleicht weil er erleichtert war, keinen fränkischen Vater oder Gatten fürchten zu müssen, der das vom Himmel gefallene Mädchen für sich beanspruchte oder sich gar für unziemliches Verhalten rächte. Dann freilich, als ihn ihre Schläge trafen, wurden die Augenfalten tiefer; er hob die Hände, als wollte er sich beide gleich an die Ohren pressen, und packte damit dann doch die ihren, um sie zum Innehalten zu bewegen.

»Du hast mir schlafend besser gefallen!«, schimpfte er nun. »Muss mir schon von meinem Weib allzu viel Nörgeln gefallen lassen. Und jetzt beginnst auch du, mich anzukeifen, obwohl du mir dein Leben verdankst?«

Sie stutzte. Sie hatte erwartet, dass er Gewalt anwenden würde, um sie sich gefügig zu machen, jedoch nicht, dass er sich belästigt gab, dass er sich mit verdrießlichem Gesicht von ihr abwandte. Ihr Magen verkrampfte sich noch mehr – diesmal nicht ob ihres Ekels, sondern ob des bohrenden Verdachts, dass ihr gerade ein schrecklicher Fehler unterlaufen war, dass sie sich selbst ins Unglück gestürzt hatte. Sie hatte nicht gedacht, dass er sich von ihren schrillen Worten tatsächlich zurückweisen ließ, und war nun, da sie nicht mehr in sein Gesicht schauen musste, nicht erleichtert darob, sondern ängstlich.

»Ich nörgele nicht, ich flehe Euch an!«, versuchte sie, es gutzumachen. »Ich ... ich bitte Euch um Eure Hilfe! Helft mir heimzukehren!«

Er lachte, nicht länger spöttisch, sondern freudlos.

»Du bist also eine Unfreie, dein Herr ist tot ... ich habe dich gefunden. Nach den Gesetzen unseres Landes gehörst du mir.«

»Aber ...«

»Woher du stammst, geht mich nichts an. Ich will nur eines wissen: Bist du bereit, dich erkenntlich zu zeigen, wenn ich dich in einem warmen Bett schlafen lasse, dir weiches Brot zu essen gebe, dich in edle Gewänder kleide – oder nicht?«

Er sprach nun nüchtern, bereit, ihr die schrillen Worte zu vergeben, wenn sie nur einsah, dass es sich lohnte, dem Tauschgeschäft zuzustimmen. Sie errötete, weil es so offensichtlich war, was jenes beinhaltete, und weil sie so wenig in die Waagschale zu werfen hatte, dass er sich weder anstrengte, ihr zu schmeicheln noch, ihr Gewalt anzutun.

»Aber …«, setzte Bathildis an und konnte es kaum fassen, dass er nicht einfach über sie herfiel. »Aber …«

»Also Mädchen – wirst du zu mir freundlich sein, wenn ich bei dir liegen will?«, fragte er.

Sie zögerte. Er lächelte grimmig. »'s ist nicht meine Art, die Dinge zu erzwingen«, sprach er da schon, noch ehe sie eine Entscheidung fällen konnte.

»Ich bin einem anderen Mann versprochen«, wandte sie kläglich ein.

»Nun, hier ist er nicht, Sklavenmädchen«, gab er zurück. »Raus aus meinem Bett!«

Ungestüm zog er an jener Decke, die ihren Leib bedeckte. Mit dem dünnen Seidenkleidchen fühlte sie sich nackt, doch er machte keine Anstalten, den zusammengekrümmten Leib, den er vor kurzem noch gewaschen hatte, ein weiteres Mal lustvoll zu begaffen. Er zog sie am Ellbogen über die Bettkante und ließ sie von dort auf den Boden plumpsen. Ein stechender Schmerz fuhr durch ihren Leib, als wäre mehr als nur ein Knochen gebrochen.

Keuchend rappelte sie sich auf. Er sah sie nicht böse an, auch nicht verbittert – nur mit gefurchter Stirne, weil er unsinnige Aufmerksamkeit an sie verschwendet hatte, und verständnislos angesichts ihrer Dummheit.

Bathildis wusste nicht, wie ihr geschah.

Eine Weile hatte sie dem Fremden ratlos nachgestarrt, dann war sie in dem dünnen Kleid vom Gemach des Herrn in einen langen Saal gelaufen, wo es finster und kalt war. Es brannte hier nirgendwo Feuer; einzig die Abdrücke auf dem welken Stroh, welches den hölzernen Boden bedeckte, zeugten davon, dass das Gebäude – nicht mehr als ein Langhaus, bestehend aus dem Saal und einem Schlafgemach – nicht unbewohnt war, sondern über Nacht Gäste beherbergt hatte. Nun hörte sie endlich auch Schritte. Sie zuckte zusammen, als sie Männer kommen sah. Sie waren nicht so edel bekleidet wie der Fremde, sondern Krieger, die Spangenhelme mit Nackenschutz und Wangenklappen trugen und an ihren Hüften die Spatze – ein zweischneidiges Schwert mit kostbar gestalteten Griffen und Schlaufen versehen und damit an die breiten Ledergürtel gebunden. Zwei von ihnen besaßen sogar Wurfspeere.

Bathildis senkte die Augen, gewiss, dass sie dieser Horde preisgegeben wäre, nun, da sie den Herrn verärgert hatte, doch alle blickten durch sie hindurch, als wäre sie nur Luft.

Sie suchte sich im kargen Licht zu orientieren, verließ den schmucklosen Saal (weder hing Geschirr an den Wänden noch Teppiche oder Felle) und war bei jedem Schritt, den sie tat, unsicher, ob er nicht verboten wäre. Konnte sie tatsächlich gehen, wohin sie wollte? Sollte sie es tun? War sie jetzt nicht die Sklavin des Fremden?

Die erste vertraute Kreatur begegnete ihr im Hof – es war der Hund, in dessen braun-gelbe Augen sie geblickt hatte, als sie im Schnee zu sterben vermeinte, und der nun wedelnd auf sie zusprang. Fröstelnd versenkte sie die Hände in sein tiefes Fell, konnte sich aber nur kurz daran wärmen. Schon war das Tier durch einen schnellen Pfiff zurückbefohlen, immerhin nicht von einem der großen, furchteinflößenden Krieger, sondern von einem vielleicht zehnjährigen Knaben, der die Pferde zäumte.

Bathildis überwand ihre Furcht, trat zu ihm hin und wagte, ihn alles zu fragen, was ihr auf dem Herzen lag: »Wer … wer ist dein Herr? Wie heißt er? Wo sind wir hier?«

Der Knabe tat seine Arbeit gewissenhaft. Er blickte nicht hoch und zeigte zunächst auch nicht, ob er sie überhaupt verstanden hatte.

»Bitte … sprich zu mir … warum ist es in dem Haus so kalt, wenn doch der Herr so vornehm zu sein scheint?«

Diesmal ward ihr zumindest mit einem flüchtigen Lachen

geantwortet. Dann blickte sich der Knabe um, prüfend, ob niemand ihm im Nacken saß und ihn für schlampige Arbeit strafen könnte, und beschloss endlich, ihr zu antworten. »Hier wohnt er doch nicht!«, spottete er. »'s ist doch nicht sein Heim! Als freilich der Schnee kam, haben wir uns in eines der Häuser, wo wir schlafen, wenn wir auf Jagd sind, zurückgezogen … noch heute kehren wir heim in seinen Palast.«

»Sein Palast?«, fragte Bathildis verwirrt. »Wo ist jener?«

Der Knabe ließ kurz das Zaumzeug los, um zuerst in die eine Richtung zu zeigen und dann in die andere. »Wenn man in diese Richtung reitet, so kommt man nach Noyon«, erklärte er, »und dieser Weg führt nach Saint Quentin. Und fast alles Land, das dazwischen liegt, gehört dem Herrn, vor allem die Gebiete um Saint-Wandrille und Jumièges.«

»Er muss ein mächtiger Mann sein«, murmelte Bathildis in der Hoffnung, sie könne dem Knaben noch mehr entlocken.

»Er ist der mächtigste im ganzen Frankenreich … bis auf den König«, entgegnete jener prompt. »Er dient ihm als höchster Beamter, den es gibt, und für gewöhnlich weilt er an dessen Seite.«

Wiewohl die Worte Klärung bringen sollten, fühlte sich Bathildis mehr und mehr verwirrt. Der König? Sein mächtigster Beamter?

»Doch den König quälen Leibschmerzen in diesen Tagen«, sprach der Knabe fort, »und deshalb ist Erchinoald allein zur Jagd geritten … verfluchter Schnee, er kam viel zu früh in diesem Jahr, und man konnte ihn am Vortag nicht riechen wie sonst.«

Er brach ab, das Pferd, das er nun sattelte, wieherte leise.

»Bitte«, sprach Bathildis auf ihn ein, »bitte, erzähl mir mehr!«

Der Knabe hatte keine Zeit dafür. Schon füllte sich der schneebedeckte Hof mit den Kriegern, und er tat nun, als würde er durch sie hindurchsehen wie die übrigen Männer, die kamen, um ihre Pferde zu besteigen.

Unter ihnen erkannte Bathildis den fremden Herrn, der sie gerettet hatte. Er hatte seinen Umhang ums Gesicht gezogen und gab Befehle, so leise, dass Bathildis sie nicht verstand. Sie starrte angestrengt in seine Richtung und bemerkte darum nicht, wie sich ihr hinterrücks einer der Männer näherte und ihr die Hände mit gleichem Hanfseil zusammenband, wie einst der Mönch Answin es getan hatte. Sie war zu bestürzt, um sich zu wehren – und irgendwie, wenngleich es schwerfiel, dies zuzugeben, auch erleichtert: Man würde sie nicht allein hier zurücklassen. Sie war wieder gebunden und versklavt … aber nicht auf sich gestellt.

Der Fremde, von dem sie nun wusste, dass er den Namen Erchinoald trug und zum engsten Gefolge des fränkischen Königs gehörte, näherte sich ihr zu Pferde.

»Willst du nicht freundlich zu mir sein«, sprach er, erneut von oben herab, »so habe ich eben andere Verwendung für dich.«

X. Kapitel

In den nächsten Stunden hatte Bathildis kaum Zeit, all das zu überdenken, was ihr geschehen war. Die Mühsal der letzten Tage, die sie hinter sich gewähnt hatte, begann von Neuem: Kälte, Hunger, Anstrengung.

Sie war leichter zu ertragen, weil sie nicht alleine war, und schwerer, weil sie sich bloßgestellt wähnte. Zwar scherte sich keiner der streng blickenden Männer um das leicht bekleidete Mädchen, das da am Hanfstrick hinter ihnen hergezogen wurde; trotzdem versuchte sie am Anfang noch, den Rücken gerade zu halten und nicht zu fallen. Erst mit der Zeit wurden ihre Glieder schwächer; sie rutschte auf dem löchrig gewordenen Schneekleid aus, schrammte sich die Knie blutig und wurde alsbald über dunklen Matsch, spitzes Steinwerk und aufgeweichte Zweige gezogen. Am schlimmsten war der Schmerz, der in die Handgelenke stach, dort, wo sich das Hanfseil zusammenzog.

Sie vergaß den Stolz, von dem sie ohnehin nicht wusste, wem er galt, und schrie so gequält auf, dass Erchinoald – mit missmutig-müdem Blick – Erbarmen zeigte.

Einer der Männer ward angehalten, sie über sein Pferd zu werfen, und wiewohl jener es so unsanft tat, als hätte er einen Getreidesack vor sich, gewann sie genügend Halt, um ruhig durchzuschnaufen und sich ihrer Lage bewusst zu werden.

Zum dritten Mal den Besitzer gewechselt. Vom Mönch zum

Kaufmann, vom Kaufmann zum Beamten des Königs. Welcher König? Unscharf erinnerte sie sich daran, dass jemand den Namen dessen ausgesprochen hatte, der hier im Land der Gallier und Franken herrschte, aber sie hatte ihn vergessen; vielleicht, so dachte sie dennoch hoffnungsfroh, war es einer, in dessen Umfeld sich genügend weise und barmherzige Männer befanden, die – anders als Erchinoald – Mitleid hatten mit einem Mädchen wie ihr.

Sie haderte mit sich – nicht sicher, ob es sie mehr reute, dass sie der Freundlichkeit eines offenbar sehr Mächtigen verlustig gegangen war, oder ob sie stolz darauf sein konnte, nicht auf schändliche, sittenlose Weise gehandelt zu haben.

Einmal unterbrachen die Männer ihren Ritt. Sie wagte es nicht, Erchinoalds Aufmerksamkeit auf sich zu ziehen, aber sie näherte sich dem Jüngsten unter ihnen, jenem Knaben, der ihr bislang am meisten verraten hatte.

»Bitte!«, bedrängte sie ihn. »Bitte sag mir mehr über deinen Herrn … erzähl mir von ihm … ganz gleich was …«

Der Knabe blickte sie ratlos an.

»Bitte …«, wiederholte sie. »Du sagtest, Erchinoald sei ein Beamter des Königs … welchen Ranges? Und was wird mit mir passieren?«

Der Knabe duckte sich unbehaglich. »Ich weiß nicht, was mit dir passiert«, antwortete er immerhin auf ihre zweite Frage. »Ich rate dir nur zu gehorchen … immer zu gehorchen. Erchinoald ist der höchste Beamte, den es hier gibt – er ist Major Domus. Und er ist sogar mit dem König verwandt, über Haldetrud, die Mutter des Dagobert, welcher wiederum der Vater des Königs war … Gehorche! Gehorche einfach!«

Er sagte die Worte mit großen Pausen, ohne dabei die Lippen auffällig zu bewegen, gleich so, als würde er nur ein wenig tiefer atmen, keinesfalls jedoch mit ihr sprechen.

Bathildis wusste weder, ob sie ihn richtig verstand, noch, was sie mit seinen Auskünften anfangen sollte. Es blieb ihr keine

Möglichkeit, mehr zu erfahren, denn schon ward sie erneut an der Fessel gerissen und auf das Pferd gehoben.

Sie verkniff sich einen Aufschrei. Gehorchen, hämmerte es in ihrem Kopf, einfach gehorchen …

Das könnte so schwer nicht sein, dachte sie.

Sie hatte ja keine Ahnung, welche Heimsuchung ihr der heutige Tag noch bringen würde.

Die Heimsuchung war ein kleines, gekrümmtes Weiblein mit schleppendem Gang, gefurchtem Gesicht und einer Stimme, so krächzend wie die dunklen Vögel des Landes. Solch Gezeter hatte Bathildis noch nie in ihrem Leben gehört, und sie zuckte zusammen, wie auch sämtliche ihrer Begleiter – jene freilich nicht mit einem Ausdruck von Überraschung, sondern vor Überdruss, der in Erchinoalds Gesicht noch tiefere Schatten senkte.

Mit der Dämmerung war Nebel aufgezogen, sodass das Gebäude, das sie erreichten, sich hinter einem grauen Kleid versteckte und erst sichtbar wurde, als sie unmittelbar davorstanden. Es war das größte, das Bathildis jemals gesehen hatte, und als sie wundgescheuert vom Pferd stieg – oder eigentlich hinabgestoßen ward –, so konnte sie eine Weile nichts anderes, als mit offenem Mund zu glotzen, erkannte sie doch, dass sämtliche Grundfesten dieses Gebäudes aus Stein gebaut waren und anstelle des üblichen Palisadenzauns, der ein Herrschaftshaus schützte, eine mannshohe Mauer errichtet war.

Gewiss, auch das Kloster, wo sie aufgewachsen war, hatte Wände aus Stein gehabt – und war doch so klein gewesen, dass es vielfach in dieses riesige Gebäude gepasst hätte.

Erneut wandte sie sich an den Knaben.

»Was ist dies … für ein Haus?«

»'s ist ein Palatium, ein Palast … die Römer haben ihn gebaut, so wie in anderen großen Städten, und wenn der König durch die Lande reist, dann …«

Weiter kam er nicht. Während Bathildis sich – noch lauschend – bückte, um den tiefen Riss, der ihr dünnes Seidenkleidchen bis zur Hüfte aufschlitzte, notdürftig zusammenzuhalten, kam jenes gekrümmte Weiblein auf Erchinoald zugelaufen und quälte ihn mit der kreischenden Stimme.

»Wo bist du gewesen? Wohin bist du geritten? Wird's neuerdings zur Gewohnheit, dass du gehst, ohne es mir anzukündigen?«

Erchinoald übergab seine Zügel einem Knecht. Nun, da vom Tor her Fackelschein in den Hof fiel, konnte man sehen, dass er seine Augen gesenkt hielt.

»Ich bin dir keine Rechenschaft schuldig, Weib!«, erwiderte er – eher nörgelnd als streng.

»O nein!«, rief die Frau und lachte böse, bis ihr der Atem ausging. »Natürlich! Ich bin ja bloß deine Gattin! Dumm, dass ich glaubte, ich hätte ein Recht zu wissen, wo du bist! Doch wenn du es mir auch nicht zugestehst, so lass dir gesagt sein, dass Furseus' Mönche wieder hier waren, um dich um eine edle Spende zu bitten. Nun ... schade ... da ich nicht wusste, was du davon halten würdest, musste ich sie wegschicken, ohne dass ich ihnen etwas geben konnte.«

Bei der Erwähnung von Furseus' Namen war Erchinoald zusammengezuckt. Erstmals starrte er nicht an seiner Frau vorbei, sondern blickte direkt in ihr Gesicht, das so eckig und spitz war wie das eines Raubvogels.

»Du hast was getan, Leutsinda?«, zischte er mit kaum verhohlenem Hass.

»Ha!«, lachte sie schrill. »Nur weil Furseus der Pate unseres Sohnes war und im Verdacht der Heiligkeit steht, sind wir nicht verpflichtet, seine Gemeinschaft über den Tod hinaus zu fördern. Viel zu viel hast du ihnen bereits geschenkt. Versprich ihnen einen Finger, und sie greifen nach der ganzen Hand!«

Kurz deuchte Bathildis, Erchinoald würde auf sie losgehen und sie schlagen, doch dann wich er zurück, als wäre das allein schon zu viel der Ehre für sie.

»Das Kloster von Péronne, wo Furseus begraben liegt, soll das schönste weit und breit werden«, entgegnete er kühl. »Und nun verstell mir nicht länger den Weg, Weib, hör zu schwatzen auf und lass mich eintreten!«

Dass er dem Streit entfliehen wollte, stimmte sie wütender als seine Worte. Nicht einmal halb so groß wie er war sie, der Leib obendrein dürr und ausgemergelt, doch es reichte an Kräften, um sich auf ihn zu stürzen und sich an ihm festzukrallen.

»Du vernachlässigst mich, unseren Sohn, unsere Töchter! Irgendwann wirst du uns ohne Geld und Besitz zurücklassen, all unser Gut legst du in die Hände eines Mannes, von dem und dessen Gemeinschaft wir so gut wie nichts wissen.«

Erchinoald krümmte sich wie unter Schmerzen. »Meine süße Leutsinda«, höhnte er dennoch. »Halt den Mund, oder …«

»Herrgott, ich wünschte, ich wäre von deiner Gegenwart befreit!«

»Nun, das kannst du gerne haben. Wenn du nicht sofort dein Maul hältst, Leutsinda, und wenn dein Ärger nicht schwindet, wirst du bald frei sein – übrigens auch frei von den üppigen Gaben, die dir an meiner Seite zustehen, und vom hohen Rang, den du dank meiner bekleidest.«

Sie lachte wieder schrill, doch klang ihr Lachen nicht höhnisch wie seines, sondern freudlos und enttäuscht. »Oh, hätte ich doch nie jenen Tag der Hochzeit erlebt!«, stieß sie aus. Hernach wagte sie es nicht, ihm noch weiter zuzusetzen, sondern ließ von ihm ab und trat an ihm vorbei.

Unruhig flackernd glitt der Blick über den Hof, als suchte sie nach etwas Neuem, worüber sie sich erregen könnte.

Die Männer standen starr und schweigend, als ginge sie das Ganze nichts an, doch Bathildis vergaß, im rechten Moment die Augen niederzuschlagen. Es hätte wohl wenig genützt, wenn sie's getan hätte, denn schon versteifte sich Leutsinda erneut vor Zorn, und ihre Stimme wurde wieder kreischend laut. »Wer ist dieses Mädchen da?«, heulte sie in den Hof.

Wohingegen sie den Streit mit Erchinoald wortlos aufgenommen hatten, begannen die Wachen und das Gesinde, das mit Leutsinda die Feste verlassen hatte, über Bathildis' Anwesenheit zu tuscheln.

Erchinoald schnaubte nur ungeduldig. »Weiß ich selbst nicht recht. Hab sie im Wald gefunden. Wild haben wir hingegen keins erlegt.«

Sprach's und wandte sich ab, um endlich ins Warme zu gehen.

»Was soll das heißen?«, plärrte Leutsinda ihm nach. »Wem gehört sie?«

Erchinoald ließ sich nicht aufhalten.

»Nun … ab heute dir, liebste Leutsinda. Betrachte sie als Geschenk – als Ausgleich für sämtliche Unannehmlichkeiten, die ich dir, der ach so Armen, ständig bereite.«

Seine Gestalt verschwand im Tor, und eilig suchten ihm die Männer zu folgen, nachdem sie die Pferde den Knechten überlassen hatten. Nur Bathildis blieb steif stehen, unsicher, wie sie der Frau zu begegnen hatte, die da misstrauisch auf sie zukam, zuerst ganz nahe, um das Mädchen genauer zu mustern, dann zurücktretend, weil es so viel größer war als sie und sie den Kopf nicht in den Nacken legen wollte.

Wortfetzen schwirrten Bathildis durch den Kopf. Erchinoald … der Major Domus des Königs … sein Weib heißt Leutsinda … und hasst ihn.

So peinvoll der Streit der beiden war, dessen sie alle hatten Zeugen werden müssen – vielleicht konnte sie sich das Zerwürfnis der Eheleute zunutze machen.

»Ich heiße Bathildis«, begann sie hastig zu sprechen, »und es ist wahr: Euer Gatte hat mich im Wald gefunden. Ich bin keine Sklavin, sondern die Tochter eines Fürsten – doch stamme ich aus fernen Landen, sodass es hier niemanden gibt, der für meine Rechte eintritt. Ich bitte Euch …«

Leutsinda kniff ihre Augen zusammen.

»Was wollte mein Gatte von dir?«, unterbrach sie sie unfreundlich.

Bathildis fröstelte. Sie stand in einer Pfütze von getautem Schnee, und die Kälte kroch ihr am ohnehin schon ausgekühlten Körper hoch.

»Er … Er wollte mich entehren«, sprach sie vorsichtig.

Leutsinda starrte sie mit verkniffenem Mund an. Sie schien über die Worte nachzudenken, entweder weil sie sie ob Bathildis' fremder Aussprache nicht recht verstanden hatte, oder weil sie sich nicht entscheiden konnte, etwas ernst zu nehmen, was aus dem Mund einer Unwürdigen kam.

Schließlich trat sie zurück, und Bathildis meinte schon, dass sie ihr keine Beachtung schenken würde. Doch dann begann Leutsinda zu kreischen, noch durchdringender als vorhin, nur diesmal nicht bösartig, sondern unendlich verzweifelt.

»Hast dich an ihn geworfen, nicht wahr?«, krächzte sie. »Wolltest ihn mir abspenstig machen, ihn mit deiner Jugend verführen! Das wirst du mir büßen, du verfluchtes kleines Biest! Erchinoald ist ein guter Mann. Er hat sich niemals eine zweite Frau neben mir genommen. Ja, er ist ein guter Mann! Er ist ein guter Mann!«

Sie schrie wie von Sinnen, und es schien sie mehr zu kosten, als der ausgemergelte Leib verkraften konnte. Plötzlich zuckte sie zusammen, als wäre sie von einem wuchtigen Schlag getroffen worden. Er fällte sie, gleich so, als wäre sie in zwei Teile zerhauen.

»Mein Gott, was habt Ihr?«, rief Bathildis entsetzt.

Leutsinda stöhnte, aber antwortete nicht. Sie sackte auf dem kalten Boden zusammen. Plötzlich roch es nach Blut.

Erst als der Aufruhr im Hof geschlichtet war, konnte Bathildis ihre Frage wiederholen.

»Was ist ihr geschehen? Was hat sie? Worunter leidet sie?«

Sie wandte sich an eine Frau mit groben Händen und fleckigem Kleid, die zu jenen Mägden zählte, welche herbeigelaufen kamen, um die Herrin zu stützen und schließlich hineinzutragen. Draußen in der Kälte hatte Leutsinda nur gestöhnt – drinnen in der raucherfüllten Wärme vermochte sie wieder Befehle zu äußern. Ihre Stimme jedoch war nun piepsend.

Bathildis war der Schar gefolgt, von der Hitze, die sie einhüllte, nicht belebt, sondern gelähmt und niedergedrückt, als wäre ihr ein Kettenhemd umgelegt worden. Sie verstand nicht, was Leutsinda sagte, doch offenbar musste es mit ihr zu tun haben, denn eine der Frauen trat zu ihr und hielt sie schließlich zurück.

»Nicht!«, befahl sie streng. »In den Gemächern der Herrin hast du nichts verloren!«

Sie packte Bathildis am Arm, zog sie wieder ins Freie und von dort in ein anderes Bauwerk. »Besser, du findest dich hier schnell zurecht und verläufst dich nicht«, erklärte sie mit raschen Worten die riesige Gebäudeanlage, »den großen Saal darfst du nur betreten, wenn du dort Pflichten hast, desgleichen die herrschaftlichen Gemächer darüber. Ansonsten bist du hier zu Hause.«

Die Luft wurde noch rauchiger, stickiger und heißer.

»In der Küche sind wir hier, gleich neben der Unterkunft für die Verwalter. Dort hinten ist das Backhaus, nicht weit davon das Badehaus. Die Ställe für das Vieh kannst du gewiss riechen. Morgen früh wirst du das Übrige sehen: Wir haben Kornspeicher und Scheunen, Fischteiche und Weinkeller, eine Mühle und ein Bienenhaus.«

Bathildis' Erstaunen über das große Anwesen und die vielen steinernen Wände war ob der zänkischen, kranken Leutsinda längst geschwunden. Kaum achtete sie auf die Worte der anderen.

»Was… was ist deiner Herrin geschehen?«, fragte sie stattdessen wieder.

Die andere beäugte sie, nicht minder misstrauisch, als es vorhin Leutsinda getan hatte. Offenbar war sie sich nicht sicher, ob sie mit Bathildis überhaupt reden durfte, denn bevor sie schließlich doch den Mund auftat, blickte sie ein paar Mal unsicher um sich.

»Sie ist seit vielen Jahren mit einer üblen Krankheit geschlagen«, erklärte sie schließlich hastig. »Dann blutet sie aus dem Leib wie alle fruchtbaren Frauen es einmal im Monat tun, nur viel stärker. Sie hat entsetzliche Schmerzen. Hüte dich vor ihr – besonders, wenn sie in diesem Zustand ist.«

Bathildis hustete; der Rauch schmerzte in ihrem Hals.

»Hast du… hast du gehört, wie sie ihren Gatten angekeift hat?«, fragte sie weiter.

Nun, da die andere sich zum Reden entschlossen hatte, sparte sie nicht mit Worten.

»Das tut sie oft«, meinte sie halb belustigt, halb gleichgültig. »Selbst ein Priester hat Erchinoald vor kurzem geraten, er möge sich doch eine Konkubine nehmen. Die Kirchenmänner sehen das für gewöhnlich nicht gern. Doch jener meinte, nur auf diese Weise könne in Erchinoald Verständnis dafür wachsen, dass auch das Weib ein Geschöpf Gottes sei und nicht bloß eine Furie des Teufels.«

Die Magd lachte heftig und spuckend.

»Und… und hat er's getan?«

»Sich eine Konkubine gesucht? Mitnichten! Nimmt er ein Mädchen aus guter Familie, wird ihm Leutsindas Sippe das nie verzeihen! Die Unfreien in seinem Gesinde hingegen, wie ich eine bin, sind ihm alle zu klein und zu drall und wissen nicht, wie sie sich benehmen sollen. Was bleibt da schon? Wo sollt er eine finden, aus deren Mund nur Honig fließt, niemals ein zänkisches Wort, welches ihm Hauptweh verursacht? 's müsste ja nicht nur eine sein, die ihm das Leben feiner macht, sondern eine, mit der er Leutsinda Tag für Tag vorhalten kann, dass er so viel Besseres verdient, als sie ihm gibt!«

Bathildis versuchte, sich jedes einzelne Wort einzuprägen und in einen Zusammenhang zu bringen.

Darum also … darum also sein Ärger, weil ich mich nicht freundlicher zeigte …

Ihre Gedanken waren freilich so träge wie ihre Beine. Ihr war, als würde an jedem ein Mühlstein hängen, an dem sie ziehen musste.

»Bitte …«, schnaufte sie, konnte kaum die Augen offen halten und bemerkte gar nicht, dass sie nun in der Mitte der Küche standen – viel größer als jede, die sie bislang gesehen hatte, nicht nur mit einer Feuerstelle, sondern vielen, wie es auch eine Menge an Kesseln gab, die entweder darüberhingen oder auf einer dreibeinigen Halterung standen. »Bitte … ich muss mich kurz ausruhen …«

Ihr war, als könnte sie im Stehen schlafen, aber das Lachen der Magd war denn doch zu laut, als dass sie einfach hätte umsinken können.

»Ausruhen?«, girrte sie. »Bist du von Sinnen? Leutsinda mag krank sein, aber den Haushalt überwacht sie … also tust du besser daran, ihre Befehle zu befolgen. Und derer gibt es viele: Auf, auf in den Schweinstall, die Tiere mit Eicheln und Bucheckern füttern; sie sollen doch wohlgenährt und saftig sein, wenn sie geschlachtet werden. Und Wasser, du sollst Wasser holen!«

Spöttisch griff sie nach einem Holzeimer, aus Eibenholzdauben zusammengesetzt und durch Bronzebeschläge zusammengehalten, und drückte ihn Bathildis in die Hand. »Nun mach schon, hinaus mit dir! Beeilst du dich nicht, setzt es Schläge! Musst ihn an einem Strick in den Brunnen lassen und wieder hochziehen!«

»Wieder hinaus in die Kälte?«, fragte Bathildis entsetzt.

Die andere maß sie höhnisch. »In diesem Kleidchen wohl besser nicht … ich geb dir einen Leinenkittel. Doch eins rate ich dir: Tu, was man dir sagt! Die Herrin wird Vergnügen daran finden, dir einen Fehler heimzuzahlen!«

Bathildis hatte nicht geahnt, dass ein Tag so lang werden konnte wie dieser. Es half, dass irgendwann einmal ihr Geist aufgab, gegen die Anstrengung zu protestieren. Er legte sich zur Ruhe, wohingegen der Leib von Aufgabe zu Aufgabe gehetzt wurde.

Lange nach Mitternacht war es endlich vorüber. Die anderen Frauen des Gesindes legten sich auf die Bänke in der Küche, welche aus Holz oder Stein waren, jedoch nicht mit Teppichen und Tüchern belegt. Sie schliefen in ihrer Kleidung, wie auch Bathildis in nichts anderes schlüpfen konnte, weil sie nur den einen sackförmigen Leinenkittel besaß, den die Magd ihr gegeben hatte. Jene war verschwunden, sodass sie sie nicht fragen konnte, wohin sie sich denn zur Ruhe betten sollte.

Schließlich tat sie es dort, wo am meisten Wärme zu erwarten war, neben einer Vertiefung im Boden, wo sich eine der Feuerstellen befand. Das Feuer prasselte noch glutrot, als sie sich hinlegte. Augenblicklich versank sie in Schlaf, der einem tiefen, schwarzen Tümpel glich, in dem sie kampflos unterging und ertrank.

Gerne wäre sie noch viel länger dort verblieben, doch irgendwann griffen Hände in die Schwärze, zerrten sie hervor, prügelten auf sie ein.

»Du hast das Feuer ausgehen lassen!«, schimpfte eine Unbekannte auf sie ein.

Bathildis schlug die verschwollenen Augen auf und wusste nicht, wo sie war. Der gestrige Tag kämpfte sich aus der Erinnerung empor, doch sie konnte nicht mehr damit anfangen als mit einem wirren Traum.

»Du hast das Feuer ausgehen lassen, du dummes Ding!«, wurde sie erneut gescholten. Ein Schlag traf sie ins Gesicht und weckte sie endgültig.

»Es tut mir leid«, stammelte sie. Die rote Glut war zu grauer Asche zerfallen, die – von einem Luftzug hochgewirbelt – ihr Haar bedeckte, ihren Kittel, ihr ganzes Gesicht.

Sie fühlte die graue, weiche Schicht, die sie bedeckte, als sie die Hand hob, um die schmerzende Wange zu reiben.

»Hat's weh getan?«, hackte die andere auf sie ein. »Nun, wenn du nicht gleich aufstehst, wird es noch schlimmer kommen, glaub mir.«

Bathildis konnte sich später kaum mehr daran erinnern, welchen Arbeiten sie an den ersten Tagen nachging – es mussten so viele und so ermüdende gewesen sein, dass sie keinerlei Spuren im Gedächtnis hinterlassen hatten. Sie wusste nur mehr von einem Gefühl unerträglicher Hitze, was bedeuten musste, dass sie Stunden an den heißen Öfen zugebracht hatte, um dort zu rühren, zu backen, zu schneiden, zu hacken. Vielleicht war es auch ihre Aufgabe gewesen, Holz zu schleppen und nachzuheizen. In jedem Fall schlief sie auch weiterhin bei der Feuerstelle und war am nächsten Morgen stets von einer dünnen Schicht Asche bedeckt, die der erste Luftzug des Tages über sie rieseln ließ. Anfangs machte sie sich die Mühe, Kleidung und Haar auszuschütteln – später war sie es leid, weil sie sich doch nie ausreichend reinigen konnte. Obendrein war sie so gierig auf die Morgenmahlzeit – jener Gerstenbrei war, wiewohl nach Staub schmeckend, das einzig Nahrhafte, das länger als eine Stunde sättigte –, dass sie sich sogleich darauf stürzte.

Es war ungefähr eine Woche nach ihrer Ankunft, und sie kaute eben an den groben Körnern, als eine wohlbeleibte Frau mit kleinen Augen und dünnem Haar, das manche Stelle am Kopf unbedeckt ließ, auf sie zutrat und ihr eine neue Aufgabe zuteilte. Fortan sei sie für die Herstellung von Tuch zuständig.

Bathildis befiel Erleichterung bei der Vorstellung, nicht länger der Hitze des Herds standhalten zu müssen.

»O, allzu gerne!«, rief sie aus, nach Tagen erstmals die Stimme wieder gebrauchend. »Ich kann sehr gut weben und spinnen. Im Kloster, wo ich meine Kindheit verbracht habe, habe ich's gelernt! Ich kann auch nähen und sticken, wenn du willst!«

Die Frau presste die Augen zusammen, sodass sie fast gänzlich in zwei Fleischwülsten versanken.

»Das ist gut zu wissen«, sagte sie ausdruckslos. »Aber zur Fertigung von Tuch gehört ganz andere Arbeit … Hier, wasch es aus.«

Während sie die letzten Worte sprach, schob sie Bathildis einen Scheffel hin, gefüllt mit einer stinkenden gelblichen Masse, die Bathildis nicht erkannte.

»O, Mädchen!«, stöhnte die Frau unwillig. »'s ist Schafschur vom letzten Sommer. Allerdings noch verklebt vom Dreck und von der Scheiße des Viehs. Runter zum Fluss mit dir!«

Bathildis bückte sich, jedoch nur zögerlich und der anderen nicht schnell genug.

»Hör mir gut zu, Mädchen!«, schalt die Frau. »Wer du bist und woher du kommst, geht mich nichts an. Mach deine Arbeit gut und ohne zu mucken, dann kommen wir miteinander gut zurecht. Aber wenn du dich für was Besseres hältst, dann setzt es Hiebe.«

Bathildis nickte rasch, hob den Scheffel – immerhin war er leicht zu tragen – und eilte nach draußen. Scharf schnitt ihr die Winterluft ins Gesicht. Wiewohl noch rot im Gesicht von der Hitze, wünschte sie sich zurück in die Küche, kaum dass sie die ersten mühseligen Schritte durch den Schnee gehastet war. Er lag noch höher als vor einigen Tagen und drang alsbald in das Stück Leder ein, das notdürftig um ihre Füße gebunden war. Noch lange bevor sie den Fluss auch nur erspähte, stöhnte sie bereits bei jedem Schritt vor Schmerzen; die Füße fühlten sich wie Stümpfe an, die Zehen wie abgefroren.

Anfangs war ihr der Scheffel mit der Schafschur noch leicht vorgekommen. Bei den letzten Schritten freilich schnitt das Holz in die rauen, erfrorenen Hände.

»O, verflucht!«, klagte sie. »Verflucht!«

Solange sie noch in Gesellschaft anderer Mägde und Unfreier war, hatte sie den Mund kaum aufbekommen. Nun spie sie lange Klagen in den frostigen Tag, das Los bedauernd, das in der Kälte noch schlimmer zu ertragen war als in der unmenschlichen Hitze.

Freilich erkannte sie alsbald, dass der Tag noch größere Unbill bereithielt. Sie erblickte den Fluss und hätte schreien mögen vor Ärger.

Gefroren war er! Umsonst hatte sie den Scheffel geschleppt und war durch den Schnee gestapft!

Stöhnend und ächzend machte sie sich auf den Rückweg. Obzwar an Händen und Füßen noch immer frierend, trieb ihr der Gang zurück zu den Wirtschaftshäusern einige Schweißtropfen auf die Stirne. Sie vermengten sich zu einem Bächlein, kaum dass sie wieder die warme Küche betrat.

»Ich kann die Schur nicht waschen«, sagte sie zur Kleinäugigen, als sie sie gefunden hatte. »Der Fluss ist gefroren!«

Diesmal kniff jene die Augen nicht zusammen, sondern riss sie weit auf. Schwerfällig ob des fülligen Leibs bückte sie sich nach einem Holzscheit. Augenblicke lange fürchtete Bathildis, die andere würde es ihr über den Rücken schleudern – wiewohl sie doch gewiss nicht schuld am Winter war.

Stattdessen wies jene sie mit einer raschen Kopfbewegung an, ihr zu folgen.

»Komm mit, Mädchen!«

Zum nunmehr dritten Mal unternahm Bathildis den mühseligen Weg. Sie spürte die Füße kaum mehr; die Brust tat ihr weh von der kalten Luft, die sie einatmete. Der Dickeren hingegen schien die Kälte wenig auszumachen. Festen Schrittes durchstapfte sie den Schnee, es scherte sie nicht, wenn sie darin einsank, und schließlich kniete sie sich an den Fluss.

Mit festen Hieben ließ sie das Holzscheit auf die Eisschicht krachen. Beim ersten Mal ward sie von Sprüngen durchzogen; beim zweiten Mal schon gluckerte farbloses Wasser aus dem kleinen Loch. Rasch schlug sie es größer.

»So Mädchen«, mahnte sie am Ende. »Das war die einzige

Narrheit, die du dir je erlauben durftest. Sag mir noch einmal solch dumme Worte wie vorhin, und du wirst mich kennen lernen. Der Fluss gefroren, ha! Wie denkst du, waschen wir den Winter über die Wäsche?«

Bathildis bückte sich widerwillig – schwerer noch, als den Fehler einzugestehen, fiel es ihr, auf dem eisigen Boden zu knien. Alsbald, so war sie gewiss, würde sie keinen einzigen Knochen mehr spüren, so erfroren wäre ihr Leib.

Zaghaft nahm sie von der Schafschur, in der sich kleine schwarze Brocken verfangen hatten. Sie wollte nicht darüber nachsinnen, woraus diese bestanden, tauchte sie in das Wasser und schwenkte sie sachte hin und her, darauf achtend, dass nur die Fingerspitzen mit dem unangenehmen Nass in Berührung kamen. Es zeigte keine Wirkung – die dunklen Bröckelchen blieben im gelben Gewebe haften.

»Mädchen, Mädchen!«, stöhnte die dicke Frau, packte Bathildis Hand, zog sie ins Eisloch und hielt sie so lange fest, bis Bathildis vor Schmerzen schrie. Nie hatte sie solches Weh erlebt! Die Kälte war ein hungriger Wolf, der sie grausam zerfleischte. Auch als sie losgelassen ward und die bewegungslose Hand an der noch warmen Brust barg, vermeinte sie noch die wilden Zähne zu spüren.

Ausdruckslos blickte die Frau auf sie herab.

»Ich weiß, dass es weh tut«, murmelte sie, auch von den Schmerzenstränen, die über Bathildis' Wangen strömten, nicht mitleidig gestimmt, »aber es wird leichter mit der Zeit. Du wirst dich dran gewöhnen.«

XI. Kapitel

Am Ende des langen Arbeitstages wusste Bathildis nicht, was ihr am meisten zusetzte: das kalte Wasser, das ihre Hände anfangs rot, dann blau färbte, oder der Dreck, der in der Schur festklebte und der sich nur durch mühseliges Reiben zerbröseln, ausspülen und neuerliches Reiben entfernen ließ. Am Ende war der Inhalt des Scheffels so weiß wie die Schneedecke, aber auch Bathildis' Gemüt war so ausgebleicht, als könnte sie nie wieder etwas freudig Buntes erleben.

Ohne neuerliches Fluchen – jenes war schon in der Mittagszeit verstummt – stapfte sie zurück in die Küche, stellte vor der kleinäugigen Frau den Scheffel ab und hockte sich neben die Feuerstelle. Sie wollte sich nicht aufwärmen (die Glieder schienen die Hitze so wenig zu spüren als die Kälte); auch verspürte sie keinerlei Hunger. Nur die Augen wollte sie schließen, im erlösenden Schwarz der letzten Nacht versinken, ganz gleich welcher Lärm noch um sie tobte.

Man gönnte es ihr nicht. Sie hockte keinen Augenblick, als ein Schatten auf sie fiel. Unwillig hob sie den Kopf, die Kleinäugige erwartend, die ihr eine neue Aufgabe zuweisen würde.

Stattdessen fiel ihr müder Blick auf zwei junge Mädchen mit flachsfarbenem Haar und apfelroten Wangen, deren Haare viel sorgfältiger geflochten waren als jene der Dienstboten und deren Kleider sauber und ohne Flicken waren.

»Nein«, stellte die eine mit abschätzenden Blick fest – über Bathildis sprechend, aber nicht zu ihr, »nein, Vater hat sich geirrt. So sieht keine Fürstentochter aus! Sieh sie dir doch an – die roten Hände, wie dreckig sie ist! Und wie sie stinkt!«

»Aber Vater hat's gesagt, Itta!«, gab die Schwester zurück, etwas kleiner gewachsen, mit breiterem Becken und wärmerem Blick. Während die andere hochmütig auf Bathildis herabgaffte, beugte sich jene nieder, um sie aus der Nähe zu mustern. »Ich habe ihn mit Mutter über sie reden hören«, fuhr sie fort. »Er hat gesagt, dass er sie auf der Jagd gefunden hat, irgendwo in den Wäldern, und dass sie aus Britannien käme … so hätte sie es ihm erzählt.«

Die andere lachte freudlos. »Ach Gertrude, wie leichtgläubig du bist! Dann hat sie eben gelogen, und außerdem …«

Bathildis wurde steif – nicht von der Kälte, die in den Gliedern hockte, sondern vor Empörung. Langsam, wiewohl entschlossen richtete sie sich auf. Sie war größer als die beiden Mädchen, überragte sie fast um einen Kopf.

»Ich lüge nicht!«, zischte sie zwischen den blau gefärbten Lippen hervor.

»Siehst du!«, rief Gertrude, die Jüngere, beglückt. »Vater hatte doch recht!«

Itta schnaubte, um nun erstmals in Bathildis' Richtung zu reden. »Kannst du's beweisen?«, fragte sie unwirsch.

»Hab ich's not?«, gab Bathildis mit nicht minder ungnädiger Stimme zurück.

»Wenn ich etwas frage, so hast du zu antworten!«, schrie die andere. »Ich bin Erchinoalds Tochter. Er ist der Major Domus des Königs, was heißt, er gehört zu den Großen des Landes. Was wagst du überhaupt, zu stehen und mir ins Gesicht zu glotzen. Knie dich hin, dreckige Sklavin!«

Bathildis ahnte, dass es besser war, sich zu fügen. Und zugleich dachte sie, dass ihre schmerzenden Glieder bersten müssten, würde sie sie noch einmal zu einer abrupten Bewegung zwingen. Eben hatte das Blut begonnen, zurück in ihre Hände zu fließen; es kitzelte und schmerzte.

»Nun und?«, fragte sie, ohne nachzudenken. »Mein Vater verkehrte am Hof des Königs Oswine von Northumbrien. Mag ich auch dreckig sein und stinken – mein Blut ist nicht schlechter als deines.«

Die Handfläche der anderen traf sie schneller im Gesicht, als sie mit ihren müden Augen es sehen konnte. Lauter noch schallte die Ohrfeige als alle vorangegangenen Worte. Jetzt erst merkte Bathildis, dass sämtliche Weiber sie anstarrten, auch die Kleinäugige, deren Blick wieder in den Fettschwülsten versank. Noch während Itta wütend zurücktrat und an ihnen vorbeirauschte, das freche Mädchen nicht für wert befindend, um noch ein tadelndes Wort auszusprechen, fühlte sie sämtliche Kräfte unter den ausdruckslosen Blicken nachgeben. Vielleicht war es auch die Ohrfeige, die ihre Füße einsacken ließ, oder der lange, kalte Tag. Alsbald kauerte sie noch tiefer als vorhin, geschunden wie ein Pflugochse, und vermochte nichts anderes, als zu heulen.

Selbst dafür ließ man sie nicht im Frieden.

Gertrude folgte der älteren Schwester nicht, sondern hockte sich neben Bathildis, um mit gleichmütiger Stimme vor sich hin zu plappern. Die Ohrfeige bekümmerte sie so wenig wie Bathildis' Heulen. Ihre Worte waren ein laues, seichtes Bächlein, das über die spitzen Steine, die den Lebensfluss manchmal pflastern, hinwegplätscherte – und sie wählte solche, die sie wohl auch gesprochen hätte, wenn sie mit einem ebenbürtigen Grafentöchterlein in der Kemenate gehockt hätte, um dort an einem Wandteppich zu weben.

»Was tragen die Frauen in Britannien?«, fragte sie heiter. »Ich wollte das schon immer wissen, doch nie sah ich eine, die von dem Land hinter dem Meer kommt. Sieh diese Stirnbinde an, die ich da trage; mit Gold sind die Fäden umsponnen. Die fränkischen Jungfrauen halten so das Haar zurück, bevor sie heiraten.«

Mit rot verweinten Augen blicke Bathildis auf. Das Erstaunen, dass Gertrude ihr Elend nicht wahrnahm, war noch größer als das Elend selbst.

»Wie?«, entfuhr es ihr.

»Ja«, sprach Gertrude eifrig. Ihr Blick suchte nicht Bathildis' Augen, sondern schielte unmerklich daran vorbei. »Tragt ihr Mädchen in Britannien Gleiches? Und schau, meine Schuhschnallen hier – sind die Riemenzungen, die Euer Fußwerk schließen, aus Silber oder aus Gold? Ist dein Ohrläppchen durchbohrt, dass du Ringe tragen kannst wie um die Finger und den Arm? Und sieh, das hat mir mein Vater vor kurzem mitgebracht! Gar wundersam ist's hergestellt. Ich dürfte es nicht verlieren, mahnte er mich.«

Noch redend hob sie eine Kette an, an der eine durchbrochene Zierscheibe angebracht war. Munter baumelte sie über ihrer Brust, als Gertrude weitersprach.

»Eine Tunika in Purpur habe ich auch bekommen. 's ist die liebste Farbe von den Frauen hier – auch bei euch? In Paris gibt's eine Frau, Winofleda geheißen, die ihr eigenes Geld verdient, indem sie den ganzen Tag für andere Leute näht. Meine Mutter freilich meinte, wir bräuchten sie nicht… würde ich ein neues Kleid wollen, so müsste ich es selber machen. Doch leider werden meine Stiche nie so ebenmäßig, wie sie sein sollten!«

Kurz zuckte sie nachdenklich die Schultern, ehe sie mit Freuden weiterprahlte: »Aber einen neuen Gürtel habe ich bekommen. Siehst du, wie die Steine funkeln? Viel besser als an den anderen kann ich meine Kämme daran befestigen – sämtlich sind sie aus Hirschgeweih, wohingegen meine Mutter nur solche aus Holz hat.«

Bathildis blinzelte verwirrt. Das Mädchen musste von Sinnen sein, mit ihr zu plappern. Die anderen Weiber fanden es freilich nicht ungewöhnlich – schon hatten sie sich abgewandt, um das mühselige Tagesgeschäft zu Ende zu bringen.

»Nun sag schon«, drängte Gertrude, »wie sehen die Mädchen

in deiner Heimat aus? Wie kleiden sie sich? Wie schmücken sie sich? Ich möchte wissen, ob sie schöner sind als die hierzulande!«

Bathildis hatte nicht geahnt, dass ihre Stimme noch Kraft hatte. »Das fragst du mich?«, schrie sie dennoch zurück. »Man hat mich verschleppt und versklavt! Ich muss den ganzen Tag über Drecksarbeit tun – und du willst wissen, welche Gewänder ich früher trug?«

So plötzlich wie die erste, traf sie die zweite Ohrfeige an diesem Tag.

Es war nicht Gertrude, die sie schlug. Jene starrte mit erschrockenem Schafsblick.

Nein, es war die verbitterte Leutsinda, die sie überrascht hatte und sie nun unwirsch anherrschte: »Wage nicht, auch nur ein Wort mit meinen Töchtern zu reden.... Und glaube nicht, du könntest hier beim Feuer ausruhen. Es heißt packen. Morgen ziehen wir weiter.«

Es bedurfte weiterer Wochen, bis Bathildis begriff, welchen Gesetzmäßigkeiten ihr Leben als Erchinoalds Sklavin unterlag. Harte Schufterei und Rechtlosigkeit waren längst nicht alles – hinzu kam, zu ihrem Erstaunen, ständiges Reisen.

Dass Erchinoald das höchste Amt des Staats innehatte, Major Domus des Königs war, hatte sie gehört, aber die Bedeutung des Gesagten nicht verstanden – zumindest nicht bis zu jenem Abend, da Leutsinda mürrisch das Packen anordnete und sich der größte Teil des Gesindes noch betriebsamer als sonst dem Aufbruch fügte.

»Wie?«, fragte Bathildis verwirrt die Kleinäugige, die Leutsinda kurz nach ihren rüden Worten als Oda angesprochen hatte. »Wir ziehen weiter?«

»So ist's«, erklärte Oda kurz angebunden und ein wenig freudlos. »Nur wenige Wochen im Jahr zieht Erchinoald sich auf seine eigenen Güter zurück, um dort der Jagd zu frönen: jetzt vor Weihnachten und im Sommer. Ansonsten aber weilt er beim König, und dieser König zieht von Pfalz zu Pfalz. Jetzt geht's nach Clichy, dann nach Soissons und zu Weihnachten nach Paris.«

Letztere war die einzige Stadt, die Bathildis dem Namen nach kannte. Mit Sicho war sie ganz in der Nähe gewesen, in Saint-Denis. Bald freilich begriff sie, dass es für ihr Leben kaum einen Unterschied machte, wo sie sich aufhielt. Manche der Pfalzen war größer als andere, zugiger oder wärmer, raucherstickter oder heller, manche ähnelten Erchinoalds Palatium, andere mehr einem römischen Castrum, wieder andere waren kaum mehr als gewöhnliche Herrenhöfe. Die Küchen mit der Feuerstelle hingegen glichen einander, und auch die Arbeiten, die zu verrichten waren. Selbst die Gesichter, in die sie schaute, waren meist dieselben, denn wiewohl ein kleiner Teil des Gesindes stets am angestammten Orte blieb, war doch der restliche Hofstaat ein fahrender – was hieß, dass die einfachste Magd ebenso regelmäßig ihr Bündel schnüren musste, um mit Ochsenkarren oder zu Fuß das Land zu durchqueren, wie die Pferde- und Stallknechte, die Leibärzte, Goldschmiede und Münzmeister, der Truchsess, der Mundschenk und der Marschall und natürlich die Antrustionen, ein berittener Trupp, der König und Major Domus stets begleitete.

Bis auf den Küchenmeister – oder Erchinoalds Familie – sah Bathildis nie einen von jenen, die ein höheres Amt bekleideten. Keinen Unterschied hätte es darum für sie gemacht, ob sie im Gefolge eines gewöhnlichen Grafen zog oder in dem des Major Domus, folglich dem des Königs. Ihre Welt blieb eine begrenzte, und das viele Reisen machte das Leben zwar ein wenig abwechslungsreicher, aber auch mühseliger.

»Leutsinda hasst es«, erzählte Oda ihr einmal. Mit den Wochen wurde sie gesprächiger, zumal sich Bathildis mit der Zeit geschickter anstellte und sich – verbissen und stolz – nie wieder eine Blöße erlaubte. »Das Gerumpel im Wagen verschlimmert ihre Magenkrämpfe. Stets legt sie sich nach der Ankunft ins Bett, verliert so viel Blut wie eine Gebärende und kann drei Tage nicht aufstehen. Es heißt, sie habe Erchinoald angefleht, dass sie zurückbleiben dürfte, doch er ist stur und will die ganze Familie um sich haben, das Weib, den Sohn Leudesius und natürlich die beiden Töchter.«

Öfter als Leutsinda traf Bathildis Itta und Gertrude.

Als das neue Jahr begann, setzte Oda sie nicht nur zum Waschen der Schafschur ein, sondern befahl ihr, die Wolle zu rupfen, Flachs zu schlagen oder Leinen zu färben, schließlich sogar das Spinnen und Weben, Sticken und Nähen. Es stellte sich heraus, dass sie dabei geschickt war, und eines Tages kam die plappernde Gertrude zu ihr geschlichen, um das Tuch zu bestaunen, das sie bearbeitete, und sie zu bestürmen, ein Kleid zu nähen, so wie es die Mädchen in Britannien trügen.

»Färbt ihr mit Waid blau und Krapp rot?«, fragte sie wieder begierig nach Modegewohnheiten. »Näht ihr Gold- und Silberfäden ein?«

Bathildis konnte sich nicht entscheiden, ob sie sich von der Aufmerksamkeit des Mädchens geschmeichelt fühlen sollte oder belästigt. Etwas unsicher blickte sie auf.

»Deine Mutter sieht nicht gern, wenn du mit mir sprichst«, erklärte sie kurz angebunden und konzentrierte sich auf den Webstuhl. Etwa zwanzig von diesen standen in einem lang gezogenen Raum nebeneinander, und an allen wurde eifrig gearbeitet.

»Pah!«, stieß Gertrude leichtfertig aus. »Meine Mutter wird des Lebens nicht froh – ganz gleich, was ich tue. Im Winter sind ihre Leibschmerzen noch schlimmer. Den ganzen gestrigen Abend lag sie meinem armen Vater in den Ohren damit. Und wieder ging's um das viele Geld, das mein Vater den Brüdern von Furseus vermacht hat. 's war ein heiliger Mann, hast du schon von ihm gehört? Mein Vater hat sein Kloster stets gefördert und tut's auch jetzt – über den Tod hinaus. Meine Mutter nennt ihn deshalb verschwenderisch. ›Hat er mich denn gesund gemacht?‹, hat sie einmal gefragt. ›Vom Himmel aus wird er dich für deine lästerlichen Worte strafen!‹, hat mein Vater zurückgegeben. Da lachte meine Mutter, laut und bitter, obwohl's ihrem Leib so schrecklich weh tut, wenn sie laut redet oder eben lacht. ›Was kann mir denn ein Mann antun, der schon verwest ist?‹, hat sie gefragt. Und weißt du, was dann geschehen ist?«

Bathildis' Augen waren starr auf den Webstuhl gerichtet. Gertrude freilich wartete nicht auf Antwort.

»Nun«, fuhr sie schon fort, »mein Vater hat Furseus' Grab öffnen lassen, und dort lag sein Leichnam unverwest, und als meine Mutter ihn erblickte, hat sie für dreißig Tage das Augenlicht verloren.«

Sie nickte bekräftigend zu ihren Worten.

»Besser, du gehst jetzt, bevor sie dich entdeckt!«, murmelte Bathildis.

Später wusste sie nicht mehr, wie sie das Mädchen zu jener Stunde wieder losgeworden war. Fest stand, dass es viel zu bald zurückkehrte, um ihr die Ohren vollzureden und sie aufzuhalten – auch dann, wenn Bathildis nicht mit der Bereitung von Tuch beauftragt war, sondern mit anderen Tätigkeiten, die die Weiber zu verrichten hatten: die Herstellung von Seifen, das Brauen von Met, die Bearbeitung von Fellen.

Anfangs fand sie Gertrude nur absonderlich, später war sie ihr lästig – zuletzt hatte sie sich so ans Geplapper gewöhnt, dass sie Nutzen daraus zog. Während sie bei den ersten Malen zwar den Worten gelauscht, sie aber nicht wirklich verstanden und gedeutet hatte, fügte sie nach einigen Wochen Geschichte an Geschichte, erkannte Zusammenhänge, lernte von dem fremden Land, in dem sie lebte, von den Gebräuchen und von alldem, was sich fernab von Küche und Hof und Ställen und Werkstätten zutrug.

In den ersten Tagen war sie am Abend stets erschöpft an die Feuerstelle gesunken und eingeschlafen – mit der Zeit aber gewöhnte sich der geschundene Leib an all die Schufterei. Dann lag sie wach, ließ sich Gertrudes Worte durch den Kopf gehen und prägte sich alles ein, was sie erfahren hatte. Manchmal hielt sie das über Stunden wach, und wiewohl ihre Glieder schwer waren, war sie froh darüber, dass Seele und Gedanken sich – trotz all dem Schlimmen, was ihr geschehen war – regten und Neugierde zeigten.

In einer dieser Nächte fasste sie einen Entschluss.

Ich darf mich von der Arbeit nicht erdrücken lassen, entschied sie. Ich muss meinen Geist fördern. Ich muss dieselbe bleiben, als die mich Aidan kannte.

Sie setzte sich auf, nahm einen Zweig Reisig und schrieb damit einzelne Wörter in die Asche, die den Boden rund um die Feuerstelle bedeckte. Fast war sie erstaunt, es noch zu beherrschen, doch als sie fortfuhr, wurde ihr das Tun selbstverständlich, und sie dankte es Gertrude, dass jene die Lust nicht verlor, auf die fremdländische Sklavin einzuschwatzen.

Von dieser Stunde an schrieb sie jeden Abend in die Asche, Briefe an Aidan, die jenen nie erreichen würden und die sie doch Wort für Wort in ihrem Herzen bewahrte. So wurden die Stunden seltener, da sie vor Erschöpfung weinte oder an nichts anderes denken konnte als an ihre geschundenen Glieder.

Geliebter Aidan,

ich lebe nun in einem Land, welches Francia heißt und von einem König aus dem Geschlecht der Merowinger regiert wird, dessen Name Chlodwig II. ist. Das Reich der Merowinger ist eigentlich noch viel größer als dieses Land, doch ist es bei diesem Geschlecht Sitte, dass – immer wenn ein König stirbt – das Erbe auf sämtliche Söhne aufgeteilt wird. Sind es derer viele, so kommt's, dass jeder Einzelne nur kleine Provinzen regiert.

Chlodwigs Vater – es war dies Dagobert, der (ohne Bruder) Francia ganz allein beherrschte – hatte der Söhne zwei, was bedeutete, dass Chlodwig jenen Teil bekam, welcher Neustrien heißt, und obendrein Burgund, sein Bruder Sigibert aber das übrige Land, welches Austrasien genannt wird. Die Hauptstadt von Neustrien ist Paris, doch selten nur kommt es vor, dass der König an einer Stätte verweilt. Ohne Unterlass zieht er durchs Land, von Pfalz zu Pfalz, meist dort errichtet, wo schon früher die Edlen unter den Römern residierten, und sein Hofstaat mit ihm. Kaum komme ich mit dem Zählen nach, wo ich schon weilte. In Soissons und Orléans in jedem Falle, desgleichen auch in Amiens und Clichy.

Mit dem regelmäßigen Schreiben rettete sie sich, noch ehe sie endgültig entschieden hatte, ob sich das Überleben lohnte. Nicht von einem auf den anderen Tag, wohl aber im Laufe der Monate geschah es, dass ihr Leben nicht nur aus Unterdrückung, Schufterei und unendlicher Erschöpfung bestand, sondern auch aus zaghaften Zeichen von Hoffnung und Interesse.

Sie wusste nicht genau, was diese zu nähren begonnen hatte. Vielleicht war es, dass der Körper sich an die harte Arbeit gewöhnt hatte. Vielleicht auch, dass Oda, die stämmige, kleinäugige Frau, Zutrauen in ihre Kräfte und ihren Gehorsam hatte und irgendwann nicht minder bereitwillig schwatzte als Gertrude und sowohl vom eigenen Leben zu berichten hatte (während einer Hungersnot war sie von den verarmten bäuerlichen Eltern auf dem Sklavenmarkt verkauft worden, damit man sich wenigstens ein Schaf hatte leisten können) als auch vom Königshof.

Schließlich war es auch der Frühling, der alle Schwere milderte.

Als der Schein der Märzsonne das Land erweckte, wurden die Arbeiten zwar nicht weniger aufreibend, jedoch in ein farbigeres Bild gesetzt.

Anfangs trugen die Wiesen ein löchriges Kleid aus abgestorbenem Gras und brauner Erde. An manchen Stellen war der Boden aufgerissen, als würde die Unterwelt misstrauisch ins Erblühen blicken; doch schließlich begann es lebhafter zu grünen, und der tote Boden schrumpfte zu schmalen Streifen, als hätte sich nur ein einzelner Faden aus dem ansonsten bunten Gewebe gelöst.

»Das Weben und Spinnen wollen wir jetzt sein lassen«, entschied Oda an einem der launig-schwülen Tage. »Nun habe ich für dich anderes zu tun.«

Nichts von dem, was sie ab jetzt zu leisten hatte, war Bathildis bekannt. Fisch hatte sie zwar im Kloster oft gegessen, niemals aber hatte sie selbst welchen konserviert. Nun lernte sie, wie er zu entgräten war, wie die einzelnen Teile in ein Fässchen gelegt, mit Petersilie vermischt und hernach mit Essig übergossen und in frischer Erde eingegraben wurden. Am Ende des Tages stanken ihre Hände zwar, als habe die eigene Haut Schuppen bekommen, aber es war ihr doch angenehmer, als im kalten Wasser zu waschen.

Noch vieles andere gab es zu tun – gleich in welcher Residenz sie weilten: Da wurden Leinsamen angebaut und Flachs, Ziegen wurden gemolken und daraus Käse hergestellt, Honig wurde aus dem Bienenhaus geerntet und Bier gebraut – die Männer pflügten und säten indessen und ernteten schließlich, errichteten Zäune, brachen Steine und rodeten den Wald.

Der Sommer wurde Bathildis noch lieber als der Frühling. Die meisten Arbeiten fanden nun im Freien statt, wo sie sich wohler fühlte, sich dem Trugbild hingeben konnte, sie wäre nicht gefangen. Oda, noch wohlwollender gestimmt, weil Bathildis schweigsam ihrem Tagwerk nachging und keinen Unfrieden zwischen den Weibern stiftete wie manch andere, gab ihr Arbeiten zu tun, die ihr besonders lieb waren: Mal musste sie im Wald Beeren sammeln, mal Pilze. Mal gab es Kirschen zu ernten und später, als sich das Laub gelblich zu verfärben begann, auch Pflaumen. Jene wurden dann im Backofen gedörrt und in Asche oder Haferspreu eingelegt.

So ging der Juni vorüber, den man hier im Frankenreich Brachmanoh nannte, weil es der Monat des Ackerbaus war, sodann der Heumonat – Heuvinmanoh –, der Juli, und es folgte ein weniger drückender, aber noch immer schwüler August, nach der Ernte Aranmanoh genannt.

Den September schließlich, den Monat des Waldes, verbrachte Bathildis meist dort, wovon dessen Name kündete – unter den hohen Bäumen und im Gebüsch, wohin man die Schweine trieb und dort beaufsichtigen musste, indessen sie sich mit Eicheln und Bucheckern den Magen vollschlagen konnten und solcherart rund und fett für das Schlachten wurden. Von diesen Tagen kehrte sie oft mit einem Korb auf dem Buckel heim, der voll von Laub war, welches im Winter als Streu für die Viehställe verwendet werden würde.

Einmal blieb sie in diesen abendlichen Stunden stehen, anstatt zu den Wirtschaftsgebäuden zu hasten, betrachtete die abgeernteten, bronzen leuchtenden Felder, die grünen Sträucher, um die Mückenschwärme tollten, und den geröteten Himmel, der manchmal von schwarzen Punkten zerzaust wurde – von Schwalben oder Fledermäusen. Sie befand sich, so wie es schon früher für einige Wochen des Spätsommers vorhergesagt worden war, auf Erchinoalds Besitzungen. Von der Ferne tönten Gelächter und Musik – von jenen Festen mit Spielen und Tänzen, die der Major Domus so gerne abhielt, wiewohl Leutsinda (die Wärme hatte ihre Krämpfe nicht gemildert) dagegen häufig wetterte und sich darin von Priestern bestärken ließ, die solche Zusammenkünfte als heidnisches Erbe verdammten.

Bathildis lauschte den heiteren Klängen mit Wohlgefallen – verhießen sie doch ein frohes, leichtes Leben, nicht erdrückt von Qual und Einsamkeit.

»O Aidan«, seufzte sie lang und tief und fragte sich, ob er ähnlich schuften musste wie die Männer, denen sie tagtäglich bei der Arbeit zusah, ob er sich vielleicht befreit hatte oder ob er es womöglich nicht geschafft hatte …

Nein, diesen Gedanken konnte sie nicht zu Ende führen. Unmöglich wäre es – trotz des schönen Sommer –, das Dasein zu erdulden, wüsste sie Aidan tot.

Ich werde dich wiedersehen, dachte sie. Über eine ihrer Backen floss eine Träne, nicht verzweifelt wie früher, sondern von süßlichem Weh. Ich werde dich wiedersehen.

Am Sonntag wurde nicht gearbeitet, denn jeder wusste, dass Gott das nicht gefiel. Wer dann Brot buk, dem verbrannte es, so wie von einer Bäckerin, einer *Pistrix*, berichtet wurde, und von einer Sklavin hatte man gehört, dass ihre Hände in Wollknäuel verwandelt worden waren, kaum dass sie zu weben begonnen hatte. Erst als sie vor dem Kruzifix betete und heulend versprach, sich nie wieder gegen eines der Gebote zu erheben, da erhielt sie ihre Finger zurück.

Bathildis gehörte zu den wenigen, die die Messfeier in lateinischer Sprache verstanden. Sie schulte ihren Geist, indem sie die Wörter übersetzte, doch mehr noch als das bereitete es ihr Freude, einfach still zu knien und die Lichtsprenkel zu betrachten, die durch die Glasfenster ins graue Gemäuer fielen. (Fast jede Kirche hatte solche Fenster, obwohl kaum einer mehr wusste, wie Glas herzustellen war, und es mitunter nur gelang, neue Fenster zu machen, indem man Weingläser einschmolz.)

In jenen Stunden wähnte sie sich in die Kindheit im Kloster zurückversetzt, und jedes Mal, wenn sie die Kirche wieder verlassen musste (für Sklaven war dies nach dem Vaterunser; nur wenn ein Bischof zelebrierte, durften auch sie bis zum Schlusssegen bleiben), war ihr die Kehle vor Rührung so eng, dass sie fast eine Stunde nichts zu sagen vermochte.

Dass es in jeder Woche eine Zeit gab, die ihr die Ahnung von Frieden schenkte, bedeutete, dass sie diese Zeit herbeisehnte und die Tage nicht länger im grauen Alltagseinerlei versanken. Sie begann, sich auf den Sonntag vorzubereiten, indem sie am Abend zuvor die Hände im Fluss sauber wusch und manchmal auch das Haar und indem sie sich von Oda Nähzeug erbat, um ihren Kittel notdürftig zu flicken.

Jene gewährte es ihr, wie sie ihr dann und wann auch erlaubte, an den Sonntagnachmittagen ein Stück Fleisch zu essen und am gleichen Tisch zu sitzen wie der Küchenmeister. Bereits dort wurde viel beredet, am meisten aber wurde geschwatzt, wenn die Weiber unter sich weilten, an regnerischen Tagen um die Feuerstelle hockend oder an sonnigen im warmen Hof.

Auch viele der anderen Unfreien waren nicht im Frankenreich geboren, sondern von fernen Ländern hierher verschleppt worden, aus Thüringen oder Sachsen, dem Reich der Ghepiden oder dem der Friesen, und wenn sie von der Geschichte ihres Volkes sprachen, an die sie sich selbst erinnerten oder die ihnen von Vorfahren überliefert worden waren, dann hörte Bathildis oft jenen Kummer und jene schmerzhafte Sehnsucht aus ihren Stimmen, wie sie ihr selbst nur allzu vertraut waren. Gewiss, es war ein ungeschriebenes Gebot, dass man Heimweh und Sehnsucht nicht benennen durfte. Stolz auf das Herkunftsland war gestattet – nicht aber das Eingeständnis, wie sehr man sich dorthin zurückwünschte. Vielleicht wäre der Kummer dann unerträglich geworden. Aber es war gut zu wissen, dass es andere gab, die ihr Schicksal teilten.

Doch nicht nur von der Herkunft anderer Sklavinnen erfuhr Bathildis bei diesen Zusammenkünften, sondern noch mehr vom Geschlecht der Merowinger, welches im Frankenreich schon seit vielen Jahrhunderten herrschte.

»Es hat einen König gegeben«, begann eine der Frauen mit aufgeregtem Kichern, weil es womöglich gefährlich war, der Königsfamilie Schlechtes nachzusagen, »welcher Chlothar hieß. Er wollte das ganze Land für sich, und als sein Bruder starb, so hat er seine Neffen eigenhändig ermordet.«

»Ist nicht wahr!«

»Doch, so ist's! Und der andere Bruder, welcher Childebert hieß, hat dabei zugesehen.«

»Ist nicht wahr!«, rief Bathildis ein zweites Mal.

»'s ist sogar noch schlimmer«, schaltete sich Oda mit zusammengekniffenen Augen ein. »Am Ende seines Lebens hatte jener König den eigenen Sohn auf dem Gewissen. Chramn hieß jener und hat sich gegen den Vater erhoben, um ihm die Krone zu rauben, obwohl jeder weiß, dass Gott solchen Frevel verboten hat. Nun, der Vater ahndete es, indem er die Rebellion niederschlug und den Sohn erdrosseln ließ. Und seine Frau und seine Töchter führte er in ein Haus und zündete es an, sodass das brennende Dach zusammenstürzte und die ganze Brut unter sich begrub.«

Bathildis schüttelte den Kopf.

»Und kennt ihr die Geschichte von unserer heiligen Königin Radegunde?«, rief da schon eine andere Sklavin.

Bathildis war, als hätte sie den Namen schon einmal gehört – vielleicht in der Kirche, wo man den Namen dieser Großen ehrfürchtig anrief.

»Nun«, wurde da schon erzählt, »sie stammt aus einem Land, welches Thü ... Thü ... Thü ...«

»Thüringen!«

»Genau! Welches also so hieß. Und König Chlothar fiel dort ein, ermordete ihre ganze Familie, versklavte Radegunde und entführte sie aus der Heimat, die sie nie wiedersehen würde.«

Bathildis schluckte schwer. »Er hat sie niemals wieder heimkehren lassen?«

»Mitnichten! Zur Gattin hat er sie genommen! Doch Radegunde wollte nicht an seiner Seite leben, und so gründete sie in der Gegend von Poitiers ein Kloster zum Heiligen Kreuz, und dorthin zog sie sich zurück. Ich weiß nicht, warum's der Gatte ihr erlaubt hat. Vielleicht hat Gott ihr mit irgendeinem Wunder geholfen. In jedem Falle konnte sie ihr Leben einzig Gott weihen, und der König musste sich ein anderes Weib suchen.«

»Und damit hat sie's gut getroffen!«, fiel Oda wieder ein. »Denn manch anderer König hat seine unliebsame Gattin ermorden lassen!«

Eine Fülle von Namen strömte hernach auf Bathildis ein, die sie sich nicht alle merken konnte. Von Chilperich und Theudebert war da die Rede, von einer Galswinth und einer Bilichild, von einer Fredegund schließlich, die die erste Frau ihres Gemahls samt deren Sohn hatte töten lassen. Am schlimmsten war freilich das Geschick der bösen Brunichild, die zuerst für ihren Sohn regiert hatte, dann für ihre Enkel, und das, obwohl es Gott gewiss nicht gefiel, dass ein Weib so viel Macht hatte. Ganz bitter hätte der Allmächtige sie schließlich bestraft und als Sein Werkzeug Chlothar benutzt, König des neustrischen Teilreichs, der in Brunichilds Austrasien einfiel. Der König ließ die Böse drei Tage lang verschiedenen Foltern aussetzen, dann gab er den Befehl, sie zuerst auf ein Kamel zu setzen und im ganzen Heer herumzuführen und sie dann mit dem Haupthaar, einem Fuß und einem Arm an den Schwanz eines über alle Maßen bösartigen Pferdes zu binden; in rasendem Lauf wurde sie so in Stücke gerissen.

Die Sklavinnen lachten hektisch. Bathildis wurde immer unbehaglicher.

»Und der jetzige König?«, fragte sie. »Ist er auch so grausam?«

Sofort verebbte das Gelächter, und man sah sie schweigend an. Über verstorbene Herrscher zu reden schien jeder erlaubt – jedoch deuchte es sie alle sehr gefährlich, über den jetzigen Gerüchte in die Welt zu setzen.

Nur Oda sprach ein paar geheimnisvolle Worte.

»Man hört nichts dergleichen«, murmelte sie, »jedoch heißt's, dass er eine ganz merkwürdige Angewohnheit hat … vielleicht das Zeichen einer absonderlichen Krankheit …«

»Welche … welche Angewohnheit ist da?«

Rasch winkte Oda ab.

»Oh«, sagte sie, »ich hätte nicht darüber sprechen sollen. Besser ist's wohl, sie nicht zu benennen …«

XII. Kapitel

Geliebter Aidan!

Und wieder lerne ich neue Pfalzen kennen – darunter Chelles, wo der König zu jagen pflegt, desgleichen Le Mans oder Crécy-en-onthieu, Rouen und Meaux.

Ich sehe nicht viel davon, doch gleichwohl halte ich die Ohren offen, erfahre mehr und mehr von diesem Land, auch vom König. Manch absonderliches Gerücht wird über ihn erzählt – ich hüte mich, es zu ergründen.

Fest steht in jedem Falle: Er scheint kein starker König zu sein. Der Major Domus Erchinoald – in stetem Trachten, seinem Vorgänger Landerich nachzueifern, welcher unter Chlothar II. das Land gelenkt hat – führt sämtliche Regierungsgeschäfte. Einst oblag dem Inhaber dieses Amtes kaum mehr als die Verwaltung von Haus und Hof. Der Major Domus durfte nicht einmal gemeinsam mit dem König speisen. Doch dessen Macht ist in den letzten Jahrzehnten gewachsen – und Erchinoald hat fast sämtliche Gewalt inne.

Er muss sich vor dem König für seine Entscheidungen nicht rechtfertigen – denn jener, so heißt's, nickt alles ab –, sondern nur den anderen Mächtigen des Landes Bericht erstatten: den Bischöfen und den alten adeligen Familien. Anders als Chlodwig neiden sie Erchinoald die Macht, doch anstatt ihm ernsthaft gefährlich zu werden, sind sie untereinander in grausame Fehden verstrickt.

Warum Chlodwig II. so schwach ist, wiewohl er einen so großen Vater hatte?

Vielleicht ist's, weil er zu früh an die Macht kam. Ein Kind war er damals noch, und seine Mutter Nanthild musste für ihn herrschen…

In all den Monaten kam Bathildis dem König oder seinem Hofstaat niemals nahe. Dies geschah erst im Herbst (es war in Rueil, in der Nähe von Paris), an einem der schwärzesten Tage, die sie in der Zeit ihrer Sklaverei erlebte.

Fast traumwandlerisch hatte sie im Sommer all ihre Arbeiten verrichtet; die Wärme hatte ihr eine trügerische Leichtigkeit verliehen, die sie auch schweißtreibende, ermüdende Tage überstehen ließ, und die Freundlichkeit von Gertrude und auch Oda hatten den Anschein erweckt, ihr Dasein wäre erträglich, umso mehr, als sie sich niemals den Gedanken erlaubte, es könne ewig währen. An Aidan schrieb sie in die Asche, an Aidan dachte sie in jedem lichten Moment, und so kam es ihr manchmal vor, als müsste sie sich nur eine gewisse Weile Demut und Gehorsam aufzwingen, dann wäre das schreckliche Los irgendwann abgearbeitet und sie würde belohnt. Ja, wenn sie nur tüchtig genug wäre, so würden all die Taten am Ende sorgfältig in einem Buch aufgelistet sein – und ein gnädiger Gott würde richten, dass es nun der Prüfungen genug seien. Dann würde sie heimkehren und Fürstentochter sein und Aidan wiederfinden und ihn lieben bis ans Ende aller Tage.

Nie erlaubte sie sich, den Irrwitz dieser Gedanken bloßzustellen – bis zu jenem gewissen Tag.

Sie kam von den Stallungen, wo sie einem der Knechte einen Auftrag vom Haushaltsmeister zu übergeben hatte, als sie plötzlich Erchinoald gegenüberstand – dem Major Domus des Königs, der sie einst vorm Erfrieren gerettet hatte und dessen schändliches Angebot, sie zu seiner Konkubine zu machen, sie ausgeschlagen hatte.

Sie erstarrte unwillkürlich, weniger aufgrund schlechter Erinnerung als ob des Gebots, das allen Sklaven galt und das besagte, sie sollten den hohen Herren nicht zu nahe kommen. Wenn jemand wie Gertrude sich ihnen freiwillig näherte, nun, so ließ sich nichts dagegen machen, aber vor jemandem wie Erchinoald hieß es, sich eilig zu bücken oder möglichst unauffällig zu fliehen.

Bathildis freilich schaffte es weder zu knien noch fortzulaufen. Es war sein Blick, der sie aufhielt, zunächst ausdruckslos und verächtlich, dann langsam innewerdend, wen er vor sich hatte, und schließlich voll Erstaunen – und Mitleid.

Jener Blick besagte, dass sie sich sehr verändert hatte, und zwar derart zum Schlechten, dass alter Hohn gar nicht erst aufkam. Jäh sah sie sich mit seinen Augen – und erschrak.

Ihre Hände waren schwielig und rot und rissig. Ihre Haut sonnengegerbt und von Mückenstichen übersät. Ihre Haare ausgebleicht und stumpf. Und die Fußsohlen dick verhornt.

»Kann nicht begreifen«, entfuhr es Erchinoald unwillkürlich, »dass dir die Ehre wahrhaft lieber ist als ein hübsches Kleidchen und ein weiches Bettchen …«

Sprach's und schnaubte abfällig.

Seine Worte waren nicht das eigentlich Schlimme. Schamrot wurde sie vielmehr ob des unbändigen Verlangens, ihm Recht zu geben, sich ihm vor die Füße zu werfen, ihn anzuflehen, das einstige Angebot zu wiederholen.

Bis zu diesem Augenblick hatte sie nicht gewusst, wie sehr sie mit dem Dreck und dem Gestank ihres jetzigen Lebens haderte und dass beides schwerer zu ertragen war als die unangenehme Erinnerung an Sichos Berührungen. Jene war verblasst, so wie ein Hemd nach vielem Waschen seine Farbe verliert. Einzig tobte durch ihren Kopf: Verrückt muss ich gewesen sein! Von Sinnen, ihn vor den Kopf zu stoßen! Ich habe ihm gefallen – und wie gerne hätte er sich bei mir von der zänkischen Leutsinda erholt! Und ich hab's ausgeschlagen! Wie verrückt! Verrückt!

Der Gedanke, sich solcherart für Aidan rein gehalten zu haben, nützte nichts. Denn rein fühlte sie sich nicht – nicht in diesem verkrusteten, blau gefleckten, grindigen Leib.

Offenbar schien er den Kampf zu ahnen, der da hinter ihrer Stirne stattfand. Er lächelte boshaft ob des verspäteten Bedauerns.

»Nun, eine wie dich«, lästerte er, »würde ich noch weniger angreifen wollen als einen räudigen Hund.«

Es war dies nicht alles, was sie zu ertragen hatte. Just, da sie versinken wollte ob bitterer Selbstanklage und Demütigung, erschien Leutsinda im Hofe, ihre zwei Töchter im Gefolge, und kaum, dass sie Bathildis' ansichtig wurde – ob nun schmutzig oder nicht –, so war ihr willkommener Anlass gegeben, dem Gatten schändliche Worte zu sagen.

»Mit diesem Mädchen also sprichst du, ha! Und hast für dein Weib doch niemals ein Wort. Als wäre ich Luft, behandelst du mich – um dreckigen Sklavinnen nachzukriechen! O, du erbärmlicher Schuft!«

Nun, da sie, blass wie ein Gespenst und gefurcht wie ein altes Weiblein, selbst auf Erchinoald losging und auch die Stimme an Gewicht und Kraft verloren hatte, zeigte jener nicht alten Überdruss, sondern Mitleid.

Er antwortete Leutsinda nicht, aber starrte Bathildis an.

Siehst du, schien er ihr zu sagen, bald ist die Alte verblutet … dann hätte ich dich rechtmäßig zu meinem Weib machen können … hättest du mir denn bis dahin bewiesen, dass du ein liebreizendes Mädchen wärst, das mir den Tag versüßt …

Leutsindas Stimme wurde schwächer, noch ehe sie Bathildis vertrieben hatte. Itta hingegen presste zunächst die Lippen zu einem Strich – dem Streit der Eltern lauschend, als bereite er ihr Schmerzen – und grollte dann an ihrer Mutter statt in Bathildis' Richtung:

»Hau ab, Mädchen! Siehst du nicht, was du anrichtest?«

Sie hob die Hand, um ihr wie einst eine Ohrfeige zu verpassen, doch diesmal duckte sich Bathildis wendig, und die Hand der anderen traf sie nur leicht an der Schulter.

Gertrude hingegen, deren Blick wirr umherschoss, ohne zu wagen, sich an jemandem festzuhalten, begann wieder zu plappern, nichtig und sinnlos und ohne Ende …

Bathildis eilte fort, um keinen mehr zu hören, freilich so zermürbt und verzweifelt und plötzlich auch wieder so ermüdet wie seit vielen Wochen nicht mehr, dass sie nicht zurück in die Küche lief, sondern in entgegengesetzte Richtung.

Sie kannte Rueil nicht sonderlich gut, fand sich nicht so schnell zurecht wie auf der Pfalz von Paris oder Soissons, doch trotzdem hatte sie bald den Tümpel entdeckt, von dem ein kleines Bächlein fortfloss und in dem sie noch vor kurzem Wäsche gespült hatte.

Jetzt drängte es sie, sich selbst zu waschen.

Sie musste sich reinigen.

Sie musste Erchinoalds gleichsam entsetzten wie höhnischen Blick abwaschen, Ittas Versuch, sie zu schlagen, Leutsindas keifende Worte.

Ja, das alles musste sie von ihrer Haut schrubben, vor allem aber die Wut. Diese Wut galt nicht Erchinoald oder seinem Weib oder seinen Töchtern. Ihr selbst galt sie; auf sich selbst schrie sie ein, jeden Anstand vergessend: Wie konntest du so dumm sein, Erchinoalds Angebot auszuschlagen? Warum hast du dir von ihm nicht zu einem würdigen Leben verhelfen lassen? Was war es wert, ihn mit dem Hochmut einer Fürstentochter abzuweisen, obwohl du längst keine Fürstentochter mehr bist?

Sie stöhnte auf, suchte ihrem Zorn etwas entgegenzusetzen.

Aidan, beschwor sie seinen Namen, ich habe doch Aidans wegen …

Da traf die Wut auch ihn.

Was lohnte es sich, an diesen Schwächling zu denken, wo jener wohl längst gestorben war? Was war sie ihm schuldig, wo er selbst doch feige zugesehen hätte, wie die Männer aus dem Norden sie geschändet hätten? Was nützte es Aidan, wenn sie hier schuftete und sich abrackerte, anstatt es sich – zum geringen Preise der Keuschheit – leichtzumachen?

Oh, wenn diese Stimme nur schwiege! Ertränken musste sie sie, im tiefen Wasser ersäufen!

Sie stieg mitsamt den geflickten Kleidern hinein, bis zu den Knien erst, dann bis zu den Hüften; schließlich konnte sie mit den Füßen kaum noch den Grund fühlen und ließ das ganze Haar im kühlen, reinigenden Nass versinken. Sie ahnte, dass sie später in der nassen Kleidung frieren würde und auch, wie gefährlich es war, derart tief in den Tümpel zu steigen – was wäre, wenn der Grund nachgäbe und sie ertränke?

Oh, soll es doch so sein! Und wenn ich stürbe, es wäre mir gleich!, dachte sie hoffnungslos und begann, sich zu schrubben, bis sämtliche Haut wund und rotgerieben war, aber zumindest sauber. Den ganzen Kopf tauchte sie ins Wasser, bis selbst der Grind hinter den Ohren weichgespült und abzureiben war. Prustend tauchte sie mehrmals auf, um Atem zu holen, jedoch nicht bereit, dem Tümpel wieder zu entsteigen.

Das Licht wurde trüber, die Dämmerung setzte ein. Sie wusste, dass sie zurückgehen musste – und fühlte sich immer noch nicht sauber. Erst als sie am ganzen Leib zitterte und ihr die Zähne klapperten, entstieg sie dem Tümpel wieder. Schneidender Wind empfing sie, presste ihr den Kittel gegen den Leib, sodass sich sämtliche Knochen abzeichneten, und ließ das verfilzte Haar wehen.

Just in diesem Augenblick war's, dass der Boden zu beben begann ob einer Schar von Pferdehufen. An die zehn Reiter galoppierten an ihr vorbei, fast alle dunkel bekleidet, wie sie es von den Antrustionen wusste, dem Schutzheer des Königs.

Bathildis schrak zusammen, und ihr erster Gedanke war, sich auf den Boden zu werfen, um ihren Respekt zu bekunden. Doch freilich würde sich dann all der Staub und Dreck in das nasse

Gewand fressen – und hatte sie nicht eben stundenlang gebadet, um ihn loszuwerden?

So stand sie erstarrt, riss den Blick nicht von den Reitern los – und sah schließlich einem von ihnen direkt ins Gesicht. In der dunklen Schar fiel er als Einziger auf: Er hatte langes, dünnes, blondes Haar, eine Haut, noch weißer als jene von Leutsinda, und rotglänzende Augen. Wimpern und Brauen waren ohne Farbe, und am schmächtigen Hals trat übergroß der Adamsapfel hervor.

Bathildis wurde von neuerlichen Kälteschauern erfasst, und hastig krümmte sie sich, um dem Wind nicht zu viel Fläche zu bieten.

Später schlich sie sich zurück in die Küche, nicht lange unentdeckt.

»Wo bist du gewesen?«, herrschte Oda sie unerwartet an.

»Ich glaube … ich glaube, ich habe den König gesehen«, murmelte Bathildis mit blau bebenden Lippen. »Kann es sein, dass er kalkweiß ist im Gesicht und rote Augen hat?«

Oda schnaufte, Tratsch würde sie gewiss nicht vom Tadeln abbringen – keine der Sklavinnen durfte sich davonstehlen und ihre Zeit selbst bestimmen. Doch dann sagte sie: »Das war nicht der König, sondern sein engster und treuster Begleiter … ich weiß nicht, welcher Familie er entstammt, doch es heißt, er lebe seit seiner Kindheit an Chlodwigs Seite, habe mit ihm das Lesen gelernt, später das Reiten und die Waffenkunde.«

»Seine Augen waren wie glühende Kohlen!«, entfuhr es Bathildis bebend.

»Oh!«, lachte Oda. »Manch einen habe ich sagen gehört, dass er ein Geschöpf des Teufels sein müsste, wo doch sein Antlitz nicht dem gewöhnlicher Menschen gleicht! Aber der König duldet keine üble Nachrede gegen Ebroin. Er könnte ihm nicht näher als ein Bruder stehen.«

»Und der König«, fragte Bathildis, »was ist die sonderliche Eigenart, von der du unlängst sprachest?«

Sie fühlte sich nicht sauber, nur klamm. Ich habe mich zu wenig gewaschen, dachte sie, ich bin noch immer schmutzig.

»Der König …«, setzte Oda an. Sie wagte nicht, die Worte laut auszusprechen. Sie neigte sich vor, um Chlodwigs merkwürdige Angewohnheit direkt in Bathildis' Ohr zu flüstern.

Seit jenem Tag schien Bathildis' Stimmung gekippt, wie Traubensaft zu gären beginnt, Milch ranzig wird oder ein Käse zu schimmeln beginnt. Viel schneller und plötzlicher, als sich in der Sommerzeit ihr Gemüt erhellt hatte, verdunkelte es sich jetzt, als wäre ihre Seele hinter Balken gesperrt, die nicht die kleinste Ritze offen ließen. Das, was ihr noch vor kurzem eine Wohltat schien, dem sonntäglichen Gottesdienst zu lauschen, wurde ihr gleich. Nur die Gewohnheit trieb sie dazu, Aidan weiterhin in die Asche zu schreiben, jedoch nicht mehr die Hoffnung, dass ihr daraus echter Trost erwachsen könnte.

Paris ist die größte Stadt, die ich jemals gesehen habe, zwanzig Mal tausend Einwohner leben dort, schrieb sie eines Tages und lachte hernach, bis ihr die Tränen kamen. In Wahrheit hatte sie nie mehr von Paris gesehen als die Königsburg auf der Insel zwischen den Seine-Armen.

Was aber sonst zählte?

Dass auf der Pferderennbahn zu Soissons kürzlich ein Mann ums Leben kam, weil er in einer Runde vom Wagen fiel, eine Weile durch den Sand geschleift wurde und schließlich sein Kopf unter die Räder kam?

Oder dass Erchinoald in eben jenen Wochen einen erbitterten Streit mit anderen Ministern des Reiches ausfocht, in dem es um die Frage ging, ob er als Major Domus bei sämtlichen Entscheidungen mit einbezogen werden musste?

Und der Besuch in Rouen, einst lange vor Paris die Hauptstadt des Reichs, – welche Spuren hinterließ er schon in der Seele, die sich stets so feucht und klamm anfühlte wie ihre Kleidung, wenn sie Bächen oder Tümpeln entstieg?

Ja, das Waschen hatte Wert für sie. Nicht, dass es ihr gefiel – vielmehr wurde es ein Zwang, sich stets die Tage vom Leib zu schrubben. Dann tauchte sie mit dem ganzen Körper ein, immer von der Gefahr bedroht zu ersaufen. Was soll's?, dachte sie stets – im Innersten bereit zu sterben, wiewohl sie es nie gewagt hätte, sich mit voller Absicht zu morden. Dies verbat Gott, und alle, die dem Gebot zuwiderhandelten, waren zur Hölle verdammt. Und dort würde sie Aidan gewiss nicht wiedersehen.

So spielte sie mit Tod und Verderben – noch suchte sie es nicht. Zumindest nicht im Herbst, als aus der Sommersonne ein vergilbter Fetzen Leder wurde, der sich glatt, aber nicht wärmend um Körper und Seele legte, und auch nicht in jenen letzten Novembertagen, die sie auf Erchinoalds Besitzungen verbrachten und wo es Leutsinda von Tag zu Tag schlechter ging.

Dies kündigten zumindest die blutigen Lappen, die sie täglich im Fluss auszuwaschen hatten.

Bathildis hatte kein Mitleid. So hatte die Alte nun eben den Tod vor Augen – nun gut, was brachte das elende Erdenleben auch Besseres mit sich, als stets aufs Neue dreckig zu werden?

Es fiel den anderen bald auf, dass sie fast jeden Abend badete und sich die Hände rot zu schrubben begann – doch niemand verbot es ihr, die meisten schüttelten bloß den Kopf über so viel Irrsinn, auch Oda.

Eines Tages ging sie zum Fluss, und das Wasser lag wie in farblosen Stein gehauen. Durchsichtig wuchs eine Eisschicht, so dünn wie der graue Stoff ihres Unterkleids, obwohl glatt, nicht faltig. Die Wasserpflanzen, ansonsten grüne Farbtupfer, glichen schwarzen Spinnennetzen. Die Erinnerung stieg in Bathildis auf, wie sie hier die dreckige Schafschur hatte waschen müssen. Bald würde sich der Tag jähren, da Oda das Eis mit dem Holzscheit aufgeschlagen hatte – und ihr Leben würde immer noch das gleiche sein, einem endlosen Winter ausgeliefert und hernach einem Sommer, der sie mit seinen schäbigen Freuden gewiss kein zweites Mal ermuntern konnte.

Ich werde Aidan wiedersehen, hatte sie den Sommer über sich stets ermutigt.

Vielleicht… vielleicht ist es besser zu sterben, dachte sie nun – genauso hoffnungslos, wie Aidan am Markt von Quentovic zu ihr gesprochen hatte.

Jener Gedanke an den Tod begleitete sie fortan scheu wie ein Schatten. Er war stets da, auch im vermeintlich warmen Licht, doch wenn sie sich nach ihm umdrehte, so sah sie nur sein Huschen. Er hatte kein Gesicht und keine Stimme. Sie wusste nicht, wie der Tod herbeizuführen war, ohne die schwerste aller Sünden auf sich zu laden, die sie auf ewig von den Ihren trennen würde.

Ein einziges Mal erwachte zaghaft die Ahnung, wie sie es anstellen konnte. Die plappernde Gertrude pflanzte die Idee in sie, ungerührt und mitleidlos davon erzählend, wie einer der Sklaven zu Tode gebracht worden war, nachdem er zu fliehen versucht hatte (Bathildis kannte ihn flüchtig; er konnte andere Sklaven von Zahnschmerzen befreien, indem er treffsicher die wehen Zähne mit Steinen ausschlug).

Flucht, so wusste jeder, war strengstens verboten, und wer es nicht bis zur rettenden Kirchenpforte schaffte und dahinter auf einen menschenfreundlichen Priester traf, der den Flüchtigen nicht sogleich wieder aus dem sicheren Asyl prügelte, hatte Schlimmstes zu befürchten.

Bathildis zuckte abgestumpft die Schultern, vom Redefluss der anderen so gestört, dass sie sogar aufs Erscheinen der zänkischen Leutsinda hoffte. O, möge sie der Tochter doch den Umgang mit dem dreckigen Gesinde verbieten!

Freilich – und diesen Verdacht hegte Bathildis seit geraumer Weile –, freilich war wohl manch eine droben in der Kemenate froh, dass Gertrude gern mit Sklaven schwatzte und nicht nur den Ebenbürtigen die Ohren vollplapperte.

»Zuerst wurden ihm die Hunde an die Kehle gehetzt«, sprach

Gertrude eifrig, jedoch ohne sonderliche Anteilnahme fort. »Aber die hatten eben an einem Knochen genagt und keine Lust, sich an ihm anzustrengen. Dann haben sie ihn an zwei Pferde gebunden, auf dass sie seinen Leib auseinanderreißen mögen. Doch an seiner statt hat's immer wieder nur das Seil erwischt. Nun, dann hat ihm der Stallknecht sein Gesicht mit der Reitpeitsche zu Brei geschlagen, und entweder er ist daran verreckt oder an dem eigenen Blut erstickt.«

Gertrude riss die Augen auf. Es war nicht gewiss, ob wegen verspäteten Entsetzens oder vor Überraschung, weil Bathildis keine Regung zeigte, sondern ungerührt die Reste von Blättern, Samen und Dreckkrümeln aus dem Flachs zupfte, der später zu Wolle gesponnen werden sollte.

»Sag«, warf Bathildis lediglich ein, »sag, wo ist deine Schwester Itta? Sie wird nicht gutheißen, dass du bei mir bist.«

»Ach Itta!«, rief Gertrude lachend, als verheiße die bloße Erwähnung dieses Namens unendliches Vergnügen.

Bathildis zuckte bei dem grellen Laut zusammen.

Nein, schwatzte Gertrude alsbald bereitwillig, Itta sei seit Tagen schon damit beschäftigt, das richtige Kleid und den richtigen Schmuck auszuwählen… für jenen großen Anlass, der in wenigen Tagen bevorstünde… Das Weihnachtsfest sei nicht damit gemeint. Kurz zuvor würde nämlich… aber wüsste sie, Bathildis, nichts davon?

»Nein, ich weiß nichts!«, gab Bathildis barsch zurück.

»Gewiss!«, rief Gertude. »'s ist ja auch so, dass man dich nie im Festsaal sieht, beim Servieren von Speisen oder Met und Wein!«

»Deine Mutter hätte keine Freude, mich bei einer Arbeit zu sehen, welche weder dreckig macht noch stinkt«, warf Bathildis freudlos ein.

»So weißt du's also nicht«, fuhr Gertrude fort und überhörte den Einwurf. »Der König feiert den Tag seiner Geburt!«

Sie rief es so triumphierend, als wäre damit alles gesagt.

»Nun und?«, gab Bathildis zurück, obwohl sie die andere eigentlich nicht durch Fragen ermutigen wollte weiterzusprechen. »Ein solches Fest kehrt jährlich wieder. Und ist's nicht so, dass die Priester verbieten, solchen Anlass zu feiern?«

»Sei's drum! Es zählt auch nicht der Anlass, vielmehr dass der König im großen Kreise ein Fest hält. Das tut er nicht oft; meine Mutter sagt, er gebe sich meistens scheu. Nun aber wird's so sein, dass alle Großen des Reichs versammelt sind … nicht nur die Männer, sondern sämtliche Familien. Und das aus gutem Grund. Ahnst du ihn?«

Bathildis zuckte die Schultern.

»Nein«, gab sie trocken zurück.

»'s ist schon seit Jahren ein Kampf. Jeder will dem König die Tochter zur Gattin anbieten. Doch jener zögert aus Angst, die jeweils andere Familie zu verärgern. Man sagt, vor allem Ebroin halte ihn von der Ehe ab – du weißt, er ist des Königs engster Freund. Gewiss hat er Angst, sein Einfluss könnte schwinden.«

Bathildis schauderte unwillkürlich, des Blickes aus roten Augen gedenkend, der sie seinerzeit getroffen hatte, als sie mit nasser Kleidung aus dem Tümpel gestiegen war.

»So sagt denn jeder, dass der König sich zieren wird, die Tochter eines mächtigen Grafen zu nehmen … freilich wird er wohl heiraten müssen, und deswegen hörte ich meine Mutter zu meinem Vater sagen, warum er nicht eine von uns beiden Mädchen nimmt.«

»Du? Du sollst des Königs Gattin werden?«

»O nein! Ich bin doch nur die Zweitgeborene. Aber Itta glaubt fest daran, und darum rüstet sie sich für das Fest mit solcher Inbrunst! Freilich – und auch darüber spricht man an allen Ecken – ist nicht gewiss, ob Ebroin dieser Plan gefällt. Zwar hat mein Vater dessen Stellung nie hintertrieben und den König stets bestärkt, dem Freund aus Kindertagen zu vertrauen. Andererseits aber gilt, dass mit solcher Wahl zugleich mein Bruder

Leudesius dereinst – wenn mein Vater nicht mehr ist – der neue Major Domus wäre … und das ist nicht im Sinne Ebroins!«

»Und der König … kann er nicht eine Entscheidung treffen ohne diesen Ebroin?«

Wohl nicht, ging ihr selbst die Antwort durch den Kopf – und sie erinnerte sich an die Worte, die Oda ihr zugeflüstert hatte.

»In jedem Fall sagt meine Mutter, dass dies das Letzte sei, was sie vor ihrem Tod erleben wolle: Dass Itta Braut des Königs wird«, plapperte Gertrude indessen fort. »Sag, wie meinst du, soll ich die Haare flechten zu dem Fest?«

Bathildis' Mund verzog sich zu einem bedrückten Lächeln, sie dachte an die gebleichten, trockenen Strähnen, die ihr selbst über die Schultern fielen. Seit der Fluss gefroren war, hatte sie sie nicht waschen können – und längst fühlte sie sich unwohl in ihrer Haut.

Das fragst du mich, du dummes Mädchen?, ging ihr durch den Kopf.

Einen Augenblick lang spielte sie mit dem Gedanken, dies auch laut zu sagen, Gertrude zu beschimpfen und damit deren Empörung hervorzurufen. Vielleicht würde ihr dann das Plappern versiegen und sie stattdessen eine Strafe bekommen – eine noch schlimmere als die Ohrfeige, die ihr Itta verpasst hatte.

Ja, dachte Bathildis, wenn ich nur frech bin und ungehorsam – vielleicht wird man auch mich mit der Peitsche zu Tode prügeln wie den flüchtigen Sklaven, und alles Elend hat ein Ende.

Sie rang mit sich, traf jedoch zu spät eine Entscheidung. Ehe sie nämlich böse Worte sprechen konnte, braute sich hinter ihnen Lärm zusammen. Schritte trampelten über den Hof; ein merkwürdiges Prasseln ertönte, wiewohl der Himmel keinen Regen spuckte, und über alldem erklangen spitze Schreie.

XIII. Kapitel

»Was soll ich nur tun?«, fragte Oda verzweifelt. »Was soll ich nur tun?«

Drei Tage waren seit dem schrecklichen Ereignis vergangen, und seine Spuren noch allgegenwärtig. Die Rußschicht war abgewaschen, aber der Geruch nach verbranntem Fleisch hing diesig in der Luft.

»Mir fehlen fünf Frauen, folglich zehn Hände!«, rief sie, als wäre der Brand in der Flachskammer einzig ausgelöst worden, auf dass ihr das Leben schwergemacht werde. Fünf der Frauen waren in der Flammenhölle umgekommen, nachdem eine von ihnen eine Öllampe hatte fallen lassen.

»Servierst bei der herrschaftlichen Tafel eben gebratenes Menschenfleisch!«, warf eine Sklavin ein.

Bathildis hätte sich ob der Worte übergeben wollen. Die Toten hatten gedörrten Pflaumen geglichen. Als man einen der Leichname berührte, war eine Hand abgefallen und zu Asche zerrieselt. Seit diesem Augenblick vermochte sie den Dreck und Staub noch weniger zu ertragen.

»Halt's Maul!«, zischte Oda. »Keine von euch gebraucht mir je wieder eine Lampe und rennt damit in eine Kammer, die von oben bis unten mit Schafschur und Flachs gefüllt ist.«

Streng schüttelte sie den Kopf.

Ach, wenn ich nur unter ihnen gewesen wäre!, dachte Bathildis. O, wie gerne hätten mich die Flammen haben können!

»Leutsinda bringt mich um, wenn sie erfährt, dass wir in diesem Winter viel weniger Tuch fertigen können, weil uns die Wolle fehlt!«, fuhr Oda verbittert fort.

»Dafür muss sie erst den Frühling erleben!«, warf eine der Aufmüpfigen wieder ein.

Zu Bathildis' Erstaunen stand in ihrer aller Gesichter kein Entsetzen, sondern schrille Belustigung. In jener Stunde, da sich das Grauenhafte ereignete und schwarze Asche vom Himmel regnete, hatten alle starr gestanden und auf den ersten Blick erkannt, dass es zu spät war, die schon lichterloh Brennenden mit Wasser zu löschen.

»Spart euch die Mühe!«, hatte einer der Stallknechte gesagt. »'s ist gut, wenn die Flammen nicht übergreifen. Vor allem nicht auf die Kirche. 's wäre sonst geboten, die Reliquien davor zu schützen, ganz ungeachtet der Gefahr. Aber so… Weiber wie diese wachsen nach…«

Bei diesen Worten hatten zwei der Sklavinnen vor Schreck zu lachen begonnen, vielleicht auch, um die spitzen Schreie der Brennenden zu übertönen, und hatten selbst dann nicht aufgehört, als sie vor Lachen schon weinten und die Flammen keine Nahrung mehr fanden. Seitdem geschah's fast jede Stunde, dass irgendeine, die sich bislang nur durch Schweigsamkeit und Schlichtheit hervorgetan hatte, in durchdringendes Meckern ausbrach, das den ganzen Körper zum Beben brachte.

»Hast recht«, sprach Oda eben. »Bis es Frühling ist, ist Leutsinda tot, das meine ich auch. Aber morgen Abend lebt sie, und dann will sie ein glänzendes Fest.«

»Das glaube ich nie«, lachte eine, »dass der König Itta mit den schmalen Lippen zur Frau nimmt!«

»'s ist auch nicht unsere Sache, darüber zu bestimmen. Doch wer von euch dreckigen Dirnen besitzt schon Kenntnis davon, wie man sich gegenüber den hohen Herren zu verhalten hat, wie man die Krüge hält, wie man die Speisen richtig schneidet?«

Oda stemmte ihre feisten Arme in die Hüften und fuhr nörgelnd fort, als niemand ihr antwortete: »Poupa und Taligia haben mir stets geholfen, und jetzt sind beide hinüber. Ich frage mich immer noch, was sie in jener Kammer zu suchen hatten. Ach, wie dringend ich sie bräuchte! Die Zahl der Gäste … viel größer ist sie als ansonsten. Und der Saal hier in Paris – habt ihr ihn je durchmessen?«

Die Sklavinnen glotzten träge und ungerührt. Oda schnaubte.

»Nun gut«, murrte sie schließlich und ließ die Blicke wieder über die Frauen kreisen. »So lasst uns nachsinnen, wer Poupa und Taligia ersetzen könnte. … Bathildis, du! Kommst du nicht aus edler Familie? Bist du nicht mit den Tischgebräuchen vertraut?«

Bathildis blickte langsam hoch. Auf jene Auszeichnung hätte sie gerne verzichten mögen.

»In meiner Heimat«, sagte sie spröde. »Hier nicht.«

»Ach was, du stellst dich gewiss besser an als der Rest dieser tumben Schafsköpfe!«

»Leutsinda wird mich niemals im Saal dulden!«

Oda knurrte. »Da hast du recht …«, sprach sie nachdenklich. »Aber es wird doch eine Möglichkeit geben, sie zu überlisten, oder nicht?«

Bathildis zuckte mit den Schultern. Wie ausgedörrt war ihr Kopf – doch je länger Odas Blick auf sie gerichtet war, desto deutlicher nahm ein Gedanke Gestalt an, erwachte, einem zaghaften Glimmen gleich, die Aussicht auf mögliche Labsal.

»Da gäbe es noch etwas zu bedenken«, begann sie langsam und berechnend und wehrte sich nicht länger gegen das Ansinnen. »Denkst du, den hohen Herren würde es gefallen, wenn ich mit einem Lumpenkittel vor ihnen erschiene?«

Die Wohltat, neue Kleidung zu bekommen, war so groß, dass Bathildis noch viel mehr dafür getan hätte, als bloß für die Verbrannten einzuspringen. Im Saal des Königs Speise und Trank zu reichen deuchte sie kaum angenehmer als ihre anderen Pflichten – jedoch umso mehr, das über und über mit Flicken übersäte Kleid endlich auszuziehen.

Oda war schnell der Ansicht gefolgt, dass sie in ihrem üblichen Aufzug nicht in die Nähe des Königs oder der Großen des Reichs treten dürfte. Wortlos hatte sie ihr alsbald all das angetragen, was Bathildis lange Monate umsonst ersehnt hatte: einen hölzernen Kamm, mit dem sie das Haar auskämmen konnte, ein Unterkleid aus weißem Leinen, darüber einen grauen Mantel, der an der Brust mit einigen metallenen Fibeln geschlossen und in der Taille mit einem Gürtel aus braunem Leder zusammengehalten wurde. Dazu gab es Schuhe – nicht nur den üblichen Fetzen Leder, der an den Knöcheln zusammengebunden wurde, sondern solche mit fester Sohle und mit Spangen zum Schließen.

»Nein, keine Zöpfe – das ist die Haartracht der jungen Mädchen!«, sagte Oda, die ihr zusah, wie sie sich schweigend neu einkleidete und sich frisierte. »Manch ein Mann bekommt beim Anblick einer Jungfrau Appetit – auch wenn jene nur eine Sklavin ist, er aber ein hoher Herr. Trag die Haare so, wie's hier im Frankenreich den Eheweibern angeraten ist.«

Sie trat zu ihr, nahm ihr den hölzernen Kamm aus der Hand und scheitelte das Haar in der Mitte, um es hernach im Nacken zu einem Knoten zu verschlingen.

»So ist's auch von den Römerinnen überliefert«, setzte Oda hinzu.

»Sag«, meinte Bathildis und kratzte sich das Schwarze unter den Nägeln weg. »Sag … was nun soll ich tun, um Leutsinda nicht zu erzürnen?«

»Warte, bis sie Platz genommen hat. Vor allen Leuten wird sie nicht wagen, dich fortzuschicken.«

»Und sonst … was soll ich an Diensten verrichten?«

»Sieh zu, dass die Speisen in der richtigen Reihenfolge auf die Tafel kommen«, sagte Oda und hob an zu erklären, welche Speisen vorgesehen waren. Bathildis unterbrach sie nicht und stellte keine Fragen, um der Annahme nicht zu widersprechen, dass sie – als einstige Fürstentochter – schon öfter dergleichen Festschmaus erlebt hatte. Dem war nicht so, denn das Essen im Kloster war stets schlicht gewesen – einzig an den großen Feiertagen und manchmal am Sonntag gab es Fleisch – und unterwegs mit Aidan und ihrem Vater hatte sie kaum Besseres gegessen als später nach der Verschleppung. Doch da Oda daran glaubte, dass sie nichts gänzlich Neues hörte, nickte sie dann und wann bekräftigend.

»Nun denn …«, sprach Oda, »es beginnt damit, dass wir Leckerbissen reichen, die den Appetit anregen, gedörrte Pflaumen, gekochte Kastanien, feines Gebäck aus Weizenmehl. Hernach servieren wir die Getränke: Milch und Saft aus gepresstem Obst, Wein und Met, mit Honig gesüßt und mit Wasser verdünnt, und für jene, die's wollen, Wermut. Davon darfst du nicht zu viel eingießen, denn sonst brennt er wie Feuer in der Kehle.«

Bathildis nickte.

»Und dann das Fleisch«, fuhr Oda fort. »Vor allem wird es Schwein und Rind geben, im Sud mit Pfeffer und Kümmel gebraten, Hühner, Enten und Gänse mit Reis und Kichererbsen … kennst du das?«

»Ich glaube nicht, dass man solches auch in Britannien isst …«

»'s kommt ja auch vom Meer im Süden … und ist nur etwas für die ganz reichen Leute. Das Wild dann: Hirsch und Reh, Wildschwein und Hase. Der eine mag's mit Nelke gewürzt, der andere mit Zimt, Lavendel und Minze, wiederum andere mit Koriander, Senf und Dill. Schaf und Ziege gibt es nicht. Das ist zu gewöhnlich für des Königs Tafel. Du darfst auch nicht vergessen: Leutsinda verträgt nur Olivenöl, wenngleich am besten ist, du kommst ihr gar nicht erst zu nahe, verstanden?«

»Gewiss … aber was ist das: Olivenöl?«

Bathildis kannte nur solches aus Raps, Rüben oder Leinsamen.

»Wird auch von Händlern aus dem Süden gebracht, und Oliven, aus denen es gepresst wird, kennst du vielleicht – jene kleine schwarze Frucht, die der dunklen Traube gleicht. Und Garum ist dir doch auch bekannt?«

Bathildis nickte wieder. Schon manches Mal hatte sie jenes Würzmittel selbst gemacht. Fische, Salz und getrocknete Kräuter wurden in ein Fass gelegt und für zwanzig Tage in die Sonne gestellt, bis der Fisch zergangen war. Hernach wurde sämtlicher Inhalt des Fasses in ein Stück Leinen gekippt und der Saft, der hervorkam, in Amphoren abgefüllt. Selbst hatte sie freilich nur selten davon kosten dürfen – so wie alle anderen Köstlichkeiten, die Oda da aufzählte, den Sklaven verwehrt blieben. Froh durften jene sein, wenn sie zu Getreidebrei und Brot hin und wieder Kirschen und Pflaumen, Erbsen oder Linsen bekamen – und die Männer unter ihnen prügelten sich um Obstwein aus vergorenen Äpfeln, der freilich, so hatte Oda zumindest einmal gelästert, den gesunden Geist noch viel schneller betäubt als Met.

»Den Abschluss des Mahls bilden solche Oliven … und Datteln. Und der König isst gerne verschlagene Eier, mit etwas Mehl vermischt und mit eingelegten Kirschen gebraten. Du … du weißt doch noch, was ich dir über den König erzählt habe?«

Sie klang etwas unbehaglich, die Stimme so flüsternd wie damals, als sie Chlodwigs absonderliche Eigenheit in Bathildis' Ohr geraunt hatte.

»Ich hab's nicht vergessen«, antwortete Bathildis. Gewiss hatte sie sich manches aus Odas Worten zusammenreimen können, doch letztlich waren es zu wenige und zu rätselhafte, als dass sie das Wesen des Königs tatsächlich hätte erfassen können.

»Beim Servieren musst du dich beeilen, denn die Speisen müssen dampfend heiß auf den Tisch kommen«, mahnte Oda indessen schon, »sind sie nur lau, wird man sie zurückschicken. Am wichtigsten aber von allem ist, dass du keinem unliebsam auffällst. Vielleicht wird dich Leutsinda dann gar nicht bemerken. Du stellst die Speisen schweigend ab und gießt ebenso wortlos ein. Du tust, was man dir befiehlt, ganz gleich, was es sei, und stellst keine Frage. Ja, kein Wort sagst du zu den hohen Herrn! Du darfst ihnen auch nicht in die Augen sehen – halte deinen Blick gesenkt, vor allem, wenn du dem König nahe kommst. Kaum einem ist's gestattet, ihm offen ins Antlitz zu blicken. Vielleicht Erchinoald, weil jener der Major Domus ist, oder Ebroin, weil sie sich von Kindheit an kennen und der König in ihm einen Bruder sieht – aber dir keinesfalls, hast du verstanden?«

»Gewiss«, sagte Bathildis rasch.

»Nun gut ... dann will ich mich nun um anderes kümmern. Die Zeit reicht kaum aus bis morgen Abend ...«

Seufzend und mit schwerfälligerem Schritt als sonst schritt sie davon.

Steif blieb Bathildis stehen. Seit sie die neue, saubere Kleidung trug, wollte sie sich kaum bewegen, aus Angst, irgendwo anzustoßen und sich schmutzig zu machen.

Auch spätnachts blieb sie von der Schlafstatt bei der Asche weg, hockte sich auf eine der hölzernen Bänke, auf der eine der nunmehr toten Mägde geschlafen hatte, und schrieb Aidan – diesmal nicht mit einem Stäbchen in den grauen Staub, sondern mit den Fingern auf die hölzerne Fläche, Wort für Wort, wiewohl es doch keine Spuren hinterließ.

Geliebter Aidan,

könntest du mich jetzt sehen, du würdest nicht erschaudern; so reinlich war ich nie, beinahe gleiche ich einer ehrbaren Frau. Gar wunderlich ist's, dass mir das Leid und das elende Sterben anderer zu diesem Gut verhalfen. Und noch wunderlicher ist's, dass ich mich darüber nicht freuen kann. Was nützt mir heute das neue Kleid, wenn ich es morgen schon wieder ausziehen muss? Werde ich, wenn ich Erchinoald dort sehe, nicht vielmehr an sein Angebot denken, mich über den Stand einer

Unfreien zu erheben? Oh, wie zerrissen bin ich, fühle mich nie recht eins mit mir, weil ich nicht weiß, welchem der Wünsche, die in mir gären, ich Vorrecht geben sollte!

Ein wenig fühle ich mich wie das Land, in dem ich lebe. 's ist nicht lang her, da hörte ich einen darüber sagen, dass es – wiewohl unter den Königen der Merowinger geeint – so dennoch voller Brüche wäre: Da wären hier die Spuren der Römer noch zu sehen und dort schon die Verwüstungen, welche die Barbaren hinterlassen hatten. Da würden an einem Ort schon prächtige Kirchen gebaut, wo am anderen noch die Ruinen der Heiden stünden. Da rühme sich manch einer, der Nachkomme eines großen Römers zu sein – sei's eines Konsuls oder eines Mitglieds der Prätorianergarde –, wohingegen der andere damit prahlt, nur gutes fränkisches Blut in sich zu haben.

Als sie am nächsten Abend den Saal betrat, war sie immer noch bedrückt.

Die Aufregung der anderen steckte sie nicht an, weder jene der Gäste noch jene der Mägde, noch jene der jungen Burschen, die vor dem Saal warteten, um jedem Ankömmling die Schuhe auszuziehen, ehe der sich auf ein Sofa neben der Tafel legen konnte. Die Tischsitten glichen jenen der Römer: Man aß liegend, mit einem Löffel aus Holz und einem Messer aus Eisen, das mit hölzernem Griff ausgestattet war.

Wie alle anderen Frauen suchte Bathildis möglichst lautlos zu gehen, vor allem in jenem Augenblick, da einer der anwesenden Bischöfe den Segen sprach.

Hernach mussten die Becher schnell gefüllt werden – die meisten waren aus Bronze, nur die wenigsten aus Glas, und mit dem ersten Schluck brandete Stimmengewirr auf, das es leichter machte, sich unauffällig im Saal zu bewegen.

Bathildis huschte gedankenlos durch den Raum. Wenig nahm sie von dem Fest wahr, das gewiss bis in die Morgenstunden dauern und an den beiden folgenden Abenden seinen Fortgang finden würde. Kaum achtete sie auf die Vergnügungen, die dargeboten wurden – weder auf den Sänger, *joculator* genannt, welcher, von der Flöte und der Lyra begleitet, zunächst über Chlothar, den König der Franken, und dessen Kämpfe im Land der Sachsen sang, um dann Verse des Firmin von Arles, Félix von Nantes oder des beliebten Victorius vorzutragen. Kaum hatte er einen der Gesänge – welche *winileude* hießen – geendigt, so rief ihm der eine oder andere Gast zu, was er sich als Nächstes wünschte, und der *joculator* folgte gerne und stieß auf begeistertes Gejohle, als er schließlich die Geschichte von einer schönen Prinzessin vortrug, welche vom eifersüchtigen Vater in einer Höhle unter dem See eingeschlossen war. Nur des Nachts, wenn der Mond schien, durfte sie diese verlassen und in den nächtlichen Fluten baden – alsbald heimlich von einem Prinzen beobachtet, der von dem Mädchen so verzückt war, dass er in heftiger Liebe entbrannte und sich zu ihrer Entführung entschloss. Wiewohl die Prinzessin zögerte, ihm zu folgen, so ward ihr doch von einer Zofe geraten, dass dies das für sie bestimmte Geschick sei – denn der Mann, den sie für ihren Vater hielt, wäre in Wahrheit nur ein Oheim, der ihre Eltern ermordet habe, um sich an ihrem Erbe gütlich zu tun.

Die Geschichte nahm ein gutes Ende, doch hernach wollten die Gäste keine weitere hören, sondern lieber tanzen. Indessen die Flöten und die Lyra weiterspielten, erhob man sich zur beliebten *coraula.*

Schwer war es nun für Bathildis, zwischen den Leibern durchzukommen, die sich im Rhythmus des Taktes bewegten, Figuren folgend, die sie nicht kannte und auch nicht ergründen wollte – immer noch einzig darauf bedacht, jenen Gästen, die noch nicht satt waren, weitere Speisen zu servieren, die mit einer Gabel aus zwei oder drei Zinken in eine Schüssel aus Holz zu legen waren, aus der dann mehrere Gäste aßen. Die Gesichter, die sich darüberbeugten, deuchten sie allesamt die gleichen. Waren es Männer oder Frauen? Waren vertraute dabei – jenes von Leutsinda oder Erchinoald oder das von Itta, die, wie es hieß, in der Nähe des Königs lag?

Sie blickte nicht hoch, um es festzustellen. Sie wusste nicht einmal, um welchen der niedrigen Tische herum sich der König mit seinen engsten Vertrauten aufhielt.

War es jener, den ein weißes Tischtuch mit eingewebtem Federmuster schmückte?

Um ein wenig von dem Nebel zu lichten, in dem ihr Kopf festzustecken schien, atmete sie zweimal tief ein – heiße, stickige, nach Fett riechende Luft – und war trotz ihrer düsteren Stimmung dann doch zu neugierig, um an den Worten, die ihr Ohr erreichten, gänzlich vorbeizuhören.

Schwer war es anfangs, aus dem Stimmengewirr ganze Sätze herauszuschälen. Doch mit fortschreitender Stunde ging sie dazu über, stets dem eben Sprechenden neu einzugießen, um solcherart besser zu verstehen, was er sagte.

Es gab der Themen viele. An einem Tisch war von der langjährigen Fehde die Rede, die zwischen dem Haus des Felix Marcus, der sich eines Vorfahren rühmen konnte, welcher Mitglied des römischen Senats gewesen war, und einem Grafen aus dem Tal der Somme herrschte, welcher wiederum prahlte, ein Nachkomme der großen Ursina zu sein. Eine Tochter war mit dem Sohn des anderen Hauses vermählt worden, hatte jedoch wenige Jahre nach der Hochzeit beschlossen, ihr Leben Gott zu weihen. Sie war ins Kloster eingetreten, was nicht sonderlich zu bedauern war, da sie bislang kinderlos verblieben war. Ursache des Zanks war nun jedoch, dass sie der Gemeinschaft der Schwestern ihren ganzen Besitz übertragen hatte.

Bathildis schritt weiter. An einem der Tische gab es Streit darüber, welcher der Nachbarn des Reiches an Macht und Reichtum den Merowingerkönigen am nächsten kam. Die Bretonen im Nordwesten, die Basken im Süden? Oder die Langobarden im Osten, die Westgoten schließlich auch, die die genannten Basken bekriegten?

Bathildis ging wieder weiter. Es war eine Kunst, den anderen Sklavinnen bestmöglich auszuweichen, sodass eine jede von ihnen möglichst schnell und ohne etwas auszuschütten Speis und Trank zu den Tischen bringen konnte. Die Bewegungen waren beinahe ein Tanz.

Die Amphore, die Bathildis nun trug, um leere Trinkhörner und Gläser damit aufzufüllen, ging zur Neige. Bald würde sie zurück in die Küche gehen müssen, um sie aufs Neue aufzufüllen. Reichte es noch für den nächsten Tisch, am oberen Ende des Saales?

Zögernd blieb sie stehen, hob vorsichtig den Blick und gewahrte mehr als nur Füße und Hände. Kurz war ihr, als würde sie eine weiße Gestalt im Augenwinkel wahrnehmen, rotäugig, mit dünnem, blondem, fast weißem Haar und hervorspringendem Adamsapfel.

Ebroin. Des Königs engster Begleiter.

Und war da nicht auch Erchinoalds Stimme zu hören?

»Du musst etwas gegen die aufmüpfigen Herzöge tun. Wie oft werden sie an den Hof bestellt? Wie oft von dir besucht? An den Rändern des Reichs leben sie und denken, sie hätten dort ihr eigenes Königreich, in dem sie schalten und walten können, wie ihnen beliebt!«

»So ist es, mein König!«, pflichtete jemand bei. »Wann hast du das letzte Mal Huldigungen empfangen, sagen wir aus Thüringen oder Bayern? Diese Provinzen mögen so fern liegen, dass sie für uns nicht sonderlich von Interesse sind. Doch wie schnell werden die Herzöge der Provence und Aquitaniens ihrem schlechten Beispiel folgen, wenn keiner ihre Respektlosigkeit dir gegenüber verurteilt und bestraft?«

Bathildis vernahm ein Seufzen, lang und tief.

Es war dieser Klang, so ungewohnt im allgemeinen Stimmengewirr, der sie noch höher blicken und die Runde streifen ließ – nur kurz zwar, aber ausreichend, um sich manches Detail einzuprägen.

Da war tatsächlich Ebroin, am schnellsten von allen erkennbar, weil Gott ihm bei der Geburt nur das Weiße und Rote mitgegeben hatte, ansonsten keine Farbe. Auch die Tunika, die er trug, war aus farblosem Leinen gewebt. Die Augen hingegen, in die Bathildis schon einmal kurz gesehen hatte, schienen heute nicht zu brennen wie damals in der Nacht, sondern zu bluten.

Und der König. Sie erblickte auch den König und erkannte ihn – nicht weil ihr seine Züge vertraut waren, sondern weil er von sämtlichen Zeichen seiner Macht ausgewiesen wurde: Er trug einen Siegelring, desgleichen, an seinem Gürtel festgemacht, Speer und Schild. Beides diente schon lange nicht mehr zum Kämpfen, bewies aber, dass er einer Dynastie von mutigen Kriegern entstammte. Über der Purpurtunika trug er einen langen Festmantel, mit Gold und weiterem Purpur durchwirkt; auf dem Kopf saß ihm ein funkelndes Diadem.

Bathildis hatte von Oda gehört, dass sämtliche Könige der Merowinger ihr Haar lang wachsen ließen und dass sie darum *reges criniti* hießen. Auch Chlodwig II. folgte diesem Brauch, doch sein Haar wuchs kaum kräftiger als das von Ebroin. Glanzlos, ungelockt und strähnig hing es ihm über die Schultern und beinahe in seine Schüssel hinein.

Er hatte eine eigene, aus der er aß. Und er aß viel.

»Wäre er nicht der König, man würde ihn für absonderlich halten«, hatte Oda Bathildis anvertraut. »Er isst viel mehr, als ein gewöhnlicher Mann essen kann. Gewiss nicht gierig und nicht in großen Bissen, aber immerzu. Gleich wo er sich aufhält – er isst und isst, und manchmal muss er sich übergeben, so viel isst er. Nie dürfen die Schüsseln fehlen. Er fühlt sich nur dann wohl, kann er in jedem Augenblick – wenn er's denn möchte – nach einem neuen Happen greifen.«

Bathildis hatte wenig damit anfangen können. Sie wusste, dass es Männer gab, die beleibter waren als die anderen, und hielt – nach Odas Worten – auch den König für einen solchen. Doch wie sie ihn da seufzen hörte – es geschah mehr als einmal, fast nach jedem Bissen –, so begriff sie jäh, dass es nicht die gewöhnliche Gier war, die ihn dazu antrieb, sondern eine schwere, bei einem Mann seines Ranges kaum zu vermutende Niedergeschlagenheit.

Bathildis hob ein zweites Mal zaghaft den Blick, um diesmal nur den König zu mustern.

Wie traurig, ging ihr durch den Kopf, wie unendlich traurig er ist …

Vorhin war sie nach außen hin wendig gewesen, jedoch innerlich erstarrt. Nun, da die Ahnung eines vertrauten Gefühls sie traf, so war's ihr Leib, der plötzlich keiner Regung mehr fähig war.

»Was ist, Mädchen!«, traf sie eine Stimme. »Willst du dem König nicht einschenken?«

Der rotäugige Ebroin hatte sie entdeckt. Gewiss erkannte er sie nicht wieder von ihrer ersten Begegnung am Tümpel, doch wiewohl seine Stimme forsch und befehlend klang, so erschien auf seinen blutleeren, bislang gleichgültigen Lippen ein Grinsen, das alsbald zu einem lauten, schrillen Gelächter wurde. Es schien den ganzen Saal zu erfüllen und jegliche Stimme zu übertönen.

»Was für eine hübsche Sklavin du vor uns versteckst, Erchinoald!«, rief er aus.

Sämtliche Blicke trafen sie nun, gewiss auch der empörte von Leutsinda – doch von allen spürte sie jenen von Ebroin am stärksten. Bathildis zwinkerte, suchte starr auf den Boden zu blicken und fühlte doch, wie seine Augen an ihrer Gestalt hinauf- und herunterkrochen, mehr als nur einmal, als wolle er sie nicht nur ansehen, sondern sie sich in sämtlichen Lagen des Lebens vorstellen.

Der Einzige, der nicht starrte, war der König. Seufzend aß er weiter, und Ebroin schob ihm, noch im gierigen Schauen, eine weitere volle Schüssel zu, die man offenbar ihm selbst gebracht, aus der er aber nichts genommen hatte.

»Sie ist ein Ausbund von Keuschheit, was immer Euch bei Ihrem Anblick auch einfallen mag«, sprach indes Erchinoald, zuerst grimmig, dann gleichfalls grinsend. Es gefiel ihm wohl nicht, dass Bathildis bei der Tafel erschienen war, doch zugleich schien er zu erahnen, wie sehr dies Leutsinda verärgerte. »Nun gut, schenk Wein ein, Mädchen!«, forderte er sie mit versöhnlicher Stimme auf.

Einen Augenblick verharrte Bathildis unschlüssig. Dann trat sie vor, an Erchinoald vorbei, kam neben dem grinsenden Ebroin zu stehen. Sie fühlte seinen Blick in ihrem Rücken, packte die Amphore ob des Zitterns ihrer Hände fester und hob sie hoch, um dem König einzuschenken. Sie war festen Willens, ihre Pflicht so rasch wie möglich hinter sich zu bringen, ohne weitere spöttische Worte herauszufordern. Ebroin unterließ es auch zu sprechen – jedoch, just als sie neben ihm stand, da hob er seine Hand und streifte mit einem dünnen, langen Finger ihren nackten Oberarm.

Nur flüchtig fiel die Berührung aus.

Schon wich die Hand auch wieder zurück – doch es war zu spät.

Siedend heiß stieg es in Bathildis' Gesicht. Sie zuckte zusammen, und als sie die Amphore kippte, floss deren Inhalt nicht in des Königs vergoldeten, mit Edelsteinen besetzten Kelch, sondern auf seine Purpurtunika.

Dem König fiel der Knochen aus der Hand, an dem er eben genagt hatte. Er war noch voll von weichem, weißem Hühnerfleisch. Nun, da Bathildis so nahe bei ihm stand, sah sie, dass seine Bissen sehr klein waren und die Spuren seiner Zähne jenen von Kindern glichen.

Chlodwig zuckte zusammen, so wie all die anderen auch. Sie waren sprachlos ob jener unverzeihlichen Ungeschicklichkeit und blickten aus finsteren Mienen. Chlodwig freilich nicht. Erstmals sah Bathildis in seine Augen, sah die bleichen, etwas aufgeschwemmten und darum weibisch wirkenden Züge. Er hatte schmale Schultern, von denen die dünnen Oberarme wie Hanfstricke baumelten, nachdem er das Essen hatte fallen lassen.

Seine Augen war von einem nichtssagenden Grau, als hätte man einen dunklen Fleck vergebens aus einem Stück Stoff zu reiben versucht. Nun, da sie auf Bathildis gerichtet waren, waren sie weit aufgerissen – und schreckerfüllt. Mehrmals blickte er auf seine befleckte Tunika nieder und wieder zurück zu ihr, und ein jedes Mal schlich sich mehr Sorge in sein Gesicht, gerade so, als wäre er eben einem Mordanschlag entgangen.

Dann plötzlich hob er die feinen Hände, begann ungeschickt an dem Fleck zu reiben, als hoffte er, damit nicht nur ihr Vergehen unsichtbar zu machen, sondern alle Spuren seiner Angst wegzuwischen.

Bathildis konnte nicht begreifen, was vorging. Sie hatte erwartet, dass er rasen würde. Denn auch das hatte ihr Oda von ihm erzählt: dass der König nicht nur stetig esse, gleich, wo er sich befände, sondern dass sein Sinn in vielen Stunden seines Lebens verdunkelt sei, er oft nicht Herr seiner Worte wäre und jene manchmal so unverständlich aus ihm herausbrechen würden, als hätte man sie zuvor in seinem Kopf durcheinandergeschüttelt. Was aber war von einem solchen Mann zu erwarten, als dass er auch nun von Sinnen wäre, wütend auf sie losginge – oder sie von anderen strafen ließe?

Stattdessen rieb er diesen Fleck, so erbarmungswürdig, so traurig, so hilflos.

Bathildis' Kehle schnürte sich zusammen, und kurz war das Mitleid, das in ihr erwachte, so groß, dass sie kein anderes Trachten kannte, als sich vorzuneigen, seine Hand vom Fleck zu ziehen und ihn zu trösten, wie eine Mutter es bei ihrem Kind tut: Es ist nicht so schlimm; es ist doch nichts passiert…

Freilich kam sie nicht dazu. Erchinoald hatte sich zuerst gefasst, sprang hoch und zeigte – anders als Chlodwig – echten Ärger und jenen deutlich. Es war nicht gewiss, welchem Umstand er galt – dass sie den König mit Wein beschüttet hatte oder dass sie jenem unverwandt ins Gesicht starrte. In jedem Fall packte er sie bei den Schultern, schlug ihr ins Gesicht und stieß sie von Chlodwig weg. »Verfluchtes Ding!«

Die Wucht des Schlags ordnete ihre Gedanken, ließ das Mitleid für den König schwinden und zugleich die eigene Schwermut erwachen, auch das Hadern ob ihres unwürdigen Ranges, der anderen erlaubte, sie zu bestrafen.

Sie rappelte sich auf – nicht mühsam, sondern wendig wie eine Katze, um alsbald wieder dort zu stehen wie eben noch. Sie hob den Blick, wissend, dass sie damit nichts anderes heraufbeschwören würde als ihren Untergang, doch ohne Angst davor, vielmehr entschlossen, ihn mit größter Würde zu erleben. Ihr Wunsch zu sterben ergriff sie übermächtiger als je zuvor – vielleicht, weil sie seiner Erfüllung nie näher gewesen war.

»Ego sum homo et non causa. Quid me caedis? Usquequo gravi corde? Creavit Deus meam ad imaginem suam et non ad animalem. Ego autem conparatus sum luto et adsimilatus favillae et cineri …«

Ich bin ein Mensch, kein Ding. Warum schlägst du mich? Wie lange schmäht ihr mein Elend? Gott schuf mich nach seinem Ebenbilde und nicht als Tier. Mich aber hat man in den Schlamm getreten und mich dem Staub und der Asche gleichgesetzt.

Erchinoald starrte verblüfft.

Schau du nur!, höhnte Bathildis innerlich, um sämtliches Unbehagen im Keim zu ersticken. Du weißt doch, dass eine Fürstentochter wie ich das Lateinische beherrscht – und hast doch nie auf meine Herkunft geachtet!

»Ego sum figura substantiae eius et gloriae, sed cinerem tamquem panem manducavi et poculum meum cum fletu miscebam?«

Ich bin das Ebenbild seines Wesens und seiner Herrlichkeit – und aß doch Asche wie Brot und mischte meinen Trank mit Tränen?

Des Königs Blick traf sie wieder. Er schien den Fleck vergessen zu haben und starrte sie unverwandt an. Der Ausdruck von Sorge war aus seinem Gesicht verschwunden: Stattdessen war er jetzt überrascht – und das schien er nicht oft zu sein. Der Umstand, dass er nicht weiteraß (viel aufsehenerregender als die Frechheit einer Sklavin), erregte bis in die hinterste Ecke des Saals Aufmerksamkeit. Jeder hatte nun sein Mahl vergessen; jeder den Kelch, den er eben noch zu den Lippen geführt hatte, wieder gesenkt. Die Flötenspieler senkten ihre Instrumente; die Tänzer hielten mitten in ihren Figuren inne.

»Vae vobis!«, fuhr Bathildis fort. Längst hatte sie die Grenze überschritten, an der sie ihre Worte hätte zurücknehmen können; anstatt um Verzeihung zu bitten, klagte sie an: »Vae vobis! Quare gravatis corda vestra? Quare non respecitis humilitatem meam, non salvatis de necessitatibus animam meam?«

Weh Euch! Warum verhärtet Ihr Eure Herzen? Warum erkennt Ihr nicht mein Elend, seid Ihr nicht mit meiner Not vertraut?

Sie sprach in die Stille hinein. Als sie geendigt hatte, dauerte es eine Weile, bis ein Laut ihrem Reden folgte. Es war ein Lachen. Der rotäugige Ebroin, der von ihnen allen am entspanntesten auf seinem Sofa liegen geblieben war, musterte sie erneut von oben bis unten und schüttelte sich hernach so vor Vergnügen, dass ihm das weißblonde Haar ins bleiche Gesicht fiel.

Jenes Lachen löste Erchinoald aus der Erstarrung; es gemahnte ihn daran, dass er nicht untätig bleiben durfte. Ein zweites Mal ging er auf Bathildis zu, und diesmal, so wusste sie, würde er sie nicht einfach ohrfeigen, sondern erschlagen. Mancher Sklave hatte aus nichtigeren Gründen sein Leben gelassen.

Sie presste die Lippen zusammen. Dann tu's doch!, beschwor sie ihn im Stillen und verbarg ihre Furcht. Ich hätt's schon vor einem Jahr ertrotzen sollen – dann wäre mir erspart geblieben, dir zu dienen!

Wiewohl sie ihm fest entgegensehen wollte, senkte sie doch unwillkürlich ihren Blick, als Erchinoald sich vor ihr aufbaute. So sah sie nur unscharf, wie des Königs weibische Hand hervorschnellte und den Major Domus aufhielt, der schon die Finger zur Faust geballt hatte.

Unwirsch fuhr Erchinoald herum; im ersten Augenblick schien er nicht recht zu erfassen, wer ihn da aufgehalten hatte, und zürnte dem Unbekannten. Freilich glätteten sich rasch seine Züge, sobald er den König erkannte. Jener hielt ihn nicht nur fest, sondern neigte sich obendrein vor, um ihm etwas ins Ohr zu flüstern.

Bathildis konnte Chlodwig nicht verstehen. Ebroin schon. Denn kaum hatte der König geendet, schüttelte er sich die weißblonden, dünnen Haare aus dem Gesicht, um diesmal beim schrillen Lachen den Kopf in den Nacken zu werfen.

XIV. Kapitel

Bathildis konnte sich später nicht mehr erinnern, wie sie dem dunstigen Saal entkommen war. Erst draußen am Gang gewahrte sie, dass sie nicht alleine ging, sondern dass Gertrude sie führte. Diese kam ihr vor wie eine Fremde – zumal sie nicht schwatzte wie sonst, sondern sie nur schweigend mit sich zog.

»Wohin«, stammelte Bathildis, »wohin bringst du mich?«

Langsam reifte in ihr der Gedanke, dass ihr wohl keine Strafe drohte, wenn Erchinoalds Tochter sich ihrer annahm. Doch nicht zu wissen, was jene vorhatte und was der König dem Major Domus befohlen hatte, deuchte sie fast als beunruhigenderes Geschick, als von Wachen hinausgeschafft und zu Tode geprügelt zu werden. Damit hatte sie gerechnet. Dies zu provozieren war ihre Entscheidung gewesen.

»Nun sag, wohin?«

Der Gang, den Gertrude wählte, führte ins Freie und von dort ins Badehaus, das Sklaven wie ihr zu betreten verboten war. Es war ein gewölbter Raum, fast dunkel, weil sich schwerer Wasserdunst über das spärliche Licht der Talgkerzen legte, und es war unerträglich heiß darin. Bathildis schnaufte; Schweiß brach ihr aus allen Poren.

»Zieh deinen Kittel aus!«, befahl Gertrude schlicht.

»Wie?«

»Nun mach schon! Ich dachte stets, ich würde von dir eines Tages erfahren, wie sich die Frauen in deiner Heimat schmücken. Doch widersinniges Geschick: Jetzt soll ich dich zu einer hübschen fränkischen Maid machen!«

Dass sie endlich wieder plapperte, beruhigte Bathildis. Sie entspannte sich ein wenig, umso mehr, als Gertrude sie in einen Zuber warmes Wasser steigen ließ. Sie hatte sich schon vor dem Fest das erste Mal seit langem richtig waschen können – trotzdem trieb schwarzer Ruß und Staub alsbald auf der Wasseroberfläche, als Gertrude sie zu schrubben begann.

»Warum … warum du?«, fragte Bathildis schließlich, als sie der Wanne entstiegen war, Gertrude ihr das Haar kämmte und ihr mit einer Holzpinzette – einer sehr edlen: Es waren Schnitzereien mit Hirschmuster darauf zu sehen – Härchen aus dem Gesicht zupfte.

»Was meinst du? Warum ich mit dir hier bin? Wär's dir lieber, es wäre meine Mutter? Oder Itta?«

»Aber ich bin doch nur …«

Gertrude unterbrach sie mit einem Kopfschütteln. Dann öffnete sie eine Riechdose, in der ein Schwamm aus dem Mittelmeer steckte. Er war mit duftenden Essenzen getränkt, und Gertrude fuhr ihr damit über Nacken und Schultern.

»Was hast du nur getan?«, fragte Erchinoalds Tochter schließlich kopfschüttelnd. »Was hast du nur getan?«

»Ich … ich wollte doch nur … Was hat der König gesagt? Was wird mit mir geschehen?«

Gertrude reichte ihr einen Zahnstocher, auf dass sie ihre Zähne reinigen konnte…

»Ich werde dir ein Kleid von mir geben, auch wenn mich meine Mutter dafür töten würde«, sagte sie dann achselzuckend. »Aber mein Vater hat mir aufgetragen, dem Befehl des Königs Folge zu leisten. Was jener von dir will, das wirst du bald erfahren. Wenn du sauber bist, werde ich dich zu ihm bringen!«

Die Einrichtung des Gemachs war edel und teuer: Die Wände waren mit Wandbehängen geschmückt, die Bänke mit Teppichen, das Bett mit Ornamenten bemalt, mit einem gedrechselten Geländer und einem Giebeldach ausgestattet. Sämtliche Schemel, Truhen und Schränke waren mit aufwändigen Schnitzereien versehen. Der Stuhl, auf dem der König saß, war aus Bronze.

Lange wagte Bathildis nicht, aufzublicken und ihn zu betrachten. Obwohl sie sich zuvor nicht an das Gebot gehalten hatte, jeden aufdringlichen Blick zu vermeiden, versuchte sie zumindest jetzt, ihm nicht direkt in die Augen zu sehen. Erst nach einer Weile, da von ihm nichts anderes zu hören war als ein Schmatzen, warf sie ihm einen vorsichtigen Seitenblick zu – und fand ihn essend vor, lustlos und langsam wie vorhin. Hinter einem Berg von Schüsseln, aus denen es warm dampfte, hockte er wie hinter einer Mauer verborgen. Da er nichts sagte, blieb ihr nichts anderes übrig, als seine Miene zu ergründen.

Er wirkte merkwürdig verschlossen und gleichgültig, als hätte nur der Zufall sie hierher geführt, wiewohl er es doch gewesen war, der ihr Kommen verlangt hatte. Nur am Flackern seines Blickes gewahrte sie, dass er verlegen war, fast so verwirrt wie sie, als bereite ihm das Mädchen nicht mindere Angst als er ihr.

Und er ist doch der König!, ging ihr durch den Kopf.

Vielleicht würde er warten, mit ihr zu reden, bis er zu Ende gegessen hatte. Alsbald freilich ging ihr auf, dass das nie geschehen würde, denn so langsam wie er aß, geschah's gewiss nicht aus Hunger, der irgendwann gesättigt war, sondern aus jener unbestimmten Not, die sie in seinen Augen hatte sehen können, die sie sich nicht erklären konnte und die ihr doch den Hals eng schnürte.

Sie ertrug es nicht länger.

»Was wollt Ihr von mir, mein König?«, fragte sie, so zittrig und hoch, als würde sie die Worte seufzen. Als sie im Saal den hohen Herren getrotzt hatte, hatte sie sämtliches Unbehagen schlucken und ihrer Vernichtung ins Augen sehen können. Jetzt freilich fühlte sie eine Furcht, wie sie sie noch nie zuvor gekannt hatte – einen tiefen, unergründlichen Grusel.

Der König sah auf, mit leerem Blick zuerst, dann füllte sich jener mit Traurigkeit.

»Woher nimmst du den Mut, Mädchen, mit mir zu reden?«

Er hätte nichts Widersinnigeres fragen können, wo ihr jener Mut doch eben abhandengekommen war.

»Ich… ich weiß nicht«, stammelte sie. »Vielleicht kommt es, weil ich einen Wunsch habe… einen großen Wunsch. Ich will heimkehren.«

Sie war selbst erstaunt über ihre Worte. Vor wenigen Augenblicken noch hatte sie sämtliches Trachten auf den Wunsch zu sterben zurechtgestutzt gewähnt. Doch wie sie da vor dem König stand, der nichts mehr fragte, sondern lediglich die Braue hob, winkte ihr der Tod nicht mehr einladend zu, sondern machte alter Hoffnung Platz.

Sie räusperte sich. »Ich stamme nicht aus diesem Lande, welches Eurer Herrschaft unterliegt, sondern von der Insel, die Britannien heißt, und von dort aus jener Gegend, die man Northumbrien nennt. Friesen haben uns überfallen, mich entführt und meinen Vater erschlagen. Gott sei's gedankt, dass meine Mutter es nicht mehr erleben musste.«

Sie wusste kaum, was sie da sagte. Sie konnte auch nicht entscheiden, ob lediglich ihr tiefes Unbehagen ihre Worte heraufbeschwor oder ein Instinkt, den sie lange Zeit verschüttet wähnte und der doch dicht genug an der Oberfläche hockte, um ihr brauchbare Ratschläge zuraunen zu können.

In jedem Falle schienen ihre Worte richtig gewählt zu sein. Das Schwere und Schlaffe in seiner Miene ward von einem Lächeln gemildert.

»Meine Mutter ist auch tot«, sprach er nun. »Nanthild war ihr Name. Sie hat für mich regiert, als ich ein Kind und mein Vater tot war. Sie hat Entscheidungen getroffen. Gute Entscheidungen.«

Beim Reden hatte er erstmals zu essen aufgehört; mit dem letzten Wort jedoch griff er gierig nach einer Rippe, stopfte sie in den Mund und begann hektisch, daran zu nagen. Vorsichtig trat Bathildis näher an ihn heran, so dicht, dass ihr nicht nur der Geruch der Speisen scharf in die Nase stieg, sondern auch die duftenden Essenzen, in denen sein Körper gebadet worden war. Verlegen zuckte er zusammen, als er ihre Nähe gewahrte. Er senkte rasch den Blick, als wäre sie die Hoheit, nicht er, und lächelte errötend.

»Was … was wollt Ihr von mir?«, wiederholte Bathildis ihre erste Frage. Sie beherrschte ihre Stimme jetzt, vielleicht, weil sein Verhalten zu aberwitzig war, um sich weiterhin davor zu fürchten.

Er duckte sich noch tiefer; sein Lächeln ging verloren. »Ich weiß es nicht«, murmelte er. »Ich weiß es wirklich nicht. Ich tue Dinge, die ich nicht verstehe. In meinem Kopf, hinter meiner Stirne sprechen so viele Stimmen auf mich ein, jeden Tag. Manchmal brüllen sie, manchmal flüstern sie. Tu dies!, sagt die eine Stimme. Tu das!, die andere. Sie verbünden sich mit den Stimmen meiner Freunde und Berater, meines Major Domus und der Großen im Land. Aber niemals treffen sie eine Entscheidung. Niemals. Meine Mutter hat die Entscheidungen getroffen.«

Er sprach mit vollem Mund, manchmal den Kopf schief legend, als hörte er just in dieser Stunde die Stimmen, von denen er sprach.

»Dann war sie gewiss eine sehr weise Frau«, entgegnete sie hilflos.

»Sie war eine Sklavin wie du.« Nachdenklich starrte er auf die Schüsseln, als könnte er sich kurz nicht darauf festlegen, aus welcher er nehmen sollte. »Sie gehörte zum Gesinde meines Vaters«, fuhr er stattdessen fort, »er war noch mit seiner ersten Frau verheiratet … aber jene bekam keine Kinder. Und dann erregte meine Mutter seine Aufmerksamkeit. Weißt du, wie sie es tat?«

Endlich hob er seinen Blick, herausfordernd nun, wie ein kleines Kind, das ein Spiel erwartet.

»Sagt es mir, mein König!«, entgegnete Bathildis.

Er lächelte sehnsüchtig. »Meine Mutter war eine schöne Frau… ihr Haar hatte beinahe die Farbe wie… deines. Es hieß, sie habe keine Angst vor meinem Vater gehabt. Sie sprach auch nicht den derben Dialekt der einfachen Menschen. Später, als sie Königin war, hat sie sogar das Lateinische beherrscht… so wie du.«

Verträumt hielt er inne.

Traurigkeit überkam Bathildis, erstickend und drückend, ohne Ankündigung und auch ohne Erklärung, welchem Umstand sie galt: Weil sie über ihren Vater gesprochen hatte und beinahe über… Aidan. Oder weil der König, der mächtigste Mann von Neustrien, in allem was er tat, ob redend oder essend oder lächelnd, erbarmungswürdig wirkte. Es reifte der Wunsch in ihr, noch näher zu ihm hinzutreten, ihm die Hand auf die Schulter zu legen, vielleicht sogar ihn zu umarmen, auf dass sie gemeinsam das eigene Geschick beweinen und Trost aneinander finden könnten.

Gerade noch hielt sie sich von solch ungehörigem Benehmen zurück – doch zu dem Preis, dass der jähe Kummer sich anders entlud und ihre Augen nässten. Chlodwig sah ihre Tränen früher, als sie sie über die Wangen rollen fühlte.

»Nicht, nicht!«, rief er aus, und sein hoffnungsfrohes Lächeln schwand ihm. »Du bist doch ein mutiges Mädchen!«

Sie fühlte sich gelähmt, konnte nicht die Hand heben und sich die nassen Backen abwischen.

Hieda sprang er auf, so stürmisch, dass das Tischlein kippte und sämtliche Platten und Schüsseln mit lautem Krachen und Splittern zu Boden gingen, alsbald vom blutroten Wein bedeckt, der aus dem gleichfalls gekippten Kelch floss.

Der König bückte sich händeringend, bereit, die Spuren seiner Ungeschicklichkeit wegzuräumen, doch nicht gewiss, wie er das mit bloßen Händen anstellen sollte. Gleichzeitig mit ihm war Bathildis auf die Knie gegangen. Wie er griff sie nach der einzigen Schüssel, die heil geblieben war – und berührte ungewollt seine Hand. Ihre erste Regung war zurückzuzucken. Doch da er es nicht tat, so griff sie beherzter zu, legte ihre Finger um die seinen und hielt sie fest.

Er seufzte beseelt und schien sich nicht daran zu stören, dass ihre Hand schwielig und rau war, genauso wie sie nicht bemerkte, dass sich seine schwitzig feucht und vom Essen schmierig anfühlte.

An diesem Abend sprachen sie kein Wort mehr zueinander. Eine Weile hockten sie kniend und sich an den Händen haltend; erst später erhob sich Bathildis, um nach Mägden zu rufen, die den Unrat beseitigen sollten. Dass Chlodwig sich zwischenzeitig abwandte und ihr den Rücken zudrehte, deuchte sie als Zeichen, dass sie entlassen war – wozu und wohin auch immer. Zögernd verharrte sie hernach im Gang vor seinem Gemach, wollte warten, ob er nicht doch nach ihr riefe.

Doch während sie da stand, legte sich plötzlich ein fester Griff um ihre Schultern und – noch ehe sie erschreckt aufschreien konnte – eine Hand über ihre Lippen. Sie konnte nicht erkennen, wer sich ihr da heimtückisch genähert hatte und sie zurückriss, aber sie sah nur allzu deutlich den silbernen Dolch, der über ihr aufblitzte und auf ihre Kehle zielte.

Einen Augenblick wähnte sie alle Glieder so erstarrt, dass sie den Angriff, der offenbar auf ihr Leben abzielte, tatenlos zu ertragen glaubte, ähnlich wie einen Alptraum, den man durchlebt, aber nicht lenken kann.

Doch just als der scharfe Dolch herunterfuhr, kehrten ihre Lebensgeister zurück, und ehe die fremde Hand auf sie einstechen konnte, hatte sich Bathildis schon auf den Boden geworfen und den Angreifer mit sich zu Fall gebracht. Der Dolch war zwar in dessen Hand verblieben, doch er zielte nicht mehr auf

Bathildis' Leib, sondern durchkreiste planlos die Luft. Bathildis packte den Angreifer an dessen Handgelenk, und erst jetzt, gewahrend wie dünn und zart dieses war, ging ihr auf, dass es eine Frau war, die sie heimtückisch hatte ermorden wollen.

Leicht war auch der Körper, der unsanft auf ihrem zu liegen gekommen war und sie zu unterwerfen suchte – jetzt freilich, da dieser Angriff nicht mehr überraschend kam wie zuvor, mit deutlichem Nachteil. Bathildis' Muskeln waren gestählt, und wenngleich es ihr nicht gelang, der anderen den Dolch abzunehmen, so vermochte sie sie doch auf den Rücken zu wälzen, sich über sie zu hocken und die bewaffnete Hand auf den Boden zu pressen.

»Bist du wahnsinnig geworden!«, schrie Bathildis. »Was tust du denn?«

Sie starrte in ein vertrautes Gesicht.

»Du hast kein Recht, dich beim König einzuschmeicheln, du nicht!«, presste Itta hervor – Erchinoalds und Leutsindas Tochter, von der es hieß, dass sie sich an diesem Abend hätte mit Chlodwig verloben sollen. »Seine Aufmerksamkeit hätte mir gelten sollen, nicht dir, du verfluchte Sklavin!«

Vorhin im Saal hatte Bathildis Itta nicht bemerkt. Nun ging ihr auf, dass die junge Frau wohl an der Tafel des Königs gelegen und alles miterlebt haben musste – zutiefst enttäuscht und verärgert, dass der Abend einen so unerwarteten Verlauf genommen hatte.

»Und deswegen versuchst du, mich zu töten?«, rief Bathildis entsetzt.

»Du hast meine Mutter oft genug verärgert, als du ihr meinen Vater abspenstig machen wolltest. Aber es soll dir nicht Gleiches bei mir und dem König gelingen!«

»Bist du verrückt geworden! Ich habe deinen Vater nie gewollt!«

»Ja, gewiss!«, kreischte Itta. »Weil du meintest, dass dir noch Besseres zustünde, nicht wahr?«

So groß war Bathildis' Unverständnis, dass sie einen Augenblick lang ihren Griff um Ittas Hand lockerte – eine Unachtsamkeit, die sogleich geahndet wurde.

Mit einem Aufschrei fuhr Itta hoch, stieß Bathildis zurück und suchte erneut mit dem Dolch auf sie zu zielen. Noch ehe es ihr freilich gelang – und noch ehe Bathildis ihren Griff wieder verstärken und die andere zurück auf den Boden zwingen konnte, schloss sich eine fremde Hand um Ittas Arm, beugte sich eine Gestalt über sie und presste sie zurück auf den kalten Stein.

»Wag es nicht!«, tönte eine Stimme.

Wiewohl ihr geholfen und Itta bezwungen worden war, zuckte Bathildis zusammen, als wäre sie die Beschämte. Nun, da Itta endlich den Dolch fallen ließ und sie nicht länger bedroht war, stand sie hastig auf, als könnte sie solcherart bekunden, dass sie mit dieser leidigen Sache nichts zu tun hatte.

Der Mann, der eingegriffen hatte, scherte sich freilich nicht um sie, sondern sprach zischelnd auf Itta ein.

»Ich habe genau gesehen, was du getan hast!«

»Halt du dich da raus, Ebroin!«, entgegnete Itta schrill. »Diese Sache hier geht dich nichts an!«

»Da irrst du dich!«, entgegnete der rotäugige Mann, des Königs engster Freund, wie es hieß, der vorhin im Saal so sehr über Bathildis' Verhalten gelacht hatte. »Ich werde nicht zulassen, dass du den König heiratest – ganz gleich, was sich dein Vater ausgedacht hat!«

Endlich ließ er sie los, und Itta erhob sich hastig. Ihr eckiges Gesicht war tiefrot.

»Du hast hier gar nichts zu bestimmen, Ebroin!«, zischte sie, aber es klang kleinlaut.

Ebroins Mund verzog sich zu einem bösen Lächeln.

»Liebe Itta«, sprach er kalt, »liebe Itta … richte deinem Vater aus, er soll seine Pläne vergessen. So wie du die deinen. Haltet ihr euch nicht daran, dann wird der König erfahren, dass du vor seinem Gemach seine Sklavin meucheln wolltest … seine fortan vielleicht liebste Sklavin. Und dass der Befehl dafür von deinem eigenen Vater erging!«

»Mein Vater hat damit nichts zu tun!«

»Das weiß ich, und du weißt es. Aber wird es der König glauben, wenn ich ihm Gegenteiliges sage? Wem, denkst du, vertraut er mehr – dir oder mir?«

Die rote Farbe floh aus Ittas Gesicht.

»Mein Vater ist der mächtigste Mann am Hof! Der König vertraut ihm vollkommen!«

»Eben deswegen«, antwortete Ebroin kühl, »solltest du unbedingt vermeiden, dass es zu einem Zerwürfnis kommt … Sieh's ein, Mädchen. Der König hat heute keine Anstalten gemacht, um dich zu werben. Und sollte er's auch künftig unterlassen, so sei dir geraten, es hinzunehmen, anstatt dagegen anzukämpfen und solcherart … Unruhe zu stiften.«

Ein merkwürdiger Laut entfuhr Ittas Mund – kein verständliches Wort, sondern Ausdruck tiefster Verbitterung. Dann drehte sie sich unwirsch um und lief davon.

Ein wenig ratlos sah Bathildis ihr nach. Unbehaglich hatte sie dem Wortgefecht der beiden zugehört, sich ihren Ellbogen gerieben, den sie sich vorhin am harten Boden angeschlagen hatte – und wünschte nun nichts sehnlicher, als es Itta gleichzutun und zu fliehen.

Doch als sie den ersten zögernden Schritt in deren Richtung setzte, verstellte ihr schon der rotäugige Mann den Weg.

»Bleib!«, befahl Ebroin. »Jetzt sprechen wir!«

Er führte sie vom Gemach des Königs fort, nur wenige Schritte zwar, jedoch in eine versteckte Nische des Ganges, wo man sie nicht hören konnte und wohin auch nur spärliches Licht der Fackeln fiel. Erst dort ließ er sie los, trat einen Schritt von ihr zurück und musterte sie von oben bis unten, spröde lächelnd, was wohl bekundete, dass er mit ihrem Anblick zufrieden war.

Bathildis erschauderte unter den roten Augen, die glühend aus dem kalkweißen Gesicht hervorstarrten.

»Ihr … Ihr hättet nicht eingreifen müssen«, stotterte sie verlegen. »Ich … ich wäre mit ihr schon fertig geworden.«

»Daran habe ich keinen Zweifel. Aber es war mir ein Vergnügen, Erchinoalds Tochter in die Schranken zu weisen. Ich denke nicht, dass sie es nochmals wagen wird …«

Seine Worte brachen ab, doch seine Augen glitzerten vielsagend.

»Worüber wollt Ihr mit mir reden?«, fragte sie unbehaglich.

Ebroin lachte schrill und unnatürlich, wie es ihm zu eigen war.

»Du klingst, als hättest du Angst vor mir – ist es so?«, fragte er spöttisch.

Sie brachte keinen Ton hervor. Des Königs merkwürdiges Gebaren hatte zu sehr an ihrem Geist gezerrt, als dass sie nun auch seines ertragen konnte, ohne zu beben und nach Luft zu ringen.

»Das brauchst du nicht«, fuhr er fort, und der Spott schwand aus seinem Gesicht. »Ich weiß, ich weiß … manch einer denkt bei meinem Anblick, er stünde einer Kreatur der Hölle gegenüber, weil meine Augen eine andere Farbe haben als die der anderen Geschöpfe Gottes. Aber in Wahrheit habe ich ganz gewöhnliche Eltern. Zu gewöhnliche. Die meisten stören sich an meiner niederen Herkunft noch mehr als an meinen Augen und meinem Gesicht.«

Die Worte tröpfelten in ihr Gehirn und sammelten sich zu einer Pfütze, grau und undurchschaubar.

Ebroin. Der engste Freund des Königs. Aber niederer Herkunft.

Als könnte er ihre Gedanken lesen, fuhr er fort: »Nur König Chlodwig stört sich nicht daran. Ich bin der Sohn seiner Amme – und seit dem Augenblick sein Freund, da wir uns ihre Brüste teilten … Aber das weißt du ja gewiss – dass der König nicht viel auf Herkunft und Sippe gibt, dass man es auch als Niemand schaffen kann, ihn für sich einzunehmen. Kluges, kluges Mädchen! Seine Gewohnheiten gründlich zu erforschen … den rechten Augenblick abzuwarten … den Vergleich mit der geliebten Mutter Nanthild nicht zu scheuen … Hast es ganz richtig gemacht.«

Er sprach so stolz, als hätte sie nicht nur nach genauem Plan gehandelt, sondern als hätte er selbst jenen entworfen.

»Was meint Ihr?«, fragte sie.

Ebroin zögerte seine Antwort hinaus. Er umrundete sie mit tänzelnden Schritten. Erst jetzt fiel ihr auf, wie überaus dürr er war. Auch Chlodwig hatte schmale Schultern, doch wo sich bei ihm ein fetter Bauch wölbte, hatte Ebroin eine Taille wie ein Weib und Beine, so leichtgliedrig wie eine Spinne.

Jäh hob er seine Hände, sodass sie rechnete, er würde sie damit packen wollen. Doch er hielt sie ihr nur vors Gesicht.

»Sieh dir meine Hände an!«, forderte er.

Sie wich zurück. Feingliedrig und lang waren sie wie die übrigen Glieder, nicht weiß wie sein Gesicht, sondern rot verfärbt, als hätte er sie zu lange im kalten Wasser gewaschen. Vor allem waren sie sauber.

»Und jetzt«, setzte er hinzu, »und jetzt blicke auf deine!«

Sie war zu müde, seine Bitte zu hinterfragen. Langsam hob sie die Arme ins schwache Licht, sauberer als sonst, aber fetttriefend, wo Chlodwig sie gehalten hatte, und an den Fingerkuppen sogar ein wenig schwarz von den verkohlten Stücken des Bratens, den der König zu Boden geworfen hatte.

»Siehst du!«, rief er triumphierend. »Deine Hände sind schmutzig – meine nicht. Wenn du willst, kannst du es schaffen, so sauber wie ich zu werden. Auch wenn hier niemand etwas von mir hält – bis auf den König. Und auch wenn du in den Augen aller nur eine kleine, nutzlose Sklavin bist – nur nicht in jenen des Königs. Du siehst, ich verstehe dich!«

Sie nickte vorsichtig. Es ging ihr durch den Kopf, dass es sein

Gutes hatte, wenn er viel sprach – so würde sie später, in klareren Momenten, darüber nachsinnen können.

»Ich will dir nur sagen«, fuhr er schon fort, »dass ich bereit bin, dir zu helfen. Du kannst es brauchen, so geschickt du dich auch anstellen magst. Glaub mir, unsereins hat Widersacher hinter jeder Ecke zu fürchten; du hast es gerade eben erlebt – da ist es ratsam, sich zu verbünden. Und ich verlange nicht viel an Gegenleistung. Nur dass du es mir nicht vergisst, nicht wahr? Du wirst es mir nie vergessen!«

»Ja«, murmelte sie verwirrt, erneut einem vagen Gefühl folgend. Diesmal besagte es, dass sie sich ihn nicht zum Feind machen sollte. »Ja … nur was?«

Er trat näher zu ihr, ließ die Hand vorschnellen, die er ihr vorher nur gezeigt hatte, drückte damit fest ihre Finger, die er eben noch für schmutzig befunden hatte, gleiche Finger, die vor kurzem noch des Königs Hand gehalten hatten. Er hielt sie so fest, dass es schmerzte, und zugleich – und das war noch verwirrender – deuchte es sie, als würde sein Pulsschlag jäh durch ihren Leib hetzen, sie mit seinem fahrigen Lebensrhythmus anstecken. Sie wurde rot im Gesicht, und ihm entging es nicht, denn er lachte kreischend auf.

»Du verstehst ganz genau, was ich meine! Dein Blick ist wach«, rief er ihr zu und bemühte sich nicht länger, die Stimme flüsternd zu halten. »Gewiss hast du's begriffen, dass der König ein guter Mensch ist, aber schreckliche Angst hat. … Angst, so schmählich zu enden wie viele seiner Vorfahren. Ermordet. Geschändet. Verflucht. Er will nichts falsch machen, deswegen macht er am liebsten gar nichts. Er will, dass seine toten Eltern stolz auf ihn sind – und scheut darum jegliches Handeln, weil es womöglich nicht deren Wohlgefallen finden könnte. Nun, so müssen ihn eben andere lenken, verstehst du? Ich tue es, weil ich ihm ewig dafür dankbar sein werde, dass er mein Freund ist. Und du … du könntest mir dabei helfen! Zwei Stimmen können ihn eindringlicher beschwören, sich endlich aus der Vormundschaft von Erchinoald, den Großen des Landes, den Bischöfen zu lösen.«

Der Druck seiner Hände ließ nach, aber seine langen, feinen Finger hörten nicht auf, die ihren zu halten. Er trat so dicht an sie heran, dass sie seinen Atem spüren konnte. Für kalt hatte sie ihn ob seiner weißen, farblosen Gestalt gehalten. Doch sein Atem war heiß. Als seine Hände über ihr Haar glitten und schließlich über die glatten Wangen, wartete sie vergebens auf altbekannten Ekel. Stattdessen bestimmte er weiterhin den Schlag ihres Herzens; holprig und schnell. In ihren Ohren rauschte Blut, nicht lau wie Wasser, sondern prickelnd wie Wein.

Unter seinem lauernden Blick verdammte sie den verräterischen Körper, der sich nicht darum scherte, wie hässlich der Mann war, sondern einzig, wie bestimmt und fordernd und selbstgefällig.

Zumindest ihre Stimme ließ sie nicht im Stich. Sie antwortete nicht auf seine Ausführungen, sondern bekundete knapp und hölzern: »Ich will nichts vom König. Ich will nur … heimkehren.«

Er ließ sie los, um grell aufzulachen. Ein paar Schritte trat er zurück, erneut mehr tänzelnd als gehend. Indessen des Königs Leib sie von schwerer Last gebeugt deuchte, war der seines engsten Freundes wendig.

»Du gefällst mir, Mädchen«, sagte Ebroin schließlich. »Du verbirgst deine Absichten beinahe so gut wie ich. Doch vor mir musst du sie nicht verstecken. Ich stehe auf deiner Seite.«

Indessen er weiter lachte, sprang sein Adamsapfel an seinem Hals hervor. Erst bei diesem Anblick befiel sie Abscheu. Freilich kam jener nur lahm dahergekrochen, und bis er ihr Gemüt so sehr beherrschte, dass sie ihm noch weitere Sätze hätte entgegenstellen können, hatte sich Ebroin schon abgewandt, tänzelte den Gang entlang und verschwand im Schatten der Fackeln, deren Licht nicht weniger fahrig und unruhig flackerte, als er selbst sich gebärdete.

Sie wusste nicht, wohin sie gehen sollte.

Die Tür zum Gemach des Königs war verschlossen; die Wachen im Gang sahen durch die junge Frau hindurch, und Gertrude, die sie vorhin hierher geleitet hatte, blieb verschwunden. Ein wenig ziellos ging Bathildis auf und ab, ehe sie sich entschied, in die Küche zurückzukehren, wo sie bislang stets geschlafen hatte. So machte sie sich in Richtung der Wirtschaftsgebäude auf, kam an jenem Saal vorbei, in dem sie dem König begegnet war und vor dem noch manches Schuhwerk lag – von jenen Gästen stammend, die bis tief in die Nacht hinein feiern würden. Sie wollte von niemandem gesehen werden, eilte durch den roten Dunst und erreichte schließlich das Küchengebäude. Hier freilich stieß sie nicht nur auf die übrigen Sklavinnen.

Sie spürte den Blick auf sich ruhen, noch ehe sie die andere sah, und als sie sich umdrehte, stand erneut Itta vor ihr, die wütende Angreiferin von vorhin.

Bathildis zuckte zusammen. Schon wartete sie auf eine hasserfüllte Tirade oder neuerliche Attacke und war umso erstaunter, als Itta nicht aus verkniffenem Mund zu keifen begann, sondern bei Bathildis' Anblick die Hände vors Gesicht schlug und zu heulen begann, nicht leise schluchzend, wie es gewöhnlich hochgeborene Damen taten, sondern laut und kläglich, als würde sie von der Verzweiflung zerrissen.

Bathildis wusste nicht ein noch aus. Beim König weilend war ihr selbst zum Weinen zumute gewesen, und auch wenn die Begegnung mit Ebroin all ihre Tränen hatte trocknen lassen, so fühlte sie sich jetzo zu zermürbt, um diese Laute zu ertragen.

»Hör auf!«, zischte sie ärgerlich. »Hör auf!«

Der entschiedene Ton brachte Itta zum Innehalten. Sie blickte mit geröteten Augen hoch und stierte Bathildis an, so ausdruckslos, als wüsste sie nicht, wen sie vor sich hatte, ja, als hätte sie vergessen, dass sie eben noch genau dieses Mädchen hatte töten wollen.

»Meine Mutter wäre so froh gewesen, wäre ich des Königs Gattin geworden, und mein Vater auch. Verstehst du nicht, was das bedeutet hätte? Sie wären einen Tag lang in ihrem Trachten geeint gewesen und hätten ihren Zank vergessen!«, rief sie klagend.

Bathildis schüttelte unbehaglich den Kopf. »Itta, nicht doch … ich habe deine Pläne nicht durchkreuzt … es ist auch nichts geschehen, was …«

Itta hob unwirsch die Hände.

»Stets halten sie einander vor, was der eine dem anderen schuldig bleibt!«, sprach sie hoffnungslos. »Es war nie Frieden zwischen ihnen, bis auf jene kurze Stunde, da sie beieinanderhockten und über mich sprachen und sich schnell einig waren, dass die Zukunft unserer Familie noch gefestigter sei, wenn ich den König zum Gatten bekomme …«

Sie setzte sich auf eine der Bänke, die ihr unter normalen Umständen gewiss zu dreckig erschienen wären, stützte den Kopf in die Hände und fuhr fort, bitterlich zu heulen.

»Itta …«, begann Bathildis verlegen.

»Itta«, setzte sie erneut an. »Itta … warum soll der König nicht danach trachten, dich zu freien? Ich verspreche auch: Ich erzähle niemandem, was du heute getan hast und …«

Itta fuhr auf, mit nassem Gesicht und flackerndem Blick. »Ich hab's in Ebroins Augen gesehen! Ich hab's genau gesehen! Er sah dich an und wusste, dass du ihm nützlich sein könntest! Und ich … ich habe ihm jetzt auch noch einen Trumpf in die Hände gespielt, als ich mich derart gehen ließ …«

Sie seufzte lang und tief. »Mein Bruder Leudesius deucht ihn gefährlich. Du aber hast keine Geschwister, die Ebroin jemals gefährlich werden könnten. Du kommst wie er aus dem … Nichts.«

»Eben«, beschwor Bathildis sie eindringlich, aber sie vermochte Itta nicht in die Augen zu sehen. »Eben! Du sagst es doch! Ich bin nur eine Sklavin!«

»Ach, tatsächlich?«, jäh klang Ittas Stimme schneidend. »Das war des Königs Mutter auch!«

Sie verzog ihren Mund zu einem unschönen Lächeln.

Bathildis konnte nur ahnen, was sie ihr an bösen Worten an den Kopf hätte werfen wollen, wenn nicht just in diesem Augenblick Schritte erklungen wären. Ittas Lächeln schwand; sie presste die Lippen zusammen und wandte sich ab, indessen Bathildis hilflos mit den Händen rang.

Gertrude war zu ihnen getreten. Ihre Stimme klang ausdruckslos wie stets.

»Du bist von allen Diensten befreit, Bathildis«, plapperte sie. »Der König hat's entschieden. Ich soll dir noch mehr Kleider von mir geben… und ab dieser Nacht sollst du mit mir und Itta in der gleichen Kammer schlafen.«

Bathildis streckte sich wohlig aus. Im Kloster hatte sie auf einem Strohsack geschlafen, nun bettete sie den Kopf auf ein Kissen, welches mit den Daunen der Eiderente gefüllt war.

Und sie hatte ein Bett ganz für sich allein, denn Itta hatte wütend entschieden, lieber bei der kranken Mutter zu liegen als bei einer Sklavin, ganz gleich, was der König von jener hielt. Leutsinda selbst bekam Bathildis nicht zu sehen. Es hieß, dass es ihr nach den Aufregungen des Abends wieder schlechter ging. Schon vor Stunden habe sie sich in die Frauengemächer zurückgezogen, und es war nicht gewiss, wann sie diese wieder würde verlassen können.

Gertrude erzählte ihr das.

Dass sie mit Bathildis eine Kammer zu teilen hatte wie ansonsten nur mit der Schwester, schien sie nicht zu stören. Sie redete ohne Unterlass, wiewohl ihre Augen vor Müdigkeit schon ganz schmal waren.

»Meine Mutter kann nicht fassen, was geschehen ist. Sie hat jedem davon erzählt, selbst mit Oda hat sie gesprochen. Nein, geschrien hat sie. Wie Oda es sich einfallen lassen konnte, dich in den Saal zu schicken! Bestrafen hat sie sie wollen, doch dann ist mein Vater dazwischengegangen und hat gesagt, sie dürfe so etwas nicht sagen. Du hättest das Wohlgefallen des Königs erregt. Sie dürfte kein schlechtes Wort mehr über dich verlieren... Die Wahrheit ist: Mein Vater war nicht minder erzürnt über die Ereignisse wie sie. Ich glaube, er stellte sich nur auf deine Seite, weil es gegen sie gerichtet war.«

Bathildis hatte das Gerede überhören wollen, hatte die Augen geschlossen, um nach dem langen, ermüdenden Tag endlich zu schlafen. Doch stattdessen war sie nun hellwach, den Bildern der letzten Stunden ausgeliefert, die ihre Gedanken nicht müde wurden an ihr vorbeizuspulen.

»Meine Mutter hat daraufhin lange geweint. Nicht wegen dir, sondern weil sie wieder Schmerzen bekam, sie darüber klagte, aber er kein Mitleid zeigte. Und Itta – sie grämt sich so, weil ihre Pläne nicht aufgegangen sind. Ich verstehe das gar nicht... Weißt du, Bathildis, was ich mir schon lange gedacht habe? Dass ich keinen Gatten will. Ich weiß, es ist undenkbar, denn dann bliebe mir nur das Kloster, und das mag ich auch nicht, weil das Bußgewand, das man dort trägt, kratzt und grau ist. Und doch ist es so...«

Bathildis fuhr hoch, sicher, dass ihr der Schädel platzen müsste, wenn Gertrude noch ein einziges Wort sagte.

»Halt dein Maul!«, entfuhr es ihr.

Gertrude glotzte träge. Der Schein der Kerze, die sie noch nicht ausgeblasen hatte, tanzte auf der unteren Hälfte ihres Gesichts, wohingegen auf der Stirne die Schatten wie dunkle Wolken ruhten. Stumm war sie Bathildis fremd. Sie hatte das Mädchen kaum anders als plappernd erlebt, und zum ersten Mal gewahrte sie auch in ihr den Ausdruck dumpfer Traurigkeit.

Es war zu viel.

Wie soll ich's ertragen, wenn nun auch sie heult?, dachte sie.

Gertrude weinte nicht.

»Es wundert mich, Bathildis, dass du so furchtlos bist«, murmelte sie. »Gute Nacht!«

Sie löschte die Kerze, aber Bathildis konnte sich nicht mehr zurücklegen. Halb aufgerichtet verharrte sie, die letzten Worte bedenkend.

Ja, all dies war geschehen, weil sie furchtlos erschienen war.

Chlodwig hielt sie für eine starke Frau, die seiner toten Mutter glich.

Auch Ebroin hielt sie für stark, was dazu führte, dass er irgendwelche Pläne ausheckte.

Und Itta hatte ihr nicht nur unterstellt, sie habe den Wandel ihres Geschicks willentlich herbeigeführt, sondern war obendrein mit einem Dolch auf sie losgegangen.

Doch in Wahrheit war alles, wonach sie getrachtet hatte, zu sterben – weder hatte sie als furchtlos erscheinen wollen noch den König für sich einnehmen.

Bathildis stöhnte auf. Stets hatte sie als Sklavin den nächsten Tag berechnen können; nun lag jener im Dunkeln und desgleichen, was der König von ihr wollte … und Ebroin.

Was geschieht mit mir?, dachte sie erbebend. Was geschieht nur mit mir?

XV. Kapitel

Geliebter Aidan,

nun, da ich viel Zeit mit ihm verbringe, beginne ich, des Königs Wesen zu verstehen.

Seit vielen Jahren drücken ihn Sorgen um sein Land. Kein mächtigeres Reich lässt sich auf Erden finden als das der Merowinger, doch weil es so oft unter den Königssöhnen geteilt wurde, gab es kaum Zeiten, da es Frieden und Wohlstand genoss. Stets war es zerrissen von Kriegen zwischen Menschen gleicher Abstammung.

Chlodwig ist – wie Ebroin sagte und ich seitdem viele Male selbst erleben konnte – von Furcht gelähmt. Nicht nur Rebellion und Krieg gilt sie – sondern auch dem Vergleich mit seinem Vater Dagobert. Er weiß, dass er jenem nicht standhält, gehörte Dagobert doch zu den Großen des Geschlechts und war einer der wenigen, der alleine über das ganze Reich herrschte.

Mir scheint's, die Zeiten der starken Merowingerkönige sind endgültig vorbei. Hier in Neustrien ist Erchinoald letztlich mächtiger als Chlodwig, und auch in Austrasien, so heißt's, will der Major Domus alles selbst entscheiden. Es mag sein, dass künftig deren Sippen die Geschicke des Landes viel mehr bestimmen werden als das Geschlecht der Merowinger…

Anfangs hatte Bathildis nicht gewusst, wie sie Chlodwig gegenübertreten sollte, was er von ihr wollte und wie sie darauf zu reagieren hatte. Weder äußerte er Wünsche, noch ahnte sie, ob es sich für sie lohnen könnte, um ihn zu buhlen.

So handelte sie meist ziellos, traf dennoch zum eigenen Erstaunen die richtigen Worte, und das bereits an jenem ersten Tage, da er sie zeitig am Morgen wieder zu sich rief. Die frühe Stunde hielt ihn nicht davon ab, ein üppiges Mahl zu sich zu nehmen. Es bestand aus ganzen gebratenen Hühnern, und seine Finger waren so fettig wie das dünne, lange Haar, das in die Speisen hing. Bei diesem Anblick überkam Bathildis solche Übelkeit, dass sie meinte, sich auf der Stelle übergeben zu müssen.

»Hört zu essen auf!«, rief sie gegen den Brechreiz an. »Es kann doch nicht sein, dass ein Mann wie Ihr stets nur an Essen denkt. Und überhaupt: Warum hockt Ihr an einem Tag wie diesem in einem stickigen Raum?«

Bis zu diesem Augenblick war ihr noch nicht aufgefallen, dass die Sonne schien. Nun aber, da ein sonderliches Glänzen in Chlodwigs Gesicht aufleuchtete, gewahrte sie die lockenden Strahlen, und es wurde ihr – entweder von diesen oder von seinem zutraulichen Lächeln – warm ums Herz. Als er sich willfährig erhob, errötete sie.

»Vergebt«, murmelte sie verlegen. »Vergebt mir, es steht mir nicht zu, so mit Euch zu sprechen und …«

»Gut«, fiel er ihr ins Wort. »Lasst uns ins Freie gehen.«

Er folgte ihr wie ein tapsiger Hund – und rührte sie nicht minder als ein solcher. Trotzdem hätte sie vor Scham vergehen wollen, als die vielen Blicke sie trafen – ehrfürchtig auf den König gerichtet und abschätzend auf sie.

Sie denken gewiss, ich wäre seine Hure, ging ihr durch den Kopf, und sie wünschte sich nichts so sehr, als sich wieder in seinem Gemach zu verkriechen, auch zum Preis, dass sie nicht nur die fettigen Hühner ertragen musste, sondern vielleicht auch seine Berührung, ähnlich jener, als sie am ersten Abend seine Hand gestreichelt hatte. Warum sonst wollte er sie in seiner Nähe halten, wenn nicht zu diesem Zwecke?

Er verzichtete jedoch darauf, ihr zu nah zu treten. Auch als es in den kommenden Tagen nicht länger sonnig vom Himmel schien, sondern weiße Flocken staubten, genoss er es, sich mit ihr im Freien aufzuhalten, und selbst als ihm der Atem vor dem Mund gefror, hörte er nicht auf zu reden.

Wann immer er geendigt hatte, wusste sie nicht, ob sie ihn durch Fragen zu seinen Erzählungen aufgefordert hatte oder ob sie wahllos über seine Lippen traten. Manchmal ahnte sie, sie könnte ihn mit bloßen Blicken lenken, und sie war stolz darauf – manchmal schauderte sie vor seinem Zutrauen, und sie war geneigt, ihm zuzurufen, dass sie nicht die mutige, starke Frau wäre, für die er sie hielt.

Doch sie unterließ alle Widerworte und zog es vor zu nicken.

Sie nickte, als er von seinem Vater sprach, dem großen König Dagobert, der zwar alle Macht in Neustrien und Austrasien hatte, jedoch lange Zeit keinen Sohn, denn seine erste Frau Gomatrude war unfruchtbar gewesen. Erst seine Nebenfrau Ragnetrudis hatte ihm schließlich einen Sohn geboren, Sigibert, Chlodwigs Halbbruder, und Nanthild einen zweiten. Bathildis erwartete, dass er nun von dieser zu sprechen begänne, seiner Mutter und jener Frau, der sie offenbar glich. Auch sie eine Sklavin. Und doch dazu auserkoren, des Königs Herz für sich einzunehmen und ihm Chlodwig zu schenken.

Stattdessen aber erwähnte er plötzlich die Ruhr – jene Krankheit, die den Vater erfasst hatte, als er ins sechzehnte Regierungsjahr ging. Er hatte damals Nanthild zu sich rufen lassen und desgleichen den kleinen Sohn, auf dass sie ihn beide im Sterben begleiteten.

»Welches qualvoll war … er konnte nichts mehr essen.«

»Ja«, sagte Bathildis, um ihm nicht nur mit einem Nicken zuzustimmen. »Ja, die Ruhr ist eine schlimme Krankheit. Schlimmer sind nur Lepra und Pest.«

Jenen Krankheiten war sie allesamt nicht begegnet; den Tod

freilich kannte sie – von jener Nacht her, da die Friesen den Vater erschlagen hatten. In den weißen Schnee starrend entsann sie sich des aufspritzenden Bluts und erschauerte. Ungelenk legte ihr der König die Hand auf die Schulter. Sie wusste nicht, ob sie ihn zurückstoßen oder sich in die Umarmung fallen lassen sollte.

Vorsichtig drehte sie sich um, um zu prüfen, ob jemand sie belauerte. Konnte es sein, dass Erchinoald hier irgendwo war, dem König das hübsche Mädchen gönnend und zugleich hadernd, weil sie ihn selbst zurückgewiesen hatte? Was würde Itta denken, der sie doch niemals den Gatten hatte rauben wollen, oder Leutsinda, die gewiss gegen die verhasste Sklavin grollte? Und … Ebroin, der farblose, rotäugige, spöttisch Lachende?

Bei der Erinnerung an ihn erschauerte sie noch mehr. Der König drückte sie fester.

»Bitte«, sagte Bathildis schwach und machte sich los, ehe sie die Entscheidung treffen konnte, ob die Berührung ihr Wohltat war oder Qual. »Bitte … fahrt fort. Erzählt mir mehr von Euch.«

Wie früher schon zogen sie auch im Laufe dieses Winters von Residenz zu Residenz, einmal auch weit in den Süden, in jenen Teil des Reiches, der Burgund hieß und dessen Adelige sich nur ungern von Neustrien gängeln ließen, wie Bathildis erfuhr. Noch als Nanthild für Chlodwig regiert hatte, gab es fortwährend Auseinandersetzungen darüber, ob denn in Burgund derselbe Major Domus gelte wie in Neustrien oder jenes einen eigenen bestellen dürfte. Nanthild bestimmte für das Amt einen gewissen Flachoad – die Großen von Burgund aber einen der ihren, welcher Willebad hieß. Die beiden bekriegten sich noch über Nanthilds Tod hinaus, und auf dass nicht länger beide Reiche darunter litten, wurde schließlich ein Zweikampf beschlossen. Wer immer den anderen tötete – denn was wäre dies anderes als ein Zeichen Gottes –, sollte das umstrittene Amt erlangen.

»Alle Großen des Reiches versammelten sich und umstellten das Feld, wo sie aufeinander losgingen«, murmelte Chlodwig. »Ich … ich war damals noch ein Knabe. Und musste dennoch zusehen. Erchinoald, der damals schon Major Domus war, verbat mir, den Blick zu senken. Er sagte, es wäre eines Königs nicht würdig, auch nur mit den Lidern zu zwinkern. Lang währte die Zeremonie, ehe sie überhaupt zu kämpfen begannen. Es gab auch mancherlei zu essen und zu trinken …«

Als er ihr davon erzählte, hielt sich Bathildis schon seit Wochen in seiner Gesellschaft auf. Sie wusste immer noch nicht, was er von ihr wollte, sie wusste nur, dass es nichts Unsittliches sein konnte, denn er war ihr nie zu nahe getreten. Ihr Mitleid war darum echt wie ihre Neugierde, beides nicht länger beschmutzt von Angst und Scham wie am Anfang.

»Und«, fragte sie, »wer ist siegreich aus dem Kampf hervorgegangen?«

Jäh hob Chlodwig seine Hand an die Schläfen, als müsste er die Erinnerung heraufbeschwören. Stattdessen stieß er plötzlich einen wilden Schrei aus, der Bathildis zusammenzucken ließ.

»Weh!«, stöhnte er. »Weh! Wie sie schon wieder im Kopf wüten … die Stimmen. Immer so viele. Alles muss ich sehen, alles muss ich hören, nichts darf mir entgehen, ich bin der König. Und deswegen reden und reden und reden sie … und wollen von mir Entscheidungen … und niemals sind sie stumm.«

»Wer«, fragte Bathildis entsetzt. »Wer?«

Erstmals war sie es, die ihn von sich aus berührte, fest den Arm um seine Schultern legte und ihn an sich drückte.

»Ich weiß es nicht«, murmelte er hoffnungslos. »Manchmal tragen sie die Gesichter von Flachoad und Willebad, wie sie da blutüberströmt aufeinander losgehen, einer dem anderen mit dem Schwert den Leib durchbohren will, mit der Axt den Schädel einschlagen … oh, könnt ich mir nur selbst den Schädel einschlagen, die Stimmen würden endlich schweigen!«

»Sagt so was nicht!«, rief sie.

Ihr Entsetzen beschwichtigte ihn – er dachte, es gelte seinen Worten. In Wahrheit überkam es sie, weil sie sich erst in jenem Augenblick vollends eingestand, dass der König einen kranken Geist besitzen musste. Schon als Oda ihr damals Gerüchte über den König zugetragen und er selbst von den vielen Stimmen in seinem Kopf gesprochen hatte, hatte sie es geahnt – und es nicht recht glauben wollen, wo er doch König war.

Jetzt wusste sie es sicher – und konnte sich des Kummers darüber nicht erwehren. Suchte er ihre Nähe, weil sie vielleicht die Einzige war, die ihn fest genug packen konnte, um ihm die Stimmen auszutreiben? Und könnte sie solcherart auch aus sich selbst das Elend quetschen, davon gezeugt, dass sie zwar nicht mehr in der Asche hausen musste, aber immer noch Sklavin war, seinem Willen ausgeliefert – dem Willen eines Verrückten?

Sie wusste nicht, was sie tun sollte, da sprach er schon weiter, diesmal wieder nüchtern. »Willebad ist vom Schlachtfeld geflohen – und wurde hinterrücks ermordet. Flachoad überlebte ihn nicht lange, von seinen Feinden gemeuchelt. Seit ich denken kann, fließt um mich Blut. Schon als Kind habe ich mich gefragt, ob ich wie mein Vater im Bett werde sterben dürfen – oder erstochen, erwürgt, erschlagen, ertränkt?«

Er lachte bitter auf, beinahe klang es so kreischend wie bei Ebroin. Nicht wieder hatte dieser mit Bathildis gesprochen seit jener Nacht, jedoch war er manches Mal anzüglich grinsend an ihr vorbeigehuscht.

»Nun gut«, Chlodwig hörte auf, sich die Schläfe zu reiben. »Wir bleiben nicht mehr lange in Burgund. Nächste Woche kehren wir nach Paris zurück. Es ist mir die liebste Stadt, und bin ich dir dort nicht auch zum ersten Mal begegnet? Könnte es eine schönere Heimat geben? Ich mag das Land flach, und ich mag, wenn Wasser um mich fließt.«

»Gewiss«, gab Bathildis zurück. Dass seine Stimme an Heftigkeit verlor, machte es leichter, ihr Mitleid zu beschwichtigen, den Wunsch, ihn von seinem Wahn zu erlösen. »Gewiss ... aber wisst Ihr, mein König, dass Eure Heimat nicht auch die meine ist?«, fragte sie. »Könnt Ihr Euch entsinnen, was ich Euch über mich erzählt habe – dass ich von weither komme … und nie aufgehört habe, mich nach jenem Land zu sehnen?«

Verwundert starrte er sie an. Kein einziges Mal hatte er nach ihrem Leben gefragt, hatten sie über ihr Geschick gesprochen. Ihm reichte die Gewissheit ihrer vermeintlichen Stärke. Er wollte nicht wissen, woher sie diese nahm.

»Tatsächlich?«, fragte er.

Trotz der Verwunderung deuchte sie sein Blick klar. Vielleicht hatte sie nur diesen kurzen Moment, da sie in ihn dringen konnte – und sie war entschlossen, ihn zu nützen.

»Als mich die Friesen aus Britannien entführt haben, musste ich alles zurücklassen, was mir lieb war. In Wahrheit bin ich eine Fürstentochter, keine Sklavin.«

Er lächelte dümmlich, gleich so, als wollte er gegenüber einem, dessen Sprache er nicht verstand, zumindest höflich sein.

»Was willst du mir damit sagen, Bathildis?«, fragte er.

Sie zuckte beim Klang ihres Namens zusammen. Sie war sich nicht sicher gewesen, ob er ihn überhaupt kannte.

»Ihr seid mir doch so wohl gesonnen«, setzte sie vorsichtig an. »Werdet … werdet Ihr mir die Freiheit schenken? Werdet Ihr mir erlauben, in meine Heimat zurückzukehren?«

Sie musste lange auf die Antwort warten. Der Winter, anfangs weiß und frostig, wurde matschig. Zum ersten Schnee kam kein neuer hinzu, doch die Winde waren zu frisch, um ihn zu schmelzen. Der Dreck des Hofs kratzte an seinen Rändern und färbte ihn gelb.

Gerne hätte Bathildis nun darauf verzichtet, im Freien herumzustapfen, doch inzwischen war es der König, der sie drängte, an der Gewohnheit festzuhalten, desgleichen, wie er das unmäßige Speisen mehr und mehr unterließ.

Das alles tat ihm gut. Der Winter, der sämtliche anderen Mitglieder des Hofstaats auszehrte und krank machte, verlieh ihm kantige Züge, einen schneidenden Schritt und wache Augen. Nur wenn Bathildis wieder davon sprach, heimkehren zu wollen, dann ward sein Blick verhangen wie von einer fetten, weißen Schicht. Dümmlich beglotzte er sie dann, ohne etwas zu sagen, aber sie fühlte sich dennoch ermutigt, weil er ihr zumindest nicht widersprach. Nie gab er zu verstehen, dass sie sich den Gedanken aus dem Kopf schlagen müsste. Vielleicht, so hoffte sie, brauchte er nur Zeit, um sich damit abzufinden.

Diese wollte sie ihm gerne geben und seinen Widerstand mit Vorsicht bröckeln lassen. Mit der Zeit vermied sie es, ihren Wunsch direkt zu benennen. Stattdessen deutete sie ihn nur an, indem sie ihm erzählte – von ihrer Kindheit im Kloster und was sie dort gelernt hatte, von der gestrengen Nonne Godiva und von der ängstlichen Hereswith, ihrer gleichaltrigen Freundin. Er lauschte lächelnd, was sie ermutigte, schneller zu sprechen, und was dabei herauskam, verwunderte sie oft selbst. Sie hatte nicht gewusst, derart viele Erinnerungen an ihre Vergangenheit zu haben. In ihrer schlimmsten Zeit hatte sie sich stets an Aidans Namen festgehalten – nie jedoch Ereignisse aus der Kindheit heraufbeschworen.

Manchmal zweifelte sie: War es überhaupt die eigene Geschichte, die sie da erzählte, oder eine ausgedachte, die allein den Zweck hatte, ihn zu unterhalten?

In jedem Falle wuchs sein Zutrauen zu ihr und reichte bald so weit, dass er sich Rat von ihr erbat: Im neustroburgundischen Aquitanien waren die Vasconia mit Bordeaux, Agen und Saintes sowie Toulouse zu einem Amtssprengel zusammengefasst worden. Er wusste nicht, wem er sie unterstellen sollte, einem Mann, der gallorömischer oder fränkischer Herkunft war.

»Wie wär's mit einem solchen«, setzte Bathildis leichtfertig an, niemals sonderlich interessiert an den Problemen seiner Herrschaft, aber geübt darin zu erkennen, wann er sich von ihr mehr als Zuhören erhoffte, »wie wär's mit einem solchen, der von einem Gallorömer gezeugt, aber von einer Fränkin geboren wurde? Gibt es nicht genügend solcher Verbindungen zwischen den großen Adelsfamilien dieses Landes?«

Dank ihres Ratschlags war alsbald Patricius Felix gefunden.

»Hab Dank«, sprach der König. Sein Geist, so klar auf diese bestimmte Frage gerichtet, schien sich zu klären wie der farblose Himmel. Keinerlei Stimmen verdunkelten ihn. Er schien ein ganz gewöhnlicher Mensch zu sein, ohne absonderliche Eigenheiten – und offen für ihre Worte.

»Ihr … Ihr müsst Euch nicht bedanken«, stammelte sie unwillkürlich und fixierte seine grauen Augen. »Aber vielleicht seid Ihr so gnädig, mir meinen Wunsch zu erfüllen, von dem ich schon einmal sprach. Ich … ich will heimkehren.«

Seine Augen weiteten sich, als hörte er diese Bitte zum ersten Mal. Sein Blick verschleierte sich jedoch nicht, sondern blieb verständnisvoll.

»Wenn es Frühling wird«, versprach er, und sie juchzte glücklich auf, ehe er die Worte wieder zurücknehmen konnte.

Ihre Freude war so unmäßig, dass sie vorerst nicht verlangte, er möge sein Versprechen bekräftigen. Es war ihr, als würde sämtliche Spannung von ihr abfallen, und zugleich tobte eine Kraft durch ihren Körper, die sich selbst bei ihrem einstigen mühseligen Arbeitsalltag nicht verbraucht hatte.

Stets war sie am Abend frisch und mochte nicht an Schlaf denken. Fast schmerzhaft war's, ruhig zu liegen, um Gertrude nicht zu wecken, sich immer wieder vorzusagen: Der König lässt mich frei, ich kann heimkehren, ich werde alles tun, um Aidan zu finden. Ich werde ihn wiedersehen.

Kein einziger dieser Gedanken ließ sich nüchtern zu Ende führen. Sie gingen ihr nicht bloß durch den Kopf – sie schienen zu rennen, immer voreinander davon, stets auf der Flucht vor genauer Prüfung. Nie kam ihr in den Sinn, dass der gute Ausgang noch gefährdet sein könnte. Nie ließ sie sich ängstigen von dem Gedanken, dass Aidan vielleicht für immer verschollen bliebe, ein Sklave der Friesen, geknechtet, geschlagen, vielleicht sogar schon ermordet.

Nein, er musste es geschafft haben wie sie; vielleicht erwartete er sie längst in der Heimat. Daran hatte sie sich all die Jahre festgehalten und aufgerichtet; alles andere war jetzt undenkbar.

Gertrude war die Erste, die ihre Freude bemerkte, wenngleich sie sie fehldeutete. »Itta ist überzeugt, dass der König dich zum Weibe nehmen wird. Ist das wahr?«

Bathildis lachte prustend auf, so sehr, dass sie beinahe erstickte.

»Sag ihr, sie muss sich keine Sorgen machen!«, fegte sie die Frage weg. »Trotz allem, was sie wider mich getan hat, hat sie beste Chancen, selbst Königin zu werden!«

Wie Itta darauf reagierte, wusste sie nicht – aber eines Tages kam die gequälte Leutsinda in Gertrudes Kammer gekrochen, um mit der einstigen Sklavin zu sprechen. Bathildis war ihr seit der Stunde, da sie Chlodwigs Interesse erregt hatte, nicht mehr begegnet. Anfangs dachte sie, Leutsinda meide sie aus Furcht, dass sie ihr die schändliche Behandlung von einst heimzahlen und beim König schlecht über sie reden könnte.

Stattdessen starrte die Alte sie erst misstrauisch, dann höhnisch an. »Bild dir bloß nichts ein«, keuchte sie. »Heute begehrt er dich; morgen wirft er dich wieder weg!«

Bathildis straffte ihren Rücken. »Lass mich in Ruhe! Du hast mir gar nichts mehr zu sagen!«, entgegnete sie kühl – von jenem Zusammentreffen freilich nicht lang verstimmt.

Auch Erchinoalds Blicke – viel vorsichtiger als die seiner Gattin – konnten ihr nichts anhaben. Zwiespältig war er, schien ihr die Stellung zu missgönnen und wusste zugleich, dass es gut war, einen von ihr zufriedengestellten König vor sich zu haben.

Nur einer vermochte ihr für wenige Stunden ernsthaft zuzusetzen.

Sie war auf dem Weg zu Chlodwig, da Ebroin sie abpasste, bleich und rotäugig wie immer und mit spöttischem Gelächter auf seinen Lippen.

»Wie ich's mir dachte – du gefällst dem König. Gar nicht genug kann er von deiner Gesellschaft kriegen.«

Er trat so dicht zu ihr her, wie Chlodwig selbst es nur selten von sich aus gewagt hatte. Sie spürte nicht nur seinen warmen Atem, sie roch ihn.

Zurückweichend dachte sie, sie könnte ihn schneller loswerden, würde sie schweigen, doch er störte sich nicht daran, sondern fuhr eifrig fort.

»Du machst es richtig, wenn du ihn nicht dazu drängst, bei dir zu liegen. Er wär auch viel zu scheu, es zu verlangen, denn er hat bislang nicht viele Weiber gehabt. Du könntest deinen Wert nicht besser steigern, als dass du deine Keuschheit in die Waagschale wirfst.«

Bathildis schluckte trocken.

»Es muss dir nicht unangenehm sein, dass ich so offen spreche«, spottete er gutmütig. »Ich weiß, dass du dich Erchinoald verweigert hast. Klug gemacht – wie alles andere auch. Ich helfe gerne denen, die sich durchzuschlagen wissen.«

Er trat in jene Richtung, wohin sie ihm zu entwischen versuchte. Noch näher rückte sein Gesicht an ihres.

»Aber ich brauche Eure Hilfe nicht!«, wehrte sie sich. Es sollte standhaft klingen und geriet quengelnd.

Er winkte bloß gelangweilt ab. »Verlass dich nicht auf deine forsche Schönheit! Heute kannst du den König damit blenden – morgen aber wird er vielleicht zaudern, und ich werde derjenige sein, der ihm rät …«

»Ich brauche Eure Hilfe nicht!«, wiederholte sie. »Der König hat mir erlaubt heimzukehren – ganz ohne Euer Zutun!«

Er kniff die Augen zusammen, und erstmals gerieten jene zu dunklen Schlitzen anstelle roten Löchern.

»Ich kenne den König besser als du«, zischte er, »ich weiß,

was von ihm zu erwarten ist und was nicht. Also lüg mich nicht an!«

Sein warmer Speichel traf ihr Gesicht, und sie wischte ihn rasch ab, als wäre er ätzendes Gift. Wiewohl dies die letzten Worte waren, die er zu ihr sprach, und er sie, kaum ausgesprochen, stehen ließ, war hernach ihre Hoffnung verwundet. Kleinlaut wurde die überhitzte Freude der letzten Tage, vorsichtig waren die Schritte, die sie am gleichen Tag noch zum König führten.

Bangend fragte sie ihn erstmals, ob sein Versprechen noch gelte.

»Wenn es Frühling wird«, wiederholte er, aber er sah sie nicht an dabei.

Sie folgte seinem Blick, der sich in die Weiten eines farblosen Himmels richtete, gespiegelt von der Seine, die gleichfalls farblos war, jedoch nicht länger eisig.

»Aber … es ist bald Frühling«, murmelte sie und fühlte sich nicht erleichtert, sondern schäbig, weil er sichtbar zusammenzuckte. »Es treiben keine Eisschollen mehr auf dem Fluss.«

Sie dachte, er würde nie antworten, doch dann wandte er sich ihr wieder zu und nickte. Sein Mund lächelte, seine Augen aber waren blicklos wie die eines Toten.

Eine Woche später brach sie auf, in Begleitung zweier Mönche, die der Bischof von Soissons ins ferne Irland sandte, um dort von ihren eifrigen Brüdern in Christus zu lernen und ihnen zu helfen, die verbliebenen Heiden zu bekehren.

In ihrer Gegenwart erinnerte sich Bathildis an den Mönch Answin und dessen Hadern, nicht im heimatlichen, sicheren Kloster bleiben zu dürfen. Gleiches Hadern zeigten nämlich nun diese beiden Brüder, wiewohl es sich nicht in Ärger entlud, sondern in unendlicher Furcht.

Sie wechselten einander ab, sich schauerliche Geschichten von jenen Vorgängern zu erzählen, die – willentlich oder unfreiwillig – zu Märtyrern geworden waren, die man entweder erschlagen oder enthauptet hätte (ein wünschenswerter, weil schneller Tod) oder die man allerhand Folter unterzogen hätte.

»Es gibt bei den Heiden auch solche«, rief der eine aus, »welche Menschenfleisch essen!«

Bathildis gruselte es. Gleiches hatte sie seinerzeit auch von den Friesen gehört. Trotzdem lachte sie leichtfertig auf: »Nicht auf der grünen Insel! Die Zahl der Heiden ist geschwunden. Wohl gibt es Abtrünnige dort, die sich nicht an den römischen Kalender halten, doch zu Jesus Christus bekennen sie sich wie wir. Jedes Kloster wird Euch mit Freuden aufnehmen, so wie jeden, der vom Festland kommt und der viel versprechende Geschichten mit sich führt ... vielleicht sogar Bücher.«

Die Mönche zuckten mit den Schultern, ohne sonderlich hoffnungsfrohe Gesichter zu machen. Tatsächlich war der Karren mit reicher Fracht ausgestattet, doch bald schon ergingen sie sich wieder darin, sich sämtliche Schrecknisse vorzustellen, die die Reise ihnen auferlegen könnte: Was nützten ihnen die Bücher – wenn sie samt ihrer im Meer ersaufen würden? Was, wenn sie vor Kälte froren und diese verbrennen müssten, um Feuer zu haben?

»Nicht kälter ist's, woher ich stamme, als hier!«, warf Bathildis ein und erntete diesmal verwunderte Blicke.

Dass sie ein Mädchen mit sich nehmen sollten, abzugeben am Hof des Königs vom northumbrischen Reich Deira, war anfangs für sie noch größeres Ärgernis gewesen als die bevorstehende Reise selbst. Jetzt erstmals schienen sie sich zu fragen, ob es nicht auch Trost verheißen könnte, weil für dieses Mädchen die furchteinflößende Fremde eben keine Fremde war.

»Erzähl«, forderte der eine Mönch, indessen der andere ein Kreuzzeichen schlug und einen Psalm vor sich hin murmelte, »erzähl von deiner Heimat.«

Der Karren ruckelte. Er war prächtiger als jener, vor den seinerzeit Sicho einen sturen Ochsen gespannt hatte, und er war anstelle eines solchen von einem Gaul gezogen – und doch knirschten die Räder bedrohlich, kaum dass er sich in Gang setzte. Einer der Brüder seufzte, als wäre dies der Laut einer Höllenkreatur.

Unwillkürlich zuckte auch Bathildis zusammen, erst jetzt innewerdend, dass sie tatsächlich aufbrach, dass das Versprechen des Königs eingelöst ward. Sie hatte darauf gewartet, es bangend herbeigesehnt – und wähnte es plötzlich überstürzt kommen, zu schnell, um ausreichend Abschied genommen zu haben.

Chlodwig, der von der Mission der Mönche gehört hatte und darin die Möglichkeit sah, ihr den nötigen Schutz für die Heimkehr zu geben, war nicht mehr für sie zu sprechen gewesen, hatte sich zurückgezogen und wollte sich den Schmerz des Lebewohls ersparen.

Gestern Abend und auch noch heute früh hatte Bathildis gerne darauf verzichten wollen. Erst jetzt war ihr, als würde etwas fehlen, etwas unwiederbringlich verloren sein.

Sie schalt sich selbst dafür. Gewiss, Chlodwig tat ihr leid. Von wem aber sonst ging sie, an dem ihr etwas lag?

Erchinoald und Leutsinda? Gewiss nicht! Ebroin oder Itta? Noch weniger. Gertrude war stets freundlich gewesen, aber ihr andauerndes Plappern lästig. Es war besser, sich der Zukunft zuzuwenden. Es war besser …

»Nun, sag schon«, unterbrach der Mönch ihre Gedanken, »wie ist es im Land hinter dem Meer?«

Bathildis lächelte freundlich, öffnete den Mund, um ihnen die Furcht zu nehmen – und schwieg verstockt, an jenen Tag erinnert, da der Vater sie holen kam und alles, was sie erwartete, unbekannt war, wie von einem schwarzen Tuch eingehüllt, das sich über den Blick senkt und sämtliche Farbe verschluckt. Nicht einmal Konturen gab es zu erschauen, denn sie hatte keine Erinnerung an das Ziel ihrer damaligen Reise, und der Vater hatte sich als bockig und verschwiegen erwiesen. Sie hatte nicht gewusst, wohin der Weg gehen würde, sich auch von Aidans schmächtiger, blonder Gestalt nicht trösten lassen. Erst als sie an seiner Seite gelegen hatte… erst, als er ihr vom König Penda berichtete… ja, da war sie sich immer noch nicht gewiss gewesen, ob er zum Gatten taugte, lediglich dessen, dass er inmitten der wortkargen, hünenhaften Männer der einzige war, mit dem sie sich das gemeinschaftliche Leben vorzustellen wagte. In Northumbrien. Der Heimat, die sie nie mit den Augen einer Erwachsenen gesehen hatte.

»Nun sag schon«, drängte der Mönch erneut, »wer bist du eigentlich? Woher stammst du? Wer sind deine Eltern?«

Die Räder knirschten wieder. Sie blickte den Mönch an, sah in das Gesicht eines Fremden, mit dem sie nun über Wochen zusammen sein sollte.

»Meine Eltern sind beide tot«, sprach sie, und ihr Ton hätte nicht ängstlicher sein können.

Was erwartete sie in der Heimat? Die Familie ihrer Mutter Estrith? Nun, Estrith stammte nicht aus dem Norden, sondern aus Kent. Die ihres grausam getöteten Vaters Thorgil? Sie hatte stets nur von seiner boshaften Mutter Acha reden hören, niemals von Schwestern oder Brüdern. Und Aidans Vater? Hatte er den Überfall der Friesen vielleicht doch überlebt, oder war seine Leiche – was viel wahrscheinlicher war – blutüberströmt im Waldmoos verrottet?

»Und wer erwartet dich an ihrer Stelle?«, fragte der Mönch, als könnte er den nagenden Zweifel hören.

Da richtete sie sich auf, so weit es in einem Gefährt wie diesem möglich war, das eng und dunkel war und nur durch die aneinanderklatschenden Ledervorhänge Licht erhielt.

»Der Mann, dem ich versprochen bin«, erklärte sie, so erhaben sie nur konnte.

Der Mönch zuckte mit den Schultern, sagte nichts mehr.

Bathildis schloss die Augen.

O Aidan, dachte sie. O Aidan.

Sie sah ihn nicht. Vielleicht hätte sie die Erinnerung heraufbeschwören können, wie sie da gemeinsam auf dem Sklavenmarkt standen und er sich in die Stricke fallen ließ vor Müdigkeit und Schwäche. Aber das wollte sie nicht. Sie wollte ihn sehen, wie er in der Heimat wieder zu Kräften gekommen war, wie er sie strahlend begrüßen würde. Denn er lebte ja; sie wusste es ganz sicher; er hatte es geschafft zu überleben, so wie sie, unter vielen Opfern, aber mit festem Willen.

Er wird mich erwarten, er wird mich erwarten!, dachte sie und suchte in ihrem Gedächtnis den Anblick seiner blonden Locken. Sie fand ihn auch. Nur das Gesicht zwischen den Locken – es war ein grauer Fleck, als trüge er eine Maske aus getrocknetem Schlamm.

Der Wagen, wiewohl weiterhin ruckelnd wie bei den ersten Umdrehungen der Scheibenräder, nahm an Fahrt auf. Es war nun leichter, die Balance zu halten – und einer der Mönche nutzte sie, um erneut ein Kreuzzeichen zu schlagen und sich ängstlich zu ducken, als wäre es ratsam, sich schon im Voraus vor den wilden Heiden zu verstecken.

Bathildis schlug die Augen wieder auf. Sie konnte nicht umhin, schrill aufzulachen, erleichtert, dass die Furcht der beiden Gottesmänner offenbar größer war als ihre eigene.

Ihr Lachen war kaum verstummt, da hielt das Gefährt an. Sie hatten gerade die Brücke überquert, unter der die grüne Seine gemächlich dahinfloss.

Die Mönche blickten sich an – zuerst beunruhigt über das Unvorhergesehene, dann erleichtert ob des Aufschubs.

»Warum geht es denn nicht weiter?«, fragte Bathildis unbehaglich.

Im nächsten Augenblick vernahmen sie den Grund für diese unfreiwillige Rast.

Von jener Richtung, in der sie die Königsburg zurückgelassen hatten, ertönte ein kurzes, bündiges »Halt!«.

XVI. Kapitel

Es war Erchinoald, der es ihr erklärte – der zumindest versuchte, es ihr zu erklären, mit kryptischen Worten, gestottert und nicht zu ganzen Sätzen verknüpft.

Bathildis verstand nicht, was er ihr sagen wollte. Nachdem ihre Reise schon so bald zu Ende gegangen war, war sie zu Fuß zurückgegangen, begleitet von den Männern, die sie aufgehalten, aber keinen Grund dafür genannt hatten. Die Mönche hatten nicht danach gefragt, schienen nur enttäuscht, dass das »Halt!« Bathildis gegolten hatte, nicht ihnen. Grußlos waren sie wieder im Inneren des Gefährts verschwunden, und Bathildis hatte ihm ohnmächtig nachsehen müssen.

Forsch versuchte sie, Erchinoald in die Augen zu sehen, auf dass diese – wenn schon nicht die wirren Worte – ihr die Wahrheit verrieten.

Er aber hielt den Blick gesenkt.

»Bathildis«, murmelte er ihren Namen, und die Stimme klang so sanft wie in jener Stunde, da sie aus dem Fieberwahn zurückgekehrt war und er noch meinte, sie könnte seine Konkubine werden, nicht seine Sklavin. »Bathildis … du kannst nicht gehen.«

Den vagen Andeutungen hatte sie sich noch zu verweigern gewusst. Nun sprang die Wahrheit sie an, ganz gleich, ob er auf seine Fußspitzen lugte oder nicht.

»Was ist geschehen?«, fragte sie – und wusste es längst.

»Der König wagt nicht, es dir selbst zu sagen. Er will dir nicht in die Augen sehen müssen, wenn du es erfährst.«

»Was soll ich erfahren?«

»Er weiß, dass es dein sehnlichster Wunsch ist, in deine Heimat zurückzukehren. Aber noch stärker als das Bedürfnis, deinen Wunsch zu erfüllen, ist jenes, dich bei sich zu behalten.«

Je länger er sprach, desto missmutiger klang er.

»Das kann nicht sein. Der König hat...«

»Der König hat befohlen, dich aufzuhalten«, fuhr Erchinoald fort, und seine Worte klangen nun klarer. »Und Ebroin hat ihn darin bestärkt. So nah wie er steht dem König keiner – auch ich nicht... Ja, ja, ich durchschaue Ebroin. Ich weiß, was er bezweckt. Er hatte stets Angst vor der Frau, die der König dereinst heiraten wird, und noch mehr als diese Frau hat er deren Familie gefürchtet. Ein Mädchen wie du jedoch wird ihm niemals gefährlich, wird ihm niemals den Rang streitig machen, sich zwischen ihn und den König drängen. Das hat er von Anfang an geahnt... und am Ende nicht einsehen wollen, dass dich der König nicht in jener Weise festhielt, wie er's ihm riet. So musste er jetzt mit manch eindringlichem Wort nachhelfen. Ich habe sie vorhin gesehen – die beiden. Ebroin hat auf den König eingeredet, und dann hat er...«

»Aber...«, brachte Bathildis hervor – und jetzt erst, da die Heimat erneut verloren war, fast grausamer als beim ersten Mal, denn heute vielleicht für immer, da sah sie es: Aidans vertrautes Gesicht; seine roten Wangen, sein Lächeln.

Alsbald verschwamm der Anblick, und dahinter erschien jener von Erchinoald. Er machte nicht länger einen verwirrten Eindruck, sondern grinste jäh abfällig.

»Ungeheure Ehre wird dir zuteil, Bathildis«, sprach er. »Ich soll dir vom König bestellen, dass er dich zur Gattin nehmen will. Gar Wunderliches sprach er von dir. Dass du allein vermagst, die vielen Stimmen in seinem Kopf zum Schweigen zu bringen. Dass du stark bist wie seine Mutter.«

»Sie war eine Königin!«

»Auch du wirst eine sein. Ich weiß nicht, wie du's angestellt hast, aber er sieht die entschlossene, willensstarke Nanthild in dir. Man erzählt von ihr, sie habe den damaligen König Dagobert, Chlodwigs Vater, nicht nur mit ihrer Schönheit, sondern auch mit ihrem forschen Wesen eingenommen. Ohne sie hat Chlodwig sich stets verloren gefühlt.«

»Aber er hat versprochen, mich gehen zu lassen!«, schrie sie auf. »Er kann dieses Versprechen nicht brechen!«

Erchinoald bleckte seine gelben Zähne.

»Doch, er kann«, gab er zurück. »Du jedoch kannst nicht. Du kannst dich ihm nicht verweigern, wie du dich mir verweigert hast. Und denke nicht, du könntest ihn mit deinen traurigen, flehentlichen Augen milde stimmen. Er weiß, was er dir antut.«

»Ich bin eine Sklavin!«

»Ha!«, lachte er. »Ich dachte, du hättest stets darauf bestanden, eine Fürstentochter zu sein? Nun, dies stört nicht. Weiß Gott, du wärst nicht die erste, die von ganz unten kommt. Chrodechilde, die Gattin des großen Chlodwig, hat armselig in Burgund gelebt, geächtet und gequält, nachdem ihr Onkel Gundobad Vater und Mutter mit einem Stein um den Hals im Brunnen ertränken hat lassen. Trotzdem hat der König sie zu seinem Weib gemacht. Und Theudogildis, die Gattin Chariberts, war die Tochter eines Schafhirten. Brunichild hat Bilichild erst kaufen müssen, ehe sie sie zur Schwiegertochter machte. Und Nanthild selbst, so sagt man, hat noch viel dreckigere Dienste verrichten müssen als du, ehe Dagobert zu ihren Gunsten seine Gattin verstieß und mit ihr den König zeugte. Du bist in guter Gesellschaft, Bathildis.«

»Ich will es nicht! Ich hab das nie gewollt!«

»Du wirst die künftigen Könige gebären. Deine Abstammung zählt nicht – wenn sie aus Chlodwigs königlichen Samen hervorgehen. So ist es Sitte in diesem Land.«

»Nein!«, schrie sie. »Nein!«

Er grinste nicht nur, er lachte bitter. Dann beugte er sich vor, fiel vor ihr auf die Knie. Und während sie erfasste, dass sie sich gegen seine Gunstbezeugungen so wenig wehren konnte wie gegen des Königs Vorhaben – schlichtweg, weil keiner ihr einen eigenen Willen zugestand –, duckte er sich tief und sprach: »Ich hoffe, du vergibst mir die unzüchtigen Worte, die ich einst zu dir sprach, meine Königin. Ich hoffe, du erlaubst mir, dein treuer Diener zu sein. Wisse, ich bin dir wohlgesonnen – solange du dich still verhältst. Also füge dich in deine Rolle und hör zu klagen auf!«

Bathildis erlebte den Tag ihrer *sponsalia* – der förmlichen Verlobung, die bei gewöhnlichen Paaren oft Jahre vor der eigentlichen Eheschließung stattfand, in ihrem Falle nur wenige Tage zuvor – ähnlich jener Zeit, da sie mit Sicho durch die Lande gezogen war, den Geist stets auf die nächste Stunde ausgerichtet, nicht auf die Gesamtheit der Zukunft, gleich so, als schritte sie im diesigen Licht, das nicht weiter schauen ließ als eine Armlänge.

Auch als Gertrude ihr half, sich anzukleiden, machte sie sich keine Vorstellung von ihrem baldigen Erscheinungsbild, sondern betrachtete jedes einzelne Kleidungsstück mit ernsthaftem Gesichtsausdruck, als ergründe sie sämtliche Rätsel der Welt – nur das des eigenen Lebens nicht.

Solch edles, feines Gewand hatte sie ihr Lebtag noch nicht getragen: Da war zuerst ein Hemd aus Lammwolle, aus so dünn gesponnenen Fäden gewebt, dass es ganz glatt auf der Haut lag. Darüber ward eine Tunika aus Seide mit kurzen Ärmeln geworfen – dunkelrot, in der Farbe der Bräute. Gertrude betrachtete sie ehrfurchtsvoll, ehe sie den Mantel reichte, aus braunroter, leinengefütterter Seide, mit weiten Ärmeln und goldbestickten Manschetten. Am Hals und auf der Brust ward er mit zwei Scheibenfibeln aus Goldblech zusammengehalten und in der Leibesmitte mit einem geknoteten Ledergürtel geschlossen.

»Du bist so schön, meine Königin!«, rief Gertrude stolz.

»Nenn mich nicht so«, murmelte Bathildis, »noch bin ich's nicht.«

Indessen Gertrude ihr die Haare zu sechs Zöpfen flocht und mit gleichfalls roten Bändern schmückte, ihr die Haube an Kugelkopfnadeln festmachte und darüber einen hüftlangen Schleier aus roter Seide legte, der mit großen Fibeln am Mantel festgehalten wurde, kam sie kurz zu sich, die eigenen Worte überdenkend und ebenso, ob es noch eine Möglichkeit gab, dem Geschick zu entrinnen.

Erchinoalds Worte hatten ihr verheißen, dass es keine gab, doch das hatte sie nicht hinnehmen wollen, hatte vielmehr mit dem König zu streiten und seinem Willen ihren eigenen entgegenzusetzen versucht. Doch er, der lange Wochen in ihrer Gesellschaft verbracht hatte, verwehrte ihr diese nun, sperrte sich in seinem Zimmer ein und überließ es Ebroin zu bekräftigen, was der Major Domus ihr bereits gesagt hatte.

Chlodwig wollte sie zum Eheweib; unverrückbar wäre diese Entscheidung.

»Nun?«, hatte Ebroin gegrinst, als gelte es zu feiern, dass sie ihr gemeinsames Ziel erreicht hätten.

»Ich tue es nicht«, hatte Bathildis steif gesagt, »ich heirate ihn nicht.«

»Hör auf mit diesem dummen Spiel«, lachte Ebroin. »Und falls du's ehrlich meinst – aus welchem widersinnigen Grund auch immer: Bedenke, dass eine Sklavin aus dem Nichts, die sich dem Willen des Mächtigsten widersetzt, den nächsten Morgen kaum erleben wird …«

Bathildis erschrak, bedachte, dass sie sich gegen Aidan womöglich mehr versündigte, wenn sie sich schlachten ließ, anstatt einen anderen zu heiraten. Gewiss, sie hatte auch an jenem Abend, da sie das erste Mal in Chlodwigs Nähe kam, den Tod herausgefordert. Doch damals blieb als einzige Möglichkeit neben dem Sterben ein Leben im Dreck. Jetzt hingegen winkte eines in höchsten Ehren, und während sie Ebroin musterte, schlichen sich erstmals verräterische Gefühle in den dumpfen Widerstand: Erleichterung, dass niemand sie mehr in die Asche verbannen konnte. Gier nach Schönheit und Sauberkeit und Reichtum. Stolz, dass es ihr gelungen war, solchen Einfluss über den Mächtigsten zu gewinnen, sein Gemüt derart zu beeindrucken.

Ich hätte es nicht besser treffen können, ging ihr durch den Kopf. Sie lachte auf, schrill wie es sonst nur Ebroin tat – und wieder erschrak sie, diesmal nicht über die Aussichtslosigkeit ihres Geschicks, sondern über die eigene Bereitschaft, sich diesem allzu gerne zu fügen.

Es war dies die letzte Anwandlung eines Gefühls für die nächsten Tage; sie leugnete es rasch und schlüpfte hinter ihren Schleier aus Dumpfheit und Schwermut, um dahinter sämtlicher Überlegung davonzuschlafen.

»Die Wollstrümpfe«, holte Gertrude sie zurück in die Wirklichkeit.

Bathildis starrte sie verständnislos an, ehe sie begriff. Ja, die Wollstrümpfe. Alles Schritt für Schritt hinter sich bringen. Sich setzen, damit die Strümpfe an den Lederbändern festgebunden werden konnten; hernach in die Schuhe, gleichermaßen aus Leder, schlüpfen; die silbernen Verschlüsse schließen; die Ketten umlegen: aus buntem Glas und Bernstein. Und dann Gertrude nach draußen folgen.

Sie übergab sich deren Willen ganz – und dem der anderen, die genau wussten, was bei einem Verlöbnis zu tun war. Voll von Menschen war der Saal – derselbe, in dem sie Chlodwig das erste Mal gesehen hatte. Sie waren gekommen, um die Verlobung zu bezeugen, darunter auch die Notare, die auf einem Bogen Papyrus das *Libellus dotis* festhielten, die Gaben, die der künftige Bräutigam seiner Frau überschrieb und die, selbst im Falle, dass die Verlobung gelöst werden sollte, in ihrem Besitz bleiben würden. Kleider und Schuhe waren es bei den armen Leuten,

Rinder-, Schweine- oder Schafherden bei Reicheren, Villen und Sklaven schließlich bei den Adeligen. Noch großzügiger fielen die Gaben des Königs aus, gleichwohl Bathildis die Worte des Notars, der diese benannte – Ländereien in der Nähe von Paris, zwischen Thorigny und Lagny gelegen, zu denen Weinfelder und Gärten, Farmen und Wälder gehörten –, kaum beachtete. Es war dies nicht alles, was Chlodwig ihr übergab – desgleichen wurde ihre Zukunft mit dem Brautschatz, der *Arrha puellae,* gesichert.

Danach übergab Chlodwig ihr einen Goldring, den *Annulus fidei,* den ein großer Kirchenlehrer als das Zeichen für die Einheit der Herzen bezeichnet hatte und der im matten Licht schwach funkelte. Chlodwig steckte ihn ihr an den vierten Finger der linken Hand, dem Glauben folgend, dass von eben diesem Finger eine wichtige Ader direkt zum Herzen führe.

Erst jetzt, da Chlodwig nach ihrer Hand griff, blickte Bathildis ihm ins Gesicht. Es deuchte sie fremd, wie er da lächelte – freudig und scheu, beglückt errötend und verlegen. Sie schüttelte leicht den Kopf, nicht um ihn davon abzuhalten, ihr den Ring überzustreifen, vielmehr verwirrt darüber, dass die Zeremonie schon so weit fortgeschritten war. Hatte sie nicht eben noch bei Gertrude gestanden und war von dieser angekleidet worden? Woher kamen all die Leute, die sie begafften – manche zufrieden, manche neidisch, manche verächtlich?

Kein Laut erreichte sie, nicht, weil sie sich absichtlich taub stellte wie in den letzten Stunden, sondern weil keiner wagte, in diesem Augenblick etwas zu sagen oder gar zu hüsteln. Nur Chlodwigs Atem vernahm sie – er klang gepresst, vielleicht weil er ihn in jener ehrfürchtigen Stille zu drosseln suchte und doch die Aufregung ihn gierig nach Luft schnappen ließ. Schon neigte er sich vor, um den nächsten und gleichsam den wichtigsten der Riten zu vollziehen – den *Osculum,* jenen Kuss, der, auf die Wange gehaucht, den Bund endgültig bekräftigen sollte.

Bathildis schloss unwillkürlich die Augen, doch wiewohl sie solcherart von Chlodwigs Anblick befreit war, so spürte sie dennoch seine warmen, weichen Lippen auf ihrer Haut, vorsichtig und zärtlich. Sie verbat sich den Anflug von Rührung, beschwor stattdessen das Gefühl von Schande herauf, als würde sie vor all den Versammelten bloßgestellt, ihnen nackt vorgeführt.

Schon war es vorbei, und sie atmete erleichtert aus. Ehe der Bischof von Paris sie nun segnen würde – es war dies nicht länger notwendiger Bestandteil der Zeremonie, eher Beiwerk, von dem man sich dachte, dass es nicht schaden könnte –, so überreichte ihr Chlodwig die letzte Gabe: die *Calciamenta*, ein Paar Schuhe, die bekräftigen sollten, dass sie fortan auf jenen Wegen wandeln würde, die der Gatte bestimmte. Es waren sehr kostbar gefertigte Schuhe, mit kleinen ledernen Halbmonden bestickt. Bathildis war jener Brauch fremd, doch sie war bereit, ihn gedankenlos zu befolgen so wie alle anderen. Sie hob den einen Fuß, befreite sich vom Schuh, den sie bislang getragen hatte, und schlüpfte in den von Chlodwig dargebotenen – und dann plötzlich entrang sich ihr ein Aufschrei. Sie zuckte zusammen, Chlodwig auch – und mit ihnen alle anderen, denen langsam aufging, dass da etwas geschah, was so nicht vorgesehen war.

Bathildis war sich der Blicke bewusst, die – noch offenkundiger als vorhin, da die Höflichkeit das allzu ungenierte Gaffen verbat – auf sie fielen. Sie las Überraschung darin, in manchen auch Belustigung ob ihrer Bloßstellung – vor allem in einem.

Itta.

Sie hatte sich in den letzten Monaten an Ebroins Warnung gehalten. Gänzlich zurückgezogen hatte sie ihre waidwunde Seele gepflegt, die dem verlorenen königlichen Bräutigam nachtrauerte, und hatte es der Schwester überlassen, Bathildis' Nähe zu suchen. Nun stand sie in der ersten Reihe, den Mund verkniffen wie ansonsten auch, doch zugleich, was ungewöhnlich war, ein wenig lächelnd – böse und vernichtend.

So klar und nüchtern war Bathildis schon seit Stunden kein

Gedanke mehr durch den Kopf gegangen. Sie war's. Itta will mich vor allen beschämen, auf dass sie sehen, welch unwürdige Königin ich bin. Sie wagt es nicht, mir noch einmal nach meinem Leben zu trachten – aber sie versucht, meine Ehre und mein Ansehen in den Schmutz zu zerren.

Der Schuh, in den sie da hineingestiegen war, war ihr zu klein. Jener, den sie in Vorbereitung auf den heutigen Tag mit Gertrudes Hilfe anprobiert hatte, hatte wie angegossen gesessen. In diesen aber, von einem feindseligen Geist ausgetauscht, kam sie gerade mit den Zehen hinein, wohingegen sie die Ferse unangenehm einzwängen musste.

Ein Schmerz zog pochend vom Fuß hoch zur Leibesmitte, brachte das Leben in sie zurück und einen unverhofften Wunsch: Itta stand es nicht zu, sie derart bloßzustellen.

Jener Wunsch war noch lauter als das eigene Unverständnis, von diesem bösen Streich derart gekränkt zu sein, nicht gleichgültig darüber hinwegzusehen, weil es ihr doch gleich sein konnte, was geschah. Eigentlich wollte sie weder den König zum Mann noch den Rang seiner Gattin noch Ansehen erringen!

Und doch straffte sie die Schultern, starrte so lange auf die Umstehenden zurück, bis jene schamhaft das Glotzen ließen, und behielt den Schuh an. Sie hätte aufschreien mögen vor Schmerz, aber verbiss sich jeden Laut, hob stattdessen den zweiten Fuß, um auch jenen mühsam einzuzwängen – was noch unangenehmer war, weil sie hierfür auf dem anderen Bein balancieren musste.

Als sie es geschafft hatte, wagte selbst Itta nicht mehr, sie herausfordernd anzustarren. Nur Chlodwigs Blick verblieb auf ihr, zärtlich, anerkennend, wiewohl sie nicht mit Gewissheit sagen konnte, ob er das Missgeschick überhaupt bemerkt hatte. Sie war zu sehr damit beschäftigt, gefasst die Schmerzen zu ertragen, dass sie sich nicht rechtzeitig gegen die Zuneigung wappnen konnte, die sie bei seinem Anblick überlief. Die Verachtung für ihn, bis zu diesem Augenblick ein tiefer, schwarzer Tümpel, zerrann zum klaren Bächlein, das zu kraftlos war, um schwere Brocken wie lebenslangen Hass und Rachsucht mitzuspülen.

Jetzt war sie es, die die Augen niederschlug.

Gottlob, dachte sie, um damit den Hauch von Rührseligkeit zu zerstreuen, gottlob bluten meine Füße nicht.

Nach dem Ende der Verlobungszeremonie, die – wie die Sitten vorschrieben – in die Dämmerung eines Donnerstags hineinreichte, wurde ein ganz ähnliches Fest gefeiert wie an dem Tag, da Bathildis das erste Mal vor den König getreten war.

Sie bemerkte keine wesentlichen Unterschiede – nur dass das Orchester viel größer war als beim letzten Mal und dass unter den Bediensteten, die die Speisen servierten, auch solche waren, die einst Sklaven wie sie gewesen waren, zum Anlass dieser besonderen Eheschließung jedoch die *Carta* erhalten hatten, den Freilassungsbrief. Als Zeichen dafür trugen sie stolz eine runde Haube. Neu war auch, dass sie selbst an des Gatten Seite auf dem Speisesofa lag.

Jener aß maßvoller als damals. Einzig mit einem Weinkelch in der Hand, von dem er freilich auch nur wenige Schlucke nahm, ließ er sich von seinen Nächsten beglückwünschen.

Fast alle sahen sie über Bathildis hinweg, denn ganz gleich, was der König an ihr finden mochte – noch war nicht erwiesen, dass es sich auf lange Sicht lohnen würde, sich ihr anzudienen.

Einzig Ebroin kannte dieses Zögern nicht. Er beugte sich nieder, ihre Hand ergreifend, die noch schlaff auf dem Schoß lag. Kaum wusste sie, was ihr geschah, da spürte sie den Griff seiner Finger. Schweißnass und zittrig.

Was ließ er sie nicht endlich in Ruhe, wo er sein Ziel erreicht hatte?

Als ahnte er den Ärger, ließ er sie wieder los, doch wollte er nicht darauf verzichten, das besondere, von ihr niemals bejahte Bündnis zwischen ihnen zu bekräftigen. Noch tiefer ging er in die Knie – ihr gleichen Respekt bekundend, wie es Erchinoald vor einigen Tagen getan hatte. Der Anblick, obgleich doch nichts als Gehorsam verheißend, deuchte sie überheblicher als jede Pose, die sie an dem Rotäugigen, Weißgesichtigen jemals erschaut hatte. Schwer fiel es ihr, gegen das Verlangen anzukämpfen, ihm den spitzen und zu engen Schuh, den sie noch tragen musste, in die Magengegend zu rammen. Nicht länger als schlafwandlerische Fremde erlebte sie den Abend, sondern als sie selbst.

»Nun«, begann er raunend und blies sie mit seinem heißen Atem an, »nun also, da du bald Königin bist – durch deinen Mut und meine Hilfe: Auf welche Weise werden wir uns wohl ergänzen? Wie wird es uns gelingen, gemeinsam dem König zu dienen, was heißt, dass wir ihn unterstützen in allem, was er tut? Welche Ziele hegst du?«

Er verharrte länger vor ihr, als es üblich war, und immer noch kämpfte sie mit dem gewaltsamen Wunsch, ihn irgendwie zu schlagen, in die Magengegend, ins Gesicht, sich dafür zu rächen, dass er nicht nur eine Zukunft ansprach, sondern sie verführen wollte, diese auch tatkräftig in die Hand zu nehmen – desgleichen wie Ittas Bösartigkeit sie dazu gezwungen hatte, ihre Würde als Königin zu verteidigen. Oh, wie gerne hätte sie in Wahrheit darauf verzichtet!

»Ich wüsste nicht«, bekannte sie trotzig, »was dich, Ebroin, und mich jemals an gemeinsamem Trachten vereinen könnte.«

Sein von Natur aus weißes Gesicht schien zu erblassen, wiewohl er sein Lächeln nicht aufgab. Indessen sie noch mit sich rang, ob sie weitere vernichtende oder doch besser versöhnliche Worte anfügen sollte, näherte sich eine Gestalt von hinten. Ebroin sprang wendig auf seine Füße.

»Gertrude!«, rief Bathildis, erleichtert, dass sie nicht länger mit Ebroin zu reden hatte. »Was machst du für ein entsetztes Gesicht?«

Das Mädchen war beinahe so bleich wie der Rotäugige.

Sie beugte sich über ihre Schultern und seufzte ihr ins Ohr:

»O, meine Königin! Nicht will ich dir das Fest verderben. Doch eben komme ich von meiner Mutter. Hast du bemerkt, dass sie nicht in unserer Mitte weilt?«

Nach Leutsinda zu suchen war gewiss das Letzte, was Bathildis an diesem Tage zu tun begehrte.

»Es ist … o, es ist ein grauenhafter Anblick«, murmelte Gertrude, und ihre Stimme klang ungewöhnlich rau und tief. »Und doch, ich wünschte, du würdest ihn dir nicht ersparen. Sie verlangt nach dir. Sie will dich sehen …«

Der Gestank nach Blut hing im Gemach wie eine schwere, schwarze Wolke. Es war kein befremdender Anblick, den Leutsinda da von sich bot. Man wusste sie seit vielen Jahren am Blutfluss leiden. Doch die Augen traten heute riesiger als sonst aus dem gelben Gesicht; dessen dünne Haut legte sich wie rissiger Papyrus um sämtliche Knochen, und ihr Kiefer glich dem eines Totenschädels. Es ging ohne Zweifel zu Ende mit ihr.

Das hatte auch Gertrude zu Bathildis gesagt: Dass die Mutter die Nacht gewiss nicht überleben würde.

Bathildis wusste nicht, was davon zu halten war, dass Leutsinda sie in ihrer Todesstunde sehen wollte. Als Anlass, um der Feier zu entkommen, kam ihr der Besuch bei ihr gerade recht – doch war von dem bösartigen Weib tatsächlich anderes zu erwarten als weitere Flüche? War es vorstellbar, dass sie die zur Königin aufgestiegene Sklavin um Vergebung bitten würde?

Bathildis wartete eine Weile, ehe sie sich vom Fest zurückzog. Den Gästen ward angedeutet, dass sie sich für die Nacht bereiten wollte, doch ihre Schritte – leichtfüßiger nun, sie hatte die schmerzenden Schuhe abgeworfen – führten sie nicht in ihr Gemach, sondern zur sterbenden Gattin des Major Domus Erchinoald.

Hier gab Bathildis vor, ob des Blutgeruchs die Nase zu rümpfen. In Wahrheit störte sie sich nicht daran. Viel besser passten die Ausdünstungen einer Siechenden zu jenem Tag als all die

Duftwässerchen der Hochzeitsgäste. War es nicht auch ihr Todestag – starb sie nicht langsam und schmerzvoll, da sie an den König gefesselt war und dieses verfluchte, fremde Land niemals wieder verlassen durfte?

Das Ächzen, das aus Leutsindas Mund fuhr, war wie das Klagen ihrer eigenen Seele, das offensichtliche Leiden irgendwie ehrlich.

Leutsinda plagte sich lange, bis sie die ersten Worte sagen konnte.

»Ich ... ich trage keine Schuld«, setzte sie schließlich an.

Bathildis musste sich niederbeugen, um sie zu verstehen. Sie war allein mit ihr, nachdem Gertrude – der Bitte der Mutter Folge leistend – alle anderen, selbst den betenden Mönch, aufgefordert hatte, das Gemach zu verlassen.

»Was meinst du?«, Bathildis richtete sich wieder auf, um dem vom Tod gezeichneten Gesicht nicht zu nahe zu kommen. »Und ob du die Schuld trägst an dem, was mir hier widerfahren ist! Du hast keine Rücksicht auf meine Herkunft genommen! Du hast mich zur Sklavin gemacht! Was willst du jetzt von mir? Schämst du dich in diesem Augenblick dafür – da ich als Braut des Königs zu dir komme?«

Leutsinda stierte sie an. Die Augen glichen aufgequollenen Pflaumen. »Das meine ich nicht ... ich meine den zu engen Schuh ... es war Ittas Idee, nicht meine.«

Bathildis lachte bitter auf. Sie hätte beschwören können, dass die Tochter die gemeine Tat nicht ohne das Wissen der Mutter geplant hatte. »Du nutzt den Rest an Worten, den zu sprechen dir verblieben ist, um deine Tochter zu verraten? Das ist schändlich, Leutsinda!«

Leutsinda versuchte sich zu erheben. Ein wenig verrutschte das Wollhemd, das sie trug, und zeigte ihren erschlafften Hals und die knochige Brust.

»Straf sie nicht ... auch wenn du nun die Macht dazu hast. Itta war ein zartes Kind, das viel geweint hat. Dass sie so geworden ist … so herzlos, so kalt und stets so mürrisch … ist allein ihres Vaters Schuld.«

»Und die deine«, entgegnete Bathildis grimmig. »Nie hab ich erlebt, dass du Erchinoald nicht mit Zank verfolgt hättest.«

Leutsinda keuchte. Vielleicht war es auch der Versuch zu lachen.

»Du hattest doch auch keine Freundlichkeit für ihn übrig, oder?«, entgegnete sie. »Und warum hätte ich freundlich zu ihm sein sollen? Ich komme aus bester Familie; meine Vorfahren waren keine Franken, sondern Römer. Mindestens fünf Bischöfe waren darunter und ebenso viele Duces. Und doch musste ich jeden Tag darum kämpfen, dass mir mein Gatte keine Konkubine vor die Nase setzt und mich ins Kloster abschiebt.«

»Als ich dir das erste Mal unter die Augen kam, Leutsinda, hast du mich angebrüllt, Erchinoald sei ein solch guter Mann – und Gefahr für seine Tugend drohe ihm einzig von einer Schändlichen wie mir.«

»Ich habe ihm nie gefallen, ich war ihm zu klein und zu dürr«, fuhr Leutsinda fort, ohne auf Bathildis' Worte zu achten. »Mein Gesicht habe nichts Edles, sagte er in der Nacht, als er mich zur Frau genommen hatte. Dann legte er sich auf mich, ohne mich zu schonen. Es ist doch erstaunlich, dass Männer auch Lust bei einer Frau finden, die ihnen widerwärtig ist, nicht wahr? Die ersten Jahre war ich wie erstarrt … ich dachte stets, es läge an mir, dass er so lieblos war. Doch irgendwann ging mir auf, dass er mich klein halten wollte, dass ich ihm nicht mehr bedeutet hätte, wäre ich schön gewesen. Er hat sich nie sonderlich für seine Familie interessiert. Nicht für seinen Sohn, nicht für seine beiden Töchter. Stets drehte sich alles um den König und die Macht, die er an dessen Stelle ausübt … vielleicht auch noch um die Kirche, von der er sich sein Seelenheil erkaufen kann. Von mir wollte er nie etwas anderes als mein Schweigen. Erst als ich den Mund öffnete, um ihn anzuklagen, begann er, sich nach einem weichen, netten, warmen Mädchen zu sehnen – vorher nicht.«

Bathildis wähnte Leutsindas Redekraft mit jedem Wort versiegen. Doch kaum dass sie einen Satz geendigt hatte, so reihte sich ein weiterer daran, sie redete mühsam, aber stetig. Ihr Mund war eine große, schwarze Wunde, die einfach nicht ausblutete.

»Ich will das nicht hören!«, rief Bathildis, als die andere kurz verschnaufte. »Es interessiert mich nicht!«

Leutsinda schien es freilich gleich zu sein, ob sie blieb und zuhörte oder nicht. »Er hat mir stets gedroht, den Scheidungsbrief auszustellen. Und ich frage mich bis heute, warum ich solche Furcht hatte, er könnte es tun. Wäre ich nicht besser dran gewesen ohne ihn? Hat er nicht stets etwas von mir gefordert, was er nicht verdiente – nämlich meine bedingungslose Willfährigkeit? Warum aber hätte ich gehorsam, ja freundlich gegen ihn sein sollen, wenn er es gegen mich nicht war?«

»Hör auf!«, rief Bathildis und war doch nicht entschlossen genug, ihr einfach den Rücken zuzuwenden. »Hör auf!«

Der Mund der Sterbenden verzerrte sich. Die Haut der Lippen war so trocken und gelblich, als hätte sie schon zu verwesen begonnen. »Es ist ein ungerechtes Geschäft, das zwischen Männern und Frauen geschlossen wird. Ich weiß, wie man über mich redet … dass ich ein zänkisches, bösartiges Weib sei. Hat man über ihn geredet, in jenen Tagen, da ich noch jung und unschuldig war … und er mich zerstörte?«

Bathildis schwieg verstockt.

»Glaub nicht, dass es dir besser ergehen wird als mir«, fuhr Leutsinda fort. »Ab heute musst auch du alles tun, um deinen Gatten bei Laune zu halten – ganz gleich, was er dir antut. Für dich ist es noch schlimmer: Denn ich komme aus guter Familie und du aus dem Nichts. Niemand wird sich erregen, wenn dich der König morgen verstößt und übermorgen eine andere nimmt. Wir sind ihnen ausgeliefert, wir Frauen. Wir können über unser Geschick nicht bestimmen. Wir können …«

»Das ist wohl wahr!«, rief Bathildis heftig. »Ich kann nicht über mein Leben bestimmen – und du nicht über deines. Aber du hättest mir zu einem besseren Los verhelfen können! Stattdessen hast du mich willentlich in den Staub getreten. Bei dem üblen Geschäft, von dem du vorhin sprachst, hast du eines vergessen: Dass du die Erste warst, die es mitgetragen hat – beginnend an jenem ersten Tag, da du mir vorgeworfen hast, ich würde ihn verführen wollen. Obwohl du wusstest, dass es anders war!«

Leutsinda heulte auf – es war nicht gewiss, ob vor Reue oder vor Schmerz oder einfach weil es unerträglich war, über das eigene Leben nachzusinnen. Hernach verstummte sie; vielleicht war dieses Heulen der letzte Laut gewesen, der jemals aus ihr gekrochen kam.

Bathildis jedoch war nicht in der Laune, sie zu schonen. »Du hast die Wut auf deinen Gatten in bitterste Strafe gegen mich gewandelt! Du hast mich wie Abschaum behandelt, weil ich ihm kurze Zeit gefiel, obwohl ich es ganz sicher nicht bezweckte! Du hast … du bist …«

Leutsinda schloss die Augen, versiegelte die Lippen. Dass sie, vom eigenen Elend erleichtert, nicht auf das ihre hören wollte, machte Bathildis rasend. Es ärgerte sie, der Alten zugehört zu haben. Es ärgerte sie, dass jene gemeinsam mit Itta versucht hatte, sie bloßzustellen

»Du böse, widerwärtige alte Vettel«, schrie sie. »Du niederträchtiges Weibsbild! Warum hast du mir das Leben schwer gemacht? Warum hast du nur an dich und dein Leid gedacht?«

Sie erreichte die andere nicht mehr – Leutsinda lag da wie ein Leichnam, selbst die Blutungen und Magenkrämpfe schienen aufgehört zu haben. Doch dass die eigene unfreiwillige Lebendigkeit an der Starre der anderen verpuffte, wollte Bathildis nicht gelten lassen. Sie packte Leutsinda, zuerst an der Schulter, dann am Hals, packte und schüttelte und würgte sie.

»Du verfluchtes, abscheuliches, niederträchtiges Weib!«

Sie scherte sich nicht darum, dass draußen vor dem Gemach

gewiss manche lauschten. So wütete sie, bereit, der anderen eigenhändig den letzten Lebenshauch auszutreiben – ähnlich, wie sie seinerzeit auf den schon toten Sicho eingeschlagen hatte. Nur, Leutsinda lebte noch, und kaum konnte Bathildis sich entsinnen, in den letzten Monaten eine Befriedigung verspürt zu haben, die jener gleichkam, die Verhasste zu ermorden!

Beinahe war sie erstaunt, dass sich kein mahnendes Gewissen in ihr regte, kein Unbehagen, kein Ekel. Erst als die Gequälte ihre Augen wieder aufriss und solcherart verriet, dass sie sich noch nicht in die jenseitige Welt verflüchtigt hatte, fiel Bathildis etwas ein, was sie zurückhielt, die schändliche Tat bis ins Letzte zu vollziehen.

XVII. Kapitel

Am Tag nach der eigentlichen Hochzeit, welche eine Woche später stattfand, jedoch – so wie es üblich war – viel schlichter ausfiel als das Verlöbnis, kamen die Großen des Reichs an den Königshof, um Chlodwig zu diesem Anlass eine *Dona* zu übergeben, ein Geschenk, das den Kronschatz mehren sollte, so wie es auch stets beim Anbruch des neuen Jahres geschah. Ein jeder durfte selbst den Wert dieser Gabe festlegen, doch keine Sippe wollte der anderen nachstehen, und so übertrumpften sie einander mit sichtbaren Zeichen dafür, dass sie zum Reich der Franken zählten und den Spross der Merowinger als König anerkannten. Gemünztes wie ungemünztes Gold und Silber wurden dargebracht, Schmuck, Edelsteine und Waffen, Wagen und kostbar gearbeitete Gerätschaften und schließlich wertvolle Pferde. Aus allen Teilen des Landes kamen die Gäste, aus dem Tal der Somme oder der Canche, von der Authie, von Huchenneville und Abbeville, von Ferrières und Amiens.

Bathildis saß steif neben dem König, ähnlich schlafwandlerisch wie am Tage des Verlöbnisses, ehe der enge Schuh ihr Gemüt geweckt hatte. Doch diesmal war die Starre nicht Verwirrung über die sich überstürzenden Ereignisse oder Hadern mit dem unerwarteten Geschick. Aus einem grimmigen Schwur war sie geboren worden, den Bathildis am Totenbett der Leutsinda geleistet hatte. Was nützte es, mit Wut und Rachsucht gegen dieses Leben und gegen jene, die es verursacht hatten, loszugehen? Was würde es ihr anderes einbringen als sündige Gedanken und Taten – und würden jene sie nicht noch mehr von Aidan trennen als die erzwungene Eheschließung?

Um sich darin zu bestärken, hielt sie den Entschluss fest. Am Tage der Hochzeit schrieb sie an Aidan – auf Papyrus, nicht in die Asche, was dem Geschriebenen noch mehr Gewicht gab.

O, Aidan, Geliebter, noch kann ich es nicht recht begreifen, man nennt mich Königin! Widersinniges Geschick, das mich zu solchem Ruhme führte, den ich so sehr verachte – denn er trennt mich von Dir!

Gewiss, ich hätte die Macht, mich zu rächen an jenen, die mir das Sklavendasein so unerträglich machten. Doch könnte das bedeuten, dass ich nichts weiter als Sünden auf mich lade und meine Seele so schmutzig wird wie meine Hände sauber werden. Gott würde mich strafen, in der hiesigen Welt oder in der nächsten, ließe ich meinem Zorn freien Lauf. Und die Strafe, so denke ich mir, könnte nicht anders sein, als dass ich dich nie wiedersehe, denn der Allmächtige weiß, womit er mir das größte Leid zufügen kann.

Ich wünschte, ich könnte den Plan erahnen, den Er, welcher Mächtige vom Thron stürzt und Niedrige wie mich erhöht, für mein Leben hat! Und noch mehr wünschte ich mir, ich könnte nun – da ich von Staub und Asche befreit bin – Mittel und Wege finden, von Deinem Geschick zu erfahren!

Ja, dies war ihr Ziel geworden: Nicht länger mit ihrem neuen Rang zu hadern, sondern ihn für ihren Zweck zu nutzen, sich gegenüber der gewonnenen Macht nicht blind zu stellen oder sie gar für ihre Rache zu gebrauchen, sondern sie für ihre Interessen einzusetzen.

Sie warf Chlodwig, der neben ihr auf dem Thron saß, einen vorsichtigen Seitenblick zu. Die engsten Getreuen – Ebroin war darunter, Erchinoald nicht, weil er immer noch am Sarg des toten Weibes Wache hielt – hatten ihn gestern zum Hochzeitsgemach geleitet, wo sie ihn bleich und müde erwartet hatte.

Sie wusste nicht, was ihn zur Schonung veranlasste – Leutsindas Tod oder das schlechte Gewissen, weil er sie nicht hatte heimkehren lassen. In jedem Falle berührte er sie nicht, sondern sprach milde Worte: Dass sie sich nicht vor ihm zu ängstigen hätte. Dass er ihr Zeit geben wollte, sich an das neue Leben zu gewöhnen.

Sie blickte ihn verwirrt an. Sie ängstigte sich nicht vor ihm. Was sie am stärksten in seiner Gegenwart fühlte, war Ohnmacht – in jenem Augenblick gesät, da er ihre Reise unterbrechen hatte lassen. Sie dachte nicht, dass sich daran was ändern würde, ganz gleich, ob er sich nun ihren Leib aneignete oder nicht.

Dennoch tröstete sie die Rücksichtnahme, die er bekundete. Sie verneigte sich vor ihm, zum Zeichen, dass sie ihm für seine Geduld dankte, doch da war er bereits entschwunden.

Nun hatte sie mehr Zeit, ihn zu mustern. Indes sie starr und aufrecht saß, schien er in seinem Stuhl zu hängen, als hielte ihn lediglich die Lehne aufrecht, jedoch keine Knochen. Zum ersten Mal ging ihr auf, dass das, was sein Leben ausmachte – zu empfangen, zu begrüßen, zu repräsentieren –, ihn unendlich ermüdete, weil es nie etwas Neues verhieß und nie anderes verlangte, als sich der vorgegebenen Zeremonie zu fügen.

Vielleicht, ging ihr kurz durch den Kopf, vielleicht kennt er die Ohnmacht, nichts gegen die eigene Bestimmung tun zu können, selbst am besten? Vielleicht hat er sie mir auferlegt, um seinesgleichen an der Seite zu haben, denn ob nun Sklavin oder nicht, in jedem Fall bin ich eine, die sich Gesetzen fügen muss, ohne sie bestimmen zu können.

»Sag, mein König«, raunte sie unwillkürlich. »Sag, mein König … es sind der Gesichter zu viele, die ich da erschaue und die ich nicht erkenne. Groß ist das Land, zahlreich die großen Sippen, desgleichen sämtliche Ämter bei Hof. Willst du mir nicht helfen, mich hier zurechtzufinden?«

Chlodwigs Miene lichtete sich merklich. Es war das erste Mal seit ihrer vermaledeiten Heimkehr, dass sie freiwillig etwas zu ihm sagte und obendrein verkündete, das neue Leben erforschen zu wollen.

Ein Ruck ging durch seinen Leib, als er sich aufrichtete, um sich ihr zuzuneigen und um fortan die Zeremonie nicht schläfrig über sich ergehen zu lassen, sondern sie zu kommentieren. Flüsternd verriet er die Namen und die Herkunft der adeligen Familien und ihre Geschichte, und in jenen Pausen, da sich die Gäste nach letzter Verbeugung verabschiedeten und neue in den Saal geleitet wurden, stellte er ihr die Beamten vor, die sich rund um sie versammelt hatten und die wichtigsten Hofämter innehatten.

Da war der *Thesaurius*, der Schatzmeister, der über den Kronschatz wachte und gemeinsam mit dem *Cubicularius* die Finanzen regelte, darunter auch die Buchführung über die Steuern.

Dann gab es den *Referendarius*, den obersten Beamten der Königskanzlei, der den Siegelring verwahrte und schriftliche Erlasse damit beglaubigte – unterstützt von den Notaren, die die Urkunden schrieben.

Der *Rector palatii*, der Lenker des Palastes, und der *Camerarius*, der Kammermeister, waren zuständig für die Hofhaltung an den verschiedenen Königspfalzen. Und die Legaten waren diejenigen, die die Nachrichten überbrachten.

Zuerst lauschte Bathildis aufmerksam, dann ermüdete sie rasch ob der vielen Titel und Namen. Zudem wurde sie abgelenkt, als Leudesius den Saal betrat, Erchinoalds und Leutsindas Sohn, der weder den verkniffenen Mund von Itta noch die Schwatzsucht von Gertrude hatte, sondern blondgelockt war und scheu lächelte.

Bathildis hatte ihn zuvor noch nicht gesehen. Wiewohl ihm ob der Eltern nicht gerade wohlgesonnen, nahmen das weiche Gesicht und das blonde Haar sie für ihn ein. Es hat dieselbe Farbe wie das von Aidan, ging ihr durch den Kopf. Sie lächelte herzlich – was der rotäugige Ebroin mit einem Stirnrunzeln quittierte, wo doch Leudesius sein Rivale war; der König freilich sah es mit einem beglückten Seufzen.

»Ich habe Euch die Kinder gebracht«, bekundete Leudesius, »die Euch zwar keine Gaben zu überbringen haben, jedoch nur allzu gerne einen Blick auf die Königin werfen wollen.«

Erst jetzt gewahrte Bathildis die Knaben, die mit ihm den Saal betreten hatten, darunter kleine Kinder und schon fast ausgewachsene Jugendliche, begleitete von den *Nutritores*, ihren Erziehern.

Fragend blickte sie Chlodwig an, ehe er schon erklärend flüsterte: »Vom ganzen Lande werden die Kinder an den Hof geschickt, um hier erzogen zu werden. Nicht nur aus Neustrien oder Burgund. Manche kommen von Aquitanien. Andere von ferneren Ländern, selbst aus …«

Er setzte eine kunstvolle Pause, die Bathildis nicht begriff.

Ein neuerlicher Ruck ging durch Chlodwig, er deutete auf einen der Knaben und winkte ihn hervor. Er errötete – in Erwartung, der Gattin eine Freude zu bereiten.

»Vielleicht«, murmelte er, »wird das deinen Schmerz um die verlorene Heimat mindern.«

Bathildis begriff noch immer nicht. Der Knabe, der aus dem Rudel der anderen Kinder hervorgetreten war, unterschied sich nicht von ihnen, hatte farblose Haare, dunkle Augen und eine hohe Stirne. Schwer war zuzuordnen, woher er kam, ob aus dem Süden oder aus dem Norden.

Doch als er zu sprechen begann, durchfuhr es Bathildis siedend heiß. Sie keuchte auf – ob des Schreckens und der Freude und des Wehs, die sie überrollten, ohne dass sie sich dagegen hätte wappnen können.

Der Knabe redete in der Sprache ihrer Kindheit zu ihr, jener Sprache, die sie mit Aidan geteilt hatte. Er stellte sich als Neffe des northumbrischen Königs Oswine von Deira vor.

Es war mehrere Nächte später, als Bathildis von sich aus den königlichen Gatten aufsuchte. Bislang hatte sie es nicht getan. Er war stets zu ihr gekommen, bemüht, höflich, etwas scheu. Er hatte sich gefreut, dass sie lächelte, und das tat sie oft seit der Stunde, da sie dem Knaben aus der einstigen Heimat begegnet war. Nie aber wagte er, ihr zu nahe zu kommen, sondern war jedes Mal nach einer kurzen Weile ins eigene Gemach zurückgekehrt.

Auch heute wartete sie – und war mit jeder Stunde verstörter, weil von ihm nichts zu hören war. Anfangs mochte sie die eigene Beunruhigung nicht gelten lassen. So war er denn eben müde. Erst später begann es zu nagen – das schlechte Gewissen wegen dessen, was sie am Tag nach der Hochzeit getan hatte.

Sicher, es war nichts Unrechtes. Doch es war hinter seinem Rücken geschehen. Heimlich.

Am Ende wusste sie, dass sie nicht würde schlafen können, wenn sie den Grund seines Fernbleibens nicht klärte. Sie ließ sich nicht durch eine der Frauen begleiten, die Gertrude zu ihren persönlichen Dienerinnen gemacht hatte, sondern ging allein – jenes Gemach aufsuchend, in dem sie auch an jenem denkwürdigen ersten Abend vor ihn getreten war.

Die Furcht von damals befiel sie erneut, wenngleich vermengt mit Trotz. Ich habe nichts getan, was mir nicht zustünde, redete sie sich ein. Ich habe …

Der König blickte nicht hoch, als sie eintrat. Zu sehr war er ins Essen vertieft. Speisen standen in großen Schüsseln vor ihm, die er in großen Bissen zu sich nahm – viel gieriger und hungriger denn je. Früher hatte er lustlos gegessen, aus Langeweile und Traurigkeit. Heute griff er nach Knochen und Rippen, als würde er sie nicht nur abnagen, sondern eigenhändig brechen wollen.

»Was … was …«, stammelte Bathildis verwirrt.

Sie ahnte, was sein Verhalten zu bedeuten hatte – und wollte zugleich nicht einsehen, dass sie machtlos dagegen war. Obgleich er nicht hochblickte, schritt sie energisch auf ihn zu, griff nach der Schüssel, die ihm am nächsten stand, und versuchte, sie ihm wegzuziehen. Ehe sie es konnte, schnellte seine Hand vor und packte die ihre am Gelenk.

»Lass das!«, zischte er.

Sie hatte ihn noch nie derart wütend reden hören, immer nur verwirrt, getrieben, so wie auch sein Blick es war.

»Lass mich erklären …«, versuchte Bathildis anzusetzen.

»Schweig!«, schrie er unbeherrscht. Er ließ ihre Hand los, auf der fettige Abdrücke seiner Finger verblieben, griff diesmal nicht nach neuer Speise, sondern an seine Stirne.

»Stimmen …«, stöhnte er. »So viele Stimmen … Ich dachte, sie hätten aufgehört zu reden. Ich dachte, du hättest sie verstummen lassen. Doch nun reden sie über dich. Sie verraten dich. Sie sagen mir, dass du mir untreu warst.«

»Das ist nicht wahr!«, rief sie.

»Doch … in deinen Gedanken.«

Er griff nach einem Stück gebratenem Kranich, würgte es hinunter, ohne zu kauen, krümmte sich vor Leibschmerzen und setzte sein Tun doch fort.

Bathildis stand händeringend.

Er wusste also, was sie getan hatte. Er wusste, dass sie sich nicht mit ein paar freundlichen Worten eines northumbrischen Knaben begnügt hatte. Überzeugt, dass er gewiss nicht allein den weiten Weg genommen hatte, hatte sie hernach nach seinen Begleitern fahnden lassen und schließlich Unterredung mit einem Mönch gehalten, der König Oswine von der Erziehung und dem Wohlbefinden des Knaben zu berichten hatte.

Sie hatte keine nüchterne Überlegung walten lassen. »O bitte!«, hatte sie gerufen, war vor ihm auf die Knie gefallen und hatte ihre Geschichte erzählt, hatte von dem Mann gesprochen, mit dem sie verlobt worden war, lange bevor sie König Chlodwig traf, dessen Vater Ricbert hieß und den der northumbrische König gewiss sehr gut kannte.

»O bitte! Ich muss wissen, ob er lebt, ob er heimgekehrt ist! Und er muss von mir wissen, dass ich ...«

Der Mönch hatte verständnislos gestarrt. Dass eine Sklavin hierzulande Königin werden konnte, deuchte ihn wohl ein seltsamer Brauch. Dass jene sich aber derart gebärdete, machte ihn fassungslos.

Erneut war sie unfähig zu berechnendem Handeln.

»Er ist der Grund, dass ich noch lebe!«, schluchzte sie auf. »Ich hätte mich aufgegeben, hätte der Gedanke an ihn mich nicht aufrechtgehalten, ebenso der Schwur, den wir uns gegeben haben – einander nicht zu vergessen, nach dem jeweils anderen zu suchen. Bitte, ich muss wissen, ob er lebt. Wie anders sollt ich mein Dasein hier ertragen?«

Ja, so hatte sie zu dem Mönch gesprochen.

Nun krümmte sich der König immer mehr. Mit beiden Händen aß er, das eine Stück in den Mund stopfend, während die andere Hand das nächste nahm. Allein bei seinem Anblick wurde Bathildis übel – und ihm konnte auch nicht wohl sein, denn irgendwann stieß er grob das Tischchen um, auf dem die Schüsseln standen, und beugte sich nach vorne, um alles auf den Boden zu speien, was er in sich hineingefressen hatte.

Bathildis sprang zurück, doch fettige Tropfen spritzten an ihr hoch, indessen er würgte.

»Ich habe es erfahren«, brachte er zwischendurch hervor. »Du ... du lässt nach diesem Mann suchen. Hinter meinem Rücken! Du hast mich belogen und betrogen!«

Säuerlicher Geruch stieg hoch; sie presste ihre Hände vor den Mund.

»Nein, das habe ich nicht!«, rief sie panisch. »Niemals habe ich dir etwas vorgemacht, dich lediglich angefleht, mich heimkehren zu lassen. Aus welchem Grunde wohl? ... Aber du! Du hast mich belogen! Du hast mir versprochen, mich gehen zu lassen – und dann hast du mich gegen meinen Willen hier behalten!«

Eine Weile hockte sein Körper wie starr. Dann fiel er nach vorne, packte ihre Füße, erbrach weitere Stücke unverdauten Fleisches.

»Hör auf!«, schrie sie – panisch und wütend und voller Ekel. »Ist dein Anblick nicht schlimm genug? Willst du mir nun auch noch deine Innereien vor die Füße spucken?«

»Wage nicht, so mit mir zu reden! Ich bin der König, und du bist eine Sklavin! Ich habe dich aus dem Nichts geholt, und so dankst du mir?«

Ihr Körper begann zu zittern. Eine fremde Macht beutelte sie, trieb Tränen in ihre Augen, so heftig, dass sie nicht gemächlich über die Wangen tropften, sondern so sprühten wie sein speichelspeiender Mund.

»Ich habe dich nicht darum gebeten! Ich bin dir nichts schuldig!«

Nach dem Erbrechen hatte er gebeugt gehockt. Erst jetzt blickte er auf, sah sie zum ersten Mal an diesem Abend an, zuerst waidwund, dann stierend. Er griff sich wieder an den Kopf.

»Du schuldest mir Respekt! Und Treue!«, rief er, um dann zu wiederholen: »Ich bin der König! Ich bin der König!«

Sein Anblick dauerte sie – so wie beim ersten Mal, da sie seine Traurigkeit gewahrt hatte. Doch längst war ihr Gemüt besetzt von anderem Kummer. Sie stieß sämtliches Mitleid, das er in ihr zeugte, mit blinder Wut zurück.

»Du willst ein König sein?«, schrie sie aufschluchzend. »Würde sich ein solcher jemals an eine Sklavin klammern, sich von ihr Ratschläge geben lassen? Mir scheint, das einzige Talent, was du im Übermaß bekommen hast, ist das Fressen – nicht jedoch, ein Land zu lenken. Denkst du, deine tote Mutter Nanthild wäre stolz auf dich?«

»Wage nicht, ihren Namen in den Mund zu nehmen!«, gab er zurück, nunmehr gefährlich raunend.

Aufschluchzend schlug sie sich die Hände vors Gesicht.

»Du warst es doch, der mich mit Nanthild verglichen hat!«, schrie sie. »Gerne hätte ich darauf verzichtet, dass du in mir ihr Wesen sahst! Verflucht sei der Tag, an dem ich deine Gunst errang.«

Noch glotzte er wie ein verständnisloses Kind – gleich würde ihn die Wut übermannen, das ahnte sie. Er schien nur noch nicht zu begreifen, was er hörte – vielleicht, weil so viele andere Stimmen laut durch seinen Kopf brüllten. Hin und her verrenkte er den Nacken, als würde durch jede Windung seines gemarterten Hirns ein neuer Rufer dringen und sich dem wüsten Tanz, der durch den Kopf tobte, anschließen.

»Was redest du da? Was redest du da?«, entfuhr es ihm schließlich.

Die Kehle schmerzte so von ihrem heftigen Schluchzen, dass sie meinte, sie würde ihr zerreißen, wenn sie noch ein lautes Wort sagte.

Sie vermochte es dennoch nicht zurückzuhalten – wissend, dass sie ihn nicht minder verletzte als sich selbst.

»Was ich rede? Von dir rede ich! Von einem schwachen König, der selbst eine armselige schuftende Sklavin noch zwingen muss, ihn zum Mann zu nehmen. Du bist meiner nicht würdig. Nicht im Geringsten bist du das. Aidan wäre es. Mein schöner Bräutigam. Ich war ihm versprochen – ich bin es noch. Ich liebe ihn; ich liebe ihn unendlich. Er ist der einzige Mann, den ich jemals lieben werde. Aidan … Aidan …«

Sie setzte ihm mit dem Namen zu, sie wiederholte ihn ein ums andere Mal, so lange, bis er ihr Schweigen erzwingen würde. Sie hoffte sogar, er würde es tun, würde gewaltsam das schreckliche Schauspiel zwischen ihnen beenden, das auf das Schäbigste anzuschüren sie nicht lassen konnte.

»Aidan … Aidan …«

Er enttäuschte sie nicht. Sie sah seine Pranke auf sich niedersausen, taumelte und fiel. Das Blut strömte warm aus Nase und Ohren in ihr Gesicht, als er wieder und wieder auf sie einschlug, nicht nur roh, auch hilflos, als fiele ihm keine andere Möglichkeit ein, sie zum Schweigen zu bringen.

Irgendwann hörte er auf, doch damit war's nicht zu Ende. Sie erhaschte einen kurzen Blick auf sein Gesicht, verwirrt und rot und zugleich gieriger, als er aufs Essen jemals war. Angewidert schloss sie die Augen – es genügte zu spüren, wie er sich auf sie wälzte und sie gewaltsam zu seiner Frau machte.

Sie wusste nicht, wie viel Zeit vergangen war, als sie aus ihrer Ohnmacht erwachte. Nicht die Regung des eigenen Geistes führte sie aus der schwarzen Tiefe, sondern ein warmer Atem, aus jenem Maul stammend, das sich schon einmal prüfend über ihr schutzloses Gesicht gesenkt hatte, ohne freilich seine gefährlich spitzen Zähne zu gebrauchen. Sie kannte den Hund, der sie beschnüffelte. Die warmen, gelben Augen, der heiße Atem, der aus seinem Maul strömte, das leise Fiepen – das alles erinnerte an jenen Tag, da sie im Schnee gelegen hatte, kurz davor zu erfrieren, und dann von Erchinoald gerettet worden war.

Heute senkte sich das Maul noch tiefer auf ihr Gesicht als damals. Bald spürte sie nicht nur den heißen Atem, sondern eine raue Zunge, die begann, ihr das verkrustete Blut von den Wangen zu lecken. Eine Weile ertrug sie das Kitzeln und den schleimigen Speichel – froh, dass diese Berührung so zärtlich und vorsichtig war.

Ein Stöhnen entrang sich ihr, als sich der erschlaffte Geist schließlich erhob, das Feld der Erinnerung durchwanderte und die letzten Stunden vor ihr aufstiegen. Es nutzte nichts, die Augen zu schließen, um sich erneut in gnädige Dunkelheit fortzustehlen. Die Augen hatte sie auch geschlossen, als Chlodwig über sie hergefallen war, und doch hatte nichts, was er ihr antat, an ihrem panischen Geist vorbei ins Vergessen flüchten können.

Sie hatte ihn stets als ungelenk und ungestüm erlebt – und Gleiches wohnte auch seiner Gewalt inne. Er lenkte sie nicht, suchte nicht, sich auszudenken, womit er ihr am meisten weh tun konnte. Er drosch auf sie ein, bis ihm die Hände wund waren, dann wälzte er sich auf sie und schaffte es nicht einmal, sie mit seinem Geschlecht zu entjungfern. Mehrmals versuchte er stöhnend, in sie einzudringen, doch nahm er sich nicht die Zeit, den genauen Eingang ihrer Höhle zu erkunden. Am Ende ergoss er sich warm auf ihrem Bauch, und die zähen Tropfen waren langsam nach unten geronnen, wo Haar ihre Scham umkräuselte. Er freilich wollte sich nicht länger aussperren lassen. Die eigene Feuchtigkeit nutzend – und vielleicht auch das klebrige Fett von den Speisen, das an seiner Hand verblieben war, begann er, mit den Fingern in ihr zu stochern, so heftig, so lieblos, so gierig, dass unter ihrem gequälten Aufschrei endlich ihr jungfräuliches Blut zu fließen begann.

Hernach musste er von ihr abgelassen und sie sich in den Gang geflüchtet haben. Oder hatte er ihr den letzten Tritt gegeben, auf dass sie dorthin gerollt war?

Sie drückte die feuchte Hundeschnauze fort. Wiewohl die Türe zum Schlafgemach geschlossen war, vernahm sie dennoch die Stimme, die dahinter rief. Es war Chlodwig, und er wiederholte stets aufs Neue ihren Namen.

»Bathildis … Bathildis … Bathildis …«

Sie antwortete nicht, denn sie hatte nicht das Gefühl, er riefe nach ihr.

Sie hatte keine Sklavin mehr sein wollen, hatte sich gewünscht, wieder ihren Namen zu tragen. Doch nun gehörte dieser Name nicht länger ihr, sondern einer fremden, unbegreiflich fernen Königin der Merowinger, die nichts mit ihr zu tun zu haben schien.

Drittes Buch

Die Königin

A. D. 649–657

XVIII. Kapitel

Geliebter Aidan,

vielleicht ist es widersinnig, Dir zu schreiben. Vier Jahre sind seit meiner Eheschließung mit dem König von Neustrien-Burgund vergangen, und in all den Jahren erreichte mich niemals ein Lebenszeichen von Dir. Wie auch? Selbst für den Fall, dass Du zurückgekehrt wärst – Chlodwig würde gewiss alles tun, damit niemals eine Nachricht von Dir bei mir ankäme.

Er hat es mir strengstens untersagt, jemals wieder einen Boten nach Northumbrien zu schicken. Es wäre sinnlos, diesem Verbot zuwiderzuhandeln – wo er doch mit Argusaugen darüber wacht, wer mir zu nahe kommt, wer mit mir zu reden sucht. Ich glaube auch, er hat Gertrude damit beauftragt, ihm regelmäßig zu berichten, was in den Frauengemächern geschieht. Nun – es ist nicht viel, bin ich doch seine Gefangene.

Als solche zumindest fühle ich mich. Ich weiß, der König kann es nicht verstehen – so wenig wie alle anderen hier –, dass ich mich so sehr nach Freiheit sehne, dass ich noch immer an Dich denke, wiewohl es viel nutzbringender wäre, mich ihm liebevoll zuzuwenden. Allein, ich kann es nicht. Ich habe zwei Söhne geboren, Chlothar und Childerich, doch ich betrachte sie mehr als die seinen als die meinen. Sie sehen Dir nicht ähnlich und haben eine Heimat, die mir stets fremd bleiben wird.

Nie wollte ich Königin von diesem Land werden; selbst jetzt bin ich's nur in dem Maße, da man es von mir erzwingen kann.

Wenn Chlodwig mit mir über Politik reden will, so schweige ich. Wenn wir von Königspfalz zu Königspfalz ziehen, so verstecke ich mich jedes Mal in den Frauengemächern, kaum dass wir angekommen sind.

Bathildis ließ die Feder sinken. Sobald sie das Schreiben beendet hatte, fügte sie sich gedankenlos in den selbstverständlichen Ablauf, dem ihre Tage unterlagen. Bis auf die Zeit, die der Hof mit dem Reisen zubrachte, glichen sie einander bis ins Kleinste, schlichtweg, weil sie ihre Wahl, was sie denn tun wollte, darauf beschränkte, entweder an Aidan zu schreiben – dies waren die lichten Momente ihres Lebens – oder mit leerem Blick den Tag über sich ergehen zu lassen.

In ihrem Gemach lauschte sie weder auf das Geschwätz ihrer Damen, falls sie sie nicht ohnehin fortschickte, noch beteiligte sie sich an deren Webarbeiten. Ziellos schritt sie stattdessen im Zimmer auf und ab, um manchmal unwillkürlich innezuhalten, nach Wasser zu verlangen, das in eine Zinnschüssel gegossen wurde, und sich darin die Hände zu waschen, manchmal so lange, bis jene rot und rissig waren.

Wenn sie hernach die Finger betrachtete, so schien zumindest ein wenig von dem Geist, den sie allein dem Gedenken an Aidan vorbehielt, in ihre ansonsten leere Hülle zurückzukehren, und sie sagte sich wieder und wieder vor, dass sie sauber und dass dies gut wäre.

Ansonsten trug sie ihr Leben wie fremde Kleidung. Sie hielt sich an die Verpflichtung, sie nicht schmutzig zu machen oder zu zerreißen, aber sie streckte nie wohlig die Glieder darin aus, blieb stets vorsichtig angespannt, so wie damals nach der Hochzeit, als sie in zu engen Schuhen den Tag zu überstehen hatte.

»Meine Königin?«

Eine forsche Stimme ließ sie hochschrecken. Kaum jemand wagte es, in das öde, dumpfe Land ihrer Gedanken vorzudringen, sie gar von dort in die Wirklichkeit zurückzuholen – nur eine mühte sich ebenso regelmäßig und vergebens um ihre Aufmerksamkeit.

»Wollt ihr sie sehen? Soll ich sie holen?«

Bathildis schüttelte sachte den Kopf. Nach dem Schreiben war sie zum Fenster hingetreten, eines der wenigen, das aus dem seltenen, kostbaren Glas gefertigt war, Licht von draußen hereinfallen ließ und einen unscharfen Blick auf den Hof erlaubte – es war heute jener des Pariser Palatium, in dem sie vor kurzem erst eingekehrt waren.

Sie hatte nichts von dem wahrgenommen, was dort geschah, jetzt freilich, da sie sich nach der drängenden Stimme umdrehte, konnte sie sich nicht blind stellen, sondern schaute in ein bekanntes Gesicht: Es war rundlich, Augen, Nase und Mund standen so eng beieinander, dass es stets den Anschein hatte, als wäre das Antlitz einer Katze in das übergroße eines Menschen geraten, ohne es ausreichend ausfüllen zu können.

»Was … was sagst du?«, fragte sie verwirrt.

»Ich habe gefragt, ob ich Euch die Kinder bringen soll, meine Königin«, erklärte die Frau. »Ihr habt so lange nicht mehr nach ihnen rufen lassen, und doch scheint mir, es würde sich für Euch lohnen. Ihr müsst sie sehen! Chlothar hat gestern zum ersten Mal auf einem Pferd gesessen – und zeigte großen Mut! Gewiss, er wurde blass um die Lippen, und ein wenig hat er auch gezittert, doch er wollte sich nichts davon anmerken lassen, hat sich ganz steif gemacht und ist so lange auf dem Rücken verharrt, wie man es von ihm verlangte. Ihr könnt stolz auf ihn sein, meine Königin! … Und Childerich! Er stand daneben, den älteren Bruder zu bestaunen – und er, der doch gerade erst gelernt hat, eigene Schritte zu tun, rief die ganze Zeit: ›Will auch reiten! Will auch reiten!‹ Gar nicht zu beruhigen war er. An meiner Hand hat er gezerrt, als wollte er mir den Finger ausreißen. Und eine Stimme hat er, so kräftig, dass man sie im ganzen Hof hören konnte! Meine Königin, Ihr sollt …«

Ein Ruck ging durch Bathildis' Leib, als sie die Hand hob,

um die andere zum Schweigen zu bringen. Als würde jene entmutigende Geste nicht genügen, runzelte sie obendrein die Stirne.

»Still, Fara! Ich will davon nichts hören!«

Die Frau kniff ihre Augen zusammen, sodass sie noch enger beieinanderzustehen schienen. Eine jede andere von Bathildis' Damen hätte sich nun zurückgezogen, auch Gertrude, obwohl jene der Königin am nächsten stand. Aber Faras Geist war zu schlicht, um zu begreifen, dass die Königin sich gänzlich anders verhielt als gewöhnliche Weiber.

Gewiss, Fara selbst war nicht eben eine feinsinnige Frau, ließ sich nicht leicht rühren. Gar nicht gut wäre es ihr bekommen, hätte sie das eigene Gemüt zu sehr verzärtelt. Mit ihrem Gatten war sie seinerzeit an den Königshof gekommen, jener ging dem Truchsess zur Hand. Rasch war sie selbst als Frau bekannt und geschätzt, die einen nüchternen Blick besaß und gut befehlen konnte, ohne jemals willkürlich oder grausam zu sein. Doch wohingegen bei allen anderen Menschen Faras Name gerne gehört wurde, reifte in ihrem Gatten schon früh ein Widerwille gegen sein Weib. Er ließ sich nie recht ergründen – wohl auch nicht von ihm selbst. Fest stand, dass er die Gegenwart von Frauen im Allgemeinen nicht mochte und lieber bei den Männern hockte, mit ihnen würfelte oder Met trank, und dass es ihm zunehmend unerträglicher wurde, Nacht für Nacht ein Weib neben sich im Bett liegen zu haben. Er schlug sie nie mit Absicht. Aber manches Mal gab er ihr mitten in der Nacht einen Tritt, der sie schmerzhaft in der Leibesmitte traf und sie auf den kalten Boden stieß. Obendrein verweigerte er bald, ihr beizuwohnen. Die wenigen Male, die er's zuvor versucht hatte – ein Priester hatte es ihm dringend angeraten –, war es ihm auch nicht möglich gewesen, genügend Fleischeslust aufzubringen, um Fara wahrhaft zum Weibe zu machen.

»Sein Gemächt blieb schlaff und kalt wie ein rohes Stück Fleisch«, erklärte Fara später freimütig – nicht, weil sie sonderlich geschwätzig war, sondern weil sie in allen Dingen des Lebens gern unverstellt die Wahrheit aussprach.

Nach zwei Jahren wurde sie von ihrem Mann geschieden. Im Scheidungsbrief wurde ihre *Discordia* festgehalten, was hieß, dass zwischen dem Gatten und seiner Frau keine gottgemäße Liebe herrschte, sondern Zwietracht, und sie nicht mehr zusammen leben könnten. Auf jenen Ritus, der für gewöhnlich vollzogen wurde, wenn ein Ehemann seine Frau verstieß, und der am besten an jenem Ort auszuführen war, wo die Ehe seinerzeit geschlossen wurde, wurde verzichtet.

Der Gatte heiratete nicht wieder, und Fara selbst wurde von Gertrude zu jener Frau bestimmt, die über die zwei kleinen Söhne des Königs die Aufsicht haben sollte. Wiewohl sie keine eigenen Kinder hatte, war Fara gut darin, die rechten Ammen auszuwählen und desgleichen zu bestimmen, wann die Kleinen erstmals einen Bissen Fleisch zu kauen hatten und wann den ersten Schluck gesüßten Met zu nehmen. Sie war nie zärtlich zu ihnen, aber ihr Blick auf sie war gutmütig und stolz. Sie war überzeugt, dass man zu Kindern streng sein sollte, weil ihr schwacher Geist Formung bräuchte, doch ebenso, dass sie zur rechten Zeit Lob verdienten.

Solches forderte sie nun auch von Bathildis ein.

»Aber meine Königin!«, sprach sie in deren Schweigen. »Ihr dürft Euch ihnen gegenüber nicht blind stellen! Und ich meine auch, Ihr solltet Chlothar Euren Stolz bekunden darüber, dass er geritten ist! Und Childerich – wie gut er schon sprechen kann! Sagt ihm, dass er …«

»Hast du mich nicht verstanden? Halts Maul, sagte ich! Geh weg!«

Fara zuckte zusammen und riss die Augen auf. Solch grobe Worte hatte sie Bathildis noch nie sprechen hören. Abweisend, das war sie wohl … jedoch niemals vulgär.

Bathildis selbst schien zu erschrecken. Hastig ging sie zurück zu jenem Zinnbecken, um wieder einmal die Hände hineinzutauchen. Ob des vielen Waschens waren sie so wundgerieben, dass sie brannten. Sie zuckte vor Schmerz zusammen.

»Es tut mir leid«, murmelte sie in Faras Richtung. »Ich sollte nicht so mit dir reden… aber wenn meine Söhne Worte des Zuspruchs brauchen, so wende dich an den König, nicht an mich.«

Fara war ihr mit leisen Schritten gefolgt.

»Aber meine Königin«, begann sie vorsichtig, »es ist nicht leicht vorherzusehen, in welchem Zustand der König anzutreffen ist, ob er…«

Ratlos hielt sie inne, anstatt den Satz zu Ende zu bringen.

Bathildis ahnte, was sie sagen wollte. Ob er wahllos Essen in sich hineinstopfte. Ob er an Kopfschmerzen litt – oder an den Stimmen, die in ihm brüllten. Ob er dem allen zu entgehen suchte, indem er sich zur Jagd rüstete.

Bathildis seufzte.

»Dann weiß ich auch nicht, was du tun kannst. Nur lass mich endlich allein.«

»Ach, meine Königin, ich weiß, dass ich gehorchen muss – und doch bitt' ich Euch: Folgt mir nach draußen! Es wird nur Trübsinn bringen, den ganzen Tag hier drinnen…«

»Lass mich allein!«

Bathildis' Stimme hatte wieder an Schärfe gewonnen, und diesmal fügte sich Fara, indem sie kleinlaut nickte, den Kopf senkte und den Raum verließ. Bathildis lauschte auf ihre Schritte. Sie ahnte, dass es Unrecht war, sich nicht um die Söhne zu scheren – doch gleichsam dachte sie, dass es genügen musste, sie immerhin geboren zu haben.

Es war für sie nicht selbstverständlich gewesen. Kurz nach der Eheschließung hatte sie von einer Magd erfahren, dass man die Empfängnis verhindern könnte, schluckte man täglich Farnwurzeln, welche in Wein eingelegt worden waren. Tatsächlich war sie kurz verführt gewesen, den König solcherart noch mehr von ihrem Leben vorzuenthalten – doch alsbald von der Furcht zurechtgestutzt, dass er sie als Unfruchtbare viel schneller verstoßen würde denn als Schweigende, Gleichgültige. Eine Scheidung aber wollte sie nicht provozieren. Sie ertrug die Ehe, mehr nicht, aber sie würde nicht willentlich dazu beitragen, sie zu beenden, schlichtweg, weil sie nicht wusste, was ihr dann drohen könnte.

So ging sie alsbald schwanger und ließ alle Prozeduren über sich ergehen, die ein solcher Fall vorsah: Da wurde ihr runder Leib mit einer Pomade aus den verkohlten Resten eines Igels eingerieben; da verbot man ihr, Gemüse zu essen, und gab ihr stattdessen die Milch einer Hündin zu trinken. Beides sollte ihrer Stärkung dienen – und tatsächlich verliefen die Geburten unerhört leicht. Noch Wochen später tuschelte die *Obstetrix*, die Hebamme, welche Bathildis in den Stunden der Wehen mit aufmunternden Worten sowie kühlen Leinentüchern erfrischt und ihr schließlich mit eingefetteten Händen das Kind aus dem Leib gezogen hatte, dass Bathildis nicht geschrien, ja kaum gestöhnt hätte und dass dies nicht Gottes Wille entspreche, wo jener doch nach dem Sündenfall entschieden habe, dass das Weib unter Schmerzen gebären sollte.

Nun, wiewohl sie verwehrte hatte, sie zu zeigen, hatte Bathildis sehr wohl solche Schmerzen durchlitten. Freilich waren sie weniger körperlicher Natur. Beide Male betrachtete sie die Neugeborenen mit tiefem Weh – und konnte sich nicht entscheiden, was sie mehr zerriss: Dass ihr die Kinder nichts bedeuteten, weil sie vom falschen Mann gezeugt worden oder dass sie nicht einfach bei der Geburt gestorben war, um solcherart von ihrem Los erlöst zu sein.

Doch so wenig wie sie beim Gebären geschrien hatte, sprach sie diesen Kummer aus. Sie weinte auch nicht – zumindest nicht in Gegenwart von anderen Menschen. Und auch unbeobachtet war es nur ein einziges Mal geschehen, dass ihre Augen Tränen gespuckt hatten und ihre Schultern unter dem Schmerz erzittert waren …

Gerne hätte sie sich die Erinnerung erspart, doch Faras Besuch und ihre hartnäckigen Worte hatten ihr lahmes Gemüt so weit geweckt, dass es nicht länger im Dämmerschlaf verharren wollte. Rastlos schritt Bathildis auf und ab, blieb beim Fenster stehen, starrte hinaus, lief wieder davon fort, lief getrieben und zugleich ziellos vor den spärlichen Erinnerungen davon, die die letzten Jahre in ihrem Gedächtnis eingeschrieben hatten.

»Warum … warum bleibst du den ganzen Tag in dem Gemach?«

Nicht nur Fara verstand das nicht. Auch Gertrude hatte gefragt – damals, noch am Anfang ihrer Ehe mit Chlodwig. »Du kannst doch nicht den ganzen Tag auf den Hof starren!«

»Warum nicht?«, hatte Bathildis kühl zurückgegeben. »Willst du es mir verbieten? Nun, der König gestattet mir, zurückgezogen zu leben. Und wen sonst sollte es stören? Erchinoald, Ebroin?«

Erchinoald hatte seit Leutsindas Tod nicht wieder geheiratet. Vielleicht weil die Eheschließung mit einem liebreizenden Mädchen stets nur Drohung gegen sie gewesen war, nie ernsthafter Wunsch. Vielleicht auch, weil er wenig später zu kränkeln begann. Nicht von grässlichen Schmerzen und Blutstürzen wurde er gequält wie Leutsinda, jedoch beugte zunehmende Schwäche seinen Rücken. Er schien nicht viel Lust auf das Leben zu haben, gleichso, als wäre ihm dessen Kraft nur aus Leutsindas Zänkereien zugeflossen, nicht aber aus deren ewigem Stillschweigen.

Und Ebroin. Noch weniger zählte Ebroin. Am Anfang hatte er sich nicht damit abfinden wollen, dass er sich in Bathildis getäuscht hatte. Er zeigte wenig Verständnis für ihren Wunsch, sich zurückzuziehen und zu schweigen – stöberte stattdessen nach Machtwillen und Tatkraft, wovon er beides besaß und was er doch auch an ihr vermutet hatte. Oft war er gekommen, sie aus dem Trübsinn zu reißen, doch sie hatte ihm weder zugehört noch ihn angeschaut, und schließlich hatte er es ratlos aufgegeben, enttäuscht, weil sie ihm keine rechte Bündnispartnerin wurde, und irgendwie doch zufrieden: Eine schweigende Königin war immerhin keine Bedrohung.

Und Chlodwig … Chlodwig hatte ihr nach jener schrecklichen Nacht nicht wieder in die Augen blicken können. Er rief sie manches Mal zu sich, um bei ihr zu liegen … schweigend, irgendwie lustlos. Mehr verlangte er nicht. Sie hatte anfangs stets darauf gewartet, dass er sie verstoßen würde, doch dann hatte sie die beiden Söhne geboren, gesunde und kräftige Thronfolger.

Nein, niemand von ihnen verbat ihr, sich zurückzuziehen. Auch Gertrude seufzte schließlich und gab es auf, sie herauslocken zu wollen.

Eine freilich gab's, die – ähnlich wie heute Fara – ihren dumpfen Frieden, dessen schwarze Stille stets einer Totenwache glich, zu stören wusste – zumindest einige wenige Tage lang.

Itta war es, die drei Jahre nach ihrer Hochzeit mit Chlodwig zu ihr geschlichen kam, sich triumphierend vor ihr aufbaute. Seitdem sie die Königin mit dem zu kleinen Schuh hatte beschämen wollen, hatte sie deren Nähe gemieden, obgleich Bathildis sie nie dafür zur Verantwortung gezogen hatte.

Nun war es Itta freilich anzusehen, dass sie noch eine Rechnung mit Bathildis offen und ihr nicht verziehen hatte, des Königs Aufmerksamkeit auf sich gezogen zu haben, und dass sie dieses Vergehen mit ihrem kleinen Streich nicht ausreichend gesühnt wähnte.

»Ich werde Neustrien bald verlassen«, erklärte sie stolz. »Ich werde heiraten!«

Bathildis zuckte die Schultern. Das Geschick der anderen war ihr gleichgültig.

Itta grinste, wartete einen Augenblick und holte dann zum vernichtenden Schlag aus. »Mein Vater hat erreicht, dass ich einen Gatten von höchstem Rang erhalte!«, rief sie. »Niemand geringerer ist's als der König … von Kent!«

Bathildis hatte sie angestarrt, als würde sie nicht begreifen.

»Ja, so ist's!«, bekräftigte Itta. »So werde ich jenes Meer überqueren, über das du einst gekommen bist, und auf jener Insel, welche Britannia heißt, leben, die deine Heimat war.«

Sie schien zu ahnen, dass sie nicht mehr sagen musste, um Bathildis den Tag zu verleiden. Sie drehte sich um und ging, und als Bathildis ihr nachstarrte, so ging ihr durch den Kopf, dass Kent die Heimat ihrer Mutter Estrith war, dass sie in einem dortigen Kloster groß geworden war, vor allem aber: dass sie es verdiente, dorthin zu gehen, und nicht Itta und dass sie es doch nicht durfte, nie wieder, nie wieder.

Sie brach in Tränen aus, in heiße und ungestüme Tränen, weinte ihrer Heimat nach und Aidan, weinte schließlich ob ihres verdorbenen Lebens.

Danach glich ihre Seele einem See, dessen Wasser sich verflüchtigt hatte und dessen Grund grau und staubig war und nur an manchen Stellen noch schlammig. Wann immer sie in die Nähe eines solchen Fleckchens kam, so hatte sie Angst vor dem weichen Dreck und meinte, sich waschen zu müssen. Nichts anderes blieb ihr, als auf dem trockenen Grund zu hocken, denn die Uferböschung hinaufzuklettern war zu beschwerlich. Schon beim zaghaften Versuch, sie zu besteigen, drohte sie abzurutschen und wieder auf schlammigem Rest zu landen.

Nein, besser war es, nichts zu tun, besser, im Zimmer auf- und abzuwandern und manches Mal auf den Hof zu starren.

Das tat Bathildis auch jetzt. Sie atmete ein wenig schneller als sonst, war jedoch gewillt, die Erinnerungen, die da hochgestiegen waren, zu schlucken, sich alsbald wieder taub zu stellen … und blind.

Doch just bevor ihr Blick sich verschleierte, fiel er auf eine letzte Bewegung.

Nicht größer als ein Punkt schien, von hier oben aus betrachtet, das Wesen, das dort unten über den Hof huschte. Meist gab es dort so wahllos viel zu erschauen, dass nichts sie fesseln konnte. Doch jene Gestalt fiel ihr auf, weil sie so klein und dünn war und neben all den großen Gestalten wie eine Feder war, zufällig hierher geweht, über den Boden flatternd und stets davon bedroht, von einem heftigen Tritt in den Dreck gestampft zu werden.

Bathildis stand steif, so wie immer, nur ihre Augen waren nicht reglos. Ohne sich dafür entschieden zu haben, folgten sie unmerklich den Schritten eines kleinen Mädchens – eines Sklavenmädchens.

Rigunth.

Die Kleine hieß Rigunth.

So viel hatte Bathildis bereits erfahren in all den Tagen, da sie sie nun heimlich beobachtete – sie wusste nicht recht, warum. Vielleicht, weil ihr Gesicht so blass war, dass es unter den Augen und um den eingefallenen Mund bläulich glänzte, und die Arme so dürr, dass beide zusammen kaum so dick waren wie der eines ausgewachsenen Menschen. Und doch schienen die Arme kräftig. Eimer um Eimer Wasser schleppten sie, nachdem sie jenen zuerst an einem Strick in den Brunnen gelassen und mühselig wieder hochgezogen hatten.

Rigunth trug sie zur Küche, kam alsbald wieder zurück. Hin und her, den ganzen Tag lang. Das Gesicht wurde immer bläulicher, die Lippen immer schmaler, die Arme schienen stetig länger zu werden, als würde das Gewicht zwar nicht den Rücken beugen, aber die Glieder in die Länge zerren.

Unmöglich, dass sie es durchhält, dachte Bathildis, neugierig, erstaunt und irgendwie auch grimmig, dass das zähe Mädchen niemals zusammenbrach.

Beim ersten Mal war Bathildis' Blick zufällig auf das Mädchen gefallen; später hatte er sich an ihm festgebissen, war nicht gewillt, Rigunth wieder loszulassen. Bathildis beobachtete sie – und wartete, gleich so, als hätte sie eine Wette darauf abgeschlossen, wie lange jene ihr Los ertragen könnte.

Sie gestand es sich nicht recht ein – und doch: Sie wollte sie heulen sehen, weil die Eimer zu schwer wurden. Sie wollte sie klagen hören und das bittere Leben verfluchen. Sie wollte, dass das Mädchen jene Tränen vergoss, auf die Bathildis selbst schon lange verzichtete.

Anfangs war sie geduldig. Sie beobachtete das Mädchen noch mit dem Anflug eines bitteren Lächelns. Doch einige Tage später hatte sich jenes Lächeln so verkrampft wie ihre ganze Statur. Ungewohnt war es für sie, die Muskeln derart anzuspannen. Das Bezeichnende an der Schwermut, die sie Tag für Tag gefangen hielt, war die Unterdrückung jeglicher Hast, jeglicher Regung. Doch nun schienen sich – unter dem weichen, schweren Tuch, das ihr Gemüt bedeckte – die Gliedmaßen selbständig zu machen und in jenem Takt zu zucken, in dem die kleine Rigunth zugriff, sich bückte, huschte.

Eben freilich hielt sie inne. So randvoll war der Eimer, den sie schleppte, dass er ihr wohl schmerzhaft in die Hand schnitt und sie ihn auf dem Weg zur Küche niederstellte.

Also doch!, triumphierte Bathildis still über diesen Anflug von Schwäche. Sie schafft es nicht!

Ihre Augenlider zuckten.

Doch sie war nicht die Einzige, der das Mädchen aufgefallen war. Nun, da Rigunth neben dem Eimer verweilte, kamen zwei Männer auf sie zugeschritten. Es konnten keine Knechte sein, denn sie trugen Gürtel und Schwerter daran. Doch zugleich war ihr Lederwanst so schleißig, dass sie unmöglich zu den Antrustionen zählen konnten. Vielleicht waren es Gefolgsleute eines hochherrschaftlichen Gastes, der sich eben in Paris aufhielt, und langweilten sich unendlich, bis endlich zum Aufbruch gerufen wurde.

Das kleine, zähe, weiße Mädchen schien ihnen Lust zu machen, sich an seinem Elend den Tag zu vertreiben. Bathildis konnte nicht hören, was sie zu Rigunth sagten, jedoch erahnen, dass es spöttische Worte sein mussten, denn plötzlich schnellte der Fuß des einen Mannes vor und stieß den schweren Eimer um.

Wie erbarmungslos und bösartig er ist, dachte Bathildis, und zugleich erschien ein zufriedenes Lächeln auf ihren Lippen. Jetzt siehst du's, Mädchen. So leicht ist es eben doch nicht durchzuhalten. Das Leben ist hart und grausam.

Sie erwartete, dass Rigunth den Kopf einziehen, sich nach dem Eimer bücken würde, vielleicht sogar Tränen vergießen.

Doch das Mädchen tat nichts dergleichen. Es hob den Kopf so weit, dass selbst Bathildis von ihrem erhöhten Beobachtungsposten aus in ihre Augen sehen konnte, die dunkel waren wie die Nacht und nicht minder tief wie deren klarer Himmel. Sie öffnete den Mund, sagte etwas zu dem Mann.

Dummes Mädchen!, ging Bathildis durch den Kopf; sie lächelte nicht länger, sondern biss sich auf die Lippen bis es schmerzte. Was lehnst du dich auf? Denkst du, man lässt dann von dir ab?

Trotz ihrer Gedanken schrie sie entsetzt auf, als der Mann auf das kleine Mädchen losging, seine Pranke hochriss und ihm damit ins Gesicht schlug, dass es über den Eimer stolperte und, alsbald von der Wucht des Schlags gefällt, über den dreckigen Boden rollte.

Der Laut, der da aus Bathildis' Mund glitt, überraschte sie selbst. Nie hatte sie gedacht, dass sie die Stimme noch einmal derart erheben würde.

»Halt!«, schrie sie nun. »Halt! Aufhören!«

Niemand hörte sie. Unten im Hof hob der Mann den Fuß, um nun auf die liegende Rigunth einzutreten.

Ein Ruck ging durch Bathildis' Körper, noch ehe sie entschied, tatsächlich einzugreifen. Sie lief hinaus auf den Gang, hastete ein paar Schritte hin und her, nicht gewiss, wie sie überhaupt in den Hof gelangen konnte.

»Halt! Halt! Sie sollen das Kind in Ruhe lassen!«, gellte sie. Sie sorgte für Aufruhr unter den Frauen, die ansonsten gelangweilt in und um die Frauengemächer lungerten, wissend, dass sie der Königin verpflichtet waren, und zugleich, dass jene doch nie eine Regung zeigte.

Manch Blick weitete sich derart überrascht, als habe Bathildis den Verstand verloren.

»Es soll aufhören!«, rief sie. »Es soll aufhören!«

Nur eine Frau wagte, auf sie zuzutreten und sie beruhigend am Arm zu packen. Die plappernde Gertrude, Erchinoalds Tochter, hatte keine Scheu vor ihr.

»Meine Königin, beruhige dich! Was ist geschehen?«

Unter ihrem zupackenden, festen Griff versteifte sich Bathildis. Unwirsch versuchte sie sich loszureißen. Schwer genug war es zu ertragen, dass Chlodwig sie berühren durfte. Kein anderer sollte es wagen.

»Lass mich sofort los«, knurrte sie.

Gertrude starrte verständnislos, wiewohl sie den Befehl sogleich befolgte, die Augen niederschlug und zurücktrat.

Bathildis versuchte, den heftigen Atem zu bremsen, langsamer und klarer zu sprechen. »Dort unten im Hof … schlägt ein Mann ein kleines Sklavenkind. Mach, dass es aufhört!«

Sie wartete nicht darauf, dass sich in Gertrudes Gesicht Verständnis abzeichnete, ging mit steifen Schritten zurück in ihr Zimmer, um hier freilich nicht länger hinauszustarren, sondern sich ins Bett zu verkriechen. Sie fühlte sich unendlich erschöpft; sämtliches Blut schien schmerzhaft durch ihre Glieder zu peitschen, der Hals deuchte sie wund ob des ungewohnten Gebrauchs der Stimme.

Nach einer Weile fuhr sie unruhig wieder auf, ohne den Frieden gefunden zu haben, den ihr sonst das ruhige Liegen schenkte. Sie roch den Schweiß, der plötzlich auf dem Körper klebte, und beschloss, sich nicht nur die Hände zu waschen, sondern auch ein Bad zu nehmen.

Zwei Tage später klopfte es an ihrem Gemach.

Eben war Gertrude bei ihr, damit beschäftigt, die Königin anzukleiden und zu schmücken, so wie sie es an jedem Morgen tat. Bathildis ließ es über sich ergehen, als gingen sie die

Kostbarkeiten nichts an, weder das mit Gold und Steinen geschmückte Stirnband noch das doppelte Collier mit Hängekreuz oder die Brustkette. Niemals pflichtete sie Gertrude bei, wenn diese wortreich davon zu plappern begann, dass es nichts Schöneres für ein Weib gebe, als sich zu schmücken. Die verstohlenen Blicke freilich, die sie dann und wann auf ihre Gestalt hinabwarf, zeigten, dass sie nicht gänzlich davon unberührt war, dass sie die feinen Gewänder mochte, die vor allem eines zu sein hatten: sauber.

Jetzt unterbrach Gertrude ihr Werk und drehte sich zu der Eintretenden um, wohingegen Bathildis dieser noch den Rücken zuwendete.

»Was willst du?«, fragte Gertrude, mehr überrascht als streng. »Wer hat dir erlaubt hierherzukommen?«

Wer immer im Gemach erschienen war, schien Gertrude die notwendige Antwort mit Gesten zu geben, denn jene stellte keine neue Frage, sondern sagte zu Bathildis: »Mir scheint, du hast einen Gast.«

Sprach's und ging.

Widerwillig drehte sich Bathildis um. Niemand anderen erblickte sie als das kleine, dunkle Mädchen, das sie vor der Willkür der Männer errettet hatte.

Rigunth stand starr; kaum hob sich ihre Brust zum Zeichen, dass sie atmete. Wiewohl sie Bathildis im Hof durch flinke Bewegungen aufgefallen war, schien sie hier in Stein gehauen. Verspätet erst fiel ihr das richtige Benehmen ein. Vorsichtig, als würde jede abrupte Bewegung Sprünge in ihre Haut treiben, kniete sie sich hin. Den Kopf jedoch beugte sie nicht. Undurchdringlich blickte sie auf Bathildis, indessen sie ein paar undeutliche Worte des Dankes murmelte.

Bathildis fühlte, wie sich ihr Herzschlag beschleunigte – und schalt sich selbst dafür. Der Blick des Mädchens war nicht neugierig; es stand auch keine Respektlosigkeit darin zu lesen, nur Verehrung für die Königin, und dennoch fühlte sie sich von diesen kugelrunden Augen ertappt, die so schwarz waren wie verlöschende Kohle, wenngleich nicht ebenso warm.

Ihre erste Regung war, das Mädchen fortzuschicken. Doch sie überlegte es sich anders.

»Wer bist du?«, fragte sie barsch.

Wieder regte sich das Mädchen lange nicht, sodass Bathildis meinte, es hätte es mit der Angst zu tun bekommen. Doch als es schließlich antwortete, klang seine Stimme nicht zitternd, sondern einfach nur gelassen.

»Rigunth … Ich heiße Rigunth.«

»Das ist mir bekannt. Ich habe gehört, wie man nach dir rief«, fuhr Bathildis sie an, noch barscher als vorhin. Woher nahm das Mädchen diese unaufdringliche, lautlose Festigkeit, hierherzukommen und vor ihr zu stehen?

»Ich will wissen, woher du kommst. Waren deine Eltern auch … Unfreie?«

»Nein … nein, das waren sie nicht.«

»Wurdest du von ihnen getrennt? Oder sind sie tot?«

»Ich … ich weiß es nicht genau.«

»Irgendeine Vergangenheit musst du doch haben. Bist du von fernen Ländern hierher verschleppt worden? Oder bist du hier geboren?«

»Ich kann es nicht sagen.«

»Kannst du nicht, oder willst du nicht?«

»Ich … ich weiß nicht.«

Die dunklen Augen starrten sie an. Unwillkürlich trat Bathildis näher, erwiderte den Blick – und vermeinte in ihm zu versinken. Sie wusste nicht, ob sie in die Tiefe von Rigunths Seele schaute – oder in das Spiegelbild ihrer eigenen. In jedem Falle streifte sie der Hauch von Ahnung, sie stünde ihresgleichen gegenüber. Einem Menschenkind, das Furchtbares erlitten hatte – so Furchtbares, dass es nicht darüber sprechen konnte, zumindest nicht in menschlichen Worten, nur mit diesem traurigen Blick. Bathildis beugte sich ganz dicht zu diesen Augen herab und las in ihnen ihre eigene Geschichte. Las von namenloser Furcht. Von Ohnmacht. Von nie erfüllter Sehnsucht.

Von all dem hatte sie sich davonstehlen wollen, doch nun deuchte es sie, als wäre es ihr gefolgt, lautlos und sanft, in der Gestalt eines Kindes, das kaum mehr wiegen konnte als eine Feder und das doch sämtliche Aufmerksamkeit bannte. Bathildis richtete sich wieder auf – und hörte zu ihrem eigenen Entsetzen ein lautes Schluchzen aus ihrer Kehle steigen.

»Sei still!«, schrie sie gellend. »Sei sofort still!«

»Aber ich habe doch nichts gesagt…«, wandte Rigunth ein. Ihre Stimme war rau und weich zugleich.

Bathildis versuchte sich zu räuspern, doch stattdessen erklang erneut der schluchzende Laut, kurz und leise, der Bote eines viel tiefer sitzenden Geheules, wie ein Tropfen, der noch nicht wirklich nässt, jedoch die Fluten ankündigt, die alsbald vom grauen Himmel stürzen werden.

Unwillig versiegelte Bathildis ihre Lippen, um jedes weitere verräterische Geräusch abzuwürgen. Freilich konnte sie auf diese Weise auch nicht sagen, dass das Mädchen nun verschwinden sollte. Auch ihre Hände machten kein entsprechendes Zeichen. Sie hatte sie am Rücken verschränkt und ging solcherart ein paar Mal auf und ab.

O, wenn das Mädchen doch von selbst verschwinden würde!

Wieder fühlte sich Bathildis beobachtet, wieder durchschaut. Doch als sie sich dazu aufraffen konnte zu reden, kam wieder anderes heraus, als sie eben noch bezweckt hatte.

»Zeig mir deine Hände!«, hörte sie sich streng befehlen.

Obgleich sie schon schwarz waren, schienen sich Rigunths Augen noch ein wenig mehr zu verdunkeln. Dennoch trat sie gehorsam zur Königin, hob beide Hände und hielt sie, zuerst mit dem Handrücken, dann mit der Innenfläche vors Gesicht.

Es waren winzige Hände, Kinderhände, wenngleich nicht dicklich und tollpatschig wie jene ihrer kleinen Söhne, sondern dünn und schmal. Die Haut war hier noch blasser als im Gesicht, rissig wie Papyrus und barg kaum die dunklen Adern, die wie kleine Würmer hervortraten. Die Fingernägel waren schwarz, die Fingerkuppen wundgerieben, und an manchen Stellen war die Haut aufgeschürft und zerkratzt.

Zuerst sah Bathildis nur nachlässig darauf, dann begann sie zu starren, als sähe sie solch hart arbeitende Hände zum ersten Mal. Sie sah sie nicht nur mit ihren Rissen und Schwielen und ihrem Dreck ... sie roch sie auch, die Ausdünstungen von Küche und Stall und Feld.

Diesmal entfuhr ihr kein Schluchzen, sondern ein Würgen. Um es zu übertönen, schrie sie: »Mit solchen dreckigen Händen wagst du, vor die Königin zu treten?«

Rigunth riss verständnislos die Augen auf, aber sie zuckte nicht zusammen, schien jenen Willen an den Tag zu legen, der offenbar auch die Männer im Hof auf sie aufmerksam gemacht und schließlich herausgefordert hatte.

Ein kleines Mädchen kann solche Grundfesten nicht haben!, durchfuhr es Bathildis. So stark und selbstbewusst kann es nicht sein!

Ein Neid glomm auf, ein widersinniger Zorn und auch die hinterhältige Lust, das Mädchen zu bestrafen.

Sie wusste kaum, was sie tat, da schlug sie Rigunth schon ins Gesicht, klatschend rechts und links, sodass ihr ganzer Kopf hin und her geschleudert wurde. Sie tat es einmal, zweimal, stieß sie in die Brust, drückte sie an der Schulter zu Boden, riss dort an ihrem Haar und trat auf sie ein ... versuchte zumindest, auf sie einzutreten. Es gelang ihr nicht. Denn Rigunth hatte nach ihrem Bein gegriffen, hielt sich daran fest und fragte: »Warum schlagt Ihr mich, meine Königin? Nicht allzu lang ist's her, dass Ihr mich doch vor Schlägen bewahrt habt!«

Es klang nicht anklagend, nur überrascht, nicht kläglich, sondern leise und rau wie alles, was sie gesagt hatte.

Bathildis zuckte zurück, sank nieder. Von jener Stimme gefällt und von der Frage, die sie gestellt hatte, kniete sie neben dem Mädchen.

»Ich weiß es nicht«, stammelte sie ein ums andere Mal. »Ich weiß es nicht, ich weiß es nicht, ich weiß es nicht.«

Sie mied den dunklen Blick des Mädchens, aber sie scheute es nicht zu sehr, um es zu umarmen. Wiewohl es knöchrig aussah und kaum Fleisch auf den Knochen hatte, fühlte es sich weich an und warm.

»Es tut mir so leid«, murmelte sie und schluchzte wieder auf. »Es tut mir so leid …«

Diesmal verhieß jener Laut keinen Schrecken mehr, auch nicht die Tränen, die ihm folgten. Heiß und salzig flossen sie ihr über die Wangen. Anstatt davon bedrückt zu sein wie früher, fühlte sie sich erfrischt, gleich so, als habe sie sämtlichen Unrat ausgespuckt, den sie über Jahre geschluckt hatte.

Sie wusste später nicht mehr, wie lange sie so gehockt hatte, Rigunth umarmt hielt, weinte – vielleicht waren es Stunden.

»Ich muss zurück in die Küche«, murmelte Rigunth schließlich. »Ich habe meine Pflichten.«

»Nein«, entgegnete Bathildis entschlossen. »Nein, jetzt nicht mehr. Ich schicke dich nicht mehr dorthin zurück.«

Sie hob die Hand, um sich die Tränen abzuwischen, erhob sich energisch und wandte sich zur Türe.

»Wo wollt Ihr hin?«, fragte Rigunth.

»Bleib hier und warte, Mädchen. Ich habe etwas zu tun.«

Am Gang traf sie Gertrude, die offenbar darauf gewartet hatte, Rigunth zu sehen. Schon nämlich hatte sie den Mund geöffnet, um das Mädchen unwirsch zu fragen, was es so lange bei der Königin getan hätte. Als jene aber selbst erschien, war sie kurz und entgegen aller Gewohnheit sprachlos.

Die Königin verließ nur dann ihre Gemächer, wenn es sich nicht vermeiden ließ, wenn ein Anlass es erforderte oder Chlodwig es verlangte – nicht von sich aus.

»Komm mit! Begleite mich!«, befahl Bathildis knapp und ging so hastig an ihr vorbei, als hätte sie nicht über Jahre nur gestanden.

»Wohin?«, fragte Gertrude erstaunt.

Die Antworte, die Bathildis ihr in knappen Worten beschied, überraschte sie noch mehr.

XIX. Kapitel

Der König blickte kaum auf, als Bathildis sein Gemach betrat, obgleich er unmerklich zusammenzuckte. Wie erwartet war er mit Essen beschäftigt, lustlos und langsam wie eh und je, vor sich eine Mauer aus Schüsseln, in denen gekochter Spargel dampfte, der hernach in Honig geröstet worden war, und mit Pilzen gefüllter Schwanenhals.

Sie hatte nicht mit seinem Schweigen gerechnet, rieb ihre Hände aneinander, dem unbändigen Wunsch widerstehend, sie sogleich zu waschen – kaum war der Blick auf seine fettigen Finger gefallen. Seit der Geburt des zweiten Sohnes hatte er sie nur selten berührt; auch zuvor war ihr Beisammensein nie wieder so stürmisch und gewalttätig ausgefallen wie in der ersten Nacht.

Sie schüttelte sich unwillkürlich, als würden sie – um Jahre verspätet – Unbehagen und Ekel anfallen, die sie zuvor gar nicht erst hatte aufsteigen lassen.

»Ich … ich bin zu dir gekommen, mein Gemahl«, sagte sie gedankenlos, um die bleierne Stille zu durchbrechen.

Wieder sah er nur kurz auf – und wieder senkte sich sein Blick schnell; er blinzelte.

»Das sehe ich«, sagte er kurz angebunden.

Vorsichtig trat sie näher. Sie starrte ihm das erste Mal seit Jahren ins Antlitz – nicht flüchtig, sondern lange genug, um die Spuren der Veränderung wahrzunehmen. Die Wangen waren dicker geworden – so wie der übrige Leib; die Haut, die sich darüber spannte, war jedoch nicht rosig und drall, wie es bei anderen Säufern und Fressern oft der Fall war, sondern grau.

»Ich bin zu dir gekommen«, wiederholte sie, »... und du hörst nicht auf zu essen?«

»Sollte ich?«

Ein höhnisches, böses Lächeln erschien auf seinem Gesicht, seine Lippen so dünn wie ein gespannter Faden.

Unschlüssig rieb sie weiterhin die Hände aneinander. Es hieß, dass er nicht nur beim Essen maßlos wäre. Es hieß, dass er sich mit Frauen aus dem Gesinde vergnügte.

Gertrude hatte mehr als einmal darüber gesprochen, obwohl Bathildis sich stets hoheitsvoll weigerte, tiefer in diesem Gerücht zu bohren. Gut möglich, dass es wahr war – wahrscheinlich führte Ebroin ihm die Frauen zu, um ihn bei Laune zu halten. Unvermutet fiel ihr eine Begegnung mit einer der Mägde ein. Damals hatte sie dieser nicht viel Beachtung gezollt, doch jetzt kam ihr in den Sinn, dass sich jene unbotmäßig frech verhalten hatte. Ohne auf die Königin zu achten, hatte sie mit einer anderen darüber geredet, wie man einen Mann verführen könnte, dass ein Fisch beispielsweise, der auf die weibliche Scham gelegt worden war, oder ein auf dem entblößten Gesäß gekneteter Teig alle Liebestränke ersetzen konnten – wurde denn beides unter die Mahlzeit geschummelt.

Nun, vielleicht hatte jene Magd nur einen Bauern im Sinn – und nicht den König, und vielleicht sprach sie nur darum so dreist, weil die Königin ohnehin niemals zuzuhören schien.

»Also gut«, setzte Chlodwig in jenem Augenblick an, da sie selbst erneut das Schweigen brechen wollte, »du bist also zu mir gekommen. Meines Wissens gehst du diesen Weg zum ersten Mal ... zum ersten Mal aus freien Stücken.«

Sie wusste nicht, ob er Bestätigung erwartete oder Widerspruch.

»Ich bitte dich«, murmelte sie und beließ es diesmal nicht bei einer Frage, sondern setzte den Befehl hinzu: »Hör auf zu essen!«

»Wovon soll ich sonst satt werden – von dir? Wärst du ein Stück Fleisch, mir würden bei solch zähem Bissen die Zähne ausfallen.«

Fast war sie geneigt, zur grimmigen Erwiderung anzusetzen. Dass niemand ihn dazu zwang, sie hierzubehalten. Dass sie nichts dagegen hätte, würde er sie verstoßen – und ihr solcherart die Freiheit schenken.

»Vergib mir«, murmelte sie stattdessen, »vergib mir, dass ich bin, wie ich bin.«

Ein drittes Mal blickte er hoch, diesmal, um sie genauer in Augenschein zu nehmen. Der boshafte Zug um den Mund verschwand, auch das höhnische Blitzen aus den Augen. Unergründlich war, was zurückblieb – vielleicht ein Hauch jener Verlorenheit und Traurigkeit, die sie anfangs gerührt hatten und die sie später scheute, aus Angst, dass sie sich ihm wieder nahe fühlen könnte.

Er tauchte die Hände in eine Schale Wasser, zum Zeichen, dass er sein Mahl beendet hatte.

»Was willst du von mir, Frau?«

Die Bitte lag ihr auf der Zunge, doch sie schob es auf, sie zu benennen.

»Das kann warten… Erzähl mir von dir! Was treibt dich um in diesen Tagen?«

»Nichts, was dich interessieren könnte… Es geht um die Steuer.«

»Und was daran bereitet dir Sorge?«

»Willst du ernsthaft sagen, das interessiere dich?«

Sie wusste die Antwort nicht. Als sie zu ihm gekommen war, hatte sie beschlossen, ihn geneigt zu stimmen – mit allen Mitteln, die dafür notwendig waren. Jetzt ging ihr auf, dass es ihr nicht zuwider war, mit ihm zu sprechen; sie scheute ihn, weil er unberechenbar war. Aber sie hatte keine Angst vor ihm, solange … solange sie zumindest ahnte, wie sie ihn lenken musste. Dass sie darin ungeübt war nach all der Zeit, da sie darauf verzichtet hatte, spornte sie nur an, den alten Einfluss geltend zu machen.

»Nun«, sprach sie über den Einwand hinweg, »ich weiß, dass die Ländereien und Jagdgebiete, die Wälder und Paläste in deinem Besitz zu jenem Schatz gehören, der von König an König vererbt wird. Und ich weiß, dass daraus jährlich Einnahmen fließen, um den Hof zu unterhalten.«

Misstrauisch kniff er die Augen zusammen. Offenbar wollte er versuchen, streng und unnahbar zu schauen, doch seine Augen glänzten sanft, und er zwinkerte heftig. Nicht minder schwächelnd geriet seine Stimme; sie klang nicht höhnisch, sondern zaghaft. »Ich hatte nicht den Eindruck, dass du an solchen Dingen Anteil nimmst.«

»Und welches Problem quält dich … die Steuer betreffend?«, fragte sie forsch.

Ratlos zuckte er die Schultern. »Im letzten Jahr gingen die Erträge zurück, wiewohl die Ernte üppig war. Ganz offensichtlich betrügen mich meine Beamten, die die Steuer eintreiben; sie scheinen sich mehr davon zu behalten, als ihnen von Rechts wegen zusteht.«

Am Ende klang er jämmerlich. Sie war nicht gewiss, ob dies geschah, weil ihm der Betrug tatsächlich zusetzte, oder ob ihm die Stimme brach, weil er mit ihr redete.

Sie ward an jene Tage erinnert, da sie noch glaubte, bald heimkehren zu dürfen, und mit ihm über die Sorgen sprach, die ihm das große Reich auflastete. Er hatte sie abgestoßen, weil ein König, wie sie fand, nicht weinerlich sein durfte – und gerührt, weil sie seine Augen heimatloser deuchten, als sie sich selbst fühlte.

»Vielleicht ist's, weil du zu vertrauensselig bist«, zwang sie sich zur Nüchternheit. »Gute Fürsten sind, die nah beim Volk leben. Du aber überlässt deinen Beamten das Regieren, den Großen des Reichs und den Bischöfen. Du … du darfst dich nicht verkriechen und nur vollziehen, was sie bestimmen!«

Seine Augen leuchteten kurz auf, ehe er den Kopf wieder senkte, die Schüsseln betrachtete, die vor ihm standen und noch nicht ganz geleert waren. »Du bist es doch, die sich verkriecht. Und du wirst auch nicht gekommen sein, mir beim Regieren zu helfen. Das wolltest du nie, seit du meine Königin bist.« Wiewohl er sein Mahl beendet hatte, griff er zu einem Stück Fleisch; er drückte es zwischen seinen Fingern, bis es klein und rund war, um es sich dann in den Mund zu stopfen. Er biss es kaum, sondern schluckte es gleich.

»Ja … ja, so ist es wohl«, gab Bathildis zu. »Aber ich bin nicht so gleichgültig, wie es den Anschein hat. Es gibt da ein Mädchen, dessen Schicksal mich rührt. Es ist ein Sklavenkind, jedoch hübsch anzuschauen und – wie ich meine – von äußerster Besonnenheit. Ich will nicht, dass es die niedrigen Arbeiten im Hof verrichten muss.«

»Seit wann schert dich, was in der Küche passiert? Und warum sollte es mich bekümmern?«

Er griff nach dem nächsten Bissen.

»Ich will das Mädchen zu mir in die Frauengemächer holen«, bat sie und trat ein weiteres Stück auf ihn zu, so nahe, dass er zusammenzuckte, als hätte man ihn bei Verbotenem ertappt.

»Und warum fragst du mich?«, entgegnete er gereizt. »Nimm dir als Dienerin, wen du willst!«

»Aber ich will nicht, dass sie nur meine Dienerin ist. Ich will sie vom Sklavenlos befreien. Sie soll leben … wie meine Schwester, meine Nichte oder wie meine Tochter … Ich … ich fühle mich an ihrer Seite wohler.«

Misstrauisch hob er den Blick. »Und ich soll dir solche Narrheit erlauben?«

Sie stand so nahe bei ihm, dass sie fast sein Gesicht berühren konnte. Das vermied sie, aber sie griff vorsichtig nach seiner glänzenden Hand, um sie kurz zu drücken. »Ist das wirklich eine Narrheit? Du hast mich doch auch vom Sklavenlos befreit.«

»Soweit ich mich erinnern kann, hast du's mir noch nicht gedankt«, antwortete er mit belegter Stimme.

»Wenn du mir dieses Mädchen … wenn du mir Rigunth gibst, dann werde ich es dir danken. Was willst du, dass ich für dich tue?«

Er hörte zu essen auf, indessen er ihr Antwort gab.

Geliebter Aidan!

Gleichwohl es immer ein fremdes bleiben wird, solange es mich von dir trennt, lerne ich nun das Land, in dem ich lebe, besser kennen. Der König wünscht es so. Er will, dass ich an seinen Geschäften Anteil nehme, dass er mit mir darüber sprechen kann, so wie auch einst, da wir noch nicht als Eheleute verbunden waren. Ich habe eingewilligt – weil es nicht schwerfällt und weil's ein Mittel ist, ihn mir gefälliger zu stimmen. Mein größtes Verlangen – nach Heimkehr – wird er mir stets verweigern, aber gibt's nicht auch viele kleine Wünsche zu erfüllen, wie jenen, das Sklavenmädchen Rigunth von seinem Los zu befreien?

Seit einigen Wochen lebt sie an meiner Seite, und ich weiß nicht, ob es an ihr liegt oder an des Königs Forderung – ich gehe wacher durch die Tage.

Das Reisen von Residenz zu Residenz bin ich gewohnt, desgleichen ist mir die Landschaft vertraut (mehr grün als gelb, reich an Flüssen und Wäldern, manchmal hügelig, manchmal eine glatte, weite Fläche) – weniger weiß ich von den Menschen, die es bewohnen.

Gewiss, dass es der Stände viele gibt, bin ich mir nur allzu bewusst, seitdem ich als Sklavin schuftete.

Neu ist mir hingegen, dass die Oberschicht – Senatoren, Bischöfe und Grundherren – gänzlich von der Steuer befreit ist! Dies deucht mich nicht gerecht, gleichwohl es ein so altes Ge-

setz ist, begründet von Chlodwigs Urahnen, den ersten Merowingerkönigen, um sich die mächtigen Familien geneigt zu stimmen. Nur von den einfachen Mönchen wird manchmal die Forderung laut, dass sich jene – derart von Gott Begünstigten – ihre Zeit nicht nur mit Kämpfen, Jagden und Festen vertreiben sollten, sondern auch mit Wohltaten an den Mühseligen und Beladenen

Zu jenen gehören die Bauern, Händler und Handwerker. Gelingt es ihnen, Gewinn zu erwirtschaften, so können sie Einfluss erringen (den Bischof wählen oder Vertreter ihrer Zunft zum Comitatsgericht schicken). Doch wenn sie verarmen, eine einzige schlechte Ernte genügt, so verkaufen sie sich oft selbst an einen Grundbesitzer. Dadurch verlieren sie zwar ihre Freiheit, gewinnen aber die Sicherheit, bis ans Ende ihrer Tage ernährt zu werden, wenn auch mehr schlecht als recht. Dieses Unrecht scheint mir noch größer, gleichwohl ich nicht dagegen wettere. Der König erzählt mir viel, er will, dass ich zuhöre, und stellt Fragen. Doch das heißt nicht – trotz allen Interesses –, dass es mich drängt, bestimmte Themen aus freien Stücken anzusprechen …

Rigunth begleitete die Königin wie ein treues Hündchen, wortkarg, mit aufgerissenen Augen, stets wendig huschend, wenn sie in Bathildis' Augen einen Wunsch erahnte. Meist erfüllte sie ihn, noch ehe er ausgesprochen war.

Lange dachte Bathildis, dass sich das Mädchen vor ihr ängstigte und sie sie darum durch Willfährigkeit geneigt stimmen wollte.

»Es gibt genügend Gesinde, das sich um mein Wohlbefinden kümmert«, erklärte sie ihr. »Ich habe dir eindringlich gesagt, dass du nicht länger dazuzählst. Betrachte mich als eine, die der gleichen Sippe wie du entstammt, denn gemeinsames Blut könnte uns nicht enger aneinander binden als ähnliches Geschick.«

Rigunth schwieg lange und mit ernstem Blick. Bathildis hatte vermieden, das Mädchen noch einmal nach seiner Herkunft zu befragen, gewiss, dass es Rigunth zu sehr aufwühlen würde. Es genügte, dass sie in den leicht umwölkten Zügen des Mädchens dieselbe Trauer, denselben Schmerz ablesen konnte, wie sie in ihr wucherten.

»Aber ich diene Euch gerne«, antwortete das Mädchen schlicht.

Rigunth nickte, als wollte sie andeuten, dass damit alles gesagt war. Bathildis lächelte still. Es gefiel ihr, dass das Mädchen nicht überschwänglich war, dass sie den Willen zur lebenslangen Treue mit leisen Taten bekundete, nicht mit tränenreichen Beteuerungen.

»Gut«, sagte sie schlicht und erntete den dunklen, tiefen, ein wenig gebrochenen Blick, der fortan alles begleitete, was sie tat. Nie verlangte dieser Blick, dass sie sich ihm erklärte. Er hinterfragte nicht, warum sie am Leben des Königs nun mehr Anteil nahm, noch die Art und Weise, wie sie es tat. Er schenkte ihr lediglich jenes Maß an Ruhe, dessen sie bedurfte, um sich in eine Aufgabe zu fügen, die ihr anfangs der König auferlegt hatte und die jäh zu ihrer ureigenen wurde, an einem einzigen Tag und in ähnlicher Weise, wie die Begegnung mit Rigunth Bathildis' Leben gewandelt hatte.

Aus der anfänglichen Gleichgültigkeit, schließlich drängte Chlodwigs Wunsch sie zur Anteilnahme, nicht eigener Wille, und dem späteren Interesse, weil ihr Geist denn doch zu rege war, um sich dumm zu stellen, formte sich an jenem gewissen Tag der festen Wille, die Welt in der sie lebte, zu ändern.

In allen Städten und Orten gab es einen Statthalter, *Dux* genannt, der – wie ihr Chlodwig einmal erklärte – die Steuern kontrollierte, in Kriegszeiten das Heer zusammenrief und schließlich über die Gerichte waltete.

Stets dann, wenn Chlodwig eine neue Residenz bezog, so ließ er als Erstes den Dux rufen, auf dass jener ihm und dem Major Domus Bericht erstatte über alles, was sich kürzlich in der Region zugetragen hatte. Es war dies eine förmliche Zeremonie, die der eine auf seinem Thron sitzend zubrachte, der andere steif stehend, und meist war Chlodwig davon so gelangweilt, dass er diese Zusammenkunft bald beendete.

Nur bei einem Dux ward eine Ausnahme gemacht, bei einem gewissen Haymo – einem Franken, welcher weite Ländereien im Westen besaß und ein Nachkomme jenes großen Haymo war, der einst die Friesen zurückgeschlagen. Jene waren vor mehr als fünfzehn Jahren über die Canche gekommen, hatten dort die Häuser verbrannt und viele Einwohner verschleppt, in ähnlicher Weise, wie Bathildis und Aidan es im fernen Britannien hatten erfahren müssen.

Aus Dank für die erfolgreichen Schlachten hatte König Dagobert Haymo dem Älteren große Schenkungen übermacht, und wohingegen jener stets bestrebt gewesen war, einen guten Teil des irdischen Besitzes zu nutzen, um seinen Lohn im Himmel zu mehren, so scherte sich sein Enkel weniger darum, die Wünsche der Kirche und der Frommen zu erfüllen, sondern viel lieber die seiner Gattin Avita, die auf den großen Besitzungen prächtige Villen im römischen Stil – mit Säulen und Thermen – bauen ließ anstelle neuer Kirchen.

Avita trug den Titel der *senatrix*, was hieß, dass sie von einem jener römischen Patrizier abstammte, die einst Gallien verwaltet hatten, und gleichwohl sie einen Franken geheiratet hatte und darum selbst als *Franca* galt, so blickte sie doch heimlich auf die einstigen Barbaren herab.

Ungeachtet ihrer Verschiedenheit teilten die Eheleute freilich ein Ziel: Sich die Gunst des Königs in gleicher Weise zu bewahren, wie ihr Vorfahre sie damals von Nanthilds Gatten Dagobert erlangt hatte. Wohingegen manch andere fränkische Familie den Besuch von Chlodwig fürchtete, weil dies bedeutete, zugleich den riesigen Hofstaat mit zu füttern, waren Haymo und Avita darauf erpicht, ihn einmal jährlich für mehrere Wochen als Gast zu empfangen.

Bathildis konnte sich nicht an frühere Besuche erinnern; wohl weil sie damals schwanger gegangen oder kurz nach der Niederkunft gewesen war, beides gute Gründe, das Bett nicht zu verlassen. In jenem Frühling freilich, und verpflichtet von ihrem Zugeständnis an den König, ihn fortan als ratgebende Gattin zu begleiten, ließ sie sich von Avita durch das reiche Anwesen des Dux führen und musste deren pausenloses Geschwätz ertragen. Offenbar wusste Avita von dem außergewöhnlichen Appetit des Königs und unterstellte der Königin die gleiche Vorliebe, denn sie beschrieb bis ins kleinste Detail das Festmahl, das hernach für die königlichen Gäste bereitet würde.

Avita war ebenso klein wie rundlich, mehr Kugel als Mensch, und schien Bathildis – entgegen der vielen Worte, die sie machte – zu misstrauen: Entweder weil jene so groß gewachsen war, dass Avita den Hals in den schwülstigen Nacken legen musste, um in ihr Gesicht zu sehen, oder weil sich so schwer erahnen ließ, was hinter der hohen Stirne vorging. Man wusste ja auch nicht viel von dieser Bathildis, außer dass sie zum Gesinde des Königs gehört hatte – und dass sie sich meist schweigsam gab, so wie auch jetzt.

Mit der Zeit starrte Avita lieber Rigunth als die Königin an, vermutlich, weil das Mädchen auf ihrer Augenhöhe war, desgleichen wie sich Bathildis dann und wann des dunklen Blickes vergewisserte, um genügend Ausdauer für die lästige Pflicht aufzubringen. Noch ehe es Mittag war, so fühlte sie sich schon müde und ausgelaugt. O, könnte sie doch in ihrem Gemach sein, o, könnte sie am Fenster stehen wie früher auch, sich im Anblick des Himmels verlieren … und sich die Hände waschen …

Jene fühlten sich schwitzig an. Sie blickte auf die roten Finger, als gehörten sie nicht zu ihr, desgleichen wie sie auf die Worte der Frau lauschte, als gingen sie sie nichts an, sondern flössen nur zufällig an ihr vorbei. Lange ertrug sie sie ausdruckslos – erst als ihr Überdruss zu wachsen begann, runzelte sie leicht die Stirne.

Avitas scharfem Blick entging das nicht.

»Willst du … willst du nicht hören, womit wir heute die Tafel decken werden?«, fragte sie gekränkt.

Bathildis verbat sich ein ungehaltenes Seufzen. »Lieber wäre mir«, warf sie trocken ein, »wenn du mir mehr von dem erzähltest, was sich hier tut. Worüber redet man in den letzten Wochen?«

Die Königin wollte also den neusten Tratsch erfahren. Nun, daran mangelte es gewiss nicht, und prompt berichtete Avita von jenem Ereignis, das in den vergangenen Tagen am meisten betuschelt worden war: Um einen jüdischen Geldverleiher ging es da, der ein Darlehen zurückgefordert hatte, welches er schon vor Monaten gewährt hatte. Doch die Familie, die sich auf das Geschäft mit ihm eingelassen hatte, wollte ihm das Geld nicht wieder geben. Der Jude drohte damit, vor Gericht zu gehen – doch schon am nächsten Tag war er tot in einem Brunnen aufgefunden worden, mit blauen Flecken in seinem Gesicht, die davon zeugten, dass er geschlagen worden war. Freilich war es nicht erwiesen, ob er an den Schlägen gestorben oder ob er im Brunnen ersoffen war, desgleichen wie nicht mit Bestimmtheit zu sagen war, ob seine Schuldner die Gewalttat verbrochen hatten, um das Darlehen zu behalten, oder ob der Unglückselige nur aus Zufall just zu diesem Zeitpunkt ums Leben gekommen war. Zumindest konnte die Familie des Toten keine Schuld beweisen. Da jedoch besagter Brunnen kein öffentlicher gewesen ist, sondern zum Anwesen der Schuldner gehört hat, war schließlich festgelegt worden, dass jene zwar nicht als Mörder anzuklagen waren, jedoch ein Wergeld zu zahlen hatten – genau halb so hoch, wie das Darlehen betragen hatte.

Seitdem wurde darüber diskutiert, ob diese Summe zu hoch oder zu niedrig sei, ob man einem Juden überhaupt Gerechtigkeit schulde, freilich auch, ob solche schlimme Tat es künftig armen Leuten erschwere, ein Darlehen zu erhalten – denn wer würde eins gewähren, wenn ihm dann der Tod drohte?

Bathildis nickte, ohne ihre Meinung zu bekunden. Sie hatte schon zuvor gehört, dass es im Lande Sitte war, sich vom Vorwurf des Mordes freizukaufen. Wiewohl dies ein Verbrechen war, auf das der Tod stand, so ließ die *Lex salica* doch die Möglichkeit offen, der Familie des Toten Wergeld zu zahlen, sodass diese keine Anklage erhob.

Avita indessen warf ihr von unten einen unschlüssigen Blick zu. War es das gewesen, was die Königin zu wissen begehrte? Sollte sie noch mehr erzählen?

Als sie den Mund öffnete, hob Bathildis die Hand, gewiss, dass sie die kreischend-aufdringliche Stimme nicht länger ertragen würde.

Vielleicht, so schlug sie vor, vielleicht könnte sie nun, da sie die Villa besichtigt hatte, ein wenig von den Ländereien sehen, vor allem, wie die halbfreien Bauern lebten, die Haymos Grund bewirtschafteten?

Noch während sie es sagte, ahnte sie, dass dies keine sonderlich gute Idee war. Das vorstehende Dach schenkte Schatten, außerhalb von diesem wartete jedoch eine grelle Sonne. Und Haymos Besitzungen zu ergründen verhieß, zwar nichts Verbotenes zu tun, aber doch Aufdringliches, denn da Haymo keine Steuern zu bezahlen hatte, ging dessen Reichtum das Königspaar nichts an.

»Ich kann mir nicht denken, meine Königin«, sprach da auch schon die kugelrunde Avita, »dass du ein Bauernhaus betreten willst.«

Obwohl Bathildis ihr insgeheim Recht gab, widersprach sie, freilich ohne genau zu wissen, warum. »Auch Bewohner eines Bauernhauses sind Untertanen des Königs«, erklärte sie forsch.

»Und dienen ihm treu! Darauf achtet mein Gatte! Aber bedenke, meine Königin, dass die Menschen, die dort wohnen, nicht reinlich sind wie du.«

Bathildis wollte zur huldvollen Entgegnung ansetzen. Dass

sie sich gewiss nicht daran störte. Dass sie in ihrem Leben Schlimmeres gesehen hätte.

Dann jedoch zögerte sie, denn nichts von diesen Erfahrungen machte sie stolz, keine wollte sie wiederholen, schon gar nicht wieder ein so dreckiges Bauernhaus betreten wie jenes, in dem sie mit Sicho eingekehrt war – einen Tag, bevor er erschlagen worden war. Die struppige Bäuerin, die verrotzten Kinder, der stinkende Bauer. Wie feucht es gewesen war, wie klamm die Fetzen auf ihrem Leib!

»Du hast recht«, gab sie zu, allzu schnell bereit, von einem Vorhaben abzulassen, das ihr schließlich nicht von Chlodwig auferlegt worden war. Gewiss störte er sich auch nicht daran, wenn sie nun das Gespräch mit Avita beendete, sich zurückzog, sich endlich wusch. Gewiss genügte es ihm …

Sie konnte weder den Gedanken zu Ende führen noch weitere Worte zu Avita sagen.

Denn just, da sie im Eingang der Villa standen, vor ihnen die weiten Felder und in der Ferne die Wirtschaftshäuser, ertönte plötzlich ein grauenvoller, lang anhaltender Schrei, spitz und hoch und so verzweifelt, als flehe jemand um sein Leben.

Es war leicht, dem Schrei zu folgen, denn er riss nicht ab. Manchmal verebbte er zum Wimmern, manchmal wurde daraus ein Flehen, doch niemals verstummte der klägliche Laut vollends. Bathildis hastete in seine Richtung, ohne darüber nachzudenken, desgleichen die kugelige Avita, die zuerst ungläubig war, dass solch schrecklicher Schrei von ihrem Land zu stammen schien, dann bemüht, die Königin zu beschwichtigen.

Sie bekam sie am Arm zu packen, denn Bathildis war des hastigen Gehens so entwöhnt, dass sie wie ein altes Weiblein schnaufte.

»Meine Königin, bitte … komm zurück! Wer immer dieses wüste Geschrei ausstößt … von den Feldern kommt's, und dorthin willst du doch gewiss nicht gehen ... ich werde fragen lassen, was der Grund ...«

Auch Avitas Atem kam stoßweise. Rasch hob sie die Hand und wollte mit den dicklichen, kleinen Fingern, auf denen funkelnde Ringe steckten, dem Gesinde winken, um jenes zur Quelle des Geschreis zu schicken.

»Nein!«, ließ sich Bathildis aber nicht von dem Vorsatz abhalten, »nein, ich will selbst sehen!«

Sie ging gemächlicher nun, nicht nur ob des Schreis bestürzt, der langsam zum Winseln wurde, sondern auch ob des eigenen schwächlichen Körpers, der unter der grellen Sonne derart erschlaffte. Sie blickte auf die schweren Beine – und kurz verachtete sie sich dafür, dass sie die einstige Kraft, mit der sie ohne Pause geschuftet hatte, einfach hatte versiegen lassen.

Rigunth war wendiger; sie eilte voraus, um als Erste die Ursache für den gequälten Laut auszukundschaften. Noch ehe sie der Königin warnend berichten konnte, kam auch jene samt Avita an die Stätte – und erstarrte.

Avitas scharfer Blick wurde unbehaglich.

»Meine Königin ...«, rang sie verlegen nach Worten.

Bathildis schüttelte den Kopf – zum Zeichen, dass kein beschwichtigendes Wort ihr Entsetzen mindern konnte.

Der Schrei, der sie angelockt hatte, kam aus dem Mund einer Frau, welche dasselbe schwarze Haar hatte wie Rigunth, anders als jene aber keine bleiche, sondern von der Sonne gebräunte Haut. Groß gewachsen war sie und dürr, das Gesicht schmutzig, jedoch wohlgeformt. Eben noch hockte sie auf ihren Knien, dann wurde sie von einem Mann gepackt, an den Händen gebunden und einige Schritte weit geschleift.

Dieser Mann war von riesiger Statur, trug edles Gewand und war äußerst grob. Wie Vieh schleppte er das Mädchen zu einem Stück Holz, so lang wie ein ausgewachsener Mensch und ausgehöhlt, als hätte man ein Boot daraus schlagen wollen. Darin festgebunden war bereits ein Jüngling, braungebrannt wie das

Mädchen, mit den rohen Händen eines Feldarbeiters, doch jämmerlich schluchzend, weit weniger ob seiner eigenen Lage – er war an Händen und Beinen an die Enden des ausgehöhlten Stamms gefesselt – als ob des entsetzlichen Gejammers des Mädchens. An den Haaren wurde sie nun gerissen, auf den Jüngling schließlich geschleudert, auf dass auch sie in diese enge Holzluke gepfercht werden konnte.

Bathildis erbleichte. Stumm zog Rigunth sie am Arm und wies ihren Blick in die andere Richtung. Drei Männer standen da und schaufelten ein Loch in den Boden. Neben ihnen rang ein Mönch die Arme, groß, aber schmalschultrig, versuchte, auf die Burschen einzureden, erhielt von jenen jedoch so wenig Antwort wie von dem brutalen Mann, der das junge Pärchen nun gewaltsam aneinanderfesselte.

Bathildis begriff, was hier vor sich ging – und übermächtig stieg in ihr ein Würgen auf, nicht nur ob des Geruchs nach Angst und nach Schweiß, sondern vor allem ob der nackten, schmutzigen und verhornten Füße, die sie da sah, ob der rauen, schwieligen Hände. Sie neigte sich vor, hustete, vermeinte, sich übergeben zu müssen. Stattdessen hörte sie sich rufen, mit unglaublicher Wut und unglaublicher Kraft: »Was in Gottes Namen geht hier vor?«

Sie übertönte sie alle – das Mädchen, das auf den Jüngling gebunden kaum noch wimmern konnte; den Mönch, der ratlos auf die schaufelnden Männer einredete, die Frau des Dux, die ihr zu erklären versuchte, dass der Verwalter des Gutes hier am Werke war und es wohl seine Richtigkeit habe mit dem, was er tat …

Jener Mann ließ endlich von dem jungen Paar ab, wenngleich er es nicht vom Baumstamm losband, und schritt auf Bathildis zu. Offenbar wusste er nicht, wen er vor sich hatte, denn er starrte ihr ganz offen ins Gesicht und wischte sich mit seinem Handrücken den Schweiß von seiner Stirne.

»Sklavenpack«, murmelte er, »nichts als aufrührerisches Sklavenpack. Das Mädchen gehört uns. Er hingegen unserem Nachbarn. Sie wollten einander die Ehe versprechen, und weil weder ich es erlaubt habe noch sein Herr, so ist er geflohen. Nun, wenn die beiden unbedingt zusammenbleiben wollen, dann werde ich sie eben gemeinsam begraben.«

Sprach's und drehte ihnen wieder den Rücken zu, um mit seinem Werk fortzufahren. Diesmal schrie das Mädchen nicht mehr. Es barg das Gesicht an der Brust des Jünglings.

Mit kummervollem Gesicht kam der Mönch zu Bathildis geschlichen, den Kopf so tief gesenkt, dass das Kinn beinahe die Brust berührte.

»Was ein Herr mit seinem Sklaven tut«, begann er mit zittrighoher Stimme zu reden, »geht mich nichts an. Doch die beiden haben Asyl in der Kirche gesucht, und das darf ihnen nicht verwehrt werden. Jener aber ...«, er deutete auf den Verwalter, »hat sie mit unlauteren Mitteln herausgelockt, was bedeutet, dass Gottes Heiliges Haus verunreinigt wurde. Das kann ich nicht dulden!«

Seine zeternde Stimme ward auch vom Verwalter gehört, der das Sklavenpärchen gerade fester binden wollte, dem Gottesmann aber denn doch nicht erlaubte, nur seine Version der Geschichte zu erzählen.

»Ich habe mich nicht gegen das göttliche Gebot gestellt!«, rief er ihnen zu, und es klang auch ein wenig stolz. »Die Kirche ist heiliger Boden und deswegen Asyl für jeden, der Schutz sucht. Man darf keine Gewalt anwenden – und das habe ich auch nicht getan. ... Die beiden sind freiwillig herausgekommen!«

»Weil du mich belogen hast!«, rief der Mönch, und seine zittrige Stimme wurde erstmals fest. »Weil du dich hingekniet, die Hände auf den Altar gelegt und mir geschworen hast, dass du ihnen nichts Böses antun wirst!«

Der Verwalter lachte verächtlich und spuckte vor sich auf den Boden. »Nein, du irrst ... das habe ich nicht geschworen ... Ich habe nur gesagt – hör gut auf meine Worte! –, ich habe also gesagt: Niemals sollen die beiden durch mich getrennt werden, sondern ich will vielmehr dafür sorgen, dass sie verbunden bleiben. Was ist daran gelogen? Ich trenne sie nicht – ich binde sie vielmehr aneinander; und solange sie leben, werden sie auch nicht wieder auseinandergehen.«

Der Mönch blickte verlegen auf Bathildis, rang die Hände, zum Zeichen, dass er guten Willens war, etwas zu tun, dass er aber keine Macht besaß … Gewiss war dem Verwalter vorzuwerfen, dass er eine rohe Seele hatte, aber doch nur schwer an der Beschuldigung festzuhalten, er habe Gottes Haus verunreinigt. Und lebendig begraben zu werden war zwar ein grausamer Tod, jedoch eine gerechte Strafe für Auflehnung und Ungehorsam.

Er widersprach sodenn kein weiteres Mal, sondern trat stattdessen zu dem gebundenen Pärchen, um es vor seinem schrecklichen Ende zwar nicht zu bewahren, aber es doch mit einem Segen dafür zu rüsten.

Bathildis beobachtete ihn erstarrt. Ihr Würgen hatte nachgelassen, und als sie den Mund ein zweites Mal öffnete, schrie sie auch nicht mehr. Ihre Stimme war beinahe lautlos.

»Bindet sie los!«

Der Verwalter reagierte nicht; er hatte sie offenbar nicht gehört. Erst als die kugelige Avita zu ihm lief, hob er den Kopf. Anfänglich grinste er noch, weil er sich als Herr der Lage wähnte. Doch als sie noch mehr Worte sprach und ihm offenbar erklärte, dass jene Dame in ihrer Gesellschaft keine Geringere als die Königin sei, erbleichte er. Er fuhr herum, und in diesem kurzen Augenblick, da er Bathildis entgeistert anstarrte, fühlte sie das ganze Ausmaß ihrer Macht.

Sie musste nicht zuschauen und das Unerträgliche dulden. Sie musste nicht händeringend wie der Priester danebenstehen. Ein Wort von ihr, und ganz Neustrien musste sich fügen. Sie hatte Rigunth retten können. Sie konnte diese beiden retten.

Ihr Ekel schwand; sie trat auf das Sklavenpärchen zu, und dessen zerfetzte Kleidung und zerschorfte Haut erinnerte sie nicht länger an die elenden Zeiten, die hinter ihr lagen … an die Jahre unter Leutsindas Herrschaft … an den Sklavenmarkt von Quentovic.

»Bindet sie los!«, wiederholte sie – erneut nur flüsternd – ihren Befehl.

Nach seinem anfänglichen Erstaunen und Widerwillen fügte sich der Verwalter nun sehr schnell. Rasch befreite er die beiden von ihren Fesseln, wiewohl er dabei nicht minder roh vorging als vorhin. Anstatt ihnen aufzuhelfen, drehte er den ausgehöhlten Baumstumpf, sodass sie unsanft auf die Erde rollten. Sie hatten sich noch nicht wieder aufrichten können, als Bathildis zu ihnen trat und fragte: »Eure Namen. Sagt mir, wie ihr heißt.«

Der Jüngling wagte sie nicht anzublicken; spärlich war der Wuchs seines Bartes, mehr Flaum als echte Borsten. Das Mädchen hingegen schenkte ihr einen vorsichtigen Blick; die Augen über den spitzen Wangenknochen waren wässrig.

»Moschia«, sagte sie, »ich bin Moschia … und das ist Taurin.«

»Moschia und Taurin«, wiederholte Bathildis die beiden Namen. Sie schienen nicht alt zu sein, fünfzehn, höchstens sechzehn. So alt wie Aidan und sie … damals.

»Seid ihr als Unfreie geboren worden, oder wurdet ihr erst später versklavt?«, fragte sie leise.

Sie missachtete die Blicke, die sich in ihren Rücken bohrten, auch das Getuschel, das zwischen der Frau des Dux und dem Verwalter entbrannte.

Wieder antwortete das Mädchen, mit schlichten Worten und einfachen Sätzen.

Taurin war nicht von Anfang an ein Sklave gewesen, aber sein Bruder hatte im Streit einen Mann erschlagen, und weil die Familie das Wergeld nicht hatte aufbringen können, wurde Taurin für zehn Jahre verkauft, um solcherart die Geldsumme abzuarbeiten. Von diesen zehn Jahren wären erst zwei vorüber.

Sie selbst hingegen entstamme einer kinderreichen Familie. In einem kargen Winter, da kaum etwas für die Großen übrig blieb, habe der Vater sie schon töten wollen, so wie es Sitte war in Zeiten der Hungersnot. Die Mutter habe es jedoch nicht übers Herz gebracht, sondern sie hierher gebracht und an dieses Gut verkauft.

Bathildis hörte ihnen stumm zu, nickte und drehte sich um. Die Sonne brannte noch greller als vorhin, und es schwindelte sie ein wenig. Avita hastete zu ihr.

»Meine Königin, es tut mir leid, dass du dies hier sehen musstest, nun aber …«

Bathildis stieß ihre Hand fort. Verächtlich streifte ihr Blick den Mönch, dessen größte Sorge der Reinheit des Gotteshauses gegolten hatte, nicht dem Leben der beiden Sklaven. Dann trat sie vor den Verwalter, der verlegen seine Fäuste aneinanderrieb. Wieder verzichtete sie aufs Schreien, sondern sprach so leise, dass er den Atem anhalten musste, um sie zu verstehen. Dass das leise Sprechen genügte, war tröstend – und berauschend.

»Du gibst ihnen zu essen und zu trinken, und du gibst ihnen Kleidung«, flüsterte sie und sah ihn nicht einmal an. »Ihre beiden Herren werden sich freuen, sie mir als Geschenk übergeben zu können. Wenn du ihnen bis dahin ein Härchen krümmst, dann landest du in dem Loch, das du für sie hast ausscharren lassen. Und nicht minder qualvoll wirst du sterben, wenn du jemals wieder Gleiches versuchst wie heute.«

Sie wartete weder seine Antwort ab noch die Avitas, achtete auch nicht länger auf Moschia und Taurin, sondern drehte sich hoheitsvoll um und ging wortlos zurück zur Villa.

»Was hast du dir dabei gedacht, Weib, so etwas zu tun? Was?«

Entgegen seiner sonstigen Gewohnheit lag Chlodwig nicht bei Tische, sondern schritt auf und ab, gemächlich zwar, wie's ihm sein dicklicher Leib diktierte, jedoch mit solch heftigem

Kopfschütteln, dass sein dünnes Haupthaar in Wellen über den Rücken wogte.

Der Ausdruck seines Gesichts war zerrissen zwischen Erstaunen und Misstrauen.

Rasch hatte die Runde gemacht, dass sich die Königin bei der Hütte der Sklaven herumgetrieben hatte, dass sie sich nicht zu schade gewesen war, mit den Unfreien selbst zu sprechen und dass sie zwei von ihnen, die sich vor allem durch Ungehorsam hervorgetan hatten, gar zu ihrem Eigentum erklärte.

Das war nicht das einzige Gerede, das die kugelige Avita geschürt hatte. Hinzu kam Spott: Was war denn, so wurde höhnisch gemunkelt, schon anderes zu erwarten von einer Frau, die selbst dem Gesinde entstammte? War es denn nicht eine Beleidigung für alle guten Familien des Landes, dass der König nicht eine von deren Töchtern zur Frau genommen hatte?

Bathildis wollte zur brüsken Entgegnung ansetzen, aber drosselte, gemahnt daran, welche Macht das leise Reden hatte, gerade noch rechtzeitig die Stimme.

Freilich – jene Macht, die sie mit geringer Mühe gegen einen einfachen Verwalter und die Frau des Dux hatte ausüben können, schwankte ein wenig vor Chlodwigs strengem Blick.

»Mein König«, setzte sie mit mildem Lächeln an. »Wenn du wirklich wissen willst, was sich in deinem Reiche tut, so darfst du dich nicht auf das Wort des Dux verlassen. Sprich auch mit seinen Dienern! Sieh dich um in den Städten und Dörfern und erfahre, wie die Menschen leben und was sie denken!«

Chlodwig blieb stehen. Der verbissene Zug um seinen Mund glättete sich; nur seine Stirne war noch umwölkt.

»Nun«, fuhr Bathildis fort, und sie begann, sich ihm vorsichtig zu nähern. »So bin denn auch ich zu dem einfachen Volk gegangen. Gleiches, so glaube ich gehört zu haben, tat auch deine Mutter Nanthild …«

Er weitete die Augen und hob dann abwehrend die Hände, als wollte er sich nicht derart plump bestechen lassen und als wäre es eine ungeheuerliche Anmaßung, dass sie das eigene Gebaren mit dem der Mutter verglich.

»Wer sagt das?«, zischte er böse.

»Sie hat an jenen Orten, wo die Ernte schlecht war, Getreide verteilen lassen – als Zeichen, dass du für dein Volk sorgst wie ein Vater für seine Kinder!«, erklärte Bathildis eifrig. »Mildtätigkeit steht einem Weibe gut an – warum nicht auch mir?«

Er schwieg nun, ein wenig ratlos, ein wenig verstockt.

Sie trat noch näher zu ihm hin, legte vorsichtig die Hand auf seinen Arm. Er wandte sein Gesicht ab.

»Sieh mich doch an, mein Gemahl!«, raunte sie. »Es kann doch nicht sein, dass du meinen Anblick scheust!«

Sein Kinn zitterte. »Warum … warum bist du so, Weib?«

»Warum bin ich wie?«, fragte sie, lehnte den Kopf zurück und stieß ein Lachen aus, hell und sanft, als wäre es belustigend, dass er an ihr eine Veränderung witterte.

Er fuhr herum und packte sie nun seinerseits schmerzhaft fest am Arm. »Hör auf zu lachen, Weib! Still hast du mir besser gefallen!«

»Das glaube ich nicht«, entgegnete sie. »Du hast mich nicht zur Frau genommen, damit ich schweige.«

Er kniff die Augen zusammen. »Du … du hast den Mann niemals vergessen, von dem du damals gesprochen hast … in jener Nacht … nach unserer Hochzeit. Du schmeichelst mir, Gott weiß warum, aber du denkst an ihn, nicht wahr? Deine Liebe gehört immer noch ihm!«

Bathildis zuckte zurück. Niemals hatte Chlodwig von der Stunde gesprochen, da sie ihm ihre Liebe zu Aidan bekundet und er sie gewaltsam zu seiner Frau gemacht hatte; niemals hatte er erwähnt, dass er sich an jedes ihrer Worte erinnerte.

»Du tust mir Unrecht«, erwiderte sie heftig und vergaß kurz, leise zu sprechen. »Du hast von mir gewünscht, dass ich dich begleite, dass ich deine Königin bin, dass ich an deiner Seite stehe! Ich hab's getan, auf meine Weise. Indem ich mich mildtätig und gnädig zeigte, wie es deine Mutter war. Und du dankst es mir mit Misstrauen und Vorwurf? Wär's dir lieber, ich würde mich wieder zurückziehen?«

Wieder kniff Chlodwig die Augen zusammen, doch diesmal nicht misstrauisch, sondern als tobte ein Schmerz hinter seiner Stirne. Er stöhnte auf, hob seine Hände, wollte sie an seine Schläfen führen. Sie kam ihm zuvor, indem sie mit den eigenen Fingern sein Gesicht streichelte. Seine Haut, wiewohl großporig und grau, griff sich weich an. Sein Bart war so glatt und dünn wie sein Haupthaar.

»Komm«, lockte sie ihn. »Komm. Wir wollen nicht mehr darüber reden. Ruh dich aus!«

Er wollte sich wegdrehen, ihr widerstehen. Doch sie ließ sein Gesicht nicht los, zog daran, führte ihn – solcherart gebeugt – zum Bett. Sanft drückte sie ihn darauf, bettete seinen Kopf auf eins der Kissen, streichelte weiter sein Gesicht, seine Ohren, die plötzlich glühend heiß waren, seinen Hals, durch den ein trockenes Schluchzen ging.

»Ruh dich aus!«, wiederholte sie, kniete sich zuerst neben ihn, um sich dann vorsichtig an seiner Seite auszustrecken.

Ein letztes Mal flackerte sein Misstrauen auf. »Warum tust du das, Weib?«, fragte er. »Was willst du von mir?«

Sie antwortete nicht. »Es tut mir leid«, sagte sie nur. »Es tut mir leid, dass ich dir eine schlechte Gattin, dass ich zu wenig für dich da war. Das wird sich nun ändern.«

Sein versteifter Leib lockerte sich ein wenig. Er glühte unter ihrem Streicheln, erschauderte. Sie setzte es fort, geduldig und mechanisch, im Stillen die Frage überdenkend, auf die sie ihm nicht hatte antworten können..

Warum tat sie das?

Mit manchem hehren Wort hätte sie es umschreiben können. Mit dem Wunsch, etwas Gutes zu tun, mit dem Wunsch, Genugtuung zu erlangen für das Schicksal, das ihr selbst zugestoßen war, indem sie nun andere davon befreite.

Doch in Wahrheit verstummten sämtliche Worte vor dem wohligen Schaudern, das von der Leibesmitte in sämtliche Glieder stieg, noch in den Fingerkuppen kitzelte, noch in den Ohren rauschte; es wärmte und belebte und kräftigte, nicht wie eine plötzlich aufflackernde Flamme, sondern wie glimmende Kohlestücke, dunkel und schwer. Die Gier, die da in ihr erwacht war, verlangte nicht nach den exquisitesten Häppchen; sie begnügte sich mit trockenen Befehlen, knapp und schnörkellos und zurechtgestutzt auf einen einzigen Sinn: Hört auf!

Ja, das war die Macht, die sie wollte. Sie wollte befehlen aufzuhören – mit dem Quälen und Schlagen und Töten; mit der Gewalt und der Unmenschlichkeit.

An die Gesichter der armen Sklaven, an Moschia und Taurin, konnte sie sich kaum mehr erinnern – aber an das Gesicht des Verwalters schon, wie er verwirrt zusammengezuckt war, wie sich in ihm Widerstand geregt hatte und wie er ihn doch in ihrer Gegenwart hatte herunterschlucken müssen. Und Avita, die geschwätzige, kugelrunde Frau – sie mochte hinter ihrem Rücken über Bathildis lästern, sich über deren sonderliches Gebaren lustig machen, aber sie hätte es doch nie gewagt, ihr zu widersprechen, ihre Tat rückgängig zu machen.

Sie begann Chlodwig noch heftiger zu streicheln; sie senkte ihr Gesicht über seines und begann es vorsichtig zu küssen.

Noch einmal so ein Anblick!, lechzte es in ihr. Noch einmal einen rohen, kalten Mann erniedrigen, allein mit Geraune, so zart wie Liebesworte!

Vorsichtig öffnete sie die Schnalle von Chlodwigs Gürtel, zog an der seidigen Tunika, berührte die nackte Haut seines behaarten Bauchs, fett und weich.

Ich zahle es ihnen heim, Aidan!, ging ihr durch den Kopf. Ich zahle es ihnen heim! Die Menschen, die mich an einem Strick geführt haben, Menschen wie der Mönch Answin, wie Sicho – ich werde sie künftig mit meinem Flüstern befehligen!

Bei dem Gedanken an Sicho fuhr sie zusammen. Sie dachte

an den roten Wurm zwischen seinen Schenkeln, wie jener gezuckt hatte und weiße Tropfen gespuckt.

Chlodwigs Geschlecht regte sich nun ähnlich gierig, erhob sich mit feuchter, heißer Spitze unter ihren Fingern. Ihre Hand zitterte kurz, wollte zurückweichen, doch dann hörte sie ihn stöhnen und packte wieder zu, wagte sogar, sein Geschlecht zu betrachten, so wie sie es noch nie getan hatte. Es war nicht glühend rot wie das von Sicho, sondern mit bläulichen Adern übersät. An einer von ihnen fuhr sie mit der Fingerspitze entlang, spürte das sanfte Pulsieren – und spürte im eigenen Leib jenes satte, warme Gefühl von Macht.

Als sein Stöhnen lauter wurde, zog sie die eigene Tunika nach oben, spreizte die Schenkel und kniete sich über den König.

»Nicht!«, stöhnte er plötzlich. »Nicht!«

Sie wusste, was er meinte. Nach jener ersten Nacht hatte er sich ihr nur mehr so genähert, wie es die Männer der Kirche befahlen, auf dass dem Beischlaf möglichst wenig Sünde anhaftete: Niemals an Sonn- und Feiertagen, niemals am Tage vor der Heiligen Kommunion, niemals wenn sie ihre monatliche Blutung hatte und auch nicht, als sie mit den beiden Söhnen schwanger ging. Vor allem aber galt, dass sich die Eheleute niemals nackt sehen durften und dass stets die Frau auf dem Rücken zu liegen hatte, der Mann aber auf ihr. Würde solche Stellung nicht eingehalten, so könnten Dämonen in die Körperöffnungen dringen, und der Leib müsse hernach durch vierzig Tage Buße gehen.

Bathildis beschwichtigte ihn, indem sie sich nach vorne beugte und sein Gesicht zwischen beide Hände nahm.

»Ruhig, mein König«, raunte sie. »Denk an nichts … mach dir keine Sorgen … deine Stimmen schlafen.«

Langsam ließ sie ihren Körper über sein Geschlecht gleiten. Er kniff stöhnend die Augen zusammen.

»Nein«, flüsterte sie, »schau mich an! Schau in mein Gesicht! Meine Gedanken … sie sind nur bei dir …«

Ermattet lag er später neben ihr, die Haare auf seinem Bauch waren verklebt – von seinem und ihrem Schweiß.

»Ich wollte immer, dass es so ist wie heute«, murmelte er.

»Chlodwig«, sprach sie erstmals seinen Namen aus. »Chlodwig… ich habe einen Wunsch.«

Er hob den Kopf und sah sie an – sein Gesicht, ansonsten grau, war von einem matten Rot überzogen.

»Was willst du, dass ich für dich tue, Weib?«

Ihr Leib fühlte sich schwer und müde an. Doch ihren Geist hatte die fiebrige Aufregung von vorhin nicht verlassen. Sie gab ihm Antwort, ohne darüber nachzudenken.

»Es ist ein schweres Unrecht, dass Menschen andere Menschen versklaven«, murmelte sie und drückte ihn fester an sich. »Es ist eine schwere Sünde, dass sie wie Vieh behandelt werden. Ach Chlodwig, ich will… ich will, dass du dem ein Ende bereitest.«

XX. Kapitel

Geliebter Aidan!

Ich kann mich gut des Tages entsinnen, da wir gebunden in Quentovic standen – und ich denke, dass kein Mensch, gleich, welcher Herkunft er ist und was immer er getan, solches verdient, vor allem nicht, wenn er ein Getaufter ist, was heißt, dass er das Siegel Gottes trägt.

Ich habe mich entschieden, das Los der Sklaven zu verbessern – und im Kleinen ist es ein Leichtes. Man hört auf mein Wort. Wenn der Hof von Residenz zu Residenz zieht, so ist das Erste, was ich befehle, dass man die Unfreien nicht wie Vieh zu halten habe. Ihre Unterkünfte sollen nicht schlecht sein, desgleichen nicht die Nahrung. Schläge sind verboten, vor allem solche, die das Leben bedrohen, und auch jede andere irrwitzige Strafe. Wenn es möglich ist, so schenke ich manchen den Freibrief – vor allem jenen, die ich von früher kenne, da ich an ihrer Seite geschuftet habe.

Wie sehr reut es mich heute, dass ich ihrer nicht längst gedacht habe! Wie gedankenlos war's, meine Stellung nicht zu gebrauchen, um ihr Los zu verbessern!

Ich tue alles, um jenes Versäumnis wiedergutzumachen. Noch gestern schenkte ich Oda neue Kleider, obwohl sie niemals eine Sklavin war, sondern die Gattin einen freien Mannes. Dankbar war sie trotzdem – wie alle anderen auch, denen ich manche Wohltat zukommen lasse.

Freilich schaffe ich noch zu wenig. Die Ursachen dieses Übels reichen tief.

Der König unterstützt mich, aber eine große Hilfe ist er nicht. Betrüblich findet er das, was manche seiner Untertanen zu erleiden haben, doch als ich sagte, dass wir die Sklaverei für immer verbieten müssten, da sah er mich voller Entsetzen an.

»Es ist Gesetz«, sagte er, »keiner meiner Vorfahren hat je daran gerüttelt. Ich darf es nicht!«

Gewiss, ich hätte weiter in ihn dringen können, doch seine erste Antwort zeigte mir, dass ich mir stärkere Verbündete zu suchen habe als einen schwachen König.

Drei Monate, nachdem sie Taurin und Moschia gerettet hatte, erklärte Bathildis erstmals ihren Plan. Bislang hatte sie sich vorbereitet, indem sie sich Bücher und Schriften hatte bringen lassen und lange Gespräche mit Mönchen und Priestern führte, ohne jemandem zu verraten, zu welchem Zwecke sie sich dieses Wissen aneignete.

Nun sagte sie's Rigunth, und jene lauschte mit ihrem schwarzen, tiefen Blick. Die neue Betriebsamkeit der Königin hatte sie stets gutgeheißen – jetzt freilich schien sie zu zögern, wiewohl sie ihre Meinung nicht laut bekundete, sondern sich damit begnügte, schweigend zu lauschen.

»Es ist zu wenig, verstehst du?«, schloss Bathildis. »Es ist zu wenig, was ich alleine tun kann … viel zu wenig. Und der König … er ist mir zugetan wie einst, vertraut mir, liebt mich, seitdem wir uns wieder angenähert haben. Doch er ist kein Kämpfer.«

Rigunth zuckte die Schultern.

»Ich kann den Menschen befehlen, in meiner Gegenwart die Unfreien gut zu behandeln«, fuhr Bathildis eifrig fort, »sie nicht zu schlagen und zu foltern, aber was geschieht, wenn ich ihnen wieder den Rücken zuwende? Was geschieht mit all jenen, die ich nicht in meine Obhut nehmen kann, weil es zu viele sind?

Und jene, denen ich die Freiheit schenke – können sie allein davon überleben?«

Redend hatte sie ihre Hand gehoben – eine Geste, die sie sich in den letzten Wochen angeeignet hatte und die ihre sanfte, leise Stimme unterstreichen sollte.

»Alleine … alleine schaffe ich zu wenig«, murmelte sie. »Also brauche ich Helfer. Was meinst du dazu?«

Das Mädchen schwieg immer noch, aber neigte sich nun vor, um die Schriften zu ergründen, mit denen sich die Königin gerade beschäftigte.

An jenem Tag, da sie Rigunth zu sich genommen hatte, hatte Bathildis befohlen, dass das Mädchen das Schreiben und Lesen lerne, doch sie hatte nie überprüft, ob dieses Bemühen gefruchtet hatte. So wusste sie nicht, ob Rigunth etwas mit der Papyrusseite anfangen konnte, die vor Bathildis auf dem hölzernen Lesepult lag und worauf sie manches Wort festhielt, über das sie in den letzten Nächten nachgesonnen hatte.

»Ich weiß nicht, ob das der richtige Weg ist«, warf sie nun vorsichtig ein.

»Aber du verstehst mich doch!«, gab Bathildis forsch zurück. »Du teilst doch mein Los! Du weißt, dass es vonnöten ist …«

Sie brach ab.

Bislang war ihr Rigunth ob des tiefen, dunklen Blicks stets ein Halt und ein Ruhepunkt gewesen – erkannte Bathildis darin doch altvertrautes Leid und nie verheilte Wunde. Nun schien ihr freilich, als würde dieser Blick in ihrem eigenen bohren, würde mehr Verborgenes aufstöbern, als ihr lieb war, und den nackten Hunger nach Macht unter dem schützenden Mantel der Mildtätigkeit hervorzerren. Diesen Hunger fütterte sie gerne; er war ihr das liebste Tier, aber sie wollte nicht, dass ein anderer ihm in den aufgerissenen Rachen starrte.

Auch nicht Rigunth. Vor allem nicht Rigunth. Sie scheute deren Urteil, ahnend, dass sie nicht bestechlich war so wie Chlodwig, den sie sich in den letzten Wochen mit Streicheln und Liebkosen geneigt stimmen konnte. Denn so treu das Mädchen auch war, so unaufdringlich und anhänglich, so roch sie an ihr nie Furcht – die Furcht, zurück in den Hof zum Wasserschleppen geschickt zu werden. Sie hing nicht angstvoll an der Königin, war nicht davon getrieben, sich mit ihr gutzustellen, sondern bewahrte sich jene Unbestechlichkeit, die Bathildis an ihr ebenso schätzte wie fürchtete.

»Ja, es ist vonnöten«, bekräftigte Bathildis. »Da draußen teilen Hunderte dein Schicksal … und meines. Keine Seele erbarmt sich ihrer, so wie sich meiner der König erbarmt hat und deiner ich selbst. Ich will es ändern, Rigunth! Für dich … und für mich … und für …«

Und für Aidan, dachte sie.

»Gewiss«, sprach Rigunth, »doch suchst du die Verbündeten in den richtigen Kreisen?«

»Wer erbarmt sich sonst der Armen und Kranken und Alten? Wer, wenn nicht die Männer Gottes?«

»Ein einfacher Priester vielleicht, der mit seinesgleichen bescheiden und arm in einem Haus neben der Kirche wohnt und für die Gemeinde lebt. Doch selbst jener nicht immer. Gedenke des Mönchs, der Moschia und Taurin erst Asyl gewährte und dann doch nicht beherzter dazwischentrat, als sie lebendig begraben werden sollten.«

Ja, dachte Bathildis grimmig, ja, ich habe ihn gesehen, ich habe ihn gehört … so wie ich Answin erlebte, diesen grässlichen Sachsen, der mich an Sicho verkauft hat.

»Aus eben diesem Grund habe ich keine Mönche zu mir gebeten, sondern Bischöfe«, erklärte sie fest. »Sie haben die Macht, das Land zu ändern! Sie können ihren Untergebenen befehlen – noch besser als der König!«

Rigunth zuckte wieder mit den Schultern.

»Mich hat ein Bischof einmal mit bloßen Händen geschlagen, als ich versehentlich einen Tropfen Wachs auf diese Hände fallen ließ. Er hat ihn nicht einmal gespürt, denn er trug die weißen

Handschuhe, wie es den Männern seines Rangs geboten ist. Die hat er im Übrigen ausgezogen, als er mich ohrfeigte.«

»Schlechte Menschen gibt es viele und in sämtlichen Kreisen. Von einem kann man nicht auf alle schließen. Und wenn sie hierher zu der Versammlung kommen, zu der sie Chlodwig alle halbe Jahre lädt, und ich hernach Gelegenheit finde, mit ihnen zu sprechen, dann …«

»Ich will nur sagen«, fiel Rigunth ihr mit rauer Stimme ins Wort, »dass du von ihnen Güte nicht erwarten kannst. Manch einer von ihnen mag ein vorbildlicher Christ sein – doch andere sind Sünder, die sämtliche Tugenden mit Füßen treten.«

»Dass auch sie Sünder sind, dessen bin ich mir gewiss«, sagte Bathildis. »Doch will ich nicht über sie richten, sie lediglich darum bitten, ihr Herz zu öffnen für Menschen in Not, wie ich und du es waren …«

Rigunth senkte die Augenlider. So schnell verbarg sie ihren Blick, dass ihr Gesicht, bar der dunklen Höhlen, einem weißen Loch glich. Die Lippen fielen kaum auf darin – nur, dass sie ein wenig bebten, desgleichen die Nasenflügel.

Bathildis beugte sich näher zu ihr. Wiewohl sie Rigunths Gesicht fast berühren konnte, nahm sie deren Geruch nicht wahr. Das Mädchen schien niemals zu schwitzen. Unwillkürlich zuckte Bathildis zurück, als wäre es ein Frevel, ihr zu nah zu kommen.

»Rigunth«, sprach sie leise und griff die Frage jener Stunde wieder auf, da sie das Mädchen erstmals zu sich hatte kommen lassen, »Rigunth … nun, da wir uns länger schon kennen … willst du mir nicht die Geschichte deiner Herkunft erzählen? Willst du mir nun, da du mich näher kennst und keine Angst vor mir zu haben brauchst, nicht sagen, was hinter dir liegt?«

Die Augenlider flatterten, aber öffneten sich nicht.

»Ich … ich würde gerne«, sprach das Mädchen, ungewohnt stammelnd, »aber ich kann es nicht. Ich kann es einfach nicht.«

Bathildis nickte ergeben und wandte sich wieder ihren Schriften zu.

Rigunth blickte auf.

»Wenn du vor die Bischöfe trittst, meine Königin«, fragte sie, »was wirst du ihnen dann sagen?«

»Ich freue mich, dass Ihr in dieser Runde zusammengekommen seid, der Einladung des Königs folgend – und dass Ihr mir die Gnade erweist, vor Euch das Wort zu ergreifen. Es mag Euch anmaßend erscheinen, dass ein Weib dies tut, und doch sei's mir verziehen, denn was mich treibt, ist nicht das Trachten, mich über meinen Stand zu erheben, sondern dem Allmächtigen zu gefallen – mit jenen bescheidenen Mitteln, die er mir zugesteht.«

Vorsichtig ließ Bathildis den Blick über die Versammelten schweifen. Ehe sie zu sprechen begonnen hatte, hatte sie ihn gesenkt gehalten – jene Demut vortäuschend, die die Gottesmänner gewiss von einem Weib erwarteten.

»Erlaubt mir, aus der Heiligen Schrift zu zitieren«, fuhr sie fort und versuchte, den Rhythmus ihrer Rede zu mäßigen. Sorgfältig hatte sie die Worte einstudiert – und eben darum drohten sie aus ihr hervorzubrechen, wenn sie sich nicht mit jeder Silbe befahl, dass sie langsam sprechen müsste. »Kein anderes Wort könnte das, was ich Euch sagen will, trefflicher eröffnen als jenes, welches aus dem Brief des Paulus an die Epheser stammt: Gott ist reich an Barmherzigkeit. Uns, die wir tot waren durch unsere Sünde, hat er lebendig gemacht.«

Sie kannte die meisten der Bischöfe dem Namen nach; manche hatte sie bei ihrer Hochzeit empfangen, andere zu späteren Anlässen. Vertraut war ihr trotzdem kein einziger, wie sie da saßen – nicht im weltlichen Gewand, das ihnen verboten war, sondern mit der Alba bekleidet, einem weißen Chorgewand, über das das Pluviale, ein Mantel mit Kapuze, geworfen wurde. Sie trugen allesamt kreisrunde Tonsuren wie jeder geweihte

Mann – ganz gleich ob er einem Kloster entstammte oder mit seinesgleichen in einem eigenen Haus gleich neben der Kirche lebte. Wohingegen diese Frisur bei manch gewöhnlichem Priester jedoch verrottete wie ein Gärtchen, das von Unkraut übersät wird, so waren sie bei den Bischöfen glatt, rund und wie das übrige Haar ebenmäßig geschnitten, desgleichen wie die Tonsuren ihrer Begleiter – die Subdiakone, die sie auf Reisen begleiteten, oder die Lektoren, die zur Erbauung aus der Bibel oder aus Heiligenviten vorlasen. Letztere, nicht von der Würde eines Amtes gefestigt (oder schlichtweg von einem gut genährten Leib ruhig gestellt), blickten Bathildis mit unverhohlener Neugierde an, manche auch mit Misstrauen und wieder andere mit jenem hochmütigen Lächeln, das vorgab, ihre Worte gern zu hören, was nicht gleich hieß, dass man sie auch ernst nehmen müsste. In jedem Falle war es für sie ungewöhnlich, dass Bathildis nach dem üblichen Empfang durch den König – Chlodwig nickte zu diesem Anlass meist widerspruchslos ab, was sie ihm vortrugen – mit ihnen eine Unterredung halten wollte.

»Nun«, fuhr sie fort, und ihre Stimme, bislang bescheiden, wurde schneidend: »Nun, diese Barmherzigkeit, die uns überreich vom Allmächtigen geschenkt wird, scheint mir ein knappes Gut auf Erden, wenn ich den Blick auf jenes Unrecht lenke, das unsere Lande überzieht wie eine Seuche, schlimmer noch als die Lepra, schlimmer noch als die Pest.«

Erstmals ließ sie sich von der eigenen Erregung mitreißen, antatt sie wohl zu dosieren – und erntete alsbald nicht nur ausdruckslose und gelangweilte Gesichter, sondern ein Raunen, das sich in tiefem Brummen oder spitzem Zischen entlud und kurz den ganzen Saal ausfüllte, unter dessen dunklen Bogen sie sich versammelt hatten.

Trotz der Unruhe, die sie zeugte und die sie selbst befiel, vermochte Bathildis zu warten, bis das letzte Tuscheln wieder verklungen war, um in das Schweigen hinein bedeutungsvoll fortzufahren: »Ich sage schlimmer, denn diese Krankheit mordet nicht Leiber … sie mordet Seelen, jene Seelen, die uns zum einzigartigen Menschen machen.«

Wieder brandete Tuscheln auf, diesmal jedoch nicht wahllos. Einer der Bischöfe, der ihr am nächsten saß, stellte jene Frage, die alle bewegte: »Meine Königin, von welcher Seuche sprichst du?«

»Ich spreche davon«, entgegnete sie rasch und zittrig, »dass jeder Mensch nach Gottes Ebenbild geschaffen ist und ihm durch die Taufe ein unauslöschliches Siegel aufgedrückt ist, das ihn dem Volke Gottes einverleibt, und in diesem Volke Gottes – so schreibt es der Apostel Paulus an die Galater – gibt es nicht länger den Unterschied zwischen Mann und Weib, Juden und Griechen, Sklaven und Freien, weil alle eins sind in Christus.«

»Und was willst du uns damit sagen?«

Sie neigte sich vor, um ihren Worten noch mehr Gewicht zu geben, und ließ erneut den Blick schweifen, eindringlich diesmal, als wollte sie überprüfen, ob ihr tatsächlich sämtliche Aufmerksamkeit gehörte.

»Die Seuche, die ich meine«, sagte sie schließlich, »die Krankheit, die ausgerottet werden muss – das ist, und darum habe ich Euch kommen lassen, die Sklaverei. Schwerste Sünde ist die Sitte, wonach ein Mensch dem anderen gehört, mit Leib und Seele, ganz und gar, wonach er dessen Willen unterliegt, ob jener nun ein Gerechter ist oder ein Sünder. Unter den Kindern Gottes darf so etwas nicht erlaubt sein. Es darf nicht sein, dass Christen Christen versklaven!«

Sie atmete heftig aus, erleichtert, dass es nun endlich gesagt war. Sie hatte diesen Augenblick gescheut – wiewohl sie ihn für unabdingbar hielt.

Diesmal dauerte es noch länger, bis das Getuschel abebbte – es deuchte Bathildis überrascht und verwirrt, jedoch nicht feindselig oder ärgerlich. Wohlwollend erklang auch wieder die Stimme des Bischofs, der ihr am nächsten saß.

»Bedauerlich ist jedes Unrecht, das auf Erden geschieht.

Dagegen zu wettern ist die Pflicht eines jeden Christenmenschen!«

»Und darum«, rief Bathildis hitzig, »lasst uns die Stimme gemeinsam dagegen erheben!«

Begütigend hob der Bischof die Hand, ein schmales Lächeln auf den Lippen, das vor allem eines bekunden sollte: Dass er gewohnt war, für alle seine Worte sämtliche Zeit der Welt zu haben, und sich darum von ihr nicht drängen lassen wollte. »Doch bedenkt: Das Reich Gottes wird immer mit dem Reich des Satans zu kämpfen haben; so ist's, seitdem durch Eva die Sünde in die Welt kam. Wir können manche Träne vergießen über das traurige Los der Unfreien, aber es ist doch, wie der Heilige Augustinus schreibt, ein sichtbares Zeichen der Erbsünde, ein sichtbares Zeichen, dass diese Welt noch nicht vollendet ist. Erst am Tag der Tage, wenn Christus wiederkommt, dann wird es kein Unrecht mehr geben, die Tauben werden hören können, die Blinden sehen, die Lahmen gehen – und der Löwe wird friedlich mit dem Lamm auf der Weide stehen.«

Er klang salbungsvoll und endigte wie nach einem Gebet.

»Und bis zu diesem Tag sollen wir ertragen, dass Menschen wie lebendiges Handwerkszeug behandelt werden?«, fragte Bathildis heftig. »Dass getaufte Christen zum Preis eines Pferdes verschachert werden?«

»Es ist dies keine Sünde«, kam es nun von ganz hinten im Saal. »Der Herr hat es niemals verboten, und der Apostel Paulus, von dem du vorhin sprachest, er sagte selbst im Brief an die Korinther: Unusquisque in qua vocatione vocatus est in ea permaneat. Servus vocatus es non sit tibi curae sed et si potes liber fieri magis utere.«

Jeder soll in dem Stand bleiben, in dem ihn der Ruf Gottes getroffen hat. Wenn du als Sklave berufen wurdest, soll dich das nicht bedrücken; auch wenn du frei werden kannst, lebe lieber als Sklave weiter.

Bathildis konnte das Gesicht des Redners nicht recht erkennen, doch reichte die Stimme, um zu erahnen, dass sie einem gehörte, der sich ungern vorhalten ließ, etwas nur mangelhaft zu wissen. Er sprach seine Worte, als hebe er damit einen schützenden Schild, der ausreichend erprobt war, um jedem Pfeilregen standzuhalten. Beinahe klang es triumphierend, als wäre mit einer einzigen Bibelstelle alles gesagt.

»Es mag keine Sünde sein – was nicht auch heißt, es wäre gut«, entgegnete Bathildis forsch und hielt seinem Wissen das ihre entgegen. »Gott mag uns kein Gebot genannt haben, das die Sklaverei verbietet – doch sprach er nicht minder deutliche Worte, als er die Heilige Blandina oder die Heilige Felicitas, welche eben Sklavinnen waren, dazu auserkoren hat, zu heiligen Märtyrerinnen zu werden?«

»Was gleichsam heißt«, entgegnete einer der Männer mit schmalem Lächeln, »was gleichsam heißt, wie du schon sagtest, dass es bei Christus keine Unterscheidung gibt zwischen Sklaven und Freien. Aber hier auf Erden gibt es sie, seitdem Noah seinen Sohn Ham verfluchte und ihm das Schicksal auferlegte, als niedrigster Knecht seinen eigenen Brüdern zu dienen.«

Die Rede endend neigte er den Kopf, als wolle er ihr Respekt bekunden. Die Geste deuchte sie geheuchelt, desgleichen wie das schmale Lächeln, das manche der Münder verzerrte – zumindest derer, die in der Kunst der Diplomatie ausreichend geübt waren, um nicht offenkundig Langeweile oder Entrüstung zu bekunden wie einige der anderen.

Für einen Moment geriet Bathildis aus der Fassung – und jenen Augenblick nutzte einer der Diakone, um beschwichtigend zu murmeln: »Bedenkt auch, meine Königin, dass viele Sklaven nicht durch Kriegsgefangenschaft oder Raub zu Unfreien werden, sondern weil sie arm sind: Ihnen fehlt es an Land, Vieh und Gerät, um unabhängig zu sein. In der Obhut eines Grundherrn aber erlangen sie Sicherheit. Die Wahrheit ist: Sie könnten es gar nicht besser treffen!«

Seine Stimme war frei von Hohn, und gerade dies hielt Batildis vor Augen, dass er an seine eigenen Worte glaubte, dass nichts, womit sie aufzurütteln versuchte, ihn jemals ehrlich treffen könnte.

Die Entrüstung schenkte ihr die Eingebung fortzufahren, doch als sie's tat, so klang es plötzlich zänkisch und keifend, ein wenig so, wie Leutsinda stets zu Erchinoald gesprochen hatte: »Beim Konzil von Orléans wurde festgelegt, dass keiner zum Sklaven gemacht werden dürfe, der durch Krankheit oder Unfall so schwer beschädigt ist, dass er seinem Tagwerk nicht mehr nachgehen kann. Für diese Menschen, so heißt es, habe die Kirche zu sorgen. Wie kann es sein, dass ein Krüppel dieses Anrecht hat – ein Verarmter aber nicht?«

»Wenn Arme auf den Landgütern Zuflucht suchen und sich verkaufen«, wurde ihr entgegnet, »so ist das ihre ureigene Wahl. Längst sind doch die Zeiten vorbei, da Truppen in die germanischen Wälder auszogen, um dort Menschen zu rauben, die hier für die Arbeit fehlten. Und für die Übrigen setzen wir uns ein, ja, wir fordern, dass sie zu behandeln sind, wie's einem Menschen ansteht … nicht wie Vieh.«

»Ihr ratet es den Grundherren, aber könnt Ihr es befehlen?«, rief sie mit kippender Stimme in die Runde. »Wenn der gute Wille fehlt, so gibt es kein Gesetz, das dem Besitzer von Sklaven verbietet, sie zu foltern und zu morden.«

»Das ist nicht wahr, denn es ist Kirchenrecht: Wer einen Sklaven selbstherrlich tötet, den trifft die Strafe der Exkommunikation. Desgleichen darf jeder Sklave, welcher sich ungerecht behandelt fühlt, in der Kirche Zuflucht suchen und erst wieder dem Herrn übergeben werden, wenn dieser zusagt, ihn menschenwürdig zu behandeln.«

Die einzelnen Gesichter verschwammen vor Bathildis' Augen, jenes des Mönchs stieg stattdessen vor ihr auf, welcher nicht vermocht hatte, Taurin und Moschia ausreichend zu schützen, dessen größte Sorge nicht ihnen galt, sondern sich selbst von jedem Vorwurf reinzuwaschen.

Unwillkürlich ballte sie die Fäuste, als säße sie nicht länger mit möglichen Verbündeten an einem Tisch, sondern mit Feinden.

»Und wer trägt Sorge, dass dieses Gebot tatsächlich eingehalten wird?«, schrillte sie. »Was soll ein Sklave tun, gesteht man ihm dieses Recht nicht zu? Er kann sich nicht wehren, denn Sklaven ist verboten, eine Waffe zu tragen. Er darf sich an kein Gericht wenden, denn es ist ihm nicht erlaubt, dort einen Eid zu schwören. Und ist es wirklich ein Leichtes, in eine Kirche zu fliehen, wo ihm doch untersagt ist, den Haupteingang zu betreten? Rechtlos ist der Sklave, noch mehr als zu Römerzeiten. Damals war es ihm noch gestattet, sich Geld anzusparen … heute, nach fränkischem Recht, gehören ihm nicht einmal seine leiblichen Kinder!«

»Aber, meine Königin«, antwortete ein Bischof, und so wie ihr Tonfall wurde auch seiner schärfer und kälter. »Die Kirche setzt sich seit vielen hundert Jahren für die Sklaven ein. Bedenkt, von wem das Gebot stammt, dass kein Heide einen christlichen Sklaven besitzen kann, vor allem die Juden nicht.«

»Ha!«, lachte sie verkrampft. »Ha! Und was war der Grund für dieses Gesetz? Die Sorge um das Wohl des Sklaven? Oder die Sorge, dass jener Sklave sich zum Judentum bekehren könnte, denn dann wäre sein Besitzer nach dem mosaischen Gesetz verpflichtet, den Sklaven nach sieben Jahren freizulassen …«

Ihr Einwand blieb ungehört. »Desgleichen«, fuhr der Mann kühl fort, »ist es längst verboten, fränkische Sklaven in fremde Länder zu verschleppen. Ihr müsst uns zugestehen, Königin, dass wir gegen jene Krankheit, wie Ihr das Übel der Sklaverei genannt habt, viel mehr getan haben, als die Heilige Schrift fordert.«

»Aber es ist nicht verboten, aus eben diesen fremden Ländern Sklaven hierher zu verschleppen!«, rief Bathildis, und ihre Stimme kippte endgültig. Umso schmachvoller war es, weil sich an jenen brechenden Ton kein weiteres Argument anschloss, sondern eine Stille, unzureichend ausgefüllt von unangenehm berührtem Hüsteln und verstohlenem Kichern.

Erst nach einer Weile, peinvoll für sämtliche Ohren, begann jemand, in die Stille hineinzureden, ja eigentlich zu flüstern. Die Stimme kam von hinten; es war nicht gewiss, wem sie gehörte, aber sie triefte vor Häme.

»Dass Sklaven aus fremden Ländern hierher verschleppt werden, hat doch für manch einen in dieser Runde großes Glück gebracht, oder nicht?«

Bathildis zuckte zusammen; das Blut schoss ihr ins Gesicht. Mit herumirrendem Blick suchte sie jenen, der ausgesprochen hatte, was gewiss manch einer hier dachte: Dass sie doch selbst nichts weiter als eine Sklavin war. Dass es ihr ob ihrer Herkunft nicht zustand, ihnen derart zuzusetzen.

Doch keiner wollte sich durch ein wissendes Grinsen zu der gesagten Gehässigkeit bekennen. Ausdruckslos starrten alle sie an – und jetzo auch feindselig.

»Es ehrt dich, Königin, dass dich das Elend dieser Welt zu deinen Worten bewegt«, erklang es alsbald mäßigend, wiewohl noch immer kalt. »Doch wisse: Der Allmächtige verlangt vor allem, dass ein jeder Mensch sich mit seinem Los zufriedengibt. Heute magst du für die Unfreien eintreten, als wäre deren Wunsch nach Freiheit – gar häufig nicht deren ureigenes Bestreben, sondern ihnen angedichtet – ihr gutes Recht. Doch was ist morgen: Wirst du es auch gerecht nennen, wenn der Bauer Graf sein will oder gar nach der Königskrone greift?«

»Nun, unsere Königin hat so etwas erlebt: Wie man als Sklavin die höchste Würde erlangt …«

Diesmal erntete die Stimme sogar Gelächter. Es währte lange und war laut genug, dass manch einer daraus schloss, die Zusammenkunft sei hiermit beendet, die Förmlichkeit aufgehoben und es erlaubt, nun untereinander Worte auszutauschen.

Eine Weile stand Bathildis wie erstarrt, dann mühte sie sich, ein letztes Mal zu protestieren: »Sprecht Ihr so, weil Ihr es wahrhaft glaubt oder weil so viele Kirchen und Klöster Sklaven besitzen, ja weil ihr Bischöfe selbst Besitzer von Sklaven seid?«

Diesmal verbarg sich ihr Spötter und Widersacher nicht. Er hatte sich erhoben, war klein und rund, mit schwarzen Augen und trockener Haut: »Und wie verhält es sich bei dir, Königin?«, lästerte er. »Wer webt und wäscht deine Kleider? Kann es sein, dass du es selbst tust, so wie einst?«

Sie erkannte, wer dieser Mann war. Flüchtig streifte sein Name ihre Gedanken – und das Wissen um seine hohe Stellung, weil sein Bistum nicht zu Neustrien zählte, sondern zu Burgund. Aunemund von Lyon war es, und obwohl es in diesem Augenblick keinen Unterschied machte, wer er war, sondern einzig zählte, was er da sagte, würde sie dereinst, in vielen, vielen Jahren, zu einer Zeit, da sie jenen Disput beinahe vergessen hatte, wieder an seine schäbigen Worte denken.

Es war nicht gewiss, wie viele im allgemeinen Aufbruch diese Worte gehört hatten. In jedem Fall schritt keiner dagegen ein. Sie selbst konnte es nicht. Noch mehr errötete sie, fühlte sich entblößt und beschmutzt – und plötzlich unglaublich einfältig, weil sie derart gutgläubig vor diese Versammlung getreten war.

Sie vermochte die Demütigung nicht zu ertragen und floh vor ihr, indem sie sich wortlos abwandte und ging.

Sie hörte nicht, was Rigunth ihr nachrief. Das Mädchen hatte vor der Tür gewartet, vielleicht sogar gelauscht und antwortete nun auf das aufgewühlte Gesicht der Königin nicht mit dem üblichen ausdruckslosen Blick, sondern mit besorgter Miene – gleich so, als wäre eingetreten, was sie längst befürchtet hatte.

»Lass mich in Ruhe!«, herrschte Bathildis das Mädchen an und hob abwehrend die Hand, bekräftigend, dass sie ihr fernbleiben solle. Mit schnellen Schritten ging sie davon, die Fersen dabei so schmerzhaft in den Boden stampfend, als wollte sie Sprünge in den Stein hauen.

Sie hätte fluchen wollen, nicht über die Bischöfe und deren

Worte, sondern über sich selbst – weil sie nicht stark genug war, um sich zu beherrschen, weil sie die Macht der leisen Stimme zugunsten nutzloser Erregung aufgegeben hatte, weil jene Kraft, die sie nach Dämmerschlaf und Schwermut zurückerrungen hatte, indem sie Rigunth und später Moschia und Taurin erlöste, von etwas Grässlichem zersetzt war – ähnlich Brot von Schimmel und eingelegtes Obst von Fäulnis. O, wenn es nur Ohnmacht wäre, die selbst einer Königin, die fordernd die Hand heben und leise Befehle murmeln konnte, Grenzen auferlegte – dann hätte sie es ertragen! Doch mit jedem Schritt, mit dem sie von ihrer Schmach weghastete, mit jedem Sprung, den sie da am liebsten in die Erde gehauen hätte, entblößte sich jener Schlund an Regungen, mit denen sie auf diese Ohnmacht antwortete. Es gehörten nicht nur Wut und Scham dazu, sondern Hass.

Bathildis blieb stehen. Ich darf nicht vor ihnen fliehen, ging ihr durch den Kopf, so weit darf ich mich nicht entblößen.

So weit durfte sie ihm auch nicht folgen – diesem Dunklen, Kalten, Feindseligen, Einsamen, Rachsüchtigen, das sich in ihr ausbreitete.

Sie atmete mehrmals tief ein, wartete darauf, dass frische Luft den Morast austrocknen würde, der rund um ihre Seele schwappte. Doch just als sie stehen blieb, so spürte sie einen Schatten auf sich fallen. Sie fuhr herum, hoffte, dass trotz ihres Befehls Rigunth ihr nachgefolgt war, lautlos wie stets, mit ihrem abgründigen Blick, in dem sich eigene Verzagtheit und Verzweiflung und Gebrochenheit spiegelte – was hieß, dass sie nicht länger allein war mit ihren Gefühlen.

Ja, Rigunth konnte Frieden schenken.

Doch nicht die Stimme des Mädchens sprach zu ihr, sondern eine andere – wiewohl eine gleichfalls altvertraute:

»Ich habe gehört, meine Königin, dass du wieder unter den Lebenden weilst ...«

XXI. Kapitel

Bathildis blickte in rote Augen, nicht in dunkle. Es stand nicht Rigunth vor ihr, sondern Ebroin.

Er war hagerer geworden in den letzten Jahren, das Haar noch dünner und so weiß, dass es sie fast durchsichtig deuchte. Sein Lachen klang maßvoller, nur sein Adamsapfel sprang beim Reden immer noch unruhig auf und ab.

»Wusst' ich's doch, dass du nicht eine bist, die sich ewig in den Gemächern versteckt!«, setzte er kichernd an und umwanderte sie mit den üblichen fahrigen, tänzelnden Schritten.

Wortlos suchte sie sich an ihm vorbeizudrängen, doch er verstellte ihr den Fluchtweg.

»Lass mich vorbei!«, zischte sie erbost. »Ich muss zurück!«

Wiewohl sie keinesfalls die Bischöfe hatte wiedersehen wollen, trat sie nun unruhig von einem Fuß auf den anderen, als hätte sie noch etwas zu erledigen und wäre darum in Eile.

Ebroin hingegen blieb gelassen.

»Was hast du bei den Bischöfen verloren, meine Königin?«, fragte er gedehnt. »Glaubst du, sie hören auf eine wie dich? Sie dulden den König – dank seiner Vorfahren, nicht dank eigener Taten, und weil er sich stets den Anschein gegeben hat, sich gerne ihrem Rat zu fügen. Doch schon durch einen wie mich sehen sie hindurch. Keiner steht dem König so nah wie ich, und keiner ist zugleich so machtlos. Mein Rat wird nicht gesucht; meine Wünsche werden nicht erfüllt. Ich bin zur Untätigkeit verdammt.«

Dass seinen wissenden Augen nicht verborgen geblieben war, was sie geplant hatte und worin sie gescheitert war, ließ Bathildis unwillkürlich frösteln; gerade noch war ihr heiß gewesen.

»Lass mich vorbei!«, wiederholte sie barsch.

Ebroin dachte nicht daran, zur Seite zu treten.

»Die Bischöfe also – pah!«, fuhr er verächtlich fort. »Denkst du, du könntest ihnen befehlen wie einem gewöhnlichen Aufseher, der sich daran erfreut, seine Sklaven zu quälen? Warum eigentlich hast du dich mit deinem frommen Ansinnen nicht an mich gewendet, werte Königin?«

Sie wusste nicht, was er hinter seinem Spott verbarg – ob er ihr ernsthaft seine Hilfe anbieten wollte oder sich insgeheim an ihrer Demütigung weidete, sie wusste auch nicht, was er den ganzen Tag lang trieb: Ränke schmieden, den König ernsthaft beraten, gar irgendeines der Ämter im Hofstaat ausfüllen? Letzteres glaubte sie kaum. Im Grunde hatte sie nie recht verstanden, was ihn antrieb, hatte es zumindest nie versucht, denn was immer auch hinter seinem Gesicht vorgehen mochte, welche Pläne in ihm spukten, welches Trachten – vor allem erinnerte es sie daran, dass er es gewesen war, der Chlodwig eine Ehe mit ihr angepriesen und der ihr niemals den Wunsch zugestanden hatte heimzukehren. Die alte Wut auf ihn flammte auf und vermischte sich mit ihrem Ärger über den unschönen Auftritt vor den Bischöfen.

»Was soll ich gerade von dir erwarten, Ebroin?«, zischte sie.

»Ach, meine Königin … hab's dir doch einmal schon gesagt. Wem stünde ein Bündnis besser an als uns beiden? Bis auf den König haben wir hier keine Freunde, jedoch ein gemeinsames Trachten!«

Obwohl unaufhörlich lächelnd, klang seine Stimme fordernd. Sie umfing sie – wie er seine Arme auf die Mauer gestützt hatte, einem Zaun gleich, der sie gefangen halten sollte.

Argwöhnisch duckte sie sich. »Was sollte dieses gemeinsame

Trachten sein?«, fragte sie. »Du schaust mir aus wie einer, der stets zum eigenen Wohle handelt!«

»Du etwa nicht?«

»Nein! Hier geht es nicht um mich. Der König hat mich aus dem niedrigen Stand erhoben. Wie könnte ich mich besser bei Gott bedanken, als wenn ich für jene eintrete, die ihr Los mit mir teilen?«

Sein Adamsapfel zuckte – sie war nicht sicher, ob vor Belustigung oder Erregung.

»So ist das also … Du tust es, um dem Allmächtigen zu gefallen. Nicht etwa, um zu erproben, wie es sich anfühlt, wenn man befehlen kann? Wenn man das eigene Geschick fest in seinen Händen hält, wenn man sein Leben lenken kann, anstatt gelenkt zu werden? Wenn die Macht, die man besitzt, größer ist als die Angst, sie wieder zu verlieren? Ach, Bathildis, sei ehrlich! Geht's dir wirklich um das Los der Sklaven?«

Er starrte sie abwartend an, ein wenig so, wie Rigunth es häufig tat. Nur jene plauderte niemals aus, was sie ergründete. Bei ihm hingegen mochte sich Bathildis des Eindrucks nicht erwehren, dass er mit wohligem Genuss ihr Gemüt entkleidete, dass er sich an ihrer Nacktheit weidete, dass er nicht das Beste von ihr ans Licht zerrte, sondern die niedrigsten Gelüste.

Sie straffte die Schultern, um ihn nicht erkennen zu lassen, wie sehr sie sich ertappt fühlte.

»Freilich geht's mir um das Los der Sklaven«, sprach sie, so hoheitsvoll, wie es ihr möglich war, und mit kaltem Stolz. »Wenn die Bischöfe nicht bereit sind, mir zu helfen, so werde ich eben …«

»Und wenn du sie zwingen könntest, die Bischöfe, deinen Willen zu befolgen?«, fiel Ebroin ihr da schon ins Wort. »Wenn du über ihr Tun entscheiden könntest – und all jene bitter bestrafen, die dich geringschätzen? Der König ist schwach, Bathildis, das wissen wir beide. Er steht unter dem Einfluss der Bischöfe, tut, was sie ihm sagen, sie und die Großen des Reichs, und das hat sie anmaßend und hochmütig gemacht. Doch wir … wir könnten diese Macht brechen, wir beide! Ich allein bin nur des Königs Freund, der Spielgefährte aus der Kindheit, der Sohn seiner Amme. Und du allein bist nur seine Gattin, die Freude seiner Nächte, die Mutter seiner Kinder. Gemeinsam aber könnten wir ihm in den Ohren liegen, könnten wir all seinen Widerstand gegen Neuerungen brechen, könnten ihn endlich dazu treiben, mit beiden Händen nach der Macht zu packen, anstatt sie stets erleichtert abzugeben. … Und dann … dann wär's auch unsere Macht, und alle, die uns verachten, die uns zuwiderhandeln, würden damit nur ihr eigenes Verderben heraufbeschwören! Sollen die Männer Gottes sehen, wohin sie mit ihrer verfluchten Selbstgefälligkeit kommen!«

Je länger er sprach, desto mehr verzerrte sich sein Gesicht. Er suchte Ruhe zu bewahren, und doch traten an seinen bleichen Schläfen die Adern hervor, und seine roten Augen schienen größer und größer zu wachsen. Bathildis spürte seine Anspannung nicht nur – kurz wähnte sie jene auf sich überschwappen, sie mitzureißen, in jene verheißungsvolle Welt, da sie in den Saal zurücktreten könnte, um ihren Spötter zu befehlen und das Maul zu verbieten. Sie wusste von Königen aus dem Geschlecht der Merowinger, welche jede Form der Auflehnung mit Tod und Folter und Verstümmelung bestraft hatten – gleich, wer sie wagte, und sei es ein Geweihter.

Dicht rückte Ebroins Gesicht an ihres heran; sie spürte seinen Atem, sie schmeckte seinen Hunger nach Anerkennung – und jenen Hass, den sie eben noch an sich selbst gewittert hatte. Dieser Hass grub sich nicht in die Tiefe ihres Gemüts, um es heimlich zu verpesten, sondern loderte in die Welt hinaus, getragen vom Willen, alles zu versengen, was sich ihm entgegenstellte.

Ruckartig trat sie zurück, ein kleines Fleckchen suchend, auf dem sie sicheren Stand hatte und er sie nicht mitreißen konnte. Einzig der lähmende Kummer um die verlorene Heimat und um

Aidan gehörte ihm nicht, und wiewohl beides sie zu glatt und rutschig deuchte, um sicher darauf zu stehen, war jener doch so altvertraut, dass er dem Hitzigen, Fließenden, Reißenden die zähen Brocken von Müdigkeit, Lustlosigkeit, Schwermut entgegenrollen konnte.

»Ich will die Macht nicht«, sagte sie schnell. »Nein, ich will die Macht nicht, und ich will auch nicht gegen die Bischöfe kämpfen. Ich will niemanden unterjochen und niemanden vernichten. Ich will nur Gutes tun, verstehst du? Ich will das Leid, das ich selbst erfuhr, bei anderen lindern… Und vor allem will ich mit dir nichts zu tun haben, Ebroin, mit dir und deinen schaurigen Machtgelüsten!«

Mit aller Kraft schlug sie seinen ausgestreckten Arm beiseite, kaum merklich schaudernd, als sie dabei seine weiße Haut berührte, und weil es für ihn überraschend kam, gelang es ihr, an ihm vorbeizutreten. Sie kam nicht weit. Sein hastiger Atem verriet ihr, dass er sie nicht einfach gehen ließ. Schon war er wieder an ihrer Seite, bekam sie zu packen, schmerzhaft und fest.

»Hast du vergessen, was du mir verdankst?«, knurrte er ungehalten. »Das Geringste, was du für mich tun könntest, wäre, dem König zuzuraunen, er möge mich zu Erchinoalds Nachfolger bestimmen! Gewiss gelingt es dir… in vertraulicher, hitziger Stunde. Solche haben sich gemehrt in den letzten Wochen, nicht wahr? Der König scheint mir glücklich zu sein… und entspannt.«

Mit jedem Wort schienen sich seine Finger fester um sie zu spannen. Sie zog und zerrte – es nützte nichts.

»Fass mich nicht an!«, rief sie.

Endlich ließ er sie los – und schien sie dennoch nicht freizugeben. Sein roter Blick grub sich in ihren, suchte sich mit ihr zu messen, suchte zu ergründen, wie echt ihr Widerstand war und was er dagegen tun könnte.

Das spitze Lächeln glättete sich, wurde kalt – und ein wenig verloren. Beinahe glich es Chlodwigs Ausdruck, wenn er sich vor den Stimmen ängstigte. Bathildis erschauderte, denn noch nie hatte sie eine Ähnlichkeit an den beiden Männern erspäht.

»Wage es nie wieder, mir zu nahe zu kommen!«, rief sie.

Er trat zurück und vollzog eine knappe Verbeugung. Die Geste verhieß Respekt – die Worte, die ihr folgten, nicht.

»Überleg's dir gut, meine Königin«, murmelte Ebroin, ehe er sich abwandte und sie stehen ließ. »Überleg's dir gut, ob du mich zum Freund haben willst … oder zum Feind.«

Bathildis hatte schnellen Schrittes zurückgehen wollen, doch kaum war Ebroin entschwunden, so fühlten sich ihre Beine schwer an, als zöge sie jene Steine mit sich, in die sie eben noch sämtliche Wut getreten hatte. In ihrem Kopf verstummte alles Rauschen.

»Rigunth?«, rief sie vorsichtig. »Rigunth?«

Sie wollte sich vom Anblick des Mädchens ablenken lassen, auf dass sie weder Ebroins Worte überdenken müsste noch das, was ihnen vorangegangen war, doch als sie das Mädchen am Ende des Gangs erblickte, so war sie nicht allein, sondern befand sich in Gesellschaft eines der Bischöfe, wie es dessen Alba verriet. Bathildis erstarrte, rüstete sich gegen neuerliche Demütigung, doch musste schließlich erkennen, dass der Kirchenmann nicht spottend auf sie zukam, sondern mit einem ehrlich freundlichen Lächeln.

»Meine Königin«, sagte er mit jenem profunden Klang, den nur Menschen mit runder Leibesmitte verbreiten. Feist waren auch seine Finger, die den Ring zu sprengen schienen, den er trug.

Trotz seiner sichtlichen Gutmütigkeit straffte Bathildis ihre Schultern. »Ich sehe, Ihr habt Euch nicht von mir vertreiben lassen …«

»Ach wo!«, winkte er ab. »Um die Wahrheit zu sagen – selten hat mich etwas derart amüsiert wie die Erregung meiner Brüder über dich. Wie langweilig es ansonsten ist, in ihrem Kreis zu hocken! Und wie amüsant es heute ...«

Sie hob abwehrend die Hand.

»Es ist gut«, unterbrach sie ihn.

Er ließ sich davon nicht entmutigen, wechselte zwar das Thema, aber sprach selbstbewusst fort. Audoin von Rouen war er, einer Sippe von Jouarre entstammend, fränkische Grundherren allesamt, die schon unter dem ersten Merowingerkönig Chlodwig I. über bedeutenden Einfluss verfügt hatten.

»Mein Vater freilich stammt aus Austrasien ... und in den letzten Jahren scheint's mir, dass man nicht gerne sieht, wenn jene beiden Länder, die einst doch eines waren, zu eng zusammenrutschen. Drüben in Austrasien misstrauen sie mir, weil ich nunmehr zu lange in Rouen gewirkt habe, um noch ihresgleichen zu sein. Und hier hält man mir vor, ein Fremder zu sein, und ein sehr eigentümlicher obendrein. Was, denkst du, hatte man zu tuscheln, als ich im letzten Jahr den Bau einer Wasserleitung stiftete – anstelle einer neuen Kirche, wie es doch die Bischöfe ansonsten tun?«

Sein Gesicht war rot und aufgedunsen, die Tränensäcke schwere Wülste. Er sah wie einer aus, der gerne aß ... und alles andere, was ihm das Leben fortsetzte, mit gleichem ausdauerndem Appetit schluckte.

»Was wollt Ihr von mir?«, fragte sie, verstört, weil sie nicht einzuschätzen wusste, warum er derart lange zu ihr sprach.

Er schnaufte – vielleicht war's seine Art zu kichern. In allem, was er tat und sagte, wirkte er amüsiert, wohl auch, weil er trotz mancher Anfeindung niemals eine echte Notlage erdulden hatte müssen. Von Rouen hieß es, dass es nach Paris der wichtigste Ort in Neustrien sei, und die Stimme eines Bischofs von dort besaß Gewicht.

»Nun«, sprach er gutmütig und hallig, »ich will dir nur sagen, dass ich dir ganz gewiss nicht vorwerfe, eine Sklavin zu sein. Einfältig ist, wer sich daran stört. Einer der größten Gelehrten des Frankenreichs, ein gewisser Andarchius, welcher ein großer Mathematiker und Rechtsexperte war und schließlich eine reiche Erbin aus der Auvergne heiratete, war auch ein ehemaliger Sklave.«

»Das heißt, Ihr seid bereit, an meiner Seite …«

Sein profundes Lachen unterbrach sie. »Sehe ich aus wie einer, der sich in frommem Zorn erregen lässt?«, spottete er. »Der aufsteht, um gegen die Schlechtigkeit der Welt zu Felde zu ziehen?«

»Aber warum sagt Ihr dann…«

Überreizt hob Bathildis die Hände. Er tat es ihr gleich, und weil seine Glieder um vieles mächtiger waren, hatte seine Geste mehr Gewicht als ihre.

»Meine Königin… meine Königin. Ich habe nicht viel mit dem gemeinen Volk zu tun, und das will ich nicht ändern. Doch kenn ich einen aus meinen Kreisen, der jedes Wort von dir mit Freuden wiederholt hätte – weil er seit Jahren schon nichts anderes sagt. Er wird nicht müde, uns allen ständig vorzuhalten, dass schon der große Cäsarius einst am Hof von Ravenna die Sklaven freigekauft hatte. Er sieht's als heilige Pflicht. Sodann – kämpf mit ihm … wenn es tatsächlich das ist, was du tun willst.«

»Mit wem?«

»Mit Bischof Eligius von Noyon. Er hätte heute hier erscheinen sollen, doch sind ihm Taten lieber als Geschwätz …«

In all den Jahren hatte Bathildis gedacht, dass ihre Erinnerung an den Sklavenmarkt von Quentovic frisch und unverfälscht sei, dass sie nur die Augen zu schließen brauche, um sich einstiges Grauen lebhaft vorzustellen, dass jene Wunde, die das Leben ihr geschlagen hatte, noch offen und feucht war. In Wahrheit war es zu einer lächerlich geringen Narbe verkommen, denn sämtliche Bilder, die sich in ihrem Gedächtnis herumtrieben, waren gereinigt von Lauten und Gerüchen. Beides traf sie nun ohne

Schonung – und erst als sie ihm wieder ausgeliefert war, festzustecken schien in jener Wolke aus Ächzen und Stöhnen, aus Blut und Schweiß, da ahnte sie, dass es ein Fehler war hierherzukommen, dass sie noch lange nicht stark genug war … es nie wieder sein könnte.

Diese Erkenntnis brauchte nicht lange, um zu reifen. Sie überkam sie in jenem kurzen Moment, da sie die Ledervorhänge des Gefährts zurückschlug und nicht nur die Sonne, silbrig gleißend, in ihre Augen schnitt, sondern das Bild einer Stätte, welche jener glich, zu der man Aidan und sie einst verschleppt hatte.

»Halt!«, schrie sie. »Halt! Umdrehen! Dreht um!«

Sie kreischte die Befehle, noch ehe sie sich den Einzelheiten des grässlichen Bildes stellte. Das wollte sie auch nicht.

Menschenfleisch, ging ihr durch den Kopf, Menschenfleisch, dargeboten wie auf dem Fischmarkt, noch frisches und schon fauliges, fettes und zähes, blutiges und längst vertrocknetes.

Sie schlug die Hand vor den Mund und glitt zurück in das Gefährt. Es rumpelte, offenbar hatte man ihren Befehl verstanden. Doch der Versuch, hier auf dem Sklavenmarkt zu wenden, scheiterte schon nach einer halben Drehung an der Enge der Gasse, auf die die breite Straße zugelaufen war. Wieder rumpelte es, dann stand das Gefährt still.

»Umdrehen!«, schrie Bathildis erneut. »Ich habe gesagt, Ihr sollt umdrehen!«

Sie sank auf jene Liege nieder, die – mit Fell und Leder bedeckt – das Reisen bequemer machen sollte.

Rigunth kniete sich neben sie.

»Meine Königin, wie ist dir?«

Beinahe konnte Bathildis fühlen, wie sie blass wurde. Die Haut ihres Gesichts, eben noch von der beschwerlichen Fahrt erhitzt, begann merkwürdig zu prickeln, als würden kleine Stiche sie treffen und ihr Fleisch ertauben lassen.

Ratlos blickte Rigunth sie an, stand schließlich auf, um selbst den Ledervorhang zur Seite zu schieben und sich ein Bild zu machen.

»Nicht! Nicht!«, rief Bathildis, nicht mehr kreischend, sondern mit einem waidwunden Röhren. »Schau nicht hinaus, ich kann mir nicht vorstellen, dass du es besser erträgst als ich. Es ist ein Markt… wo Menschen verkauft werden… Kriegsgefangene… Unfreie… Gott weiß, von welchen Orten…«

»Gewiss«, sprach Rigunth.

Nichts von dem, was Bathildis sagte, war überraschend – dieser Ort war mit Absicht als Ziel ihrer Reise gewählt.

»Wenn Ihr Bischof Eligius kennen lernen wollt«, so hatte Audoin von Rouen zu ihr gesagt, »dann tut es dort, wo er am liebsten und häufigsten seine Zeit verbringt… und das ist nicht sein Bischofssitz.«

Ausführlich hatte ihr Audoin von Eligius erzählt, und manches davon war Bathildis höchst absonderlich vorgekommen.

»Wusstest du«, fragte sie Chlodwig später, »wusstest du, was er tut?«

Bei der Erwähnung des Namens lächelte der König flüchtig.

»Eligius ist ein guter Mann«, hatte er schließlich versonnen gemurmelt, »seit fünfzehn Jahren nun schon Bischof. Als ich noch ein Kind war, da hat er mich beschützt…«

»Beschützt vor wem?«, fragte Bathildis.

»Vor einem grauenhaften Anblick. … Ich bin ihm nicht entgangen. Aber er hat es zumindest versucht.«

Bathildis verstand nicht sogleich. Erst nach und nach erfuhr sie, dass er von jenem Kampfe um das Amt des Major Domus sprach, von dem er ihr schon einst erzählt hatte: Zwischen Flachoad und Willebad ward er ausgefochten, und er selbst hatte ihm als Knabe beiwohnen müssen. Alle anderen fanden dies selbstverständlich, nur Eligius von Noyon bekundete seinen Einwand.

»Ist es denn notwendig«, hatte er damals gefragt, wiewohl er das Ereignis nicht verhindern hatte können, »dass eine blutige

Auseinandersetzung wie diese vor den Augen eines noch unschuldigen Königskindes stattfindet?«

Nicht nur Chlodwig und Audoin berichteten Bathildis von Eligius – auch Gertrude, die Geschwätzige, wusste manches von dem Gottesmann zu erzählen.

»Seine Statur ist ganz anders als jene von Bischof Audoin«, umschrieb sie mit höflichen Worten den Umstand, dass der eine fett und gefräßig, der andere dünn und asketisch wäre. »Er fastet fortüber. An den Werktagen isst er nur Fische und Eier, Äpfel und Birnensaft.«

Entgegen ihrer sonstigen Gewohnheit hatte sie auf diese Worte Schweigen folgen lassen, vielleicht, weil es ihr mit den Jahren als unverheiratete Frau immer schwerer vorstellbar wurde, sich derart zu bescheiden. Der Lust am Essen frönte sie mittlerweile ebenso wie der Lust am Plappern.

Nun, Bathildis zeigte kein sonderliches Interesse daran, wie der Bischof lebte. Seine Taten wollte sie ergründen – zumindest bis zu jenem Augenblick, da sie den Ledervorhang zurückgeschlagen hatte.

Nun lugte Rigunth durch dessen Schlitz, wohingegen Bathildis sich dem Blick nach draußen verweigerte. Wohler fühlte sie sich trotzdem nicht, denn wenn sie schon nicht sehen wollte, so musste sie ihn doch riechen – den salzigen Geruch und zugleich klebrig süßen, verdorbenen und schweren, der mit jedem Atemzug beißender und dichter zu werden schien. Je länger das Gefährt stillstand, desto bedrohlicher schien sich auch sein Dach über sie zu senken, wuchtig und schwer wie der Deckel eines Sarkophags. Sie setzte sich wieder auf, als wollte sie sich vergewissern, dass dafür noch genügend Platz war, dass sie nicht eingeschlossen war in einem hölzernen Verschlag. Noch mehr Blut sackte aus ihrem Gesicht; sie konnte ihre Lippen kaum fühlen.

»Nun, macht schon, fahrt los! Es ist kein Aushalten hier!«

»Meine Königin …«

»Ach, lass mich los!«

Sie wehrte sich gegen Rigunths Griff, kaum dass deren Hände sie packten, festhielten, weich und warm, nicht roh und gewaltsam. »Meine Königin, ruhig…«

Die Berührung von Rigunth war mütterlich, obwohl sie es doch war, die eben erst der Kindheit entwachsen war.

Nach erstem Aufruhr fügte sich Bathildis ihr, atmete zwar heftig, aber gewann ein wenig an Farbe.

»Wie hältst du's aus hier?«, fragte sie nicht länger schrill. »Überkommt dich nicht gleiche Erinnerung wie mich?«

»Es gibt doch auch Gutes zu erschauen…«

Bathildis wollte ihr widersprechen, doch noch fester legte sich Rigunths fester Griff um ihre Schultern, zwang sie, erneut durch den Spalt zu schauen, und diesmal befiel Bathildis nicht nur Grauen, sondern sie begriff, warum sie hierhergekommen war.

Eligius von Noyon war von hoher Gestalt, rötlichem Antlitz, schöner Haartracht mit Locken und hatte feine Hände und lange Finger. Sein Gesicht war weibisch, sein Blick sehr aufmerksam und zugleich doch auch ein wenig müde. Edel war seine Kleidung: Er trug einen Gürtel aus Edelsteinen, die Unterkleider waren aus Seide, die Taschen gemmenbesetzt, die Kleider mit Gold bedeckt.

Begleitet von einigen Diakonen und Presbytern schritt er die Reihen des Marktes ab, ohne die Gebundenen sonderlich zu beachten. Kaum traf sein Blick ihre elenden Glieder und Wunden. Doch mit sicherem Instinkt, gleich so, als würde ihm jemand auf der Schulter sitzen und zuraunen, wer denn von ihnen allen der Schwächste und Geschundenste wäre und wer am meisten seiner Hilfe bedurfte, deutete er mal auf den einen, mal auf den anderen – und diensteifrig leisteten seine priesterlichen Begleiter ihren Dienst, handelten mit den Besitzern einen Preis aus und kauften die jämmerlichen Gestalten frei.

Manch einer, jäh befreit von unliebsamer Fessel, fiel dem Bischof vor die Füße, fasste nach der Hand und suchte seinen Ring zu küssen.

Bathildis stieg beim bloßen Anblick Ekel auf. Nie hätte sie die grindigen Gestalten in solche Nähe gelassen. Doch Eligius, nicht minder ausdruckslos wie in jenen Momenten, da er die Reihen abschritt, beugte sich zu ihnen nieder, sprach manch Wort und strich über die verschwitzten Häupter.

Bathildis erstarrte, je länger sie ihm dabei zusah.

Er hat recht mit seinem Tun, ich nicht, ging ihr durch den Kopf. Ich dürfte mich nicht ekeln. Ich am allerwenigsten. Aidan könnte einer von ihnen sein.

Sie wünschte, die Reue würde sie derart mitreißen, dass sie über die dreckige Straße stiege, zu Eligius eilen und es ihm gleich machen würde. Doch sie genügte nicht, sich derart zu überwinden.

»Schick ihn zu mir«, murmelte sie zu Rigunth. »Schick ihn in den Wagen.«

Lange hockte er bei ihr, so geduldig, wie sämtliche Regungen von ihm ausfielen, als habe er alle Zeit der Welt, als gäbe es nichts, was nach dem jeweiligen Tun auf ihn wartete, weder Menschen, die zu Freunden werden konnten, noch ein Heim, in dem sich seine Seele zuhause fühlte.

Bathildis hatte gehört, dass er ein Einzelgänger sei, ungern mit seinen Amtsbrüdern zusammen, sich jeder Verpflichtung erwehrend, wenn er sie sich nicht selbst auferlegte, ganz seinem Vorbild, dem Heiligen Columban verpflichtet und dessen Ideal der *Peregrinatio*, welches besagte, dass der Mensch, der für Gott lebt, stets ein heimatloser ist und bleibt.

Nichts, was er nun sagte und wie er sich gab, widersprach dem – und doch hatte sie ihn sich ganz anders vorgestellt, tatkräftig, willensstark, übervoll mit dem glühenden Begehren, für Gottes Gebote zu streiten.

Stattdessen hockte da ein zwar würdevoller und doch ermatteter Mann vor ihr, der lange nichts sprach, sondern nur seufzte, nicht kummervoll, wie es an einem Ort wie diesem geboten wäre, sondern lediglich ausgelaugt.

So befremdend dieser Anblick war – er beruhigte sie, mäßigte ihre vorige Panik.

Er hätte mich damals gerettet, ging ihr durch den Kopf. Wenn er anstelle von Bruder Answin auf mich und Aidan getroffen wäre, hätte er uns vom Sklavenlos befreit...

Der Gedanke war tröstlich. Wiewohl er an der Vergangenheit nichts ändern konnte, empfand sie ihn doch als Wiedergutmachung, als Verheißung auch, dass Sehnsüchte durchaus gestillt werden könnten – die Sehnsucht nach einem Beschützer, einem Helfer, einem Helden, wie sie sich einst nicht nur in Quentovic geregt hatte, sondern auch beim nächtlichen Überfall im Kloster. Damals hatte sie ihrem Vater gegolten, und wohingegen dieser ob seiner rohen, wortkargen Erscheinung ihre Erwartungen nicht hatte erfüllen können, so verhieß Eligius, ein Vorbild zu sein, eine Stütze, ein Ratgeber.

»Wie vermögt Ihr, die Hässlichkeit dieser Welt zu ertragen?«, setzte sie zu sprechen an. »Wie an diesem Leid und Elend vorbeischreiten, ohne zusammenzuzucken ob der gequälten Schreie und verpesteten Ausdünstungen?«

Er antwortete nicht gleich, sondern deutete auf seine Kleidung. »Seht mich an!«, verlangte er.

Das edle Gewand deuchte an einem asketischen Menschen wie ihm und einem Ort wie diesem gänzlich unpassend – zeugte jedoch von seiner Vergangenheit. Ehe er Priester und später Bischof wurde, war Eligius Goldschmied gewesen. Gerne wurde von ihm erzählt, wie er sich als solcher das Vertrauen von König Chlothar errungen hatte, als jener ihn einen Sattel machen ließ, er mit dem Material sparsam umging, jedoch das, was übrig blieb, nicht veruntreute, sondern für einen zweiten Sattel verwendete. Der König war tief beeindruckt über so viel Ehrlichkeit gewesen.

Bathildis blickte verwirrt und wusste nicht, was sie aus seiner vornehmen Kleidung herauslesen sollte.

»Es ist gar so«, setzte Eligius da schon zur Erklärung an, »dass ich nicht nur die hässlichen Seiten der Welt kenne. Ich weiß dank meines früheren Berufs besser als manch anderer, dass sie auch übermäßig reich an Schönheit ist.«

Bathildis schüttelte den Kopf. »Um wie viel schlimmer muss es dann sein, das Hässliche zu sehen und an einen Ort wie diesen zu gehen!«

Er lächelte milde und setzte dann zur langen Rede an.

»Ich bin mir gewiss, dass der Tag, da die Geschichte vor dem Weltenrichter ihre Vollendung finden wird, unmittelbar bevorsteht. Seit ich lebe, kann ich mich des Eindrucks nicht erwehren, dass die weisen Köpfe rar geworden sind und selbst die Könige – verzeiht mir diese ehrlichen Worte, wem sonst als einem Mann Gottes stehen sie zu? – nur Abglanz früherer Macht und Herrlichkeit sind. Nicht anders kann ich es mir erklären, als dass wir im Greisenalter der Welt stehen und darum die Schärfe des Geistes nachgelassen hat. Doch eben weil es so ist und die hiesige Welt ein Ende finden wird, zu jener Stunde, da sich das Tor des Himmels auftut und ein Lamm die sieben Siegel öffnet und die Engel die sieben Posaunen blasen und ein Drache von dem Himmel stürzt, welcher Satan ist – all das als Zeichen des Jüngsten Tages –, so habe ich längst befunden, dass es keinen Wert verspricht, wird meinem Auge geschmeichelt. Was ich heute trage, geschieht zum Zeichen meiner Würde, die andernfalls dem einfachen Menschen nicht sichtbar wäre – doch es treibt mich kein inneres Verlangen mehr danach, keine tiefe Freude an den Herrlichkeiten. Als ich sie bearbeitete – die Edelsteine, das Silber, das Gold –, da empfanden meine Seele und mein Herz etwas, das sich wie Wollust anfühlte, wiewohl jene gewöhnlich den Leib erfasst, nicht das Unsterbliche im Menschen. Nun, ich war im tiefsten Inneren davon berührt. Nichts bedeutete mir vollendeteres Glück und größere Freude.«

Sein Lächeln verstärkte sich, wurde wehmütig. »Doch an jenem Tag«, fuhr er fort, »da ich mich Gott weihte, so wusste ich, dass ich ihm nicht nur meinen weltlichen Besitz zum Opfer bringen müsste, sondern auch diese Freude am Schönen – wo jenes in seinen Augen doch nur vergänglicher Plunder ist, die wahre Pracht aber im Himmel wartet. O, ich will sie sehen, diese Pracht, ich will wissen, wie der Himmel glänzt und prunkt, und für diesen Anblick bin ich gern bereit, auf sämtliche irdische Pracht zu verzichten, auf sämtlichen weltlichen Reichtum, der ja doch nur fahles Abbild der himmlischen Wirklichkeit ist. Ja, dies habe ich beschlossen: Nicht länger will ich genussvoll Schönes schauen – bis zu dem Moment, da ich durch das Himmelstor treten mag, sofern denn meine arme Seele für würdig befunden und zu den Gerechten gezählt wird.«

Bathildis starrte verständnislos. Sie verstand nicht recht, was er ihr sagen wollte.

»Doch just an diesem Tag, da ich mich der Schönheit widersagte«, setzte er da schon hinzu, »so hatte es auch keine Bedeutung mehr, das Hässliche zu schauen. Weder freut das eine, noch quält und schmerzt das andere.«

Er blickte sie an, die Lider halb über den Augapfel hängend, ein schwerer Blick, ausdauernd und abgehärtet, und zugleich – in seinen Tiefen – so traurig und wehmütig, als wäre das Opfer, von dem er so selbstverständlich sprach, trotz festem Glauben eine tiefe Wunde, die manches Mal nässte – ob er es ihr nun gestattete oder nicht.

»Wollt Ihr sagen, dass ich den Anblick nur darum nicht ertrage, weil meine Seele noch die Schönheit kennt?«

»Vielleicht ist's nicht dein Charisma, sich dieser zu versagen so wie ich, Königin. Vielleicht ist's auch vonnöten – dies kommt mir in den Sinn, da ich dich so entsetzt vor mir hier sehe –, dass manches Mal mein Blick von einer geteilt wird, die noch … schauen kann. Nun, was ist es, was dich zu mir führt, Königin?«

Diese Worte verstand sie; dennoch antwortete sie nicht auf seine Frage, sondern stellte selbst eine.

»Wie kommt es, dass Ihr dem Unrecht dieser Welt entgegentretet, obwohl Ihr doch vermeint, dass jene nicht von langer Dauer sei? Wenn Ihr den Blick aufs Schöne ins Jenseits verschiebt – warum nicht auch die Linderung der Elenden?«

»Du hast einen scharfen Geist, Bathildis. Das gefällt mir.«

»Ihr gabt mir keine Antwort!«

»Vielleicht ist's, weil mir bei der Betrachtung der Welt nicht nur das Gefühl für das Schöne und Hässliche fehlt, sondern auch die Geduld, wie sie der Allmächtige in übergroßem Maße besitzt. Ich will … ich kann auf die Gerechtigkeit nicht warten.«

Ein wenig hob er die Lider – eine unerwartete Regung. Als sich das Auge ihr ganz zeigte, so wähnte sie es aufblitzen, lebendig und frisch und tatenhungrig. Im nächsten Augenblick freilich hatte er sich schon abgewendet, seine Bewegungen wurden steif und beherrscht und ein wenig auch so, als schmerzte ihm der Rücken, obwohl er es nicht zeigen wollte.

»Nun, ich frage dich ein zweites Mal: Was führt dich zu mir, Königin?«

Sie zögerte kurz, dachte an Ebroin und seine verlockenden Worte, und wie viel leichter es wäre, Wut und Hass mit ihm zu teilen und zu entladen suchen, anstatt sich dem Elend der Vergangenheit zu stellen.

»Ich will deine Gefährtin sein bei dem, was du tust«, erklärte sie dennoch fest. »Ich will Gutes tun.«

Wieder lichtete sich kurz sein Blick. Sie wusste nicht, was anstelle der üblichen Resignation darin erschien – väterliche Freundlichkeit und Bewunderung oder Zweifel an ihrer Aufrichtigkeit, vielleicht sogar ein wenig Neid, weil sie – im Gegensatz zu ihm – noch eine Getriebene war und keine, die mit der Welt vermeintlich abgeschlossen hatte.

»Folge mir, Königin«, murmelte er, »aber ich will dir nicht vorenthalten, was es bedeutet: Diese Aufgabe bringt nicht Ruhm oder Freude, nicht Anerkennung oder Genugtuung. Das denkst du am Anfang – doch später nicht mehr. Später wirst du dich vor der Welt ekeln, du wirst müde und stumpf werden, und manchmal, in schwachen Stunden, wirst du den Schöpfer verachten für dieses Jammertal, in das er uns stellte …«

»Das ist mir gleich«, bestand sie. »Ich will Gutes tun.«

»Gewiss«, stimmte er ihr zu, »doch vergiss nicht: Du bist hier die, die rettet. Ich kann dir nicht versprechen, dass du auch selbst gerettet wirst … vor was auch immer, das heimlich hinter deinem willensstarken Blicke tobt …«

XXII. Kapitel

Geliebter Aidan,

Bischof Eligius von Noyon ist im ganzen Land für seine außergewöhnlichen Taten bekannt. Überzeugt davon, dass die göttliche Macht stärker sei als die weltliche Gerechtigkeit, hat er schon manch Hingerichteten wieder vom Galgen holen lassen. Desgleichen hat er angewiesen, manche Tote vom Rad zu nehmen, auf dass sie wenigstens in christlicher Weise bestattet würden.

Seit Jahren ist er vom Trachten beseelt, Gefangene loszukaufen. Wo er nur hört, dass ein Sklave zum Verkauf steht, eilt er hin, zahlt das Geld und befreit den Gefangenen. Wenn zuweilen bei der großen Zahl derer, die zu retten sind, der Preis zu hoch wird, so gibt er alles hin, was er am Leibe trägt, sogar die Schuhe, nur um die Gefangenen zu befreien.

So weit gehe ich nicht – man hat mir eindringlich gesagt, dass dies einer Königin nicht würdig sei. Und doch, und doch: Ich folge seinem Trachten, begleite ihn gar manches Mal durch die Lande, und wenn dies bedeutet, dass ich wieder und wieder in den Höllenschlund blicken muss, so lohnt sich doch die Überwindung, weil ich gar viele, die dort hineingeraten sind, hinauszuführen vermag. So wie Eligius werfe ich den Pfennig für sie – es ist hier Brauch, dass man für Sklaven eine Münze einmal hochschnellen lässt, zum Zeichen, dass sie freigelassen werden – und verschaffte ihnen die »Carta«, den Freiheitsbrief, vom

König selbst ausgestellt, auf dass sie in ihre Heimat zurückkehren oder hier ein freies Leben führen können.

Die ersten Wochen waren leichter zu ertragen, als sie es nach ihrem Zusammentreffen mit Eligius erwartet hatte. Ekel schmeckte sie auch weiterhin – doch niemals wieder die schrille Panik. Ihr Leben, entschieden einer Pflicht geweiht, schien sämtlichem Gleichmaß entrissen, und das Gefühl, stets aufs Neue und aufs Äußerste an den Rändern des Alltags zu balancieren, gab ihr Kraft.

Eligius hatte sie vor Illusion bewahren wollen – doch ungeachtet dessen resignierter Worte machte sie nun die Bekanntschaft mit jener Begeisterung, welche nur einer kennt, der sein Herz in den Dienst einer Aufgabe stellt und der vermeint, die ganze Welt retten zu können. Bathildis, die sich über Jahre der Starre ergeben hatte, hielt es jetzt nur schwer aus stillzustehen. Selbst in nächtlichen Stunden, die für den Schlaf bestimmt waren, fand ihr Herzschlag keinen gemächlichen Takt, sondern verbreitete vielmehr ein Brennen in der Brust. Bleiern schwer waren ihre Glieder dann in den Morgenstunden und ihre Augen müde und geschwollen – und doch hielt der Gedanke, die Welt für so viele Seelen erträglicher zu machen, sie frisch und aufrecht, desgleichen die Überzeugung, dass sie aus lauteren Motiven handelte, nicht etwa, um der Schwermut, der Verbitterung, dem Hass zu entkommen.

»Für mich kann ich nichts mehr verändern – jedoch für alle, die das gleiche Schicksal trifft«, sprach sie zu Rigunth. »Wärst du nicht froh, wenn dir erspart geblieben wäre… von deiner Familie getrennt zu sein?«

Für gewöhnlich schwieg das Mädchen, wenn sie von seiner Vergangenheit sprach. Jetzt gab Rigunth einen kläglichen Laut von sich, halb Murren, halb Schluchzen.

Sie muss tatsächlich Schreckliches erlebt haben, ging es Bathildis durch den Kopf, dass sie nicht davon zu sprechen vermag.

»Willst du mir nicht doch endlich sagen, welches Grauen hinter dir liegt?«, fragte Bathildis vorsichtig.

Rigunth schüttelte den Kopf, ihre dunklen Augen waren verloschen. »Das kann ich nicht, meine Königin«, sagte sie schlicht. »Das kann ich nicht.«

Bathildis beließ es dabei, von jenen Worten nur noch mehr getrieben, ihr Werk fortzusetzen. Es fiel ihr zwar nie leicht, über einen Sklavenmarkt zu gehen – doch anfangs war ihr oft, als müsste sie nicht mit schweren Schritten gehen, sondern könnte, beseelt von der eigenen Mildtätigkeit, leise schweben.

Erst nach und nach, anfangs noch unmerklich, dann immer rascher verlor sich die anfängliche, überbordende Beschwingtheit in einem Morast von Müdigkeit und Schwere, und jetzt erst begriff sie, was Eligius gemeint hatte, als er ihr die eigene Rettung absprach.

Den ersten Zweifel schürte einer, von dem sie es am wenigsten erwartet hatte. Es war dies Thille, einst Sklave von Eligius, als dieser noch Goldschmied und Münzmeister war und oft an mehreren Orten gleichzeitig zu arbeiten hatte, später von seinem Herrn befreit. Freilich fehlte ihm der Wille, mit dieser Freiheit etwas anzufangen, schlichtweg, weil er nicht wusste, was er vom Leben halten oder gar wollen sollte. So hatte ihn Eligius in seinem Dienst behalten, wenngleich sich nie erkennen ließ, was Thilles Aufgabe war: Er war für nichts anderes bekannt, als dass er mit trägen Schritten hinter seinem Herrn hertrottete. Wiewohl wortkarg hatte er doch zumindest so viel von sich erzählt, dass ein jeder von seiner angelsächsischen Herkunft wusste.

Als Bathildis davon erfuhr, schlug ihr Herz noch schneller als sonst schon in ihrem beschwingten, rastlosen Zustand. Sie stürzte zu ihm hin, die Muttersprache gebrauchend, die sie seit Jahren nicht gesprochen hatte. Sie kam ihr nur schwer von den Lippen, doch während sie beharrlich darum rang, so starrte sie der Mann, der sie alterslos deuchte, nur ratlos an und gab vor, nichts zu verstehen, ganz gleich, wie sehr sie sich darum auch mühte.

»Aber du kommst doch aus meiner Heimat!«, rief sie verwirrt.

»Will sagen, ich bin dieser Heimat entkommen«, meinte Thille ausdruckslos. »Denn die Wahrheit ist doch, dass hier im Frankenland die Kultur der Römer herrscht... wohingegen in Britannien noch immer die Barbaren hausen.«

»Wie – du willst nicht heimkehren?«

»Pah! Man müsste mich schon gewaltsam zurückschleifen...«

»Das verstehe ich nicht!«

»Die Wahrheit ist, dass ich kein besseres Leben haben könnte als dieses. Und ich bin gewiss, dass es vielen anderen Sklaven ebenso geht, dass sie sich dankbar schätzen können, irgendwann erbeutet worden zu sein...«

Sprach's, rümpfte die Nase und gab – so selten dies auch war – zu verstehen, dass sein Gemüt nicht gänzlich leergefegt war, sondern zur Regung eines ganz eigentümlichen Stolzes fähig war, der freilich nicht seiner Herkunft galt, sondern seiner neuen Heimat.

Nun, Bathildis wollte diesen nicht ergründen und wandte sich von dem Manne ab, und doch war's just in diesen Tagen, dass sie zu schwächeln begann, dass sie gereizt war wie eben noch – nur diesmal nicht ob stetiger Spannung, sondern vor Erschöpfung, die sie langsam, aber stetig verzehrte und aushöhlte, die ihre schnellen Schritte bremste und ihren eben noch brennend-wachen Blick vernebelte.

»Es wundert mich«, sagte sie einmal seufzend zu Rigunth, »wie ich einst meine Tage als Sklavin überstehen konnte. Viel schwerer noch wogen die Lasten der vielen Arbeit damals auf mir, und doch rauben diese Reisen mehr von meinen Kräften...«

Rigunth zeigte, wie früher schon, als sie noch Wasser geschleppt hatte, keinerlei Ermüdung. Ihr Körper hatte zwar nicht an Gewicht zugenommen, seitdem Bathildis für sie sorgte wie für eine Tochter; durch ihre Haut schimmerten immer noch bläulich die Adern – und doch schien das Mädchen die Natur eines Ackergauls zu haben.

»Vielleicht kommt deine Erschöpfung daher«, sagte sie einmal wie nebenbei, »dass du alle Macht hast, aber nicht sämtliche Mittel.«

Bathildis verstand nicht gleich, was das Mädchen damit meinte. Erst nach und nach begriff sie diese Worte. Das Elend, das Bathildis am einen Tag zu lindern vermochte, trat ihr am nächsten nicht minder bitter entgegen – als wäre die Welt ein einziger Höllenschlund und der Weg, auf dem sie schritt, ein so schmaler Pfad, dass sie nicht mehr Menschen mitnehmen durfte, als sie an zwei Händen zählen konnte.

Längst schon schien ihr die Welt nur mehr von geschundenen Sklaven bevölkert zu sein, von stöhnenden Kriegsgefangenen, unterdrückten Unfreien. Manch einen konnte sie aus der Masse herausziehen wie aus einem braunen, stinkenden Tümpel, doch die Masse selbst, sie schien stetig zu wachsen, über sämtliche Ufer zu treten. Anfangs versuchte sie in jedem Gesicht das von Aidan zu erkennen, um das Gefühl zu haben, sie könnte ihm selbst verspätete Fürsorge angedeihen lassen, doch irgendwann verschwammen die Gesichter zu einer Unmenge dunkler Schatten, die sie selbst in der tiefen Nacht umstellten. Ständig beklagten sie ihr Los – als wäre nichtig, was sie für sie tat. Ob es Chlodwig ähnlich erging, wenn er von den Stimmen erzählte, die in seinem Kopf wüteten?

Als ihre Beschwingtheit unter gleißend-schneidender Sonnenhitze vertrocknete, begann sie Eligius' Wesen besser zu begreifen und auch, warum er den heroischen Kampf nicht mit aufgeregter Stimme und glänzenden Augen focht, sondern mit erstarrten Zügen, als wären jene hinter einer Totenmaske gefangen.

Anders als der einstige Goldschmied, der sich die Schönheit verbat, konnte sie ihre Sehnsucht nicht abtöten. Einer Stätte ohne Leid, ohne Kampf, ohne Qualen galt sie. Einem kleinen Stück Himmel, das nicht davon kündete, wie elend es hier auf Erden war. Einem Land, in dem ihr Schicksal undenkbar gewesen wäre … und das von Aidan.

Sie dachte oft an ihn, beschwor seinen Namen, betrauerte ihre Trennung – doch anstatt daraus Ermutigung zu ziehen wie anfangs, schürte die Erinnerung an ihn den Verdacht, dass, was sie tat, nicht genug war, nie genug sein konnte.

Es reichte nicht … es reichte nicht … weil es zwar viele Menschen, niemals aber ihn zu retten vermochte.

Nie hätte sie sich zugestanden aufzugeben. Dennoch erklärte sie Rigunth nach einigen Wochen, die sie durchs Land gereist waren, dass sie zurückkehren würden nach Paris, wo sich eben der Hof aufhielt. Den König schob sie hierbei vor, jedoch nicht, dass er sie brauchte, sondern dass sie mit ihm ein Vorhaben besprechen müsste.

»Was ist es, Königin, das du planst?«, fragte Rigunth.

Bathildis ließ eine der Münzen auf der Handfläche kreisen, mit der sie für gewöhnlich Gefangene freikaufte. Sie saßen eben im Gefährt, das schmerzhaft rumpelte wie stets.

»Wie dankbar bin ich dem Herrn, dass er meine Wege mit denen von Eligius gekreuzt hat. Doch nicht genug ist's, was ich an seiner Seite schaffen kann. Ich brauche Verbündete … Helfer … Und wer sonst würde sich in den Dienst solcher Wohltätigkeit stellen, wenn nicht die Männer Gottes?«

Rigunth runzelte ihre Stirne. »Du weißt, dass die meisten Bischöfe dir und deinem Anliegen gewiss nicht freundlicher gesonnen sind als damals.«

Bathildis lachte bitter auf. »Nein, wahrscheinlich spotten sie sogar über mich! Wie dem auch sei. Wenn nicht sie, dann eben andere. Mir ist da ein Gedanke gekommen …«

Was für eine Wohltat war es, sich sorgfältig zu waschen und frisch zu kleiden! Welche Wohltat auch, auf Gertrudes Geplapper zu lauschen, nicht auf Ächzen und Stöhnen! Jene fragte nicht, wie es ihr ergangen war, sondern berichtete nur gleichmütig von ihrem Vater, Erchinoald, dem die Hitze so sehr zusetzte, seit er ein alter Mann geworden war, und dem die Macht, die er stets so gerne in seinen Händen gewusst hatte, Unbehagen zu bereiten schien. »Ich glaube nicht, dass er noch lange lebt«, schloss Gertrude, ohne zu verraten, ob dies ihr Kummer bereitete oder nicht.

Ja, es tat gut, einfach zu lauschen – desgleichen, wie es eine schlichte, unaufgeregte und doch so wärmende Freude war, Chlodwig wiederzusehen. Er gab ihr das Gefühl, in ein friedliches Zuhause zurückzukehren. Sie umarmte ihn, das überreizte Gemüt wohlig beschwichtigt, und verharrte lange Zeit schweigend in seinen Armen, anstatt sogleich auf ihn einzureden. Sein weicher Leib stieß sie nicht ab wie einst, sondern versprach Ruhe und Geborgenheit.

Er selbst war's schließlich, der sie losließ, um ihr Gesicht zu betrachten.

»Man sagt dir nach, meine gute Gattin, dass du für uns beide den Lohn mehrst, den wir im Himmel empfangen werden.«

Sie lächelte zaghaft. An himmlischen Lohn hatte sie in den letzten Wochen nicht gedacht.

Dennoch nutzte sie seine Worte, um ihr Anliegen zu benennen.

»Wenn du es so betrachtest, mein Gemahl, so ehrt mich das«, sprach sie. »Doch mir selbst scheint, dass alles, was ich tue, noch zu wenig ist ... Es wäre mir wohler, wüsste ich andere an meiner Seite stehen.«

»Ich tu's gewiss, ich lass dir freie Hand.«

In seinem Gesicht blühte ungetrübter Stolz, und kurz fragte sie sich, wie er vermocht hatte, die bitteren Jahre zwischen ihnen so gänzlich zu vergessen – da waren keine Spuren alten

Argwohns verblieben. So sehr es sie freute, ging ihr zugleich durch den Kopf, dass es einem König besser anstünde, er wäre weniger leicht zu begeistern. Ob sie an seiner Stelle sich selbst ebenso schnell verziehen hätte? Ob sie das eigene Benehmen vergessen hätte können, die Verbitterung darüber abstreifen?

Fast war sie neidisch auf sein kindliches Gemüt – und zugleich davon gestärkt.

»Ich danke dir, Chlodwig, ich danke dir«, murmelte sie, um hinzuzufügen, was sie schon Rigunth gesagt hatte. Dass zwar Eligius an ihrer Seite stünde, ja, viel größer sei als sie, seinen Amtsbrüdern freilich nicht zum Vorbild gereiche. Gewiss, Audoin von Rouen schätzte ihn. Doch alle anderen Bischöfe auch?

»Für jene ist er ein Narr«, beantwortete sie die Frage selbst, »und ich bin nichts weiter …«

»Keiner wagt, dich geringzuschätzen!«, warf er gutgläubig ein.

Sie hob abwehrend die Hand. »Es ist nicht ratsam, Zwist zu säen, das weiß ich wohl, desgleichen, dass die Bischöfe Stütze deiner Macht sind. Und doch: Wenn ich auf sie nicht Einfluss nehmen kann … so dann vielleicht auf die Klöster in unserem Land, welche von Anbeginn Zuflucht für die Mühseligen und Beladenen waren, oder nicht?«

Jene Überlegung war schon seit langem in ihr gereift, umso dringlicher, als augenscheinlich wurde, dass es nicht reichte, Sklaven zu befreien. Gut traf es jener, dem heimzukehren gestattet war – die anderen blieben von Armut und Hunger bedroht.

»Was meinst du damit?«

»Ich meine«, fuhr Bathildis fort, »dass es unsere Aufgabe ist, neue Klöster zu gründen und jenen, die bereits bestehen, noch mehr Land zu schenken. Als Äbte setzen wir sodann jene Männer ein, die am Pariser Hof erzogen wurden, die folglich treu zu dir stehen und Freunde von Audoin oder Eligius sind! Viele der Bischöfe entstammen adeligen Familien, die häufig ihren eigenen

Zielen folgen. Mit Hilfe neuer Klöster freilich können wir uns Verbündete schaffen, die uns zu Dank verpflichtet sind ... die sich bereit erklären, mehr Almosen zu spenden, als es üblich ist, mehr Bedürftigen die Tür zu öffnen, als es bisher geschieht, vor allem aber: die auch armen Menschen den Eintritt in ihre Gemeinschaft erlauben. Du weißt, dass für gewöhnlich eine Schenkung nötig ist, weil schließlich das Kloster den neuen Bruder, die neue Schwester ein Leben lang beherbergen und ernähren muss. Dank unserer Großzügigkeit aber könnte auf diese Schenkung verzichtet werden. Und das ist nicht alles: Vorbildlich könnten die Klöster für die anderen Grundherren sein, wenn sie – ob der Fülle des neu zu bewirtschaftenden Landes – Menschen Arbeit geben, sie gerecht entlohnen und ihnen zu großzügigen Bedingungen Grund verpachten, anstatt sie auszubeuten, zu prügeln und in Sklaverei zu halten.«

Eindringlich sprach sie auf ihn ein, ein wenig zu heftig, denn er zuckte zurück.

»Doch wird das nicht Unfrieden säen, wenn ich Land an Klöster abgebe – Kronland?«

»Unfrieden herrscht in diesem Land seit Jahren. Jeder macht sein eigenes Spiel, die Grafen, die Duces, die Bischöfe. Umso mehr braucht es solche, die an unsere Dynastie gebunden sind ... Luxeuil, Corbie, Jumièges, Saint-Wandrille, Fécamp, Pavilly. All das sind Orte, wo es Klöster gibt, die viel zu lange glanzlos vor sich hin darben, oder Orte, die dringend eines Klosters bedürfen.«

»Ich dachte, du wolltest Sklaven befreien, nicht...«, setzte er verwirrt an.

»Schscht«, beruhigend legte sie ihre Hände auf seine Schläfen. »Du sprachst doch vom Lohn im Himmel, den ich mehre ... warum nicht auch auf diese Weise? Ach Chlodwig, lass diesen Gedanken in dir reifen!«

Ratlos zuckte er mit den Schultern, gab keine Zustimmung, aber wusste auch keinen Einwand auszusprechen. Auf dass er nicht noch einen fände, verfuhr sie auf gewohnte Weise, um ihn sich geneigt zu machen.

Sie trat noch näher zu ihm hin und presste ihn an sich, nicht nur erleichtert, dass er heftig atmend schwieg, sondern auch, dass sie selbst keine Worte mehr machen musste, sich keinen schweren Gedanken und Plänen mehr hingeben. Sie seufzte tief und müde und ließ den angestrengten Leib einfach in seinen fallen.

Alles, was es tun gab, zu besprechen, zu bedenken … musste eben auf den morgigen Tag warten.

»Lass uns zu Bett gehen, mein Gemahl!«

Als sie sich in jener Nacht mit Chlodwig zur Ruhe legte, so erwartete sie seine Berührungen mit jenem Gleichmut wie vor ihrer Reise – geübt darin, ihn zu locken, ihn an sich zu binden, zufrieden auch, dass er sich ihr auf diese Weise anvertraute, aber ohne eigenen Genuss. Nie war ihr sein Körper lieb – lediglich die Macht, die sie über dessen Regungen hatte.

An jenem Abend freilich, da sie sich so erschöpft wähnte, abgestumpft vom Grauenhaften, das sie hatte sehen müssen, hadernd ob der Aussicht, dass sie nicht genug dagegen unternehmen konnte, da war sie empfänglicher für seine Liebkosungen.

Als er begann, sie sachte am Arm zu streicheln – um Zärtlichkeit bemüht, doch tapsig wie ein Hund –, so breitete sich tiefe Wohligkeit in ihr aus. Zugleich dachte sie freilich, dass sie bald einschlafen würde, würde er in diesem Zeitmaß fortfahren.

Um ihn zur Eile anzuspornen, blieb sie darum nicht einfach liegen, sondern umarmte seinen Hals, drückt ihn fest an sich und zog ihn mit einer heftigen Bewegung über sich. Es war fast finster im Gemach, nur eine Kerze brannte. In jenem fahlen Licht erspähte sie kaum sein Gesicht, nahm jedoch kurz den Ausdruck der Überraschung wahr ob ihrer fordernden Geste.

Er blickt wie ein Knabe, ging ihr durch den Kopf, so vertrauensselig, so arglos – als würde alles, was ich von ihm will, stets das Gute, das Richtige sein.

Sie verstärkte ihren Griff, umklammerte ihn, bohrte ihre Fingernägel in sein warmes, schlaffes Fleisch – an seinen Schultern, seinem Rücken. Dort, wo er noch bekleidet war, da zog sie rasch den Stoff hinfort, auf dass sie seine Haut spüren konnte, möglichst viel seiner weichen Haut. Es reichte nicht, ihn mit den Händen zu besitzen. Sie ließ den Fingern ihre Lippen folgen, sachte beißend, als wollte sie ihn verschlingen.

Jenes Verlangen war ihr fremd und unheimlich.

Sie hatte gelernt, mit ihm zu leben und ihm ihren Leib zu schenken. Niemals jedoch hatten sein Antlitz, sein dünnes Haar, sein wiewohl noch jugendlicher, doch schon verwelkter Körper ihr anderes abgewinnen können als Rührung und Mitleid, beides stets mit leiser Verachtung durchsetzt.

Nun war's ihr gleich, in welchem Körper sein Geist wohnte – Hauptsache, dieser Geist wusste nichts von dem Übel, von dem sie kam.

Gewiss, die Schwermut war ihm so wenig fremd wie ihr. Doch in Stunden wie diesen vermochte etwas dahinter aufzublitzen – jungenhaft und unbelastet, gutgläubig und einfältig. Danach tastete sie, danach suchte sie jetzt. Er reagierte mit Stöhnen, überließ sich ihr bald. Sie spreizte ihre Beine, um ihn aufzunehmen, und für einen Augenblick schien sie selbst in jene warme Höhle zwischen ihren Beinen zu tauchen, mit allen Sinnen, allem Fühlen, um sich darin zu verstecken, sich auszuruhen, sich ganz von ihren weichen Wänden bedecken und liebkosen zu lassen.

Erstmals stöhnte auch sie, ein leiser Laut, nicht kräftiger als das vorsichtige Glucksen eines schlafenden Säuglings, dessen Augen noch nichts Böses erschaut haben, dessen Herz noch rein ist, der sich noch behütet weiß in jenem molligen, wohligen Mutterleib.

»Ja«, murmelte Chlodwig und nichts weiter, »ja ...«

Er drang noch tiefer in sie, schneller jetzt; sie schien sich um ihn zusammenzuziehen, nicht schmerzhaft, aber dennoch irgendwie auch unerträglich.

Sie stöhnte wieder, und diesmal atemlos. Ein Gedanke huschte durch ihren Kopf, unglaublich fern, unglaublich leise. Dass sie an Aidan denken müsste. Doch in der Höhle war sie blind, und es war kein Platz mehr frei für jenen Dritten.

Noch enger schienen sich ihre Wände um sie zu schließen, noch heißer, noch schützender, um dann, plötzlich, zu zerreißen, in viele kleine Fetzen, die wie ein warmer Regen zu Boden fielen.

Aufseufzend verbarg Chlodwig sein Gesicht in ihrem Hals.

»Ich … ich liebe dich so sehr, meine starke Gattin«, murmelte er.

Sie kam zu sich wie aus einem Traum erwacht, aus einem angenehmen, guten. »Ich glaube«, setzte sie unwillkürlich an, wiewohl sie nie zuvor und nie danach eine solch starke Vorahnung empfunden hatte. »Ich glaube, ich habe in dieser Nacht ein Kind empfangen.«

Neun Monate später gebar Bathildis ihren dritten Sohn, der nach einem seiner merowingischen Vorfahren Theuderich geheißen wurde. Er war das erste ihrer Kinder, das sie von Herzen liebte. Noch in der Zeit der Hoffnung trug sie nicht schwer an ihm wie an Chlothar und Childerich, sondern fühlte sich beschwingt und leicht – bereit, all jene Pläne umzusetzen, auf die sie Chlodwig in der Nacht der Zeugung eingeschworen hatte. Alsbald war sie nicht nur für ihre Mildtätigkeit und ihr Erbarmen bekannt, wenn es um Arme und Versklavte ging, sondern als Freundin und Wohltäterin vieler Klöster. Auch als sich ihr Leib mehr wölbte und sie sich von den Menschen zurückzog, so wollte sie diesem Wirken kein Ende setzen – und übertrug es einem Getreuen, den sie gefunden hatte: einem Mönch mit dem Namen Genesius.

Beruhigt harrte sie der Niederkunft, und jene ging so leicht und schnell vonstatten wie die beiden ersten Male. Erst nach Theuderichs Geburt sollten neue Schatten über ihr Leben ziehen.

XXIII. Kapitel

Fara war zufrieden.

Es war nur wenige Tage nach der Geburt, Bathildis hatte das Wochenbett noch nicht verlassen, als die Kinderfrau mit Chlothar und Childerich zu ihr kam, den Umstand nützend, dass sie zum ersten Mal keiner wortkargen, abweisenden Königin Aufmerksamkeit abzuringen hatte, sondern einer liebevollen Mutter.

Mit roten Wangen hielt Bathildis das Neugeborene in den Armen und musterte es mit einem Ausdruck des Erstaunens. Vorsichtig streichelte sie über den zarten, blonden Flaum, der auf dem Köpfchen spross, war stolz auf ihren Sohn und haderte nicht mit dem Umstand, dass Chlodwig dessen Vater war… nicht Aidan.

Nach den ersten beiden Geburten war ihr das bitter aufgestiegen. Doch dieser Sohn war ihrer beider Kind, lebendig, unschuldig und zart – so wie der Neubeginn zwischen ihnen.

»Sie ist eine gute Wahl«, erklärte Fara, die sich eben lang und breit darin erging, welche Amme sie für das Kindlein ausgesucht hatte. Wohlbeleibt wäre deren Körper, jedoch nicht übermäßig fett. Das Haar kräftig, das Augenweiß sauber, vor allem aber die Brustwarzen von rosigem Glanz.

»Dies ist das Wichtigste von allem«, bekräftigte Fara, »dass die Warzen sauber sind. Was habe ich erlebt an üblen Blähungen, wenn nicht…«

Verlegen und steif standen Bathildis' Söhne am Wochenbett. Sie hatten das Brüderchen scheu gemustert, doch was die Kinderfrau nun sagte, war schlichtweg peinvoll zu hören, nicht so sehr für Chlothar, der selten eine Gefühlsregung erkennen ließ, jedoch für den jüngeren Childerich, der tief errötete.

Bathildis aber kicherte prustend. Das Lachen saß seit der Geburt sehr locker in ihrem Hals. Kaum ein Wort wurde ihr gesagt, das sie nicht veranlasste loszukichern, gleich so, als wäre alles, was sie sah und hörte, Ursache eines Freudentaumels – berechtigt oder nicht.

Fara gab es auf, die Beschaffung von Ammenbrüsten zu diskutieren, und trat zum Bette hin, um das Kind wieder in Gewahrsam zu nehmen. Nie hatte Bathildis einen der Älteren im Arm gehalten, selten nur über ihr Köpflein gestreichelt. Nun wollte sie das festgeschnürte Bündel, das in eine weiche Lammdecke gehüllt war, nicht hergeben.

»Lass ihn mir noch«, bat Bathildis und hob den kleinen, warmen Leib höher, sodass er auf ihren Brüsten zu ruhen kam.

Das Kleine gluckste dabei auf die Weise, wie es Neugeborenen eigentümlich ist; ein hoher, feiner Ton, der Bathildis erneut zum Lachen brachte. Sie konnte es sich nicht erklären – es war, als würde ein tiefes, warmes Wohlgefühl sie zwar nicht gänzlich überkommen, jedoch kitzeln, so wie die Frühlingssonne es nach dem Winter tut, wenn man noch misstrauisch ist und jede Wohltat trügerisch beäugt.

Eine Weile genoss sie die Wärme, starrte das Bündel unverwandt an.

Erst nach einer Weile gab sie Fara das Kind, und als sie sich aufrichtete, da genügte ihre gute Laune, um den anderen Söhnen gleichfalls übers Gesicht zu streifen. Chlothar blieb steif stehen, Childerich zuckte verwirrt zurück.

Bathildis gluckste wieder, nicht gekränkt, dass die Söhne sich schließlich erleichtert abwandten und Fara nach draußen folgten.

»Ruht Euch aus, meine Königin!«, forderte jene, bevor sie sich abwandte.

Nur wenige Augenblicke später freilich erschlaffte Bathildis' Lächeln. Kaum hatten Fara und die Söhne den Raum verlassen, so erschien ein neuer Gast auf der Schwelle, und seine Gestalt verdunkelte das Frühlingslicht, das freundlich den Raum erhellt hatte.

Vom Gang her hörte Bathildis noch einen der raunenden Laute des Neugeborenen; dann verebbte er samt Faras Schritten – und zurück blieb Schweigen, das sich unangenehm über Bathildis und den eben Eingetretenen senkte.

Betreten blickte sie an ihm vorbei, als könnte sie solcherart seinem Anblick entkommen. Gottlob hatte er ihr in den letzten Monaten seine Gegenwart erspart – doch umso unerträglicher war's, ihm jetzo ausgeliefert zu sein, da sie im Wochenbett lag und ihre Scham noch nässte und schmerzte von der Geburt. Um sich zumindest gegen den ersten Umstand zu wehren, schlug sie die Decke zurück und stellte die Beine auf den Boden.

»Bleib doch liegen, meine Königin«, sagte Ebroin mit kaltem Spott in seiner Stimme und trat näher.

Wohl oder übel musste sie ihn nun ansehen. Kränklich wirkte er, bleicher noch als sonst, selbst seine Augen deuchten sie nicht länger rot, sondern verwaschen.

»Was willst du, Ebroin?«, fragte sie und erschauderte, weil ihre Stimme so schneidend klang und nichts mehr von dem lachenden, warmen Ton herauszuhören war, mit dem sie eben noch gesprochen hatte. Jäh fühlte sie sich klamm und kalt, weil sie den weichen Leib des kleinen Theuderich nicht mehr an sich gepresst hielt und weil sie plötzlich ahnte, dass Ebroin nicht gekommen war, um ihr seine Glückwünsche zu überbringen.

Tatsächlich versuchte er gar nicht erst vorzutäuschen, er hielte sich an die Gebote der Höflichkeit, sondern kam sogleich auf das zu sprechen, was ihn hierher trieb.

»Was tust du mit dem König, dass er sich mir verschließt?«, fragte er bitter. »Welche lästerlichen Worte sprichst du über mich, dass er nicht länger auf mich hört?«

Mit jeder Frage kam er ihr näher, drang tiefer ein in diesen so persönlichen, intimen Ort, wo sie einen wie ihn nicht haben wollte.

»Ich wüsste nicht…«

»Ich habe es hingenommen, ohne Dank zu bleiben… dafür, dass der König dich zum Weibe nahm, weil ich ihm dazu riet.«

»Worum ich nie gebeten habe!«, warf sie trotzig ein.

»Ich habe auch hingenommen«, fuhr er böse fort, »dass du meinen Rat und meine Hilfe abgewiesen hast, als du der ganzen Welt verkünden musstest, welch herzensgute Frau du bist, aufopferungsvoll und gnädig!«

Sie versuchte aufzustehen, wiewohl ihre Beine noch bebten. Sie hatte Angst, dass sie ihr den Dienst versagen würden und sie vor Ebroin zusammenbrechen müsste, und stützte sich darum mit aller Macht auf den Bettpfosten.

»Was immer du mir vorwerfen willst«, sprach sie mit vor Anstrengung gepresster Stimme, »tu's rasch – und dann geh!«

»Du bist zu weit gegangen!«, zischte er. »Der König hört nicht mehr auf meinen Rat. Ganz gleich, worum es geht. Obendrein gibt er nach und nach königliches Fiskalland an jene Klöster ab, die du zu unterstützen wünschst. Weißt du nicht, dass du seine Macht schwächst, indem du seinen Besitz verschenkst? Scherst du dich überhaupt um seine Interessen, oder bist du dafür blind geworden – so vollends beschäftigt mit dem Kampf gegen sämtliche Übel der Welt?«

Ihre Finger wurden weiß, als sie sich am Bettpfosten immer fester klammerte. Ihre Brüste schmerzten, desgleichen ihre Scham. Sie spürte warmes Blut über ihre Schenkel laufen – und fühlte sich erniedrigt, weil Ebroin sie in diesem Zustand sah.

»Wir beide haben niemals etwas ausgemacht!«, wetterte sie. »Ganz gewiss hast du mich nicht dem König angepriesen, weil du Mitleid mit einer armen, kleinen Sklavin hattest. Du hast es getan, weil du in mir keine Gefahr sahst. Gewiss, so dachtest du, wäre ich dir derart zugetan, dass ich in vertraulicher Stunde dem König zuraune, was du mir vorgibst … Nun, ich flüstere dem König gewiss manches zu. Doch dein Pech ist, Ebroin, dass ich einen eigenen Willen habe.«

Der Blutfluss ließ nach, mit jedem Wort fühlte sie sich kräftiger werden – so sehr, dass sie den Bettpfosten loslassen und auf ihn zutreten konnte. Noch genauer konnte sie sein fahles Gesicht in Augenschein nehmen, erkennen, wie manch roter Fleck darauf erschien und wie die dunkle Ader an seiner Schläfe sichtbar pochte.

Sein Adamsapfel trat hervor, als er schnaubend zur Entgegnung ansetzte.

»Ob deiner Vergangenheit würde dir Demut besser stehen als dieser Stolz«, geiferte er. »Sind deine Hände eigentlich sauber, Königin? Man hört, du würdest sie häufig waschen. Oder wuchert unter deinen Nägeln noch der schwarze Dreck? Ist deine Haut noch grindig? Und staubt nicht von deinem Haupt die Asche?«

Sie zuckte zurück, sich an jene Stunde erinnernd, da er sie vor dem Gemach des Königs abgefangen hatte und einen Blick auf ihre damals noch dreckigen Finger geworfen hatte. Sie hasste ihn, weil er sie so gesehen hatte. Sie hasste ihn, weil er sich so viel Vertraulichkeit anmaßte, hier an ihrem Wochenbett zu erscheinen, ohne dass sie ihn gebeten hatte. Und sie hasste ihn, das ging ihr plötzlich auf und versetzte sie in nicht minderes Unbehagen, weil sie ihm nicht vergeben konnte, dass er es gewesen, der sie an den Königshof gefesselt hatte. Sie wusste, dass sie ihm in Wahrheit nicht länger dafür zürnen sollte, hatte sie in den letzten Monaten doch so vieles errungen, was ihr Leben zu dem einer erfüllten Frau machte: Sie hatte Einfluss und Macht, sie konnte sich des Vertrauens und der Liebe des Königs sicher sein, und seine Nähe, seine Berührung waren ihr längst nicht mehr unerträglich. Und sie hatte einen Sohn geboren, der ihr nicht fremd war wie die ersten beiden, der sie rührte, den sie liebte.

Und dennoch, dennoch: War die fortwährende Verachtung für Ebroin nicht Zeichen dessen, dass dieses beharrlich errungene Glück nicht das war, wonach sie eigentlich getrachtet hatte? Dass es nicht genug war, nie genug sein könnte, solange sie den Schwur nicht wahr gemacht hatte, den sie Aidan gegeben hatte: Ich werde dich wiedersehen... ich werde dich wiedersehen... ich werde dich wiedersehen?

Sie starrte in sein Gesicht, und ihr Leben deuchte sie schal, ihre Glückseligkeit nach Theuderichs Geburt nur vorläufig, sämtliches Gelingen nur magerer Ersatz für das, was ihr eigentlich zustand.

Verdammt sollst du sein, Ebroin!, ging ihr durch den Kopf, obgleich sie in Wahrheit sich selbst verfluchte. Verdammt!

Als sie den Mund öffnete, so tat sie's nicht nüchtern berechnend, sondern einzig von dem Wunsch getrieben, ihm heimzuzahlen, dass er sie derart aufwühlte.

»Ich fürchte den Dreck gewiss nicht mehr als du, Ebroin«, zischte sie. »Ich komme aus der Asche, so viel ist gewiss. Und woher, Ebroin, kommst du? Von welchem Samen wurdest du gezeugt? Welcher Leib hat dich in diese Welt gepresst? Ich weiß, dass du der Sohn von Chlodwigs Amme bist. Doch wer war dein Vater? Ein einfacher Bauer?«

»Nimm das zurück!«

»Du sagst mir nicht, was ich zu tun habe! Du bestimmst nicht über mein Leben! Weißt du nicht, dass ich dich in den Staub stoßen könnte, wenn's mir gefiele? Komm mir noch einmal zu nahe, und ich werde dem König sagen, dass mich dein Anblick quält, dass er mich an das Antlitz des Teufels erinnert!«

Er wandte sich ab, trat zum Kamin hin, in dem ob der Frühlingswärme kein Feuer brannte. Einzig ein kärgliches graues

Häuflein gemahnte daran, dass der Winter noch nicht lange zurücklag.

Dass er ihr nichts entgegenhielt, ließ sie zaudern.

Gewiss war sie zu weit gegangen, gewiss war diese Beleidigung …

Unwillkürlich trat sie zu ihm – und da begann er wieder zu reden, so raunend und flüsternd wie in tiefstem Zorn.

»Der Ruhm mancher Merowingerkönigin ist in ihrem Blut ertränkt worden, Bathildis. Mehr sind ermordet worden als eines natürlichen Todes gestorben!«

Sie schluckte trocken. Wieder zitterten ihre Knie, und es gelang ihr darum nicht, zurück zum Bett zu treten.

»Willst du mir drohen, Ebroin?«

Er schüttelte den Kopf. »Ich will dir nur raten: Wahrhaft mächtige Menschen vergessen nie die Furcht vor ihrem Fall! Das solltest auch du nicht tun!«

Sie schaffte es nicht länger, sich aufrechtzuhalten. Ihre Knie sackten ein, sie fiel vor ihm auf den Boden, und dass er Zeuge ihrer Schwäche war, genügte, um sämtliches schlechte Gewissen ihm gegenüber zurechtzustutzen und gerechten Zorn heraufzubeschwören.

Als er sich betroffen zu ihr neigte, um sie zu stützen und um ihr aufzuhelfen, verweigerte sie sich, die Spuren echter Sorge in seinem Gesicht zu sehen. Auf dass sie selbst ihre schmähliche Lage nicht zugeben müsste, gab sie vor, mit Absicht in die Knie gegangen zu sein. Ihre Hand fuhr in den Kamin, grub in jenem kleinen Häuflein Asche, das dort übrig geblieben war, und warf die grauen Flöckchen gegen ihn. Wie ein lautloser Regen gingen sie auf ihn herab, und noch ehe er wusste, was ihm geschah, und er sie mit den Händen wegfächeln konnte, begann er schon zu husten.

Sie hielt sich beide Hände vor Mund und Nase, indessen er gegen die Wolke ankämpfte und schließlich, da seine Schultern nicht mehr ob des Hustens erzitterten, erstarrte.

»Doch wer von uns beiden«, stieß sie hervor, »sollte größere Furcht vor dem Fall haben … größere Furcht vor der Asche?«

Von diesem Tag an rechnete Bathildis mit Ebroins Rache.

Doch nach dem Frühling zog der Sommer ins Land, und aus ihrem Säugling wurde ein kräftiger, laut schreiender Sprössling, ohne dass Ebroin sich wieder bei ihr blicken ließ. Sie nahm es erleichtert hin und erkannte zu spät, welche verworrenen Wege sein Trachten ging, es ihr heimzuzahlen. Erst im Herbst kam sie ihm auf die Schliche.

Seit Theuderichs Geburt waren ihre Reisen durchs Land und ihre Besuche bei Eligius seltener geworden, gleichwohl sie nicht aufhörte, jene Klöster zu beschenken, deren Äbte treu zu ihr standen und die ein Hort für Kranke und Arme, Unfreie und Geschundene waren. Manch Stunde brachte sie damit zu, von den Notaren Briefe und Urkunden schreiben zu lassen – doch zugleich ließ sie es nie an Zeit mangeln, den jüngsten Sohn zu sich zu befehlen und sich an ihm zu erfreuen.

Fara sah es gerne. Die Gleichgültigkeit der Königin gegen Chlothar und Childerich war ihr stets widernatürlich erschienen – und sie nützte Bathildis' neue Zärtlichkeit, um auf die älteren beiden zu sprechen zu kommen.

»Sie brauchen Eure Sorge nicht minder als der Kleine hier«, sprach sie. »Ihr solltet ihnen zeigen, dass Ihr ihnen zugeneigt seid, dass Ihr an ihrem Leben Anteil nehmt.«

Anders als früher gelang es ihr diesmal, ein schlechtes Gewissen zu schüren.

Betroffen blickte Bathildis hoch, rang mit sich, gestand sich schließlich ein, dass ihre Versöhnung mit Chlodwig nicht dazu geführt hatte, dass sie sich auch den ersten beiden Söhnen liebevoller hätte nähern mögen. Wenn sie mit dem Gemahl zusammen war, so fühlte sie sich nicht an die ersten Jahre der Ohnmacht und Erstarrung gemahnt. Chlothars und Childerichs Gegenwart jedoch erinnerte sie stets an jene Gemütsverfassung, da nichts hatte in sie dringen können und sie der Welt nicht mehr von sich schenkte als den Anblick einer leblosen Hülle.

»Sie haben gute Lehrer«, wandte sie ein.

»Doch wünscht Ihr nicht zu erfahren, meine Königin«, bohrte Fara, »wie sich ihr Unterricht gestaltet?«

Wiewohl sie nichts mehr sagte, schien sie im Stillen weitere Mahnung hinzuzufügen: Dass Bathildis die beiden Großen nie in wichtiger Stunde begleitet hatte – nicht beim ersten Gehversuch, nicht beim ersten Ritt, nicht beim Erlernen der Waffenkunst.

Bathildis zuckte die Schultern und seufzte. Sie wollte sich nicht dazu herablassen, Fara zu antworten und ihr Recht zu geben, doch am nächsten Tag geschah es zum ersten Mal, dass die Königin ihre Söhne beim Unterricht besuchte, so wie künftig jede Woche einmal, und dass sie obendrein manches Mal Unterredung mit ihrem Lehrer hielt.

Es war dies ein Franke namens Fredegar, ein gedrungener, feingliedriger Mann, der aus der Ferne betrachtet die Statur eines Kindes hatte, jedoch lebendige und wache Augen in einem dunklen Haselnussbraun. Diese Augen hatten die Eigenheit, niemals einem anderen Blick standzuhalten, sondern stattdessen im Gespräch umherzuspringen, wurden jedoch starr und aufmerksam, wenn sie sich denn auf eine Rolle Papyrus richteten oder auf das viel teurere Pergament.

Fredegar las viel und schrieb noch viel mehr. Nicht sonderlich bescheiden hatte er Bathildis bei ihrem ersten Zusammentreffen berichtet, dass er ein Geschichtswerk zu vollenden gedenke – von nicht minderem Ausmaß als jenes, das Gregor von Tours geschrieben hatte. Darin sollte dereinst die Geschichte der Merowinger von ihrem Beginn bis zum heutigen Tage nachzulesen sein.

Um diese Anfänge ging es auch an einem der Tage, da Bathildis den Unterricht besuchte. Mit sichtlicher Hingabe erzählte Fredegar den mehr oder minder aufmerksamen Knaben, dass die Merowinger aus dem Geschlecht des Priamus, Friga und Francio hervorgegangen waren und folglich Urahnen im sagenumwobenen Troja hatten. Der Stammvater Chlodio wiederum – Großvater des ersten Königs Chlodwig – hatte sich einmal im Sommer mit seiner Gattin an den Meeresstrand begeben. Als seine Gemahlin mittags zum Baden in die dunklen Fluten hinauswatete, so ward sie plötzlich von einem Meerungeheuer mit Stierkopf angefallen und gezwungen, sich von diesem begatten zu lassen. Ob sie nun von dem Untier oder von ihrem Mann empfing – in jedem Fall gebar sie neun Monate später einen Sohn mit dem Namen Meroveus, nach dem die Könige der Franken später Merowinger genannt wurden.

Als er bemerkte, dass Bathildis eingetreten war, wurde sein Blick flackernd.

»Fahrt nur fort!«, ermunterte sie ihn, ließ sich auf einem der Stühle nieder und betrachtete die Kinderköpfe von hinten. Manch einen kannte sie als Sohn eines der Großen und Reichen des Landes; gemeinsam mit den Königssöhnen wurden sie erzogen (beaufsichtigt nicht nur vom jeweiligen Lehrer, sondern vom Major Domus), auf dass mit dem gemeinsamen Unterricht der Grundstein späterer Freundschaft und Treue gelegt wäre und sie – als eine Art Geiseln bei Hofe – die fernen Väter davon abhielten, eine Revolte gegen den König auszuhecken.

Wenngleich sie nur ungern über ihn nachsann, musste Bathildis unwillkürlich an Ebroin denken, der einst – wiewohl viel niedrigerer Herkunft als die Söhne des Adels – hier an Chlodwigs Seite hinter dem hölzernen Schreibpult gesessen hatte. Ob er gelehrter gewesen war als der Gatte, dem man nachsagte, dass er das Schreiben und Lesen erst spät und unter vielen Mühen gelernt hatte, und der sich bis heute lieber mit Würfel- und Brettspielen den Tag vertrieb, anstatt sich in Schriften zu vertiefen? Ob Ebroins wendiger Geist die Grammatik oder die Rhetorik rascher erfasst hatte als der spätere König?

Jene Disziplinen kamen heute im Unterricht kaum mehr vor.

Zu viele Geistliche wetterten gegen die heidnischen Denker, hielten es für besser, den Geist der Kleinen mit der Lektüre von Bibel, Psalmen und Heiligenviten zu formen, anstatt ihnen Fabeln zu erzählen oder sie in die gottlosen Gedanken eines Seneca, Cato oder Martianus Capella einzuweihen.

Zu besagten Heiligenviten war Fredegar eben übergegangen – vielleicht wollte er Bathildis beweisen, wie viel die Knaben dank seiner gelernt hatten.

So wurde jeder Einzelne bei seinem Namen gerufen, musste aufstehen und von einem dieser vorbildlichen Leben berichten.

Chlothar, ihr ältester Sohn, war der Erste. Er sprach gewandt und ohne sonderlich nachzudenken, jedoch mit solch gefühlloser Stimme, dass man vermeinen könnte, sein Gemüt wäre aus schlichtem, grauem Stein gehauen. Das Leben der heiligen Genoveva, der Schutzpatronin des Frankenreichs, die als Bürgermeisterin von Paris jene Stadt durch eine Hungersnot gerettet hatte, indem sie selbst mit mehreren Schiffen nach Troyes gefahren war und dort Getreide geholt hatte, war ihm zwar bestens bekannt, erregte aber mitnichten seine Anteilnahme. Bathildis hatte Fara einmal sagen hören, dass Chlothar fast alles kalt ließe – dass er gewiss nicht ungezogen sei, desgleichen nicht dumm (wie seine ruhige Erzählung es auch bewies), jedoch stets ein Mangel an Gefühlen, der guten wie der schlechten, an ihm festzustellen sei.

Nie hatte Bathildis darüber nachgedacht. Nun tat sie es, sann darüber nach, ob vielleicht die Schwermut daran schuld war, unter der sie gelitten hatte, als sie mit den ersten beiden Söhnen schwanger ging. Hatte nicht der römische Gelehrte Galen behauptet, dass sich nicht nur die Gemütsverfassung der Mutter auf ihr ungeborenes Kindlein übertrug, sondern auch ihre Moral? Dass sie nicht zu viel weinen dürfte, desgleichen nicht lachen, und vor allem nicht bei ihrem Ehemann liegen, weil ein Übermaß an Lust aus dem Kind ein sittenloses machte? Freilich – Childerich, dem Zweitgeborenen, war solche Gleichgültigkeit nicht nachzusagen. Er hatte Bathildis stets lebhafter und impulsiver gedeucht. Wo überhaupt saß er heute?

Bathildis suchte seinen Kopf – und fand ihn nicht; einer der anderen Knaben berichtete gerade vom Heiligen Martinus von Tours, welcher seinen Mantel mit einem Bettler geteilt hatte und später zum Patron des Merowingerreiches wurde.

»Wo ist Childerich?«, unterbrach Bathildis die Erzählung.

Die Knaben senkten den Blick, konzentrierten sich ganz plötzlich auf die Wachstafeln, die auf ihren Schreibpulten lagen. Mit dem Lineal wurden Linien darauf gezeichnet und in diese später mit einem Holzgriffel Buchstaben geschrieben. Fredegar zuckte zusammen, und seine Bewegungen wurden fahrig.

»Wir wollen jetzt aus der *Lex Salica* lesen und hernach daraus abschreiben«, sagte er betreten.

»Aber … wo ist Childerich? Er muss doch wie die anderen an dem Unterricht teilnehmen?«

Fredegar seufzte lang – bekundend, dass er wohl wusste, wo der Knabe steckte, aber nur ungern bereit war, dies zuzugeben.

Er musste es nicht tun. Denn während Bathildis aufstand und forsch auf ihn zugeschritten kam, ertönten draußen vom Hof bittere Klagen und jämmerliches Geschrei.

XXIV. Kapitel

Bathildis zuckte zusammen – die anderen nicht. Was immer diese Laute hervorrief, schien nur für sie selbst überraschend zu kommen. Ihre erste Regung war, sofort den Raum zu verlassen und die Quelle des Gejammers zu suchen. Dann fiel ihr jedoch die Macht ein, die in den beherrschten Regungen und stillen Worten lag, und sie trat vor Fredegar hin.

»Was geht hier vor?«, fragte sie leise.

Er seufzte wieder, mehr verlegen als schuldbewusst, und zuckte dann mit den Schultern, andeutend, dass er missbilligte, was immer da draußen im Hofe geschah, aber doch nichts dagegen tun konnte. Childerich war der Sohn des Königs, dem man seine Launen lassen müsse, ob dies die eigene Mutter nun erfreute oder nicht.

»Der Prinz ist damit beschäftigt ... einen Diener zu züchtigen«, sprach er, und es klang so vorsichtig wie begütigend.

Bathildis erstarrte.

»Für welches Vergehen?«

Fredegar schüttelte den Kopf – er kannte es offenbar nicht. An seiner Stelle sprach Chlothar. Das Geschrei ließ ihn so gleichmütig wie alles andere, was ihm das Leben servierte, aber er zögerte nicht, sich der Mutter gegenüber gehorsam zu erweisen.

»Als er uns das Essen reichte ... vorhin beim Mittagsmahle, da hat dieser Diener Childerichs Tunika beschmutzt«, erklärte er ausdruckslos.

Dies genügte Bathildis. Wortlos wandte sie sich um, ging zwar gemessenen Schrittes, aber so hart auftretend, dass man jeden einzelnen Schritt klappern hörte. Sie hatte den Raum noch nicht verlassen, da drehte sie sich noch einmal um. »Folgt mir! Du und die Knaben!«, wies sie Fredegar an. »Sie sollen sehen, was jetzt geschieht!«

Dann ging sie in den Hof.

Wenngleich darauf gefasst, was sie dort erblicken würde, zog sie doch scharf den Atem ein, nicht um ihr Entsetzen zu zähmen, sondern jene atemlose Wut, die sie beschlich. Sie hatte schon geschundene Sklaven gesehen, Rücken, von denen die Haut in Fetzen hing, die schwielige Narben aufwiesen oder blutige Risse, desgleichen wie sie noch den flirrenden Klang der Ochsenpeitsche kannte, wenn diese auf dem Leib eines Geschundenen tanzte. Deren Geschrei war meist lauter als das Zerplatzen des Fleisches, und doch war der zweite Laut der wahrhaft fürchterliche.

Ja, dies kannte sie, und sie hatte gelernt, den Ekel, den es zeugte, hinabzuwürgen. Des Zorns, der nun aufflammte, nicht minder scharf und zerstörend als das Werk der Peitsche, war weniger leicht Herr zu werden.

Childerich selbst, kaum fünf Jahre alt, ließ die Peitsche heruntersausen, unermüdlich, die Stirne schon schweißnass. Die Zunge hing ihm aus dem Mund, der Gesichtsausdruck schwankte zwischen Anstrengung, Gewissenhaftigkeit und schriller Lust.

So sehr mit seinem Werk beschäftigt, merkte er nicht, wie sich ihm die Mutter näherte – jene beäugt von seinen Kameraden, die Fredegar in den Hof schob und die nicht sicher waren, für wen sich Partei zu ergreifen lohnte: für den Prinzen, der stets Gefolgschaft und Ehrfurcht von ihnen verlangte, sogar von seinem älteren Bruder, und der bei der Wahl der Mittel, dies zu erreichen, nicht zimperlich war, oder für die Königin, so kalkweiß im Gesicht, dass sie mehr einer Rachegöttin glich als einer gewöhnlichen Erdenbürgerin.

Eben hatte sie Childerich erreicht und tat nichts weiter, als ihre Hand vorschnellen zu lassen und auf seine Schultern zu legen. Sie schien fest zuzupacken, denn augenblicklich ließ Childerich die Peitsche fallen und fuhr herum. Wenngleich von diesem letzten Schlag verschont, keuchte der geschlagene Mann – von zwei Rittern des Königs festgehalten – ein letztes Mal auf, bevor er in Ohnmacht versank.

»Was tust du, Childerich?«

Wiewohl leise, war ihre Stimme kalt und schneidend. Nicht nur an ihrem Gesicht, sondern auch an den aufgerissenen Mündern seiner Kameraden konnte Childerich den Ernst der Lage erahnen. Einen Augenblick lang duckte er sich unsicher, befremdet vom Anblick seiner Mutter, die ihm auch gut gelaunt keineswegs vertraut war. Doch ehe die Furcht vor ihr und ihren strengen Augen sein Herz erreichte, setzte er zur Gegenwehr an. Unwirsch riss er sich los, sodass die anderen Knaben entsetzt aufkeuchten.

»Ich züchtige einen Mann, der es an Gehorsam hat mangeln lassen, meine Königin«, entgegnete er. »Das steht mir zu!«

Er sprach mit fester Stimme, wenngleich er nicht wagte, ihr dabei in die Augen zu sehen. Kaum geendigt, bückte er sich wieder nach der Ochsenpeitsche, die er vorhin in seiner Überraschung hatte fallen lassen. Er erreichte sie nicht. Blitzschnell und wendig ließ Bathildis ihren Fuß hochschnellen, trat damit schmerzhaft gegen seine Hand und stieß ihn so weit zurück, dass er nur mit Mühe sein Gleichgewicht fand.

»Nein«, flüsterte sie, »nein, das steht dir nicht zu.«

Die beiden Ritter, die das Werk des Prinzen unterstützt hatten, beäugten sie misstrauisch. Bathildis musterte zuerst den einen, dann den anderen. »Schafft den Mann hier fort«, befahl sie leise. »Und seht zu, dass seine Wunden versorgt werden!«

Childerich hob langsam den Blick. Kurz zuckten seine Lider, dann hielt er ihren kalten Augen stand. »Das werden sie nicht tun! Sie gehorchen mir!«

Er sprach schnell, weil er aufgeregt war, doch seine heisere Stimme war fordernd und unbeugsam wie die ihre. Bathildis starrte in sein Gesicht – und auch darin erkannte sie Spuren des eigenen. Nie war ihr aufgegangen, dass ihr der zweite Sohn so ähnlich sah, dass er sie an sie selbst erinnerte. »Sie gehorchen mir! Ich bin der Sohn des Königs!«

Bathildis' Wut flammte wieder auf. »Wage nicht, gegen mich zu trotzen! Wage nicht, einen deiner Diener jemals wieder so zu bestrafen!«

»Er hat mir Eintopf über mein Gewand gekippt!«

»Nun und? Ich habe dereinst den König, deinen Vater, mit Wein befleckt – doch er hat mich nicht bestraft, sondern aus der Sklaverei befreit! Und darum schäme ich mich für einen Sohn, der seine Untergebenen schlägt.«

Childerich kniff die Augen zusammen. »Und ich schäme mich für eine Mutter, die eine Sklavin war. Du hast mir gar nichts zu sagen. Ich bin ein Nachkomme der Merowinger, du aber bist aus dem Nichts gekommen.«

Er sah sie herausfordernd an, aber immerhin zögerte er, erneut nach der Peitsche zu greifen. Sie zögerte auch. Eine Geschichte ging ihr durch den Kopf, die sie vor langer Zeit gehört hatte; Oda hatte sie ihr erzählt oder Gertrude.

Sie handelte von der Merowingerkönigin Fredegund, die ihre eigene Tochter Regunte hatte töten wollen, von der sie wegen ihrer unfreien Herkunft Spott und sogar Schläge erfahren hatte. Eines Tages lockte sie die Tochter zu einer Schatztruhe, und als jene nach den glitzernden und funkelnden Kostbarkeiten greifen wollte, so schlug sie ihr den Deckel der Truhe auf das Genick und wollte ihre Kehle zusammenquetschen. Fast wäre ihr grausames Werk gelungen, wenn nicht Mägde herbeigelaufen wären und das Mädchen errettet hätten.

»Wie kann jemand sich am eigenen Fleisch und Blut vergreifen!«, hatte Bathildis damals gerufen. Sie erinnerte sich gut an ihr Entsetzen. In jenem Augenblick verflüchtigte es sich.

Sie starrte in Childerichs Gesicht, stolz und boshaft war sein Blick, unbeugsam und kalt, ihr gleichsam fremd und vertraut, und sie war sich sicher, dass sie den eigenen Sohn in dieser Stunde würde töten können, wenn er noch ein Widerwort wagte.

Tatsächlich konnte er sich ein solches nicht verkneifen.

»Ich werde einmal König sein!«, rief er. »Ich kann tun, was mir beliebt!«

Er zögerte nicht länger, bückte sich nach der Peitsche. Erneut stieß sie ihn zurück, so grob, dass er diesmal fiel, griff selbst danach und erhob sie.

»Nein, das wirst du nicht!«

Sie folgte der ersten Regung, die sie überkam, ließ die Peitsche hinabsausen, einmal, zweimal, dreimal, ängstigte sich nicht vor dem zischenden, pfeifenden Laut, auch nicht vor dem Geschrei des Sohnes. Sie schlug ihn – geleitet von der Ahnung, dass es ihre Pflicht war, ihn zu bestrafen … und von Genuss.

Unerklärlich war es ihr immer gewesen, wie Menschen Freude daran haben konnten, andere zu quälen, wie Herzen derart verroht sein konnten und Ohren taub gegen die Schreie der Geknechteten.

Jetzt wusste sie – sie waren nicht taub. Sie hörten die Schreie so gerne wie liebliche Musik, denn sie kündeten von Macht, von grenzenloser Macht. Jene Macht mochte berauschend sein, wenn sie Gewalt verhinderte. Doch diese Gewalt auszuüben war noch viel erregender.

Sie wusste später nicht, ob es ihr gelungen wäre, von sich aus aufzuhören.

Ein anderer machte ihrem Werk ein Ende. Fredegar fiel ihr in den Arm, nicht roh, aber entschieden.

»Meine Königin, meint Ihr nicht, es ist genug?«

Sie ließ sich rasch von ihm mäßigen. Seine Stimme weckte sie, der Zorn verflüchtigte sich, und das Grauen, das folgte, galt nicht mehr nur der Untat des Zweitgeborenen, sondern auch der eigenen.

Niemand stellte sie zur Rede, und mit keinem wollte sie darüber sprechen. Einzig Rigunths Schweigen war ihr unerträglich. Weder klagte sie sie an, noch stellte das Mädchen Fragen, aber Bathildis hatte das Gefühl, ihr eine Erklärung schuldig zu sein.

»Ich konnte nicht dagegen an...«, murmelte sie, »als ich ihn so sah, so grausam, so herzlos... da konnte ich nicht dagegen an.«

Rigunth seufzte. »Ich weiß, meine Königin.«

»Ist es so«, setzte Bathildis nachdenklich an, »weil das Merowingerblut in ihm wütet – und du weißt, wie grausam all die Könige vor Chlodwig waren? Oder ist's mein Erbe, das ihn so sein lässt?«

Sie erschauderte. Rigunth unwillkürlich auch. »Aber meine Königin! ... Du bist gütig! Du hast mich von der Sklaverei befreit!«

»Aber erinnerst du dich, dass ich dich auch einmal geschlagen habe?«

»Du warst von Sinnen...«

»So wie heute.«

Und ich, fügte sie im Stillen hinzu, wagte jedoch nicht, den schrecklichen Gedanken auszusprechen, ... ich habe es geliebt, ihn zu schlagen. Ich hätte ihn mit Freuden töten können für das, was er getan hat.

Hernach schwiegen beide. Über Stunden gab sich Bathildis den Schuldgefühlen hin, der bitteren Reue. Sie galt nicht nur der heutigen Tat, sondern den Jahren, da sie die ersten beiden Söhne vernachlässigt, nicht im Mindesten so geliebt hatte wie heute Theuderich. Irgendwann freilich reifte die Einsicht, dass es für manches unwiderruflich zu spät war, dass ihr nichts anderes übrig blieb, als zumindest jetzt Einfluss zu nehmen.

Ruckartig fuhr sie auf.

»Was willst du tun, meine Königin?«

»Wenn Childerich bereits als Kind so grausam ist«, fragte Bathildis zurück, nicht länger mit schlechtem Gewissen, sondern nachdenklich, »wie wird er dann als König sein?«

»Er ist ein Kind«, entgegnete Rigunth.

»Ja«, sagte Bathildis wieder, »ja, sein Geist kann noch zu formen sein. Vielleicht aber auch nicht.«

Wieder blieb es eine Weile still zwischen ihnen, dann fragte Rigunth unwillkürlich: »Werden wir uns wieder auf Reisen begeben? Werden wir den Bischof von Noyon wieder besuchen?«

Bathildis hatte nicht darüber nachgedacht. Doch nun öffnete sie den Mund, als wäre die Antwort ganz selbstverständlich. »Nein«, bestimmte sie. »Ich werde in Zukunft mehr über die Erziehung meiner Söhne wachen …«

Geliebter Aidan,

meine Macht scheint mir mit einem Male schwer zu werden. Verlangt sie doch von mir, über das Heute hinaus eine Zukunft zu planen, an die ich bislang nicht habe denken wollen.

Habe ich mir nicht genug aufgebürdet, als ich daranging, gegen das Übel der Sklaverei zu wirken? Habe ich nicht genug getan, da ich begann, Klöster zu gründen und Kirchen?

Doch jetzt, jetzt muss ich begreifen, dass es neben der Pflicht der Königin auch die der Mutter gibt.

Bei den Merowingern ist es Tradition, dass nicht nur der älteste Sohn den Vater beerbt, sondern alle, die ihm geboren worden sind, dass folglich ein Land zerrissen und zerstückelt wird, wenn es mehr als nur einen Nachfolger gibt, und dass manch blutiger Krieg dadurch ausgelöst wird. Wie viele Merowinger gab's, die ihren Brüdern das Erbe nicht gönnten! Wie viele, die eigenhändig Verwandtschaft erschlugen!

Was weiß ich von meinen beiden ersten Söhnen? Nicht mehr, als dass der eine ruhig und verstockt zu sein scheint und der andere … bösartig …

Und was weiß ich von meinem dritten? Dass er nichts weiter als ein Säugling ist, jedoch, dass ich ihn liebe.

Täglich besuchte Bathildis nun den Unterricht der beiden Ältesten, überprüfte hernach persönlich, wie viel davon sie behalten hatten, und ließ sie darüber hinaus jeden Nachmittag zu sich kommen, um mit ihnen Zeit zu verbringen. Chlothar ertrug es wie alles, was ihm widerfuhr, mit dem schlichten Blick, den Bathildis von seinem Vater kannte. Die Gegenwart der Mutter machte ihn etwas scheu, doch er war kein ängstliches, nur ein gleichgültiges Kind, das es bevorzugte, wenn an Gewohnheiten festgehalten wurde und der Rhythmus des Lebens nicht durcheinandergeriet. Anfangs brachte Bathildis Unruhe in seinen Alltag – doch nachdem er sich daran gewöhnt hatte, dass sie nun öfter in seiner Nähe hockte, fügte er sich mit jenem stoischen Ernst, mit dem er alle Pflichten in Angriff nahm.

Childerich war viel misstrauischer – und unberechenbarer. Zwar wagte er es nach deren harter Bestrafung nicht, der Mutter offen ins Gesicht zu sehen, sie gar zu verhöhnen, doch manchmal hatte sie den Eindruck, er schnitte hinter ihrem Rücken Grimassen. Stets war sie auf der Hut vor ihm, stets darauf bedacht, rechtzeitig abzuwürgen und niederzutrampeln, was ihr da an möglicher Auflehnung und Niedertracht entgegenschlug. Angespannt wartete sie darauf, dass erneut die Grausamkeit seiner Vorfahren in seinem Handeln sichtbar werde, und fühlte sich nicht wie seine Mutter, sondern wie eine Wärterin – dazu da, den Gefangenen zu beäugen, um ihn bei einem falschen Schritt sogleich zu fesseln und zu knebeln. Erst mit der Zeit – es war vor allem Fredegar, der ihr's vor Augen hielt – begann sie zu begreifen, dass in dem Knaben nicht nur Grausamkeit steckte, sondern vor allem ein Übermaß an Kraft und Energie. Wurde es nicht in die richtigen Bahnen gelenkt, so mochte es sich an verkehrter Stelle entladen. Doch ließ man ihn genug kämpfen, reiten, jagen – so vergaß er, Dienstboten zu bestrafen. Wiewohl sich Bathildis in seiner Gegenwart nie gänzlich wohlfühlte, begriff sie, dass es ein schlichtes Mittel gab, ihn und seinen vermeintlich rohen Geist zu zähmen: Man musste ihn nur ausreichend ermüden.

Während es leicht war, im Alltag der Kinder einen festen Platz einzunehmen, schien das Unterfangen, in Ruhe mit Chlodwig zu reden, hingegen plötzlich unmöglich.

Bei jenem ersten Abendessen, das sie zur Aussprache nutzen wollte, geschah's, dass Ebroin erschien – mit einem Lächeln, so glatt und freundlich, als hätte es nie die unschöne Begegnung zwischen ihnen gegeben, und mit dem festen Willen, dem König bei dessen Mahl Gesellschaft zu leisten.

So lag er neben ihnen, ließ sich von Bathildis' zornigem Blick nicht zähmen und schob Chlodwig Schüssel um Schüssel zu, so wie einst bei jenem Festmahl, da sie dem König begegnet war.

»Nun«, fragte Chlodwig, »was wolltest du mir sagen, Königin?«

Bathildis hatte schon zu reden begonnen, ehe Ebroin erschienen war, und wusste nicht, ob sie es wagen sollte fortzufahren.

»Es scheint mir ratsam«, begann sie vorsichtig, »es scheint mir ratsam – nun, da unser dritter Sohn das Licht der Welt erblickt hat –, die Zukunft zu bedenken, die vor ihm liegt … und vor den ersten beiden …«

Sie sprach in langen Pausen, Chlodwigs Gesicht betrachtend, in dem sich freilich kein Verständnis ausbreitete. Stattdessen fühlte sie, wie Ebroin grinste.

»Planst du deines Gatten Tod, weil du so sprichst?«, erklang, kaum dass sie geendigt hatte, seine Stimme, nur flüsternd, damit der König sie nicht verstehen konnte, jedoch laut genug für sie.

Bathildis zuckte zusammen. Kaum konnte sie sich beherrschen, sich ihm zuzuwenden und ihm eine wütende Entgegnung ins bleiche Gesicht zu schleudern, doch rechtzeitig gewahrte sie, dass seine Worte den gleichen Sinn hatten wie sein plötzliches Erscheinen beim abendlichen Mahl: Ganz offenbar hatte er sich zum Ziel gesetzt, ihr seine enge Bindung zu dem König vorzuführen. Mit jedem lauten Wort würde sie nur Schwäche offenbaren – Stärke hingegen, wenn sie ihn missachtete.

»Ich weiß, dass es Gesetz in diesem Lande ist, dass jeder Sohn in gleichen Teilen erbt«, erklärte sie. »Und doch denke ich mir, dass es eben diese Sitte ist, die so häufig Unfrieden über das Frankenreich gebracht hat, nicht zuletzt, als …«

Erneut konnte sie nicht weitersprechen. Indessen Chlodwig nun endlich zu begreifen schien, was sie ihm sagen wollte, tönte wieder Ebroins Stimme dazwischen, diesmal nicht flüsternd, sondern laut und deutlich.

»Ich verstehe, worauf du hinauswillst, Königin«, spottete er, »du möchtest einem Sohn alles geben und den anderen nichts. Kann es sein … kann es sein, dass du deinen Zweitgeborenen fürchtest?«

Diesmal konnte sie nicht umhin, hochzublicken und Ebroin wütend zu mustern. »Ich halte Unterredung mit dem König, nicht mit dir!«

»Nun, ich bin sein bester Freund – nicht wahr, mein König? Alles, was dieses Land betrifft, betrifft auch mich. Und da du von deinem Childerich sprichst, so möchte ich gerne etwas dazu sagen: Welche Pläne du auch immer ausheckst, meine Königin, welche Zukunft du für ihn im Auge hast – du solltest wohl bedenken, dass du allen Grund hast, stolz auf ihn zu sein, sehr stolz sogar … so wie ich ihn kenne.«

Bathildis' Augen wurden schmal, indessen seine glühten.

»Was willst du damit sagen, Ebroin?«, entfuhr es ihr.

Wieder grinste er. Die Haut seiner Lippen war rissig.

»Ich dachte …«, setzte er gedehnt an. »Ich dachte, ich würde dein Wohlgefallen erlangen – zumindest ein wenig von diesem, du verschenkst es schließlich sehr sparsam … – und natürlich das deine, mein König, wenn ich mich seiner ein wenig annehme.«

Jetzt streifte Bathildis der kalte Hauch einer Ahnung.

»Was willst du damit sagen?«, wiederholte sie mit brüchiger Stimme.

Ebroin ließ sich mit seiner Antwort Zeit.

»Ich will damit sagen«, fuhr er zögernd fort, »dass dein kleiner Childerich einen starken Willen hat … und dass er überaus rasch lernt. Ich habe manche Stunde in seiner Gegenwart verbracht, denn die Wahrheit ist: Ich habe ansonsten nicht viel zu tun, kein Amt, das mich ablenkt, keine Macht, die auszuleben wäre. So dachte ich, ich könnte dich und den König in euren Elternpflichten unterstützen. Und nicht lange ist's her, da ließ sich Childerich von mir zeigen, wie man mit ungehorsamen Dienstboten umzugehen hat, denn du magst zwar jene aus der Sklaverei befreit und ihnen den Freibrief verliehen haben, aber zu Gehorsam sind sie uns doch immer noch verpflichtet, nicht wahr? Fürwahr! Diese Lektion hat dein kleiner Childerich sogleich begriffen! Als hart und unbarmherzig erwies er sich – und das sind doch die Eigenschaften, die du an ihm am liebsten siehst, oder? Ich glaube, ja, wie ich schon sagte, ich glaube, dass du wirklich auf ihn stolz sein kannst … denn nicht nur, dass er seine Pflicht erfüllte, und eine solche ist es schließlich, ungehorsames Gesinde zu züchtigen, nein, mir schien, als bereite es ihm obendrein auch tiefes Wohlgefallen.«

Er starrte sie nicht nur an; er schien ihr mit seinem Blick in die Augen zu kriechen, ihre Gedanken zu vergiften, mit Wut und Ohnmacht – und ein wenig auch mit dem Wunsch, ihn so zu prügeln wie den kleinen Childerich, nur noch viel länger, noch viel fester. Ebroin schien den Wunsch zu erahnen. Auf seiner blassen, durchsichtigen Haut erschienen rote Flecken.

Bathildis sprang auf. Der Geruch des Essens stieg ihr in die Nase, scharf und heiß, und unwillkürlich musste sie würgen. Es lenkte sie davon ab, mit beiden Fäusten auf Ebroin loszugehen, und als sie den bitteren Geschmack geschluckt hatte, wusste sie, dass solches Verhalten nicht nur wenig Sinn hatte, sondern dem Rotäugigen, Bleichen nur helfen würde.

Denn schon erntete sein Trachten Früchte. Schon blickte Chlodwig, der nichts von dem merkwürdigen Streit verstand, unruhig zwischen ihnen hin und her.

»Ist dir auch wohl, meine Königin?«, höhnte Ebroin.
Bathildis legte sich wieder auf die Bank.

»Es ist nichts«, murmelte sie. Sie mühte sich um ein Lächeln, auch wenn es ihr nur halbherzig gelang. »Wir wollen später ... weitersprechen, mein König.«

Wie eine Klette schien Ebroin fortan an sie geheftet, lautlos und erstickend. Des Nachts ließ er sie allein mit Chlodwig, wohl ahnend, dass jener in finsterer Geborgenheit lieber den Leib der Gattin liebkosen wollte, als von ihr eifrige Worte hören. In jeder anderen Stunde des Tages aber drängte er sich ihnen auf und zugleich zwischen sie – auf jenes Recht der Gewohnheit pochend, das ihm seit seiner Kindheit erlaubte, dem König nah zu sein.

Bathildis verkniff sich Widerworte – um Chlodwigs willen, dessen Miene zeigte, wie unlieb ihm Streit war, vor allem aber auch, um sich vor Ebroin keine Blöße zu geben. Wenn jener ihr die Kränkung, ihm ein Bündnis verweigert zu haben, heimzahlen wollte – nun, dann würde sie mit Gleichmut und Geduld beweisen, dass sie den Kampf mit ihm durchaus aufnehmen konnte.

Freilich: Ebroin verunsicherte sie zutiefst – nicht nur, weil er heimlich versucht hatte, ihr Childerich zu entfremden, sondern weil er alles, was sie tat, alles, was sie sagte, auf eine Weise aufnahm, als hätte er es längst erahnt, als wäre er ihr jeweils einen Schritt voraus und als wäre ihr Wesen so durchschaubar wie Glas. Immer wieder versuchte sie sich einzureden, dass er ihr diese Gewissheit nur vorgaukelte, und nahm sich fest vor, ihm nicht die Freude zu machen, darauf hereinzufallen.

Dann kam eines Abends die Rede auf Sigibert, Herrscher von Austrasien und Chlodwigs Halbbruder, zu dessen Reich auch die Auvergne zählte, die austrasische Provence und desgleichen Poitiers und Cahors. Die Wisconia freilich, jene Provinz im Südosten, war nach längerem Krieg den Basken überlassen worden, jedoch unter der Voraussetzung, dass die dort ansässige galloromische und fränkische Bevölkerung nicht der baskischen Willkür unterliege, sondern unter der Aufsicht eines merowingischen Königs lebe.

Jener aber, so der Wille der Basken, sollte nicht Sigibert sein, der alte Gegner, sondern Chlodwig.

»Und das hat sein Gutes!«, sprach Ebroin forsch auf den König ein. »Denn solcherart ist Ausgleich geschaffen zwischen Neustrien und Austrasien. Der Friede wird nur gewahrt, wenn die beiden Reiche gleich groß sind, und mit Wisconia …«

Bathildis fiel ihm scharf ins Wort. »Ich wusste bislang nicht, dass du so denkst, Ebroin!«, spottete sie. »Du machst dir also dieselben Sorgen um unser Land wie ich – und hintergehst doch mein Trachten, dessen Zukunft zu ordnen und Kriege zu vermeiden!«

In den letzten Tagen hatte sie in seiner Gegenwart meist geschwiegen. Nun freilich nutzte sie seine Überraschung, dass sie sich wieder zu Wort gemeldet hatte, um entschlossen fortzufahren: »Hast du nicht verstanden, dass ich das Gleiche will wie du, Ebroin? Nämlich dafür sorgen, dass sich das Gewicht von Neustrien und Austrasien die Waage hält? Dies kann nur sein, bleibt Neustrien, wie es ist – ein geeintes Land und nicht etwa aufgeteilt auf drei Söhne!«

Nachlässig neigte er sich nach vorne, sprach wieder gedehnt, um ihrem Eifer mit Langsamkeit zu begegnen.

»Wer sagt dir, dass ich dagegen bin, Königin? Wer sagt dir, dass ich nicht Gleiches will?«

»Und wenn's so wäre und du tatsächlich Gleiches wolltest – woher soll ich's wissen?«, gab sie zurück. »Ich weiß doch nicht einmal, warum du zwischen mir und Childerich Zwietracht zu sähen suchst!«

Er lächelte schmal. »Ist es etwa meine Schuld, dass ich über lange Jahre mehr Zeit mit deinen Söhnen verbracht habe als du?«

»Ich schwöre dir, hätte ich das gewusst, ich hätte …«

»Gar nichts hättest du!«, gab er kalt zurück. »Du hast dich wohlgefühlt in deinem Dämmerschlaf, und daraus erweckt hat dich nicht dein eigen Fleisch und Blut, sondern das Los der Sklaven! Chlothar und Childerich hätten dir freilich näher stehen sollen als diese verdammte, dreckige Brut.«

»Von so hohem Rang bist du selbst nicht, Ebroin, dass du dich über die Unfreien erheben kannst!«

»Nun, mein Rang, ob nun von Geburt gesichert oder durch Treue erworben, spricht mir das Recht zu, mir über die Zukunft des Landes so viele Gedanken zu machen wie du! Und wenn du nicht ständig gegen mich kämpftest, sondern endlich Einsicht zeigtest, dass ich genauso wie du …«

»Mach mir nicht vor, du stündest auf meiner Seite!«

»Ich täte es gewiss, zeigtest du nur den Willen, auf mich zu hören!«

»Ich brauche keinen, der den Sinn meiner Söhne verwirrt! Mit böser Absicht, nur um mich zu strafen!«, rief sie heftig. Es fiel ihr schwer, noch länger Ebroins funkelndem Blick standzuhalten. Er schien sie zu verbrennen, zu verzehren. Hastig wandte sie sich darum Chlodwig zu. »Ach mein Gemahl! Siehst du denn nicht: Wenn es schon jetzt so viele Einflüsterer gibt, die unsere Kleinen zu lenken versuchen – wie viel schlimmer wird es sein, haben sie dereinst echte Macht und streiten um jedes Fleckchen Land? Viel besser wär's, die Dinge klar zu ordnen, und die Jüngeren erkennen noch zu deinen Lebzeiten den Ältesten als einzigen König an. Ja, viel besser wär's, schon heute stünde fest, dass nur Chlothar König wird und die anderen beiden – ohne schwere Last des Amtes – ein geruhsames Leben haben. Dann wäre der Friede des Landes …«

»Der Friede des Landes wäre vor allem dann gesichert«, fiel Ebroin ihr ins Wort, »wenn endlich Erchinoalds Nachfolge geklärt wäre. Du musst endlich eine Entscheidung treffen, mein König! Du musst einen Namen nennen!«

»Ach ja?«, zischte Bathildis. »Irgendeinen Namen? Sollte es nicht dein Name sein, Ebroin? Darum geht es dir – nicht um das Land, nicht um den Frieden, sondern um dich und deine Macht!«

»An Macht zu denken käme dir ja niemals in den Sinn, Königin! Ein herzensguter Mensch wie du denkt schließlich immer nur ans allgemeine Wohl, nicht wahr?«

»Mir zumindest käme es nie in den Sinn, ein unschuldiges Kind für meine Zwecke zu missbrauchen und …«

»Aber mit einer Peitsche auf solch unschuldiges Kind einzuschlagen – das findest du richtig!«

Chlodwig hielt den Blick gesenkt. Während ihres heftigen Wortwechsels war er noch mehrmals hin und her gegangen, dann hatte er zu flackern begonnen, sich wieder auf das Essen konzentriert. Nun kaute er wahllos durcheinander wie einst, obschon er jene Gewohnheit in den letzten Monaten aufgegeben hatte.

»Still!«, murmelte er plötzlich gequält. »Still! Nicht durcheinanderreden!«

Wiewohl er leise sprach, blieb sein leidender Laut nicht ungehört – beide schwiegen sie sofort.

Bestürzt sah Bathildis zu, wie Chlodwig seine Hände auf die Schläfen presste, von altem Kopfschmerz geplagt – vielleicht auch von den Stimmen?

Sie wollte sich zu ihm neigen, um ihrer Sorge Ausdruck zu verleihen, doch Ebroin war schneller. »Wie ist dir, König? Willst du dich zur Ruhe begeben? Du siehst so angestrengt aus …«, murmelte er.

Eigentlich musste sie ihm Recht geben – allein, weil der Vorschlag von ihm kam, hielt sie ihn für schlecht.

»Das hättest du wohl gerne, dass er Ruhe gibt und tut, was du sagst«, zischte sie.

Chlodwig kniff seine Augen wieder zusammen.

»Still!«, stieß er aus, und diesmal klang es wie das Knurren eines Hundes. »Still! Hört auf!«

Ebroin war ernsthaft bestürzt und folgte seinem Befehl – Bathildis nicht.

»Du … du brauchst nicht Ruhe, du brauchst vielleicht Abwechslung«, sagte sie schnell. »Es wird Herbst – ist das nicht die beste Zeit für die Jagd?«

Chlodwig liebte es zu jagen, Ebroin nicht. Im letzten Jahr war er dabei vom Pferd gefallen, und wiewohl er sich keine ernsthaften Verletzungen zugezogen hatte, so wusste jeder bei Hofe, dass er sich fortan ähnlichen Ausflügen verweigern würde.

Ritte der König nun aber für einige Tage allein in die Wälder von Clichy, so wäre ihr unseliger Streit vorerst vertagt. Sie könnte in Ruhe nachsinnen, wie sich Ebroin ruhigstellen ließe – und gleichsam wäre dafür gesorgt, dass Chlodwig nicht länger zermürbt würde von ihrem hartnäckigen Kampf um seine Gunst.

Sie nickte bekräftigend – und zu ihrem Erstaunen ersparte sich auch Ebroin den Widerspruch.

»Erchinoald soll mich begleiten«, murmelte der König. »Er klagt so oft über Schmerzen im Rücken, vielleicht ist es in diesem Jahr das letzte Mal.«

»So sei es«, sagte Bathildis, um das letzte Wort zu haben.

Noch war das Morgengrauen nur ein fahler Schein, der Mühe hatte, durch die schweren, dunklen Flügel der Nacht zu brechen, als Chlodwig den Palast verließ. Bathildis begleitete ihn in den Hof und sah ihm nach; die frische Nachftluft klärte ihre bleierne Müdigkeit und wirbelte zugleich absonderliche Sorgen und Ängste auf wie einen Haufen trockenen Herbstlaubs.

Gestern noch hatte sie es für richtig befunden, Chlodwig diese Erholung zu gönnen. Heute fühlte sie sich plötzlich unendlich verloren, als sie ihm nachsah, nicht nur allein gelassen, sondern aufgegeben, gleich so, als würde sie unwiederbringlich das verlieren, von dem sie bislang gar nicht richtig wusste, dass er es ihr geschenkt hatte: Sicherheit, Geborgenheit, Rückhalt. Sie begriff nicht, warum jenes Gefühl der Verlassenheit in ihr wütete, selbst in den Tiefen ihres Gedächtnisses, und dass es gegen allen Widerstand die Erinnerung an jenen Morgen heraufbeschwor, da sie von Aidan weggeholt wurde.

Sie schüttelte den Kopf. Ich sehe ihn doch bald wieder, dachte sie und suchte das dumpfe Unbehagen zu unterdrücken.

Nachdem Chlodwigs Gestalt im Torbogen verschwunden war, wandte sie sich ab – und stieß auf Ebroin, der es sich nicht hatte nehmen lassen, gleichfalls den König zu verabschieden.

Er ersparte ihr ein höhnisches Wort. Doch er grinste herausfordernd, bekundend, dass er sich nicht fürchtete, sich weiterhin im Kampf mit ihr zu messen.

XXV. Kapitel

Tag und Nacht schien Ebroin sie zu beobachten. Und Bathildis, bislang nur erzürnt, fühlte sich plötzlich auch bedroht.

»Ich weiß nicht«, sagte sie eines Tages zu Rigunth, »ich weiß nicht, wie weit er gehen würde, mir den Einfluss auf Chlodwig streitig zu machen.«

»Ich dachte, er wäre es gewesen, der dir zu diesem Einfluss stets verhelfen wollte.«

»Ja, gewiss … wenn ich genau das tue, was er will.«

»Doch liegen sein und dein Trachten wirklich so weit auseinander?«

Rigunth betrachtete sie mit unergründlicher Miene. Bathildis zuckte unbehaglich mit den Schultern. Die Wahrheit war, sie wusste es nicht. Sie wusste nicht, was Ebroin wollte, von ihr und ihren Söhnen, vom König und vom Land. Sie wusste nicht, ob er sich nur die Zeit vertrieb, indem er sein Spiel mit ihr spielte und sie herausforderte, oder ob er sie wahrhaft quälen wollte, als Rache für ihre Ablehnung. In jedem Fall hatte sie stets das Gefühl, sie müsste auf der Hut vor ihm sein, auch wenn Rigunth das nicht verstand.

»Du warst so tatenhungrig, Königin, verbissen und rastlos im Kampf gegen die Sklaverei. Doch nun scheint mir, du stürztest dich mit gleicher Inbrunst in die Aufgabe, Ebroin zu überwachen. Ist das nicht vergeudete Kraft?«

»Was soll ich tun – wenn er mich doch lähmt?«

»Worin? Er verbietet dir doch nicht, erneut zu Eligius zu reisen oder anderes zu tun, um …«

Sie sprach nicht weiter. Bathildis begriff auch so.

»Nun gut«, meinte sie nachgebend, »ich will darüber nachdenken, eine neue Reise zu unternehmen … Wenn der König erst wieder zurückgekehrt ist.«

Rigunth deutete eine flüchtiges Lächeln an.

Doch Bathildis' Pläne sollten nicht mehr verwirklicht werden.

Sie hatte erwartet, dass Ebroin nicht weiter mit ihr speisen würde – nun, da der König fort war. Doch als sie sich im engsten Kreise das Abendmahl servieren ließ – Rigunth war zugegen, Gertrude und drei, vier andere Mädchen aus adeligen Familien, die bei Hofe lebten, um ihr zu dienen, bis sie alt genug waren, den Bund der Ehe einzugehen –, so gesellte er sich zu ihnen.

»Du erlaubst doch, Königin, dass ich bei dir weile und dir die Zeit vertreibe, da du deinen Gatten schmerzlich vermisst?«, fragte er.

Sie schnaubte nur, doch er erwartete ihre Zustimmung ohnehin nicht und legte sich zu Tisch.

Es waren einfache Speisen serviert worden, auf den Geschmack der Königin ausgerichtet, die anstelle von gebratenem Fleisch eine *suppa* bevorzugte – eine typisch fränkische Brühe, in die man Brotwürfel schnitt und Wein unterrührte. Ebroin nahm nichts davon, sondern lag eine Weile auf seinen Arm gestützt, den Kopf etwas schief gehalten, und starrte auf Bathildis, nicht nur spöttisch, wie sie befand, sondern anzüglich.

Sie war es überdrüssig, seinem Blick forsch zu begegnen, und lehnte sich ihrerseits zurück. Anstatt das Mahl zu beenden, schloss sie die Augen zum Zeichen, dass ihr der Appetit vergangen sei. Solcherart hoffte sie, dass sie das Essen aufheben und sich zurückziehen könnte.

Alsbald freilich fiel ihm ein Mittel ein, ihre Aufmerksamkeit zu erregen.

»Rigunth!«, sprach er über den Tisch hinweg. »Rigunth! Schenk mir Wein ein!«

Stumm und ausdruckslos erhob sich das Mädchen, um seinem Befehl Folge zu leisten, doch schon schnellte Bathildis' Arm vor und hielt sie zurück.

»Sie ist nicht deine Dienerin, Ebroin!«

Er grinste zufrieden und stocherte nur allzu gierig in ihrer Erregung. »Ach nein? Was ist sie denn anderes als eine gewöhnliche Sklavin?«

»Das ist sie nicht!«, entgegnete Bathildis heftig, wiewohl sie ahnte, dass sie ihn damit am meisten erfreute. »Sie hat keine Eltern mehr. Und ich habe zwar drei Söhne, aber keine Tochter.«

Ebroin kreischte auf. »O, fromme Bathildis! Hast stets ein offenes Herz für die Mühseligen und Beladenen, bist dir nie für eine gute Tat zu schade, für Milde und Demut! ... Du gestattest, dass ich mich weniger edel benehme.«

Rigunth hatte sich wieder zu Bathildis' Füßen niedergelassen, wo sie zumeist saß. Nur drei Schritte war sie von Ebroin entfernt, und jener überbrückte diese schnell, um nach dem Mädchen zu greifen, es auf seine Liege zu ziehen und entschlossen und besitzergreifend über ihr bleiches Gesicht zu streicheln – und tiefer.

Rigunth ließ es schweigend über sich ergehen und musterte ihn nur mit ihren dunklen Augen.

Bathildis aber vermeinte, auf ihrer eigenen nackten Haut seine suchenden Finger zu fühlen, lang und dünn ... und heiß.

»Lass das, Ebroin!«, schrie sie auf.

Mit bedauerndem Lächeln entließ er Rigunth aus seinem Griff und beugte sich nach vorne, um näher bei der Königin zu sein.

»Weißt du, Bathildis«, setzte er an, »ich habe mich oft gefragt:

Was wäre geschehen, wenn ich dich begehrt hätte und nicht der König?«

Rigunth hob beschwichtigend die Hände, um anzudeuten, dass sie Ebroin die unsittliche Berührung nicht übel nahm und dass es besser war zu schweigen. Tatsächlich gelang es Bathildis, den Mund zu halten, wenngleich sie die Zähne aufeinanderrieb.

»Alle Welt weiß, dass Erchinoald dich auch gewollt hat«, fuhr Ebroin da schon fort. »Aber offenbar war er nicht Manns genug, dich mit Gewalt zu nehmen. Hätte er mich um Rat gefragt – ich glaube, dann hätte ich ihm solches empfohlen.«

Diesmal vermochte sie nicht, still zu bleiben.

»Jedes weitere Wort wird dir leid tun… sobald der König zurückkommt.«

»Der König hat seine ersten Schritte gemeinsam mit mir gemacht«, entgegnete Ebroin vermeintlich gelassen. »Ich saß neben ihm, als er die ersten Buchstaben malte; ich begleitete ihn zu Pferde, als er das erste Wild erlegte. Ich stand ihm zur Seite, als er zuerst den Vater verlor und dann die Mutter.«

Mühsam zügelte Bathildis ihren Groll, auf dass sie ihn wirksamer treffen könnte.

»Allein aus diesem Grund vergebe ich dir die unverschämten Worte, die du eben gesprochen hast.« Sie nutzte den anzüglichen Blick, den er ihr zuwarf und der sie kränken sollte, um es ihm heimzuzahlen. »Ich weiß«, fuhr sie fort, und ihre Stimme klang nicht schrill, sondern leise raunend. »Ich weiß schließlich: Was dich antreibt, ist die Verbitterung – du hast mit dem König die Jugend geteilt, aber ich teile heute mit ihm das Bett.«

Einen Augenblick lang schien er nicht zu wissen, was sie ihm damit sagen wollte. Sein Lächeln glättete sich, wohingegen sich seine bleiche Stirne ein wenig runzelte.

Sie genoss die Ahnung eines kurzen Sieges. Wiewohl sie hörte, wie hinter ihr Gertrude mit den anderen Mädchen zu tuscheln begann, neigte sie sich plötzlich vor, löste die Spange ihres Umhangs und streifte die Tunika ein wenig zurück, sodass die Ansätze ihrer Brüste sichtbar wurden.

»Soll ich dir bei Gelegenheit verraten, Ebroin, wie ich des Königs Lust entfache?«, flüsterte sie heiser. »Soll ich dir verraten, auf welche Weise ich viel, viel mehr Macht über ihn gewinne, als du jemals hattest?«

Er errötete. So viel Farbe hatte seine weiße Haut noch nie gekannt. Selbst die blassen Augen verdunkelten sich, zerrissen von der Gier, sie mit den Blicken aufzufressen, und dem Wunsch, sie gewaltsam zu töten.

Sie wollte auflachen über seine Demütigung, doch jener Laut schien sich zu verselbständigen, ihr in den Kopf zu steigen wie ein zu großer Schluck von heißem, süßem Wein.

Plötzlich wusste sie, was sie an ihm am meisten hasste – dass er als Einziger jene heftigen, lebendigen, starken Gefühle in ihr nähren konnte, die sie zuletzt gekannt hatte, als ihr Leben noch nicht unter dem Schleier der Schwermut versunken war. Selbst ihr Kampf um eine bessere Welt, um das Los der Unfreien und Kriegsgefangenen, hatte nie ähnlich durchdringende Laute gezeugt, nur anfangs ähnlichen Eifer und ähnliche Kraft. Später hatte sie sich auf ihren Reisen Abend für Abend müde und ausgelaugt gefühlt – nun aber war sie so frisch, als hätte sie Antrieb für mehrere schlaflosen Nächte.

Die Röte überzog nun auch ihr Gesicht, gefolgt von einem hartnäckigen Pulsieren. Rasch sprach sie weiter, um sich wieder zur Besinnung zu bringen.

»Ich habe sie nicht gewollt – aber ich besitze sie: die Macht über den König. Und wenn ich es will, dann zertritt er dich wie Gewürm unter seinen Füßen.«

»Du drohst mir?«, entgegnete Ebroin. Er klang so heiser wie sie. »Du willst mir wahrhaft drohen? … Weiß Gott, wenn ich es wollte, ich hätte keine Skrupel, jedoch genügend helfende Hände, dich aus dem Weg zu schaffen!«

»Ha! So gibst du's zu, dass du mich würdest töten lassen?«

Rigunth stieß sie vorsichtig in die Seite. »Nicht«, murmelte sie, »nicht …«

Aber Bathildis war zu sehr in Rage, um auf sie zu achten. »Ich schwör's dir, Ebroin – der König wird erfahren, dass du mir drohst!«

Seine Augen wurden schmal. »Und wenn es zu spät ist?«, raunte er.

Sie fuhr hoch. »Du wagst es …«

»Sei unbesorgt«, fiel er ihr kühl ins Wort. »Um dein Leben musst du gewiss nicht fürchten. Ich wüsste schon, wie ich dich wahrhaft schmerzlich treffen könnte!«

Sie konnte nicht mehr ruhig liegen bleiben. Sie sprang auf, stürzte zu ihm, starrte auf ihn hinab.

»Was meinst du damit?«, schrie sie.

Das Flüstern hinter ihr wurde immer besorgter. Ebroin hingegen lehnte sich ruhig zurück.

»Was ich damit meine? Nun, meine Königin, was ist dir mehr wert als dein eigenes Wohlbefinden?«

Jetzt griff er selbst zur Weinamphore, um seinen Kelch zu füllen. Er hob ihn herausfordernd, dann begann er zu trinken, nicht gemächlich, sondern in gierigen, hastigen Schlucken.

Bathildis sah ihm nicht mehr zu. All ihr Ärger verknäulte sich zu Furcht. Sie drehte sich um und stürzte hinaus.

»Fara!«

Sie lief die Treppe hoch, den Gang entlang, eilte zum Gemach der Söhne, stets den Namen jener Frau auf den Lippen, die über deren Wohl wachte.

»Fara! Fara!«

Die Unruhe nahm beim Laufen zu. Es deuchte sie, ein Unheil stünde knapp bevor und könne nur noch durch höchste Eile verhindert werden. Doch Fara, aus dem Schlaf gerissen, blickte verstört in ihre aufgeregten Züge.

»Meine Königin! Was ist geschehen?«

»Das frage ich dich! Geht es meinen Söhnen gut?«

Fara nickte. »Sie schlafen ... alle drei ...«

Der Umstand schien ihr alltäglich. Bathildis hingegen vermeinte, die Beine müssten ihr einknicken ob der Erleichterung, die sie durchfloss – und ein wenig auch ob der Scham, die rasch folgte, nun, da sie wusste, dass niemand ihre Kinder bedrohte. Rasch trat sie ins das verdunkelte Gemach, sah kurz in jene Betten, in denen Chlothar und Childerich schliefen – der eine steif und ausgestreckt, der zweite gewunden wie ein Kätzchen – und tadelte sich selbst ob mangelnder Beherrschung.

Schon als sie Theuderichs Kinderstube erreichte – die Amme, die Fara ausgewählt hatte –, schlief an seiner Seite –, so reute es sie tief, dass sie Ebroin gestattet hatte, ihr derart zuzusetzen. Sie war auf ihn hereingefallen, ohne dass er mehr in die Waagschale werfen musste als ein paar böse Worte.

Kurz roch sie am süßlichen Köpfchen des Jüngsten, genoss es, ihn ruhig atmen zu hören, und schlich auf Zehenspitzen hinaus.

Rigunth war ihr gefolgt und wartete auf sie.

»Meine Königin«, fragte sie verwirrt, »meine Königin, warum streitest du mit ihm? Warum forderst du ihn so heraus? Er hat dir doch nichts getan! Er steht doch viel treuer zum König als alle anderen, die ihm dienen!«

Unwirsch hob Bathildis die Hand, verärgert, dass Rigunth sich auf seine Seite stellte. »Er hat dich so schändlich angefasst – und du verteidigst ihn?«

»Er hat sich nicht gut benommen. Doch das ist doch nicht der Grund, warum du ihm derart zürnst!«

»Nein«, gab Bathildis verdrossen zu, »nein das ist er nicht.«

Sie ließ die Wahrheit unausgesprochen. Sie zürnte ihm für sämtliche Empfindungen, die er aus ihr zu kitzeln wusste.

»Meine Königin ... Er hat dir doch dazu verholfen, des Königs Herz zu gewinnen und seine Frau ...«

»Ach, hör schon auf! Er tat es nur für sich!«

»Und für den König!«, rief Rigunth, und nicht zum ersten Mal fragte sich Bathildis, woher eine Frau, die schon als Kind zur Sklavin wurde, den Mut nehmen konnte, einer Königin zu trotzen. »Ebroin ist ihm so ergeben. All seine Zuneigung richtet sich auf ihn.«

»Was mich verwundert«, murrte Bathildis. »Ebroin ist viel willensstärker als der König. Wie kann er ihn anschauen, ohne zugleich zu denken, dass Chlodwig ein Schwächling ist? Wie kann er ihn bewundern, wo jener sich doch vor jeder Entscheidung fürchtet?«

Schon fühlte sie sich von Rigunths starrem Blick ertappt, sich bloßgestellt als eine, deren leise Verachtung für den Gatten niemals gänzlich verschwunden war.

Sie erschrak.

»Ebroin fehlt es an Freundlichkeit und Güte, gewiss«, sagte Rigunth leise. »Und doch würde er niemals über den König spotten. Jede Schwäche von ihm wäre ein Anreiz, ihm noch treuer zur Seite zu stehen. Der König kann tun, was immer er will – Ebroin wird nie aufhören, ihm für die Freundschaft, die jener ihm als Kind erwiesen hat, dankbar zu sein.«

Ein zischender Laut entfuhr Bathildis' Mund, als versuchte sie, ihr Unbehagen wegzulachen. »Willst du mir also vorwerfen, dass Ebroins Ärger auf mich berechtigt ist – weil er sich selbst so getreu an das Gebot der Dankbarkeit hält, ich aber nicht? Nun, da kann er lange hoffen, dass ich ihm so verbunden bin wie er selbst Chlodwig. Hier stehen die Zeichen anders, hier ...«

Indessen sie immer lauter redete, hatte Rigunth sie sanft am Arm gepackt, um sie vom Gemach der Kinder fortzuführen. Die Kleinen sollten von der aufgebrachten Stimme der Mutter nicht geweckt werden.

»Ich bitte dich, Königin«, unterbrach Rigunth die Königin wieder, diesmal nicht mit ihrer Bestimmtheit, sondern voll des Mitleids. »Du hast es doch nicht nötig, dich vor einem armen Mägdelein, wie ich es bin, zu rechtfertigen.«

Kaum hatte sie das gesagt, senkte sie die dunklen Augen. Bathildis freilich fühlte sich nicht befreit. Dem forschen und auch ein wenig vorwurfsvollen Blick standzuhalten, hatte ihr Kraft gegeben. Nun schien alles gleichzeitig auf sie hereinzubrechen: Die Scham darüber, Ebroin derart herausgefordert zu haben. Die Trauer, dass sie Menschen quälte, weil da etwas Dunkles in ihr wucherte und aus dem glanzvollen Dasein ein vergälltes machte. Die Verachtung schließlich, die sie eben noch dem rotäugigen, bleichen Mann entgegengebracht hatte, der so oft ihr Blut in Wallung gebracht hatte, und die sich nun gegen Bathildis selbst richtete.

Wiewohl sie sie nicht länger ansah, schien Rigunth zu merken, welcher Kampf hinter ihrer Stirn tobte. »Vielleicht ist's besser, ich lasse dich alleine, meine Königin«, sprach sie – und ging.

Als ihre sanften Schritte verklangen, wähnte sich Bathildis nicht mehr von ihren Gefühlen zerrissen, sondern einfach nur verloren. Ziellos ging sie ein paar Mal im Gang auf und ab, verbat sich, ein zweites Mal nach den schlafenden Kindern zu sehen, suchte schließlich in der kalten Nachtluft Labsal für ihre verwundeten Gedanken.

Die Wachen grüßten sie erstaunt, als sie an ihnen vorbei auf jenen Hof zuschritt, den einzig ein kleines Mäuerchen von der Seine abgrenzte.

»Ihr könnt gehen!«, befahl sie. Ihre Worte überraschten nicht minder als ihr Erscheinen, doch waren sie so bestimmt gesprochen, dass man sich ihr fügte.

Sie fröstelte, als sie zum Nachthimmel hochstarrte. Schwarze Wolken zogen an den Sternen vorbei, so bedrückend langsam, als brächen sie zu einem Leichenzug auf.

Was tue ich nur? Ach Aidan, was tue ich nur? Was ist es, was mich treibt und nicht zur Ruhe kommen lässt?, dachte sie – Trost und Stütze bei dem Namen suchend, der doch zugleich all ihr Elend bedingte.

Hat Rigunth recht? Tue ich Ebroin Unrecht? Doch wie kann ich ihn um Verzeihung bitten, ohne dass er in sein spöttisches Lachen ausbricht? Unerträglich wäre das!

Viel schneller, als die Wolken am Himmel entlangschlichen, huschte plötzlich in ihren Augenwinkeln ein Schatten vorbei. Sie fuhr herum, erbost, dass jemand wagte, sie zu stören.

»Wer ist …«

Die Frage endete abrupt. Aus dem schnellen Schatten wurden mehrere dunkle Gestalten. Sie kreisten sie ein, packten sie, und eine von ihnen legte die schwielige Hand über ihren Mund.

Ihr Aufschrei blieb lautlos. Nichts anderes brachte er ihr ein als einen fremden, salzigen Geschmack auf Lippe und Zunge. Sie wusste nicht, ob sie die fremde Hand schmeckte – oder den eigenen Speichel. Stimmlos gemacht, versuchte sie sich dennoch zu wehren, strampelte, trat um sich, kämpfte darum, die Hände aus der Umklammerung zu befreien.

Doch sie schienen von Eisenfesseln festgehalten zu sein. Zuletzt vermochte ihr Leib nur mehr hilflos zu zucken, den Griffen von schweren Händen ausgeliefert, die sie zerdrücken und ersticken könnten.

Sie wusste nicht, ob das ihr Ziel war. Kurz glomm Hoffnung auf, schrill und lebendig, dass irgendjemand ihr nur einen Schrecken einjagen wollte. Nein, nicht irgendjemand. Sie wusste genau, wer es war.

Doch dann war ihr, als würde sie hochgeschleudert, zuerst über stahlharte Schultern … schließlich über die steinerne Mauer. Dass sie nicht schreien konnte, zähmte ihre Furcht ein wenig. Unmöglich war's auf diese Weise, den Gedanken auszusprechen, der da als Erstes durch den Kopf rumpelte – und nichts anders verhieß, als dass man sie tatsächlich morden, in die Tiefe stürzen lassen wollte.

Nein!, wollte sie schreien, nein! – und vermochte doch nichts anderes, als nur die Augen zu schließen, kaum dass sie kopfüber hing. Zumindest musste sie solcherart nicht in eine bedrohliche Tiefe starren, sondern einfach nur in gnädige Schwärze, die bodenlos war.

Noch freilich war der Griff um ihre Glieder fest, noch lockerte er sich nicht, um sie fallen zu lassen. Sie merkte, wie ihr der Atem knapp wurde, kämpfte zuerst stöhnend um frische Luft und lud dann doch die Ohnmacht ein, sie gnädig zu umfangen. Das Blut rauschte anfangs laut in den Ohren, dann schien es zu verebben, nur mehr ein Plätschern zu sein, sanft und weich… und nicht länger furchterregend.

Die Schwärze vor ihren Augen – zunächst noch ein dunkler Balken – wurde zu einem tiefen Schlund. Ein letztes Mal stöhnte sie, um sich dann ganz darein fallen zu lassen.

Doch mitten in den Sog, der sich vor ihr auftat, schnitt ein störender Ruf, zuerst von weither kommend, dann immer näher; er kündete von Entsetzen, Furcht und Sorge.

Gleichwohl sie eben noch versucht hatte, sämtliche Sinne abzugeben, versuchte Bathildis nun, einzelne Worte herauszuhören, strampelte wieder – und diesmal gab die Eisenfaust, die sich um ihre Glieder geschlossen hatte, nach. Sie wusste kaum, wie ihr geschah, da wurde sie vom Abgrund weggezogen und polterte von den breiten Schultern eines ihrer Angreifer, fiel schmerzhaft auf den Rücken und blieb ächzend liegend. Kurz nahm sie nichts weiter wahr, als die Erschütterung der Erde, indessen die riesigen Männer hastig von dannen liefen. Weiterhin ächzend mühte sie sich ab, sich auf die Seite zu drehen, sich aufzustützen, aufzustehen. Sie fühlte sich wie ein altes Weiblein, zerschunden und auch ärgerlich: Warum half ihr denn niemand? Warum reichten ihr jene, die mit ihrem Lärm und Rufen das gemeine Attentat beendet hatten, nicht die Hand?

Erst als es ihr schließlich gelungen war, sich aufzurichten, gewahrte sie, dass sie ganz alleine hier stand, die Stimmen aber immer noch tönten. So hatten sie denn also nicht ihr und den nächtlichen Angreifern gegolten. Jene hatten sich davon zwar stören lassen, waren aber danach unerkannt geflohen.

Bathildis ging stöhnend, jeder Schritt tat ihr weh, und dennoch beschleunigte sie sie, denn wenn sie nicht die Ursache für diese Aufregung war, so musste es einen anderen Grund dafür geben, dass sie mitten in der Nacht geschürt wurde. Die panischen Laute verhießen nichts Gutes.

Sie hinkte in Richtung des Lärms und auch in Richtung der Fackeln. Mehr und mehr wurden entzündet; mehr und mehr Leute liefen vor das Tor des Palastes. Sie folgte ihnen, und jetzt erkannte sie auch vertraute Gesichter, das von Gertrude und das von Rigunth. Beide starrten sie entsetzt an. Zuerst dachte sie, dass sie ihr das Schreckliche ansahen, das ihr eben widerfahren war, dass sie die Spuren wahrnahmen, die der ungleiche Kampf hinterlassen hatte – rote Flecken in ihrem Gesicht und wirres Haar, das sich unter der Haube gelöst hatte.

Doch anstatt danach zu fragen, stützten die beiden Frauen sie rechts und links und führten sie dorthin, wo am lautesten gerufen wurde. Bathildis begriff, was geschehen war und was sie davor bewahrt hatte, über die Mauer gestürzt zu werden, und ihrer Kehle entrang sich ein heiserer Schreckensschrei.

XXVI. Kapitel

Als sie in Chlodwigs Gesicht sah, nur in sein Gesicht, gar nicht auf den verletzten Leib, da stahl sich ein Wort in ihre Gedanken, so unausweichlich wie endgültig, so grausam wie hoffnungslos.

Tot.

Sie musste nicht erst auf die vielen Stimmen hören, die im Hof durcheinanderriefen, manch eine raunend, manch eine noch aufgeregt von jenem schrecklichen Unfall im Wald von Clichy. Bathildis hörte nicht genau zu; erst viel später vermochte sie sich aus den Wortfetzen zusammenzureimen, was geschehen war.

Von einem Eber war die Rede, wild und gefährlich. Vom König, der ihn zu treffen suchte. Von seinem Pferd, das strauchelte und ihn abwarf. Vor dem Eber hatte man ihn bewahren können; alsbald war er erlegt, ehe er seine schrecklich spitzen Hauer in des Königs Leib hatte bohren können. Doch der König fiel unglücklich auf einen Ast, der spitz vom Boden wegstand und ihn durchbohrte wie eine Lanze. Man hatte ihn herausgezogen, doch das Blut war nicht gestockt, sondern troff aus der Mitte seines Leibes.

Tot, dachte Bathildis, wiewohl Chlodwig bei Bewusstsein war, sich auf dem fahlen Gesicht sogar ein Lächeln abzeichnete, als er sie sah – er ist so gut wie tot.

Ein kalter Hauch schien über der Liege zu wehen, auf der

man ihn brachte – nichts weiter als zwei stramme Äste, zwischen die man ein festes Stück Leder gespannt hatte, und jener Hauch verhieß das Gleiche, nur schmerzlicher, schneidiger, was sie in jenem Augenblicke schon erfühlt hatte, als er vor mehreren Tagen von dannen geritten war: die Ahnung von Verlust, von Verlassenheit.

»O nein!«, schrie sie auf. Der Schrecken, den sie eben noch erlebt hatte, verblasste ob dieses Unglücks. Sie fiel vor ihm auf die Knie; sie berührte das Gesicht, aschgrau und so faltig, als wäre das Fleisch dahinter bereits geschwunden und die verbliebene Haut viel zu weit, um sich glatt darüber zu spannen.

»O nein!«

Sie fühlte Erchinoald an ihre Seite treten, kummervoll und gebeugt; er wiederholte, was schon seine aufgeregten Männer kundgetan hatten. Sie achtete nicht auf ihn, auch nicht auf Gertrude und Rigunth, die die Königin zu trösten suchten, von den Leibärzten sprachen, die schon auf dem Weg hierher wären und die den König gewiss heilen könnten.

Er ist so gut wie tot, überkam sie erneut das Grauen.

»Weine nicht, Bathildis«, sprach Chlodwig, und erst da fühlte sie, wie Tränen über ihre Wangen tropften.

Zwei Tage suchte man den Blutfluss zu stillen, mit Pflanzen und Kräutern, die rund um Heiligengräber wuchsen, und mit dem Öl von Lampen, die in den Grüften anderer Heiliger hingen, schließlich mit Staub aus deren Sarkophagen.

Keine bessere Medizin würde es geben, hieß es, und rasch war jede Kirche im ganzen Land dazu aufgerufen, sämtliche Reliquien, die sie besaß, zum König zu bringen.

Zuletzt hörte das Blut tatsächlich zu fließen auf, doch Bathildis hatte den Verdacht, dass dies nur geschehen war, weil in seinem Körper keines mehr übrig war. Und die Wunde, ein rundes, schwarzes Loch, wollte sich nicht schließen, sondern begann zuerst, an ihren Rändern glühend rot zu werden, dann zu eitern, und schließlich breitete sie sich über den ganzen Bauch aus.

Mehrmals war Chlodwig in all den Stunden in tiefe Ohnmacht versunken, nun kam er zu sich, las in den Gesichtern seiner Treuen und murmelte selbst, mit glühender Stirne, sein Todesurteil: »Wundfieber.«

Bathildis konnte nicht mehr weinen. Vertraut war, was da schmerzhaft in ihr pochte. Alleine … alleine … er lässt mich alleine. So wie Aidan … damals …

Dass sie zum zweiten Mal das Gleiche erlebte, machte es nicht leichter. Nicht nur, dass diese Erfahrung dumpfe Trostlosigkeit zeugte – es war auch überraschend zu erkennen, dass sie an einem Mann, der sie oft mehr als Kerkermeister gedeucht hatte denn als Gatte, so schmerzlich hing, dass sie seiner, der ihr doch so oft schwach erschienen war, schmerzlich bedurfte.

Wie starr erlebte sie die letzten Stunden – genauso aschfahl, gebeugt und verstummt wie Erchinoald, der Major Domus, der nicht vom Sterbebette wich.

Nur einer ertrug die Stille nicht, die einzig vom Gebet der Mönche durchbrochen wurde, nur einer focht gegen das endgültige Urteil an.

Bathildis sah Ebroin, den verhassten Ebroin, fast verrückt werden vor Ärger und Schmerz. Als man Chlodwig gebracht hatte, hatte er unbewegt im Hof gestanden; nun barst die aufrechte Haltung wie eine Wand, die staubspuckend zu brechen beginnt. Seltsam waren nicht die lauten Worte, die er ausspie, sondern die hüpfenden Bewegungen, die er machte, als stellte er sich den Schmerz als einen Pfeil vor, der nur den Stillstehenden treffen kann.

»Ich lasse nicht zu, dass er stirbt!«, brüllte er. Obschon hektisch, waren seine Bewegungen doch weich und biegsam – aus der Ferne betrachtet, war es ein merkwürdiger Tanz, den er vollführte. »Wenn er stirbt, so sollen es mir die Ärzte büßen! Keinen einzigen werde ich am Leben lasse! Habt ihr schon einmal davon gehört, was die Königin Fredegund tat, als die Heilkundigen ihren kleinen Sohn sterben ließen? Nun, ein besseres Geschick sollen auch diese nicht erfahren! Elendiglich sollen sie verbrennen oder in der Seine ersaufen, oder sie sollen ihre Gliedmaßen einzeln verlieren ... Die Furcht wird sie das Mittel finden lassen, den König nicht sterben zu lassen und ...«

Bathildis hatte ihm in all den Tagen nicht in die Augen gesehen. Die Sorge um Chlodwig hatte sie beinahe vergessen lassen, dass Ebroin der Mann war, der sie offenbar hatte morden wollen lassen. Nun fiel es ihr wieder ein, und umso widersinniger deuchte es sie, dass sie gerade mit ihm das Bangen um den König teilte.

Sie stellte sich vor ihn hin. »Wage nicht, den Ärzten zu drohen! Es wäre nicht des Königs Wille, ihnen ein Haar zu krümmen. Ruft Gott seinen Sohn Chlodwig, so muss ich ihn gehen lassen – und du, du musst es auch, Ebroin!«

Immer noch konnte sie ihm nicht in die Augen sehen, aber allein ihre Stimme schien ihn zu beschwichtigen. Er hielt inne, begann zu zittern und griff sich hastig ins Gesicht, um Tränen fortzuwischen, die ihm Zorn und Trauer in die Augen getrieben hatten.

Bathildis blickte ihn befremdet an, verwundert, verstört. Dass jemand wie Ebroin weinte, schrie förmlich nach Spott – und zeugte stattdessen nur den Wunsch, die Hand nach ihm auszustrecken, nach dem Ausbruch von Gewalt nun auch sein Zittern zu mildern und solcherart selbst Trost zu finden.

Er liebt ihn, dachte sie. Der König ist tatsächlich sein engster und bester Freund, und er liebt ihn.

Gleichwohl Rigunth ihr eben das gesagt hatte, hatte sie bis jetzt nicht daran geglaubt, dass Ebroin zur Treue taugte.

»Ich ertrage das nicht!«, rief Ebroin. »Ich ertrage das nicht.«

Sein Weh spiegelte das ihre und schien es zu vergrößern. Rasch wandte sie sich ab.

»Wenn du nicht mehr Beherrschung zeigst, Ebroin«, sprach sie unwirsch über ihre eigentliche Regung hinfort, »dann lasse ich dich aus Chlodwigs Gemach werfen. Hast du mich verstanden?«

Vielleicht waren seine Augen zu feucht, um den üblichen Hass auf sie aufglimmen zu lassen. Ausdruckslos traf sie sein Blick, als er nur nickte und fortan schwieg.

In der nächsten Stunde brachte Fara die drei Söhne. Theuderich schlief auf ihrem Arm, friedlich und engelsgleich, und kurz neigte sich Bathildis über ihn, seine warme, süße Haut zu küssen und sich daran zu laben. Dann legte sie jeweils eine Hand auf die Schultern der beiden Ältesten und führte sie zum Bett des sterbenden Vaters.

Chlothar war bleich, jedoch gefasst wie immer, der Mund zusammengepresst, seine Augen ausdruckslos. Was immer ihm der nahe Tod des Vaters bedeutete – er verriet es keinem Menschen; vielleicht wusste er es selbst nicht.

Childerich war weniger gefasst. Seine Lippen bewegten sich, und hervor kamen grummelnde Geräusche. Zwar war nicht zu verstehen, was er sagte, doch Bathildis wähnte gleiches Hadern daraus abzulesen, wie Ebroin eben noch gezeigt hatte – ein wütendes Protestieren gegen das Unvermeidliche und schließlich auch den Willen, die Schuldigen zu bestrafen. Sein Blick glitt über die Ärzte, verächtlich und verbittert. Warum sie schonen?, schien er zu sagen. Ihr Stand war kaum höher als der der Sklaven – und manch einer von ihnen war wegen eines geringeren Anlasses gestorben!

Bathildis verstärkte ihren Griff um seine Schulter, halb tröstend, halb mahnend. Er schüttelte ihn rüde ab und trat gemeinsam mit Chlothar näher an den König heran, auf dass jener sie segnen könnte.

Chlodwig gebrauchte dafür Gesten, keine Worte. Erst als Fara mit den Söhnen das Gemach verlassen hatte, öffnete er den Mund und versuchte, etwas zu sagen.

Fast gleichzeitig neigten sich Ebroin und Bathildis zu ihm nieder, doch es war nur sie, die er meinte.

»Bathildis«, nannte er ihren Namen. Seine Stimme war unendlich sanft und schwach. »Bathildis! Ich will mit dir alleine sein. Ich muss dir etwas sagen …«

Chlodwigs Gesicht war halb verdeckt von seinen dünnen, langen Haaren. Im matten Licht des Kerzenscheins fiel ihr auf, dass manche Strähne grau geworden war, wiewohl er noch keine dreißig Jahre alt war. Vielleicht war ob des Unglücks sämtliche Farbe geschwunden – so wie das Blut aus seinem Körper.

In einem Anflug von trostloser Zärtlichkeit neigte sie sich vor, um ihm das Haar aus dem Gesicht zu streichen.

»Nicht!«, rief er keuchend.

Sie war sich nicht gewiss, was er abwehren wollte – ihre vorsichtige Berührung oder dass seine Züge nun vor ihr bloß lagen, ungeschützt und unverborgen.

Sie zuckte zurück. »Darf ich dich nicht berühren, mein Gemahl?«, fragte sie mit belegter Stimme. Sie ließ unausgesprochen, dass es das letzte Mal sein könnte – er wusste es selbst.

»Bathildis …«, begann er wieder matt, »Bathildis, ich muss dir unbedingt etwas sagen …«

Mit jedem Wort schien er ein wenig mehr von dem mageren Rest an Kraft zu verpusten, der ihm geblieben war.

»Nicht doch«, versuchte sie ihn zu beruhigen. »Nicht doch …«

Er schien ihr zu gehorchen, schaute sie an, mit fieberglänzenden Augen, kindlich und treuherzig. Dann ging jäh ein Ruck durch seine eingefallene Gestalt. Er versuchte sich aufzusetzen, und wiewohl ihm das nicht gelang, reckte er zumindest den Kopf nach vorne und stützte sein Kinn auf seine Brust.

»Ich habe dich belogen, Bathildis, ich habe dich belogen … nein, nicht wirklich belogen. Ich habe dir die Wahrheit vorenthalten. Ich habe es dir einfach nicht gesagt.«

Begütigend neigte sie sich vor, um den Speichel abzuwischen, der ihm aus dem rechten Mundwinkel troff, sämig und farblos.

»Nicht!«, wehrte er sie erneut ab. »Ich muss es dir sagen!«

Jetzt erst ging ihr auf, dass sie nicht das wirre Gerede eines Fiebernden zu erwarten hatte, sondern ein echtes Geständnis. Unwillkürlich spannte sich ihr ganzer Körper, als erwarte er einen Schlag – doch als er weitersprach und einen Namen nannte, so war sie doch gänzlich unvorbereitet auf das, was sie da in die Magengrube traf und ihr den Atem nahm.

»Aidan…«, sagte Chlodwig. »Aidan… so hieß er doch, der Mann, dem du versprochen warst. Du hast nach ihm fragen lassen, erinnerst du dich? Am Tage nach der Hochzeit, jener Mönch, der einen Jüngling aus deiner Heimat hierher an den Hof begleitet hat… und ich… ich war so erzürnt.«

Er kniff gequält die Augen zusammen – entweder aus Reue oder aus Schmerz.

»Nun, es ist Nachricht gekommen damals«, murmelte er verlöschend. »Jedoch hab ich sie dir verschwiegen. Und sie besagt, dass jener Aidan, der Sohn Ricberts, sich aus den Händen der Männer aus dem Norden befreien konnte… Er ist zurückgekehrt in seine Heimat, an den Hof des Königs von Northumbrien; er ist seinem Vater als Fürst gefolgt, dies war doch dessen Stand, oder?«

Er schien keine Antwort zu erwarten, und er sagte auch kein weiteres Wort mehr. Er sah ihr nicht ins Gesicht – genauso wenig wie er damals gewagt hatte, sie anzublicken, als er ihre Heimreise verboten und sie zurück an den Hof geholt hatte, auf dass sie seine Gattin werde.

Weil er ein Feigling ist, ging Bathildis durch den Kopf.

Es war ein nüchterner Gedanke; er verband sich nicht mit dem dumpfen Wüten in ihrem Magen, das jener Schlag ausgelöst hatte und das, zu ihrem eigenen Erstaunen, nach Entsetzen schmeckte, obschon seine Worte doch größtes Glück verheißen sollten.

Ihre Lippen wurden so taub wie in jener Stunde, da man den verletzten Chlodwig in den Hof getragen und sie sogleich geahnt hatte, dass er sterben würde.

Trotzdem versuchte sie, ruhig zu atmen, denn ganz gleich, was da in ihr wütete und warum – der König sollte es nicht sehen. So sollte er nicht sterben.

»Es ist gut«, flüsterte sie, ohne zu zittern, wiewohl sie meinte, die Nachricht müsste sie zerreißen.

Er lächelte flüchtig. »Bitte …«, kam es stockend, »bitte … versprich mir: Du darfst nicht zurück in deine Heimat gehen. Unsere Söhne sind klein. Du musst um ihre Rechte kämpfen, um ihre Zukunft.«

Immer noch hielt er seinen Blick von ihr abgewandt. Das machte es ihr leichter, sich gefasst zu geben.

»Sei beruhigt. Ich kenne meine Pflicht«, sprach sie.

»Nein, nein«, begehrte er auf, »ich will nicht, dass du von Pflicht sprichst. Ich will dich nicht dazu zwingen.«

Sie nickte. Kaum merklich war ihre Hand zum Bettpfosten gewandert und stützte sich darauf. Erst jetzt merkte sie, wie ihre Knie zitterten, wie sie nachzugeben drohten.

Nicht jetzt, mahnte sie sich, nicht jetzt, nicht jetzt.

»Du zwingst mich nicht«, erklärte sie ruhig. »Was könnte mir ein ferner Bräutigam bedeuten? Ich kann mich nicht einmal an sein Gesicht erinnern. Meinen Söhnen aber will ich dienen, von ganzem Herzen und mit ganzer Kraft.«

Während die Worte von ihren Lippen perlten, wusste sie nicht, ob sie log oder die Wahrheit sprach. Nur erleichtert war sie, erleichtert, dass die Macht des nahenden Todes von ihr verlangte, sich ganz zu unterwerfen, ihr Trachten einzig danach auszurichten, was gut für ihn … den Sterbenden war, ihr eigenes Denken und Fühlen zurückzustellen.

»Ich danke dir.«

Seine Lippen bewegten sich noch, doch seine Stimme war nicht mehr hörbar.

»Und Chlodwig…«, setzte sie hinzu, »zu Beginn unserer Ehe habe ich gehadert – mit dir und meinem Geschick, das ich so wenig lenken konnte. Doch ich hege längst keinen Groll mehr gegen dich. Ich bin stolz darauf, deine Königin zu sein. Ich liebe dich. Ich liebe dich.«

Sie wusste kaum, was sie da sprach. Jedoch gewahrte sie, wie seine Züge sanft wurden, wie die Leere und Traurigkeit, die nie gänzlich aus seinem ansonsten doch so kindlichen Blick geschwunden waren, sich verflüchtigten.

»Die Stimmen sind stumm«, murmelte er, und jetzt sah er sie wieder an.

»Ich liebe dich«, wiederholte sie flüsternd. »Ich liebe dich.«

Immer glücklicher und weicher wurde sein Gesicht. Er schien ihren Anblick festhalten zu wollen, als letzten, der ihm geschenkt war, ehe er die Augen für immer schließen musste. Er tat es nicht sofort, nicht hastig. Zuerst begannen nur die Lider zu flattern, dann erst wurden sie ihm schwer. Zwei- oder dreimal noch versuchte er, sich zu wehren, blickte Bathildis an, wie sie da lächelte, nicht aufhörte zu lächeln. Dann ergab er sich der Finsternis ohne weiteren Widerstand, mit einem letzten Atemzug, der ein leises Raunen preisgab. Es war ein sachter Ton, der Ewigkeiten lang nicht zu verlöschen schien und schon von der jenseitigen Welt kündigte, nicht mehr zu dieser gehörte.

Immer noch hörte sie nicht auf zu lächeln, aber der wohltuende Frieden lüftete alsbald den tröstlichen Schleier und ließ Bathildis nackt und unbedeckt zurück.

Aidan lebt, dachte sie.

Nun erst prasselten die Gefühle auf sie ein, Verzweiflung und Freude, Ohnmacht und Dankbarkeit, Ratlosigkeit und die Erleichterung. Wahllos trafen sie ihr Gemüt, verknoteten sich zu einem unlösbaren Knäuel.

Aidan lebt, und er ist frei.

Viertes Buch

Die Regentin

A. D. 657–665

XXVII. Kapitel

An dem Tag, da man Chlodwig II., König von Neustrien und Burgund, zu Grabe trug, war der Himmel ein grauer Spiegel der Erde, die sich fruchtlos und staubig erstreckte. Es regnete nicht, noch kündete Schnee vom baldigen Winter, aber die vielen Kerzen in Saint Denis verhießen kein warmes Lichtermeer, sondern fraßen nur kümmerlich flackernd den Docht, vom Windhauch so eingeschüchtert, als würden sie wie all die hohen Gäste und Trauernden frösteln.

Der Prunk, mit dem die Kirche ausgestattet war, all das Gold, das Silber und die Edelsteine, die sie schmückten, waren fahl, desgleichen das reich verzierte Lichtkreuz, welches viel höher war als ein groß gewachsener Mann. Chlodwigs Vater, der große König Dagobert, hatte seinerzeit die Splitter des Heiligen Kreuzes, auf dem der Herr selbst sein Leben ausgehaucht hatte und die ihm Kaiser Heraclius aus Konstantinopel gesandt hatte, darin einfügen lassen. König Dagobert war es auch, der einst beschlossen hatte, dass künftig alle Könige aus dem Geschlecht der Merowinger samt ihren Familien im Schutze des Heiligen Dionysius die letzte Ruhestätte finden sollten. Landregesil, zwar nicht von königlichem Blut, aber als Bruder von Dagoberts Gattin Nanthild der Familie nahestehend, war als Erster dort begraben worden, dann Dagobert selbst und schließlich Nanthild.

Heute folgte ihnen ihr Sohn Chlodwig, der zweite König seines Namens. Er war in einem jener steinernen Sarkophage zur

Ewigen Ruhe gebettet, welcher bei den Füßen schmal war und in Richtung des Kopfes breiter wurde.

Bathildis selbst hatte seinen Leichnam nach dem Tod gewaschen und mit aromatischen Essenzen eingerieben. Wiewohl es die Männer der Kirche nicht gerne sahen, war auch dem alten Brauch gefolgt worden, wonach man auf seine Zunge eine Münze presste – als Obolus für den Fährmann, der in die Unterwelt geleitete. Zudem war viel Schmuck in den Sarg gelegt worden – der Dolch, den Chlodwig getragen hatte, die Stierköpfe, die seinen Gürtel verzierten, das Zaumzeug seines Pferdes.

Eben war der Sarkophag mit einem quietschenden, durchdringenden Laut geschlossen worden, der sämtliche Trauergäste zusammenzucken ließ. Ob der Kälte hatten sich alle tief in ihre Mäntel verkrochen, deren Kapuzen – als Ausdruck der Ehrerbietung für den Toten – die Köpfe bedeckten.

So verharrten sie, auch als nach dem Gebet ein Moment der Stille eintrat. Die Stille war nicht sauber, sondern von Gemurmel und Seufzen befleckt. Bathildis verstand nicht, was getuschelt wurde, ob das Gerede noch Chlodwig galt oder bereits der Zukunft, ob schon die ersten Ränke geschmiedet oder ob die Angst bekundet wurde, dass ohne die züchtigende Hand eines Königs das Land noch tiefer in blutige Fehden versinken würde. Jeder Laut deuchte sie ein Echo jener Sorgen, die ihr die Freude über Aidans Überleben rasch vergällt hatten.

Ja, er lebte, aber in jener Stunde, da sie davon erfahren hatte, schien zugleich besiegelt worden zu sein, dass sie ihn trotzdem nicht wiedersehen durfte.

Später beim Mahle, nach mühseliger Rückfahrt in den Palast zu Paris, ruhten sämtliche Blicke auf Chlodwigs leerem Platz. Bathildis hatte es so eingerichtet, dass niemand ihn besetzen dürfte – und war nun selbst überfordert mit der Wirkung dieses Aktes. Das leere Sofa sagte, was alle dachten: Dass einer fehlte, der selten ein guter, niemals ein mächtiger, aber in jedem Fall ein König gewesen war. Dass er zwar kaum selbst regiert, mit seinem Namen und seiner Herkunft jedoch die Einheit des Landes gewahrt hatte. Und dass jene beiden Knaben, Childerich und Chlothar, die mit verstörten Gesichtern neben jener Lücke hockten, zu gleichem Zwecke noch nicht taugten.

Bathildis musterte die Söhne nachdenklich; immer wieder schweiften ihre Gedanken auch zu jenem dritten, der nicht unter ihnen weilte, weil er noch zu klein war für die dumpfe Zeremonie: Theuderich.

Sie wusste, dass Fara für ihn sorgte, und kämpfte dennoch mit dem Verlangen, selbst nach ihm zu sehen, ihn zu berühren und sich solcherart zu vergewissern, dass die schmerzhaften Fesseln, die ihr auferlegt waren, und das Opfer, das sie würde bringen müssen, nicht nur von Pflicht und Verantwortung gefordert wurden, sondern von Liebe. Sie seufzte, und wenngleich jener Ton verlöschend leise war, spiegelte er sich ausreichend in ihren zerrissenen Zügen, dass er bemerkt wurde. Der Schatten eines groß gewachsenen Mannes fiel auf sie, neigte sich nieder, fragte: »Darf ich mit dir reden, Königin?«

Es war dies Bischof Eligius, von Noyon gekommen, um den König von Neustrien und Burgund zu Grabe zu tragen, so wie fast alle seine Amtsbrüder und wie sämtliche Vertreter der großen Adelsfamilien, die sich hier im Saal versammelt hatten, um Chlodwigs zu gedenken – und die Zukunft nach ihm zu bereden.

»Gewiss«, murmelte sie, »aber lasst uns hierfür nach draußen gehen.«

Der Rauch, der im Kamin qualmte, setzte ihr zu, desgleichen der Geruch der Speisen. Chlodwig hätte jetzt gierig gegessen, ging ihr durch den Kopf, er hätte sich von keinem Kümmernis der Welt davon abbringen lassen… auch wenn er nicht hungrig war, auch wenn es ihm nicht schmeckte, auch wenn er bei jedem Bissen so aussah, als würde er Tränen hinunterwürgen.

Eligius folgte ihr hinaus in den Gang, doch dort angelangt überließ er es ihr, das Wort zu ergreifen. Sie tat es schnell, verzichtete auf Förmlichkeit – zu sehr erleichtert, endlich jemanden um sich zu haben, dem sie sich anvertrauen konnte. Gewiss, Rigunth war die letzten Tage selten von ihrer Seite gewichen, aber wenn sie jener ihren Zwiespalt bekunden würde, so würde sie wohl nur den tiefen, dunklen Blick ernten – jedoch keine Mahnung, kein Verbot, kein Drängen.

»Chlodwig hat mir am Sterbebett unsere Söhne anvertraut«, begann sie, nach der Aussprache und auch nach seinem Ratschlag derart hungernd, dass sie sich beim Reden verhaspelte. »Er legte mir ihr Wohl in die Hände – und Gott weiß, dass ich es mir nie erlauben könnte, diesem letzten Willen entgegenzuhandeln.«

»Ist es nicht auch der deine, Königin?«

»Mein Wille?«

Sie rang sich ein müdes Lächeln ab.

»Ich kann meine Söhne nicht im Stich lassen«, fuhr sie fort. »Und doch scheint es mir, als wäre ich nun endgültig … gefangen, als dürfte ich jetzt viel weniger als zuvor an meine wahre Heimat denken.«

Sie wusste nicht, wie viel er von ihrer Herkunft wusste. Sie hatte nie mit ihm über die Zeit als Sklavin gesprochen. Dennoch schien er sogleich zu verstehen, was sie ihm sagen wollte.

»Die Heimat … ach«, murmelte er mit jenem festen und gleichermaßen resignierten Ton, der ihm ebenso eigentümlich war wie der ruhige, schläfrige Blick, der sich dem Schönen verweigerte, um das Hässliche besser ertragen zu können. »Magst du dich auch hin und wieder dem Traum hingeben, dass du eine Heimat hättest, wenngleich eine verlorene, so denke ich doch: Wir alle sind heimatlos, das Leben hier ist nichts weiter als eine Reise durch die Fremde.«

»Es ist nicht nur wegen der Heimat«, begehrte sie auf. »Das ferne Land, dem ich entstamme – es hat nur wenige Spuren in meinem Gedächtnis hinterlassen. Jedoch die Menschen, die dort lebten … mein einstiger Bräutigam, mit dem ich verschleppt wurde – er lebt … und er ist frei.«

Eligius lächelte nachsichtig.

»Mag einer jemals frei sein – frei von Pflichten? Du trägst an deinen, und sie wiegen schwer. Doch denkst du, dass die seinen leichter sind? Was weißt du von ihm, außer dass er lebt?«

Sie zuckte die Schultern. Die Wahrheit war, dass sie nichts wusste, nicht mehr als das, was ihr Chlodwig auf dem Sterbebette anvertraut hatte. Aidan lebte. Aber wie? Mit einer Gattin? Als Erbe seines Vaters? Am Königshofe von jenem Teil Northumbriens, welcher Deira hieß? In welchem Amt?

»Aber es ist doch so«, entgegnete sie, »ganz gleich, was mir hier zu tun obliegt und ihm in meiner einstigen Heimat, wäre es nicht mein gutes Recht, ihn wissen zu lassen, dass auch ich noch lebe? Ich … ich könnte doch einen Boten zu ihm schicken! Der König hat's mir stets verboten, und ich habe mich ihm gefügt, anfangs, weil es mir nutzlos schien, gegen seinen Wunsch zu handeln, später aus Angst, ihn zu kränken, denn wahrscheinlich hätte er davon erfahren. Nein, ich konnte es nicht tun – aber jetzt! Jetzt wäre die Zeit, ihm zu schreiben!«

»Und was willst du ihm über dich berichten?«

Wieder zuckte sie mit den Schultern. Sie hatte niemals ergründet, was Aidan wohl in all den Jahren über sie gedacht hatte, was er sich von ihr erwartet hatte, wie viel Durchhaltevermögen, wie viel Kraft, wie viel Treue. Er hatte nicht gewollt, dass sie ihn schäbig und trauernd in Erinnerung behielt, und deswegen hatte er ihr in jenem letzten Augenblick, den sie zusammen verlebten, verboten, sich nach ihm umzudrehen. Doch was hätte er sich jetzt von ihr gewünscht?

»Nun«, sprach Eligius an ihrer Stelle fort, »ich weiß, was du über dich berichten könntest: Dass du eine Königin bist, deren Herz stets für das Volk und deren Ärmste schlug. Dass du eine große Wohltäterin bist, die nicht müde wird, Leid zu lindern.

Und dass deine Söhne in dir eine starke Mutter finden, die würdig wäre … eine Regentin zu sein.«

Sein Lob beschämte sie; sie war sich nicht sicher, ob er sie tatsächlich für eine fromme, gute Seele hielt oder ob er sie nicht vielmehr durchschaute, ob er nicht längst erahnt hatte, dass so viel anderes sie trieb als nur der Wunsch, das Richtige zu tun: der Wunsch nach Genugtuung, der Wunsch nach Macht schließlich.

»Manchmal«, setzte sie an und wusste selbst nicht, ob sie die Wahrheit sprach, »manchmal habe ich mir gedacht, dass ich alles nur um seinetwillen tue … damit er stolz auf mich wäre. Ich verstehe, dass es mir unmöglich ist, in meine Heimat zurückzukehren – aber warum soll er nicht wenigstens Nachricht von mir haben?«

»Wenn du dir sicher bist, Königin, was du zu tun hast, wenn du dich entschließt, um die Regentschaft zu kämpfen, dann darfst du dir keine Schwäche erlauben. Es wird dies schwer genug sein, denn du hast viele Widersacher, und jene warten nur auf einen Beweis, dass deine Treue und deine Gedanken nicht ausschließlich diesem Land gelten. Königin, deine Herkunft ist dein wunder Punkt, und sie werden dich da treffen, wenn du ihnen Gelegenheit dazu gibst.«

»Aber, wenn ich heimlich …«

»Von nun an wirst du nie mehr wissen, wem du trauen kannst. Überall kann ein Spitzel, kann ein Verräter lauern. Ich will es dir eindringlich raten: Schick keine Botschaft nach Northumbrien, nicht jetzt, nicht solange deine Herrschaft ungesichert ist … und das kann Jahre dauern.«

Sie seufzte. Seine Worte waren ebenso schmerzhaft wie einleuchtend.

»Eligius, sagt mir eins: Damals, da Ihr beschlossen habt, nicht länger Goldschmied zu sein, da Ihr Euch fortan dem Schönen, dem Prachtvollen verweigert habt – sagt, wie weh tat dieses Opfer? Woher habt Ihr die Gewissheit genommen, dass es Euch nicht das Herz bräche… und Ihr fortan nur mehr als halber Mensch weiterlebtet, weil die andere Hälfte sterben würde?«

Er lächelte – ein wenig stolz, ein wenig bitter, ein wenig kummervoll.

»Ach, meine Königin, dir kann ich's anvertrauen: Ich dachte stets und sage Gleiches bis heute laut, dass kein Opfer groß genug wäre, um Gott zu genügen. Alles müssen wir ihm geben. Alles in die Waagschale werfen… Freilich, nicht jeder meiner Amtsbrüder tut das. Mancher Bischof, wie Aetherius von Vienne, ist verheiratet, macht seine Söhne zu Diakonen und Archidiakonen und häuft Besitz an, um diesen zu vererben, ich aber, ich liebe es, sie zu beschämen, stets zu bekunden, dass ich auf das eine wie auf das andere verzichtet habe. Doch warum tat ich das wirklich? Was war mir dies Opfer wert? Wenn ich ehrlich bin, ich tat's nicht nur für Gott. Ich tat's, damit ich unbestechlich würde, damit ich die Macht gewänne, die anderen anzuprangern. Ich habe viel verloren – doch eines habe ich gewonnen: Überlegenheit.«

Sie fühlte sich von ihm durchschaut, jedoch nicht bloßgestellt, sondern verstanden.

»Wenn ich nun wirklich um die Regentschaft kämpfe… wie soll ich's anstellen? Wie Chlodwigs letzten Willen erfüllen?«

Bedacht waren stets seine Worte, gemessen seine Gesten. Auch jetzt legte er den Finger an den Mund, um in Ruhe nachzusinnen. Jene Ruhe aber blieb weder ihm noch ihr.

Noch ehe er eine Antwort gefunden hatte, wurden hinter ihnen Schritte laut. Rigunth lief ihr entgegen, leichtfüßig wie immer und doch mit banger Miene.

»Meine Königin! Meine Königin – komm schnell!«

Sie hatte gedacht, nein, gehofft, dass man der Trauer um Chlodwig einige Tage gewähren würde, dass sie in jener Schonzeit ruhig würde nachdenken können, was zu geschehen hatte, was sie tun sollte. Doch kaum gewärmt nach dem Begräbnis und kaum gesättigt vom Totenmahl, das auf den sparsam geschmückten Tischen gereicht wurde, hatten die Versammelten ihre kurze Abwesenheit genutzt. Indessen sie ihren Blick vorsichtig kreisen ließ und erkannte, dass die meisten Wein- und Metkelche noch gefüllt waren, weil jeder sich die Nüchternheit bewahren wollte, so hörte sie aufgeregte Stimmen bereits darüber diskutieren, wie man das Land, das Chlodwig hinterließ, zu unterteilen hatte und welcher der drei Söhne welche Region regieren sollte – in ferner Zukunft natürlich, erst wenn sie erwachsen wären, was hieß, dass vorerst Adel und Klerus allein bestimmen könnten.

Schon waren die Namen der drei Städte ins Spiel gebracht, wo Chlothar, Childerich und Theuderich künftig ihren Herrschaftssitz nehmen sollten, Paris, Soissons und Orléans, doch wohingegen in dieser Frage Einigkeit bestand, war strittig, welche Teile des Landes dem jeweiligen Herrschaftsbereich zugeteilt werden sollten und vor allem: wer welchen bekäme. Mit wachsendem Zorn erkannte Bathildis, dass Chlothar, als der Erstgeborene und Älteste, der sich am frühesten um Macht bemühen und sich nicht ewig in den Schatten schieben lassen würde, als jener galt, unter dessen Herrschaft man das eigene Gebiet am wenigsten fallen lassen wollte. Theuderich hingegen, kaum mehr als ein Säugling, ließ sie nicht fürchten, sich in naher Zukunft dem Willen eines Königs beugen zu müssen.

Eifrig wurde geschachert. Die Pariser Partei erklärte, dass man Chlothar als dem Ältesten keine der friedlichen Provinzen geben sollte, sondern ihn dorthin schicken, wo der Widerstand gegen die mächtige Hand eines Königs am größten war.

»Wollt ihr uns des Aufruhrs bezichtigen?«, wehrten sich die Burgunder.

»Wollt ihr es leugnen, dass euch ein König, der eben dem Säuglingsalter entwachsen und noch anfällig für Krankheiten ist, nicht gerade recht käme?«

»Als ob ihr mehr Respekt vor solch einem Knaben hättet!«

So eifrig folgten die Wortmeldungen aufeinander, ja gerieten durcheinander, dass kaum einer bemerkt hatte, wie Bathildis den Raum betrat, gefolgt von Rigunth und – was ihrem Erscheinen Gewicht gab – von Eligius.

Umso unerwarteter hallte plötzlich ihre Stimme durch den Raum.

»Das Reich wird nicht geteilt!«, rief sie entschlossen und war über die eigene Festigkeit überrascht, desgleichen darüber, dass sie augenblicklich gehört wurde.

Alle schienen sich gleichzeitig nach ihr umzudrehen, warfen zuerst ihr Blicke zu und dann einander.

Sie zeigte nicht, wie jene an ihr zehrten, wie sie befürchtete, man könnte sie entblößen: ihre Furcht und ihre Zweifel. Angespannt ging sie durch die Reihen.

»Das Land wird nicht geteilt«, wiederholte sie fest. »Das war der Wille von Chlodwig, dem Ihr Euch beugen müsst. Mein ältester Sohn Chlothar wird König und sonst niemand. Und ich werde in seinem Namen regieren – bis zu seiner *barbatoria*, dem Fest des ersten Bartwuchses.«

Für einen Augenblick zeugte ihr befehlender Tonfall Verblüffung. Erst nach einer Weile erhob sich einer der Grafen, stellte sich ihr entgegen und gebrauchte jenes Argument, welches ihnen allen auf der Zunge lag: »Aber so verlangt's die Tradition: Das Land der Merowinger wird stets auf sämtliche Söhne der Könige aufgeteilt.«

Bathildis, im Wissen, dass mit solchen Worten zu rechnen war, hatte sich dagegen gerüstet.

»Und eben darum musste das Land grausame Kriege erdulden«, entgegnete sie. »Wie viele Brüder haben im Kampf um die Macht gemordet, wie viele haben ihre eigenen Neffen erschlagen?«

»Doch wer sagt«, erhob sich von hinten eine Stimme, »dass so etwas nicht geschieht, wenn Eure Söhne erwachsen sind? Werden sich die jüngeren beiden nicht betrogen fühlen und um das Erbe kämpfen, das man ihnen vorenthalten hat?«

»Nicht von meinen Söhnen droht Gefahr, sondern von ihren möglichen Einflüsterern«, gab Bathildis zurück. »Nicht von ihren Machtgelüsten, sondern von Euren. Denn dies ist doch der Grund, warum Ihr das Land zu teilen begehrt: damit jede Familie einen eigenen Königssohn hat, den sie beeinflussen und gegen den jeweils anderen ausspielen kann.«

Die Wahrheit, die sie aussprach, war allen bekannt, und doch empörten sich die meisten, sie aus ihrem Mund zu hören – nicht nur als Feststellung, sondern als Anklage.

»Unterstellt uns kein übles Trachten! Wir alle dienen dem Reich«, hielt einer der Grafen ihr zischend entgegen.

Bathildis verbiss es sich, aufbrausend zu antworten, beruhigt von jenem Mann, der ihr in den Saal gefolgt war und sich nun als ihr Verbündeter zu erkennen gab. Mit einem vorsichtigen Zeichen deutete ihr Eligius an, dass es besser war, an dieser Stelle zu schweigen und das Werben ihm zu überlassen.

»Und dieses Reich braucht Frieden«, sprach er. »Jenen Frieden, den es unter Chlodwig erlebt hat, da es nicht in einzelne Teile zerrissen war.«

Manch einer senkte den Blick, von der Würde des Bischofs noch mehr befriedet als von dem, was er sagte. Doch der Widerstand erstarb damit keineswegs.

»Nun, es wundert uns nicht, dass Ihr Euch hinter die Königin stellt«, sprach einer forsch. »Wie viel Land hat sie Euch geschenkt? Wie viel an Steuern erlassen?«

»Das tat sie nicht für mich und meinesgleichen«, erwiderte Eligius entschieden, »sondern für jene Menschen, die der Mildtätigkeit am meisten bedürfen. Sie hat es daran nie mangeln lassen und hat so Gottes Wohlwollen auf sich gezogen, Gottes Segen. Was lässt sich mehr von einer Regentin wünschen, als dass ihr Tun dem Allmächtigen gefällt?«

»Wir brauchen gewiss keine ehemalige Sklavin, um Gottes Wohlwollen zu erlangen …«

Bathildis fuhr herum, das Gesicht des Redners suchend, der

die verächtlichen Worte gesprochen hatte. Diesmal vermochte Eligius es nicht, sie mit seinen vorsichtigen Gesten zu bändigen.

»Was wollt Ihr damit sagen?«, rief sie wütend in den Saal.

»Jeder weiß um Eure Herkunft!«

»Ich wurde als Tochter eines Fürsten geboren!«

»Doch als Euch der König zur Gattin nahm, ward Ihr nichts weiter als eine Dienstmagd!«

»Das war Nanthild, die Mutter des Königs auch«, entgegnete Bathildis heftig, »und doch war sie lange Jahre Regentin für ihren Sohn. Werft mir nicht meine Vergangenheit vor – noch mein Geschlecht! Ich kenne die Gesetze dieses Landes. Frauen dürfen reich erben, Frauen dürfen die Vormundschaft für ihre Kinder und Kindeskinder übernehmen, Frauen dürfen dem Haushalt vorstehen, dürfen kaufen und verkaufen – warum sollten sie nicht auch herrschen!«

»Ihr sprecht recht – und doch vergesst Ihr etwas! Dies alles gilt nur für den Fall, dass kein Mann da wäre, solches zu tun. Doch blickt in diese Runde! Warum solltet Ihr die Regentschaft führen und nicht einer von uns?«

»Ja!«, rief eine andere Stimme dazwischen, ehe sie auf den Vorwurf antworten konnte. »Selbst wenn Chlothar alleiniger König würde – solange er die Macht nicht auszuüben imstande ist, sollte man sie auf uns aufteilen!«

Von allen Seiten brauste es nun auf, übertönten sich die Redner und entluden gemeinsame Verachtung.

»Ja, so sei's!«

»Was ist von einem Weibe auch zu erwarten, ganz gleich, ob sie nun Sklavin war oder Prinzessin?«

»Wo sonst habt Ihr Euch hervorgetan, als einzig im Verteilen von Almosen?«

»Um dieses Land zu führen, bedarf es mehr, als Hungernden ihr Maul zu stopfen!«

Hilfesuchend blickte Bathildis in die aufgewühlte Runde,

dann auf Eligius. Sie erhoffte sich Beistand, doch wiewohl er um Worte rang, so wirkte nun sein Blick nicht kämpferisch, sondern hilflos … und ein wenig müde wie immer.

»Aber wenn Ihr …«, suchte sich Bathildis Gehör zu schaffen.

Keiner achtete auf sie. So sehr gingen die Worte durcheinander, dass sie kein einziges mehr davon verstand; die einen klangen streitlüstern, die anderen spöttisch, manche waren allein gegen sie gerichtet, einige stritten schon miteinander. Die Frage von vorhin, wie denn das Land am besten zu unterteilen wäre, kam wieder auf, nur diesmal in einem wilden, schrillen Durcheinander.

»Lasst mich sprechen!«

Ganz plötzlich war diese eine Stimme erklungen, laut und befehlend von der Türe her. Ihr scharfer Klang, der nicht bereit war, sich dem Tumult zu unterwerfen, sondern Führung verlangte, ließ alle kurz zusammenzucken – auch Bathildis.

Sie fuhr herum, den Blicken der übrigen Versammelten folgend, sah sie jenen, welcher gemessenen Schrittes in die Mitte des Raums trat, schmal und bleich und mit kaltem, starrem Blick, der alle Unruhe bändigte.

Seit Chlodwigs Tod hatte Bathildis Ebroin kaum zu Gesicht bekommen. Er war ihr aus dem Weg gegangen, und sie war erleichtert gewesen, sich ihm nicht stellen zu müssen – so wenig wie dem Verdacht, nein, eigentlich dem sicheren Wissen, dass er hinter dem schändlichen Mordanschlag auf der Mauer steckte. Nun freilich, da sämtliche Augen auf ihm ruhten und er nicht länger vom Kummer um Chlodwig gezeichnet schien, sondern beherrscht und entschlossen, so fiel sie ihr wieder ein – jene Todesfurcht, die sie auszustehen hatte, als unbekannte Männer sie angegriffen hatten und offenbar auf ihre Vernichtung aus waren.

Ebroin sah sie nicht an – und doch war sie gewiss, dass alles, was er nun sagen würde, gegen sie gerichtet sein würde.

Er wird noch bösere Worte gegen mich aussprechen als alle

anderen, durchfuhr es sie. Er wird versuchen, mich in ein Kloster zu sperren, wie es mancher Witwe schon geschehen ist. Er wird alles tun, um mir die Söhne zu nehmen – so wie er aus reiner Rachsucht danach getrachtet hat, mir Childerich abspenstig zu machen.

Wieder blickte sie verzweifelt auf Eligius, hoffte, dass er sich dem Rotäugigen entgegenstellen würde, verhindern, dass er etwas sagte.

Doch ehe das Schweigen gebrochen ward, trat Ebroin in die Mitte des Saales und sprach: »Ich war der engste Freund des Königs; kein Zweiter weiß so gut wie ich, was ihn trieb und was er wollte. Ich bin ein Franke, und ich kenne dieses Land. Lasst mich sprechen!«

Bathildis stand draußen im Freien, nicht weit entfernt von jener Stätte, da sie den gemeinen Anschlag hatte erleben müssen. Diesmal war der Himmel nicht nachtschwarz, sondern von den Wolken erhellt, wenngleich matt und farblos einer unbeschriebenen Seite gleichend, die neu zu füllen war und alles an Möglichkeit bot: strahlendes Licht und düstere Gewitter, faden Nieselregen und laute Stürme, mildes Blau und rostiges Abendlicht. Bathildis wusste nicht, wofür sie sich entscheiden sollte, hätte sie die Gewalt über die Himmelsmächte.

Ebroin näherte sich ihr lautlos, und doch spürte sie ihn kommen. Aus den Augenwinkeln nahm sie wahr, dass sein weißes Gesicht von der kalten Luft ganz steif und gerötet war.

»Vor wenigen Tagen hast du den Befehl gegeben, mich an dieser Stätte zu meucheln«, begann sie rasch zu sprechen, um ihm das Recht auf das erste Wort zu nehmen. »Und heute hast du mich zur Regentin gemacht?«

Ebroin versuchte zu lächeln, aber es misslang ihm. Der Kummer um den König hatte seiner Stimme das Schrille und Laute geraubt. Nun war alles, was von ihm kam, merkwürdig sanft, weich, geglättet.

»Du weißt doch, warum ich es tat.«

Sie wusste nicht, worauf sich seine Worte bezogen – ob auf den Anschlag damals oder sein Eintreten für sie heute.

Ihre Ohren waren noch voll vom Stimmengewirr, vor allem aber von seinen Worten. Er hatte von den großen Merowingerköniginnen gesprochen, die lange Zeit vor ihr die Regentschaft für ihre minderjährigen Söhne ausgeübt hatten, darunter viele, die dies zum Wohle und Nutzen des Landes taten, ungeachtet ihrer oft geringen Herkunft.

Ja, gerade dass diese Frauen einst Sklavinnen gewesen waren, gereichte ihnen zum größten Vorteil. Allen Familien des Landes standen sie gleich nah, und auch Bathildis würde keine von ihnen je bevorzugen oder benachteiligen.

»Wer sonst von euch könnte derart unparteiisch sein?«, hatte Ebroin gerufen. »Wem sonst könnt ihr vertrauen ohne Furcht, dass er mit eurem Nachbarn paktiert? Jeder Einzelne von euch entstammt einer Sippe, die in Fehde mit einer anderen liegt. Bathildis jedoch hat keinen Bruder, keinen Vater, der sich für irgendein vergangenes Verbrechen rächen muss. Lasst Chlothar an die Macht – *cum matre regnatorum*, unter der Regenschaft der Mutter – und ihr werdet euch in keine unnützen Kämpfe verstricken!«

An ihrer Stelle war er aufrecht und angespannt die Reihen auf und ab geschritten, hatte sich den wütenden Antworten auf seine Rede gestellt. Man hatte ihm zugehört, was nicht gleich hieß, dass man ihm auch zustimmte. Doch das Missfallen an seinem Vorschlag prallte an ihm ab. Erst nachdem sich alle hitzig geredet hatten, da setzte er zum eigentlichen Argument an, das sämtliche Widerworte kleinlaut werden ließ.

»Und Austrasien?«, rief er den Versammelten zu. »Jener Teil des Frankenreiches, wo König Chlodwigs Bruder herrscht – und mit ihm, ja für ihn, das mächtige Geschlecht der Pippiniden? Wir müssen ihnen all unsere Stärke entgegensetzen, ein geeintes Reich, nicht drei erbärmliche Provinzen, die eine nach der anderen die Begehrlichkeiten unseres Nachbarn wecken würden. Wie groß würde die Versuchung sein, in diese Gebiete einzufallen, sie Austrasien zu unterwerfen. Die Folge wäre ein geeintes Frankenreich, doch zu welchem Preis? Dann wärt ihr nur noch Adelige zweiten Rangs, wenn nicht gar enteignet zugunsten der austrasischen Großen! ... Und das ist noch nicht alles: In all dem Eifer, dieses Land zu teilen, habt ihr niemals an Burgund gedacht. Die Burgunder unter euch werden es leugnen – doch wie lange werden sie sich einem Neustrien fügen, das zerrissen, das zersplittert ist? Ich sage es wieder und wieder. Um zu bestehen, bedarf es dieser drei: ein Land, ein König – und eine Regentin, die selbstlos und unparteiisch für diesen herrscht, solange er noch ein Kind ist.«

Bathildis schüttelte langsam den Kopf, das eine Unglaubliche gegen das andere abwägend – dass man Ebroins Warnung ernst genommen, seinem Vorschlag schließlich widerstrebend zugestimmt hatte und dass er ihn überhaupt unterbreitet hatte.

»Ich dachte, du würdest mich hassen«, sagte sie und kämpfte um Gelassenheit. Sie wollte ihm nicht zu erkennen geben, wie sehr er sie überrascht hatte. »Ich dachte, du würdest mich vernichten wollen ...«

»Begreife endlich, dass du meiner bedarfst«, erwiderte er kühl, »dann wird Friede zwischen uns sein. Wir beide gleichen uns. Wir haben keine Familie und keinen Namen. Der König war mein Freund, doch sonst ist mir niemand verpflichtet – bis auf dich. Denn du magst jetzt Regentin sein, aber für die Großen des Landes bist du keine Herrscherin, sondern das geringere Übel. Du bist zu schwach, um auf mich verzichten zu können.«

Er schien die Worte sorgsam abzuwägen, legte jedoch in keines den befürchteten Hohn.

Sie klang dennoch barsch, als sie fragte: »Was genau willst du von mir?«

»Erchinoald ist alt und krank«, gab er zurück. »Anstatt die heutige Entscheidung mitzubestimmen, hat er sich schon seit

Stunden zurückgezogen – was heißt, dass es sehr bald mit ihm zu Ende gehen wird. Stirbt er, werde ich Major Domus. Und nicht Erchinoalds Sohn Leudesius. Und ich will das Amt deines *Consiliarius.*«

Sie lächelte spröde. »Erbittest du das, oder befiehlst du es mir?«

»Kämpfe für deinen Sohn, der jetzt König ist, aber kämpfe niemals gegen mich. Wir werden gemeinsam die Geschicke des Landes führen.«

Sie konnte ihm nicht widersprechen. »Gut«, stimmte sie zu und verbarg das Unbehagen über den Pakt, den mit ihm zu schließen sie genötigt war. »Gut, so sei es.«

Sie hatte gehofft, er würde nach den klärenden Worten gehen und sie mit ihren Gedanken alleine lassen, mit ihrem Hadern darüber, dass ausgerechnet er ihr zu einem Rang verholfen hatte, den sie in Wahrheit gar nicht wollte. Doch stattdessen trat er noch näher an sie heran.

»Ich habe immer gewusst«, raunte er kaum hörbar, »dass wir beide in gewisser Weise füreinander bestimmt sind.«

Wollte er sich für die Demütigung rächen, die sie ihm beim letzten gemeinsamen Abendmahl zugefügt hatte? Oder war aller Zorn auf sie längst gezähmt von seiner Trauer um Chlodwig, viel tiefer und verzweifelter, als sie es je von ihm erwartet hätte?

Immer noch fiel es ihr schwer zu glauben, dass er den König nicht manchmal verachtet hätte für dessen Zögern und Schwäche. Und doch – seine Augen, noch mehr gerötet als sonst, verrieten die Tränen, die für jenen geflossen waren.

Bathildis wich seinem Blick aus, doch die Ahnung, dass Ebroin von ganzem Herzen Kummer litt, legte sich ihr wie eine Schlinge um die Kehle. Keuchend suchte sie nach Worten und fand sie nicht. Er meinte, dass sie aufschluchzte und hielt ganz plötzlich ihre Hand, noch ehe sie gemerkt hatte, dass seine langen, geschmeidigen Finger zu ihren hochgeschnellt waren.

Seit Chlodwigs Tod weinte sie zum ersten Mal wieder.

Ebroins Hände legten sich noch fester um ihre.

»Wag es nicht«, wehrte sie ihn heiser knurrend ab, »wag es nicht!«

Er machte keine Anstalten, sie loszulassen, und sie keine, sich loszureißen.

»Ich weiß, dass ich dich von nun an brauche«, fuhr sie fort. »Doch wisse du, dass ich nicht aufhöre, dich zu verachten, dass ich dich immer hassen werden, so unsagbar …«

Da hob er ihre Hand in seiner, zog sie an seine farblosen Lippen, hauchte einen Kuss darauf, so kalt, weil alles in seinem Gesicht erfroren war, und zugleich so heiß.

»Nun«, meinte er schließlich mit leisem Spott. »Willst du die Macht, so musst du eben fortan damit leben.«

»Du wolltest mich umbringen«, zischte sie. Ihre Stimme gewann langsam wieder an Klang.

»Ich wollte dich nur erschrecken … nichts weiter. Ich wollte, dass du meine Drohungen ernst nimmst.«

»Du gibst also zu, dass du für den feigen Angriff auf der Burgmauer verantwortlich bist! Ich könnte dich dafür anklagen lassen!«

Er richtete sich wieder auf, ohne ihre Hand loszulassen. Langsam, nachlässig streichelte sein kleiner Finger über ihren Handrücken.

»Dafür ist es zu spät, meine Königin. Für eine Klageerhebung vor dem Königsgericht gibt es eine Frist von drei Tagen. Du hast sie nicht eingehalten, und wenn man nicht rechtzeitig klagt, so gibt es keine Möglichkeit mehr, ein Verbrechen zu ahnden.«

Unwirsch entriss sie ihm ihre Hand und vergrub sie in ihrem dunklen Mantel.

»Belehre mich nicht! Ich kenne die Gesetze dieses Landes!«

»Das ist gut«, murmelte er und machte keine Anstalten, erneut nach ihr zu greifen. »Denn ab heute regieren wir dieses Land … gemeinsam.«

XXVIII. Kapitel

Fast vier Jahre sind vergangen, seit ich Regentin dieses Landes bin, geliebter Aidan, und wiewohl ich manchmal bereue, mich dieser Pflicht gefügt zu haben, und ich daran verzweifeln könnte, nicht mehr von Dir zu wissen, als dass du lebst – so blicke ich doch auf viele Taten, die mich mit Stolz erfüllen. In dem, was ich schon zu Chlodwigs Lebzeiten begonnen habe, lässt Ebroin mir freie Hand, und dieses Recht, Entscheidungen zu treffen, nehme ich sehr gern in Anspruch.

Mit meinem Anteil, der mir als Chlodwigs Witwe vom Königsschatz zusteht, habe ich manches Kloster gegründet, in Corbie, in Saint-Maur-des-Fossés – und in Chelles, wo die einstige Äbtissin aus dem berühmten Jouarre regiert. Die Mönche und Nonnen leben dort nach einer Regel, welche sich manches von Benedikt von Nursia leiht und anderes vom Heiligen Columban. Der Vorteil von solcher »Mischregel«: Wiewohl das einfache Leben bevorzugend, ist den Brüdern und Schwestern nicht strenge Askese auferlegt. Sie können Besitz haben und auf diese Weise Einfluss nehmen und ihren Beitrag zu meinem Werke leisten – dem Kampf für jene, die am Rande der Gesellschaft leben, von Hunger und Not ebenso bedroht wie von der Unfreiheit.

Auf dass sich die Klöster vor allem mir, das heißt dem Königshaus, verpflichtet fühlen, habe ich auch etwas beschlossen, was mir in den Reihen der Bischöfe viele Feinde eintrug. Sei's drum. Die meisten sahen in mir ohnehin stets die kleine Sklavin – un-

nütze Zeitverschwendung wäre es, um ihre Anerkennung zu buhlen. Mein Entschluss lautete, dass diese Klöster – von mir gegründet oder, sofern schon bestehend, reich beschenkt – aus der Amtsgewalt des zuständigen Bischofs gelöst werden. Das bedeutet, dass sie ihm nicht länger Abgaben zu erbringen haben, desgleichen wie sie von den Steuern, die für den Königshof bestimmt sind, befreit werden. Ob nun in Saint-Denis, in Saint-Médard oder Saint-Marcel – es bleibt mehr Geld für die Armen – und mehr Zeit für das Gebet, das dem Frieden der Heimat gilt und dem Heil des Königs. Immerwährend ist dieses Gebet in Saint Denis: Zu jeder Stunde, bei Tag und bei Nacht lösen sich die Mönche im Chorgesang ab, um Christi Milde und Güte für mich und die Meinen zu erbitten.

Die Bischöfe, solcherart der Disziplinargewalt beraubt, die nun alleine in den Händen des Abtes liegt, versuchten, mich zu strafen, trafen sich in Nantes und erklärten auf dem dortigen Konzil, dass Frauen bei jedweder politischen Versammlung zu schweigen hätten und durch einen Mann vertreten werden müssten.

Was soll's. Trotz dieser Feindseligkeiten habe ich auch in der Kirche einige Getreue – und vor all den übrigen werde ich gewiss nicht wieder reden wie einst, als ich gegen die Sklaverei ankämpfte. Es ist mir auch lieber, ich wirke im Geheimen und im Kleinen, selten nur bekommen mich die Großen des Landes zu Gesicht, dem Volke freilich bin ich wohlbekannt …

Bathildis zuckte zusammen. Lautlos wie stets hatte sich Rigunth ihr genähert und ihr vorsichtig die Hand auf den Rücken gelegt.

»Meine Königin, es ist alles für die Reise vorbereitet.«

Bathildis neigte sich vor und versuchte, ihre Zeilen zu verdecken. Sie wollte nicht, dass Rigunth danach fragte und erfuhr, dass sie immer noch an Aidan schrieb.

Nicht nur der Gedanke an die verlorene Heimat trieb sie

dazu, sondern auch der Wunsch, die eigenen Taten darzulegen, all das, was sie seit Chlodwigs Tod erreicht hatte und mit dem sie die eigene Regentschaft prägen wollte. Meist gab es so viel zu tun, so viel zu bedenken, dass die Zeit fehlte, darüber nachzusinnen oder gar stolz darauf zu sein. Doch in vermeintlich leeren Stunden, da sie warten musste wie heute auf die Abreise, so gönnte sie sich das Schreiben.

Gottlob galt Rigunths Sinnen nicht dem, was die Königin da aufgeschrieben hatte. Anderes lag ihr viel drängender auf den Lippen.

»Willst du diese Reise tatsächlich auf dich nehmen?«

Bathildis lachte lauter, als ihr zumute war. Erst gestern waren schlechte Nachrichten eingetroffen.

»Das Reisen macht mir nichts aus!«, rief sie. »Es vergeht ohnehin kaum ein Monat, da ich mich nicht dem schrecklichen Rumpeln des Wagens aussetze – warum nicht auch jetzt. Oh, manches Mal tun mir die Knochen weh, als wäre ich ein altes Weib!«

Sie stand auf und ließ sich von Rigunth das Umhangtuch reichen. Ihre gerade Haltung, ihre schlanke Gestalt und das glänzende Haar, das in festen Zöpfen geflochten war und keine graue Strähne aufwies, straften ihre Worte Lügen. Einunddreißig Jahre währte nun ihr Leben – und somit fünf mehr, als das von Chlodwig hatte dauern dürfen.

»Sei gewiss, Rigunth«, setzte sie hinzu, »mein Zuspruch wird gebraucht …«

Rigunth nickte wortlos. Sie war zur Frau gereift, und wiewohl sie nicht größer gewachsen war als in Kindestagen und ihre Brüste flach geblieben waren, wagte keiner, in ihr ein Kind zu sehen. Wo sie war, das wusste jeder, war die Königin nicht weit. Und jene wiederum war dafür bekannt, dass sie zwar ständig rastlos und getrieben war, aber zugleich sorgfältig darüber wachte, ob das, was sie erspähte und erlebte, in ihrem Sinne war. Wenn nicht, dann antwortete sie mit einem ihrer flüsternd leisen, jedoch nicht minder strengen und eisigen Befehle. Als Chlodwigs Gattin hatte sie das schon getan – als Regentin jedoch jene Kunst verfeinert.

Sie kämpfte hart darum, sich einen Ruf zu erwerben, wonach sie mildtätig und gütig war, jedoch ebenso willensstark und unbeugsam. Ein ehrlich Reuiger oder vom Schicksal Gebeutelter durfte sich von ihr Gnade erhoffen, doch jeder, der sich ihr zu widersetzen suchte, erntete kalte Verachtung und Strafe.

Es war ihr auch wichtig, dass das Volk sie persönlich kennen lernte, nicht nur auf Gerüchte angewiesen war. Alsbald nachdem sie die Regentschaft übernommen hatte, brach sie zur ersten langen Reise auf – in einem Wagen, der von Ochsen gezogen war, so wie die ersten Merowingerkönige gereist waren, in deren Tradition sie sich und ihre Söhne stellte. Meist war auch Chlothar, der Älteste, an ihrer Seite, denn sie wollte ihn bei sich haben, vor allem in jenem Moment, da die Großen des Reichs den verlangten Treueeid vor ihr ablegten.

»Gewiss finde ich's richtig, was du tun willst, meine Königin«, sprach Rigunth auf sie ein. »Und als der Bote gestern kam…«

»… war's bereits höchste Zeit zu handeln«, vollendete Bathildis den Satz.

Rigunth war die Einzige, auf deren Ratschläge sie ernsthaft hörte, was nicht hieß, dass sie sich auch jeden zu Herzen nahm.

»Und doch meine ich«, fuhr das Mädchen fort, »dass es manches Mal besser wäre, mehr Zeit… in Paris zuzubringen.«

Bathildis hob die Hand, zum Zeichen, dass das Mädchen schweigen sollte. Nur zu gut wusste sie, was Rigunth meinte und dass jene nicht von der Hauptstadt sprach, sondern von Ebroin, der das Reisen hasste und gerne dort verblieb.

Zu ihrem eigenen Erstaunen war es leichter, mit ihm als Major Domus zu leben, als sie erwartet hatte. Misstrauisch hatte sie eine stetige Fehde mit ihm erwartet, doch seit jenem Augenblick, da sie ihm zugestanden hatte, an ihrer Seite zu herrschen, hatte er das Seine getan, um einen brüchigen Frieden zwischen ihnen zu bewahren, hatte auf jede Bosheit, jede Brüskierung und jede Drohung verzichtet und sich fortan nüchtern und berechenbar gezeigt. Desgleichen wie sie wusste, dass sie ohne ihn niemals Regentin wäre, bedurfte er ihrer, um sich als erster Mann im Reich zu wähnen, und an diesem Geschäft hielt er getreulich fest, verhielt sich nie anders als einer, auf den man sich verlassen konnte. Vielleicht war er das immer schon gewesen – und sie hatte es nur nie erprobt. Nun war's ihr in jedem Fall ein Leichtes, unliebsame Erinnerung zu schlucken und sich den gemeinsamen Aufgaben der Gegenwart zu stellen.

»Ich weiß, was von Ebroin zu erwarten ist. Ich muss nicht über ihn wachen«, erklärte sie Rigunth darum schroff, jener Aufteilung an Macht gehorchend, die Ebroin in den ersten Tagen festgelegt hatte: »Du kannst Gutes tun, Königin, und dich als Gönnerin von Kirchen und Klöstern hervortun. Magst deinen eigenen Hofstaat halten und den Staatsschatz verwalten. Ich tue das Übrige.«

»Ich sage nicht, dass du ihn ständig prüfen sollst, nur täte ihm vielleicht manches Mal dein Einfluss gut. Ist er allein, entgleitet dir sein Wille.«

»Als ob ich jemals diesen Willen beherrschte! Vor kurzem wollte ich Einblick in die *Gesta municipalia* nehmen, jene Akten, welche jede Stadt zu führen hat – da sagte er mir dreist, dies ginge mich nichts an, es wäre seine Sache. Nun, so soll's denn eben sein, ich will mir nicht die Mühe machen, ihm deswegen zu zürnen, jedoch, mach mich nicht glauben, er würde mehr auf mich hören, als er es muss!«

»Sag das nicht, Königin!«

Bathildis ging ihr mit weitausholenden Schritten voraus. Das ruhelose Leben hatte sie in jeder Regung schneller werden lassen, als gelte es, keine Zeit zu vergeuden – weder mit langsamem Gehen noch mit ebenso langsamem Essen.

Rigunth freilich folgte ihr wendig. »Er zeigt es nicht«, rief sie ihr im Laufen zu, »jedoch scheint es mir, er wirbt um deine Freundschaft. In deiner Nähe sucht er sich von seiner besten Seite zu geben – ich hörte gar, er stiftete nach deinem Vorbild ein Marienkloster in Soissons.«

»Das wundert mich, doch sicher tat er's nicht um meinetwillen!«

Sie hatten den Hof erreicht, und Bathildis warf einen kurzen Blick in den gleißenden Sonnenhimmel, der dem ganzen Land so große Sorgen bereitete.

»Er würde es selbst nicht eingestehen«, gab Rigunth nicht auf, »und doch meine ich, dass er nur finstere Pläne hecken kann, bist du weit fort von ihm.«

Bathildis blieb stehen und wandte sich ihr seufzend zu.

»Rigunth, ich weiß – aus widersinnigen Gründen, die ich nie verstehe, wirst du nicht aufhören, für ihn einzutreten, und mir beteuern, dass er in Wahrheit doch ein guter Mensch ist, kein seelenloser Spötter, machthungrig und zu allerlei Grausamkeit fähig. Doch jetzt gilt es ganz andere Dinge zu bedenken. Du weißt, wovon ich spreche.«

Rigunth ergab sich ihrem Willen, nickte und senkte den Kopf.

»Ich weiß, ich weiß, meine Königin. Du hast keine Ruhe mehr, seitdem dich gestern die schlechte Nachricht erreichte ...«

Das Unheil, so hieß es, habe sich seit langem angekündigt. Schon lange, bevor die kundigen Sternendeuter es von den Himmelskonstellationen hatten ablesen können, wusste es schon der einfache Bauer.

Ein solcher zumindest erzählte Bathildis, dass sämtliche Hähne nicht länger beim Sonnenaufgang gekräht hätten, sondern mitten in der Nacht, und dass sich während eines Gewitters einer der Blitze in eine Schlange verwandelt hätte und sich noch windend, ja in den eigenen Schwanz beißend, vom Himmel gefallen wäre. Dort hätte man die Schlange freilich nicht gefunden, als wäre sie geradewegs zur Hölle durchgeschlagen, welche unter der Erde dampft und brodelt.

»Mein Hund ist wild geworden, hat nur mehr Schaum gespien und so abartig geknurrt, dass ich ihn erschlagen musste«, fuhr der Mann fort. Er sprach undeutlich, als hätte er zu viel Met gesoffen. Doch da das Gebräu längst Mangelware war, so wie alles andere, was sättigte und Durst stillte, lag es wohl an seinen abgebrochenen Schneidezähnen. »Und die Vögel, welche dort hinten im Tümpel tranken – kaum dass sie sich wieder flügelschlagend erhoben, glänzten ihre Schnäbel rot vor Blut ... Ganz gewiss ist's, dass der Herr uns straft ... und dass er's durch Zeichen angekündigt hatte. Das sagte auch der Priester und ebenso, dass wir diese Strafe ertragen müssen. Unsere Not rührte jenen nicht. Aber er hatte Angst, dass wir uns mit Zauberhörnern und Bleiplättchen vor Unwetter, Missernte und Hagelschlag zu schützen versuchen. Denn dann wären wir Heiden, keine Christen ... Ich sag mir freilich: Ob nun fromm oder gottlos, ein leerer Magen knurrt doch jedem!«

Verzweifelt streckte er seine Hände aus, um sein Wehklagen zu unterstreichen, und wie immer zuckte Bathildis zurück, wenn ihr einer aus dem gemeinen Volke derart nahe kam. Sie hatte sich nicht gescheut, sogleich zu Hilfe zu eilen, kaum dass sie von der erbärmlich schlechten Ernte und der Hungersnot gehört hatte, die darob im Laufe des Herbstes und im Winter zu befürchten stand. Sie ließ sich auch nicht davon abhalten, mit den Einfachsten und Ärmsten selbst zu sprechen. Doch wenngleich sie gelernt hatte, auf geschundene Sklaven zu schauen und die Erinnerung an Quentovic auszumerzen, wenngleich sie einfache Bauernhäuser betrat und deren dreckige, zerlumpte Bewohner musterte, ohne von Erinnerung an das grässliche Pack heimgesucht zu werden, das einst vor ihren Augen Sicho erschlagen hatte, wollte sie doch von keinem berührt werden.

Es bedurfte sämtlicher Kraft und Überwindung, um über diese – bedrohlich nahen – Hände hinwegzusehen und sich daran zu erinnern, warum sie hier war. Nach altem Glauben war es der König aus dem Geschlecht der Merowinger höchstselbst, welcher beim Herrgott Fürsprache für gute Ernte und das Wohlgedeihen des Viehs einlegte. Traf einen Landstrich jedoch Not, so konnte freilich schnell der Verdacht entstehen, dass es dessen Sünde war, die solche gebar.

Bathildis ahnte, was zu befürchten stand, überließe sie das Volk sich selbst in dieser Stunde. Gar mancher würde, nicht ohne Bitterkeit und stille Flüche, zu fragen beginnen, was im Frühjahr die Hagelstürme bewirkt hatten und jetzt im späten Sommer die gleißende Hitze, die niemals vom Regen durchbrochen war. Vielleicht würde dann ihr Name fallen und ausführlich beredet, ob es einer Frau zustand, ein Land zu beherrschen – und sei's auch im Namen ihres Sohnes.

»Doch sag«, sprach sie darum entschlossen über ihren Widerwillen weg, »wenn jetzt noch Regen fiele, wär Euch dann geholfen?«

Der Mann entblößte seine gebrochenen Zähne und stöhnte erbarmungswürdig. Gewiss hatte man ihn, als man im Dorf von ihrem Besuch erfuhr, als jenen auserwählt, der ihr am eindringlichsten die Lage beschreiben konnte.

»Meine Königin«, klagte er, »vielleicht habt Ihr davon gehört, dass wir alles Weideland nur drei Jahre nutzen können, länger nicht. So lange gedeihen Roggen, Dinkel oder Hafer, hernach jedoch ist der Boden leer von allem, was das Getreide zum Wachsen braucht. Aus diesem Grund machen wir eine Wiese draus, sodass das Vieh dort grasen kann, und beackern ein neues Feld. Nun, genau das war unser Trachten in diesem Frühling, doch ist das erste Jahr für einen neuen Boden stets das Schlimmste. Mit sehr viel Glück wächst alles gut … doch diesmal war die Erde fest und hart, als wir die ersten Furchen zogen. Im Schweiße unseres Angesichts haben wir das getan, denn Ochsen sind zu teures Gut für uns. Am Ende unserer Mühen war das, was aufging, spärlich, dünn und flach … Und dann der Hagel …«

Bathildis war vor dem Gehöft stehen geblieben, aus Flechten erbaut und mit Lehm verstrichen wie alle hier. Ihrem unverhofften Erscheinen war erst erstauntes Tuscheln gefolgt, dann tiefe Stille. Die Mönche, die sie stets begleiteten, waren ein vertrauter Anblick – nicht aber die Antrustionen, die eher Bedrohung verhießen statt Hilfe. Keiner wagte, die groß gewachsene, vornehme Frau offen anzustarren, doch immer dann, wenn sie auf jenen sah, den man als Redner auserkoren, trafen sie verstohlene und furchtsame Blicke.

»Nun«, meinte Bathildis und ließ den Blick unmerklich über die Leute des Dorfes kreisen, »wie viel Getreide werdet ihr brauchen, um durch Herbst und Winter zu kommen?«

»O, meine Königin!«

Der Mann ließ sich zwar steif, jedoch entschieden auf die Knie fallen. »O, meine Königin! Der Hunger ist nicht das Einzige, was uns bedroht! Es scheint, diese eine Geißel reicht nicht, uns zu treffen. Noch eine andere Plage …«

Er brach ab, und als wäre es auf seine Rede abgestimmt, war – nicht aus seinem Mund, sondern vom Inneren des Hauses – ein langgezogenes Stöhnen zu vernehmen, so tief und grunzend, dass es kaum menschlich klang.

Fast einen Monat lang – so lange fuhr sie von Dorf zu Dorf, von Stadt zu Stadt – erblickte sie ähnlich grausige Bilder: ängstliche Menschen, die untätig und verzagt vor ihren trockenen Feldern standen, und kleine Kinder, welchen schon jetzt die Bäuche aufgequollen waren. Stand eine Hungersnot bevor, gab man ihnen nur Gras und Wurzeln zu essen und behielt das knappe Mehl den Erwachsenen vor, denn die Kleinen, die als Waisen ohnehin nicht überleben würden, waren weniger wert als jene jungen Frauen und Männer, die den Tod des Nachwuchses mit der Zeugung von neuem wettmachen konnten. Den schauderlichsten Anblick aber boten nicht sie, sondern die Kranken, welche da, von Krämpfen geschüttelt oder von Lähmungen unerträglich verzerrt, in den Häusern lagen und mit dem Tod kämpften.

Schon als Bathildis den ersten erblickte, ahnte sie, was diese arme Kreatur da niederstreckte.

»Es ist das Feuer des Antonius«, bekundete sie ihren Begleitern, als sie kalkweiß, jedoch verbissen aufrecht gehend, die Hütte wieder verließ.

Ob ihres Urteils nickte man verstört und hoffnungslos, denn es war allseits bekannt, dass dies nur eines verhieß: den Tod.

O, mochte er schnell kommen für alle, die dieses Feuer geschlagen hatte und langsam zerfraß! Nicht nur, dass der Leib sich verkrampfte und manche Glieder sich nicht länger rühren ließen, alsbald begannen die Finger brandig zu werden, als würde von einer schmutzigen Wunde giftiges Blut in den Körper steigen. Das hohe Fieber, das folgte, vermochte den Leib nicht zu reinigen – und so half er sich zuletzt mit nichts anderem, als die langsam verwesenden Glieder abzustoßen: anfangs nur Finger, dann ganze Hände und Füße. Die wenigen, die aus diesem Wüten lebendig hervorgingen (und es waren derer nicht viele, nur die Kräftigsten, Wohlgenährtesten), erwachten aus dem Fieberrausch als auf ewig geschlagene Krüppel, nicht fähig, jemals wieder das Feld zu beackern, oft blind und taub.

An jenem ersten Abend, nachdem sie einen solchen Kranken gesehen hatte, verblieb Bathildis über Stunden im Badehaus, bis ihre Haut zuerst weiß, dann schrumpelig wurde, als würde sie sich im warmen Dunst auflösen. Dennoch scheute sie auch künftig die Nähe der Gequälten nicht, wissend, dass jener Fluch nur einen treffen konnte, welcher giftiges Mutterkorn gegessen hatte. Während es hier keine Heilung gab und sie nichts weiter tun konnte, als Mitleid zu bekunden, entwarf sie mit den Getreuen einen Plan, wie gegen den drohenden Hungerwinter zu kämpfen war.

Zuerst wurden jene Landstriche ausfindig gemacht, wo keinerlei Ernte zu erhoffen war, hernach jene, wo sie mager ausfallen würde, zuletzt solche, die im Frühling vom Hagel und jetzo von der Sonne weitgehend verschont geblieben waren.

Dann hob sie für alle Bauern, die in ersteren Gebieten lebten, die Pflicht auf, Steuer zu bezahlen, und verringerte die der zweiten Gruppe.

Ihr engster Vertrauter, jener Genesius, dem sie einst, als sie mit Theuderich schwanger ging, die Aufgabe übertragen hatte, an ihrer Stelle möglichst viele Sklaven freizukaufen, runzelte abschätzig die Stirn. »Du weißt, dass ich auf deiner Seite stehe, Königin … doch könnte Ebroin das nicht gefallen!«

»Ebroin hat mir in dieser Sache freie Hand zu lassen! Seit Jahren frage ich mich schon, wie es angeht, dass jeder arme Bauer Abgaben zu erbringen hat, ganz gleich, wie die Ernte ausfällt, die Grundherren, welche von Adel sind, aber nicht. Die mitleidlosen *Curiales*, die da die Steuern eintreiben, verschwenden keinen Gedanken daran, dass solcherart die Bauern in schweren Jahren zu Wucherern getrieben werden, und diese offenbaren nur ihr wahres Gesicht, kaum dass man ihnen die Zinsen schuldig ist. Was bleibt ihm dann, dem *Rusticus pauper*, dem armen Bauern, als sich in die Unfreiheit zu begeben, auf dass er und die Seinen zumindest überleben können? Mehr Sklaven gibt's heute, die einst freie Franken waren als Gefangene von fernen Kriegen, und das ist eine Schande!«

»Gewiss«, meinte Genesius zustimmend, »doch mit dem Steuernachlass allein …«

»Damit allein ist niemandem geholfen, da hast du Recht!«, gab Bathildis zu. »Dort, wo die Menschen sich nicht selbst ernähren können, muss ich es tun – als wäre ich die Mutter, wie ein König der Vater seines Volkes ist. Ich möchte also, dass alles Vieh und alles Getreide – die Steuer also, die von jenen stammt, welche vom Hunger nicht betroffen sind – nicht an den Hof fällt, sondern an die, die's brauchen …«

Genesius lächelte schmal. »Das wird dem Küchenmeister nicht gefallen!«

»Soll er's nur nicht wagen, den Ärger an den Mägden und Knechten auszulassen – das werde ich zu verhindern wissen. Und wenn ich es nicht schaffe, den Hof zu ernähren, so wird denn das geschehen, was früher Sitte war: Wir ziehen zu einem reichen Bischof und fordern von diesem Gastfreundschaft. Nach außen hin wird er bekunden, wie sehr er sich durch unsere Gegenwart geehrt fühlt, und nur heimlich darüber schimpfen, dass wir wie hungrige Heuschrecken über ihn herfallen. Nun, dem künftigen König verschließt man nicht das Tor – und das soll unser Nutzen sein. Am wichtigsten ist, dass sie es schnell lernen: Dass die den Armen gnädig dargebotene Hand ist, wie wir einst jene von Gott erhoffen – uns nämlich freundlich entgegengestreckt.«

Genesius grinste wieder, diesmal unverhohlen.

»Manchmal könnte man meinen, Königin, du wärst bei den Adamiten in die Schule gegangen.«

»Bei den Adamiten?«

»Ein schreckliches Gesindel, gottlos und verdorben. So richtete zumindest die Kirche über jenes absonderliche Geschwisterpaar – die Frau nannte sich Maria, ihr Bruder Prophet –, welches mit nackten Füßen durch die Lande zog, das Paradies anbrechen wähnte und manchen Priester lockte, ihnen zu folgen.«

»Und was hat das mit meinem Trachten gemein?«, fragte Bathildis verwirrt.

»O, gewiss möchte ich dich nicht mit diesem üblen Pack vergleichen. Und doch war's so, dass sie es sich mit der Zeit zur Gewohnheit machten, den Reichen Gold zu stehlen und es den Armen zu übergeben. Zumindest darin bist du ihnen ähnlich.« Leiser fügte er hinzu: »Du solltest dir im Klaren sein, dass du dir solchart manche Freundschaft verspielen wirst, wiewohl dich das Volk gewiss lieben wird!«

Schon bei ihrer Rückkehr nach Paris bekam Bathildis die Liebe zu spüren. Welchen Weg sie auch nahm – nicht selten geschah's, dass an dessen Rand Menschen warteten, in kleinen Grüppchen oder größeren Horden, um einen Blick auf die mildtätige, gnadenreiche Königin zu erhaschen. Die einen warfen ihr aus Dank Blumenkränze vors Gefährt, die anderen brachten in der Hoffnung, ihre Gegenwart allein könne sie heilen, ihre Kranken.

Auch Kinder waren darunter, oft von jenen Schulen stammend, welche Bathildis ins Leben gerufen hatte und wo nicht nur Knaben, sondern auch Mädchen erzogen wurden, wie es im Frankenreich üblich war. Desgleichen dankten ihr junge Mütter, die ihre Säuglinge ob ihrer großzügigen Hilfe ausreichend ernähren konnten, anstatt sie – wie oft in Zeiten der Not – in jenen Marmorschalen aussetzen zu müssen, die eigens für diesen Zweck an Kirchenmauern angebracht waren. Und schließlich waren viele Frauen in dunklen Gewändern zu sehen – Witwen, deren Los, sofern sie nicht jung und reich waren und nach der zehnmonatigen Trauerzeit wieder heiraten konnten, oft ein düsteres war: Manch eine musste ihren Körper verkaufen, um zu überleben; andere schlossen sich zusammen und zogen bettelnd von Kirche zu Kirche; wiederum andere wurden zwar in einem Kloster aufgenommen, mussten dort jedoch die niedersten Dienste tun und oft härter schuften als mancher Sklave.

Schon vor einigen Jahren hatte Bathildis das Gesetz erlassen, wonach jene Witwen, die über kein Erbe verfügten, unter dem persönlichem Schutz des Königs standen, ein Auskommen erhalten müssten und selbst entscheiden durften, ob sie wieder heiraten, in ein Kloster eintreten oder mit ihresgleichen zusammenleben wollten – dann durch ein Keuschheitsgelübde zu einem keineswegs ärmlichen, jedoch frommen Leben verpflichtet.

Wenn die Sonne nicht zu stark blendete, ließ Bathildis manches Mal den Vorhang aus Leder zurückbinden, auf dass man sie sehen konnte; regungslos saß sie dann, so wie es von einer ihres Standes erwartet wurde, jedoch mit leisem Lächeln.

Kaum waren sie wieder unter sich, schwand jenes jedoch manchmal.

»Warum bist du so ernst, meine Königin?«, fragte Rigunth. »Gar vielen rettet das Leben, was du tust. Als Zeichen größter Achtung kommen sie, um dich zu schauen!«

Bathildis nickte langsam.

»Ich weiß, ich weiß«, gab sie zu, »es ist nicht der Gedanke an das Volk, der mich bedrückt… es ist nur: Als es zu ahnen stand, dass Unglück kommen würde, als erste Nachricht von der schlechten Ernte uns erreichte… da war ich kurz erleichtert, dass Gott die Bauern geißelt und nicht mich und meine Söhne. Und wenn ich helfe, wie ich's tue, so treibt mich nicht die Sorge um die fremden Kinder, sondern die um die eigenen. Ich will von meinem und auch Chlothars Namen sämtlichen Vorwurf fernhalten, wir wären dem Volke schlechte Eltern. Und deswegen, so scheint es mir, ist nicht herzensgut, was ich tue, sondern berechnend.«

»Du bist zu streng mit dir«, gab Rigunth leichtfertig zurück. »Wer schert sich um meine Gründe, wenn sie zu Gutem führen? Und was soll daran schlecht sein, wenn du dir deine Macht mit Fürsorge sicherst und nicht mit Gewalt?«

Bathildis nickte nachgebend. »Ja«, sagte sie, »da hast du recht.«

Noch viel, viel früher, als ihr lieb war, sollte sie an jene Worte denken – bereits am nächsten Morgen.

Nur mehr eine kurze Strecke trennte sie von der Heimat, und sie freute sich schon auf ihre Söhne und auf den reinlichen Palast. Sie saß versonnen, vom Gerumpel nicht gequält wie sonst, und – weil es noch morgens war – nicht aufgestöbert von Blicken.

»Je näher ich der Hauptstadt komme«, spottete sie, »desto rarer werden solche, die mich unverhohlen lieben. Es scheint, dass man hier genug zu essen hat…«

Kaum hatte sie das ausgesprochen, hielt unverhofft der Wagen und fuhr nicht wieder an. Sie beugte sich nach draußen in die Morgenluft, die nun, zu Beginn des Herbstes, frischer und klarer als jene schwülstig-gleißende Wolke war, die sonst über ihnen hing. Sie hörte Stimmen – die von ihren eigenen Leuten und eine von einem fremden Mann. Es schien ein Mönch zu sein, das erkannte sie an seiner Kutte, desgleichen an der Tonsur. In der Mitte der Straße stand er, wo er fuchtelnd die Hände erhoben hatte. Mehrmals hörte sie ihn ihren Namen sagen.

»Mir scheint, er will nicht eher gehen, als dass er dich selbst gesehen hat«, meinte Rigunth. »Vielleicht will er dich segnen – zum Dank für das, was du getan hast.«

Bathildis verbarg ihren Überdruss. Schon raffte sie die Tunika, um hinauszusteigen. Die Straße war – hier in der Nähe von Paris – zwar breit und glatt, doch ihre ledernen Schuhe wurden alsbald von einer weißen Schicht bedeckt.

Zumindest ist's kein Schlamm, dachte sie und trat dem Kirchenmann forsch entgegen, auf dass sie die Begegnung schnell hinter sich bringen könnte.

Kaum dass er sie erblickte, erstarrte und verstummte der Mönch. Zuerst dachte sie, es sei die Scheu, die ihn zur Salzsäule formte, und sie lächelte aufmunternd. Doch nun, da sie noch näher trat, so traf sie ein Blick, der nicht Respekt und Liebe bekundete, sondern Abscheu und Verachtung. Von buschigen Augenbrauen umgrenzt, war er dunkel und bedrohlich, und von Wut kündeten auch die verzerrten Lippen des Mannes.

Bathildis schwand das Lächeln, und doch begriff sie zu langsam, welch Hass ihr da entgegenfloss. Anstatt zu fliehen, trat sie noch näher und konnte sich nicht rechtzeitig ducken, als der Mönch aus seiner Erstarrung erwachte, sich bückte und nach einem Stein griff. Klein, aber spitz flog er ihr entgegen, prallte gegen ihren Arm.

Überrascht weitete sie die Augen, da begann der Mönch schon zu brüllen: »Du Sünderin! Du Sünderin! Du bist wie Jezabel! An deinen Händen klebt Blut!«

Ihr Zittern hatte nicht aufgehört, als sie den Palast erreichten, wiewohl ihr Rigunth besänftigend die Hände auf die Schultern gelegt hatte.

»Gewiss waren die Sinne des Mannes verirrt. Er wusste nicht, was er da sagte ...«

»Sein Blick war böse«, unterbrach Bathildis sie heftig, »aber nicht des Wahnsinns!«

Der unbekannte Mönch hatte noch mehr Steine auf sie geworfen, und seine Beleidigungen waren erst verstummt, als zwei Männer der Antrustionen sich auf das Lästermaul gestürzt hatten, den Mann gepackt, ihn brutal auf die Knie gezwungen und ihm schlimme Strafe angedroht hatten, würde er seine Worte nicht zurücknehmen.

»Die Zunge soll man dir rausschneiden!«, murrte einer, indessen Bathildis immer mehr erbleichte.

Sie hob die Hand, und ihre Männer lasen daraus den Befehl zu schweigen – der Mönch hingegen musterte sie von unten her, die Augen argwöhnisch zusammengekniffen und die Lippen bebend vor Zorn.

»Warum sagst du so etwas?«, fragte Bathildis, ohne zu begreifen.

»Weil es die Wahrheit ist!«, knurrte der Mann. »An deinen Händen klebt Blut! Bischofsblut! Du bist eine Mörderin!«

Die Anschuldigung war so entsetzlich, dass sie nicht weiter fragen konnte – und der Mönch wollte dem auch nichts hinzufügen, während die beiden Ritter auf ihn einhieben und neben der Strafe, ihm die Zunge herauszuschneiden, auch jene des Blendens und Kastrierens ankündigten. Blut begann aus der Nase des Wütenden zu fließen, doch er wehrte sich nicht, sondern ließ die Schläge über sich ergehen.

»Lasst ihn laufen, er ist von Sinnen!«, sprach Bathildis leise, und dann begann sie zu zittern.

Noch im Hof des Palastes verflüchtigte sich die Ahnung nicht, dass jener Mönch durchaus bei Sinnen war und irgendetwas

Unerhörtes geschehen sein musste, dessen er sie zu Recht für schuldig befand, und alsbald wähnte sie diese Ahnung bestätigt – durch Blicke, die vor ihr niedergeschlagen wurden, als gelte es ein Geheimnis zu bergen oder sich einfach nur vor ihr zu schützen.

Nicht nur die Mägde oder Stallburschen verhielten sich so, sondern auch Leudesius, der blonde Sohn von Erchinoald, der nicht hatte Major Domus werden können, weil Ebroin das Amt an seiner Stelle ergriffen hatte, und der – des Schreibens kundig – fortan als einer der Notare darauf wartete, dass ihm eine gewichtigere Aufgabe zugewiesen würde.

Bathildis wusste nicht, ob er sie erwartet hatte oder nur zufällig ihre Ankunft erlebte. In jedem Fall grüßte er nur kurz, senkte den Kopf – und verschwand. Nicht anders verhielt sich Fredegar, der Lehrer ihrer älteren beiden Söhne. Er stand im Hof, freilich nicht, um sie zu begrüßen, sondern um kalt durch sie hindurchzusehen und sich schließlich schroff abzuwenden.

Fara blieb nicht die Möglichkeit zur Flucht. Sie kam mit Theuderich an der Hand, der mit den nicht länger wackeligen Schritten eines Vierjährigen auf sie zugelaufen kam, doch der Wiedersehensfreude, die dem Knaben ein Juchzen entlockte, enthielt sie sich selbst vollkommen. Gerne hätte Bathildis den Knaben freudig in die Luft geworfen – doch ob Faras düsterem Anblick erstarrte jede Regung. Die Frau stand mit gebeugtem Rücken, als würde sie vom Alter zu Boden gezerrt, obgleich ihr feister Leib noch nie zuvor hatte erkennen lassen, dass dieses Alter sie zu quälen begonnen hatte.

Bathildis ahnte an ihr gleiches Misstrauen, wie es so viele andere mit schelem Blick bekundeten, mehr ängstlich als boshaft, mehr betroffen als aufgebracht.

»Gertrude!«, wandte sie sich schließlich an eine der ältesten Vertrauten, »Gertrude, was ist in meiner Abwesenheit geschehen?«

Das plappernde Mädchen von einst hatte sich zur verblühten,

nicht minder geschwätzigen Frau gewandelt, die nie erkennen ließ, ob ihr das Leben behagte: Sie benannte zwar alles, was ihr geschah, aber zeigte nie Anteilnahme daran.

Heute freilich war ihre Stirne merkwürdig gefurcht.

»Meine Königin«, murmelte sie verlegen, »du bist erhaben über eine wie mich. Und doch deucht mich, dass es Unheil brächte, erhebt man das Schwert gegen einen Gottesmann…«

Schon wieder jene schreckliche Bezichtigung.

»Niemals würde ich einem Gottesmann Gewalt antun! Warum also…«

»Sprich nicht mit mir darüber, meine Königin!«, wehrte Gertrude ab und trat beiseite.

Bathildis hätte sie schlagen können für diese absonderliche Scheu, aber beließ es dann dabei, sie lediglich anzuschnauben. Dass sie noch heute mit dem Bischof von Paris zu sprechen wünschte, verlangte sie unwirsch.

Doch jener war bereits bei Hofe und trat nun eben aus dem Tor. Er war nicht allein, sondern hatte Audoin von Rouen bei sich, jener noch fettleibiger und schnaufender als bei ihrer letzten Begegnung.

Audoin schüttelte mit tiefem Bedauern den Kopf.

»Was…«, rang Bathildis hilflos nach Worten und wurde schon von ihm unterbrochen.

»Das, meine Königin«, sprach Audoin düster, »hättest du nicht zulassen dürfen.«

XXIX. Kapitel

Wie alle anderen sahen die beiden sie nicht offen an, sondern mit jenem ausweichenden Blick, weder anklagend noch feindselig, aber mit unverhohlenem Tadel. Er setzte ihr umso mehr zu, als sie nicht wusste, was er zu bedeuten hatte und wessen sie sich schuldig gemacht hatte.

Draußen im Hof hatten sie nicht mehr Worte verloren, und auch nun, im Saal, hing bleierne Stille über ihnen. Bischof Chrodebert von Paris, der aus dem Kloster zu Saint Denis stammte, dem Bathildis nach dem Tod seines Vorgängers selbst sein Amt verliehen hatte und der ihr von Anfang an ergeben gewesen war, war äußerst verlegen. Audoin von Rouen hingegen, welchem die Treue zu ihr vor allem politisch vernünftig schien, schüttelte fortwährend düster den Kopf.

Indessen sie die beiden musterte, trat Genesius, ihr Almosenverwalter, hinzu, der mit ihr auf Reisen gewesen war. Ganz offensichtlich hatte er früher von dem erfahren, was hier die Gemüter aufwühlte, denn nun saß auch er mit gesenktem Kopfe.

Wie kann er nur!, ging es Bathildis zornig durch den Kopf. Welch schreckliches Verbrechen auch geschehen sein mag – zumindest er muss wissen, dass ich viel zu beschäftigt war, um damit zu tun zu haben!

»Genesius!«, begann sie forsch, »Genesius – sag mir, was du weißt!«

Er blickte ratlos hoch, ein wenig hilfesuchend, als würde er sehr gerne reden, nur dürfte er dies in Gegenwart Ranghöherer nicht ohne deren Erlaubnis.

Unwillkürlich hob sie die Hand, ballte sie zur Faust und ließ sie niederkrachen, ein an ihr ungewohntes Gebaren, das sie selbst erschreckte – zumal sie sich dessen erst richtig bewusst wurde, als der laute Schlag durch die Stille echote.

Audoin versteifte sich. »Willst du uns jetzt auch drohen, Königin?«

»Ich soll Euch drohen? Ha! Mir hat man heute Steine nachgeworfen! Mich hat man als Jezabel beschimpft – als jene phönizische Prinzessin, die dem heidnischen Baal diente und sämtliche Propheten des wahren Gottes, darunter Elias, grausam verfolgen, manche von ihnen sogar töten ließ! Ihr soll ich ähnlich sein! Jetzt wagt endlich, mir ins Gesicht zu schauen und mir offen zu sagen, was …«

Audoins Miene wurde noch eisiger, doch zumindest führten ihre Worte dazu, dass sich Genesius auf ihre Seite stellte.

»Es kann doch sein«, warf er schüchtern ein, »dass die Königin tatsächlich nichts von alldem wusste und dass sie …«

»Was schlimm genug ist, nennt sie sich Regentin!«, fiel Audoin ihm mit kaum verhohlenem Ärger ins Wort. »Sie hat sich im Namen ihres Sohns verpflichtet, die Geschicke dieses Landes zu lenken – und nicht dazu, sich zwischenzeitig fortzustehlen und Ebroin alle Macht zu überlassen …«

Es bestürzte sie, dass er nicht mit ihr sprach, sondern über sie, als wäre sie nicht im Raum, doch noch mehr erschreckte sie die Erwähnung Ebroins. War er der Urheber dieser Aufregung? Hatte er verbrochen, was man ihr vorhielt?

Audoin fügte nichts mehr hinzu, und sein Schweigen erlaubte Genesius, ihr in knappen Worten zu berichten, was geschehen war.

Aunemund von Lyon, einer der mächtigsten Bischöfe des Reiches, groß geworden in der Hofschule Dagoberts und einflussreich vor allem hinter Neustriens Grenzen in Burgund, war beschuldigt worden, seinen Bruder zur Verschwörung angestiftet zu haben.

»Jener Bruder heißt Dalfinus und ist… war Präfekt von Lyon. Nicht zum ersten Mal hat man ihn gegen dich, meine Königin, wettern gehört… doch das tun andere Große dieses Reiches auch. Dalfinus freilich, so hört man, begnügte sich nicht mit Lästerrede. Verbittert darüber, dass wichtige Ämter in Burgund nicht von Landsleuten besetzt worden sind, so wie dein Gemahl es noch gehalten hat, sondern mit Neustriern, plante er gemeinsam mit anderen Mächtigen von Burgund, das Land von deinem Herrschaftsbereich abzulösen. Und sein Bruder, der Bischof, hat ihn dabei unterstützt… ja, es heißt sogar, er wäre der eigentliche Urheber dieses heimtückischen Vorhabens gewesen.«

Er schloss, als wäre damit alles gesagt. Bathildis ahnte den Ausgang der Geschichte; zu deutlich war ihr noch die Anklage des Mönchs im Ohr. Dennoch fragte sie atemlos: »Und dann?«

Genesius blickte fragend zu den Bischöfen – und an seiner statt ergriff nun Audoin mit knurrendem Unterton das Wort.

»Ich kann beschwören, zumal es dafür viele Zeugen gibt, dass ich niemals ein Freund von Aunemund war. Und doch hätte die unschöne Sache den Weg der Gerechtigkeit beschreiten müssen. Die Verschwörer sind von einem Mitwisser verraten worden, doch weder ist der Präfekt von Lyon vor Gericht gestellt worden, wie es die Gesetze unseres Landes in solchem Falle fordern, noch der Bischof vor eine Synode. Solch Verfahren versprach man ihnen zwar, als sie jedoch in Richtung Orléans reisten, um sich dort der Anklage zu stellen und sich zu verteidigen, kamen sie nie am Ziele an. Schon in Mâcon wurden sie aufgehalten und festgenommen. Der Präfekt Dalfinus wurde sofort enthauptet. Der Bischof selbst wollte noch fliehen, und nur die eindringlichen Worte von Waldebert von Luxeuil hielten ihn davon ab, wäre doch solch ehrenrührendes Verhalten als Schuldspruch gewertet geworden… Gelohnt freilich wurde es ihm nicht! Kaum, dass er sich den Duces gestellt hatte und von ihnen verlangte, nach Paris gebracht zu werden, zu dir … wurde er ebenfalls ermordet. Mitten in der Nacht. Ein gewisser Wilfrid war bei ihm, der einst die Nichte Aunemunds hätte heiraten sollen, sich dann aber Gott weihte und stets ein treuer Diener des Bischofs war. Er schrie, dass er gemeinsam mit Aunemund sterben wollte. Nun, sterben musste er, doch durfte es nicht an der Seite seines Herrn sein, sondern er wurde gewaltsam vom Bischof fortgeschleift und erst dann enthauptet. Es wird berichtet, dass er sich noch im Tod gegen die gewaltsame Trennung wehrte und sein Kopf, just als er vom Leib geschlagen war, in die Richtung seines Herrn rollte.«

Wieder senkte sich Schweigen über die kleine Gruppe; deutlich war Bathildis' Atem zu hören. Beim letzten Wort hatte sie sich abgewandt, die Hände an die Schläfen gepresst, auf dass niemand in ihr Gesicht sehen konnte.

Ebroin hat das getan, ging ihr durch den Kopf. Ebroin, der um unsere vielen Feinde und Widersacher weiß, der sich ein machtvolles Zeichen wie dieses ausdachte, um sie in ihre Schranken zu weisen. Mein Gott, wie konntest du nur, Ebroin!

Gemordet hatten viele Könige aus dem Geschlecht der Merowinger, jedoch meist weltliche Widersacher. Gewiss hatte manch einer den Gottesmännern das Leben schwergemacht, sie enteignet, sie aus dem Amt gejagt. Doch fast jeder wäre davor zurückgeschreckt, einen Bischof heimtückisch töten zu lassen, obendrein keinen gewöhnlichen, sondern den Patriarchen von Lyon.

Ja, Aunemund war mächtig, sie wusste darob, sie erinnerte sich an seine kleine, feiste Gestalt, an seine scharfen Augen. Damals, als sie sich an die Bischöfe gewandt hatte, um die Sklaverei anzuprangern, war er der bissigste und lauteste Spötter gewesen. Er hatte sich nicht darum bemühen müssen, sich mit einer Königin gutzustellen, die in seinen Augen doch nur eine kleine Sklavin war, bestenfalls tauglich, großen Männern wie ihm wortlos den Weinkelch zu reichen. Verächtlich war sein

Blick gewesen – und gewiss hatte er auch Ebroin für einen Emporkömmling gehalten, dem nicht zustand, Major Domus zu sein. Vielleicht in Neustrien, nicht aber in Burgund. Dort hatte es bis vor kurzem noch einen eigenen Major Domus gegeben, doch Ebroin hatte jenen Radobertus abgelöst und dessen Amt mit seinem eigenen verschmolzen.

Bathildis atmete noch schwerer. Zu ihrem Entsetzen über seine Tat gesellte sich, sehr kurz nur und doch verräterisch klar, ein Anflug von Befriedigung. So hatte der alte Widersacher sie am Ende doch noch ernst nehmen müssen – die kleine Sklavin und den gewöhnlichen Franken.

Doch rasch überwog das Grauen über eine schändliche, empörende Tat, die ihrer nicht würdig war. Eine gerechte Regentin hatte sie sein wollen, mildtätig und gnädig.

»Ich habe es nicht gewusst«, murmelte sie erstickt, »ich schwöre es vor Gott! Ich habe es nicht gewusst!«

Audoin nickte ausdruckslos, bekundend, dass er ihr gern Glauben schenken wollte, doch dass dies am Geschehenen nichts mehr ändern konnte.

»Das ist gut für deine unsterbliche Seele, Königin«, sagte er leise und ein wenig freundlicher. »Und doch ist es besser, du bist in den Augen der Adeligen, meiner Amtsbrüder und des Volkes eine Bischofsmörderin … als eine schwächliche, gutgläubige Regentin, die ihren Major Domus walten lässt, wie ihm beliebt. Es ist besser, du erntest Furcht und Hass … als Verachtung für deine Schwäche.«

Was er da sagte, war ebenso richtig wie grauenhaft.

Sie riss die Hände vom Gesicht und schlug ein zweites Mal auf den Tisch.

»Verdammter Ebroin!«, entfuhr es ihr, und kurz dachte sie an Rigunths Warnung, ehe sie vor einem Monat Paris verlassen hatte. Ich meine, hatte sie gesagt, dass er nur dann finstere Pläne hecken könnte, wärst du weit fort von ihm …

»Meine Königin«, sprach nun auch Chrodebert, »meine Königin! Gebt Euch nicht der Unbeherrschtheit hin! Ihr müsst bedenken, warum Ebroin das getan hat, warum er…«

»Ich werde ihm niemals verzeihen, dass er hinter meinem Rücken…«

»Meine Königin, ich weiß nicht, ob du davon wusstest, aber vor nicht langer Zeit war ein Mord an ihm geplant. Ein Verwandter jenes Radobertus, welchem er in Burgund das Amt des Major Domus raubte, wollte ihn heimtückisch erstechen.«

Bathildis schritt wütend auf und ab. »Nun und? Wessen Leben wurde noch nicht bedroht?«, rief sie erregt. Verjährt, wiewohl niemals vergessen war Ebroins gemeines Attentat wider sie…

»Da hast du recht«, pflichtet Audoin ihr bei. »Nicht minder gesetzlos als jetzt hat Ebroin jenen Mann ins Kloster stecken und dort heimlich erwürgen lassen, anstatt ihn vors Gericht zu stellen.«

»Oh, ich will es nicht!«, tobte Bathildis. »Ich will es nicht, dass er mich so beschmutzt – meinen Namen und den meiner Söhne. Ich will mit diesen schauerlichen Taten nichts zu tun haben! Ich werde…«

Audoins Blick brachte sie zum Schweigen. Nun klang er erstmals nicht nur schroff, sondern ein wenig mitleidig.

»Gleichwohl ich dieses Verbrechen scharf verurteilen werde – du, Königin, darfst das nicht. Du musst dich vielmehr dazu bekennen.«

»Aber…«

»Wie ich schon sagte: Du bist Regentin, du darfst keine Schwäche zeigen! Und als Schwäche würde man dir auslegen, wenn Ebroin ohne dein Wissen und hinter deinem Rücken gehandelt hätte. Begreife: Weder kannst du diese Tat ungeschehen machen… noch darfst du deine Beteiligung von dir weisen.«

»Aber…«

»Vielleicht wirst du solcherart deinen guten Ruf verlieren – jedoch nicht deine Macht. Und du weißt, dass du diese Macht… ihm verdankst.«

Beim Reden hatte er sich aufgerichtet, nun ließ er sich zurück in den Stuhl sinken, sein schwerer, runder Leib bebte.

»Du kannst dich nicht von Ebroins Taten lösen«, schloss er. »Was du ihm auch vorwerfen magst – bedenke stets: Von jener Münze, mit der du Sklaven die Freiheit kaufst und Hungernden das Brot, ist er die andere … die dunkle Seite.«

Sie musste lange nach Ebroin suchen, und als sie ihn fand, so an einem Ort, wo sie ihn niemals erwartet hatte und wo sie ihn nur ungern zur Rede stellte. Mit seltsam erloschenem Blick und ernstem, nachdenklichen Gesicht stand er im Stall, wo er jenes Pferd streichelte, das einst Chlodwig gehört hatte und auf dem er zur letzten, tödlichen Jagd geritten war.

Bis zu diesem Augenblick hatte Bathildis zwar gewusst, dass niemals wieder einer dieses Tier geritten hatte, doch nie erfragt, was genau mit ihm geschehen war. Vorsichtig strichen Ebroins lange Finger über die Stirn des Pferdes, indessen er ihm mit der anderen Hand rote Äpfel anbot. Zuerst blähte das Tier seine Nüstern, dann fraß es schnell, mit gierigem Schubsen bekundend, dass es noch mehr wollte.

Bathildis erstarrte. Mit jedem Schritt, den ihre Suche nach ihm gewährt hatte, war ihre Wut gewachsen, der Wunsch, ihn anzubrüllen, ihn mit vernichtenden Worten anzuklagen, und irgendwie hatte sie damit gerechnet, dass er sie mit höhnischem Lächeln erwarten würde.

Stattdessen traf sie ihn nun in einem Moment der Stille an, der Vertraulichkeit – und der Trauer. Ja, es musste ihn die Trauer um den König treiben, wenn er, der dafür bekannt war, seit seinem einstigen Sturz Pferde zu fürchten, die Nähe von dessen getreuem Tier suchte – wohl nicht zum ersten Mal, wie sein gezieltes Streicheln verriet.

Sämtliche Worte, die sie ihm hatte sagen wollen, erstarben, und mit ihnen das Laute, Hitzige. Sie musste daran denken, was Rigunth vor langer Zeit zu ihr gesagt hatte: dass Ebroin dem

König von Herzen zugetan war, dass er Chlodwig – wiewohl er dessen Wesen kannte und wiewohl er dessen Schwäche gewiss manchmal verurteilte – ewig die Treue halten würde. Jetzt sah sie das erste Mal, dass jenes Gefühl der Zuneigung, der Dankbarkeit nicht mit des Königs Tod erloschen war, wohingegen es sich bei ihr ganz anders verhielt. Verlassen und schutzlos hatte sie sich nach Chlodwigs Tod gefühlt, doch der Kummer um ihn hatte nachgelassen, als sie Regentin wurde. Auch jene Wunde, die er aufriss, als er schon sterbend noch von Aidan sprach, war halbwegs verheilt, kaum dass sie sich für die Pflicht entschied.

Zurück blieb das angenehme, satte Gefühl, Chlodwig nichts schuldig geblieben zu sein – nicht aber jener wortlose, schwere, wehmütige Kummer, der Ebroins Züge so zerfurchte.

Sie wusste nicht, wann sie sich hätte aus der Erstarrung lösen können – hätte er sich nicht schließlich umgedreht, sie erblickt, unwillkürlich die Hände über seiner Brust verkreuzt. Der Ausdruck seines Gesichts blieb ernst und traurig und wurde keineswegs spöttisch.

Und so klangen die Worte, die sie schließlich sagte, weder geifernd noch anklagend, sondern einfach verzweifelt: »Warum hast du das getan, Ebroin? Warum bringst du mich in Verruf?«

Er antwortete nicht sogleich. Langsam trat er näher, bis er unmittelbar vor ihr stehen blieb. Seit er Major Domus war, legte er mehr Wert auf seine Kleidung. Seine Gürtelschnalle war mit einem funkelnden Granat verziert; ein kleiner Dolch mit goldenem Griff hing daran und eine Börse, die mit roten Rubinen besetzt war.

»Sag mir nicht«, setzte er schließlich ausdruckslos an, »sag mir nicht, du trauerst um Bischof Aunemund. Kannst du dir nicht denken, wie er über dich gesprochen hat und was von dir gehalten? Du bist für ihn nichts weiter als eine lästige, kleine Sklavin gewesen, deren einziges Verdienst es war, den König in ihr Bett gelockt zu haben!«

Wie schon vorhin regte sich in ihr die Befriedigung darüber, dass es den Richtigen getroffen hatte. Mit aller Macht musste sie dagegen angehen, und als sie wieder die Stimme erhob, so klang sie schneidend: »Das tut hier nichts zur Sache. Du hättest ihn nicht heimlich töten lassen dürfen, nicht in meinem Namen, nicht ohne Gerichtsverfahren!«

Er verzog seine Lippen, und wiewohl sein Lächeln nicht bissig war wie sonst, sondern müde, sah er nun endlich wieder jenem Ebroin ähnlich, den sie kannte – und verachtete.

»Was kümmert's dich?«, fragte er kühl. »Du hattest doch eine schöne Reise, nicht wahr? Hast den armen, hungrigen Menschen geholfen. Das ist es doch, was du willst. Und das ist, was ich dir gestatte – und ermögliche.«

Sein Blick, eben noch erloschen, begann zu glühen. Verbissen hielt sie ihm stand und wollte sich von ihm nicht zwingen lassen, die Lider zu senken.

»Ich brauche deine Erlaubnis nicht!«, zischte sie.

»Nein, das nicht! Jedoch bedarfst du meiner Bemühungen, die dir und deinen Söhnen die Macht erhalten, und das fällt nicht immer leicht.« Er verbiss sich zu schreien, aber er klang heiser vor Erregung. »Es war unser beider Entscheidung, dass wir Burgund an Neustrien binden, nicht minder eng als zu Chlodwigs Lebzeiten. *Burgundiones et Franci facti sunt uniti*. Nur auf solche Weise ließ sich dem Adel zeigen, dass wir die Macht fest in den Händen halten, und solange wir Burgund befriedet halten, wird sich auch in Neustrien niemand gegen uns erheben. Droht freilich dort Revolte, haben wir alsbald das ganze Land gegen uns, verstehst du? Und das bedeutet, dass wir all jenen Kräften entschieden zuwiderhandeln müssen, die es nach Auflehnung gelüstet, die den Einfluss ihrer Region auf Kosten der Krone stärken wollen! Mit freundlichen Worten ist ihnen nicht beizukommen, vor allem nicht, wenn sie aus meinem Mund kommen oder aus deinem. Doch wenn sie uns fürchten, wenn sie ob unserer Grausamkeit die Schädel ducken, dann ...«

»Das will ich nicht!«, rief sie dazwischen, kindlich trotzig, als gäbe es die Möglichkeit, sich seinen Worten zu verschließen, desgleichen vor jenen, die Audoin zu ihr gesagt hatte: Von jener Münze, mit der du Sklaven die Freiheit kaufst und Hungernden das Brot, ist Ebroin die andere, die dunkle Seite.

»Wie – du willst keine Macht?«, fragte er, und endlich, endlich wich sämtliche Schwermut von ihm und brach all sein Spott hervor. »Pah! Du gierst nach Macht nicht weniger, als ich es tue – denn sie ist das Einzige, was mich von meiner Herkunft trennt und dich von deiner Vergangenheit als Sklavin. Nie wieder will ich der armselige, kleine Bastard einer Amme sein, und du genauso wenig eine dreckige Magd, die Schafschur wäscht. Du willst dein Leben lenken! Du willst Entscheidungen treffen und sie umsetzen! Du liebst es doch, fordernd deine Hand zu heben, die Finger zu spreizen, und alle hören auf deine Stimme, um sogleich zu erfüllen, was immer du befiehlst!«

»Hör auf, so mit mir zu sprechen, Ebroin!«

»Ich spreche, wie ich will! Denn alles, was hier und heute geschieht – es ist nicht minder deine Schuld als die meine. Als Chlodwig noch lebte, hätten wir so viel erreichen können, und er als König hätte uns stets geschützt vor Widersachern. Er war ein Spielball der Großen, und doch: Hätte er seine Würde behauptet und sein Amt selbstbewusst ausgeführt, dann hätte man sich ihm auch ohne übertriebene Gewalt gebeugt, hätte ihn vielleicht respektiert. Uns freilich fällt nichts selbstverständlich zu, Bathildis. Die Anerkennung, die wir brauchen, müssen wir mit Blut erkämpfen. Es wäre leichter gewesen... viel leichter, wenn wir schon vor langer Zeit den Grundstein für unsere gemeinsame Herrschaft gelegt hätten. Doch das wolltest du nicht, erinnerst du dich? Jetzt lebe mit den Folgen!«

»Ich kann es nicht!«

»Du musst es können! Du hast schlichtweg keine Wahl! Wenn's dir gefällt, so reise durch die Lande, tröste heulende Bälger und hungrige Weiber und stopf den grindigen Armen das

Brot ins Maul! Aber wenn du an meiner Seite Regentin bleiben willst, so ist das nicht genug. Hast du mich verstanden?«

Er setzte ihr nicht nur mit Worten zu. Seine Hände schnellten hoch, umfassten ihre Schultern, hielten sie gepackt. Sie fühlte die Wärme seines Körpers, die langsam durch sämtliche Glieder des eigenen Leibes zu rieseln begann, und sie schwankte darin, sie voll Ekel aus sich herauszuspeien oder sie gänzlich aufzusaugen, sodass ihm nichts mehr von seiner hitzigen, fordernden Kraft bliebe, sie heimzusuchen.

»Hör auf! Hör auf!«, schrie sie.

»O gute, heilige Bathildis!«, lästerte er. »Ich weiß sehr wohl, dass du dir nicht gerne die Hände schmutzig machst … ich weiß sogar, dass du sie dir einst häufiger gewaschen hast als jeder andere, Stunden um Stunden, immer voll Angst, es könnten noch Spuren der Asche dran haften. Tust du es noch? Nun, das ist mir gleich. Ich bin sogar bereit, für dich in den Dreck zu greifen und dort, wo sich Feinde wie Nattern zusammenrotten, mit dem Schwert dazwischenzuschlagen. Du aber vergiss nie, dass ich das nicht nur für mich tue, sondern auch für dich! Wage es nie, nie, nie, mich dafür anzuklagen oder geringzuschätzen!«

Er ließ sie nicht nur los, sondern stieß sie so fest zurück, dass sie stolperte. Obwohl erleichtert, dass sie von seinem Griff befreit war, nahm sie das nicht hin. Sie stürzte auf ihn los, packte ihn ihrerseits, hängte sich an ihn, als könnte sie mit bloßer Leibeskraft sämtliche Bosheit und Gemeinheit aus ihm herauspressen … und sämtliche Ohnmacht und Leere und Verzweiflung, die irgendwo weit darunter lagen.

»Es geht nicht nur um meine Macht und deine! Ich herrsche auch im Namen meines Sohnes! Und Gottes Fluch soll nicht ihn treffen für Untaten, die du begangen hast!«

Sie fühlte, wie ein Zucken durch seinen Leib ging, wie er sich wand, wie er sie abzuschütteln versuchte, ein wenig widerwillig, ein wenig hilflos. Sein Gesicht, eben noch aschfahl, wurde glühend rot.

»In den Adern deiner Söhne fließt gutes, königliches Blut … und abscheuliches, das weißt du so gut wie ich. Keiner ihrer Vorfahren hat sich jemals gescheut, verbissen um die Macht zu kämpfen. Ich weiß, dass du dich davor fürchtest, dass in ihnen die gleiche Härte erwacht. Aus keinem anderen Grund hast du darum gekämpft, dass nur der Älteste die Krone erbt, auf dass sich nie drei ranggleiche Könige im grausamen Krieg gegenüberstehen. Und eben darum, Bathildis, darf nichts geschehen, was zu Zersplitterung, zu Teilung führt. Ein König, eine Regentin, ein Major Domus. Wer sich nicht unterwirft, wird sterben … schmählich, einsam, im Dreck der Gosse.«

Er gab die Versuche auf, sie abzuschütteln, und als er nicht mehr mit ihr rang, sondern sich versteifte und erkaltete, so wurde es ihr unerträglich, ihm so nah zu sein. Sie ließ ihn los, trat hastig mehrere Schritte zurück, rang vergebens nach Worten. Es fiel ihr nichts ein, was sie ihm entgegenhalten könnte, und er schenkte ihr nicht die Zeit, sich wieder zu sammeln, sondern wandte sich ab.

»Geh und ruh dich aus, meine Königin«, murmelte er gehässig über seine Schultern, »vor allem aber: Nimm ein Bad. Man sieht dir die lange Reise an.«

Rigunth fand sie später im Stall. Stundenlang musste sie dort verweilt haben, zuerst starr stehend, dann war sie auf den schmutzigen Boden gesunken. Sie störte sich nicht einmal daran, dass ihre Hände gedankenverloren in der dunklen Erde wühlten.

»Meine Königin, was tust du denn?«, rief Rigunth entsetzt, bückte sich, versuchte, sie aufzurichten.

»Was kümmert's mich, wenn ich mich schmutzig mache?«, gab Bathildis zurück und erwehrte sich des Griffs der anderen. »Der Mönch hatte recht: An meinen Händen klebt Blut. Ich bin die Mörderin eines Bischofs.«

»Das bist du nicht! Ebroin mag in deinem Namen gehandelt haben – doch ohne dein Wissen!«

»Nun, jetzt weiß ich darum … und kann's nicht verhindern … kann's ihm nicht verbieten … Nie hätte ich auf ihn setzen dürfen, mich darauf einlassen, mit seiner Hilfe mein Amt zu erwerben. Besser wär's, ich hätte darauf verzichtet, hätte mich in ein Kloster zurückgezogen und …«

Sie brach ab.

»Und … und jetzt, meine Königin – was willst du jetzt tun? Willst du deine Macht aufgeben?«

»Geh und bereite alles für eine neue Reise vor. Diesmal nehme ich meine Söhne mit«, erklärte sie entschieden, ließ sich nun endlich aufhelfen und schüttelte sich den Staub von den Kleidern.

»Wohin willst du fahren, meine Königin?«

Lange verlief die Reise schweigend. Selbst den drei Söhnen, die eilig zum Aufbruch gerüstet worden waren, teilte Bathildis ihr Ziel nicht mit, und ihre starre Haltung, ihr ausdrucksloser Blick waren so befremdend, dass die Kinder sie nicht zu fragen wagten.

Erst nach einigen Stunden begann Theuderich unruhig zu werden – zu klein noch, um die Langeweile zu unterdrücken und sich dem Schweigen der Mutter zu fügen.

Mit fordernder Stimme verlangte er eine jener Geschichten zu hören, die ihm mal die Mutter selbst, mal Fara, mal Gertrude erzählten. Er störte sich nicht an den verwunderten Blicken seiner Brüder, die solches Gebaren zum einen mädchenhaft fanden und zum anderen nie erfahren hatten, dass die Mutter sich zu solcher kindlichen Zerstreuung herabließ.

Bathildis freilich war dankbar, dass der Jüngste auf sein Recht pochte, sie in seine einfache, kindliche Existenz zurückholte und von jenen schweren Gedanken weg, die ihr die Fahrt vergällten.

Zwar hatte sie sich ein Ziel erwählt, das Trost und Rat verhieß, und doch wurde sie von der drängend lauten Frage verfolgt, ob in jenen Bußbüchern, welche von irischen Mönchen ins Frankenreich gebracht worden waren und in denen genau festgehalten stand, welches Vergehen mit welcher Buße abzudienen war, auch jene Sünde des Bischofsmords erwähnt war. War diese nicht zu groß, zu erschreckend, um jemals ausreichend gebüßt zu sein? Und zeigten nicht schon die weltlichen Gesetze, wie unerhört es war, gegen einen Bischof die Hand zu erheben? Schon für eine Wunde, die einem solchen zugefügt wurde, musste mit dem Preis einer Sklavin bezahlt werden – falls denn die Narbe drei Jahre lang sichtbar war. Und wer es wagte, einem Bischof Haare aus dem Kopf zu reißen, dem sollten für jedes ausgerissene zwölf eigene herausgezogen werden.

Gewiss, Gott war barmherzig, vielleicht viel gnädiger als irdische Richter. Doch war es ratsam, für sämtliches Fehlen schon in der hiesigen Welt einen Ausgleich zu leisten.

Freilich – war sie überhaupt dazu verpflichtet, wo doch Ebroin der Übeltäter war, der heimtückisch hinter ihrem Rücken sein scheußliches Werk vollbracht hatte – wenn auch zum Zwecke, ihre Regentschaft zu sichern?

Dies war das Beunruhigendste von allem – dass sich immer wieder in jene Reue und jenes Erschrecken das Gefühl tiefster Genugtuung stahl, welche im Bischofsmord keinerlei Vergehen sah, sondern einzig die gerechte Strafe für einen hochmütigen Aunemund, der ihre Würde niemals hatte anerkennen wollen.

»Erzähl mir etwas …«, drängte Theuderich indes und rutschte eng an die Mutter heran, erneut misstrauisch von den anderen Brüdern beäugt, die solche Nähe niemals gesucht hatten. Gleichwohl waren auch sie über die Abwechslung erleichtert, die jene öde Fahrt erträglicher machte, und wenn ihre Blicke auch nicht gleichermaßen hungrig und neugierig glänzten wie jene von Theuderich, so lauschten sie, als Bathildis von der Prinzessin Rosamunde erzählte, die erst zusehen musste, wie der böse Alboin ihren Vater Kunimond tötete, und hernach von ihm entführt und gegen ihren Willen zur Gattin gemacht wurde. Jahrelang fügte sie sich ihrem Geschick, jedoch nur vermeintlich, denn insgeheim wartete sie auf ihre Rache und schickte schließlich einen Mörder zu ihrem verhassten Gatten, der diesen eigenhändig erwürgte.

Bathildis erzählte zögernd. Obwohl Rosamunde keine Fränkin war, sondern im Reich der Langobarden gelebt hatte, so war sie doch eine beliebte Heldin, deren Geschichte sich vor allem die Frauen gerne erzählten.

Theuderich lauschte begierig mit roten Wangen. Dennoch empfand sie selbst das Ende nie als Triumph, sondern schlichtweg als grausam. Es mochte die Schandtat von Alboin vielleicht rächen – vermochte es auch die Wunden zu heilen, die sie auf Rosamundes Seele hinterlassen hatte? Und war heute wirklich der rechte Tag, vergangene Bluttat heraufzubeschwören?

Viel lieber erzählte sie danach – vom fordernden Theuderich zu einer weiteren Geschichte gedrängt – von Radegunde, welche eine große Heilige war, zunächst die Ehefrau von König Chlothar und dann eine Nonne, die in Poitiers ein Kloster gegründet hatte.

»Sie kämpfte stets mit ganzem Herzen gegen das Heidentum«, versuchte Bathildis mitreißend zu erzählen. »Eines Tages war sie bei einer Matrone namens Ansifrede zu Gast, als sie erfuhr, dass man in der Nähe ein Fest für die alten Götter feierte und …«

»… und dann schwang sie sich aufs Pferd«, fiel Theuderich ihr ins Wort, der den Ausgang der Geschichte bereits kannte, »ist an jenen frevlerischen Ort geritten und hat die Stätte zerstört, wiewohl die Heiden sämtlich bewaffnet waren, sie aber nicht.«

»Gott hat sie geschützt, so wie alle seine Getreuen«, murmelte Bathildis gedankenverloren.

»Das hat sie gewusst und darum solchen Mut bewiesen«, sprach Theuderich. »Und noch viel mehr erzählt man sich von ihr. Eines Tages, da hat ein Vogel durch sein lautes Schreien den

Orden nachts nicht schlafen lassen. Da hat sie ihm befohlen zu schweigen und fortzufliegen – und der Vogel hat es getan.«

»So ist es«, bestätigte Bathildis. »Und weißt du auch, wer uns von ihren Taten berichtet hat?«

Theuderich zögerte.

»Du, Chlothar? Du, Childerich?«

Keiner der beiden rührte sich.

»Fortunatus hat über ihr Leben berichtet«, sprach Bathildis milde, »und auch die Nonne Baudonivia.«

»Du hast vergessen zu erwähnen«, schälte sich plötzlich Childerichs Stimme hervor, klar und deutlich und voller scharfem Spott, »dass die Heilige Radegunde eine Frau war, die die Grausamkeit zutiefst verachtete.«

Bathildis drehte sich nach ihm um. In dem düsteren Inneren der Kutsche fiel es ihr schwer, in seinen Zügen zu lesen, doch allein der Klang seiner Stimme verriet ihr, dass diese Worte nur für sie gedacht waren, nicht für die Brüder, und dass er nicht die Geschichte der Heiligen Radegunde vervollständigen wollte, sondern ihr zusetzen.

Schon fuhr er fort: »Du hast noch nicht erzählt, Mutter, aus welchem Grunde sie den König verließ, auf ihre Macht verzichtete und lieber in das Kloster ging. Soll ich es für dich tun? Es verhielt sich so, dass der König heimlich und ohne ihr Wissen ihren Bruder hatte töten lassen, welcher ein Verräter war und nach Konstantinopel hat fliehen wollen.«

»Er war kein Verräter!«, entgegnete Bathildis scharf. »Was wäre er dem König denn schuldig gewesen, wo jener ihn doch aus seiner thüringischen Heimat verschleppt und all seine Verwandten ermordet hatte … bis auf Radegunde selbst?«

»War sie eigentlich Sklavin wie du, ehe der König sie zu seiner Gattin machte?«

Wieder klang Verachtung in seiner Stimme mit. Selbst der kleine Theuderich schien sie zu hören, denn unbehaglich presste er sich noch enger an die Mutter und verbarg seinen Kopf in ihrem Schoß. Es war die Wärme, die von seinem kleinen Leib ausging, die sie zur Besinnung brachte. Anstatt sich wütend in den Disput mit ihrem Zweitältesten zu begeben, überging sie dessen Sticheln.

»Es ist genug«, brach sie sämtliches Erzählen ab und ging wieder in entschlossenes Schweigen über.

Freilich schenkte ihr jenes so wenig Frieden wie vorhin, war getränkt von den Worten Childerichs und dem, was unausgesprochen geblieben war. Radegundes Leben glich in vielem dem ihren … könnte ihm noch mehr gleichen, wenn sie es sich zum Vorbild nähme, wenn sie auf gleiche Weise auf Grausamkeit antwortete – damals vom König begangen, heute von Ebroin.

Es ist genug.

Diese Worte mochten Radegundes Rückzug ins Kloster besiegelt haben. Eine Grenze hatte sie ziehen wollen zwischen dem König und sich, auf dass er alleine mit seinen Sünden bliebe, sie aber davon reingewaschen würde.

Ja, dieser Weg stand auch ihr offen – die Regentschaft aufzugeben, sich in eines der Klöster zurückzuziehen, das sie gestiftet hatte, ohne Gesichtsverlust, denn niemand konnte es ihr als Feigheit auslegen, wenn sie sich dem Himmlischen Vater anheimstellte. Nicht zuletzt aus diesem Grunde war sie zu der Reise aufgebrochen. Denn noch war eine Flucht vor der Macht nicht verlockend für Bathildis. Noch bedurfte es einer anderen, weisen Stimme, eines Ratgebers, der ihr vor Augen führte, was sie zu tun hatte, in gleicher Weise, wie er nach Chlodwigs Tod ihre Pflichten benannt hatte.

Eligius.

Der Bischof von Noyon.

Bei dem Gedanken an seinen verhangenen, stets leidvollen Blick vermochte Bathildis sich zurückzulehnen, die Augen zu schließen. Die anderen Bischöfe ließen sich von den Ereignissen verwirren oder verärgern, gaben ihr die Schuld daran oder den Rat, nichts zu unternehmen – doch Eligius war anders, würde sie verstehen, würde ihr die Last vom Gewissen nehmen, indem er sagte, was zu tun war.

Ja, so würde es sein.

Ebroin mochte sie in eine schreckliche Zwangslage gebracht haben, doch sie war nicht allein damit, nicht allein …

Sie musste eingeschlafen sein, denn als sie wieder hochschreckte, war es nicht länger düster grau in der Kutsche, sondern pechschwarz. Eine Weile wusste sie nicht, wo sie war. Dann spürte sie den gleichfalls schlafenden Theuderich auf ihren Schoß, und als die Augen sich an die Finsternis gewöhnt hatten, gewahrte sie auch die beiden ältesten, die aneinandergerutscht eingenickt waren.

Erst jetzt bemerkte sie, was sie geweckt hatte und was sie sich unwillkürlich versteifen ließ: Die Kutsche hatte angehalten, und von draußen kamen, wenngleich von den Ledervorhängen gedämpft, merkwürdige Laute: kein echtes Klagen, eher ein Seufzen, keine deutlichen Worte, nur ein Gemurmel. Von allen Seiten schien es sie einzuhüllen, kam nicht nur aus einer Kehle, sondern aus vielen. Ein Meer von Menschen schien die Laute zu tragen, sie zu ihr zu spülen, und obwohl sie noch nicht wissen konnte, was sie verhießen, so fühlte sie doch sogleich, dass sie von Traurigkeit gezeugt waren, nicht von Ehrfurcht oder Freude.

Sie zog die Vorhänge zurück und stieg ins Freie, von eiskalter Nacht getroffen – der ersten in diesem Jahr, die nicht mehr die Schwüle des Sommers barg. Noch ehe sie erfragen konnte, was denn die Ursache für jene merkwürdigen Laute war, erhellte der gelbe Mondschein das verstörende Bild, das sich ihren noch schlaftrunkenen Augen bot. Die Tore von Noyon lagen vor ihnen, jener Stadt, in der der Bischof residierte, und wiewohl weit geöffnet, vermochten sie die vielen Menschen, die ihnen entgegenströmten, nur langsam zu schlucken. Von allen Seiten schienen sie zu kommen, im Dunkeln nichts als graue Punkte, welche sich um ein gemeinsames Ziel rotteten, fast alle von ihnen gebückt, manche sogar auf Knien robbend. Viele Mönche waren dabei, jene erzeugten auch das Murmeln – leises Gebet von Psalmversen –, doch es waren auch einfache Menschen zu sehen, Bauern und Handwerker, Bettler und Kranke.

Eben versuchte die berittene Truppe, die Bathildis stets begleitete, eine Schneise in jene graue Masse zu schlagen, um dem Gefährt der Königin sein Durchkommen zu ermöglichen, ungeachtet, welches Körperglied, welcher Kopf versehentlich unter die Hufe geraten könnte.

»Nicht!«, schrie Bathildis und erschauderte ob des Klangs ihrer Stimme, der sämtliche Furcht, sämtliche Trauer enthielt, die die Nacht und die Menschenmassen atmeten.

Sie stürmte nach vorne, reihte sich ein in die vielen Menschen, ließ sich von ihnen mitreißen. Sie bemerkte kaum, dass einige der Berittenen hastig vom Pferd sprangen, um die Königin nicht ganz zu verlieren und ihr das Fortkommen mit rücksichtlosen Schlägen zumindest ein wenig zu erleichtern.

Tatsächlich wichen die Murmelnden zurück, kaum dass sie erkannten, welch hohe Besucherin da der Stadt entgegeneilte, das Tor erreichte, es durchschritt. Rechts und links hielten sie nun die Männer gestützt und wiesen ihr solcherart, kaum, dass sie es gewahrte, den Weg zum Bischofspalast, das größte und prunkvollste Gebäude der Stadt, aus Stein erbaut und von mächtigen Säulen gestützt.

Ob Eligius sich auch dessen Schönheit verschlossen hat?, ging Bathildis unwillkürlich durch den Kopf. Ob er sich verbissen die Bequemlichkeit dieses Palastes verboten hat, stets bereit, davor zu fliehen, seine Bischofsstadt zu verlassen und sich in die Niederungen der Welt zu begeben, wo keine sauberen, steinernen Wände vor Elend und Schweiß und Blut bewahrten?

Dunkel gekleidete Männer traten ihr entgegen, von vorauseilenden Boten auf ihr Kommen eingestimmt. Priester waren es allesamt und Mönche – nur einer nicht: Thille, jener Sklave, der mit ihr die angelsächsische Herkunft teilte, einst von Eligius befreit worden und doch treu in seinen Diensten verblieben war, als wäre die Pflicht gegenüber einem guten Herrn viel mehr wert als die Freiheit.

Dankbar ob des vertrauten Gesichts lief Bathildis zu ihm hin.

»Sag, wo ist der Bischof? Ich habe dringend mit ihm zu reden; er muss mir helfen, er muss mir sagen, was zu tun ist, er muss …«

Sie las es in seinen Augen, noch ehe er sprach, das ehrfürchtige Gemurmel der Menschenmasse hatte es längst verkündet.

»Vor zwei Tagen legte er sich mit Fieber nieder«, sprach Thille kummervoll. »Wir dachten, er würde sich rasch davon erholen, denn er schien nur müde zu sein, nicht ernstlich krank. Doch vor wenigen Stunden hat der Himmlische Vater seinen Knecht Eligius zu sich gerufen …«

XXX. Kapitel

Der Tod hatte Eligius nicht verändert, die Hitze des Fiebers die gleichmütigen Züge nicht entstellt. Die Augenlider waren nicht ganz geschlossen, sondern ließen durch einen winzigen Spalt den Eindruck entstehen, sein Blick wäre noch wach, wenngleich schläfrig und unempfindlich wie stets.

Nein, dieser Mann hatte nicht mit dem Tod gekämpft, sondern ihm gleichgültig entgegengesehen – weder bereit, ihn herzlich willkommen zu heißen, noch, ihn zu fürchten. Die Schönheit und die Hässlichkeit hatten ihn in den letzten Lebensjahren nicht verstören können, und das Sterben tat es genauso wenig.

Nicht alle der Trauernden teilten seine Gelassenheit. Als Thille Bathildis zum aufgebahrten Leichnam führte, welcher in der Kirche Saint-Loup seine letzte Ruhestätte finden sollte, so glänzten in seinen treuen Augen Tränen, und Bathildis selbst – nicht sicher, ob sein Leid sie dazu anstiftete oder sich lediglich ihr Schrecken über die schlimme Nachricht entlud – war beim Anblick des Toten von Weh übermannt, das sie viel größer und wuchtiger deuchte, als es der Anlass gebot.

Dass sie eines ihrer engsten Ratgeber verlustig gegangen war, obendrein in jener Stunde, da sie seiner so dringend bedurfte, zeugte in ihr nicht nur echte Trauer, sondern zerrte unvermutet das namenlose Entsetzen jener Stunde hervor, da sie sich schon einmal von aller Welt verlassen gefühlt hatte.

Allein. Ganz allein auf der Welt. Trostlose Einsamkeit. Von Aidan getrennt.

Aufschluchzend stürzte sie sich auf den Aufgebahrten, um ihn – zum Entsetzen der übrigen Trauernden – nicht nur ehrfürchtig zu begaffen, sondern ihn zu berühren, ja, seine Hand zu packen, sie zu drücken, ihn daran hochzuziehen, als reichte ihre Verzweiflung, um ihn zurück ins Leben zu rufen und ihn zur Rede zu stellen: Wie kannst du dich davonstehlen, da ich dich doch brauche? Was suchst du dir für dein Ableben die Stunde aus, da ich bereits getroffen bin?

Thille war der Erste, der sich aus der verschreckten Starre löste, sie an den Schultern packte, sie zurückriss. Sie verstand die Worte nicht, die er ihr eindringlich zurief – waren es angelsächsische? Oder war ihr Sinn zu verwirrt, um noch der menschlichen Sprache mächtig zu sein?

Sie ließ vom Leichnam ab, was nicht gleich hieß, dass sie bereit war, in seiner Gegenwart demütig und fromm zu schweigen.

»Sag mir, was ich tun soll, Eligius!«, schallte es durch die Mauern. »Soll ich Ebroin gewähren lassen? Soll ich an der Macht festhalten? Oder soll ich in ein Kloster flüchten?«

Betretenes Schweigen antwortete ihr. Selbst die schmalen Lippen des Toten schienen sich missbilligend zu verziehen. Sie ließ sich nicht davon abbringen; lieber wollte sie schreien und toben, als sich dem Gefühl des Verlassenseins anheimzugeben.

»Kann ich denn auf Macht verzichten so wie du auf die Schönheit?«, wütete sie fort. »Und ist es dir tatsächlich gelungen? Oder ist nicht manchmal der Goldschmied in dir erwacht, der Gott lieber mit dem Glänzenden, Funkelnden, Reinen hätte ehren wollen als mit dem Dienst am stinkenden, dreckigen Menschenpack?«

Ihre Stimme erschöpfte sich, doch die Hoffnung der Umstehenden, sie hätte damit ihrem Schmerz genügend Ausdruck verliehen, ward nicht erfüllt.

Jäh begann Bathildis, sämtlichen Schmuck von sich zu reißen, den sie trug: eine Kette aus Perlen, ein Armband aus Chalzedon und Hyazinth, ein Ring schließlich, auf dem ein Purpurstein funkelte.

Sie warf ihn auf den Toten, traf sein Gesicht, wünschte sich, o wünschte sich so sehr, er würde zusammenzucken, würde den Schmerz noch fühlen, den sie ihm antat, würde verwirrt auf den Schmuck blicken und einen verräterischen Augenblick lang davon geblendet sein. Warum war ihm so viel mehr Gelassenheit geschenkt als ihr? Warum so viel mehr Besonnenheit, was sich als Pflicht erkennen ließ und was, ohne zu zögern und ohne zu wanken, zu befolgen war?

Wieder spürte sie Thilles Griff um ihre Schultern, fest und empört.

»Nicht, nicht!«, rief er, und diesmal verstand sie ihn. »Stört seine Totenruhe nicht!«

Oh, eine zutiefst beneidete Ruhe war's!

Nichts wünschte sich Bathildis in jenem Augenblick mehr, als sich fortzustehlen wie er, vielleicht nicht gänzlich von der Welt, jedoch von diesem Orte, wo man sie verständnislos beglotzte, mahnend den Kopf schüttelte, erregt darüber war, dass sie so wenig Respekt vor dem Bischof bekundete.

Wenn sie nur wüssten!, ging Bathildis durch den Kopf – zugleich verzweifelt und hämisch. Wenn sie nur wüssten, dass ich zu Schlimmerem tauge, dass ein anderer Bischof in meinem Namen ermordet wurde!

Sie wandte sich von dem Toten ab und blickte in den Kreis, der sich um sie gebildet hatte.

»Ich möchte, dass er in Chelles begraben wird«, erklärte sie rasch. »Das ist ein Kloster, das ich gegründet habe. Er hat es besucht und auch gesegnet.«

Wiewohl ihre Stimme sich gemäßigt hatte, erntete sie nicht minder verwirrte und verärgerte Blicke.

»Wo denkst du hin, Königin«, sprach ein Priester, den sie

nicht kannte. »Schon jetzt pilgern die Menschen hierher zu seiner künftigen Grabstätte. Es geht der Ruf von seiner Heiligkeit durchs ganze Land.«

»Dann sollen sie eben nach Chelles kommen!«, versteifte sie sich. So nichtig das eigene Anliegen auch war – es schien ihr doch ein brauchbares Mittel, nicht gänzlich die Fassung zu verlieren, sondern ein Mindestmaß an Macht über diese schreckliche Stunde zu erlangen. »Wie oft habe ich an seiner Seite Gottes Werk verrichtet?«, fuhr sie fort. »Wie oft das Gleiche getan, was sein größtes Anliegen war? Und jetzt wollt ihr mich nicht darüber bestimmen lassen, wo er zur ewigen Ruhe gebettet wird? Die Brüder und Schwester von Chelles bedürfen eines Heiligen, der in ihrer Mitte liegt!«

Zornig schritt sie den Kreis an Gottesmännern ab, doch jene ließen sich davon nicht einschüchtern.

»Keineswegs wollen wir Euch missachten, Königin«, sprach einer von ihnen, »und doch steht Gottes Wille über Eurem. Denn es verhält sich so, dass der Allmächtige selbst entschieden hat, wo Eligius sein Grab finden soll … So wie's der Brauch verlangt, haben wir den Toten, kaum war er verschieden, auf einen Wagen gelegt und jenen von zwei Ochsen ziehen lassen, die frei waren, ihre Richtung zu bestimmen. Sie zögerten nicht lange, sich für den Weg zu entscheiden, welcher hierher, zu dieser Kirche führte. Sagt mir, meine Königin, wie könnten wir solches Zeichen missachten?«

Die Frage klang verächtlich, und Bathildis hatte nicht die Kraft zu antworten, vor den missbilligenden Blicken einzugestehen, dass ihr der Kummer sämtliche Sinne verdüstert zu haben schien, dass sie sich dumm und ungeschickt gebärdet hatte, genauso, wie es eben diese Männer von jedwedem Weib erwarteten. Eligius' Tod nicht würdevoller hingenommen zu haben war nicht weniger beschämend, als sinnlos um seinen Leichnam zu streiten.

Freilich fiel es ihr schwer, vor ihnen allen klein beizugeben.

Mit allem ihr verbliebenen Trotz straffte sie ihre Schultern, blickte ein letztes Mal auf den Toten und entschied: »So sei es denn, wenn Ihr es wollt. Mein Abschied freilich ist getan. Ich werde hier nicht länger verweilen.«

Pechschwarz war die Nacht, als sie nach draußen eilte, der schmale, gelbe Mond, der vorhin noch manchen Schatten warf, verschluckt von schwerem, düsterem Gewölk.

Zwischenzeitig hatte ihr Gefährt die Kirche erreicht, und eben war Rigunth dabei, den drei Prinzen hinauszuhelfen, auf dass sie vom toten Bischof Abschied nehmen könnten.

»Sie sollen wieder einsteigen!«, bellte Bathildis unwirsch und hielt sich an ihrem Trotz aufrecht. »Wir fahren zurück!«

»Aber ...«

»Wir können morgen rasten, nur jetzt ... jetzt will ich fort von hier.«

»Aber meine Königin. Nicht nur, dass es Nacht ist! In der Ferne grollt's – dort wo die warme Luft des Sommers sich mit der kühlen des Herbstes trifft. Ein Unwetter scheint aufzuziehen!«

»Es ist mir gleich. Wir fahren!«

Bis zum Morgengrauen glich die Wolkenwand zwar einer dunklen Decke, doch noch war sie ausreichend, um sämtliches Nass aufzusaugen. Erst dann entlud sich der Regen, nicht in Tropfen vom Himmel hinabstürzend, sondern wie eine Wand, die Bathildis' Kutsche und die Truppen, die den königlichen Wagen begleiteten, einsperrte und von sämtlichen Orten trennte, die Wärme und Trockenheit versprachen. Kalt sprühte es dorthinein, wo die Ledervorhänge aneinanderschlugen, und auch an der Decke wurde manche Ritze zum wasserspuckenden Loch.

Theuderich vergrub sich frierend und weinend in den Schoß der Mutter; Chlothar ergab sich dem Unvermeidlichen mit sturem Gleichmut. Nur Childerich grollte wütend: »Warum sind wir nicht in Noyon geblieben?«

Streng wollte Bathildis antworten, das Prasseln übertönen – das spöttische, speicheltriefende Himmelsgelächter –, doch just, da sie schützend ihren Mantel tiefer zog, traf sie eine neuerliche Unbill. Das Gefährt kam auf dem feuchten Weg ins Rutschen; eines der Scheibenräder schlitterte über die Böschung und kreiste dort hilflos in der Luft, indessen die Achse des Wagens mit einem lauten Knirschen brach und sämtliche Insassen nach links geschleudert wurden.

Noch lauter heulte Theuderich auf.

»Feigling!«, zischte Childerich mit funkelnden Augen.

»Wage nicht, deinen Bruder zu beschimpfen!«, schalt Bathildis, ob der eigenen Unbeherrschtheit sogleich peinlich berührt.

Errötend schob sie den greinenden Theuderich in Rigunths Arme, erhob sich und kletterte – mühselig balancierend – aus dem Wagen. Augenblicklich klatschte ein Regenschwall auf sie wie eine Ohrfeige.

»Verflucht!«, schimpfte sie. »Wo sind wir?«

Blinzelnd hielt sie nach den Berittenen Ausschau. Die Pferdehufe versanken tief im Schlamm – so wie die eigenen Füße in der Straße feststeckten, die sich bereits zum Bächlein gewandelt hatte und bald schon einem reißenden Flusse gleichen würde.

»Meine Königin!«, kämpfte sich einer der Männer zu ihr. »Meine Königin! Bleibt im Wagen!«

»Dort ist's bald nass wie hier. Wir müssen Unterschlupf finden – also, wo sind wir?«

Der Mann sprang vom Pferd und baute sich neben ihr auf, als könnte seine Nähe sie vor der Nässe bewahren.

»Wenn ich nicht irre, so ist nicht weit von hier ein Kloster. Wir können Eure Söhne auf die Pferde heben – und Euch auch.«

Bathildis hob ihre Hand zur Stirne, um die Augen gegen den Regen abzuschirmen.

»So sei's!«, befahl sie unwirsch, von der Aussicht auf ein schützendes Gebäude kaum beschwichtigt. Freilich ging ihr durch den Kopf, ob dies ein Zeichen war, das Eligius, bereits im Totenreich, ihr noch zustellen wollte: dass ihr tatsächlich ein Leben im Kloster, ein Rückzug von der Macht, am besten anstünde.

Indessen sie aber mühsam die Füße aus dem Schlamm zog und schwere Schritte durch das graue, nasse Inferno machte, war jene nüchterne Überlegung fortgespült, und übrig blieb einzig – wie schon einmal am heutigen Tag, da ein längst vergangenes Gefühl sich mit Gegenwärtigem verbunden hatte – die Erinnerung an jene Zeit, da sie mit Sicho durch die Lande gezogen, auch sein Wagen beinahe gebrochen war und sie im Dreck festgesteckt hatten. Schlimmer noch, als den Himmelsgewalten ausgeliefert zu sein, war die schmähliche Ahnung, dass ihr Leben kein fortlaufender Fluss war, sondern ein elender Kreis, der stets aufs Neue dasselbe vorzeigte, wenngleich in wechselndem Gewand: Dreck und Nässe und – was am schlimmsten war – das Gefühl von Ohnmacht.

»Verflucht!«, schimpfte sie ein zweites Mal, während der Regen sämtliche Hindernisse überwand, die ihm ihre enggeschnürte Kleidung entgegensetzte, und schon in kalten Strömen über ihren Rücken lief.

Starke Hände hoben sie aufs Pferd. Die Nähe des fremden männlichen Körpers war unangenehm, aber zumindest wärmte sie.

»Macht schnell!«, murmelte sie in das Prasseln. »Gott helfe, dass wir das Kloster rasch erreichen!«

Während sie frierend die Hände aneinanderrieb, hoffte sie nicht nur auf einen Unterschlupf, sondern vor allem auf ein wenig trockenen, stillen, sauberen Seelenfrieden.

Bathildis' Haare klebten noch nass um ihren Kopf, und sie spürte jeden Luftzug wie einen eisigen Hauch, aber trotzdem fühlte sie sich in den trockenen Kleidern, die man ihr gegeben hatte, wieder sauber und gestärkt und nahm dafür sogar den grauen, kratzenden Stoff in Kauf. Das Mahl, das man ihr reichte, war einfach, jedoch nicht minder wohltuend: frisches Gerstenbrot, ein paar getrocknete Waldbeeren, ein Becher Milch.

»Richtet eurer Äbtissin meinen Dank für ihre Gastfreundschaft aus. Ich will's ihr fürstlich lohnen.«

Die Nonnen mit den alterslosen Gesichtern, welche die durchnässten Reisenden aufgenommen und versorgt hatten – dies alles wortkarg und ohne Lächeln, jedoch voll stillem Respekt und Höflichkeit –, warfen sich fragende Blicke zu.

»Ich bin nicht sicher«, setzte die eine zweifelnd an, »ob das unserer Mutter gefallen wird ...«

Bathildis fuhr mit ihren Fingern durch das nasse Haar. »Bislang hat noch kein Kloster eine Schenkung von mir zurückgewiesen«, erklärte sie schroff.

Wieder erntete sie den zweifelnden Blick der beiden Nonnen; wieder dauerte es eine Weile, in der sich diese mit stummen Gesten darauf festlegten, wer ihr zu antworten hatte – und wieder tat es die Gleiche mit zweifelndem Tonfall: »Unsere Äbtissin ist bekannt für ihre Mildtätigkeit. Sie gibt nicht nur Almosen an die Armen und gewöhnlich Kranken ... sondern auch an die Aussätzigen, wiewohl denn alle Welt weiß, dass daran nur leidet, wer von Gottes Fluch getroffen ist.«

»Und darum«, spottete Bathildis sanft, »soll sie nicht dafür belohnt werden, dass sie auch einer Königin Unterschlupf gewährt?«

»Ich will Euch nicht kränken, meine Königin ... aber ach, es ist doch so, dass unsere Mutter, so gütig und warmherzig, so milde und freundlich sie sich auch zeigt, zwei Dinge zutiefst verachtet: Macht und Besitz. Ihr scheint es nicht zu wissen, doch unsere Äbtissin ist keine gewöhnliche Nonne ... es ist Sadalberga, und sie steht im ganzen Land im Rufe, eine von Gott Erwählte, eine Heilige zu sein ...«

Die andere nickte bekräftigend und zugleich ehrfürchtig.

Bei den letzten Worten flammte in Bathildis der Kummer über Eligius wieder auf.

»Wenn es so ist, dann bringt mich zu ihr«, sprach sie nachdenklich. »Dann will ich um ihren Segen bitten.«

Sie selbst hatte noch nie von jener Sadalberga gehört. Erst jetzt, da sie der Nonne durch schmucklose Wände und gebogenen Decken folgte, erfuhr sie von ihrem Leben. Obgleich sie den Worten lauschte, war sie geistesabwesend. Die Stille, durch die sie schritten, die Schlichtheit und Gedämpftheit aller Laute, erinnerten sie an das Kloster ihrer Kindheit.

Die Spuren jener Zeit waren während der letzten Jahre verschüttet gewesen. Unbedeutend und ereignislos deuchte sie alles, was vor dem Angriff der Friesen geschehen war. Erst jetzt erwachte leise Sehnsucht nach jenem Hort, wo ihr Wesen – streng geleitet und nur wenigen Reizen ausgesetzt – noch nicht zerrissen gewesen war, noch nicht umkämpft von diesem oder jenem Wollen.

»Nach ihrer Ehe suchte unsere Mutter die Einsamkeit«, berichtete die Nonne über Sadalberga. »Jahrelang zog sie sich in die Einöde zurück, lebte von den Früchten des Waldes und wildem Honig und konnte mit den Tieren sprechen. Selbst die wildesten unter ihnen, die Bären und Wölfe, fassten Zutrauen zu ihr.«

Eines Tages, so fuhr sie fort, war der Ruf Gottes an sie gegangen: Nicht länger Eremitin sollte sie sein, sondern eine Gemeinschaft gründen. Dies tat sie – zuerst in der Nähe von Luxeuil, dann hier bei Lyon.

»Doch dem einfachen Leben hat sie auch als Äbtissin nicht abgeschworen«, schloss die Schwester, »sie eifert ihren Vorbildern nach – der Heiligen Melania und der heiligen Paula –, und wie jene ist sie sich nicht zu schade, die niedrigsten Dienste zu verrichten. Kaum werdet Ihr sie in der Amtsstube finden. Die meiste Zeit verbringt sie … hier.«

Wieder umfasste Bathildis' noch feuchten Kopf ein eisig kalter Wind. Er kam von draußen, denn der kahle Raum, in den die Nonne sie geführt hatte, war zum Hofe hin geöffnet. Der Regen hatte zwischenzeitig nachgelassen; der Sturm wehte jedoch immer noch scharf, wiewohl nicht ausreichend, um den scheußlichen Gestank fortzutreiben, der über dieser Stätte hing. Bathildis folgte der ersten Regung, die sie überkam, und schlug sich beide Hände vor Mund und Nase. Vom schauderhaften Anblick konnte sie sich solcherart jedoch nicht bewahren.

Jene Aussätzigen, von denen ihr vorhin berichtet worden war, dass sie hier Hilfe fänden, scharten sich um eine kleine Frau, nicht größer als ein Kind und ebenso feingliedrig. Ihre Statur glich jener Rigunths, nur war ihre Haut nicht bleich, sondern braun gegerbt, und ihre Hände waren so rot, als hätten sie sich an heißem Wasser verbrüht. Das Zupacken schienen sie gewohnt zu sein – und taten das auch jetzt.

Auch als die Nonne zu ihr trat und ihr etwas ins Ohr raunte, drehte sich Sadalberga nicht nach Bathildis um, sondern fuhr mit ihrem Werk fort: Sie brach Brot in kleine Stücke und übergab sie den Kranken. Sie verband die nässenden Wunden der Kranken. Und vor einem der Männer – die Lepra hatte sein Gesicht bereits zerfressen – kniete sie sich nieder, um ihm die zerschlissenen Schuhe auszuziehen und ihm die Füße zu waschen.

Rasch wandte sich Bathildis von dem Anblick ab, von dem es hieß, dass er den Betrachter vergiften konnte. Auf ihren Reisen war es häufig geschehen, dass Aussätzige sich ihrem Wagen näherten, sich von der Gegenwart der Königin Linderung erhofften. Manchmal hatte sie begütigend eingegriffen, als man jene mit Fußtritten wegjagen wollte, und hatte dafür gesorgt, dass sie zu essen bekämen.

Doch unvorstellbar war für Bathildis, dass jemand die Kranken freiwillig berührte, wusch und pflegte. Nun, vielleicht wähnte sich Sadalberga ob ihres gottgefälligen Lebens vor der Krankheit gefeit – Bathildis jedoch trat rasch zurück, nicht sicher, ob ihr Aunemunds Tod nicht auf solch grauenvolle Weise heimgezahlt werden könnte.

Abgewandt verharrend merkte sie nicht, dass Sadalberga schließlich von den Kranken abließ und zu ihr trat.

»Die Nässe setzt ihnen zu«, sagte Sadalberga, als wäre Bathildis nur eine ihrer Nonnen, »manch eines der Glieder fault dann umso mehr. Ein Segen ist's, dass sie keine Schmerzen spüren, weil ohnehin das meiste abgestorben ist. Ein Fluch hingegen, dass sie sich darum viel leichter verbrennen, wenn sie zu nahe an das wärmende Feuer treten. Sie bemerken auch nicht, wenn des Nachts Ratten ihre Schlafstatt teilen und an ihrem Leib zu beißen beginnen. Sie verschlafen's, weil es nicht weh tut …«

Angewidert presste Bathildis ihre Hände noch stärker aufs Gesicht.

»Ich habe gehört, du willst mir Gesellschaft leisten«, sprach Sadalberga ungerührt fort. »Dann komm mit in die Küche … ich bereite das Mahl für meine Schwestern vor.«

Trotz ihres Ekels riss Bathildis überrascht die Augen auf. Eine schwere Aufgabe mochte es sein, die Aussätzigen zu pflegen, doch stand sie einem frommen Menschen gut an. Wie viel schändlicher hingegen war Küchenarbeit!

»Ich bin Bathildis«, sprach sie forsch, »die Königin von …«

»Ich weiß, wer du bist«, entgegnete Sadalberga mit der Andeutung eines Lächelns. »Hält dich das davon ab, mir zur Hand zu gehen?«

Schon war sie an Bathildis vorbeigetreten, um zügigen Schrittes zu den Wirtschaftsräumen zu gelangen.

»Glaub nicht, ich könnte nicht arbeiten«, sagte Bathildis mit leisem Groll ob der Missachtung.

Sadalberga überhörte den Ärger. »Dann ist es gut«, sprach sie nur.

In der Küche betrachtete Bathildis sie genauer. Nun, da Sadalberga ihren Blick erwiderte, erkannte sie, dass nur das eine Auge der Nonne lebendig blitzte, das andere jedoch völlig bewegungslos und unter einer grauen Schicht vergraben war, die von der schwarzen Pupille nur einen winzigen, kaum wahrnehmbaren Punkt freiließ.

»Ich bin auf einem Auge blind«, erklärte Sadalberga, als hätte sie die stille Frage erahnt, die in Bathildis' beobachtendem Blick lag. »So war es immer schon. Eigentlich bin ich blind geboren, konnte nichts erkennen außer Schatten. Als man es merkte, war mein Vater so entsetzt, dass er mich töten wollte. Nicht anders ließe sich die Blindheit erklären als mit schwerer Sünde.«

Bathildis nickte.

»Nun, auch meine Mutter hielt mich für eine Frucht schwerer Sünde. Doch größer noch schien ihr das Vergehen zu sein, mich heimlich zu morden. So täuschte sie meinen Tod vor, übergab mich einer Amme, und jene nährte mich an ihrer Stelle.«

»Und wie wurdest du geheilt?«, fragte Bathildis.

»Gott schickte mir einen Mann, dem Er eine besondere Gabe geschenkt hatte. Jener kam wortlos, erklärte sich meiner Amme nicht, legte seine Hand auf mein Gesicht – und hernach konnte ich sehen, zumindest auf dem einen Auge. Der Mann war Eustasius, er war ein Heiliger.«

»Wenn der Schatten einer solchen Gnade auf dich fiel, konnte dich dein Vater gewiss nicht mehr morden!«, rief Bathildis aus.

»Nun, jetzo wollte er es auch nicht mehr. Nicht länger blind, war ich ihm nützlich. Er suchte das Bündnis mit einem Grafen, welcher Richramn hieß, und gab mich ihm zur Frau, als ich kaum der Kindheit entwachsen war. Die Wahl war keine schlechte. Richramn war ein guter Mann, freundlich zu den Armen, behutsam zu mir. Er starb zwei Monate, nachdem wir die Ehe geschlossen hatten.«

Sie hatte ihren Blick wieder abgewendet, widmete sich ihrer Aufgabe. Das Mahl, das sie bereiten wollte, war schlicht. Vor ihr ausgebreitet lagen getrocknete Erbsen, Linsen und Bohnen, weiße Rüben und Wurzeln des Waldes. Alles schien entweder verdorrt oder verwelkt und ähnelte sich auch in der Farbe, die mehr ins Braune ging, als ein frisches, saftiges Grün zu zeigen.

»Und dann hast du dich Gott geweiht?«, fragte Bathildis. Es

war ihr nicht entgangen, dass sich Sadalberga, wiewohl von den Aussätzigen kommend, nicht die Hände wusch.

»Ich wollte es!«, erwiderte die Nonne. »Ich wollte es von ganzem Herzen! Vielleicht hast du von Romarich gehört, dem großen Büßer. Er ging in die Vogesen, eine unwirtliche Gegend, um dort ein Kloster zu gründen – und wie gerne wäre ich ihm gefolgt, auf dass dort nicht nur Männer Gott dienten, sondern auch Frauen.«

»Aber dein Vater hat dir's nicht gestattet?«

»Diesmal war's König Dagobert selbst, der andere Pläne mit mir hatte. Mein Vater fügte sich seinem Wunsch, übergab mich an einen gewissen Blandinus. So währte meine erste Witwenschaft nur zwei Jahre, nicht ein Leben lang, wie ich's erhoffte. Doch war es eben Gottes Wunsch, und jener schenkte mir fünf Kinder. Allesamt dienen sie ihm heute. Und das ist doch besser, als wär's nur ich allein, nicht wahr?«

»Sie sind sämtlich ins Kloster eingetreten – deine Söhne und Töchter?«, fragte Bathildis verblüfft. Freilich, man hörte manchmal von solchen Familien, die gemeinsam beschlossen, die irdischen Freuden hinter sich zu lassen, doch stets hatte sie gedacht, dass dies nur aus Not geschehe, nicht aus freiem Willen.

»So ist's. Ich habe sie überzeugt. Warum sollt ich ihnen nicht das beste Leben wünschen, das es hier auf Erden gibt?«

Bathildis zuckte mit den Schultern, warf einen unmerklichen Blick auf Sadalbergas Gewand, nicht eine gewöhnliche, graue Kutte, sondern das *Cilicium*, ein Bußkleid. Es wurde nicht über einer schützend weichen Tunika getragen, sondern auf der nackten Haut.

»Ich frage mich oft«, setzte sie unwillkürlich an, »ob nicht auch mir das Klosterleben geraten wäre…«

Sie seufzte, in Worte fassend, was nun seit Tagen schon in ihrem Kopf kreiste, vor allem jetzt, da sie an eben dieser Stätte Zuflucht vor dem Unwetter gefunden hatte.

Sadalberga begann mit ihren roten Fingern, die Wurzeln zu zerhacken. »Ist es dein inniglichster Wunsch … oder nur der einzige Ausweg? Was ist es, was du willst?«

Bathildis zuckte mit den Schultern. Einst hatte sie entschlossen zu Ebroin gesagt, dass sie Gutes tun wollte – doch hier an dieser Stätte und gemessen an der frommen Frau schienen ihr die eigenen Taten lächerlich gering, und noch viel schäbiger deuchte sie das Trachten, das dahintergestanden hatte: anfangs Rastlosigkeit und der Wunsch nach Wiedergutmachung; später das Bemühen, ihren Söhnen Gottes Wohlwollen zu sichern – und sich selbst die Achtung eines Volkes, dessen Adel sie niemals wahrhaft anerkennen würde.

»Also«, wiederholte Sadalberga, als sie nichts sagte. »Was ist es, was du willst?«

Bathildis wusste es nicht genau. »Ich … ich möchte Frieden finden«, setzte sie nachdenklich an. »Und diesen Frieden hast du doch auch gefunden, ehrwürdige Mutter? In diesen Mauern wurde er dir geschenkt! Warum soll mir das nicht gelingen?«

»Mit meinem sehenden Auge erblicke ich die Statur der Menschen. Mit meinem blinden aber das, was sie denken und fühlen. Du scheinst mir aufgewühlt zu sein. So zornig und so traurig. Dein Wille deucht mich so fest … und das Ziel, auf das er sich richtet, zugleich so unbestimmt.«

Bathildis vermochte nicht, ihren Blick von Sadalbergas Händen zu lassen. Runzelig waren sie, aufgeraut. Ob noch Spuren der schwärenden Wunden daran klebten, die sie eben verbunden hatte, ob noch Hautfetzen von den Aussätzigen unter ihren Nägeln waren?

Sie versuchte, den Ekel, der sie überkam, wegzuhüsteln, doch der Laut, der über ihre Lippen trat, glich mehr einem verschämten Schluchzen.

»Nicht selten ist mir, als würde in mir nicht nur die eine Seele wohnen, sondern derer mehrere«, gab sie unwillkürlich zu, gewiss, dass sich eine Frau wie Sadalberga nicht vor dem Unrat scheuen würde, den sie sich von der Seele redete. »Die eine will gut sein, die andere sauber. Die eine will Macht, die andere Frieden. Die eine ist getrieben und niemals still, die andere wünscht nichts als Ruhe und ein Zuhause… Ach, wäre ich nicht so zerrissen, ich wüsste eher, was ich nun zu tun habe! Sag du es mir: Soll ich zurückkehren nach Paris, mich dem Major Domus Ebroin beugen, mit ihm herrschen? Oder soll ich an einem Ort wie diesem… bleiben?«

Sadalberga ließ für einen Augenblick die Hände ruhen und drehte sich langsam zu ihr um. »Ich kann dir keine Antwort geben, nur eines weiß ich ganz gewiss: Wenn du an einem Ort wie diesem Frieden willst, dann musst du ihn mitbringen… du darfst nicht erwarten, ihn hier zu finden.«

Tröstend streckte sie ihre Hand nach Bathildis aus, wollte ihre Wange streicheln, vielleicht auch ihre Stirn berühren, um sie zu segnen. Bathildis zuckte angewidert zurück, dachte nur an die Wunden der Aussätzigen, die diese Hand berührt hatte. Ob sie auch die Latrinen reinigte?

Beim Anblick von Sadalbergas roten, rissigen Fingern fiel ihr wieder ein, wie sie dereinst mit der Schafschur an dem kalten Tümpel gehockt hatte, im eisigen Wasser darum kämpfend, den Kot der Tiere aus dem Fell zu lösen. Sie schauderte ob der Lebendigkeit, mit der nicht nur die Erinnerung an diese Stunde vor ihr aufstieg, sondern auch das damalige Hadern, die Verzweiflung über ihr Leben. Sie hatte die Jahre einzig überstanden, weil sie an Aidan gedacht hatte und ihren Schwur. Ich werde ihn wiedersehen, ich werde ihn wiedersehen… Nur deswegen hatte sie ihr Bett aus Asche ertragen, nur deswegen die niederen Dienste.

Würde auch der Hass auf Ebroin, die Verachtung für seine Taten genügen, um sie gleichsam weich schlafen zu lassen, in irgendeiner grauen Klosterzelle, verbannt von der Welt, von Behaglichkeit, von Macht?

Sadalberga nahm wieder das Messer und begann zu hacken.

»Als Chlodwig starb«, setzte Bathildis unwillkürlich an, »habe ich mich der Pflicht gebeugt und der Liebe zu meinen Söhnen Vorrang gegeben. Ich … ich habe auf Aidan verzichtet, um Regentin zu sein. Ich habe ihm nicht einmal geschrieben, weil Eligius mir sagte, es hätte keinen Sinn, an alte Wunden zu rühren, es könnte meine Macht schwächen. Ja, dieses Opfer habe ich gebracht, und es war ein großes Opfer, das größte, das ich hätte bringen können!«

Sie sprach wie von Sinnen, berücksichtigte nicht, dass Sadalberga ihre Worte nicht verstehen konnte, weil sie doch nichts von Aidan wusste.

»Ich will nicht, dass es umsonst gewesen ist!«, rief Bathildis. »Ich … ich will mir die Regentschaft nicht rauben lassen!«

»Versucht man es denn?«, fragte Sadalberga.

Einen Augenblick war Bathildis verwirrt, dann fing sie sich. »Nein … nein, man versucht es nicht. Ebroin zumindest würde mich nie aus dem Amt jagen. Und warum soll ich freiwillig gehen, warum? Etwa seinetwegen?«

»Was wirst du tun, Bathildis?«, fragte die Frau und schabte an einer Möhre, deren einst kräftige Farbe zu einem matten Gelb verkommen war.

Bathildis war froh, dass sie dem Blick des grauen, blinden Auges entging, als sie antwortete.

»Ich werde nicht aufgeben«, zischte sie plötzlich heftig. »Ich werde mich von ihm und seinen Schandtaten nicht vertreiben lassen. Ich … ich habe schon viel Schlimmeres erlebt als diese Unbill. Ich bin Regentin – und ich bleibe es!«

Als sie zurück nach Paris kam, erwartete sie Ebroin im Hof. Seine Schritte waren tänzelnd wie immer, sein Rücken jedoch gebeugt, als trage er an einer schweren Last. Erst als er sie erkannte, richtete er sich auf und gab für wenige Schritte der Regung nach, auf sie hinzustürzen. Wiewohl er sich rasch fasste, wähnte Bathildis dennoch kurz Besorgnis und dann, als er sie wohlbehalten erblickte, Erleichterung über sein weißes Gesicht huschen.

»Man sagte mir, du wärst in ein schweres Unwetter gekommen und das Rad wäre gebrochen. Ich hoffe doch, dass …«

Sie missachtete die Hand, die er ihr bot, stieg ohne seine Hilfe aus der Kutsche und drehte sich, kaum, dass sie wieder auf festem Boden stand, von ihm weg, um Theuderich herauszuheben.

Ohne ihn anzusehen, erklärte sie scharf: »Ich will, dass Genesius der Nachfolger von Aunemund wird. Das Erste, was er in diesem Amt tun wird, ist, in meinem Namen die Bedürftigen von Lyon zu speisen und zu kleiden. Hernach wird er sämtlichen Männer- und Frauenklöstern der Region Geschenke übermitteln – in Form von gemünztem Geld, liturgischen Geräten und anderen Weihegaben. Hast du mich verstanden?«

Bei den letzten Worten hatte sie sich ihm wieder zugewendet. Sie schrie sie.

»Ich bin nicht taub, meine Königin«, gab er zurück, und seine Mundwinkel zuckten unmerklich. »Hat dir der sterbende Eligius diesen Rat ins Ohr geflüstert?«

»Ich traf ihn nur mehr tot an«, zischte sie.

»Nun, meine Königin … schwerlich wirst du mir die Schuld am Verscheiden dieses ehrwürdigen Bischofs zuschieben können. Aunemund mag durch mich gestorben sein – Eligius nicht.«

Bathildis zögerte einen Moment. Mit einer knappen Handbewegung hieß sie Fara nähertreten und schob ihr den kleinen Theuderich mit dem Geheiß zu, ihn in die Kinderstube zu bringen. Erst dann wandte sie sich Ebroin wieder zu.

»Hör mir gut zu«, begann sie – leiser nun, aber deutlich drohend, »wage nicht wieder, Entscheidungen wie Aunemunds Ermordung hinter meinem Rücken zu treffen! Wage nicht wieder, mich zu hintergehen!«

Wieder zuckten seine Mundwinkel unmerklich. »Ich war mir

nicht gewiss, ob du dergleichen verstehen würdest … oder ertragen.«

»Ertragen muss ich's doch in jedem Fall. Und darum sage ich: Kein Schritt mehr ohne mich. Ich bin kein zartes Weib, das Schonung verlangt. Ich weiß zu herrschen.«

Erst jetzt gelang es ihm, seine Züge wieder vollends zu beherrschen. Er verzog die Lippen zu einem starren Lächeln, trat zurück und gab vor, sich zu verneigen.

»Ganz wie du willst, meine Königin«, sprach er leise. »Gibst du mir Rückhalt bei dem Entschluss, dass niemand mehr von den Großen Burgunds Zutritt zum Hofe hat, wenn ich es nicht ausdrücklich gestatte?«

»Du bist der Major Domus … da wie dort. Tu, was dir beliebt!«

»Ich danke dir für dein Verständnis, Königin«, höhnte er.

Sie wollte an ihm vorbeitreten, als jäh sein Kopf vorschnellte, um sich dicht und warm an ihre Wange zu schmiegen.

»Du musst mir noch etwas gewähren«, forderte er kühl.

»Was?«

»Zuerst, dass ich erneut ein Todesurteil fälle«, erklärte er. »Und als Zweites … deinen Sohn.«

Als Bathildis ihr Gemach betrat, um sich von der Reise auszuruhen und darüber nachzudenken, was Ebroin ihr gesagt hatte, traf sie auf Gertrude. Leutsindas geschwätzige Tochter schien auf sie gewartet zu haben.

»Bitte, Königin, bitte, ich muss mit dir sprechen«, begann sie mit unruhig flackerndem Blick.

Bathildis hatte den Kopf gesenkt gehalten. Als sie zu Gertrude hochblickte, stach ein spitzer Schmerz in ihr Genick. Stöhnend hob sie beide Hände an die Schläfen.

»Ich muss mit dir sprechen … ich muss dir etwas sagen …«, fuhr Gertrude fort.

Bathildis konnte sich noch gut an ihren vorwurfsvollen Blick erinnern, als man von Aunemunds Tod erfahren hatte. Nicht offen verächtlich war er gewesen wie der von manchen anderen – Leudesius, ihrem Bruder, oder Fredegar, dem Erzieher der Kinder –, aber doch ausreichend verstört, dass Bathildis nun sicher war, Gertrude würde auf das unliebsame Thema zu sprechen kommen.

»Ach, verschon mich!«, entfuhr es Bathildis ungehalten. Schlimm genug war der Gedanke an das, was Ebroin neuerlich plante, in das er sie eben eingeweiht und dem sie ihre Zustimmung gegeben hatte. »Ich will nichts hören!«

Um einen Mord ging es, zwar nicht an einem Bischof, aber an einem gewichtigen Mann. Freilich – was zählte nach der Untat wider Aunemund schon ein zweiter, dritter, vierter Toter?

Das hatte Ebroin auch gesagt: Dass man sich an ihr brutales Durchgreifen gewöhnen würde, wäre es erst zur Regel geworden.

»Aber Königin ... es ist ... es geht ...«

»Verschon mich!«, wiederholte Bathildis. »Für den heutigen Tag habe ich genug zu bedenken!«

Sie hob abwehrend die Hand, dann drehte sie sich um und ging, und Gertrude fügte sich betroffen, zu schwach, um sich gegen Bathildis aufzulehnen.

Am nächsten Tag versuchte sie nicht wieder, in die Königin zu dringen – und erst Jahre später reute es Bathildis, dass sie ihr nicht geduldiger zugehört hatte.

XXXI. Kapitel

Geliebter Aidan,

diesmal habe ich selbst das Todesurteil ausgesprochen – es richtete sich gegen einen gewissen Grimoald aus dem Geschlecht der Pippiniden, welcher lange Jahre Major Domus in Austrasien war.

Warum jener sterben musste?

Es verhielt sich so, dass Sigibert, Chlodwigs Halbbruder, den König Dagobert mit seiner Nebenfrau Ragnetrudis hatte, und Herrscher im zweiten fränkischen Teilreich, lange Zeit keine Kinder zeugen konnte. Die adeligen Familien von Austrasien fürchteten darob stets, dass Chlodwig diesen Umstand nutzen, gewaltsam einmarschieren und jenes Land mit seinem eigenen verbinden würde. Sigibert tat alles, um dieser Gefahr vorzubeugen und nicht ohne Erben zu sterben. Er entschied sich, den Sohn seines Major Domus Grimoald zu adoptieren, auf dass ihm dereinst dieser als König nachfolgen könnte. Freilich entbehrte dieser Schritt bald der Notwendigkeit, denn just als die Adoption geregelt war, so war die Königin Chimnechilde doch noch guter Hoffnung – und kam mit zwei Königskindern nieder: erst mit Bilichild, dann dem ersehnten Sohn Dagobert.

Sigibert konnte sich nicht lange darüber erfreuen. Er starb alsbald, und zurück blieben nur minderjährige Kinder… und der ehrgeizige Grimoald, der fortan alles tat, um seinen eigenen Sohn Childebert auf den Thron zu setzen, nicht den des Königs.

Tatsächlich konnte er sich durchsetzen, ließ den kleinen Dagobert nach Irland verbannen und machte Childebert zum König.

Nun war er am Ziel seiner Wünsche – und wurde doch für diese gemeinen Machenschaften von Gott auf die grausamste Weise gemaßregelt, die man sich denken kann: Denn der kleine Childebert starb.

Der Grundlage seiner Macht verlustig gegangen, kämpfte Grimoald trotzdem mit allen Mitteln darum – und kam auf die Idee, sich ausgerechnet zu uns nach Neustrien zu begeben, nach Paris.

Denn längst hatte Ebroin, um die unruhige Lage in unserem Nachbarland wissend, seine eigenen Pläne gemacht, die Großen dort kontaktiert und ihnen einen Vorschlag unterbreitet: Er würde Grimoald nach Paris locken, ihn jedoch dort beseitigen lassen. Als Gegenleistung forderte er, dass nicht Dagobert, Sigiberts Sohn, aus Irland heimgeholt und zum König gemacht werden sollte, sondern einer der neustrischen Prinzen … einer meiner Söhne.

Was er sich davon erhoffte?

Gewiss, die Steigerung von Einfluss – weit über Neustriens Grenzen hinaus.

Und warum ich meine Zustimmung gab?

Nun, ich denke, dass der intrigante Grimoald, der prompt in die Falle ging, sein Ende verdient hat, und auch ist's mir lieber, herrscht im Nachbarland mein Sohn und kein feindlich gesinnter Herrscher.

Und doch hadere ich damit, dass nun ausgerechnet ich, die ich stets wollte, dass von meinen drei Kindern nur einer König wird, meinen Zweitgeborenen nach Austrasien begleiten muss …

Die ganze Reise nach Metz, der Hauptstadt des austrasischen Teilreiches, suchte Bathildis mütterliche Sorge in sich heraufzubeschwören, den Schmerz über die bevorstehende Trennung, den Ebroin ihr gewiss nicht ungern, wenngleich als Beiwerk, nicht als Selbstzweck, zufügte. Doch stärker noch als diesen Schmerz, der sie zudem kaum anders denn als vage Idee streifte, fühlte sie die Erleichterung.

Childerich wurde in die Fremde geschickt, nicht Theuderich. Ebroin opferte nicht ihren liebsten Sohn den Winkelzügen der hohen Politik, sondern jenen, der ihr von den Dreien am wenigsten lieb war… und zugleich am ähnlichsten. Sein forscher, wacher und immer etwas unzufriedener Blick deuchte sie vertraut – und zeugte zugleich Bangen, stilles Grauen, stetige Vorbehalte in ihr. Hatte Ebroin gewusst, dass jenes Unbehagen, jene Vorbehalte die Blutsbande überwogen? Dass er sie nicht strafte, sondern ihr einen Gefallen tat, als er jenen Sohn erwählte?

Die Reise verlief schweigend, was Bathildis anfangs erleichtert stimmte, später befangen. Sie wusste nicht, was in dem Kopf des Knaben vorging und wie er die Ereignisse, die über sie gekommen waren, wertete. Und wiewohl sie ahnte, dass sie mit ihm darüber sprechen sollte, überwog lange Zeit die Scheu, in ihn zu dringen und auf etwas zu stoßen, von dem sie lieber gar nichts erfahren wollte.

»Childerich«, begann sie schließlich und stellte die Frage nach seinem Befinden nicht direkt, sondern nur als Andeutung. »Childerich, du weißt, dass uns in Metz nicht nur… Freunde erwarten…«

Eine Weile blieb sein Blick starr vor sich gerichtet. Obgleich in seinem Wesen gegensätzlich, schien er manches Verhalten von seinem älteren Bruder Chlothar übernommen zu haben, sofern es ihn denn nützlich deuchte. Und dazu zählte, möglichst wenig Regung zu zeigen.

Fast glaubte Bathildis, er würde nicht antworten, da meinte er: »Ich kenne meine Feinde. Sie werden versuchen, mich zu töten.«

»Childerich!«

»Ach verschon mich, Mutter, mit ängstlichem Geschrei! ›Längst hätten wir der Brut zeigen sollen, wer der Herr der Lage ist!‹ Das hat Ebroin gesagt, und ich gebe ihm Recht. Wusstest du Mutter, dass er meinen Vater stets dazu gedrängt hatte, Austrasien für sich zu verlangen? Vor allem nach Sigiberts Tod?«

Bathildis' Lippen wurden schmal ob der Erwähnung Ebroins. »Nun«, versuchte sie ruhig zu sagen, »es mag einen Grund haben, warum dein Vater seiner Empfehlung nicht gefolgt ist. Denk darüber nach. Und wen meinst du mit Brut?«

»Der Adel von Austrasien will mich nicht, so viel ist sicher. Für diesen bin ich nur das geringere Übel, und viele werden versuchen, mich zu einem willigen Werkzeug zu formen. ›Regier mit harter Hand!‹, hat Ebroin geraten. Und das werde ich tun, wenn ich auch warten muss, bis ich alt genug bin. Am meisten, das hat Ebroin auch gesagt, muss ich mich vor dem Haus der Pippiniden in Acht nehmen, denn mögen sie mit Grimoald auch jede Macht verloren haben, so weiß doch alle Welt, dass sie verlogen sind und skrupellos und gewalttätig und jetzo gewiss auf Rache aus ...«

»Lass dir von Ebroin nicht dein Ohr vergiften!«, unterbrach Bathildis ihn unwirsch. »Und denk nicht nur schlecht von den Menschen, ganz gleich, wie sie dir gesinnt sind. Wirb um sie! Bemühe dich vor allem um die Königin Chimnechilde ... auf dass sie dir nicht verübelt, dass du zum König wirst, nicht ihr Sohn Dagobert. Denn sie ist diejenige, die für dich regieren wird, bis du großjährig bist.«

»Sie ist doch nur Wachs in den Händen anderer!«, zischte er verächtlich, und seine Augen blitzten auf. »Und warum soll ich um ein schwächliches Weib buhlen?«

Ihr Hadern über den Zwiespalt, den Sohn so willig ziehen zu lassen, schwand augenblicklich und wich jenem Zorn, der sie einst dazu gebracht hatte, auf ihn einzuprügeln. Sie tat es nicht wieder, aber sie packte ihn fest. »Säst du Gewalt, wird sie dich fällen! Streb nach Frieden – und dein Leben wird sich lohnen!«

»So wie deines, Jezabel? Armer Bischof von Lyon!«

Bathildis sog scharf den Atem ein.

»Es war nicht meine Entscheidung, dass er gewaltsam sterben musste. Doch hör mir zu, bitte hör mir zu: Sei in dem, was du tust, ein guter Mensch. Sei gnädig mit deinen Feinden, sei milde zu Verbrechern, sei großzügig zu den Armen und Hungernden …«

Er verdrehte die Augen. Sie packte ihn fester. »Werte nicht ab, was ich dir sage!«

»Warum?«, gab er frech zurück. »Selbst wenn du's wolltest, du dürftest mich nicht mehr bestrafen. Du hast keine Macht mehr über mich.«

»Aber du wirst Macht haben! Missbrauche sie nicht! Sie ist ein Dienst am Volke, kein Labsal für deine Eitelkeit. Sie ist immer Pflicht, kein Vergnügen …«

»Gewiss … desgleichen, wie sie schwer auf deinen Schultern lastet. Und deine flüsternd leisen Befehle – sie sind stets Opfer, nie Genuss.«

»Hat dir Ebroin das über mich gesagt?«

Er lächelte nur.

Ihre Finger bohrten sich tief in seine Schultern, und als er keinen Schmerz erkennnen ließ, so begann sie, ihn heftig zu rütteln. »Ach meinetwegen!«, schimpfte sie unbeherrscht. »Tu, was du willst in diesem fremden Land! 's ist mir auch gleich, was du über die Menschen dort bringst! Aber wage nicht, wage nicht, dich jemals gegen einen deiner Brüder zu wenden, hörst du? Beginne niemals Krieg mit Neustrien! Auch wenn ich stürbe – noch übers Grab hinaus würde dich dann mein Fluch treffen und dir jeden einzelnen Augenblick deines armseligen Lebens vergällen und dich nie vergessen lassen, welch ekelhafte, hoffärtige, unbeherrschte Kreatur du …«

Ihre Stimme überschlug sich.

»Ganz recht«, fiel er ihr kühl ins Wort. »Ich habe verstanden … gute, freundliche Mutter. In allem, was ich tue, werde ich mir dich, die du doch eine so liebenswerte, zärtliche und friedliche Frau bist, zum Beispiel nehmen.«

Sie wich seinem Blick aus. Sie wusste nicht, was ihr widerwärtiger war – seine Worte oder die eigenen. Das Rumpeln des Gefährts jagte ein Beben durch ihren Körper. Ihr Magen verkrampfte sich. Sie fühlte Übelkeit … und dass sie ausgelaugt war nach den Kämpfen, die hinter ihr lagen.

In den nächsten Tagen war Bathildis zerrissen zwischen dem Wunsch, noch möglichste viel Zeit mit ihrem Sohn zu verbringen, ihn darauf einzuschwören, gerecht zu herrschen und sich niemals gegen einen seiner Brüder zu wenden – und dem Verlangen, vor den scheelen Blicken zu fliehen, die man ihr am austrasischen Hof zuwarf.

Gewiss, sie wurde als Gast empfangen und Childerich als neuer Herrscher. Doch sie kam nicht umhin, hinter jeder Geste Verachtung zu vermuten. Nicht nur bei jenen, die sich missgünstig fragten, warum ein fremder Prinz den Thron besteigen sollte und nicht Dagobert, Sigiberts leiblicher Sohn, der fortan im Exil zu leben hatte, war sie zu wittern, sondern auch bei vermeintlich Verbündeten. Diese schienen nur allzu sehr erpicht, ihr möglichst schnell den Sohn zu rauben, ihn zu entfremden und ihn so entschieden in diesem Teilreich zu verwurzeln, dass er vergessen möge, woher er stammte.

Bathildis hatte gehofft, dass Childerich, der sich gegen sie so trotzig und widerstrebend benahm, die gleiche Sturheit auch in der neuen Heimat bekunden würde, dass er stark genug wäre, Schmeicheleien zu widerstehen. Doch der Sohn gab sich betont gefügig und willensschwach, und sei es nur aus dem Grund, weil ihr das missfiel. Er weigerte sich, mit ihr zu sprechen, und suchte umso eifriger die Nähe jenes Dux Wulfoald, der an der Seite von Königin Chimnechilde für Childerich regieren sollte, bis er erwachsen war. Bathildis war der Mann widerwärtig, dessen Gesicht so vernarbt war wie die Rinde eines uralten Baums.

Niemals erschien in diesem Gesicht das abfällige Lächeln mancher Höflinge – doch gerade weil seine Miene kein Spiegelbild seiner Gedanken und seines Trachtens war und weil er in der Kunst der Verstellung allzu geübt schien, wusste sie, dass man ihm nicht trauen konnte und dass die freundlichen, respektvollen Worte, die er zu ihr und ihrem Sohn sprach, nichts zu bedeuten hatten.

Rasch hatte sie entschieden, dass sie ihm Childerichs Heil nicht anvertrauen konnte. Es deuchte sie offensichtlich, dass er wohl nur aus Feindschaft mit den Pippiniden den fremden Prinzen akzeptierte und nicht länger zu dessen Gunsten handeln würde, als es ihm selbst Nutzen brachte, ja, dass seine Höflichkeit allein für jene Spanne reichte, da der Knabe zu jung war, um eigenständig Entscheidungen zu treffen.

Dies setzte ihr am meisten zu – dass nirgendwo in diesem Land ein wahrer Freund für Childerich zu finden war, dass man ihn stets aus Eigennutz umwerben würde, nie aus echter Treue.

Am dritten Tage nach der Ankunft fasste sie sich ein Herz und sprach mit jener Frau, die fortan ihre Rolle bei dem Knaben innehaben würde – mit der Königin Chimnechilde, die erst den Mann verloren hatte, dann erleben musste, wie man den Sohn nach Irland schaffte, und schließlich, wie jener durch ein fremdes Kind ersetzt wurde.

Obendrein war über ihren Kopf hinweg entschieden worden, dass Childerich dereinst ihre kleine Tochter heiraten würde. Jene Bilichild war noch jünger als Bathildis' Sohn, ein scheues, blondes, großäugiges Mädchen, von dem sich nicht sagen ließ, ob es die Sprache der Menschen überhaupt beherrschte, denn schüchtern sagte sie nie ein Wort. Bathildis fand das absonderlich und sah zugleich einen Vorteil darin, dass das Mädchen so unbeschrieben war wie eine glatte Wachstafel, noch offen dafür, sich ohne Vorurteil dem fremden Knaben, der ihr als Gatte vorgesehen war, zu öffnen. Vielleicht konnte sie der Freund werden, der sich ansonsten nirgends finden ließ? Und vielleicht ließ sich Chimnechildes Herz für Childerich öffnen, wenn offenbar wurde, dass er zumindest der eigenen Tochter zur Königswürde verhalf?

Eben das wollte Bathildis ergründen, als sie Chimechildes Nähe suchte.

»Ich vertrau dir meinen Sohn an, Königin!«, sprach Bathildis eindringlich. »Versprich mir, ihn zu führen! Er bedarf einer starken Hand, die nicht vor der Pflicht zurückzuckt, ihn zu züchtigen, wenn sein Verhalten es verlangt.«

Chimnechildes Gesicht war bleich und aufgedunsen und – ähnlich wie das des Dux Wulfoald – zu keiner Regung bereit. Bathildis kannte die Ursache für diesen Gleichmut nicht: War ihr vielleicht vormals beweglicher Geist ob der vielen Wunden erloschen, die das Leben ihr geschlagen hatte? Oder verachtete sie Bathildis, so wie viele andere des Hofs, die in ihr nur die Sklavin aus der Fremde sahen?

»Ich bitte dich … ich bitte dich, Königin«, fuhr Bathildis fort, und sie suchte zu vergessen, wie beschämend es war, eine so leer blickende Frau anzuflehen. »Sieh zu, dass seine Seele solcherart geformt wird, wie es Gott gefällt! Sieh zu, dass er ein guter … ein gerechter Herrscher wird! Ich sage es nicht gerne, doch verhält es sich so, dass in ihm manches wuchert, was nicht weiter wachsen sollte: unbeherrschter Zorn und Willkür, Trotz und Lust an Grausamkeit. O bitte, wenn ich nicht mehr hier bin, treib du es ihm aus!«

Sie konnte nicht genau sagen, worin sie bestand, doch eine flüchtige Regung schien über Chimnechildes Gesicht zu zucken. Ihr Lächeln verstärkte sich.

»Aber liebste Bathildis«, murmelte sie, »warum soll ich jemals Schlechtes von deinem und des guten Chlodwigs Sohn erwarten?«

Bathildis schlug die Augen nieder, auf dass die andere nicht ihre Gedanken erahnte. Sie fielen äußerst abfällig aus gegen eine Frau, die nicht bloß wie eine leblose Statue vor ihr hockte, sondern obendrein nichts anderes als Floskeln zu sagen wusste.

»Du bist doch eine Mutter so wie ich, hast sie getragen, deine Kinder, sie unter Schmerzen geboren«, versuchte sie Chimnechilde doch noch zu erreichen. »Du kennst sie doch – die Hoffnung, dass sie dir Ehre erbringen. Das will ich auch! Erziehe meinen Sohn, damit ich stolz sein kann!«

Wieder bewegte sich etwas in Chimnechildes Antlitz.

»Gottes Segen ruht auf dem Geschlecht der Merowinger. Ein Sohn, der daraus hervorgeht, wird den himmlischen Vater stets erfreuen – und seine irdische Mutter ganz gewiss.«

Ein knurrender Laut entfuhr Bathildis' Mund.

Verbarg sich hinter Chimnechildes Worten auch ein leises Sticheln gegen eine, die sich zwar Regentin nennen mochte und dennoch niemals die Herkunft und den Rang des eigenen Sohnes erreichen würde?

Bathildis hatte keine Möglichkeit, es zu ergründen, denn schon gestattete ihr Chimnechilde kein weiteres Wort mehr über den Sohn, sondern begann überschwänglich, Bathildis' Schmuck zu loben. So wie Gertrude einst über Bathildis' Elend als Sklavin hinweggeplaudert hatte, schob Chimnechilde die Zukunft eines Reiches beiseite, in dem der Major Domus mehr zu sagen hatte als der König und in dem der Adel derart zerstritten und missgünstig war, dass lieber einem fremden Prinzen die Krone angeboten wurde als dem Sohn des eigenen Königs.

Früh ließ Bathildis Chimnechilde alleine, ahnend, dass ihre Willenskraft nicht ausreichte, um eine ehrliche, aufrichtige Seele auf das Wohl ihres Zweitgeborenen einzuschwören. Morgen schon würde sie von ihm lassen müssen, und in trüber und zugleich schicksalsergebener Stimmung erwartete sie das Festbankett an diesem letzten Abend in Metz. Sie ahnte nicht, dass der Abend mehr für sie bereithielt als nur die müde Sorge um den Sohn und das Unbehagen ob all der Missgunst, all des Zwists, der hinter jedem nichtig netten Wort zu hocken schien.

Der Abend unterschied sich zunächst nicht von anderen, die ihm vorangegangen waren. Die Tische neigten sich unter dem Gewicht köstlicher Speisen; schön gekleidete Mädchen spielten Flöte und Zither, und ein Sänger trug mit schmachtender Stimme die Geschichte von der Bekehrung des großen Königs Chlodwig vor. Jener war von den Alemannen schon fast geschlagen, da erhob er seine Augen zum Himmel, sein Herz wurde gerührt, seine Augen füllten sich mit Tränen, und er sprach: »Jesus Christus, mein Weib Chrodechilde sagt, du bist der Sohn des lebendigen Gottes; ich flehe dich demütig an um deinen mächtigen Beistand.«

Zu späterer Stunde wurde zum Tanz gerufen, und die Versammelten standen rasch juchzend und jubelnd um das kindliche Paar, Childerich und Bilichild, welche sich gemeinsam am *Tripodium* versuchten, einem Tanz, bei dem alle einen Kreis bildeten und sich im Takt der Musik bewegten. Die Kinder waren verbissen darum bemüht, die Bewegungen der Erwachsenen nachzuäffen. Bilichild hatte die Augen weit aufgerissen, und erstmals erkannte Bathildis in dem kleinen, blonden Mädchen die Züge ihrer Mutter: Noch war die kindliche Haut nicht aufgedunsen, jedoch das Lächeln so steif, so aufgesetzt und zugleich so ausdauernd, als hätte man dem Kind, das selbst nichts sagte, schon ausreichend eingebläut, dass die Welt zu ertragen war und die eigene Stimmung nicht zählte. Childerichs Gesicht war gerötet; die fortwährende Aufmerksamkeit, die ihm entgegenschlug und für ihn am Anfang gewiss Triumph verheißen hatte, schien ihn nun anzustrengen, desgleichen sein Wunsch, dies nicht zu zeigen.

Unwillkürlich schlug Bathildis die Augen nieder, um sich vor dem Anblick des eigenen Sohnes zu bewahren. Ganz gleich, in welcher Weise sich sein Wesen hier entfalten mochte, ob zum Guten oder nicht – sie konnte keinen Beitrag mehr dazu leisten, sie hatte ihn längst aufgegeben. Im Grunde war sie ihm niemals nahe gewesen.

Stark war ihre Lust, sich zurückzuziehen, als just ein Mann an ihre Seite trat und wie die anderen das kindliche Paar betrachtete. Seine Worte verrieten größeres Wohlwollen, als Bathildis aufzubringen imstande war.

»Er scheint ein willensstarker Knabe zu sein«, murmelte er anerkennend.

Etwas lag in seiner Stimme, was aufrichtig klang.

»Das gewiss«, stimmte sie darum hastig zu.

»Er muss diese Willensstärke von Euch haben, nicht von seinem Vater«, fuhr der andere fort.

Bathildis blickte überrascht auf. »Wie könnt Ihr…«, setzte sie an, um sogleich zu verstummen, denn jene Anmaßung, die in seinen Worten lag, war nicht von kränkender Absicht gezeugt, sondern von einer Ehrlichkeit, die sie als erfrischend empfand.

»Ja«, gab sie schließlich zu. »König Chlodwig war ein herzensguter Mann… jedoch oft zögerlich. Wie aber kommt es, dass Ihr davon wisst?«

Sie musterte den Mann genauer, erkannte, dass er die Haare zur Tonsur geschoren trug, was ihn als Priester oder Mönch auswies. Er war vom Alter und einem beschwerlichen Leben gezeichnet. In jedem Fall hob ihn sein freundliches, offenes Lächeln wohltuend von den anderen Männern ab, die sie hier am Hofe kennengelernt hatte: Die Großen Austrasiens nannten sich selbst gerne *Bellatores*, Kriegsherren, wiewohl sie ihre Körperkraft viel lieber an die Jagd verschwendeten als an den Waffengebrauch, sie sprachen laut und viel und schienen auch noch stolz darauf zu sein, dass sie des Lateinischen nicht mächtig waren.

»Ich bin Dagwulf, ein Schüler jenes Franken Agilbert, welcher zuerst nach Irland ging, um dort zu studieren, später nach Dorchester, wo man ihn zum Bischof berief, wiederum später nach Paris, wo er gleiches Amt innehatte. Dort lebte ich an seiner Seite und hatte die Ehre…«

Er sprach nicht fort, als schienen diese Andeutungen zu genügen, auf dass sie selbst ihre Schlüsse ziehen konnte.

»Nun gut, daher kanntet Ihr also Chlodwig«, entgegnete Bathildis, »was aber bringt Euch dazu zu glauben, ich hätte noch mehr Willensstärke als mein Gemahl?«

»Ihr seid Regentin, oder nicht? Nicht jede hätte sich ein solches Amt erstritten.«

»Chimnechilde ist dies auch …«

»… und vermag doch nichts, als dumpf zu lächeln«, setzte er ihren Satz mit leichtem Hohn fort.

Sie grinste. »So ist es.«

»Freilich könnte ich glauben, dass auch Ihr die Macht nur innehabt, weil andere Euch zu ihrem Nutzen auf diesen Rang geschoben haben. Jedoch ich sehe, wie Ihr Euch hier betragt … wie Ihr stolz über sämtliche Beleidigung hinwegseht.«

»Beleidigung?«

»Vielleicht ist's Euch entgangen. Doch man spottet über Euch, nicht offen, nicht laut, jedoch mit kleinen, unsichtbaren Spitzen.«

»Nennt mir denn eine!«

»Gestern ließ man Euch neben einem Mann das Mahl einnehmen, der aus jenem Kloster im Kohlenwald stammte, welches von Foillan gegründet ist.«

»Und das soll gegen mich gerichtet sein?«

»In jedem Fall gegen Euer Reich«, sagte Dagwulf. »Denn von dort wurde Foillan, ein Bruder des gerühmten Furseus, vertrieben, und zwar vom Major Domus Erchinoald.«

»Das kränkt mich gewiss nicht! Mit Erchinoald, Gott hab ihn selig, und möge er dort droben im Himmel mit seiner Leutsinda weiter zanken, verbindet mich nicht mehr, als dass ich einstmals seine Sklavin war.«

Sie sprach schnell und unüberlegt, von der Offenheit des anderen dazu verleitet. Kurz beschämte es sie, die schändliche Herkunft ausgesprochen zu haben, doch dann straffte sie den

Rücken, um zu bezeugen, dass sie sich längst darüber erhoben hatte.

»Ihr stammt von der Insel Britannien, nicht wahr?«, fragte der Priester ohne die übliche Häme oder Verächtlichkeit. »Wisset… alsbald begebe ich mich dorthin.«

Sie hob fragend den Blick.

»Ich sprach von Agilbert und dass er einst der Bischof von Dorchester war. Sein Neffe ist ihm in dem Amt gefolgt… und hat es heute noch inne. Er ist in meinem Alter, ich nenne ihn meinen Freund. Und wiewohl ich in Reims geboren wurde und all die Jahre hier lebte, so zieht es mich doch zurück in jenes Land, wo ich meine Jugend verbracht habe. Vielleicht… vielleicht werde ich die Spuren des Alters dort weniger spüren, wer weiß?«

Er lächelte schmerzlich, und als Bathildis sein Lächeln erwiderte, so kam ihr ein Gedanke. Verboten deuchte er sie, gänzlich widersinnig… und dennoch so verlockend. Ihr Blick fiel auf den tanzenden Sohn, den sie nicht länger erreichen konnte und der für vieles stand, was sie im Augenblick so gern vergessen hätte – die verworrenen Winkelzüge von Ebroins Politik, ihre Macht, die sie sich mit allen Mitteln ertrotzt hatte und der sie den eigenen Sohn opferte.

Sie zögerte, kämpfte gegen die Versuchung an.

Wir alle sind heimatlos, hatte Eligius zu ihr gesagt und desgleichen, dass sie an ihre Pflicht zu denken hätte, nicht an Vergangenes. Aber Eligius war gestorben, hatte sie ohne seinen weisen Ratschlag allein gelassen. Und außerdem – sie wollte die Vergangenheit doch nicht heraufbeschwören, wollte sich ganz gewiss nicht von ihrer Pflicht lossagen, wollte ihren Widersachern keine Schwäche zeigen, nur… sollte dieses kleine Zugeständnis an alte Sehnsucht nicht erlaubt sein? Und wer sollte jemals davon erfahren, wo doch dieser Dagwulf so vertrauenserweckend war und gewiss keine Bindung an den neustrischen Hof hatte?

»Ich hatte einen Verlobten«, setzte sie unwillkürlich an. »Aidan, Sohn des Ricbert … es könnte sein, dass er noch immer am Hof des Königs Oswine von Deira in Northumbrien lebt. Ich weiß nicht, ob es Euch gelingen könnte, ihm eine Nachricht von mir zu überbringen. Von Paris will ich es nicht versuchen, nicht als Regentin. Doch vielleicht könntet Ihr, die Ihr Britannien verbunden seid, mich weniger als solche betrachten, sondern als … Angelsächsin.«

Sie fühlte sich erröten ob der sich verhaspelnden Worte, doch der Priester hörte sie schweigend und ohne lüsterne Neugierde an.

»Ich kann es nicht versprechen«, meinte er dann, »aber versuchen in jedem Fall. Wie soll die Nachricht lauten?«

Bathildis errötete noch mehr. Die Antwort lag ihr nicht selbstverständlich auf den Lippen. Mühsam musste sie danach suchen.

»Er … er soll von meinem Geschick erfahren. Dass König Chlodwig mich aus dem niederen Stand erhob und mich zu seiner Gattin machte, dass ich ein … gutes Leben hatte … und dass ich mich doch so gerne an meinen Schwur gehalten hätte, ihn zu suchen, ihn zu finden, ihn wiederzusehen. Mein Rang hat es nicht erlaubt, mein Herz jedoch hat niemals aufgehört, um ihn zu trauern.«

Sie wandte sich rasch ab, konnte kaum fassen, dass sie das zu einem Mann gesagt hatte, der ein Fremder war. Sie wusste fast gar nichts über ihn – und hatte sich doch einem Augenblick der Schwäche hingegeben, den sie sich seit vielen Jahren nicht gestattet hatte … nicht seit Chlodwigs Tod, seinem Geständnis, dass er von Aidan wusste, und ihrem Entschluss, um die Regentschaft zu kämpfen.

»Gewiss denkt Ihr nun, ich sei ein überreiztes Weib!«, suchte sie über sich selbst zu spotten, um das Gewicht aus ihrer Bitte zu nehmen.

Der Priester antwortete nicht gleich. »Wenn ich auf diese Botschaft jemals Antwort geben sollte«, meinte er schließlich ruhig, »so wird sie Euch erreichen, Königin.«

Bathildis verbat es sich, auf die erhoffte Nachricht zu warten. Alle Sehnsucht schob sie weit von sich, kaum dass sie nach Paris zurückgekehrt war und die Erfüllung ihrer Pflichten sie von dem Anflug von Schwäche heilte. Einzig in müden, schweren, bitteren Stunden, da dachte sie daran und zog Trost und Kraft aus dem Gedanken, dass irgendwann ein Lebenszeichen von Aidan sie erreichen könnte.

Doch Jahr um Jahr verging – und nichts geschah.

XXXII. Kapitel

Geliebter Aidan,

manches Mal kann ich mich nicht entscheiden, was schlimmer wäre: Auch weiterhin nichts von Dir zu hören oder aber eines Tages zu erfahren, dass Du tatsächlich wohlbehalten heimgekehrt bist, dass Du meiner gedenkst und dass ich doch nichts tun kann, Dich zu erreichen …

Dies wär unser Geschick, denn meine – und auch Ebroins – Macht ist hier gefestigter denn je. Ganz gleich, wie sehr fromme Seelen dagegen wettern mögen, so wie es auch meine Seele manchmal tut: Es scheint so zu sein, dass sich Grausamkeit auf dieser Welt lohnt.

Ich weiß nicht, wie viele Menschen dafür sterben müssen – für diesen Frieden, der nun herrscht. Fest steht, dass an meiner Regentschaft so wenig gerüttelt wird wie daran, dass Ebroin Major Domus ist. Weder die großen Familien in Neustrien noch der Kreis der Bischöfe noch die Burgunder haben den Mut, offen mit Revolte zu drohen, wo es denn schon für das kleinste Zeichen einer Verschwörung wüste Strafen regnet.

Trotz der Offenheit, die er versprochen hat, verschweigt mir Ebroin die genaue Zahl derer, welche – noch ehe sie Schaden anrichten konnten – entweder heimlich ermordet oder offenkundig hingerichtet worden sind. Vielleicht versucht er, mich zu schonen – wer weiß. Und wenn es so wäre, so bin ich ihm dankbar. Denn allein die Ahnung, was im Verborgenen geschieht, weckt mich nachts manchmal auf. Dann wähne ich sie zu sehen – die dicken Flüsse roten Bluts, die meine Träume beschmutzen.

Gleichwohl kann ich mich nicht beherrschen, ein kleiner, winzig kleiner Stachel in Ebroins Fleisch zu sein, sobald ich Gelegenheit dazu finde.

Wann immer ich fühle, dass jemand ihn verachtet – nicht offenkundig und laut, nicht nach Revolte begehrend, sondern auf jene stille, misstrauische, missgünstige Weise –, so trachte ich danach, eben diesen zu stärken, ja zu belohnen.

So habe ich Erembert aus Saint-Wandrille zum Bischof von Toulouse ernannt und Leodegar, den Bruder des Grafen von Paris, zum Bischof von Autun. Ersterer hat mich wissen lassen, dass Ebroin ihn zutiefst anwidert. Und Leodegar verabsäumt zwar keine Höflichkeit, steht er dem Major Domus von Angesicht zu Angesicht gegenüber. Doch kaum wendet jener sich ab, so spricht er gerne – ich hab's ihn oftmals sagen hören – von jener »Missgeburt mit weißer Haut und roten Augen«.

Bathildis legte die Feder beiseite, wusch sich ihre Hände, gedankenverloren und langsam, und trat dann ans Fenster zum Hof. Wiewohl nicht erstarrt wie damals, glich ihr Leben jenen ersten Jahren ihrer Ehe, da größtmögliches Gleichmaß den Alltag leichter gemacht hatte.

Gewiss, es gab heute mehr zu tun als einst: Streng wachte sie über die Erziehung der zwei Söhne, die am Pariser Hof verblieben waren, schrieb eifrig an Childerich in Austrasien (man hörte nichts Schlechtes von ihm, jedoch sehr wenig, als wollte man die Bindung an die Herkunft zwar nicht gänzlich kappen, jedoch so knapp wie möglich halten), und sie war bestrebt, die Mildtätigkeit gegenüber dem gemeinen Volke, gegenüber den Unfreien und auch gegenüber den Klöstern nicht abreißen zu lassen.

Und doch – die Reisen waren seltener geworden. Viel mühseliger als einst deuchte es sie, tagelang im rumpelnden Wagen zu sitzen, und darum schickte sie andere, die für sie die Anstrengung ertrugen und ihr über sämtliche Vorkommnisse Bericht erstatteten. Manchmal schob sie jenes größere Ausmaß an Ruhe, das in gleicher Weise Frieden wie Lähmung verhieß, auf ihr zunehmendes Alter (immerhin hatte sie das dritte Lebensjahrzehnt überschritten). Manchmal erklärte sie es damit, dass sie vieles von dem, was sie wollte, auch erreicht hatte. Und manchmal wiederum erinnerte sie sich daran, dass das Leben erträglicher war, wenn sie sämtliche Regungen des Gemüts klein hielt, anstatt sie gegeneinander aufzuhetzen.

Vielleicht galt für ihr Wesen Gleiches wie für ihr Land: Dass es bisweilen besser war zu morden und zu unterdrücken, als ständig Zwietracht zu befürchten; besser auch, mit harter Hand zu herrschen, als angestrengt auf jedes kleinste Mucksen des Protestes und der Unzufriedenheit zu lauschen.

Ähnlich dachte sie, als sie nach dem Schreiben ans Fenster trat, in jenen Hof starrte, wo sie einst die kleine Rigunth aufgelesen und von ihrem Los errettet hatte, und sich die Worte durch den Kopf gehen ließ, die sie eben festgehalten hatte. Ja, da war Bedauern, dass sie keine Nachricht von Aidan erhielt – aber ebenso auch Erleichterung, weil ihr solcherart eine größere Gemütsanstrengung erspart blieb. Sie konnte auf einen Brief seinerseits hoffen, was gleichsam hieß, dass sie nach vorne blicken konnte, ohne dass das Heute von der Last der Vorstellung beschwert war, wie er tatsächlich lebte, dachte, sich verhielt.

Leise klopfte es an ihrer Türe, und den eintretenden Schritten folgte alsbald ein lauer Fluss von Worten. Bathildis musste sich nicht umdrehen, um zu erkennen, wer sie da belästigte. Gertrude hatte Jugend und Beweglichkeit eingebüßt; das unaufgeregte Leben bei Hofe hatte sie fett gemacht – aber geschwätzig war sie wie eh und je, und es gab wenig bei Hofe zu wissen, von dem sie nicht erfuhr.

Bathildis lauschte nur mit halbem Ohr.

Ja, Fara kränkelte seit Wochen, das hatte sie auch schon vernommen, und konnte kaum mehr das Bett verlassen. Besser war, sie von der Aufgabe zu entlasten, auf die beiden Prinzen zu schauen. Chlothar, fast zwölf, brauchte ihre Fürsorge ohnehin seit langem nicht mehr, weil stets eine Vielzahl an Erziehern und Priestern sich um ihn scharte. Und auch Theuderich entwuchs mit seinen neun Jahren den weiblichen Händen, gleichwohl er so viel sanfter war als seine Brüder. Warum also das Gemüt der Alternden aufwühlen, indem man ihrem Amt ein striktes Ende setzte?

»Theuderich treibt sich lieber in der Schreibstube herum als in der Waffenkammer«, plapperte Gertrude. »Man sagt, er fürchte sich vor Pferden …«

Bathildis hörte leisen Spott und antwortete schroff darauf: »Und das ist sein gutes Recht!«

Sie sprach es nicht laut aus, aber Gertrude wusste, was sie heimlich dachte: Da Chlothar König von Neustrien-Burgund war und Childerich jener von Austrasien, war es ratsam, dass der Jüngste sich für ein Kirchenamt entschied. In solchem Amt würde er für die älteren beiden niemals eine Bedrohung darstellen, und sein Leben wäre geschützt. Außerdem war sein Gemüt so sanft und fügsam, dass man sicher sein konnte, auch der Allmächtige hatte gleiche Pläne mit ihm.

Die flatterhafte Gertrude blieb nicht lange bei diesem Thema. Schon sprach sie von Leudesius, ihrem Bruder, dass seine Frau wieder schwanger ginge, und dann von Itta, Königin im fernen Kent, von der sie schon seit langem nichts gehört habe.

Bathildis wandte sich ab, ließ ihre Gedanken schweifen, hörte schon fast nicht mehr zu – als Gertrude plötzlich jene Frage stellte, die ohne jede Vorbereitung, ohne Warnung das Gleichmaß ihres Lebens störte. Ein wuchtiger Schlag war's, den Gertrude da austeilte.

Bathildis erbleichte.

»Was sagst du da?«

Gertrude zuckte zusammen, überrascht ob so viel Heftigkeit.

»Ach meine Königin … nicht aufwühlen wollt ich dich, sondern lediglich wissen …«

»Sag es noch einmal!«

Gertrude wagte nicht, ihr ins Gesicht zu sehen. »Ich dachte«, murmelte sie kleinlaut, »ich dachte, du wüsstest, dass Ebroin so viel Zeit an der Seite von Rigunth verbringt. Ich habe lediglich gefragt, warum dem so sei.«

»Was treibst du mit ihm hinter meinem Rücken? Was?«

»Ich würde doch niemals etwas tun …«

Rigunth rang hilflos die Hände, von der Königin bei Theuderich aufgespürt, der es liebte, sich von der sanften Frau Geschichten erzählen zu lassen. Vor dem Lieblingssohn hatte Bathildis keine harschen Worte sprechen wollen, konnte jedoch nicht vermeiden, Rigunth am Arm zu packen und hinauszuzerren, viel gröber, als sie jemals eine Dienstmagd angefasst hatte … geschweige denn das Mädchen, das ihr wie eine Tochter war.

»Gertrude hat's mir erzählt – sie weiß es schon seit langem. Nicht nur einmal hat sie euch beobachtet, wie ihr da gemeinsam steht und plaudert … was habt ihr zu besprechen? Was hast du mit Ebroin zu schaffen?«

Bathildis' Worte überschlugen sich, so ungeheuerlich war, was Leutsindas Tochter ihr erzählt hatte. Nicht nur, dass sie von Ebroins Bemühen um Rigunth erfahren musste … nein, das, was ihr Gertrude außerdem eben gestanden hatte, erzürnte sie noch mehr.

Es war schon Jahre her, kurz nach dem gewaltsamen Tod des Aunemund von Lyon, da hatte Ebroin zum ersten Mal die Nähe von Bathildis' Frauen gesucht. Nicht auf Rigunth war damals seine Wahl gefallen. »Nein«, hatte Gertrude stattdessen kleinlaut erzählt, »nein … um mich hat er geworben. Er sagte, er wollte sich vermählen … und ich erschiene ihm passend, wo ich doch Erchinoalds Tochter und er dessen Nachfolger wäre. Und obendrein, das sagte er auch, wäre ich eine deiner Vertrauten.«

Unscharf erinnerte sich Bathildis an jene vergangene Stunde, da Gertrude mit ihr hatte sprechen, ihr Wichtiges hatte mitteilen wollen und sie zu sehr in ihren eigenen Sorgen gefangen war, um darauf zu hören.

»Du hast ihn abgewiesen?«, hatte sie Gertrude gefragt.

Der Ausdruck, der auf der anderen Miene entstand, war ihr fremd. Obzwar Bathildis schon früher überlegt hatte, dass mehr hinter Gertrudes schlichtem Plappern stecken müsste als nur ein hohler Geist – wie hätte sie sonst den Willen durchgesetzt, unverheiratet zu bleiben? –, war ihr doch die Ernsthaftigkeit fremd, die hinter den Worten lag, die sie da sprach. »Es steht mir nicht an, darüber zu richten. Doch Ebroin hat meinem Bruder Leudesius das Amt des Major Domus geraubt. Vielleicht hat's mein Bruder nicht besser verdient, vielleicht hat er sich zu willig vertreiben lassen. Doch seinen Widersacher will ich nicht ... genauso wenig wie jeden anderen Mann.«

»Und Ebroin?«

»Ich hatte nicht den Eindruck, er wäre sonderlich enttäuscht. Jedoch hat er gestichelt – du weißt, mit dieser hohen, schrillen Stimme, die immer dann laut wird, wenn etwas ihn erbost. Gespottet hat er, dass er mit meiner Entscheidung leben müsste und dass mir Eure Gesellschaft wohl lieber wäre als die seine.«

Diese letzten Worte bestätigten Bathildis' Verdacht, der schon bei der ersten Andeutung geschürt worden war: Dass Ebroin nicht nur auf Brautschau war, sondern ihr etwas beweisen wollte. Dass er ein Recht auf eine ihrer Getreuen zu haben vermeinte, dass er das Band, das sie so gerne schlaff hängen sah, wiewohl sie's aus Kalkül und Trotz niemals durchgeschnitten hätte, noch entschiedener zu stärken suchte als nur durch gemeinsame Politik.

»Und ... und Rigunth?«, fragte sie.

Gertrude zuckte die Schultern. »Ich kann nicht beschwören, dass er dasselbe von ihr will wie einst von mir. Fest steht, dass er ihre Nähe sucht, dass er überall zur Stelle ist, wo sie auftaucht, um sie abzupassen und mit ihr zu reden. ... Und ich habe nicht den Eindruck, dass Rigunth sich dagegen sträubt.«

Anstatt darüber nüchtern nachzudenken, überkam Bathildis solch ein Widerwille, als hätte Ebroin nicht nur um eine der Frauen geworben, sondern sie gewaltsam genommen.

Genug hatte sie ihm opfern müssen – dies aber durfte er nicht!

Sie hatte Gertrude stehen lassen und Rigunth gesucht, um jene ohne Erklärung zu beschimpfen. Rigunth begriff sehr rasch, wie wütend die Königin war, jedoch nicht gleich, warum. »Ich wusste nicht«, setzte sie bedauernd an, sobald ihr dämmerte, dass es um Ebroin ging, »ich wusste nicht, dass es verboten ist, mit ihm zu reden. Ansonsten hätte ich ...«

»Ich will es nicht, verstehst du? Ich will nicht, dass er deine Ehre befleckt!«

»O, glaub mir, Königin, er hat meine Ehre nicht befleckt. Er ist ... er ist aus achtbaren Gründen auf mich zugekommen. Und nie ist er mir zu nahe getreten, nie hat er etwas getan, was dem Gesetz und Anstand widerspräche. Er wollte nur ...«

Eine Erinnerung traf Bathildis so unvermittelt wie vorhin Gertrudes Worte – an jenes Abendessen, da Chlodwig zu seiner letzten Jagd aufgebrochen war und Ebroin Rigunth berührt hatte, nicht, weil ihm das Mädchen gefiel, sondern weil er solcherart seine Macht über sie, die Königin, bekunden wollte. Und sie – sie hatte sich von ihm reizen lassen, hatte ihm ihre Brust entgegengereckt und ihm von der Lust erzählt, die sie im König entfachen konnte. Beschämend war dieser Wettstreit zwischen ihnen, peinvoll – und zugleich so berauschend.

Bathildis erschauderte. Sie hatte nicht geahnt, dass es dem Rotäugigen jemals wieder gelingen könnte, solche Heftigkeit in ihr zu zeugen, solchen Ekel und – solchen Neid.

»Er will dich also zum Eheweib?«

Bathildis rief die Frage nicht aus, sie spie sie Rigunth vor die Füße.

»Er denkt darüber nach … und Königin … ach, Königin: Du musst ihn doch verstehen! Es ist nicht abwegig, ganz und gar nicht. Er ist in einer ähnlichen Lage wie einstmals Chlodwig: Nimmt er die Tochter einer großen Sippe, so bringt er alle anderen gegen sich auf. Besser wäre, er entschiede sich für eine, hinter der niemand steht … außer dir. Und du, du bist nicht nur Regentin, du bist seine engste Verbündete.«

»Ich will nicht, dass er dich berührt!«, rief Bathildis. »Wenn ich mir nur vorstelle, dass seine langen, dünnen Finger über deine bleiche Haut streicheln, sie in Besitz nehmen! Nicht nach allem, was er mir angetan hat!«

Rigunth starrte sie nur händeringend an.

»Nein, ich will es nicht, ich will es nicht!«, wiederholte Bathildis heftig.

Rigunth nickte.

»Ich werde niemals tun, was dir missfällt, meine Königin«, murmelte sie ergeben, »aber du denkst zu schlecht von ihm.«

»Ha!«, lachte Bathildis schrill. »Wie könnt ich besser denken von einem, der niemals zögert, zum Tode zu verurteilen, jeden Widersacher, jeden Feind, und sei's ein Gottesmann.«

»Er tut es doch für dich«, sagte Rigunth leise, fast kleinlaut, wissend, dass sie vergebens reden würde, und doch nicht bereit, auf dieses Widerwort zu verzichten. »Ja, alles, was er tut, tut er für dich. Du hast ihm oftmals zugesetzt, hast ihn deine Verachtung spüren lassen – doch trotz allem bist du seine Königin, verstehst du nicht? Von Anfang an warst du für ihn seinesgleichen: von niederer Herkunft, verachtet von den Großen des Landes … aber geliebt vom König. Er verehrt dich. Er will das Bündnis mit dir stärken. Darum diese Ehe: Er will mich nur, um dich zu haben.«

Wie berauschend und zugleich widerwärtig war Bathildis die Vorstellung, er wäre ihretwegen all die Jahre ohne Weib geblieben, würde sich in einsamen Nächten nach ihr verzehren, und nun – wissend, dass er sie niemals haben konnte – nahm er sich

Rigunth, weil jene ihr von allen Frauen am Hof am nächsten stand.

»Ich werde es nie erlauben!«

»Wenn du es nicht willst, will auch ich es nicht. Aber Königin, ich glaube, er hat Angst, du könntest ihm entgleiten. Er will dich an seiner Seite wissen, aber er fühlt dich schon lange nicht mehr dort. Er hat es verwunden, dass du ihm lange Zeit gezürnt und mit seinem Tun gehadert hast... doch nun trägt er schwer am Verdacht, er könne dich nicht mehr erreichen, er wäre dir gleichgültig.«

»Oh!«, lachte Bathildis bitter. »Wenn er meinen Hass will – so kann er ihn gerne haben.«

Bathildis ließ die arme Rigunth stehen. Mit gleichem Eifer, mit dem sie vorhin Rigunth gesucht hatte, stürmte sie nun durch die Gänge, um Ebroin aufzustöbern und zur Rede zu stellen, nicht bereit, die Wahl der Worte vorher zu überdenken. Die Suche währte denn auch zu kurz, um sie zu beschwichtigen.

Kaum, dass sie seiner ansichtig wurde und noch ehe er etwas zu sagen vermochte, ging sie auf ihn los.

»Ich sag's dir ein einziges Mal, Ebroin, ein einziges Mal und dann nie wieder: Komm Rigunth nicht zu nahe! Wage nicht, sie auch nur anzusehen! Du magst über mich Macht haben, weil ich ohne dich nicht herrschen kann – aber sie, sie ist mir wie eine Tochter, sie gehört mir, niemals dir. Nie werde ich erlauben, dass sie die Gattin eines missgestalteten Emporkömmlings wird, eines herzlosen Mörders. Du bist Abschaum, Ebroin, Abschaum! Sie aber wird rein bleiben und unbeschmutzt von dir, du hässliche, widerwärtige Kreatur des Teufels!«

Die Worte trafen ihn unvermittelt – das zeigte die verletzte Miene, nicht geschützt durch einen kalten Blick und ein höhnisches Lächeln. Seine Lider flackerten, seine Lippen zuckten. Anstatt sich rasch zu fassen und zurückzuschlagen, verharrte er so lange in seinem Schweigen, dass nun auch Bathildis erstarrte.

Der wütende Rausch legte sich, und zurück blieb das kahle Unbehagen, zu weit gegangen zu sein.

Freilich war es zu spät, etwas von ihrem blinden Hass zurückzunehmen. Schon fand Ebroin die Fassung wieder und entgegnete: »Wenn du es sagst, Königin.«

Die Worte klangen wie das Niedersurren einer Peitsche. Bathildis schluckte trocken und wandte sich ab. Unerträglich wie die Beklemmung, die sein Anblick zeugte, war die Ahnung, dass sich Unheil ankündigte ... und dass sie es eben selbst mit ihren bitterbösen Worten heraufbeschworen hatte.

Es war mitten in der Nacht, als sie erwachte.

Sie wusste nicht, welches Geräusch sie geweckt hatte, ob es den Tiefen ihrer Träume entstammte oder der wirklichen Welt. Angespannt lauschend vernahm sie weiter nichts, entspannte sich, legte sich wieder hin.

Dann plötzlich – wieder ein Klopfen an ihrer Tür, kein offenkundiges Poltern, sondern vorsichtig, scheu. Sie fuhr auf, hastete zur Tür.

»Rigunth?«, fragte sie. »Rigunth?«

Das Mädchen schlief in der Kammer neben ihr, und für gewöhnlich war ihr Schlaf so leicht, dass sie stets zugegen war, wenn die Königin ihrer bedurfte. Doch heute war es nicht sie, die da vor der Türe stand, sondern ein fremder Mann, den Bathildis nie zuvor gesehen hatte: Im schwachen Schein der Fackel, die er trug, erkannte sie, dass sein Gesicht vernarbt war und seine Zähne zu Stummeln verfault. Noch mehr setzte ihr der Gestank zu, der von dem Mann in ihr Gemach wehte – nicht nur nach Dreck und Schweiß, sondern nach Eiter und Blut.

Entsetzt zuckte sie zurück.

»Wie kannst du es wagen ...«, entfuhr es ihr.

Niemand von niedrigem Rang wagte es, sich ihr ohne Erlaubnis zu nähern, besonders nicht zu nachtschlafener Zeit, ohne vermittelnden Boten. Wie war es möglich, dass die Wachen diesen stinkenden Kretin zu ihr gelassen hatten?

Der Hässliche kannte jedoch keine Scheu.

»Kommt mit mir, Königin«, verlangte er einfach, und wiewohl seine Worte unartikuliert waren und die Zunge beim Reden an die faulen Zähne stieß, so klangen sie doch entschlossen und fordernd.

Bathildis erschauerte.

»Nirgendwo gehe ich hin! Was willst du, Tölpel?«

Sein Gesicht verschwand in der Dunkelheit, als er sich abwandte und die Fackel sinken ließ.

»Ebroin schickt nach Euch«, bekannte er schlicht, als wäre damit genug gesagt.

Erneut machte ihr Herz einen heftigen Satz; es sträubten sich ihr sämtliche Haare.

Einige Wochen war es her, dass sie den Major Domus so heftig beleidigt hatte, und in dieser Zeit war Ebroin ihr stets ausgewichen, hatte kein Vorhaben erkennen lassen, das ihr zuwiderlief. Und dennoch war es ihr schwergefallen, jenes leise, nagende Unbehagen zu schlucken, das sie stets befiel, wenn ihre Gedanken um ihre letzte Begegnung kreisten.

»Kommt Ihr?«, drängte er, weil sie sich nicht rührte.

Kurz war sie geneigt, den narbengesichtigen Mann zu ihm zurückzuschicken. Doch ihre Anspannung war zu groß, als dass sie untätig hätte warten können, bis sich ihr der Grund für dessen nächtliches Erscheinen erschloss. Jetzt sofort wollte sie ihn wissen; jetzt sofort Ebroin dafür zur Rede stellen.

Sie nickte, wenngleich sie ihn noch warten ließ und zurück ins Gemach huschte, um dort einen Mantel um die Schultern zu legen und ihn mit einer Fibel an der Brust zu verschließen. Dann schlüpfte sie in ihre dünnen Lederschuhe.

Der narbige Bote war ihr vorausgegangen. Mit schnellen Schritten schloss sie zu ihm auf, vermied es, in sein Gesicht zu sehen, aber fragte schnell: »Wohin bringst du mich?«

Ein Keuchen entfuhr ihm.

»An keinen schönen Ort«, bekundete er schlicht – wortkarg wie vorhin, als wäre mit dem wenigen genug gesagt.

Bathildis bohrte nicht weiter. Die Gesichter der Wachen, denen sie begegnete, waren nicht etwa erstaunt über das Erscheinen der Regentin, sondern offenbar darauf eingestimmt. Das zaghafte Unbehagen der letzten Wochen wuchs zur Besorgnis.

Sie beschleunigte die Schritte, um den Narbigen zur Eile zu drängen, und jener, nicht sonderlich angetan von der Pflicht, die Regentin durch den nächtlichen Palast zu leiten, nahm gerne ihr Tempo auf. Fast im Laufschritt betraten sie jenen Gang, welcher ins Freie führte, eilten quer über den Hof, am Gesindehaus vorbei und schließlich, Bathildis stockte der Atem, zu einem kleinen, dunklen Tor, mehr Loch als Eingang. Nie war sie durch jenes getreten – gleichwohl wusste sie, was sich dahinter verbarg.

»Was in Gottes Namen …«

»'s ist Ebroins Wunsch.«

Das letzte Wort besänftigte sie ein wenig. Hätte er von Befehl gesprochen, so wäre sie an dieser Stelle verharrt und nicht weitergegangen. Nun freilich folgte sie ihm hinein, erneut in einen Gang, nur dieser nicht weit und geräumig, sondern eng und feucht. Der Boden, im Hof noch trocken und fest, schien hier mit Schlieren bedeckt, die so rutschig waren, dass sie sich beinahe an dem narbigen Mann festhalten wollte. Allein der Ekel hielt sie davon ab – und jener Ekel brachte sie auch dazu, in möglichst kleinen Schritten zu gehen, um nicht versehentlich an die Wand zu stoßen. Etwas Dunkles, Klebriges floss von dieser, und lieber war ihr, nicht zu ergründen, was es war, desgleichen wie sie nicht die Schatten deuten wollte, die dort hinten huschten und augenscheinlich zu Ratten gehörten.

Vorsichtig balancierend stieg sie eine Treppe hinab, die aus ungleichmäßigen Stufen errichtet war – die einen waren so hoch, dass sie beinahe fiel, andere niedrig und schief, sodass sie ins Stolpern kam.

Dass sie sämtliche Sinne auf das bloße Gehen fixierte, half freilich, den grässlichen Gestank zu ignorieren, der hier als dicke Wolke festhing, nicht seit Tagen, sondern jahrelang; desgleichen vernahm sie erst, als sie am Fuß der Treppe angelangt war, die grässlichen Laute, die von den feuchten Wänden hallten.

»Warum … warum bin ich hier?«, fragte sie, mehr ängstlich als ärgerlich, mehr eingeschüchtert als befehlend.

Diesmal verzichtete der Narbige gänzlich auf Worte. Er stieß eine niedrige Holztür auf, und als sie in die Kammer blickte, die sich dahinter verbarg, so versiegten ihr sämtliche Fragen. Laut schrie sie auf, ehe sie entsetzt die Hand vor den Mund schlug.

XXXIII. Kapitel

In der Mitte des niedrigen, modrigen Raums hing schlaff der Leib eines Mannes. Seine Hände waren an zwei Stricke festgebunden, die man mit Eisenhaken an der Decke befestigt hatte. Sein Oberkörper war nackt, dessen schwammige weiße Haut von Schweiß überströmt – und von Blut, das aus frischen Striemen troff. Seine Füße erreichten den Boden, doch anstatt fest darauf zu stehen, waren dem Mann die Beine umgeknickt, sodass sich die Fesseln seiner Hände immer tiefer in die Gelenke schnitten. Wiewohl sein Haar, in dem Spinnweben und fauliges Stroh klebten, kurz geschnitten war, konnte Bathildis sein Gesicht nicht sehen, denn der Kopf hing ihm nach vorne, als wäre sein Hals gebrochen, und das Kinn schien sich förmlich in die weiche, kaum behaarte Brust zu bohren.

»Lieber Gott, wer ist das?«

Bathildis wusste nicht, wie viel Zeit zwischen ihrem spitzen Schrei und dieser Frage vergangen war, gewiss eine Weile, da sie nur angewidert auf den geschunden Mann gestarrt hatte, der hier im Kerker hing. Folterknechte standen um ihn herum, maulfaul wie der narbige Mann, der sie geholt hatte, jedoch offenkundig pflichtbewusst, wenn es ums Schlagen, Brennen und Verstümmeln ging. Die Wunden an den Oberarmen, den Schultern, dem Rücken des Mannes waren frisch und noch nicht schwarz und schwärend. Der süßliche Geruch, der davon ausging, hatte sich freilich bereits in diesem unterirdischen Verlies eingenistet.

»Also«, wiederholte Bathildis ihre Frage, als ihr nicht geantwortet wurde, »wer ist dieser Mann?«

Sie hatte nicht gedacht, dass in dem geschlagenen Leib noch Leben wohnen könnte, doch ob ihrer aufgebrachten Stimme begannen seine Arme zu zucken, unkontrolliert und heftig, wie die Leiber von Fischen, welche in der frischen Luft ersticken. Seine Füße scharrten in der Erde, sein Kopf begann zu wackeln, und schließlich – mit Stöhnen und Ächzen – vermochte der Gefolterte sein Kinn von der Brust zu heben und langsam hochzublicken. Das eine Auge war blau und geschwollen, über die Wange ging quer eine blutige Strieme.

Dennoch war Bathildis das Antlitz vertraut genug, dass sie es augenblicklich erkannte – und wieder schlug sie ihre Hand vors Gesicht, stieß einen erschütterten Schrei aus.

»Nun, erkennst du mich, Königin?«

Seine Stimme war nur mehr ein tiefes Grollen, kaum menschlich, obzwar der Mann sämtliche Kräfte dareinlegte, artikulierte Worte auszusprechen, und sich nicht der Schande anheimgeben wollte, dass man ihm sämtliche Würde geraubt hatte.

»Allmächtiger …«, stammelte Bathildis.

Im vergangenen Jahr war Bischof Chrodebert von Paris gestorben, niemals ein Freund wie Eligius und doch ein Vertrauter, mit dem sie gerne zusammentraf. Sein Ableben bedeutete Verlust, doch die Lücke schien rasch ausreichend gefüllt: mit der Persönlichkeit von Sigobrand, jünger und tatkräftiger als sein Vorgänger, aus guter fränkischer Familie – und stets ergeben und respektvoll, wenn er der Regentin begegnete.

Seine Miene war zwar oft verschlossen; er zeigte nicht gerne, was er dachte, und auch zu lächeln war ihm fremd, doch sie mochte sein ruhiges, vornehmes Wesen. Von diesem war freilich wenig zu erahnen, nun, da er wie ein geschlachtetes Tier vor ihr hing.

»Bindet ihn los!«, schrie sie. »Bindet ihn sofort los! Wie könnt ihr es wagen, den Bischof von Paris …«

Sie hatte gedacht, dass sie mit dem Geschundenen und seinen Folterknechten in jenem feuchten, stinkenden Verlies allein wäre. Doch indessen ihr Befehl noch von den Wänden echote, so mischte sich der Klang einer anderen Stimme darunter, beherrschter als ihre, jedoch nicht minder schneidend.

»Verlang das nicht, meine Königin!«, erklang es hinter ihr aus einer dunklen Ecke.

Ebroin sah fremd aus. Er trug einen dunklen Mantel, dessen Kapuze seine weißen Haare bedeckte und in dessen Schatten seine roten Augen schwarzen Löchern glichen. Langsam trat er näher, umrundete Bathildis, sog jeglichen Ausdruck ihrer Miene auf – den Ekel, das Entsetzen, den unverhohlenen Zorn.

»Er ist Bischof von Paris!«, rief sie empört.

Ebroins Mundwinkel zuckten verächtlich. Unwillkürlich beugte er sich vor und spie in Richtung des Geschundenen.

»Er ist ein Verräter!«

»Ebroin, dass du es wagst, dich wieder an einem Bischof zu vergreifen und ihn …«

»Er ist ein Verräter!«, wiederholte er eisig. Seine Hände schnellten hoch, um sie an den Schultern zu packen und sie näher an den Geschundenen zu schieben. »Ja, ein Verräter!«, bekräftigte er. »Der hinter deinem Rücken und hinter meinem alles tut, um unsere Macht zu brechen. Er ist Anführer einer Verschwörung, von der ich noch nicht genau weiß, wie weit sie reicht; fränkische Familien sind dabei, auch gallo-römische. Vielleicht hat sie sich bis nach Austrasien ausgeweitet, zu der Sippe der Pippiniden, die dort seit vielen Jahren alles daran setzt, die Macht zurückzugewinnen. Hast du mich verstanden?«

Sie wollte es, aber seine Worte schienen geschluckt zu werden von dem schrecklichen Dunst des niedrigen Verlieses, dessen Gestank und dessen Elend. Draußen, in der kalten Nachtluft hätte sie ihn verstehen können, aber nicht hier, wo das Echo eben noch gebrüllter Schmerzensschreie von den Wänden hallte.

»Warum?«, fragte sie bebend. »Warum tust du das, Ebroin?«

»Nicht ich tu es! Du wirst es tun! Du wirst diesen elenden Verräter danach befragen, wer mit ihm paktiert, und wenn er nicht reden will, so werden es diese Männer aus ihm herausfoltern. Glaub mir, sie verstehen ihr Handwerk!«

»Ebroin, lass ihn losbinden oder ...«

»O nein, Bathildis, heute nicht! Heute hast du nicht das Glück, mir die Rolle des Scheusals zuzuweisen. Du denkst, ich bin eine Kreatur der Hölle? Nun gut, vielleicht ... doch dann sollst auch du in diese Hölle hinabsteigen. Er ist nun dein Gefangener.«

Er beugte sein Gesicht ganz dicht zu ihrem herab; seine Kapuze verrutschte und ließ sie in die roten Augen sehen, nicht verbissen und spöttisch wie sein Mund, sondern mitleidig.

»Ebroin!«, sprach sie eindringlich. »Ebroin, so darf man einen Bischof nicht behandeln!«

Er warf den Kopf zurück und offenbarte seinen dünnen, weißen Hals. Auszuschütten schien er sich vor Lachen, doch die Laute kamen einem Schluchzen gleich.

»Man darf es nicht, aber man muss es! Könntest du denn noch einen Tag friedlich leben, wenn du nicht wüsstest, mit wem er sich verbündet hat? Wirst du nicht in stetiger Angst vor den Häschern leben, die heimlich, leise in dein Gemach schleichen ... oder in das von Chlothar, in das von Theuderich?«

»Ebroin ...«

»Unsere Feinde werden sich von einem unschuldig schlafenden Kind nicht rühren lassen. Sie werden sich vorneigen, ihm einen Strick um die Kehle legen, und dann werden sie langsam zuziehen. Der kleine Theuderich, vielleicht erwacht er noch, vielleicht versucht er noch zu schreien, aber er hat keine Stimme mehr, auf dass du oder Rigunth oder Fara herbeieilen, sondern er wird verstummt ertragen müssen, wie der Strick sich immer fester zieht, immer schmerzlicher in sein weiches, süß duftendes

Fleisch dringt; er wird nach Luft schnappen, aber keine bekommen. Er wird langsam und qualvoll ersticken …«

»Hör auf!«

Sie schlug seine Hände von ihren Schultern und beugte sich keuchend vor, als erhoffte sie dort unten, in der Nähe des fauligen Bodens, frischere Luft. Da fassten Ebroins lange Finger schon unter ihr Kinn, zogen es nach oben. Wieder blickte er nicht spöttisch, sondern lediglich mitleidig, während seine Finger vorsichtig tastend über ihre Wangen streichelten.

»Du bist so schön, Regentin«, raunte er. »Du bist so begehrenswert, so klug. Gut bist du auch … aber nicht minder grausam, wenn es vonnöten ist, nicht wahr?«

Sie keuchte erneut unter seiner Berührung, aber diesmal schlug sie seine Hände nicht weg. Er selbst ließ sie schließlich los, trat zurück, machte eine groteske dienernde Verbeugung, zuerst in ihre Richtung, dann in jene des gebundenen Bischofs, dessen eines Auge voller Verachtung auf den Major Domus und auf die Regentin starrte.

»Er gehört nun dir, Bathildis«, sagte Ebroin, ehe er sie mit ihm allein ließ.

Eine Weile stand Bathildis steif, kämpfte mit der Regung, Ebroin nach oben zu folgen und dieses dumpfe Verlies für immer zu verlassen. Es war ausgerechnet Sigobrands verächtlicher Blick, der sie davon abhielt, ihre Schwäche und Feigheit einzugestehen. Gleichwohl sie ihm kaum in die Augen blicken konnte und sich, was Ebroin ihm auch vorwarf, für seine schändliche Lage zutiefst schämte, wollte sie ihm weder zeigen, dass sie nicht Herrin der Lage war, noch ihm einen Anlass bieten, im Stillen über das unfähige Weib zu spotten.

Sie straffte ihren Rücken, suchte ihr Mienenspiel zu beherrschen, gleichwohl ihr die untere Hälfte des Gesichts wie erfroren schien, und trat dann auf den Bischof von Paris zu, dem man die Würde seines Amtes nicht ansah.

Die Männer hinter ihr verblieben regungslos. Sie wollte nicht ergründen, was sie in den Händen hielten, Zangen und Peitschen, Knüppel und Messer. Gewiss waren sie auf Ebroin eingeschworen und würden auch alles befolgen, was sie ihnen auftrug.

Noch war es nichts. Noch richtete sie keine Befehle an sie, sondern das Wort an Sigobrand.

»Bitte…«, setzte sie vorsichtig an, »bitte… sprecht zu mir. Vertraut mir an, was Ihr getan habt. Was immer es war – am schlimmsten wäre, darüber zu schweigen. Wenn Ihr geständig seid, wenn Ihr alle Namen der Verräter nennt, ich schwöre Euch, hier vor Gott und im Namen meiner Kinder: Ich werde mich großmütig und gnädig zeigen.«

Die Stille, die ihren Worten folgte, wurde nur von einem rasselnden, gurgelnden Atem gestört. Zuerst schien Sigobrands Mühe allein dem Versuch zu gelten, Luft zu holen. Dann erst, als ihm die Zungenspitze über die Lippen trat, erkannte Bathildis, dass er mit ihr zu reden wünschte. Widerwillig trat sie noch näher, verbiss sich den Ekel und beugte ihr Ohr ganz nah zu seinem Gesicht.

»Wisst Ihr, Königin, was Eure Widersacher munkeln?«, ertönte es da – heiser, aber gut zu verstehen. »Sie tuscheln darüber, dass Ihr mit Ebroin Unzucht treibt!«

Bathildis fuhr zurück. »Das ist abscheulich!«

Dass seine Worte ihre Heftigkeit nährten, schien den Bischof zu beleben. Denn nun sprach er schon schneller und mit viel weniger Mühe. »Ich denke, es ist wahr – so wie ich Euch beide eben sah: Seine Hand hat Euer Gesicht gestreichelt. Einem anständigen Franken ist es untersagt, eine Frau auf diese Weise zu berühren.«

Bathildis trat noch weiter zurück. »Und ist ein anständiger Franke oder ein treuer Diener Gottes, wer sich gegen die Regentin verschwört?«, zischte sie.

Sigobrand lächelte schief, auch wenn sich sein Gesicht schmerzlich verzog. »Ich war noch kein Bischof, als man Euch die Macht übertrug. Und doch, hätte man mich gefragt, ich hätte keinen Einwand dagegen erhoben… bis heute nicht. Was ich aber hier erleben muss, was man mir hier antut…«

»Seid geständig, und es wird Euch nichts geschehen!«, unterbrach ihn Bathildis scharf. »Sagt mir: Plant man einen Anschlag auf mein Leben, auf das meiner Söhne?«

Hinter ihr begannen die Männer zu rumoren. Der eine ließ den Knauf der Peitsche mit leisem Zischen auf seine Hand niedersausen, zum Zeichen, dass er ungeduldig auf seinen Einsatz wartete; der andere stöberte mit einer Zange in heißer, roter Glut.

Mit einem kurzen Nicken deutete Bathildis ihnen an, dass sie sich zurückhalten sollten, doch der Bischof lohnte es ihr nicht mit Erleichterung, sondern mit einem Kichern, schnaufend und ächzend.

»Und wenn's so wäre!«, fuhr er fort, bäumte sich gegen die Fessel auf, versuchte, mit seinen nackten, weißen Füßen festen Stand zu finden. »Für mich seid Ihr nicht länger Königin. Wisset – selbst Ebroins Fratze ist mir lieber als die Eure; sie mag hässlicher sein, aber verlogener ist das Antlitz einer Frau, welche nichts weiter ist als eine dreckige, kleine Sklavin!«

Nach seinen ersten bösen Worten hatte sie noch Abstand gesucht. Nun überbrückte sie ihn mit schnellen Schritten, hob die Hand, schlug ihn in sein Gesicht. Sie wusste nicht genau, was sie dazu trieb – Ärger über seine Beleidigung oder Verzweiflung über die grauenhafte Lage, in die sie geraten war. Kaum war das Klatschen verklungen, zuckte sie zurück. Für ihn war's wohl ein lächerlich geringer Schmerz, gemessen an dem, was ihm die Folterknechte angetan hatten – sie selbst aber wähnte ihre Hand verklebt von Blut und Eiter und Schweiß. Sie war beschämt, dass er ihr mehr Ekel aufzwingen konnte, als sie ihm Strafe zufügen.

»Wer sich an Bischöfen vergreift, hat nicht verdient zu herrschen!«, spuckte er ihr schon entgegen. »Ebroin ist nichts weiter als ein Bastard, und Ihr seid ein verfluchtes Weib!«

»Ganz gleich, woher ich komme und wer ich war … ich habe dem König Söhne geschenkt!«

»Chlodwig war schwach, das wussten alle hier im Reiche. Gewiss, er war der Sohn von Dagobert und seine Würde darum unantastbar. Doch seit er tot ist, denke ich … denken viele, dass vom Geschlecht der Merowinger kein Großer mehr zu erwarten sei. Wie könnte es auch anders sein, wo denn ein Missgestalteter und eine Sklavin herrschen!«

Schon teilte sie neuerliche Schläge aus, diesmal nicht mit der flachen Hand, sondern mit der Faust, auf dass sie weniger von seiner weichen, geschundenen Haut spüren müsste.

»Halt dein Maul!«, zischte sie und schlug direkt auf seine Lippen, auf seine Nase, auf seine Augen. Er zog an seinen Fesseln, um ihr zu entweichen, duckte seinen Kopf, doch, groß gewachsen, war es ihr ein Leichtes, ihm von allen Seiten zuzusetzen. »Was forderst du mich heraus? Was buhlst du nicht um meine Gnade?«

»Pah!«, machte er nur.

»Du denkst, es ist nicht notwendig, eine wie mich zu achten, nicht wahr?«, keuchte sie, und sämtlicher Unwille, den diese Stunde zeugte, verband sich mit vergangener Kränkung. »Deinesgleichen haben mich schon vor Jahren mit größter Lust verspottet. Dir hätte es gewiss auch gefallen, nicht wahr, wie sie da hockten, meinen Worten widerwillig lauschten und sich dachten: Soll das hübsche Mädchen nur den König beglücken, uns aber soll sie in Frieden lassen! … Nun, was ist? Willst du mich noch mal Sklavin heißen? Ist's nicht beschämend, von einem Mädchen ohne Stand geschlagen zu werden?«

Sie lachte keuchend. Er aber legte den Kopf in den Nacken, dann ließ er ihn vorschnellen und spuckte ihr ins Gesicht.

Bathildis' angewiderter Aufschrei war noch nicht im Raum verhallt, da er von einem anderen Laut übertönt wurde – röhrend, würgend und doch durchdringend. Noch ehe Sigobrands Speichel ihr Gesicht getroffen hatte, da verzog sich schon sein hämisches Maul vor unerträglichen Schmerzen. Einer der Knechte hatte ihre Zustimmung nicht abgewartet, war vorgeschnellt und hatte Sigobrand die glühende Zange wie eine Lanze in den gelblich-weichen Bauch gerammt. Mit einem grässlich zischenden Laut zerriss das glühende Eisen die Haut, verbrannte es zu seiner stinkenden, schwarzen Wunde. Als er die Zange wieder herauszog, so floss kein rotes Blut, sondern nur eine glasige Flüssigkeit.

»Nicht!«

Der Mann hatte ein zweites Mal ansetzen wollen, sein teuflisches Gerät in die nackte Haut zu rammen. Unwillig hielt er ob Bathildis' Befehl inne.

»Sollen wir ihm die Zunge rausreißen lassen? Ihn blenden? Ihn kastrieren?«

Sie fühlte, wie Sigobrands warmer Speichel über ihr Gesicht lief, über ihr Kinn, ihren Hals, wie er langsam begann, in ihren Mantel zu sickern. Noch während sie ihn mit zitternder Hand fortwischte, spürte sie ein Würgen sie überkommen; der süßliche Gestank von versengtem Haar kitzelte in ihrer Kehle. Sie war sich gewiss, dass sie, wenn sie nicht eiligst floh, vor die Füße des unmenschlich Schreienden speien würde.

»Nicht!«, wiederholte sie.

Obwohl sie der Folter nicht zugestimmt hatte, so zürnte sie ihm doch für seine Dummheit, sie herausgefordert zu haben. Noch mehr als seine Beleidigung zeugten dieser sinnlose Mut, diese Dreistigkeit in ihr das Verlangen, es ihm heimzuzahlen, ihn verstummen zu lassen, und sei's für ewig. Nicht größer konnten Demütigung und Beschämung sein, als wenn sie von einem kamen, der sich in aussichtsloser Lage befand und dennoch an seinem Stolz festhielt.

Angwidert wandte sie sich ab und schluckte verzweifelt gegen das Würgen an.

»Fügt ihm keine Schmerzen mehr zu«, murmelte sie gepresst. »Aber wenn er nicht geständig ist, dann tötet ihn… sobald der Morgen dämmert.«

Sie übergab sich gleich neben dem Eingang zum Verlies, zuerst an die Wand gestützt, an der entlang sich verdorrter Efeu rankte, schließlich auf die Knie gesunken, weil ihr die Kraft versiegte, sich aufrecht zu halten. Es war nicht lange her, da sie zuletzt gegessen hatte, und anfangs kamen ihr ganze unverdaute Bissen von ihrer letzten Mahlzeit hoch – etwas Weizenbrot und Schafskäse. Schließlich spuckte sie nur mehr Schleim, und auch wenn jener weniger stank als das Essen, so glich er der zähen Flüssigkeit, die ihr Sigobrand ins Gesicht gespien hatte. Wieder würgte sie, wieder und wieder, bis ihr der Magen schmerzte und der Hals und ihre Augen Tränen spuckten.

Sie konnte erst aufhören, als eine Hand sie an der Schulter packte, sie von den Knien hochriss.

»Bathildis…«

Eine Weile war sie zu geschwächt, um diese Stütze auszuschlagen. Sie lehnte sich an den verhassten Körper, einzig froh, dass das Würgen aufgehört hatte, dass der aufgewühlte Magen sich wieder beruhigte, dass sie wieder atmen konnten und die Tränen versiegten. Hastig wischte sie mit dem Zipfel ihres Mantels das Gesicht sauber.

»Hat er… hat er gestanden?«, fragte Ebroin.

Die ganze schreckliche Nacht über hatte sie auf den Spott gewartet, mit dem er seine Rache feiern würde – und Rache war es doch, wenn er sie zu jenen Grausamkeiten zwang, die sie ihm stets vorgehalten hatte –, aber Ebroin klang beunruhigt, ängstlich… und ein wenig mitleidig.

»Nein, er hat nicht gestanden«, versuchte sie zu sagen, wiewohl sie kaum mehr als ein Krächzen zustande brachte. »Er hat mich beschimpft, nichts weiter.«

»Welch ein Tölpel!«, entfuhr es Ebroin.

»Wenn er denn nur …«

Sie brach ab. Viel leichter hätte sie sich gegen Hohngelächter wehren können. So bedurfte es sämtlicher Willenskraft, sich von ihm loszumachen.

»Lässt du mich jetzt endlich gehen?«, fragte sie und kämpfte um Verachtung.

»Meine Königin, glaub mir, ich wollte nicht, dass du …«

»Doch, du wolltest es, du Bastard! Du wolltest mich beschämen und beschmutzen!«

»Du hast doch selbst gehört, …«

Sie hob abwehrend die Hände, auf dass er ihr fernbliebe.

»Ja, ich habe ihn gehört, und ja, ich halte ihn für schuldig. Aber wag du es nicht noch einmal, mich anzufassen!«

Ihre Stimme schmeckte bitter von der erbrochenen Galle. Sie presste ihre Hände auf den Leib, dann floh sie in die Kapelle, die neben dem Palast errichtet war.

Der *Custos*, der damit beauftragt war, die Kirche bei Tag und Nacht zu bewachen, schritt eben prüfend die Kerzen ab. Sie erzitterten unter dem Luftzug, der vom geöffneten Tor wehte. Langsam schritt Bathildis von dort aus näher.

»Lass mich allein!«, befahl sie schlicht, erntete das überraschte Hochziehen von Augenbrauen, aber zumindest Gehorsam. Der schwarz gekleidete Custos entfernte sich mit schnellen Schritten, wiewohl sie nicht sicher war, ob er die Kapelle tatsächlich verließ oder sich nicht nur in einer Nische verbarg, um von dort aus das Allerheiligste zu beobachten.

Seufzend kniete sie sich auf den bloßen, kalten Boden, zuerst besänftigt von der gnädigen Stille des Alleinseins, dann alsbald wieder eingeholt von den schweren Gedanken.

Es war ihr stets ein Leichtes gewesen, mit Priestern über ihr Seelenheil zu sprechen – einst war es Eligius gewesen, seit dessen Tod der Abt Genarius. Allein zu sein mit Gott jedoch erinnerte sie stets an jenen schrecklichen Überfall der Friesen, da sie die liturgische Gerätschaft aus der Kirche des Klosters geholt und dabei eine der Schalen hatte fallen lassen.

Einfach war es damals gewesen, den Frevel zu vertuschen, weil niemand sie gesehen hatte. Doch wann immer sie seitdem allein ein Gotteshaus betrat, fühlte sie sich unsichtbaren Beobachtern ausgesetzt, die hämisch und streng nur darauf warteten, dass ihr erneut ein Missgeschick passiere.

Unbehaglich glitt ihr Blick auch jetzt zu den Kelchen hoch, die mit Edelsteinen und Gold versehen waren, zu den Sakramentstürmen und den glänzenden Kandelabern, zur Monstranz, die ganz mit Silber überzogen war – und sie kam nicht umhin, sich zu befragen, ob sie die heiligen Gegenstände erneut beschmutzte, diesmal nicht, weil sie sie auf dreckigen Boden fallen ließ, sondern durch ihre bloße Gegenwart.

Bischofsmörderin.

Dieses Mal nicht unwissentlich wie beim Tod von Aunemund, sondern beabsichtigt. Wenn Sigobrand nicht gestand und wenn er darob ermordet wurde, dann war es gleichsam so, als stürbe er durch ihre eigene Hand.

Sie neigte ihren Kopf so tief, dass er beinahe ihre Knie berührte. Sollte sie seine Schuld nicht lieber erst erproben, ehe sie die äußerste Strafe vorsah?

Für Fälle wie diesen sahen die Gesetze eine Prüfung vor, und diese verlangte, dass der Angeklagte einen Ring aus der glühenden Asche holte. Blieb seine Hand unversehrt, war er unschuldig. Verbrannte er sich jedoch, galt sein Vergehen als erwiesen.

Freilich, und das hämmerte ihr fortwährend durch den Kopf, ihr Hadern wurde nicht vom Verdacht bedingt, dass Sigobrand vielleicht doch unschuldig war. Wenn Ebroin ihn gefangen nehmen ließ, dann hatte er gewiss gute Gründe dafür. Es bedurfte auch nicht vieler Mühe, sich vorzustellen, wie viele Feinde sie hatte. Die Todesurteile, die Ebroin in ihrem Namen in den letzten Jahren ausgesprochen hatte, waren gewiss nicht Grausamkeit, sondern notwendiger Schutz.

Aber warum nur wieder ein Bischof, wo doch jeder wusste, dass ein Mord an einem solchen ein größerer Frevel war als der an jedem anderen Menschen?

Stöhnend hob sie den Kopf, stand auf, trat langsam zum Altar. Zum ersten Mal war sie dankbar, dass ihr Ebroin seinerzeit seine Pläne mit Aunemund verschwiegen hatte. Wie sehr sie sich wünschte, er würde auch diesmal im Geheimen handeln – und hätte sie das grausame Bild vom gefolterten Bischof nicht sehen lassen, hätte sie nicht dazu getrieben, selbst auf ihn einzuschlagen.

»Allmächtiger Vater! Hilf mir!«

Ratsuchend blickte sie sich um. Wiewohl nicht zu hoffen stand, dass sich irgendeine helfende Stimme erhöbe und ihr sagte, was zu tun sei, so fiel ihr doch ein Mittel ein, den himmlischen Ratschluss zu ergründen. Nicht nur mit der Aschenprobe gelänge solches, hatte sie einmal gehört, sondern auch mit der Heiligen Schrift. Man müsste die Bücher Mose, den Psalter und das Evangeliar willkürlich aufschlagen – am besten am Grab eines Heiligen oder, sofern ein solches nicht vorhanden, am Altar – und den ersten Vers, auf den der Blick falle, als Antwort auf sein Ansuchen verstehen.

Bathildis wusste, dass mancher Priester es nicht gerne sah, wenn Ungeweihte – vor allem eine Frau – die heiligen Bücher berührten. Doch was war dieses Vergehen, gemessen an dem bevorstehenden Verbrechen, das sie abzusegnen hatte oder zu verhindern?

Die Bücher lagen auf dem Altar: der Psalter, die Bücher Mose, die Evangelien. Sie griff danach, und alsbald vermischte sich der trocken-staubige Geruch von Pergament mit der feuchten Luft in der Kapelle.

Das Erste Buch Mose.

Der Vers, auf den ihr Blick als Erstes fiel, lautete: Salva animam tuam noli repicere post tergum.

Errette deine Seele und dreh dich nicht um.

Das zweite Buch.

Der Psalter.

Oblitus est Deus avertit faciem suam ne videat in finem.

Gott hat es vergessen; er hat sein Antlitz verborgen, er wird es nicht mehr sehen.

Bevor sie das Evangeliar ergriff, starrte Bathildis lange auf die gewölbte Decke, ehe sie den Blick senkte, eine Seite aufschlug und auf einen der Verse gleiten ließ.

Das Evangelium nach Matthäus.

Sequere me et dimitte mortuos sepelire mortuos suos.

Folge mir nach und lass die Toten ihre Toten begraben.

Sie hatte ihn kaum gelesen, da fiel sie wieder auf die Knie, kraftlos wie vorhin, doch auch unsäglich erleichtert.

»Hab Dank, Herr, hab Dank!«

Die Botschaft, nach der sie gelechzt hatte, hatte sie klar und deutlich gefunden. Nicht verwirrend hatte der Allmächtige zu ihr gesprochen, sondern in Sätzen, die in verschiedenen Worten dasselbe sagten: Was immer in dieser Nacht geschah, welche Entscheidung auch anstand, welches Verbrechen sich im Morgengrauen ereignen würde – Gott selbst war bereit, darüber hinwegzusehen, und es zu vergessen. Gleiches riet er auch ihr: Sich nicht umzudrehen, nicht zurückzuschauen, die Toten den Toten zu überlassen – und zählte Sigobrand nicht schon längst zu ihnen, wenn er sich doch weigerte, die Namen der anderen Verräter zu gestehen?

Ja, das war es, was sie zu tun hatte: den Dingen ihren Lauf lassen, den Todgeweihten in den Tod zu schicken! Und sich davon nicht beschweren, sich das Gemüt nicht vergällen zu lassen!

Hastig schloss Bathildis die Heiligen Bücher, bestärkt von jenem Gedanken, der vorher noch geflohen war, anstatt – wie jetzt – ihre Entscheidung zu stützen: Dem grausigen Bild galt er, das Ebroin heraufbeschworen hatte, vom unschuldigen Theuderich und wie er Opfer eines heimtückischen Anschlags werden könnte. War dies nicht genau jene Gefahr gewesen, die stets die Mächtigen bedroht hatte, sämtliche Könige und Königinnen vor ihr? Und war der geheime Mord nicht eben darum ein unumgängliches Werkzeug jeden Merowingerherrschers? Hatte nicht deren erster König, der große Chlodwig, dessen Namen man ihrem Gatten gegeben hatte, seinen ärgsten Widersacher, den Heermeister Syagrius, hinterrücks erstechen lassen?

Es war nicht Feigheit, sondern Notwendigkeit.

Es musste sein, wenn sie ihre Macht bekunden wollte – vor Ebroin, vor den Klerikern, vor dem ganzen Volk.

Bathildis seufzte tief.

Da ertönten plötzlich Schritte hinter ihr, laut trampelnd vom schnellen Gang, heftiger als jene des Custos. Sie drehte sich um, erwartete einen der narbigen Folterknechte. Vielleicht konnte ihr jener berichten, dass der Bischof gestanden hätte – was der beste denkbare Ausgang wäre.

»Ja?«

Sie drehte sich um und blickte in das Gesicht eines Mönchs.

»Meine Königin?«, fragte er und schlug die Kapuze nach hinten. Obzwar sie vielen von seinesgleichen begegnet war, hätte sie schwören können, dass sie diesen hier nie gesehen hatte; desgleichen wie auch ihn ihr Antlitz fremd deuchte.

»Ich bin Bathildis, die Regentin … ja.«

Der Mann atmete heftig wie einer, der große Anstrengung hinter sich hat.

»Man sagte mir, Ihr wäret wach … und hier. So kann ich Euch denn heute schon die Botschaft überbringen …«

»Welche Botschaft?«

Sie lächelte hoheitsvoll und gleichsam ausdruckslos, als sie näher zu ihm hintrat. Er hatte kaum den ersten Satz gesagt, da ihr das Lächeln schwand, ihr Gesicht aschfahl wurde und sie sich schwankend gegen eine der Säulen stützte.

XXXIV. Kapitel

Ratlos stand der Mönch vor ihr. Er hatte erwartet, dass sie das Gespräch nicht im Gotteshaus fortsetzen würden, sondern draußen im Hof. Doch kaum war Aidans Name gefallen, so schien kein weiteres Wort mehr Bathildis zu erreichen, und er, der schüchtern die Schultern hochzog, wagte es nicht, sie am Arm zu fassen und hinauszugeleiten.

So standen sie beide still, er betreten, sie kalkweiß und zitternd. Als sie endlich stark genug war, die Säule loszulassen, an der sie sich aufrechthielt, wusste sie nicht, wie viel Zeit vergangen war – die Dauer eines Wimpernschlages oder schleppende Stunden –, seit sich der Mönch ihr als Bote des Priesters Dagwulf zu erkennen gegeben hatte, von jenem dazu beauftragt, ihr vom Schicksal eines gewissen Aidan, Sohn des Ricbert, kundzutun. Jener lebte am Hof des Königs von Deira in Northumbrien und hatte das Amt eines Notars inne.

»Ja ... ja ...«, setzte Bathildis unwillkürlich an. »Ja ... das passt zu ihm: Er war nicht stark genug, das Schwert zu führen. Sein Vater hat's ihm zwar stets befohlen. Doch nach Ricberts Tod sah er gewiss keine Veranlassung ... o, sag mir: Hast du ihn selbst gesehen? Hast du mit ihm gesprochen? Oder weißt du nur von anderen über ihn?«

Der Kopf des Mönchs verschwand noch tiefer zwischen seinen beiden Schultern. Er schien sich zu schämen, allein mit einer Frau zu sein, allein mit einer Königin.

»Nun rede schon!«, fuhr Bathildis ihn an.

»Ich war auf dem Rückweg vom Norden, wo die Scoten leben…«, murmelte der Mönch betroffen, indessen er sich hilfesuchend umblickte. »Die meisten von ihnen glauben nicht an Christus, und ich und meine Brüder…«

»Das interessiert mich nicht! Was ist mit Aidan?«

»Es, es gibt nicht viel zu sagen über ihn. Er ist gesund, wenn Ihr das wissen wolltet…«

Langsam wurde Bathildis des Zitterns Herr, in das sich ihre Anspannung entladen hatte.

»Mehr«, drängte sie, »sag mir mehr von ihm! Hast du mit ihm gesprochen? Und worüber? Über mich?«

Der Mönch warf einen vorsichtigen Blick auf den Altar, in der Hoffnung, der himmlische Beistand möge ihn von der Zudringlichkeit der wilden Frau erlösen.

»Er hat ein Weib«, murmelte er schließlich.

Bathildis atmete heftig aus, als könne sie solcherart nicht nur stickige Luft aus sich herauspumpen, sondern den Anflug böser Gedanken, die vor Neid und Missgunst trieften.

Natürlich hatte er ein Weib – so wie sie mit dem König vermählt gewesen war. Das durfte sie ihm nicht vorwerfen.

»Was weißt du noch?«

»Und er hat drei Töchter«, bekundete der Mönch eifrig und sichtbar erleichtert, dass ihre Stimme nicht mehr aufgewühlt klang.

Bathildis atmete wieder heftig aus. Drei Töchter, nun gut, sie hatte drei Söhne.

»Trägt eine von ihnen meinen Namen?«

Der Mönch wand sich. »Ich… ich glaube nicht. Die Jüngste von ihnen heißt wie ihre Mutter… Hereswith.«

»Hereswith?« Der Name klang vertraut.

»Ja… ja, ich habe mit ihr gesprochen, sie ist sehr wohlerzogen, sehr bescheiden.« Die Stimme klang schwärmerisch, vermutlich erinnerte er sich gern daran, mit einem Weib zu reden, das sich zu benehmen wusste – im Gegensatz zu dieser unbeherrschten Königin, die selbst im Gotteshaus die Stimme nicht mäßigte.

»Es heißt«, fuhr er fort, »dass sie aus jenem Kloster stammt, in welchem auch … Ihr erzogen wurdet. Sie war zur Nonne bestimmt, doch ihr Vater entschied anderes, nachdem Aidans Braut gestorben war …«

»Aber ich bin doch nicht tot!«, rief Bathildis empört und versuchte, sich an Hereswith zu erinnern, die schüchterne, ängstliche Freundin, die gleich ihr aus Northumbrien stammte, aber in Kent erzogen worden war, die nicht verstanden hatte, warum sich Bathildis auf die Welt freute, und die allein beim Gedanken, das Kloster verlassen zu müssen, vor Furcht vergangen war. Wie hatte sie es ertragen, nicht das erhoffte Geschick erleben zu dürfen, sondern Aidans Frau zu werden? Und doch … wer passte besser zu ihr als ein Jüngling, der mit den rohen Männern wenig gemein hatte?

Bathildis schnaubte verächtlich, ehe sie sich wieder zur Ruhe gemahnte.

»Nun gut«, meinte sie, »Aidan konnte nicht ahnen, dass ich noch lebte … gewiss hat er versucht, mich zu finden, wie hätte er auch wissen können, dass ich in diesem fremden Lande zur Königin geworden bin? Hast du es ihm gesagt? Hast du ihm von König Chlodwigs Frau berichtet, von der Regentin? Hast du …«

Der Mönch duckte und wand sich noch mehr, schien lieber in den eigenen Leib einen Knoten schlingen zu wollen, als sie anzusehen. Wiewohl er nicht wie einer aussah, der ihr Trachten durchschaute, so schien er zu ahnen, dass ihr seine Worte nicht gefallen würden.

»Nun, es ist so … Dagwulf wollte, dass ich gegenüber diesem Aidan von Euch spreche, doch als ich Euren Namen sagte, welcher Bathildis lautet, und ihm von dem Geschick berichtete, das Euch widerfahren ist, so starrte mich jener Aidan an, verständnislos und auch ein wenig ungehalten. Und dann, dann sagte er, dass er sich nicht erinnern könnte an eine Frau, die Euren Namen trug. An eine Braut, die er nicht wiedersehen durfte... Er schien verwirrt; er runzelte die Stirne. Vielleicht stieg in ihm auch eine unliebsame Ahnung hoch, wer Ihr sein könntet. In jedem Fall blieb er dabei: Sein Gedächtnis gäbe nichts preis. In seinem ganzen Leben wäre er nie einer Frau begegnet, welche Bathildis hieß.«

Wiewohl Bathildis ihr Umhangtuch tief ins Gesicht gezogen hatte, wurde sie am Tor erkannt.

»Meine Königin, wo wollt Ihr hin?«

Mit kleinen, aber entschlossenen Schritten war sie zum Eingang getreten; mit gleichen Schritten ging sie weiter, als hätte sie kein Wort gehört. Lediglich die Hand hob sie, zum Zeichen, dass man das Tor öffnen solle.

»Meine Königin, es ist mitten in der Nacht... Ihr dürft nicht...«, stotterte eine der Wachen.

Nicht nur, dass zur finsteren Stunde sämtliche Türen verschlossen werden mussten, so auch jenes Tor der Mauer, welche die Stadt Paris von der Suburbia abgrenzte. Darüber hinaus war es verboten, im Finsteren unterwegs zu sein, es sei denn, ein dringender Anlass gebot es – und der gewöhnliche Bürger gehorchte gerne, wusste er doch, dass die lichtlose Stunde voll war von Teufeln und Dämonen... und vielleicht auch von den alten heidnischen gallischen Göttern, denen man abgeschworen hatte und die sich womöglich dafür rächen wollten.

»Meine Königin! Meine Königin! Wohin...? Weshalb...? Lasst Euch begleiten!«

Bathildis blieb nicht stehen, obwohl ihr das noch immer verschlossene Tor ein Hindernis war. Wie ein gefangenes Tier schritt sie davor auf und ab.

»Macht auf!«, schrie sie jäh. »Öffnet das Tor! Und wer mir zu folgen wagt, der soll des Todes sein!«

Sie fühlte die Blicke auf sich ruhen, verstörte und verängstigte, von Menschen stammend, die gewiss meinten, sie sei von Sinnen, von einem bösen Geist besessen, der sich ihrer hinterlistig bemächtigt hatte. Gleichwohl wagte keiner, sich ihr zu widersetzen, und so ward denn schließlich knirschend das Tor geöffnet, und sie schritt hindurch in eine Welt, die nur aus Schatten bestand und befremdenden Geräuschen. Am Tage wäre es ein Leichtes gewesen zu erahnen, woher diese stammten – vom Fluss, von greinenden Vögeln, vom Wind, der Baumwipfel zerzauste und an wackeligen Bauten rüttelte. Nun freilich, verschluckt von Schwärze, wurde daraus ein klagender, mahnender, kichernder Singsang unruhiger Spukgestalten. Bathildis wähnte deren Augen auf sich ruhen so wie vorhin die der Lebenden, und während sie, planlos zwar, aber doch beherrschten Schrittes, immer weiter ging, fragte sie sich gleich jenen unsichtbaren Gaffern, ob sie tatsächlich den Verstand verloren hatte, ob jener Teil, der einst geschworen hatte, Aidan wiederzusehen und darauf hinzuleben, zu groß war, um – nun abgestorben und gefällt – genügend Reste ihrer Seele zurückzulassen.

Die Bibelverse kamen ihr erneut in den Sinn, die sie vorhin aufgeschlagen hatte. Eine Entscheidung, was mit Sigobrand zu geschehen hätte, hatte sie daraus abgelesen, doch nun bekundeten sie anderes: dass es längst Zeit gewesen wäre, Aidan aufzugeben.

Gott hat's vergessen, er hat sein Antlitz verborgen.

Errette deine Seele und dreh dich nicht um.

Lass die Toten die Toten begraben.

»Gott verfluche dich, du treuloser, erbärmlicher Feigling!«

Es war die eigene Stimme, die da durch die nachtklare Luft hallte, verschluckt alsbald von den Bäumen, die hier nun dichter standen, als Vorboten des endlos scheinenden Waldes, der sich an Paris anschloss, durchbrochen einzig von den Ländereien mancher Grundbesitzer und von einem Hügel, dem *Mons lucoticius*. Dort war zu Ehren des Heiligen Petrus, jenes Apostels, der den Herrn verleugnet hatte und später doch zum Hirten seiner Schafe bestimmt worden war, eine Kirche errichtet worden – größer noch als die Kirche des Heiligen Vincent, gleichfalls am linken Flussufer gelegen, oder die des Heiligen Étienne auf der Insel. Bathildis war nun nicht mehr weit von jener Stadtmauer entfernt, die einst die Römer errichtet hatten und die, anders als in anderen Städten, nicht zerstört worden war. Die armselige Vorstadt wartete dahinter, wo die Armen hausten, in kreisrunden Holzhütten, die zwar eine Feuerstelle hatten, aber kein Mobiliar, nicht einmal Geschirr oder Brennholz, sodass die Bewohner auf jene Trinkgefäße angewiesen waren, die man – als Gnadenakt für sie – an den öffentlichen Brunnen angebracht hatte.

Erstmals blieb sie stehen. Dass sie befähigt war, auf Aidan zu schimpfen, bekundete, dass nicht die Erinnerung an ihn das Schmerzhafte, Unerträgliche war, sondern der Gedanke an die vielen Reichtümer, die sie an ihn vergeudet hatte: nicht Gold noch Schmuck, kein Land, jedoch das Kostbarste, was sie zu geben hatte – Sturheit und Unbeugsamkeit, ein fester Wille und … Liebe.

»Du treuloser, erbärmlicher Feigling!«

Wieder sagte sie es, doch diesmal blieben ihr die Worte, so kummervoll wie verächtlich, im Munde stecken. Eben hatte sie noch gedacht, sie wäre zur Furcht nicht länger fähig – da zuckte sie jäh zusammen, spürte, wie sämtliche Haare sich ihr sträubten, wie sie ein Schauder überlief.

Schritte.

Vorsichtige, schleichende Schritte.

Mit klopfendem Herzen drehte sie sich um, stierte in die schwarze Nacht, spitzte die Ohren – doch jedes Geräusch wurde vom eigenen, lauten Atmen übertönt.

»Wer … wer ist da?«

Die heimtückischen Augen der Nacht schienen sich aufs Tausendfache zu vermehren, sie einzukreisen, schienen ihrer zu spotten, die sie eben noch dem vernünftigen Denken abgeschworen hatte und nun so schnell zurechtgestutzt war auf das, was den Menschen ausmacht, wenn alles Hehre, Heldenhafte, Tugendhafte von ihm abfällt: der Drang zu leben.

»Wer... wer ist da?«, schrie Bathildis.

Wieder hörte sie das Knacken, wieder die Ahnung von leisen Schritten. Unterdrückt schrie sie auf, als sich eine Hand nach ihr ausstreckte und sie berührte.

Das Erschrecken traf sie wie ein Schlag. Auch als es in der Erkenntnis verpuffte, dass sie keinen böswilligen Angreifer vor sich hatte, sondern eine echte Freundin, hielt es ihren Körper doch so sehr gefangen, dass sie sich für Augenblicke nicht regen konnte.

Lediglich der Zunge war sie mächtig – und jene spuckte böse, zischende Laute: »Du hast mich erschreckt! Scher dich fort! Ich brauch dich hier nicht!«

Keine andere hätte es gewagt, sich ihrem Wunsch, allein zu bleiben, dreist zu widersetzen. Und keine andere vermochte dem wütenden Grollen so gleichmütig zu trotzen.

»Du bist ganz allein«, sagte Rigunth leise, »und es ist mitten in der Nacht.«

Bathildis schaffte es nur zögerlich, den Zorn wider das Mädchen zu bändigen. Gleichwohl sie keine andere Vertraute hatte, der sie sich so unverstellt zeigte wie Rigunth, regte sich doch dann und wann die Lust, sie von dem ruhigen Platz fortzulocken, den sie trotz sämtlicher Lebenswirrnisse gefunden zu haben schien, und sie in jenes Tal der unausgegorenen, heftigen Gefühle zu stürzen, die sie selbst immer wieder einholten. Freilich wollte sie den Mut des Mädchens, ihr zu folgen, nicht noch schüren, indem sie sie tadelte.

»Weißt du, dass er stets ein Feigling gewesen ist?«, fragte sie stattdessen unwillkürlich.

»Wer?«

»Mein Bräutigam aus meiner alten Heimat, die ich nie richtig kennen gelernt habe und an die ich mich kaum erinnern kann. Er hatte die blonden Locken und die kleinen Hände eines Mädchens …«

Selten hatte sie sich in den letzten Jahren Aidan vorgestellt, selten das wenige heraufbeschworen, was in der Tiefe ihres Gedächtnisses rottete. Sein Name war ihr allgegenwärtig, sie fühlte manchmal noch den Schmerz der Einsamkeit, und sie schrieb an ihn, weil sie solcherart den niemals verwundenen Bruch in ihrem Leben mit einer schmalen Brücke zu kitten vermeinte.

An ihn selbst, an seine Gestalt, sein Gesicht hatte sie jedoch fast nie gedacht. Jetzt tat sie es, und es fiel ihr noch viel mehr ein als nur sein Äußeres: Welche Furcht er vor seinem Vater Ricbert gehabt hatte, ja, vor der ganzen Welt. Dass er mit ihr vor den Friesen fortgelaufen war, weil er zu feige gewesen war, das Schwert zu führen. Er hatte ihr zwar vorgemacht, dass er nur ihretwegen darauf verzichtet hätte, doch beschützt hatte er sie nie. Weder als die beiden schrecklichen Riesen sich um sie zankten, noch als sie auf dem Sklavenmarkt ihres Schicksals harrten. Diesem Schicksal hatte er sich kampflos ergeben – und zugleich misstrauisch auf sie gestarrt, die sie sämtliche Kräfte zusammennahm, um zu überleben. Er hatte ihr den Eheschwur verweigert in jener letzten Nacht, die sie zusammen verbracht hatten, desgleichen, bei ihr zu liegen, und er hatte auch nicht versucht, ihre Trennung zu vermeiden, indem er wie sie aberwitzige Fluchtpläne entwarf.

Als Bruder Answin sie am nächsten Tag geholt und man sie aus dem Raum gezerrt hatte, so hatte er seinen Kopf in die Knie vergraben, um ihr nicht nachsehen zu müssen.

Und offenbar hatte er sich auch später nie nach ihr umgedreht, hatte ihren Namen und die für ihn peinvollen Erinnerungen, die daran geknüpft waren, aus seinem Gedächtnis gemerzt.

»Königin, es ist kalt …«

»Ich bin eine Närrin«, murmelte Bathildis. »Ich finde keinen Frieden in dem, was ich tue. Ich finde kein Glück, weil ich stets gedacht habe, dass es bei Aidan läge. Chlodwig hingegen habe ich verachtet – o ja, ich habe ihn so verachtet, wie er da ständig hockte und aß, hinter seinen Schüsseln wie hinter einer Mauer vergraben, und dass er nach mir verlangte, ja lechzte wie ein Ertrinkender. Er war so schwach, aber immerhin doch stärker als Aidan. Er hat mich von der Sklaverei befreit, er hat mich zu seiner Königin gemacht, er … er hat mir die Kälte der ersten Jahre verziehen, all meine guten Werke erst ermöglicht. Und wie habe ich es ihm gedankt?«

Unruhig schritt sie die Straße auf und ab, so sehr im Fluss der Worte gefangen, dass sie kaum gewahrte, wie Rigunth wieder zu ihr trat, sie am Arme griff, sie vorsichtig zurück zum sicheren Hort zu leiten versuchte.

»Du warst ihm ehrlich zugeneigt in den letzten Jahren seines Lebens«, sprach sie ruhig auf die Königin ein. »Du hast ihm drei Söhne geschenkt. Und du warst in der Stunde seines Todes bei ihm und hast ihn deiner Liebe versichert …«

Bathildis widersetzte sich nicht dem Streben, zurück zum Palast zu gehen, doch sie schüttelte den Kopf. »Es ist nicht nur Chlodwig, an dem ich mich schuldig gemacht habe. Von meinen Söhnen liebe ich ja doch nur den dritten, die ersten beiden deuchten mich stets sichtbare Zeichen meiner Gefangenschaft. Chlothar und Childerich … vor allem Childerich. Weißt du, dass er mir von allen am meisten gleicht? Und dass ich ihn darum am meisten fürchte? In ihm leben so viel Herrschsucht und so viel Zorn … und so viel Zerrissenheit.«

»Und zugleich so viel Kraft, nicht wahr? Auch das hat er von dir.«

»Und Ebroin … ach Ebroin«, fuhr Bathildis klagend fort. »Ich konnte ihm nie verzeihen, weil ich ihm die Schuld an meinem Geschick gab. In Wahrheit hätte er Dank verdient und enges Bündnis – von Anfang an! Was hätten wir gemeinsam erreichen können zu Chlodwigs Zeiten! Wie dieses Land prägen und aus dem König einen großen machen können! Nach dessen Tod eint uns nur der reine Zweck, und das ist zu wenig, um die Welt wahrhaft zu ändern. Die Macht, die wir uns jetzo teilen, war immer nur eine erkämpfte und ertrotzte, all unser Trachten gebündelt, um sie gegen Widersacher zu bewahren, sodass nichts mehr übrig bleibt, sie auch zum Guten zu gebrauchen.«

»Dein Urteil ist zu hart!«

»Aus alter Rachsucht hab ich Ebroin zu oft gesagt, er sei der Hölle Kreatur, und er hat gelernt, dass er mich nicht anders erreichen kann, nicht anders bewegen, als wenn er mit grausamen Taten Zorn und Ekel in mir schürt. Es ist zu spät, ihn davon abzubringen. Ich selbst bin seiner Grausamkeit doch auch verfallen … diese Nacht heute hat es gezeigt.«

Bislang hatte sie die Kälte nicht gespürt. Nun schauderte es sie heftig, und sie war froh, dass Rigunth sie noch stärker packte, den kleinen, dünnen Körper an den ihren presste.

»Du hast ihn oft enttäuscht, Königin«, murmelte sie. »Doch er traf seine Entscheidungen wie du die deinen. Und auch er muss dafür geradestehen.«

Wieder schüttelte Bathildis den Kopf. »Gleich, wie du mich zu trösten suchst, ich habe alles falsch gemacht. Und selbst wenn's richtig gewesen wäre, dann hätten mich falsche Gründe dazu getrieben. Was war es denn, was mein Tun bestimmt hat? Woraus zog ich meine Stärke?«

Sie sprach die Antwort nicht laut aus – und konnte doch nicht umhin, sie zu denken.

Aus dem Wunsch, Aidan wiederzusehen und an ihrem Schwur festzuhalten, ihn niemals zu vergessen. Aus dem Wunsch, sich für die Ohnmacht zu rächen, und um die Erinnerung an die hoffnungslose Einsamkeit mit hektischen Taten zu überdecken.

»Ach Königin, was zählen deine Gründe?«, sprach Rigunth eindringlich und ernst. »Denkst du, dass jenes Sklavenpärchen, das du vor dem grausamen Tod bewahrt hast – Taurin und Moschia –, sich darum scherten, worum es dir eigentlich ging? Und alle anderen, die du aus der Knechtschaft erlöst hast, alle Bauern, die du durch Hungerwinter brachtest, alle Waisen und Witwen und Krüppel, die dank deiner Almosen zu essen bekamen, all die Klöster, die du gestiftet hast, auf dass sie zur Zufluchtsstätte würden für jene, die eine Zuflucht brauchen – denkst du, einen von ihnen kümmert dein Geschick? Du lebst durch deine Taten, Bathildis! Was zählen die verqueren Gedanken, die sie bedingten?«

»Ich weiß, dass du mich trösten willst, jedoch …«

»Und ich selbst?«, unterbrach Rigunth sie. »Zähl ich denn nicht? Was wär ich ohne dich geworden, Königin? Gewiss wär ich ohne dein Eingreifen schon tot, zugrunde gegangen an den Lasten, die man einem Sklavenmädchen auferlegt. Du allein hast nicht über mich hinweggeschaut.«

Zielsicher hatte sie Bathildis dem Palast entgegengeführt. Schon ließ er sich im fahlen Mondschein erspähen, nicht einladend, jedoch Schutz versprechend. Die letzten Schritte aber wollte die Regentin nicht tun. Sie blieb stehen, drehte Rigunth zu sich her, blickte in das schmale Gesichtchen – und in die dunklen Augen. In deren Tiefen hatte sie stets diese Wunde erspäht, die sie selbst viel zu gut kannte.

»Konnte ich dich wirklich glücklich machen?«, fragte Bathildis. »Ich glaube nicht. Du hast mir nie gesagt, was hinter dir liegt, Rigunth, doch dein Schweigen kündete von Schrecklichem. Ich habe dich befreit, dich zu meiner Tochter gemacht. Doch um Gerechtigkeit herzustellen, wäre es notwendig gewesen, dich zu jener Familie heimkehren zu lassen, der man dich entrissen hat. Und dazu konnte ich dir nicht verhelfen.«

Rigunth, die sonst so Ernste, lächelte nun zaghaft. Bathildis glaubte Wehmut daraus zu lesen, Bestätigung für ihre Vermutung, doch das Lächeln erfasste nicht die Augen. Ihr Blick wurde plötzlich mitleidig, als wäre Rigunth eine uralte Frau, die abgeklärt auf das fehlgeleitete Kind blickt.

»Nein«, gab sie unwillkürlich zu. »Nein, so ist es nicht… Ich weiß, ich habe stets bekräftigt, dass ich nicht sagen kann, was hinter mir liegt. Doch es waren nicht Schmerz und Hader, die mich davon abhielten. ’s ist nicht so, dass da ein Grauen wäre, was man nicht in Worte fassen kann. Ich weiß, du hast es geglaubt, und ich, ich ließ dich in dem Glauben, weil ich dachte, ich wäre dir solcherart mehr wert. Die Wahrheit aber ist, dass ich mich nicht erinnern kann: Nicht an das Gesicht meiner Mutter oder meines Vaters, noch daran, was mich von ihnen getrennt hat. Vielleicht waren meine Eltern Sklaven wie ich und sind gestorben. Vielleicht haben sie mich verkauft. Vielleicht komme ich aus fernen Landen und bin geraubt worden. Ich weiß es nicht. Und was noch viel mehr zählt: Es ist mir gleich.«

»Wie kann dir das gleich sein?«, fuhr Bathildis auf. »Es ist dein Leben!«

»Mein Leben begann an jenem Tag, da du mich gesehen und mich befreit hast. Nichts, was zuvor geschehen war, hatte hernach jemals wieder Bedeutung. Dir gehört meine Liebe, dir gehört meine Treue. Mehr zählt nicht.«

Erstmals ging Bathildis auf, was sie nie für möglich gehalten hatte: dass hinter den dunklen Augen kein Kampf tobte, der Rigunth zerriss, kein Kummer, der ihr das Leben vergiftete, keine offene Rechnung, die sie zu begleichen hatte. Rigunths Trachten war ein begrenztes: Sie war ihr, Bathildis, dankbar und ergeben, und sie wollte nichts vom Leben, als an dieser Ergebenheit festhalten – und das nicht etwa, weil sie sich dazu mühsam durchgerungen hätte. Die Wahrheit lautete vielmehr, dass das Mädchen mit sich eins war und anspruchslos in seinen Wünschen, dass ihr Gemüt viel zu nüchtern, viel zu einfallslos war, um mit der Welt oder gar dem eigenen Tun zu hadern, es stetig neu zu hinterfragen.

Gleichwohl sie jetzt unbehaglich blickte, weil sie den Zorn der Königin fürchtete, so erwartete sie ihn doch mit jener Ruhe, die nur eine angeborene sein kann.

Bathildis fühlte keinen Groll wider sie. »Ich beneide dich, Rigunth«, bekannte sie stattdessen schlicht. »Ich beneide dich so sehr.«

Jetzt war's Rigunth, die erstmals den Kopf schüttelte. »Tu das nicht, Königin! Wären unsere Rollen vertauscht gewesen, wäre ich die Königin gewesen – ich weiß nicht, ob genügend Unruhe und Zwietracht in mir gebohrt hätten, um das zu tun, was du getan hast. Hadere nicht mit deinen Fehlern! Schließe Frieden mit deiner Vergangenheit!«

Bathildis wandte sich ab, jäh der Worte gedenkend, die Sadalberga ihr im Kloster gesagt hatte. »Wenn du an einem Ort wie diesem Frieden willst, dann musst du ihn hierher mitbringen. Du darfst nicht erwarten, ihn hier zu finden.«

»Ich dachte, ich wäre, wie ich bin … so zerrissen, so zwiespältig, ständig schwankend zwischen diesem lauten Ärger und dieser lähmenden Schwermut … ja, ich dachte, ich wäre so, weil ich von Aidan getrennt wurde – und von meiner Heimat«, murmelte sie. »Doch jetzo frage ich mich, ob Gott mich nicht so geschaffen hat, desgleichen wie dir die ruhigere, schlichtere Art von Anfang an mitgegeben ward. Und dass ich, ganz gleich, was mir zugestoßen wäre, und auch wenn ich ein friedvolles Leben ohne Verschleppung und Versklavung gelebt hätte, doch dieselbe geworden wäre, die ich jetzt bin. Rigunth, sieht so ein Frieden aus?«

»Vielleicht ist solches zu erkennen der deine.«

Bathildis sann darüber nach.

»Du hast recht«, bekundete Bathildis, und dann: »Schnell. Schnell … lass uns zurückkehren.«

Als sie den Hof erreichten, öffnete die Nacht dem Morgenlicht kaum mehr als eine Ritze. Dünn floss es herein, noch ohne die glatte Gerade des Sonnenscheins, sondern dunstig und neblig, die Ahnung von Röte verschluckend.

Bathildis fröstelte, müde vom Gehen, aber erleichtert, dass der nahende Tag sich noch nicht mächtig ankündigte und die Vollstreckung des Urteils, das sie in der Nacht ausgesprochen hatte, noch nicht einforderte.

»Geh in den Kerker!«, sprach sie zum erstbesten Wachmann, der ihr begegnete. »Es ist mein Wunsch, dass Bischof Sigobrand losgebunden werde… Wir werden ihn gefangen halten, doch nicht auf diese Weise. Und er soll leben, nicht heimlich ermordet werden.«

Sie rieb sich die Hände, als sie wartete, sich umsah, nach Ebroin Ausschau hielt. Ob er sich zurückgezogen hatte? Oder ob er sie von irgendwo heimlich beobachtete, sich daran weidete, wie sie von der Last ihrer Entscheidung erdrückt wurde?

Nun, sie fühlte sich leicht, zum ersten Mal seit Stunden, nicht, weil sie dem Trugbild erlag, dass sie alles abwerfen könnte, was hinter ihr lag, und alles neu gestalten, was der frische Tag brachte, sondern einfach, weil der Entschluss, den sie gefällt hatte, ihr gehörte, nicht einem fernen Aidan noch einem nahen Ebroin.

Der Wachmann kehrte wieder, auch er nun fröstelnd. Wiewohl sein Gesicht ausdruckslos war, schien Rigunth früher darin zu lesen als sie. Schützend stellte sie sich neben die Königin, als könnte sie sie vor schlechter Nachricht bewahren.

Der Mann zuckte mit den Schultern.

»Was ist?«, fragte Bathildis.

»Der Bischof ist tot. Sein Leichnam liegt im Kerker. Er wurde schon vor Stunden enthauptet. Auf Anweisung von Ebroin.«

XXXV. Kapitel

Fara weinte, als Bathildis ihr ihren Entschluss bekundete. Bathildis aber wollte sich jene Ruhe nicht rauben lassen, die sie nach außen hin zeigte und die sich an einer Ahnung festhielt, die noch wankelmütig war, noch nicht zur Gewissheit geklärt, noch nicht bei Tageslicht geprüft: Es ist genug. Es ist genug.

»Weine nicht, Fara«, versuchte sie zu trösten, wiewohl der Kummer der anderen sie nicht erreichte. »Weine nicht, ich gehe nicht aus deinem Leben noch aus dem meiner Söhne. Ich bleibe bei ihnen … in gewisser Weise.«

»Theuderich ist so klein … und auch nicht stark und roh wie seine Brüder.«

»Und darum, liebste Fara, bleib ihm treu und sorg für ihn, solange du nur kannst. Ich tue es auch! Ich werde euer Gast sein … oft!«

»Aber Königin …«

Gertrude erschien schlaftrunken im Gemach der Königin. Die Nachricht von deren Entscheidung, Rigunth hatte sie ihr zugetragen, schien sie zu treffen.

»Soll ich dich begleiten?«, fragte sie ein wenig ängstlich. Bathildis erkannte, dass Pflichtgefühl sie zu diesen Worten trieb, nicht der eigene Wille.

»Rigunth wird es tun, bleib du bei meinen Söhnen.«

Fara schluchzte auf, denn soeben begann Bathildis, sämtlichen Schmuck abzulegen, den sie trug. Seit jenem Tag, da sie vor Eligius' Sarg gestanden und ihm all ihre Juwelen geopfert hatte, schmückte sie sich spärlicher. Nun aber nahm sie selbst das schlichte Kreuz ab, das sie an einer Kette um den Hals trug, und den goldenen Ring, der Teil von Chlodwigs Brautgabe war. Sie drückte beides Fara in die Hände, obwohl sich jene dagegen wehren wollte.

»Ich kann das nicht annehmen!«

»Das ist für deine Dienste.«

»Königin, warum nur …«

Sie hielt inne, denn wieder klopfte es an die Türe, wie den ganzen Morgen schon, da alle Damen und Dienerinnen der Regentin herbeigeeilt kamen, um mehr über das Gerücht zu erfahren, das da durch den Palast summte.

Nun jedoch war's ein Knabe, der den Raum betrat. Er trat zu Bathildis hin, flüsterte ihr etwas ins Ohr.

Sie nickte, wandte sich zum Gehen.

»Lass dich von Gertrude trösten, Fara«, sprach sie noch über die Schultern. »Und wecke dann meine Söhne. … Ich will, dass sie aus meinem Mund von meinen Plänen erfahren.«

Es waren zwei Bischöfe, die unruhig auf und ab gingen. Sie waren allein, hatten für das vertrauliche Gespräch mit der Regentin selbst ihre Diakone fortgeschickt. Bathildis versuchte, aus ihren Gesichtern zu lesen, ob sie schon von ihrem Vorhaben wussten oder ob es allein die Ermordung von Sigobrand war, die sie verstörte.

Audoin von Rouen war der eine, noch dicker und schwerfälliger geworden in den letzten Jahren. Damals, nach der Ermordung des Metropoliten von Lyon, hatte er ihr hasserfüllt ins Gesicht geblickt. Nun seufzte er ergeben und sah verlegen an ihr vorbei.

Der Blick des anderen hingegen war verschlagen. Leodegar von Autun war's, von ihr stets unterstützt, weil sie Ebroin damit ärgern konnte. Sie wusste nicht, was die Feindschaft zwischen den beiden Männern gezeugt hatte – nur dass von Leodegar oft berichtet wurde, wie gerne er heimlich den Major Domus nachäffte, und von Ebroin, wie er den Bischof hinter dessen Rücken als hinterlistig und ränkesüchtig beschimpfte.

Noch ehe einer der Bischöfe das Wort ergreifen konnte, hob sie schon abwehrend die Hände.

»Ich weiß, ich weiß, was ihr mir sagen wollt«, erklärte sie. »Dass ich nicht hätte zulassen sollen, dass Sigobrand heimlich gemeuchelt wurde. Nun, es ist nicht meine Schuld. Ich habe zwar ein Todesurteil gesprochen für den Fall, dass er nicht geständig sein sollte, es jedoch wieder aufgehoben. Leider war es zu spät. Ebroin hat ihn töten lassen, heimtückisch und hinterrücks wie eh und je.«

Sie zuckte mit den Schultern, bedauernd, aber nicht wirklich bewegt.

»Die Dinge liegen noch verquerer, als du denkst«, setzte Audoin vorsichtig an, auch er deutlich ermüdet von der Nacht.

»Ich weiß, ich weiß«, wiederholte sie. »So sehr ihr beide diesen Mord verdammt, werdet ihr mir sogleich raten, ihn hinzunehmen, mich dazu zu bekennen, auf dass der Eindruck nicht entstehe, ich wäre schwach, und mein Major Domus …«

»Sigobrand war unschuldig!«

Bathildis zuckte zusammen. Die vermeintliche Abgeklärtheit bröckelte kurz. »Aber Ebroin nannte ihn Verräter!«

»Und das zu Recht – nach dem, was er über ihn erfahren hatte«, erklärte Audoin. »Doch sagte man ihm nicht die Wahrheit, so wenig wie dir. Ebroin ist von einigen fränkischen Familien, die Sigobrand nicht wohlgesonnen waren, ein Fallstrick gelegt worden, weil sie für einen ihrer Söhne sein Amt erhofften. Und Ebroin ging in diese Falle.«

Bathildis griff sich an die Schläfen, schüttelte langsam den Kopf, die Worte erfassend, aber umsonst den heftigen Zorn erwartend. Er überkam sie nicht – da waren nur Überdruss und

Müdigkeit, und wieder kam ihr in den Sinn: Es ist genug. Es ist genug.

»Aber warum hat Sigobrand nicht geleugnet, ein Verräter zu sein? Warum hat er mich beleidigt, anstatt…«

Leodegar zuckte die Schultern. »Wenn er tatsächlich unschuldig war, so wird ihn die ungerechte Behandlung schrecklich aufgebracht haben. Verzeiht diese Worte: Aber offenbar hielt er Euch und Ebroin für solche Narren, dass es sich für ihn nicht lohnte, die Sache aufzuklären. Was hätte er vom Kerker aus schon unternehmen können?«

Lange blieb es still zwischen den dreien. In das Schweigen hinein begann Bathildis schließlich mit knappen, kühlen Worten zu sprechen. Sie rechtfertigte sich kein weiteres Mal für Sigobrands Tod, benannte stattdessen ihren Entschluss. Als sie hernach in die Gesichter der Männer blickte – das eine aufgedunsen, das andere verschlagen, so las sie darin Verständnis und kein Bedauern.

»Weiß Ebroin schon von Eurem Entschluss?«, war das Einzige, was Audoin von Rouen fragte.

Sie fand ihn in seinem Gemach, ein kahler, schmuckloser Raum, dem es an Wandbehängen und Teppichen fehlte. Seit Ebroin Major Domus war, hatte er stets Wert auf prunkvolles Erscheinen gelegt: Seine Kleidung, seine Waffen, sein Schmuck waren außergewöhnlich kostbar und edel, bekundeten seine machtvolle Stellung und erweckten den Eindruck, er hegte Gefallen an solcherlei Üppigkeit.

Sein Raum freilich, den Bathildis in all den Jahren niemals betreten hatte, weil sie das zu vertraulich deuchte, verriet anderes: Hier war nur Nüchternheit, als könnte Elegantes, Edles zwar die übrigen Menschen blenden, nicht aber ihn selbst.

Bathildis ließ die Türe hinter sich zufallen und blieb betreten stehen. Sie ängstigte sich nicht vor der Begegnung mit ihm, aber sie fühlte sich nicht wohl dabei, ihm so ungeschützt nahe zu kommen.

Er gewährte ihr die erhoffte Distanz, indem sein Blick sie nur flüchtig streifte und er dann auf und ab schritt, mit seinen weichen, tänzelnden Schritten, die stets verraten hatten, dass er nicht zum Krieger taugte.

»Verräter! Betrüger! Allesamt! Sie haben mich hinters Licht geführt, auf dass ich Sigobrand für sie ermorde!«

Er klang wütend, aber erhob seine Stimme nicht. Heiser war sie – wie jene von Bathildis, als sie ihm antwortete.

»Niemand hat dich gezwungen, es zu tun.«

Er fuhr herum. »Wirf mir das nicht vor! Eigentlich müsstest du mir dankbar sein. Als ich dich im Hof sah, blass und elend und erbärmlich, da habe ich Mitleid mit dir gehabt, verstehst du? Ich wusste, dass du niemals die Sünde eines Mords auf dich laden könntest, und so habe ich es denn für dich getan, damit meine Seele mit Blut befleckt wird, nicht die deine.«

Sie schwieg betreten, versuchte zu verstehen, ob Trotz und Hohn aus ihm sprachen oder ob es Verzweiflung war. Er missverstand die Stille.

»Und jetzt willst du mich also mit hoheitsvollem Schweigen bestrafen!«, sprach er bissig. »Wenigstens heißt du mich nicht wieder eine Kreatur der Hölle.«

Sie ließ den Kopf sinken, begab sich von ihrer sicheren Position an der Türe zur Mitte des kahlen Raums.

»Es tut mir leid, dass ich dich so beleidigt habe«, bekundete sie leise. »Ich wünschte, ich könnte diese Worte zurücknehmen.«

Und dann, nach einem letzten entschlossenen Atemzug, sagte sie ihm, was sie auch Rigunth erklärt hatte, den anderen Frauen und den beiden Bischöfen: dass sie ihre Regentschaft niederlegen und fortan in dem von ihr gegründeten Kloster bei Chelles leben würde. Dass Chlothar bald volljährig wäre und bis dahin der Abt Genarius über sein Seelenheil wachen sollte. Dass sie ihn, den Major Domus, darum bitte, stets im Sinne ihrer Söhne zu handeln und auf Entschlüsse wie den gestrigen zu verzichten.

Erst als sie geendigt hatte, blickte sie in sein Gesicht – und fand es fassungslos. Die dünne, feine Haut, ergraut von durchwachter Nacht und schweren Gedanken, war noch bleicher, als es ihm eigentümlich war.

»Das tust du nicht! Nein, das tust du nicht! Du bist doch keine, die im Kloster versauert!«

Sie biss sich kurz auf die Lippen, doch dann fuhr sie entschlossen fort: »Ich werde mich stets über alles unterrichten lassen, was geschieht, werde meinen Ratschlag erteilen, wenn er gewünscht ist, und ich werde weiterhin sämtlichen Besitz, den ich habe, für das Wohlergehen des Volkes nutzen – für die Armen und Witwen, für die Unfreien und Sklaven.«

»Nein!«, schrie er. »Du verlässt mich nicht! Das darfst du nicht tun!«

Er stürzte auf sie zu, packte sie an den Schultern, schüttelte sie. Gleiches tat er nicht zum ersten Mal – doch nie zuvor hatte sie sich so wenig gewehrt. In ihrem groß gewachsenen Körper regte sich kein Widerstand; hin und her wankte sie.

»Das darfst du nicht tun!«, nun stieß er sie roh zurück. Sie geriet ins Wanken, aber sie fiel nicht.

»Ach Ebroin«, murmelte sie, »ach Ebroin … du brauchst mich nicht, um Bischöfe zu foltern und zu töten!«

Heftig atmend durchquerte er mehrmals den Raum, blieb erneut vor ihr stehen, packte sie zwar kein zweites Mal, aber schrie ihr ins Gesicht.

»Wir herrschen gemeinsam, so war es ausgemacht! Seite an Seite! Du bist die Regentin, ich der Major Domus. Wen haben wir sonst als Bündnispartner, als Vertraute? Hinter deinem Rücken nennt man dich Sklavin, und ich bin für alle Welt der Bastard einer Amme. Verstehst du nicht? Wir sind von gleicher Herkunft, geeint von gleichem Trachten, von gleichem …«

»Nein, Ebroin, nein, ab heute trägst du dein Los allein.«

»Wage nicht, mir vorzumachen, du wärest zu gut für diese Welt! Wage nicht, auf mich herabzuschauen, als wäre ich Abschaum! Glaubst du, das alles fällt mir leicht? Ständig auf der Hut zu sein vor Verschwörung und Anschlag? Überall Feinde wittern zu müssen? Ihnen stets einen Schritt voraus zu sein? Ich weiß, dass man mich grausam nennt, aber ich schwöre dir, ich schwöre dir, ich bin es doch nicht gerne. Die Umstände verlangen es, sie fordern's auch von dir. Darum musst du an meiner Seite bleiben – und auch, weil ich sonst ganz alleine wäre. Ich will das nicht! Ich will das nicht! Fühlst du sie nicht wie ich, die dunklen Triebe? Das Böse und Gemeine? Wie anders könnt ich sie bezähmen, wenn ich nicht an dir sähe, wie du sie zu beherrschen trachtest, wie du versuchst, es abzubüßen mit deinen guten Taten. Fahr fort damit – an meiner Seite!«

Er redete wie von Sinnen, manche Silbe verschluckend, andere Worte nur stotternd. So hatte sie ihn nie erlebt, und zugleich war ihr Mitleid nie so aufrichtig gewesen, nie so bereinigt von Wut und Hass, von Spott und Furcht, von Widerwillen… und Begehren. Letzteres war am schwierigsten einzugestehen gewesen; nicht unmittelbar ihm selbst hatte es gegolten, seinen dünnen Gliedern, seinem farblosen Gesicht, jedoch der Kraft, die er in ihr zu entfachen verstand: diese schrille Lebendigkeit. Kurz fragte sie sich, ob sie künftig darauf verzichten müsste – oder ob sie sie bewahren, wenngleich in erträgliche Bahnen lenken könnte.

»Ebroin! Ebroin!«, versuchte sie ihn zu erreichen. »Ich habe an mir selbst genug zu tragen – das, was dich treibt, ist deine Sache. Ich kann dich nicht davon befreien, ich kann das Dunkle in dir nicht erhellen. Ein Bündnis zwischen uns kann niemals glücken, weil du das Schlechteste in mir zutage förderst, nicht das Beste. Das Beste könnte dich retten, doch bin ich weder stark noch gut genug dafür, verstehst du? Darum ist es besser, wenn ich meine Entscheidungen treffe – so wie du die deinen fällst.«

»Du erträgst es doch nicht im Kloster! Willst du dort in der Küche stehen, so wie die frommen Nonnen? Willst du kehren und putzen? Willst du die Latrinen reinigen?«

»Ich weiß es nicht. Aber wenn ich es tun werde, so wird es für mich keine Demütigung bedeuten, sondern ein Zeichen der Versöhnung… mit meinem Leben.«

»Nein, nein, das gelingt dir nicht. Du fürchtest doch den Dreck…«

»Ich bin des Kämpfens müde, Ebroin, und ich will nicht länger fortlaufen. Was immer mich von nun an treiben wird – es soll kein nutzloses Sehnen sein: nach einer Heimat, welche längst verloren ist, nach Menschen, welche mich längst vergessen haben, nach einem Leben, das nie das meine war. Und es soll kein Ekel sein vor dem, was ich durchleiden musste, kein Ekel vor dir… und auch keiner vor mir selbst.«

»Nein, nein!«, schrillte er wieder. »Du darfst nicht einfach fliehen! Wie erbärmlich wäre das, wie beschämend, wie…«

Seine Stimme kippte endgültig. Eine Weile stammelte er nur mehr hohe, durchdringende Töne. Dann ging er wieder auf sie los, nicht mit seinen langen Händen, nicht mit Schlägen seiner Fäuste, sondern mit dem ganzen Leib, als wollte er sich auf sie fallen lassen, sie zerquetschen und zugleich umarmen. So nah hatte sie ihn nie gespürt, distanzlos, Haut an Haut, als würde er sie aufsaugen, sie sich einverleiben. Sie erschrak – und er mit ihr. Es gelang ihm freilich nicht, sich wieder gänzlich zu lösen, sondern nur, die Nähe in Gewalt zu wandeln. Noch an sie gepresst, drückte er sie auf den Boden, ging selbst in die Knie, schlug ihr, stets aufs Neue, den Kopf auf den kalten Stein, und dann, als sie regungslos liegen blieb, da wälzte er sich mit ihr im Arm zum Kamin hinüber, griff in den grauen Dreck, der dort vom letzten Feuer stand, und überschüttete sie mit der Asche – so wie sie es einst ihm angetan hatte. Alsbald waren sie beide von einem grauen Schleier verhüllt, seiner brüchiger als der ihre, denn über seine Wangen perlten Tränen und rissen Täler in den Staub.

Keuchend und schluchzend ließ er nun endlich ab von ihr, ließ ihr die Freiheit, sich aufzurichten. Sie tat es langsam, nicht ärgerlich, wie er wohl erwartete, sondern betreten. Sie hockte sich neben ihn, ergriff seine Hand.

»Ebroin, Ebroin«, nannte sie mehrmals seinen Namen. »Ich habe keine Angst mehr vor der Asche… und vor dir.«

Wiewohl er darum kämpfte, sich zu beherrschen, schluchzte er erneut auf. Sie betrachtete ihn von der Seite, und kurz ging ihr durch den Kopf, dass er gar nicht hässlich wäre, wäre sein dürrer Leib nur ein wenig breiter, seine weißen Haare ein wenig dunkel, seine roten Augen blau oder braun. Es fehlte ihm lediglich an Farbe, dann wäre er ein ansehnlicher Mensch gewesen. Und vielleicht hätte es auch nur ein wenig Führung bedurft, ein wenig Verständnis und ein wenig Glaube an ihn, dann wäre er ein guter Herrscher gewesen, milde statt grausam, abgeklärt statt ängstlich.

Bedauernd legte sie ihren Arm um seinen dünnen Hals, wissend, dass sie ihm weder das eine noch das andere geben konnte, weder Farbe noch gütige Gelassenheit, weil sie über Ersteres nicht verfügte und Letzteres ihr so oft selbst fehlte. Nur diesen einen Kuss – den gab sie ihm, nicht nur auf seine nassen, grauen Wangen, sondern auf seine Lippen, die weich waren, wiewohl schmal. Sie hatte einst Aidan geküsst und auch Chlodwig, doch niemals hatte sie – so wie jetzt – selbst ihre Zunge in des anderen Mund geschoben, um ihn ganz zu schmecken, ihn sich ganz anzueignen.

Er ließ sie gewähren. Und sie war sich sicher, dass er in diesem Augenblick die gleiche Wärme spürte wie sie selbst. Gewiss war diese Wärme trügerisch, weil begrenzt: Noch heute würde sie vor ihm fliehen und er zurückkehren an die Macht, um ihr fortan sein Leben zu weihen. Aber trotz allem verhielt es sich so, dass er nun in ihren Armen ruhiger atmete, dass er sich nicht spottend, streitbar, grausam gab wie sonst, sondern einfach nur geborgen war und ruhig. Ja, es war – für diesen einen gestohlenen Augenblick –, als habe er seinen Frieden gefunden. Und sie den ihren.

Epilog

Chelles-sur-Marne, 680 n. Chr.

Rigunth bat die Versammelten, mit der Sterbenden allein sein zu dürfen – die Schwestern von Chelles, deren Gebet sich wie ein ruhig plätscherndes Wasser in der Zelle ausgebreitet hatte, als auch die Priester, die aus dem ganzen Land gekommen waren, um in der Todesstunde der Königin aus dem Evangelium zu lesen, Psalmen zu singen und die schwindende Seele mit Öl zu salben. Selbst Theuderich schickte sie fort, den jüngsten Sohn, der Bathildis' Statur hatte, jedoch den einfältigen Blick des Vaters, und der dem Tod seiner Mutter so ängstlich, so ratlos, zugleich so ergeben entgegenblickte wie all den Wirrungen des Lebens. Seine Frau war bei ihm, desgleichen ihre beiden Söhne – und auch Daniel, jener Enkel von Bathildis, welcher ihr von Childerich geschenkt worden war.

Sie alle bat Rigunth zu gehen.

»Das ist nicht recht«, murmelte einer der Priester mürrisch. »Die Königin sollte nicht allein sein, wenn Gottes Engel ihre Seele fortführen. Ist's nicht vor allem unser Gebet, das den lauernden Dämonen verbietet, sie dreist zu stehlen?«

»Sie ist nicht allein, ich bin bei ihr. Und sie wird nicht sterben, noch nicht. Ich habe ihr etwas zu berichten, gönnt mir dafür nur einen kurzen Augenblick!«

Widerstrebend fügten sich die Versammelten der Frau, die Bathildis am nächsten stand und die gealtert, ja kränklich wirkte, seitdem die Königin das Leben kampflos schwinden ließ.

Die Reise in die jenseitige Welt, die sich so lange angekündigt hatte und der auch Rigunth entgegenblickte, seitdem sie heimlich Blut spuckte, hatte mit dem gestrigen Abend ihre letzte Wegstrecke erreicht. Bathildis hatte noch am Abendmahl teilgenommen, hatte das hölzerne Kreuz geküsst, welches eine der Nonnen ihr gereicht hatte, und war hernach in einen tiefen Schlaf versunken, der dem Tode glich.

Rigunth trat zu der wächsernen Gestalt, welche erschlafft und reglos lag, und deren leiser, schwacher Atem alles Leben aushauchte, anstatt wie einst nach neuem zu gieren. Sie war nicht sicher, ob ihre Worte die Königin noch erreichen konnten, ob sie nicht schon in jener Zwischenwelt angekommen war, da sie von keinem irdischen Trachten mehr aufzuhalten war.

Und doch – sie wollte es versuchen.

Denn am heutigen Morgen war im Kloster zu Chelles eine Nachricht für die Königin eingetroffen. Eine Nachricht, die nicht von einem jener Untertanen stammte, deren Treue und Interesse weit über das Ende ihrer Regentschaft angehalten hatte, sondern aus fernem Lande kam.

»Ich habe einen Brief für dich, Bathildis«, sprach Rigunth. Der stete Husten hatte ihre Stimme ausgedörrt, und doch begann sie nun, langsam daraus vorzulesen.

Geliebte Schwester in Christus,

es wird Dich erstaunen, meine Worte zu lesen – und ein wenig erstaunt es auch mich, dass ich sie schreibe. Über Jahre dachte ich, es sei besser, dem Ratschluss meines Gatten zu folgen und es zu unterlassen – gewiss, dass Dein jetziges Leben, welches Gott der Herr Dir geschenkt hat, ein vollkommenes ist, und dass Du der Jugend, die wir gemeinsam verlebt haben, kaum gedenkst.

Ich bin mir nicht sicher, ob Du Dich an mich erinnerst – an meinen Namen, an mein Gesicht. Und wahrscheinlich weißt Du auch nicht, dass uns das Geschick noch enger verbunden hat, als wir es bei unserer letzten Begegnung ahnten, damals, als für Dich die Ehe bestimmt war und für mich das Klosterleben.

Oh, zu dieser Zeit war ich überzeugt, dass es das Einzige für mich erträgliche wäre! Und auch heute noch glaube ich, dass das vollendete Leben jenes ist, welches sich in Keuschheit und Demut und Armut vollzieht. Doch der Allmächtige hatte andere Pläne mit mir. Er überließ mein Geschick dem Gutdünken eines Oheims, und jener entschied, dass ich das Kloster zu verlassen hätte und nicht Braut Christi sein sollte, sondern die eines ehrwürdigen Mannes.

Nun, es wird Zeit, die wirren Worte und Andeutungen sein zu lassen und mich Dir zu erklären: Geliebte Schwester in Christus, ich bin Hereswith, jenes Mädchen, das mit Dir im Kloster aufwuchs, das Dir wohl sein Leben verdankt (schließlich hast Du uns alle vor dem Angriff der üblen Krieger aus dem Norden gerettet) und das einst die Welt so gefürchtet hat. Noch immer scheint mir diese Welt in vielem absonderlich, und am schwierigsten zu verstehen, so deucht mich, ist der Ratschluss Gottes, der mich jenen Rang einnehmen ließ, der in Wahrheit Dir bestimmt war. Denn ich, Hereswith, wurde die Gattin von Aidan, dem Sohn des Ricbert.

Bathildis regte sich nicht; ihre Augen waren versunken, die Lider wie zugenäht. Ihre Lippen lagen ruhig aufeinander, nie wieder zu entzweien von energischem Wort, an dem sie auch nach ihrem Gang ins Kloster nicht gespart hatte.

Ob sie ihren Frieden gefunden hatte?

Rigunth war sich gewiss, dass es so wäre – schlichtweg, weil Bathildis nie nach dem tiefen, schweigenden Gleichklang getrachtet hatte, dem sich manch andere Nonne hier unterwarf. Sie hatte immer nur nach einem Gleichgewicht gestrebt zwischen dem sicheren Gerüst eines festgelegten Tages und den wirren, erschütternden Nachrichten, die von draußen kamen.

In den ersten Jahren war dieses Draußen ihr noch keine ferne, fremde Welt gewesen. Bathildis mochte nicht mehr Regentin sein, doch wirkte sie nicht nur im Kloster, sondern weit darüber hinaus.

Sie unterstützte die Äbtissin Bertila, indem sie die Bücher, welche diese kopieren ließ, nicht nur im Frankenland verschickte, sondern bis zu den Angelsachsen. Nicht länger nur durch ihren langjährigen Schmerz war sie nun der Heimat verbunden, sondern durch diesen Dienst. Desgleichen gebrauchte sie weiterhin ihren Besitz und ihre Macht, um Notleidenden zu helfen.

Wer immer sie in den ersten Jahren traf, die sie in Chelles verbrachte, der sah keine verhärmte Frau, sondern eine tatkräftige, entschlossene Kämpferin, die sich entschieden gegen jeden Anflug von Schwermut wehrte – und auch gegen den Verdacht, sie wäre voreilig der Welt entflohen.

Doch dann vor sieben Jahren, da erreichten die ersten beunruhigenden Nachrichten das Kloster – und rissen seitdem nicht wieder ab.

O geliebte Bathildis, dies musst Du mir glauben: Ich wollte Dir Deinen Verlobten gewiss nicht nehmen, doch alle dachten, Du wärest tot. Aidan war davon überzeugt, auch wenn er mir so wenig erzählte. Selbst über seine Flucht von dem Schiff der Friesen erfuhr ich erst an seinem Totenbett: Sie gelang ihm an jenem Tag, da Du an der Seite eines Mönches den Markt von Quentovic verließest, und nur darum, weil er der einzige verbleibende Gefangene war, die Männer aus dem Norden aber zu betrunken, um ihn zu bewachen. Mit letzten Kräften schlich er sich hinaus, gelangte auf ein Schiff von Angelsachsen, das schon am nächsten Morgen Richtung Britannien segelte, und hielt sich dort bis zur Ankunft versteckt. Er wäre fast verdurstet und verhungert, aber er sagte mir, er hätte nicht zu scheitern gewagt – Deinetwegen nicht.

Im Jahr des Herrn 673 war Bathildis' ältester Sohn gestorben – an einer ebenso plötzlichen wie heftigen Krankheit. Nie hatte Bathildis Chlothar sonderlich nahe gestanden. Gleichmütig, wie er war, hatte er weder Wut in ihr erzeugt wie Childerich, noch Liebe wie Theuderich.

Dennoch war's, als würde sich in jener Stunde, da sie die Nachricht erreichte, ein Schatten über ihre Züge legen und sie für immer trüben. Rigunth sah sie nicht weinen, auch nicht, als Chlothars Leichnam nach Chelles gebracht und dort – auf Wunsch seiner Mutter – begraben wurde. Jedoch sah man Bathildis von nun an oft schweigend durch die Gänge gehen – vielleicht, weil sie wusste, welche Kämpfe ihrem Königreich bevorstanden?

Ja, das hat Aidan sterbend bekräftigt: Er hat es Deinetwegen geschafft. Du wärst die Stärkere gewesen von Euch beiden; Du hättest Dich und ihn nicht aufgegeben. Und so dachte er, mit schwindenden Kräften, er wäre es Dir – die Du ins Ungewisse verschleppt worden wärest – schuldig gewesen durchzuhalten.

Ich weiß nicht genau, was dann geschah, jedoch dass er nach wochenlangen Irrwegen zurück zur Familie seines Vaters fand. Jene hatte ihn tot geglaubt, denn wiewohl sein Leichnam nicht bei dem von Ricbert oder Deinem Vater Thorgil gelegen hatte, waren sich seine Verwandten einig, dass er – versklavt und sämtlicher Würde beraubt – nicht lange würde überleben können. Für ihn selbst war es das größte Wunder, dass er es zurück in die Heimat geschafft hatte. Und je größer ihm dieses Wunder erschien, desto mehr begann er zu glauben, dass Du, die Du wohl immer weiter ins fremde Land verschleppt worden warst, längst tot sein müsstest.

Childerich wurde von den Mächtigen Austrasiens auch auf den neustrischen Thron gesetzt – gegen Ebroins Willen, den man in ein Kloster steckte und dort gewaltsam schor. Doch der zweite ihrer Söhne überlebte den ältesten Bruder nicht lange.

Einst hatte Bathildis Childerich verboten, einen Mann auszupeitschen – nun, ohne ihre Aufsicht, tat er es wieder und zahlte teuer dafür. Er ließ einen Franken, der ihn erbost hatte, an den Pfahl binden und schlug ihn eigenhändig mit der Peitsche, wiewohl jener ein Freier war und solche Strafe im Gesetz nicht vorgesehen war. Jener rächte sich bitter, überfiel Childerich und erschlug den König samt Bilichild, seiner Frau, die gerade mit ihrem zweiten Kind schwanger ging. Der schon geborene Daniel war der Einzige der Familie, der überlebte.

Nach seines Vaters Tod war er zu klein, um die Herrschaft zu übernehmen, und darum zum Klosterleben bestimmt. Fortan ließ Bathildis den kleinen, zarten Jungen, von dem viele glaubten, dass er das Erwachsenenalter nicht erleben würde, zu sich kommen, lehrte ihn selbst das Lesen und erzählte ihm von seinem Großvater Chlodwig. Manchmal meinte Rigunth, einen zögerlichen Blick an ihr wahrzunehmen, als wollte Bathildis das Kind insgeheim prüfen, ob es dem rohen Vater glich. Doch Daniel glich Theuderich in jungen Jahren – zu schlicht war er, zu einfältig, zu wenig durchtrieben, um in die Politik einzugreifen.

Ja, irgendwann hat Aidan sich genügend eingeredet, dass Du tot sein müsstest. Und von diesem Tag an durfte niemand mehr Deinen Namen sagen.

Nun, ich tat es ganz gewiss nicht. Eine gute Ehefrau darf dem Gatten nicht widersprechen. Und ich hatte auch einen anderen Grund, nicht daran zu rühren: Ich hatte Furcht, dass er ein jedes Mal, wenn er mich anblickte, Dein Gesicht suchte. Stets trug ich schwer an dem Glauben, ich schürte seine Kümmernis, anstatt ihm das Leid erträglicher zu machen. Ich war überzeugt, dass ich Dich nur unzureichend ersetzen konnte.

In all den Jahren, das beteuere ich Dir beim Leben meiner drei Töchter, wusste ich nichts von dem Schwur, den ihr beide in der letzten Nacht geleistet hattet: Dass jener, der als Erster freikäme, den anderen nicht vergessen dürfte, sondern alles Menschenmögliche tun sollte, um ihn wiederzusehen. Während ich also dachte, er würde Dich verschweigen, weil er den Schmerz um Dich nicht ertrüge und an die schreckliche Zeit nicht erinnert werden wollte – war es in Wahrheit die Scham, die ihn das Vergessen suchen ließ.

Denn ebendieser Schwur, von dem ich nichts ahnte, war für ihn das Schmerzlichste von allem. Er hat ihn gebrochen.

Gegen den bitteren Krieg, der auf Chlothars und Childerichs Tod folgte und in dem alle gegen alle kämpften, konnte Bathildis nichts mehr tun.

Sämtliche Großen von Neustrien und Austrasien überwarfen sich und bekriegten einander bis aufs Blut. Die einen standen hinter Theuderich, den einzigen überlebenden Sohn von Chlodwig II. Die anderen hingegen wollten Sigiberts Sohn Dagobert, den man eilig aus dem irischen Exil holte, zum König machen.

In all diese blutigen Kämpfe, in all diese neu entfachten Fehden stürzte sich Ebroin, der dem verhassten Kloster wieder entflohen war, mit willkürlicher, nie zu sättigender Grausamkeit.

Doch warum hat Aidan das getan? Warum den Schwur gebrochen?

O Bathildis, geliebte Schwester in Christus, ich kann es nur ahnen! Es kam der Tag, als wir von Dir erfuhren, als jemand – der offenbar aus Deiner neuen Heimat geschickt wurde – bei uns als Gast weilte, und nicht nur nach Aidan fragte, sondern von Deinem Schicksal berichtete!

Ich rechnete damit, dass Aidan vor Freude das Herz zerspringen müsste. Ich gönnte ihm das Glück, wiewohl ich zugleich vor Furcht verging. Wie unliebsam würde ihm von nun an mein Anblick sein! Nicht länger würde er mich nur mit einer Toten vergleichen, sondern mit einer… Königin!

Doch nicht nur, dass er dem Gaste gegenüber kurz angebunden blieb – auch mit mir sprach er kein Wort über Dich. Sein Schweigen bestürzte mich. Es sollte bis zu seiner Todesstunde währen.

Wie hätte ich dies Schweigen brechen sollen? Wie Dir schreiben, wenn er es nicht tat?

Bis heute habe ich es nicht gewagt – und täte es auch fürderhin nicht, wenn Aidan noch lebte. Doch wisse, Schwester, und teile den Kummer mit mir: Er weilt nicht mehr unter uns. Vor einem Monat hat er den Odem ausgehaucht und ist zu Gott heimgekehrt, und erst am Totenbett sprach er jene Worte, die mir sein Tun erklärten … und es auch Dir erklären werden.

Ganz gleich, auf welcher Seite er gerade stand – mal suchte er Verbündete in Austrasien, mal in Neustrien –, stets pflasterten Tote Ebroins Weg. Leudesius zählte zu ihnen, Erchinoalds Sohn, der in den Monaten, da Ebroin eben erst dem Kloster entkommen war, den Rang des Major Domus innehatte. Ebroin ließ ihn rasch beseitigen, und bald folgte dem blonden Sohn von Erchinoald und Leutsinda Leodegar von Autun als nächstes Opfer nach. Eben noch hatten sie sich zueinander als Bündnispartner bekannt, da fühlte sich Ebroin von dem Bischof schon übergangen, begnügte sich nicht, ihn heimlich zu erschlagen oder zu enthaupten, sondern ließ ihn erst blenden, dann kastrieren, ihm dann die Zunge herausreißen … und dann erst qualvoll sterben.

Die Wahrheit ist: Allein Dein Name, Bathildis, hat in Aidan tiefste Scham gezeugt. Unter Schmerzen und in Todesangst hat er mir das gestanden – mir und einem Priester, der bei uns weilte.

Am Anfang schämte er sich, weil er nicht im Kampfe um Dich starb, sondern schmählich wie ein Mädchen verschleppt wurde. Dann schämte er sich, weil er Dir nicht helfen konnte. Zuletzt schämte er sich, weil Du so viel Kraft hattest – er aber nicht. Gewiss, ihm ist die Flucht gelungen, und das schenkte ihm Zutrauen. Doch eben darum, so gestand er mir, hat er von dieser Stunde an nicht nach Dir suchen können. Wie ich schon schrieb: An Deiner Stelle, so war er sicher, wäre er längst gestorben. Wie anders konnte er darum seinen mageren Stolz nähren als mit der Vorstellung, dass Du am Ende doch nicht stärker warst als er?

Er ahnte den Betrug. Und bekam von dem Boten Gewissheit. Wie elend fühlte er sich auf seinem Sterbebett, wie erbärmlich!

»Mein Vater würde vor Schande vergehen, wüsste er um seinen feigen Sohn«, murmelte er ein ums andere Mal.

Und desgleichen hat er stets aufs Neue wiederholt, dass er die einzig willensstarke, großartige Entscheidung in seinem Leben – jene, die Flucht zu wagen – nur darum getroffen hatte, weil Du Dich, von ihm fortgeschleift, ein letztes Mal nach ihm umgedreht hast.

Ja, diesen Blick hat er gespürt.

»Wie ein Häuflein Elend habe ich dagehockt«, so sprach er, »wie ein erbärmlicher Feigling. O, sie muss mich dafür verachtet haben!«

Die Furcht vor dieser Verachtung spornte ihn an, aber sie währte nicht lange genug, um ihn für den Rest des Lebens zu festigen.

»Hätte man mir Dich nicht zum Weib gegeben«, sagte er zu mir, »dann wäre ich gewiss an meiner Schmach zugrunde gegangen. Du hast mich stets getröstet. Du hast mir stets das Gefühl gegeben, ich wäre trotz allem ein starker Mann.«

»Aber war ich nicht nur zweite Wahl für dich?«, gab ich verwirrt zurück.

»So wie ich Gleiches nur für Bathildis sein konnte«, antwortete er. »Es ist von Gott schon richtig gefügt worden, dass sie einen König zum Gatten bekam und nicht mich …«

Ja, so denke ich inzwischen auch: Dass einem jeden das ge-

schenkt wurde, was er verdiente, und Dir, so bin ich glücklich, das meiste! Denn Dein Ruhm wird währen, da wir schon längst zu Staub zerfallen sind.

Rigunth neigte sich noch näher zur Königin, doch jene blieb unerreichbar. Unwiderruflich war offenbar die Flucht vor dieser Welt, die ihr in den letzten Jahren noch manchen Kummer bereitet hatte.

Bathildis hatte Ebroin niemals wiedergesehen. Theuderich, für den er nun herrschte, berichtete kummervoll von Ebroins Wunsch, nach Austrasien einzufallen, nachdem der dortige König Dagobert gleichfalls ermordet worden war, und blickte sie so verstört an, dass er sie unwillkürlich an seinen Vater erinnerte. Wie Chlodwig, durchfuhr es Bathildis, er ist wie Chlodwig, er möchte nichts Falsches tun und kann gerade deswegen niemals das Richtige durchsetzen.

Seufzend unterließ es Bathildis, ihm zuzusetzen, ihm Ratschläge zu geben. Was hätte sie ihm auch sagen können, wusste sie doch – so widersinnig es auch war – Theuderichs Leben von Ebroin geschützt.

»Vielleicht hat er daran gedacht, auch mich zu töten«, hatte Theuderich seufzend berichtet, »auf dass alle Merowingersöhne ausgerottet wären und sich der Kampf alleine zwischen ihm und den Pippiniden in Austrasien entspinne. Doch er hat es nicht getan – wahrscheinlich, weil ich ihm nützlich bin.«

»Oder weil er Chlodwigs Sohn ist«, hatte Bathildis später zu Rigunth gesagt, »und weil Ebroin den König zu sehr geliebt hat, um sich an dessen Fleisch und Blut zu vergreifen.«

»Oder weil er dein Sohn ist … dein liebster«, hatte Rigunth geantwortet, »und weil Ebroin, ganz gleich wie herzlos und verroht er geworden sein mag, dir niemals Leid zufügen würde!«

Bathildis hatte nicht geantwortet, nur unmerklich gelächelt. Die Gewalt, welche sich da im Frankenreich entlud und viele der Großen zur Flucht nach Aquitanien bewegte, wen würde sie als Nächsten treffen? Vielleicht Ebroin selbst, der sich so viele Feinde gemacht hatte?

Geliebte Bathildis, so beende ich dies Schreiben mit aller Demut, die vonnöten ist, wenn eine wie ich sich an eine wie Dich wendet, die Du – wie wir hörten – zu einer strahlenden Königin geworden bist. Ich will Dich nicht wieder belästigen, denn nun ist schließlich der Zweck meiner Nachricht erfüllt: Dir Zeugnis davon zu geben, dass Aidan Dich nie vergessen hat.

Ich hoffe, dass es Dir leicht wird, ihm zu vergeben. Noch mit seinen letzten Worten hat er um Deine Vergebung gefleht.

»Lass Bathildis wissen«, raunte er, »dass es nicht recht war… sie aufzugeben… Ich hätte sie niemals verleugnen dürfen.«

Rigunth ließ den Brief sinken, starrte auf die Königin, aber nahm nicht auch nur die geringste Regung wahr. All die Jahre hatte Bathildis niemals wieder Aidans Namen gesprochen oder angedeutet, dass sie manchmal an ihn dachte.

Rigunth hob ihre Hand, senkte sie sachte auf Bathildis' Stirne, streichelte die bleiche Haut, die bereits ausgekühlt schien.

»Hörst du?«, fragte sie. »Hörst du, Bathildis? Aidan hat dich nicht vergessen!«

Rigunth kämpfte gegen den schmerzenden Husten an. Sie nahm die Hand von dem Gesicht der Sterbenden und presste sie vor den eigenen Mund, um die röchelnden Laute, die daraus kamen, zu dämmen.

Ihr Blick blieb freilich auf dem Gesicht der Königin ruhen. Sollte sie bedauern, dass Bathildis niemals die Wahrheit erfahren, dass diese letzte Versöhnung mit ihrer Vergangenheit ausbleiben würde?

Dann freilich dachte Rigunth, dass in jenem stillen Reich, wo Bathildis jetzt weilte, diese Versöhnung vielleicht längst vonstatten gegangen und die Zerrissenheit ihres Lebens mühelos von der gütigen Hand des Allmächtigen geflickt worden war.

Zeittafel

482:	Chlodwig I. wird als erster Merowinger König des Frankenreichs.
623:	König Dagobert I. wird König von Neustrien-Burgund, 629 auch von Austrasien.
ca. 632:	Bathildis wird als Tochter eines angelsächsischen Fürsten geboren.
ca. 634:	Chlodwig II. wird als Sohn von Dagobert I. und dessen Nebenfrau Nanthild geboren.
639:	König Dagobert I. stirbt. Das Reich wird geteilt: Sigbert III. wird König von Austrasien, Chlodwig II. König von Neustrien-Burgund. Seine Mutter Nanthild übernimmt – mit Hilfe des Major Domus Aga – die Regentschaft für den Minderjährigen.
ca. 641:	Der Major Domus Aga stirbt, bald darauf auch Nanthild. Erchinoald wird Major Domus in Neustrien-Burgund.
ca. 649:	Chlodwig II. heiratet die ehemalige Sklavin Bathildis.
zwischen 650–655:	Chlodwigs und Bathildis' Söhne Chlothar (III.), Childerich (II.) und Theuderich (III.) werden geboren.

656:	Sigbert III. (König von Austrasien) stirbt. Der Major Domus Grimoald lässt dessen Sohn Dagobert verbannen und setzt seinen eigenen Sohn Childebert auf den Thron.
657:	Chlodwig II. stirbt, Bathildis übernimmt die Regentschaft für ihnen ältesten Sohn Chlothar III.
ca. 658:	Der Major Domus Erchinoald stirbt; Ebroin wird dessen Nachfolger.
ca. 658:	Das Konzil in Nantes untersagt den Frauen die öffentliche politische Rede.
ca. 660:	Die Brüder Dalfinus und Aunemund (Präfekt und Metropolit von Lyon) stacheln eine Revolte in Burgund an; diese wird niedergeschlagen, die beiden ermordet.
ca. 660:	Bischof Eligius von Noyon (im Amt seit 641) stirbt.
ca. 662:	Childebert (König von Austrasien) stirbt; sein Vater Grimoald wird gestürzt und in Paris hingerichtet. Childerich II. besteigt den Thron von Austrasien. Die Regentschaft übernimmt seine künftige Schwiegermutter, Königin Chrodechilde.
ca. 665:	Bischof Sigobrand von Paris wird ermordet; Bathildis verzichtet daraufhin auf die Macht und zieht sich ins Kloster zu Chelles zurück.
673:	Chlothar III. stirbt, Theuderich III. besteigt den Thron, wird aber bald von seinem Bruder Childerich II. gestürzt, künftig Herrscher über das Gesamtreich.
675:	Childerich II. wird ermordet; in Neustrien ist wieder Theuderich der König; in

	Austrasien besteigt Dagobert II., der Sohn von Sigbert III., den Thron.
ca. 678:	Dagobert II. wird ermordet. Pippin, ein Neffe von Grimoald und Vorfahre der Karolinger, ergreift in Austrasien die Macht.
679:	Ebroin besiegt Pippin in Lucofao; Theuderich III. wird König des Gesamtreichs.
680:	Bathildis stirbt im Kloster zu Chelles.
ca. 681:	Ebroin wird ermordet; sein Nachfolger wird Waratto.
687:	Pippin besiegt bei Tertry König Theuderich und Warattos Nachfolger Berchar. Theuderich bleibt König, hat aber nurmehr eine repräsentative Funktion. Künftig übt Pippin als Major Domus sämtliche Macht aus.
690:	Theuderich III. stirbt. Die Könige, die ihm folgen, sind – so wie er – allesamt nur mehr »Schattenkönige«.
751:	Der letzte Merowingerkönig Childerich III. wird ins Kloster verbannt; Pippin der Kurze (Vater von Karl dem Großen) wird von Papst Zacharias zum fränkischen König geweiht. Die Macht geht endgültig auf die Pippiniden bzw. Karolinger über.

Austrasia & Neustria

© Thomas Bulfinch

Verzeichnis der handelnden Personen

(Die historischen Personen sind in Abgrenzung zu den fiktiven Romanfiguren kursiv geschrieben)

In Britannien
Bathildis (auch als Balthild, Balthilde, Bathilde bekannt), angelsächsische Fürstentochter und Sklavin, Merowingerkönigin und Regentin
Thorgil, ihr Vater
Estrith, ihre Mutter
Acha, ihre Großmutter
Aidan, ihr Verlobter
Ricbert, dessen Vater
Eadhild, Äbtissin des Klosters, wo Bathildis erzogen wurde
Godiva, eine dortige Nonne
Hereswith, eine dortige Novizin

Im Frankenreich
Answin, ein sächsischer Mönch
Bruntje, eine Sklavin
Sicho, ein fahrender Kaufmann
Haymo und Avita, ein *Dux* von Neustrien und dessen Frau
Deren Verwalter
Taurin und Moschia, deren Sklaven

Am neustro-burgundischen Königshof (Teil des Frankenreichs)
Chlodwig II., Merowingerkönig von Neustrien-Burgund
Ebroin, dessen engster Vertrauter und später Major Domus

Erchinoald, Major Domus von Neustrien-Burgund
Leutsinda, dessen Gattin
Gertrude, dessen Tochter
Itta, dessen Tochter (gleichzusetzen mit jener *namentlich nicht genannten Tochter Erchinoalds, die mit einem König von Kent vermählt wurde)*
Leudesius, dessen Sohn
Chlothar (später König Chlothar III.), Sohn von Chlodwig und Bathildis
Childerich (später König Childerich II.), Sohn von Chlodwig und Bathildis
Theuderich (später König Theuderich III.), Sohn von Chlodwig und Bathildis

Gesinde / Hofstaat
Oda, eine Sklavin
Rigunth, Sklavin, später Adoptivtochter von Bathildis (gleichzusetzen mit der historischen Person der Radegunde)
Fara, Erzieherin der Königskinder
Fredegar, Erzieher der Königskinder (gleichzusetzen mit dem Chronisten Fredegar)

Klerus / Klöster
Audoin, Bischof von Rouen
Eligius, Bischof von Noyon
Thille, dessen angelsächsischer Sklave
Aunemunde, Metropolit von Lyon
Genesius, Almosenverwalter von Bathildis, später Metropolit von Lyon
Sigobrand, Bischof von Paris
Sadalberga, Äbtissin und Heilige

Am austrasischen Königshof (Teil des Frankenreichs)
Chrodechilde, Gattin von König Sigbert III. (Halbbruder von Chlodwig)
Bilichild, deren Tochter und spätere Frau von Childerich II.
Dux Wulfoald, Major Domus von Austrasien
Dagwulf, ein Priester, Gefährte von *Bischof Agilbert von Dorchester (später von Paris) und dessen Neffen Stephanus*

Historische Anmerkung

»Aschenputtels wahre Geschichte« – so hieß jener Artikel, auf den ich ganz zufällig beim Durchblättern einer Frauenzeitschrift gestoßen bin und der mich erstmals auf das außergewöhnliche Leben der Merowingerkönigin Bathildis aufmerksam gemacht hat. Auf den ersten Blick schien dieses tatsächlich ein »märchenhaftes« zu sein: Von einer angelsächsischen Fürstentochter war da die Rede, die einfallende Wikinger aus ihrer Heimat verschleppten; von einer Sklavin, die König Chlodwig II. zu seiner Gemahlin machte; von einer Königin und späteren Regentin, die ihre Herkunft nicht vergaß und ein für ihre Zeit außergewöhnliches soziales Engagement entfaltete. Erste Recherchen revidierten zwar das vermeintliche »Happy-End« von Bathildis' Geschichte, bestärkten mich jedoch in dem Entschluss, das Leben einer solch außergewöhnlichen Herrscherin, die viele Zeitgenossen – nicht zuletzt den eigenen Gatten – in den Schatten gestellt hat, in einem Buch zu würdigen.

An dieser Stelle möchte ich betonen, dass dieses Buch – so sehr es von Bathildis' tatsächlich verbürgtem Leben inspiriert ist und dessen wesentlichen Eckdaten Rechnung trägt, sich nicht als Biographie versteht, sondern als Roman. Die historischen Fakten sowie die Details, die wir über das damalige Alltagsleben, die Sitten und die Mentalität im Frankenreich kennen, verweben sich mit vielen fiktiven Elementen.

Diese »schriftstellerische Freiheit« nahm ich mir vor allem dort, wo die Geschichtsschreibung dunkle Flecken aufweist, genaue Zusammenhänge und exakte Datierungen nicht möglich sind.

Das betrifft vor allem Bathildis' Herkunft und ihre Jugendzeit. Wohingegen relativ gesichert ist, dass sie angelsächsischer Herkunft ist, zum Gesinde des Major Domus Erchinoald gehörte (offenbar die Funktion des »Mundschenks« innehatte) und um 648 oder 649 die Aufmerksamkeit des Königs auf sich zog, sind die genauen Umstände, wie sie in die Sklaverei geriet, nicht geklärt. In ihrer Vita ist davon die Rede, dass sie Prinzessin oder Fürstentochter war und verschleppt wurde; vielleicht geriet sie aber auch in Kriegsgefangenschaft. In jedem Fall scheint dies ihr wohl in früher Kindheit (um 641) zugestoßen zu sein, wohingegen ich mich entschieden habe, Bathildis nicht nur einen Verlobten zur Seite zu stellen, sondern sie dieses Trauma als Erwachsene erleben zu lassen.

Auch bei anderen Details vermischte ich Fakten – aufgrund der schlechten Quellenlage genau genommen oft nur Vermutungen von Historikern – mit fiktiven Elementen. Erchinoald scheint tatsächlich selbst um Bathildis geworben zu haben, doch ob dies zu Lebzeiten seiner Gattin Leutsinda geschah, die in zeitgenössischen Quellen als ähnlich zänkisch und streitsüchtig dargestellt wird wie in meinem Buch, er Bathildis also zu seiner Konkubine machen wollte, oder ob diese nach Leutsindas Tod die Ehre ausgeschlagen hatte, seine Ehefrau zu werden, ist nicht geklärt.

Im Dunkeln liegt auch Ebroins Herkunft. Er dürfte aus keiner der großen Adelsfamilien stammen und wurde von diesen vielmehr als Emporkömmling betrachtet. Doch anders als in meinem Roman ist er wohl – als Vertrauter des Bischofs Audoin von Rouen – erst nach Chlodwigs Tod und nicht schon als dessen Freund in Bathildis' Leben getreten.

Dass relativ wenige Daten gesichert sind – so z. B. der exakte Zeitpunkt der Ermordung von Bischof Aunemund von Lyon oder der Tod von Bischof Eligius –, erlaubte mir, diese Ereignisse in jenen Kontext zu setzen, welcher meiner Dramaturgie zuträglich war. Desgleichen habe ich diese Begebenheiten wie viele andere Zusammenhänge sehr stark vereinfacht.

Der Vereinfachung diente auch, dass ich die Terminologie weitgehend dem heutigen Sprachgebrauch und nicht dem damaligen angepasst habe – das betrifft z. B. die Namen der beiden fränkischen Teilreiche oder einzelne Städten und Ortschaften, den ich ihre spätere französische Bezeichnung gegeben habe, um die Orientierung zu erleichtern.

Erfunden sind selbstverständlich die Charaktere der Protagonisten, ihr Gefühlsleben, ihre Motivationen – nicht zuletzt, weil zeitgenössische Quellen hier wenige oder keine Informationen preisgeben oder aber so subjektiv sind, dass man ihrem Wahrheitsgehalt misstrauen muss.

Über den historischen Chlodwig gibt es kaum nennenswerte Quellen. Wohingegen in Bathildis' Vita ausdrücklich seine Frömmigkeit erwähnt wird, wird er beim Chronisten Fredegar sehr negativ geschildert: »*Chlodwig selbst aber führte ein wüstes Leben, war ein Hurer, Weiberschänder, ein Fresser und Säufer. Über seinen Tod und Ende berichtet die Geschichte nichts des Gedächtnisses Würdiges. Denn die Schriftsteller sagen viel Böses von seinem Ende, sie kennen aber nicht den Ausgang seiner Verworfenheit.*«

Auch über Ebroin, der nicht lange nach Bathildis' Tod ein unrühmliches Ende fand, nämlich im Frühjahr 681, als ihn ein gewisser Erenfried erschlug, gibt es zwiespältige Urteile: Die kirchliche Tradition hat ihn als Antichrist gebrandmarkt, als Abschaum der Menschheit, eine andere Quelle hingegen nennt ihn einen tüchtigen Mann, wenngleich er mit dem Hinrichten von Bischöfen schnell bei der Hand gewesen wäre. Nach unseren Maßstäben ist er – gerade wenn man die Ereignisse rund um die Entmachtung seines Widersachers Leodegar betrachtet – ein zutiefst grausamer Mensch; gemessen an anderen Persönlichkeiten der Merowingerzeit, nicht zuletzt an vielen ihrer Könige, war er jedoch ein Kind seiner/s Zeit(geistes).

Vor allem Bathildis, von Papst Nikolaus I. im 9. Jahrhundert heiliggesprochen, ist als Mensch nur schwer fassbar. Ihre Vita – wahrscheinlich von einer der Nonnen zu Chelles verfasst – weiß sich schließlich nicht von der Motivation getragen, ihren Charakter zu ergründen, sondern ihre Heiligsprechung voranzutreiben und ein idealtypisches Frauenleben der damaligen Zeit zu entwerfen – nicht zuletzt zum Zweck, den Gläubigen ein Vorbild zu geben. Demnach war sie, anders als in meinem Roman, eine Frau ohne Fehl und Tadel: *»Dank ihrer von Gott verliehenen Klugheit war sie unermüdlich in ihrer Arbeit. Sie gehorchte dem König als Herrn, den Großen gegenüber war sie wie eine Mutter, den Priestern wie ein Kind, der heranwachsenden Jugend war sie die treueste Fürsorgerin. Liebenswürdig gegen alle, liebte sie die Priester wie Väter und die Mönche wie Brüder. Den Armen war sie treue Helferin und teilte reichliche Almosen unter sie aus. Sie ehrte den Stand der Großen des Reiches und achtete auf deren Ratschläge. Sie ermahnte immerzu die Jugend zu frommem Leben und beredete den König bescheiden und doch ausdauernd zur Sorge für die Kirche und die Armen. … Sie betete häufig und weihte sich täglich Christus, dem himmlischen König.«*

Demgegenüber steht die Anklage des angelsächsischen Hagiographen Eddius Stephanus, der in seiner »Vita Wilfridi« über eine Regentin mit Namen Balthild berichtet, die eine böswillige Verfolgerin der Kirche Gottes gewesen wäre, verantwortlich für nicht weniger als neun Bischofsmorde (was reichlich übertrieben scheint und dieser Frau offenbar fälschlicherweise manche der Missetaten zuschreibt, die die berühmt-berüchtigte Brunichild mehrere Jahrzehnte zuvor begangen hat).

Doch ungeachtet dessen, wie die historische Bathildis wirklich war – ob eine zutiefst fromme, mildtätige, abgeklärte Frau oder eine kompromisslose, grausame Politikerin – in einem scheint Übereinstimmung zwischen meiner Romanfigur und der Heiligen Bathildis zu bestehen, zumindest wenn man der Vita des Heiligen Eligius von Noyon Glauben schenkt, in der von einer merkwürdig anmutenden Episode berichtet wird:

Als die Regentin vor dem Sarg des verehrten Toten steht, so heißt es dort, führte ihre Trauer dazu, den Toten nicht nur zu beweinen, sondern sogar abzulecken, und das so lange und heftig, bis die Nase des Leichnams blutete. Und selbst dann wollte sie ihn nicht loslassen, ja, bemühte sich sogar eigenhändig darum, den Sarg zu verschieben – zum Zeichen, dass sie ihn nach Chelles bringen wollte.

Das Bild, das hier von der Merowingerkönigin vermittelt wird, ist nicht das einer demütigen und sanften Heiligen. Vielmehr wird eine Frau beschrieben, wie ich sie auch in meinem Roman zu zeichnen versuchte: hartnäckig und trotzig, fordernd und unkonventionell, mit einem überaus hohen Maß an Willensstärke und Leidenschaft ausgestattet.

»Voller Zauber und wildromantisch.«

Kirkus Reviews

Zwei Frauen, ein altes Tagebuch und ein
schreckliches Geheimnis.
Erst, wenn die junge Alyson das Rätsel
um Lüge und Mord lösen kann,
vor das die Vergangenheit sie stellt,
vermag sie auch ihrem eigenen Leben eine
glückliche Wendung zu geben.

***»Ein extrem sinnliches Buch,
üppig und genüsslich zu lesen.«***

National Post

btb

Merilyn Simonds
Das alte Land
Roman
€ 19,95

www.btb-verlag.de

Julia Kröhn
Die Chronistin
Roman (73591)

Ein packender Klosterkrimi um eine außergewöhnliche Frau im Hochmittelalter.

btb

Eine grausige Mordserie erschüttert das Damenstift von Corbeil: Mehrere Nonnen werden erdrosselt aufgefunden. Dann taucht eine geheimnisvolle Chronik auf, die das erste Mordopfer - Sophia de Guscelin - kurz vor ihrem Tod verfasste ...

www.btb-verlag.de